Prazeres Violentos

CHLOE GONG

Prazeres
Violentos

TRADUÇÃO DE RAFAEL SURGEK

ALTA
NOVEL

Rio de Janeiro, 2022

Prazeres Violentos
Copyright © 2022 da Starlin Alta Editora e Consultoria Eireli.
ISBN: 978-65-5520-579-4

Translated from original These Violent Delights. Copyright © 2020 by Chloe Gong. ISBN 9781534457690. This translation is published and sold by permission of Margaret K. McElderry Books, an imprint of Simon & Schuster Children's Publishing Division, the owner of all rights to publish and sell the same. PORTUGUESE language edition published by Starlin Alta Editora e Consultoria Eireli, Copyright © 2022 by Starlin Alta Editora e Consultoria Eireli.

Todos os direitos estão reservados e protegidos por Lei. Nenhuma parte deste livro, sem autorização prévia por escrito da editora, poderá ser reproduzida ou transmitida. A violação dos Direitos Autorais é crime estabelecido na Lei nº 9.610/98 e com punição de acordo com o artigo 184 do Código Penal.

A editora não se responsabiliza pelo conteúdo da obra, formulada exclusivamente pelo(s) autor(es).

Marcas Registradas: Todos os termos mencionados e reconhecidos como Marca Registrada e/ou Comercial são de responsabilidade de seus proprietários. A editora informa não estar associada a nenhum produto e/ou fornecedor apresentado no livro.

Impresso no Brasil — 1ª Edição, 2022 — Edição revisada conforme o Acordo Ortográfico da Língua Portuguesa de 2009.

Erratas e arquivos de apoio: No site da editora relatamos, com a devida correção, qualquer erro encontrado em nossos livros, bem como disponibilizamos arquivos de apoio se aplicáveis à obra em questão.

Acesse o site www.altabooks.com.br e procure pelo título do livro desejado para ter acesso às erratas, aos arquivos de apoio e/ou a outros conteúdos aplicáveis à obra.

Suporte Técnico: A obra é comercializada na forma em que está, sem direito a suporte técnico ou orientação pessoal/exclusiva ao leitor.

A editora não se responsabiliza pela manutenção, atualização e idioma dos sites referidos pelos autores nesta obra.

Dados Internacionais de Catalogação na Publicação (CIP) de acordo com ISBD

G638p	Gong, Chloe
	Prazeres Violentos / Chloe Gong ; traduzido por Rafael Surgek. - Rio de Janeiro : Alta Books, 2022.
	464 p. ; 16cm x 23cm.
	Tradução de: These Violent Delights
	Inclui bibliografia e índice.
	ISBN: 978-65-5520-579-4
	1. Literatura americana. 2. Literatura fantástica. 3. Ficção histórica. I. Surgek, Rafael. II. Título.
2021-4284	CDD 810
	CDU 821.111(73)

Elaborado por Vagner Rodolfo da Silva - CRB-8/9410

ALTA BOOKS EDITORA
Rua Viúva Cláudio, 291 — Bairro Industrial do Jacaré
CEP: 20.970-031 — Rio de Janeiro (RJ)
Tels.: (21) 3278-8069 / 3278-8419
www.altabooks.com.br — altabooks@altabooks.com.br

Produção Editorial
Editora Alta Books

Editor de Aquisição
José Rugeri
acquisition@altabooks.com.br

Coordenação de Eventos
Viviane Paiva

Produtores Editoriais
Thales Silva
Thiê Alves

Marketing Editorial
Livia Carvalho
marketing@altabooks.com.br

Equipe de Design
Larissa Lima
Marcelli Ferreira
Paulo Gomes

Diretor Editorial
Anderson Vieira

Coordenação Financeira
Solange Souza

Produtoras da Obra
Illysabelle Trajano
Maria de Lourdes Borges

Equipe Ass. Editorial
Beatriz de Assis
Brenda Rodrigues
Caroline David
Gabriela Paiva
Henrique Waldez
Mariana Portugal
Raquel Porto

Equipe Comercial
Adriana Baricelli
Daiana Costa
Fillipe Amorim
Kaique Luiz

Atuaram na edição desta obra:

Tradução
Rafael Surgek

Copidesque
Ana Beatriz Omuro

Capa
Sarah Creech

Revisão Gramatical
Carlos Bacci

Diagramação
Joyce Matos

Ilustração da Capa
Billelis

Ouvidoria: ouvidoria@altabooks.com.br

Editora afiliada à:

PARA VOCÊ,
QUERIDO LEITOR

*Estes prazeres violentos têm finais violentos
E em seu triunfo morrem, como fogo e pólvora,
Que, ao se beijarem, se consomem.*

—*Shakespeare, Romeu e Julieta*

Prólogo

Na reluzente Xangai, um monstro desperta.

Seus olhos se abrem de súbito no ventre do rio Huangpu. Sua mandíbula se escancara de uma vez só para saborear o sangue asqueroso que escorre até as águas. Traços de vermelho deslizam pelas ruas modernas da cidade antiga: traços que desenham teias nos paralelepípedos como uma rede venosa invadindo as águas, suas veias derramando, gota a gota, a essência vital da cidade na boca de outro ser.

À medida que a noite se torna mais escura, o monstro se eleva, enfim emergindo das ondas com o desleixo de um deus esquecido. Ao levantar a cabeça, tudo o que vê é a lua, roliça e baixa.

A coisa inspira. A coisa se aproxima.

Seu primeiro fôlego se transforma em uma brisa gelada, disparando pelas ruas e tocando os tornozelos daqueles desafortunados o bastante para estar voltando aos tropeços até suas casas em plena Hora do Demônio. Este lugar vibra à melodia da devassidão. A cidade é imunda e vive completamente à mercê do pecado perpétuo, tão saturada com o beijo da decadência que o céu, como punição, ameaça envergar e esmagar todas as criaturas que abaixo dele vivem intensamente.

Mas a punição não vem — ainda não. A década é leniente, e a moral mais ainda. Enquanto o Ocidente ergue os braços para o alto em uma festa infinita, enquanto o Reino do Meio permanece fragmentado entre chefes militares cada vez mais velhos e os resquícios do jugo imperial, Xangai se mantém em sua pequena bolha de poder: *a Paris do Oriente, a Nova York do Ocidente.*

Apesar da toxina que escorre de cada beco sem saída, este lugar está tão, tão *vivo.* E o monstro também renasce.

Ignorantes a isso, as pessoas desta cidade dividida seguem suas vidas. Dois homens saem cambaleando pelas portas de seu bordel favorito, com risadas estridentes e altas. O silêncio da madrugada faz um contraste repentino com a atividade barulhenta da qual acabaram de sair, e seus ouvidos lutam para se ajustar, zumbindo alto com a mudança.

Um deles é baixo e corpulento; talvez pudesse se deitar no chão e rolar pela calçada como uma bola de gude; o outro é alto e desajeitado, com braços e pernas angulares. Apoiados nos ombros um do outro, eles cambaleiam até a orla, em direção ao rio que vem do mar, onde comerciantes chegam com produtos, dia após dia.

Os dois conhecem bem estes portos: afinal, quando não estão frequentando clubes de jazz ou entornando os mais recentes carregamentos de vinho oriundos de um país qualquer, eles transmitem mensagens, protegem comerciantes e transportam cargas de lá para cá, tudo nesse lugar — tudo para a Sociedade Escarlate. Eles conhecem estas docas como a palma de suas mãos, mesmo quando estão quietas como agora, sem os costumeiros gritos em milhares de idiomas diferentes urrados sob milhares de bandeiras diferentes.

A esta hora, ouve-se somente a música abafada de bares próximos e os grandes toldos das lojas balançando a cada rajada de vento.

E os cinco Rosas Brancas conversando animadamente em russo.

Os Escarlates deveriam ter ouvido com antecedência a barulheira, mas seus cérebros estão encharcados de álcool e seus sentidos prazerosamente anestesiados. No momento em que os Rosas Brancas entram em seu campo de visão, na hora em que os homens avistam seus rivais parados em um dos portos, passando garrafas de mão em mão, trombando de ombros com as gargalhadas, nenhum dos grupos pode recuar sem ter sua reputação manchada.

Os Rosas Brancas se endireitam, um grupo de cabeças se inclinando ao vento.

— Nós deveríamos continuar andando — sussurra o Escarlate baixinho ao seu companheiro. — Você sabe o que Lorde Cai disse sobre entrar em outra briga com os Rosas Brancas.

O desajeitado apenas morde a parte interna das bochechas, chupando seu rosto para dentro até ficar parecido com um morto-vivo bêbado e marrento.

— Ele disse que não devemos começar nada, mas nunca disse que *não podemos* entrar em brigas.

Os Escarlates falam no dialeto de sua cidade, com a língua reta e sons comprimidos. Mesmo enquanto elevam suas vozes com a confiança de estarem em casa, sentem-se apreensivos, porque atualmente é raro que um Rosa Branca não saiba seu idioma — em alguns casos, não se pode dizer que o sotaque deles é diferente do de um nativo de Xangai.

Fato que se confirma quando um dos Rosas Brancas, abrindo um sorriso maléfico, berra:

— E aí, vocês estão a fim de briga?

O Escarlate mais alto emite um ruído baixo na base da garganta e mira um cuspe nos Rosas Brancas, que cai perto do sapato do que está mais próximo deles.

Em um piscar de olhos: armas e mais armas, braços erguidos e firmes e gatilhos nervosos, prontos para disparar. Essa é uma cena que não choca mais nenhuma alma; essa é uma cena mais comum na estonteante Xangai do que a fumaça do ópio saindo de um grosso cachimbo.

— Ei! Ei!

Um estridente apito soa no breve silêncio. O policial que corre até o local expressa apenas irritação com o impasse à sua frente. Ele viu essa exata cena três vezes ao longo da semana. Colocou rivais na mesma cela e chamou a limpeza quando eles mataram uns aos outros, seus corpos crivados de balas. Cansado do dia, tudo o que ele deseja é ir para casa, mergulhar os pés em água quente e comer a refeição que sua esposa teria deixado sobre a mesa, já fria. Sua mão já está coçando para pegar o cassetete, coçando para colocar bom senso na cabeça daqueles homens na base da pancada, coçando para lembrar essas pessoas que elas não têm nenhum rancor pessoal umas com as outras. Seu combustível é a lealdade infundada e inconsequente aos Cais e aos Montagoves, e isto as levará à ruína.

— Vamos acabar com isso e ir para casa? — pergunta o policial, cansado. — Ou vocês vêm comigo e...

Ele se interrompe abruptamente.

Um *rugido* ecoa das águas.

O alerta que se origina de um som como este não é uma sensação que pode ser ignorada. Não é aquela paranoia de quando se pensa estar sendo perseguido em um local abandonado, nem aquele medo que vem quando um assoalho range em uma casa que se pensava estar vazia. A sensação é sólida, tangível — ela quase exala umidade no ar, um peso que pressiona a pele nua. Uma ameaça tão óbvia quanto uma arma apontada para a cabeça e, apesar disso, há um momento de inércia, um momento de hesitação. O Escarlate baixinho e corpulento é o primeiro a vacilar, lançando os olhos para a beira das docas. Ele abaixa a cabeça, olhando fixamente para as profundezas escuras e turvas, forçando a vista para seguir o movimento instável e contínuo das pequenas ondas na água.

O baixinho está na altura exata para que seu companheiro, gritando, o derrube com uma cotovelada brutal na têmpora quando algo irrompe do rio.

Pequenos respingos negros.

Enquanto o homem baixo vai ao chão, tombando com força, o mundo chove sobre ele em pontinhos — coisas estranhas que ele não consegue ver enquanto sua visão gira e a náusea sobe por sua garganta. Ele sente apenas alfinetadas caindo sobre si, fazendo seus braços, pernas e pescoço coçarem; ouve seu parceiro gritando, os Rosas Brancas esbravejando entre si em um russo indecifrável e então, finalmente, o policial ganindo desesperado, em inglês — Tira isso daqui! Tira essas coisas daqui!

O coração do homem no chão palpita com força, como um trovão. Com a testa colada na terra, incapaz de observar o que quer que esteja causando estes uivos terríveis, sua própria pulsação o consome. Ela domina todos os seus sentidos e somente quando algo espesso e molhado borrifa sua perna é que ele se levanta, contorcendo-se de horror, debatendo-se tão vigorosamente que seu sapato sai voando e ele não se dá ao trabalho de recuperá-lo.

Ele não olha para trás enquanto corre. Se esfrega para se livrar da sujeira que choveu sobre ele, soluçando com o desespero para respirar, respirar e respirar.

Ele não olha para trás para verificar o que estava espreitando nas águas. Ele não olha para trás para ver se seu parceiro precisa de ajuda, e certamente não olha para trás para averiguar o que caiu em sua perna e causou aquela sensação viscosa, pegajosa. O homem apenas corre, corre e corre, passando pelo encanto neon das casas de show quando suas últimas luzes se apagam, passando pelos sussurros que rastejam sob as portas dos bordéis, passando pelos doces sonhos dos comerciantes que dormem com pilhas de dinheiro sob seus colchões.

E se fora há muito quando restam somente mortos nos portos de Xangai, com gargantas diláceradas e olhos fixos no céu noturno, vidrados com o reflexo da lua.

Um
Setembro, 1926

No coração do território da Sociedade Escarlate, um cabaré era o lugar do momento.

O calendário se aproximava cada vez mais do fim da estação, e as páginas correspondentes a cada dia se soltavam e voavam para longe mais rápido que as folhas secas. O tempo era simultaneamente apressado e lento, os dias passando rápido e, ainda assim, se arrastando demais. Trabalhadores estavam sempre com pressa de ir a algum lugar, não importando se de fato tinham algum destino. Havia sempre um apito ao fundo, havia sempre o barulho ininterrupto dos bondes que se arrastavam ao longo dos gastos trilhos sulcados nas ruas; havia sempre o fedor de ressentimento poluindo os bairros e se impregnando profundamente nas roupas que balançam com o vento nos varais, como as faixas de lojas nas janelas apertadas de apartamentos.

Hoje era uma exceção.

O relógio pausara no Festival do Meio do Outono: dia 21 daquele mês, segundo os métodos ocidentais de contar os dias. Houve um tempo em que era costumeiro acender lanternas de papel e sussurrar contos trágicos para louvar o que os ancestrais veneravam, com a luz da lua na palma das mãos. Agora era uma nova era — uma que se pensava superior à de seus ancestrais. Independentemente do território que ocupava, o povo de Xangai estava animado com o espírito da celebração moderna desde o amanhecer e, agora, no momento em que os sinos soaram nove vezes, as festividades estavam apenas começando.

Juliette Cai estava monitorando a boate, olhos buscando os primeiros sinais de confusão. O local estava pouco iluminado, apesar da abundância de candelabros reluzentes pendurados no teto, e a atmosfera estava sombria, úmida e densa. Um aroma estranho e molhado chegava ao nariz de Juliette em ondas, mas a reforma malfeita parecia não perturbar o humor das pessoas sentadas nas várias mesas redondas dispersas pelo salão. Elas dificilmente perceberiam um pequeno vazamento em um canto da boate, com o movimento constante que lhes consumia toda a atenção. Casais sussurravam sobre baralhos de tarô, homens sacudiam uns aos outros vigorosamente e mulheres inclinavam suas cabeças, espantando-se e soltando gritinhos ao ouvirem as histórias contadas à tremeluzente iluminação a gás.

— Você parece a tristeza em pessoa.

Juliette não se virou de imediato para identificar a voz. Não precisava. Para começar, havia pouquíssimas pessoas que a abordariam falando inglês, muito menos um inglês com tons de um falante nativo de chinês e o sotaque de uma educação francesa.

— Pareço. Estou perpetuamente cheia de tristeza. — Somente então ela inclinou a cabeça, curvando os lábios para cima e focando o olhar na prima. — Você não devia ser a próxima a subir no palco?

Rosalind Lang deu de ombros e cruzou os braços, fazendo as pulseiras de jade em seu pulso esguio e marrom tilintarem.

— Eles não podem começar o show sem mim — Rosalind zombou —, então não estou preocupada.

Juliette fez outra varredura na multidão, desta vez com um alvo em mente. Ela avistou Kathleen, a gêmea não idêntica de Rosalind e sua prima mais próxima, ao lado de uma mesa nos fundos do cabaré. Ela estava pacientemente equilibrando uma bandeja cheia de pratos e encarando um comerciante britânico enquanto ele tentava pedir uma bebida, gesticulando de maneira exagerada. Rosalind foi contratada para dançar; Kathleen aparecia como garçonete quando estava entediada e recebia um pequeno pagamento pela diversão.

Suspirando, Juliette sacou um isqueiro para manter as mãos ocupadas, acendendo e apagando a chama no ritmo da música que deslizava pela sala. Ela sacudiu o pequeno retângulo de prata debaixo do nariz da prima.

— Fogo?

Rosalind, em resposta, puxou um cigarro que estava dentro das dobras de sua roupa.

— Você nem fuma... — disse, enquanto Juliette inclinava o isqueiro em sua direção. — Por que carrega essa coisa por aí?

Com a face impávida, Juliette respondeu:

— Você me conhece. Eu ando por aí. Vivendo a vida, causando incêndios.

Rosalind deu o primeiro trago e revirou os olhos.

— Ah, claro.

Um mistério mais interessante era o local onde Juliette guardava o isqueiro: a maioria das mulheres na boate burlesca — dançarinas ou clientes — se vestia como Rosalind: com o elegante *qipao*, que varria Xangai como labaredas. Com uma ultrajante fenda lateral que exibe as pernas do tornozelo à coxa e o colarinho alto que envolve o pescoço, o design era uma mistura da extravagância ocidental com as raízes asiáticas e, em uma cidade de mundos divididos, as mulheres eram metáforas ambulantes. Mas Juliette – Juliette se transformara por completo; as pequenas contas de seu vestido melindroso sem bolsos chacoalhavam a cada movimento. Ela se destacava ali, certamente. Uma estrela brilhante e ardente, uma figura simbólica da vitalidade da Sociedade Escarlate.

Juliette e Rosalind voltaram a atenção silenciosamente ao palco, onde uma mulher cantava uma canção em um idioma que nenhuma das duas conhecia. A voz da cantora era adorável e seu vestido brilhava em contraste com sua pele negra, mas este não era o tipo de apresentação pelo qual este tipo de cabaré era conhecido, então ninguém, exceto as duas mulheres ao fundo, prestava atenção.

— Você não me disse que estaria aqui hoje — comentou Rosalind, após um momento, e a fumaça escapou de sua boca em uma breve baforada. Havia mágoa em sua voz, como se a omissão de informação fosse atípica. A Juliette que retornara semana passada não era a mesma da qual suas primas se despediram há quatro anos, mas as duas também mudaram. Ao retornar, antes mesmo que pusesse os pés em casa, Juliette ouvira falar do charme falso e da elegância inata de Rosalind. Após quatro anos fora, as memórias que Juliette possuía das pessoas que deixara para trás não mais se alinhavam com quem elas se tornaram. Nada de sua memória sobrevivera ao tempo. A cidade reformulara-se e todos que nela estavam seguiram em frente sem ela, especialmente Rosalind.

— Foi de última hora. — Nos fundos do cabaré, o comerciante britânico começou a fazer mímicas para Kathleen. Juliette apontou com o queixo para a cena. — *Bàba* está ficando cansado da insistência de um tal de Walter Dexter, um comerciante, para ter uma reunião com ele, então eu vim para ver o que ele quer.

— Parece chato — Rosalind entoou. A prima sempre teve certa acidez nas palavras, mesmo quando falava com a mais seca das entonações. Um sorrisinho brotou nos lábios de Juliette. Ainda que Rosalind parecesse uma completa estranha para ela — mesmo sendo familiar — a prima sempre soaria da mesma forma. Juliette poderia fechar os olhos e fingir que eram crianças novamente, se alfinetando com os assuntos mais ofensivos possíveis.

Juliette inspirou arrogantemente, fingindo estar ofendida.

— Nem todos podemos ser dançarinas treinadas em Paris.

— Vamos fazer o seguinte, você fica com a minha apresentação e *eu* fico sendo herdeira do império subterrâneo desta cidade.

Juliette soltou uma risada, curta e alta. Sua prima estava diferente. Tudo estava diferente. Mas Juliette aprendia as coisas rápido.

Com um leve suspiro, Juliette se afastou da parede em que estava apoiada.

— Tudo bem. — disse, com os olhos travados em Kathleen. — O dever chama. Vejo você em casa.

Rosalind deixou-a sair com um aceno, jogando o cigarro no chão e o esmagando com seu sapato de salto alto. Juliette teria lhe dado uma bronca por isso, mas o chão já estava imundo, então de que adiantava? Desde o momento em que pôs os pés no recinto, provavelmente cinco tipos diferentes de ópio mancharam a sola de seus sapatos. Tudo que ela podia fazer era caminhar o mais cautelosamente possível pela boate, torcendo para que as criadas não danificassem o couro de seus sapatos quando os limpassem mais tarde.

— Eu assumo daqui.

Kathleen ergueu seu queixo, surpresa, e o pingente de jade em sua garganta brilhou sob a luz. Rosalind costumava dizer que alguém roubaria uma pedra tão preciosa como aquela se ela a ostentasse daquela forma, mas Kathleen gostava dela ali. Se as pessoas encarassem seu pescoço, ela preferia que o fizessem por causa do pingente, não por causa do pomo-de-adão que ele ocultava.

Sua expressão espantada rapidamente suavizou-se em um sorriso ao perceber que era Juliette quem estava deslizando para o assento de frente para o comerciante britânico.

— Se eu puder trazer algo para o senhor, basta falar — Kathleen disse com doçura, em perfeito inglês com sotaque francês.

Enquanto ela se afastava, o queixo de Walter Dexter caía por completo.

— Ela conseguia me entender esse tempo todo?

— Você aprenderá, Sr. Dexter — Juliette iniciou, pegando o candelabro do centro da mesa e sentindo o aroma da cera perfumada — que, quando se presume automaticamente que alguém não sabe falar inglês, essa pessoa tende a zombar de você.

Walter piscou os olhos para ela e ergueu a cabeça. Nesse breve momento assimilou o vestido, o sotaque norte-americano e o fato de ela saber o seu nome.

— Juliette Cai — disse. — Eu estava esperando seu pai.

A Sociedade Escarlate se autointitulava um negócio familiar, mas não era apenas isso. Os Cais eram o coração pulsante, mas a organização em si era uma rede de gangsteres, contrabandistas, comerciantes e intermediários de todos os tipos, cada um deles subordinado a Lorde Cai. Estrangeiros menos entusiasmados diriam que os Escarlates eram uma sociedade secreta.

— Meu pai não tem tempo para comerciantes sem um histórico confiável — Juliette replicou. — Se for importante, eu encaminharei o recado.

Infelizmente, parecia que Walter Dexter estava muito mais interessado em conversa fiada do que em negócios propriamente ditos.

— Até onde soube, a senhorita havia se mudado para Nova York.

Juliette devolveu o candelabro à mesa. A chama tremeluziu, projetando sombras fantasmagóricas sobre o comerciante de meia-idade. A iluminação apenas realçou as rugas em sua testa perpetuamente enrugada.

— Fui enviada ao Ocidente apenas para fins educacionais, infelizmente — disse Juliette, reclinando-se em seu assento curvado. — Agora tenho idade suficiente para começar a contribuir com o negócio da família, então me arrastaram de volta, mesmo comigo berrando e espernenando.

O comerciante não riu com a anedota como Juliette havia pretendido. Em vez disso, deu tapinhas na própria têmpora, bagunçando ligeiramente o cabelo grisalho.

— A senhorita também não esteve de volta há uns anos, por um período curto?

Juliette enrijeceu e seu sorriso vacilou. Clientes de uma mesa atrás dela irromperam em gargalhadas por causa de um comentário interno. O som espetara sua nuca, fazendo-a transpirar. Ela esperou o ruído morrer, usando a pausa para pensar rápido e organizar bem as palavras.

— Uma vez, apenas — Juliette respondeu cautelosamente. — Nova York não era muito segura durante a Grande Guerra. Minha família ficou preocupada.

Mesmo assim, o comerciante não desistiu do assunto. Ele fez uma pequena pausa.

— A guerra acabou há oito anos. A senhorita esteve aqui há apenas quatro.

O sorriso de Juliette então desapareceu por completo. Ela passou a mão por seu cabelo com corte Chanel, jogando-o para trás.

— Sr. Dexter, estamos aqui para discutir seu extensivo conhecimento sobre minha vida pessoal ou esta reunião possui uma finalidade real?

Walter ficou pálido.

— Me perdoe, Senhorita Cai. Meu filho tem a sua idade, então acabei sabendo...

Ele interrompeu a si mesmo quando percebeu que Juliette o encarava, pigarreando em seguida.

— Eu solicitei uma reunião com seu pai em virtude de um novo *produto*.

Apesar da escolha vaga de palavras, ficou bem claro a que Walter Dexter se referia. A Sociedade Escarlate era, acima de tudo, uma rede de gangsteres, e eram raras as vezes em que eles não se envolviam em peso com o mercado clandestino. Se os Escarlates dominavam Xangai, não era surpresa alguma que dominassem também o comércio clandestino — que decidissem sobre as idas e vindas, sobre os homens que poderiam prosperar e os homens que deveriam cair mortos. Nas partes da cidade que ainda pertenciam aos chineses, a Sociedade Escarlate não estava apenas acima da lei; ela *era* a lei. Sem os gangsteres, os comerciantes estavam desprotegidos. Sem os comerciantes, os gangsteres teriam pouca serventia ou trabalho. Era uma parceria ideal — uma constantemente ameaçada pelo poder ascendente dos Rosas Brancas, a única outra organização de Xangai que de fato tinha chance de derrotar os Escarlates no monopólio do mercado clandestino. Afinal, eles têm tentado isso há gerações.

— Um produto, é? — Juliette repetiu, revirando os olhos com desinteresse. Os artistas que estavam no palco haviam saído e os holofotes diminuíram de intensidade enquanto um saxofone tocava as notas de uma introdução. Usando um figurino novo e cintilante, Rosalind entrou no palco com um andar sedutor. — Lembra-se do que houve na última vez que os britânicos quiseram introduzir um *novo produto* em Xangai?

Walter franziu o cenho.

— Está se referindo às Guerras do Ópio?

Juliette examinou as próprias unhas.

— Estou?

— A senhorita não pode me culpar por algo que foi obra de meu país.

— Ah, não é assim que funciona?

Agora foi a vez de Walter mostrar desinteresse. Ele juntou as mãos enquanto saias balançavam no palco às suas costas, exibindo pernas nuas de relance.

— De todo modo, solicito o auxílio da Sociedade Escarlate. Tenho que me livrar de uma carga enorme de *lernicrom* e estou certo de que será o opiáceo mais desejado no mercado — Walter pigarreou. — Creio que a senhorita, no momento, esteja em busca de uma vantagem.

Juliette inclinou-se para frente. Naquele movimento súbito, as contas de seu vestido tilintaram freneticamente, em dissonância com o melodioso jazz ao fundo.

— E o *senhor* crê que pode nos dar uma vantagem?

O embate constante entre a Sociedade Escarlate e os Rosas Brancas não era segredo. Longe disso, na verdade, porque a contenda de sangue não era algo que inflamava apenas quem possuía os sobrenomes Cai e Montagov; era uma causa que simples membros leais às respectivas facções tornavam pessoal, com um fervor que quase poderia ser sobrenatural. Estrangeiros que desembarcavam em Xangai para fazer negócios pela primeira vez recebiam um aviso antes de qualquer outro: escolha um lado e escolha rápido. Se negociassem primeiro com Escarlates, tornavam-se um deles para valer. Seriam acolhidos no território Escarlate e mortos se transitassem nas áreas onde reinavam Rosas Brancas.

— Me parece — disse Walker, de forma branda — que a Sociedade Escarlate está perdendo o controle da própria cidade.

Juliette recostou-se no assento. Sob a mesa, ela cerrou os punhos ao ponto de ficarem pálidos. Há quatro anos, ela contemplara Xangai com brilho nos olhos, olhos que fitavam a Sociedade Escarlate cheios de esperança. Ela não compreendera que Xangai era uma cidade estrangeira em seu próprio país. Agora compreendia. Os britânicos controlavam uma porção. Os franceses, outra. Os Rosas Brancas, russos, estavam tomando as únicas partes que tecnicamente continuavam sob o domínio dos chineses. Esta perda de controle era questão de tempo, mas Juliette preferia arrancar a própria língua a admitir isso a um comerciante que de nada sabia.

— Entraremos em contato a respeito de seu produto, Sr. Dexter — disse, após uma longa pausa, lançando um sorriso fácil. Ela expirou imperceptivelmente, soltando a tensão que se acumulara em seu estômago a ponto de fazê-lo doer. — Agora, se me dá licença…

A boate inteira caiu em silêncio e, de repente, Juliette estava falando muito alto. Os olhos de Walter ficaram atônitos, fixos em algo que estava atrás dela.

— Mas que surpresa! — exclamou. — Veja só, se não é um dos Bolches.

Ao ouvir as palavras do comerciante, Juliette sentiu seu corpo gelar. Lentamente, muito lentamente, virou-se na direção para a qual Walter Dexter olhava, buscando em meio à fumaça e às sombras que dançavam no corredor de entrada do cabaré.

Por favor, que não seja ele, ela suplicou. *Qualquer um, menos…*

A visão de Juliette ficou enevoada. Por um terrível segundo, o mundo perdeu o eixo e Juliette mal conseguia se agarrar à sua beirada, prestes a cair. Então o chão se alinhou e ela pôde respirar novamente. Firmou a postura e pigarreou, concentrando todas as suas forças para parecer a mais plena possível quando afirmou:

— Os Montagoves emigraram muito antes da Revolução Bolchevique, Sr. Dexter.

Antes que qualquer um pudesse notá-la, Juliette fundiu-se às sombras, onde as paredes escuras obscureciam o reluzir de seu vestido e o assoalho úmido abafava o barulho de seus saltos. Sua precaução fora desnecessária; todos os olhares estavam firmemente fixos em Roma Montagov enquanto ele abria caminho pelo cabaré. Pela primeira vez, Rosalind conduzia uma apresentação à qual nenhuma alma viva prestava atenção.

À primeira vista, podia parecer que o choque que emanava das mesas redondas se devia ao fato de um estrangeiro ter entrado ali. Mas esta boate tinha muitos deles dispersos na multidão, e Roma, com seu cabelo e olhos negros e pele alva, se mesclava aos chineses como uma rosa branca tingida de vermelho em meio a papoulas. Não se tratava de Roma Montagov ser um estrangeiro. Era o fato do herdeiro dos Rosas Brancas estar totalmente reconhecível como inimigo no território da Sociedade Escarlate. Pelo canto dos olhos, Juliette já percebia a movimentação: armas eram sacadas dos bolsos e facas estavam sendo apontadas. Os corpos se agitavam com a animosidade.

Juliette saiu das sombras e ergueu a mão à mesa mais próxima. O gesto era simples: *esperem*.

Os gangsteres ficaram imóveis e todos foram seguindo o mesmo exemplo. Aguardaram, fingindo retomar as conversas enquanto Roma Montagov passava mesa após mesa, com os olhos estreitos e atentos.

Juliette começou a se aproximar lentamente. Apertou a garganta com a mão e engoliu em seco, forçando sua respiração a se estabilizar até que não estivesse à beira do pânico, até que pudesse botar um sorriso deslumbrante no rosto. No passado, Roma teria sido capaz de perceber a verdade. Mas quatro anos haviam se passado. Ele mudara. Ela também.

Juliette estendeu a mão e tocou as costas do paletó de Roma.

— Olá, sumido.

Roma virou-se. Por um instante, pareceu que ele não havia captado bem o que viu; ele a fitou, com um olhar vazio como vidro transparente, totalmente perdido.

E então a visão da herdeira Escarlate caiu sobre ele como um balde de água fria. Roma deixou sair um leve sopro por entre os lábios.

Na última vez que a vira, tinham 15 anos de idade.

— Juliette — exclamou, automaticamente. Mas eles não eram mais íntimos o bastante para se chamarem pelo primeiro nome. Não o eram há muito.

Roma pigarreou:

— Senhorita Cai. Quando retornou a Xangai?

Eu nunca fui embora, ela quis dizer, mas não era verdade — sua mente permanecera aqui, seus pensamentos constantemente orbitavam o caos, a injustiça e a fúria ardente que ferviam naquelas ruas — mas seu corpo físico fora enviado ao outro lado do oceano uma segunda vez por questões de segurança. Ela odiara aquilo, odiara estar longe com tanta intensidade que sentia a força daquele ódio queimá-la como febre cada vez que saía das festas e dos bares clandestinos. O peso de Xangai era uma coroa de aço pregada à sua cabeça. Em outro mundo, se lhe tivessem dado uma escolha, talvez ela tivesse se afastado de tudo, rejeitado ser herdeira de um império de mafiosos e mercadores. Mas ela nunca teve escolha. Esta era a sua vida, esta era a sua cidade, este era o seu povo e, por seu amor a eles, há muito tempo jurou a si mesma que faria um trabalho muito bem feito sendo quem era, pois não podia ser mais ninguém.

A culpa é toda sua, ela quis dizer. *Você é a razão pela qual fui afastada à força de minha cidade. De meu povo. De meu sangue.*

— Voltei há um tempo. — Juliette mentiu com facilidade, recostando seu quadril na mesa vaga à sua esquerda. — Sr. Montagov, me perdoe a pergunta, mas o que o senhor está fazendo *aqui*?

Juliette viu Roma mover a mão tão suavemente que pensou que ele estivesse verificando suas armas ocultas. Observou-o assimilar a presença dela por completo, formando lentamente as palavras. Ela teve tempo para se preparar: sete dias e sete noites para entrar na cidade e limpar a mente de tudo que ocorrera entre eles. No entanto, dentre todas as coisas que Roma esperava encontrar na boate aquela noite, Juliette *definitivamente* não era uma delas.

— Preciso falar com Lorde Cai. — Roma finalmente disse, colocando as mãos para trás. — É importante.

Juliette deu um passo para frente. Seus dedos novamente alcançaram o isqueiro nas dobras de seu vestido, brincando com a chama enquanto cantarolava em pensamento. Roma pronunciou *Cai* da mesma forma que os comerciantes estrangeiros: como se escreve. Os chineses e os russos empregavam os mesmos fonemas para o nome: *tsai*, como o som de um fósforo sendo riscado. A pronúncia errada fora intencional, para ler a ocasião. Ela era fluente em russo e ele, fluente no dialeto ímpar de Xangai. Mesmo assim, aqui estavam eles, falando inglês com sotaques distintos, tal qual dois comerciantes comuns. Optar pelo uso da língua nativa seria como escolher um lado, então optaram pelo meio-termo.

— Suponho que seja, já que o senhor veio até aqui. — Juliette disse, dando de ombros. — Em vez disso, fale comigo, e eu encaminharei o recado. De um herdeiro para o outro, Sr. Montagov. O senhor confia em mim, não?

A indagação era risível. Suas palavras diziam uma coisa; seu olhar, frio e impassível, outra — *um passo em falso enquanto estiver no meu território e eu o mato com minhas próprias mãos*. Ela era a última pessoa em quem ele confiaria, e a recíproca era verdadeira.

Mas qualquer que fosse a necessidade de Roma, devia ser séria. Ele não discutiu.

— Poderíamos...?

Ele gesticulou para a lateral, em direção à penumbra e aos cantos mal iluminados, para os quais a plateia não se voltaria, como se ambos fossem um segundo espetáculo, esperando pelo momento em que Juliette se afastasse para que pudessem dar o bote. Estreitando os lábios, Juliette virou-se e, em vez de ir para onde ele apontou, conduziu-o para os fundos do cabaré. Ele a seguiu rapidamente, com passos compassados se aproximando a ponto das contas do vestido de Juliette tilintarem raivosamente com a agitação. Ela não sabia por que se dera ao trabalho. Deveria tê-lo jogado aos Escarlates, deixar que cuidassem dele.

Não, decidira. *Quem vai cuidar dele sou eu. Quem vai destruí-lo sou eu.*

Juliette parou. Agora estavam apenas ela e Roma Montagov nas sombras, os demais ruídos abafados e as luzes fracas. Ela esfregou seu pulso, ordenando que sua pulsação ficasse mais lenta, como se aquilo estivesse sob seu controle.

— Vamos, fale. — disse ela.

Roma olhou em volta. Abaixou a cabeça e o tom de voz antes de falar, de modo que Juliette precisou se esforçar para ouvi-lo. E ela de fato se esforçou, pois recusava-se a chegar mais perto dele do que o necessário.

— Noite passada, cinco Rosas Brancas morreram nos portos. Suas gargantas foram diaceradas.

Juliette piscou os olhos.

— E...?

Ela não quis parecer indiferente, mas os membros de ambas as facções se matavam toda semana. A própria Juliette já contribuíra para o aumento no número de mortos. Se ele pretendia jogar a culpa em seus Escarlates, estava perdendo seu tempo.

— E — Roma retrucou secamente, claramente suprimindo um *se você me deixar concluir* — um dos seus. Assim como um policial do município. Britânico.

Com essa alegação, Juliette franziu ligeiramente o cenho, tentando lembrar se ouvira alguém de seu clã falando a respeito da morte de algum Escarlate. A presença de vítimas de ambas as facções na cena de um crime era algo estranho, considerando que os assassinatos em maior escala normalmente ocorriam em emboscadas, e era ainda mais estranho um policial estar entre elas, mas ela não iria tão longe a ponto de afirmar que era um caso bizarro. Apenas ergueu uma sobrancelha para Roma, desinteressada.

Até que, prosseguindo, ele disse:

— Todos os ferimentos foram autoinfligidos. Não foi uma disputa de território.

Juliette balançou repetidamente a cabeça para um lado, certificando-se de que ouvira direito. Quando confirmou que seus ouvidos não estavam obstruídos, exclamou:

— Sete mortos por lesões *autoinfligidas*?

Roma assentiu com a cabeça. Ele deu outra olhada por sobre os ombros, como se ficar de olho nos gangsteres às mesas fosse impedi-los de atacar. Ou talvez ele não se importasse nem um pouco com eles; talvez estivesse apenas evitando olhar Juliette nos olhos.

— Vim aqui em busca de explicações. Seu pai sabe algo sobre isso?

Juliette soltou um riso de escárnio, um ruído profundo e ressentido. Ele acabara de dizer que cinco Rosas Brancas, um Escarlate e um policial se encontraram nos portos e cortaram as próprias gargantas? Parecia uma piada de muito mau gosto e sem graça nenhuma.

— Não podemos ajudar — afirmou.

— Qualquer informação pode ser crucial para desvendar o que houve, Senhorita Cai — Roma insistiu. Uma pequena marca em forma de lua crescente sempre aparecia entre suas sobrancelhas quando ele estava irritado. E lá estava ela. Havia algo por trás dessas mortes que Roma omitira: ele não ficaria tão transtornado por causa de uma simples tocaia. — Entre os mortos havia um dos seus—

— Não cooperaremos com Rosas Brancas. — Juliette o interrompeu. Qualquer traço de simpatia falsa em seu semblante desaparecera há muito tempo. — Vou deixar bem claro antes que o senhor continue. Não importa se meu pai sabe ou não de algo sobre as mortes da noite passada; não vamos partilhar coisa nenhuma e não faremos nenhum contato que possa prejudicar nossos próprios empreendimentos. Então, senhor, *passar bem*.

Roma fora dispensado com todas as letras, mas ficou parado no mesmo lugar, encarando-a como se tivesse um gosto amargo na boca. Ela já se virava, preparando-se para sair, quando ouviu Roma sussurrar ferozmente:

— O que aconteceu com *você*?

Ela poderia ter retrucado com qualquer coisa. Poderia ter escolhido palavras mergulhadas no veneno mortal que acumulara nos anos em que esteve fora e despejado tudo em cima dele. Poderia lembrá-lo do que fizera há quatro anos, empurrar mais fundo a lâmina da culpa até que ele sangrasse. Mas antes de ela abrir a boca, um grito atravessou a boate, interrompendo todo e qualquer ruído, como se operasse em outra frequência.

Os dançarinos ficaram estáticos no palco; a música parou.

— O que está havendo? — Juliette murmurou. Assim que se moveu para averiguar o ocorrido, Roma emitiu um sibilo agudo e agarrou seu cotovelo.

— Juliette, não.

Seu toque fazia a pele dela arder como uma dolorosa queimadura. Juliette soltou bruscamente o braço, mais rápido do que se estivesse realmente em chamas, e seus olhos flamejavam. Ele não tinha o direito de tocá-la, pois abriu mão do direito de, algum dia, protegê-la, nem fingir que o fazia.

Juliette correu em direção ao grito, ignorando Roma, que a seguia. Estrondos de pânico vibravam cada vez mais alto, embora ela não pudesse entender *o que* estava causando tamanha reação, até que, aos empurrões, abriu caminho pela multidão que se acotovelara.

Então viu o homem no chão, se debatendo e afundando os próprios dedos em seu pescoço grosso.

— O que ele está fazendo? — Juliette gritou, se projetando para a frente. — Alguém faça ele parar!

Todavia, a maioria de suas unhas já estava profundamente enterrada no músculo. Ele cavava com um vigor animalesco — como se houvesse alguma coisa *lá dentro*, algo que ninguém podia ver, rastejando sob sua pele. Cada vez mais profundamente, até que seus dedos estivessem totalmente imersos e ele começasse a puxar tendões, veias e artérias.

No instante seguinte, a boate estava em completo silêncio. Nada se ouvia, exceto a respiração ofegante do homem baixo e corpulento que colapsara no chão, com a garganta dilacerada e as mãos cobertas de sangue.

Dois

Do silêncio, fizeram-se gritos. Dos gritos, fez-se o caos, e Juliette arregaçou as mangas cintilantes, com lábios retesados e expressão cerrada.

— Sr. Montagov — disse ela, por sobre a confusão — o senhor precisa se retirar.

Juliette avançou em marcha, acenando para dois de seus homens que estavam ali perto. Eles atenderam o chamado, mas fizeram uma expressão estranha, o que quase deixou Juliette ofendida, até que — instantes depois — ela piscou, olhou por sobre os ombros e viu Roma ainda parado no mesmo lugar, sem nenhuma intenção de sair. Em vez disso, ele passou por ela como se fosse dono do recinto e se agachou perto do moribundo, observando, dentre todas as coisas, os *sapatos* do sujeito.

— Mas será possível? — murmurou Juliette, mandando os dois Escarlates na direção de Roma. — Escoltem-no para fora.

Era o que eles estavam esperando. Imediatamente, um dos Escarlates empurrou com truculência o herdeiro dos Rosas Brancas, forçando Roma a se levantar rapidamente para não cair no chão *ensanguentado*.

— Eu disse *escoltem-no* — disparou ela aos Escarlates. — Estamos no Festival do Meio do Outono. Não sejam trogloditas.

— Mas, senhorita Cai...

— Não percebeu ainda? — Roma os cortou com frieza, apontando um dedo para o homem que agonizava. O herdeiro virou-se para Juliette com a mandíbula cerrada e olhos na mesma altura que os da jovem, completamente fixos nela — apenas nela. Ele agia como se não houvesse mais ninguém em seu campo de visão além de Juliette, como se os dois homens ali não o estivessem esfaqueando com o olhar, como se todo o cabaré não estivesse gritando em meio ao caos, correndo em círculos ao redor da poça crescente de sangue. — Foi exatamente isso que aconteceu noite passada. Não é um caso isolado, é *um surto*...

Juliette suspirou, acenando com pulso frouxo. Os dois Escarlates seguraram firmemente os ombros de Roma e ele engoliu suas palavras com um fechar ruidoso da mandíbula. Não faria uma cena em território Escarlate, já havia tido sorte o bastante por estar saindo sem um buraco de bala nas costas. Ele sabia disso. Essa foi a única razão pela qual tolerara ser carregado por homens que poderia ter matado nas ruas.

— Obrigado por ser tão compreensivo — disse ela, sorrindo afetadamente.

Roma não disse mais nada enquanto era carregado para fora da vista de Juliette. Ela o observava, estreitando os olhos, e somente quando se assegurou de que Roma estava fora do cabaré voltou sua atenção à completa desordem diante dela, suspirando e ajoelhando-se ao lado do homem agonizante.

Não havia salvação para um ferimento como aquele. Ainda jorrava sangue, formando poças vermelhas no chão. Certamente havia sangue manchando a malha de seu vestido, mas Juliette mal o sentia. O homem tentava lhe dizer algo, mas ela não conseguia ouvir o quê.

— A senhorita deveria acabar com o suplício desse homem.

Walter Dexter conseguiu chegar até a cena e, com uma expressão quase que curiosa, agora espiava por sobre o ombro de Juliette. Manteve-se imóvel, mesmo quando as garçonetes começaram a afastar a multidão e a isolar a área, mandando embora aos gritos os observadores. Para a irritação de

Juliette, nenhum dos Escarlates se preocupou em levar Walter embora — seu semblante passava a sensação de que precisava estar ali. Juliette já conhecera muitos homens assim nos Estados Unidos: homens que presumiam ter o direito de estar onde quisessem porque o mundo fora estruturado para favorecer sua etiqueta *civilizada*. Esse tipo de confiança não conhecia limites.

— Cale-se — disparou Juliette, furiosa, aproximando seu ouvido do homem que estava morrendo. Se ele tinha últimas palavras, merecia ser ouvido e...

— Eu já vi isso antes: é o delírio de um viciado. Talvez meta-anfetamina ou...

— *Cale-se!*

Juliette concentrou-se até que pudesse isolar os sons vindos da boca do moribundo, até que a histeria ao redor se tornasse mero ruído de fundo.

— Guài. Guài. Guài.

Guài?

Com a mente girando, Juliette passou por toda e qualquer palavra que tivesse alguma semelhança com o cântico do homem. A única que fazia sentido era...

— *Monstro?* — indagou ela, apertando o ombro do moribundo. — É isso que o senhor quer dizer?

Ele ficou imóvel. Seu olhar ficou surpreendentemente límpido por um brevíssimo instante. Então, o moribundo proferiu, em um breve ruído — *Huò bù dān xíng* —. Após aquele único fôlego, única expiração, único alerta, seus olhos vidraram-se.

Juliette, ainda atônita, estendeu o braço e fechou-lhe as pálpebras. Antes que pudesse assimilar direito as palavras do morto, Kathleen já se aproximava para cobri-lo com uma toalha de mesa. Apenas seus pés ficaram para fora, naqueles sapatos esfarrapados que Roma estivera encarando.

Eles não formam um par, Juliette percebeu, de repente. Um sapato era elegante e lustroso, preservando o brilho da última engraxada; o outro era demasiadamente pequeno, tinha uma cor totalmente diferente, e seu cabedal se mantinha preso por um pedaço fino de fio enrolado em três voltas na região dos dedos.

Estranho.

— O que foi aquilo? O que ele disse?

Walter ainda estava espreitando por trás dos cotovelos dela. Ele parecia não entender que aquela era sua deixa para sair dali. Parecia não ligar para o fato de Juliette estar com os olhos fixos à frente, estupefata, se perguntando como Roma havia sincronizado sua visita para coincidir com esta morte.

— Infortúnios não andam sozinhos — traduziu Juliette quando finalmente saiu do transe de volta para o caos da situação. Walter Dexter apenas a fitava de forma vazia, tentando entender por que um moribundo diria algo tão elaborado. Ele não entendia os chineses e seu amor por provérbios. Sua boca estava se abrindo, provavelmente para mais uma ladainha sobre seu vasto conhecimento a respeito do mundo das drogas, outro alerta sobre os perigos de comprar produtos de quem ele considerava não confiáveis. Juliette levantou um dedo, interrompendo-o. Se ela tinha certeza de algo, era de que aquelas não eram as últimas palavras de um homem sob excesso de drogas. Era o aviso final de um homem que viu algo que não deveria.

— Permita-me a correção. Vocês, britânicos, já possuem uma tradução mais adequada — disse ela. — Quando chove, inunda.

Muito acima da tubulação furada e dos carpetes mofados da casa Rosa Branca, Alisa Montagova estava empoleirada em uma ripa de madeira nas vigas do teto, o queixo pressionado contra os joelhos enquanto bisbilhotava a reunião que ocorria logo abaixo.

Os Montagoves não viviam em uma grande e chamativa residência como seu orçamento podia adquirir. Preferiam ficar no coração de tudo, o mesmo em que pessoas com o rosto sujo de poeira catavam o lixo das ruas. De fora, seu domicílio parecia idêntico às fileiras de apartamentos ao longo daquela agitada rua da cidade. Por dentro, transformaram o que costumava ser um complexo de apartamentos em um grande quebra-cabeças de cômodos, escritórios e escadarias, cuidando do lugar não com servos ou criadas, mas com hierarquia. Não apenas Montagoves viviam aqui, mas qualquer Rosa Branca que tinha algum papel na organização, e entre a variedade de pessoas entrando e saindo desta casa, dentro e fora dos seus muros, havia uma ordem. Lorde Montagov reinava no topo e Roma — pelo menos no nome — estava em segundo lugar, mas, abaixo, os cargos mudavam constantemente, definidos por determinação em vez de sangue. Enquanto a Sociedade Escarlate dependia de relações — de quais famílias eram mais antigas antes do país despencar do trono imperial — os Rosas Brancas operavam no caos, no movimento constante. Mas a escalada ao poder era uma escolha, e aqueles que permaneciam nos degraus mais baixos da organização o faziam por vontade própria. Tornar-se um Rosa Branca não era questão de poder ou riqueza; era sobre saber da possibilidade de sair a qualquer momento se não gostassem das ordens dadas pelos Montagoves. Era um punho levado ao peito em saudação, uma troca fixa de olhares, uma anuência com um aceno de cabeça— assim, os refugiados russos que chegavam a Xangai fariam qualquer coisa para se juntar ao quadro dos Rosas Brancas, qualquer coisa para reconquistarem a sensação de pertencimento que deixaram para trás quando os Bolcheviques bateram à porta.

Assim era para os homens, pelo menos. As russas desafortunadas o bastante para não nascerem como Rosas Brancas trabalhavam como dançarinas ou meretrizes. Na semana anterior, Alisa ouvira por acaso uma britânica chorando por causa de um estado de emergência na Concessão Internacional de Xangai — de famílias sendo destruídas por beldades siberianas que não tinham dinheiro algum, apenas um rostinho e um corpinho bonitos e vontade de viver. As refugiadas faziam o que tinham de fazer; bússolas morais não valiam de nada face à fome.

Alisa sobressaltou-se. O homem que ela bisbilhotava começou de repente a sussurrar. A mudança abrupta no volume chamou sua atenção para a reunião lá embaixo.

— As facções políticas fizeram muitos comentários maliciosos — resmungou uma voz áspera. — É quase certo que os políticos estejam por trás dos surtos, mas é difícil dizer agora se os responsáveis são o Kuomintang ou os Comunistas. Várias fontes falam em Zhang Gutai, mas... bem, *eu* não acredito muito nisso.

Outra voz complementou ironicamente:

— Tenha dó, Zhang Gutai é tão incompetente como Secretário do Partido Comunista que colocou a data errada em um dos cartazes de reunião.

Alisa conseguia ver, através da fina tela que cobria as fendas ao longo do teto, três homens sentados em frente a seu pai. Ela não conseguiria enxergar muito bem a fisionomia deles sem correr o risco de cair das vigas, mas o idioma russo falado com sotaque dizia o suficiente. Eram espiões chineses.

— O que sabemos sobre o método deles? Como esse surto se espalha?

Agora era seu pai que falava, sua voz lenta tão familiar quanto unhas arranhando um quadro-negro. Lorde Montagov falava de uma forma tão imperativa que faria qualquer um crer que estava pecando ao não lhe prestar atenção.

Um dos chineses pigarreou. Ele passava as mãos na camisa e a retorcia com tanta agressividade que Alisa se inclinou para frente nas vigas, espiando através da tela para ter certeza de que via realmente aquele gesto.

— Um monstro.

Alisa quase levou um tombo. Suas mãos foram à ripa e a equilibraram bem na hora. Ela suspirou de alívio.

— O quê?

— Não podemos confirmar nada acerca da origem da loucura, exceto por uma coisa — afirmou o terceiro e último homem. — Isso tem ligação com o aparecimento de um monstro. Eu mesmo o vi. Vi olhos prateados no rio Huangpu, piscando de um jeito que homem nenhum...

— Basta, basta — interrompeu Lorde Montagov. Seu tom era áspero, irritado com o rumo que a reunião de inteligência tomara. — Não tenho interesse algum em ouvir sandices sobre um monstro. Se não há nada além disso, espero revê-los em nossa próxima reunião.

Fazendo uma careta, Alisa se apressou pelas ripas, seguindo os homens enquanto saíam. Ela já tinha doze anos de idade, mas era miúda, sempre disparando de uma sombra à outra como um roedor selvagem. Enquanto a porta se fechava lá embaixo, a menina saltava de uma viga a outra até que estivesse colada na que estava diretamente acima dos espiões.

— Ele parecia assustado —observou um deles, em voz baixa.

O homem do meio fez um gesto pedindo silêncio, mas as palavras já haviam sido proferidas e soltas no mundo, tornando-se flechas afiadas que atravessaram o cômodo sem alvo certo, seguindo apenas uma trilha de destruição. Eles fecharam bem seus casacos e deixaram a caótica e efervescente casa Montagov para trás. Alisa, no entanto, permanecia em seu cantinho no teto.

Medo. Este era um sentimento que ela pensava que seu pai desaprendera a sentir. Medo era um conceito para os homens desarmados. Medo era algo reservado para pessoas como Alisa, pequenas, esguias, que viviam olhando para trás.

Se Lorde Montagov estava amedrontado, as regras estavam mudando.

Alisa saltou do teto e saiu correndo.

Três

No momento em que irrompeu no corredor, enfiando o último grampo no cabelo, Juliette já sabia que era tarde demais.

Em parte, fora culpa da criada, por não a despertar quando deveria e, em parte, culpa dela mesma por não conseguir levantar com a aurora, como vinha tentando desde que retornara à Xangai. Aqueles raros momentos, quando o céu estava se iluminando — antes da agitação do resto do clã vir à tona — eram os momentos mais pacíficos que alguém podia ter naquela casa. Os dias em que ela se levantava cedo o bastante para beliscar um sopro de ar frio e dar um gole no completo e total silêncio em sua sacada eram os seus favoritos. Ela podia caminhar pela casa sem que ninguém a incomodasse, passando pela cozinha e beliscando o que quisesse, e então escolher qualquer assento que desejasse na mesa vazia. A depender da velocidade de seu mastigar, ela poderia até mesmo passar um tempinho na sala de estar, com as janelas escancaradas para permitir a entrada da melodia matinal de um pássaro. Os dias em que ela não conseguia se livrar das cobertas rápido o suficiente eram os de sentar-se, rabugenta, com o resto do clã durante o café da manhã.

Juliette agora estava parada do lado de fora do escritório de seu pai, xingando baixinho. O dia de hoje não se limitava apenas em evitar parentes distantes. Ela queria meter o nariz em uma das reuniões de Lorde Cai.

A porta abriu-se rapidamente. Juliette deu um passo para trás, tentando parecer natural. Definitivamente tarde demais.

— Juliette — Lorde Cai lançou-lhe um olhar penetrante, franzindo o cenho. — Está muito cedo. Por que está acordada?

Juliette pôs as mãos sob o queixo; era a inocência em pessoa.

— Soube que temos um visitante ilustre. Pensei em vir cumprimentá-lo.

O visitante mencionado ergueu uma sobrancelha desconfiada. O homem era um Nacionalista, mas ficava difícil dizer se era ilustre ou não, pois estava vestindo um terno ocidental, sem as condecorações que a farda militar Kuomintang poderia ostentar no colarinho. A Sociedade Escarlate tem sido amistosa com os Nacionalistas — o Kuomintang — desde sua fundação como partido político. Recentemente, a relação estreitou-se ainda mais por causa do combate à ascensão de seus "aliados" Comunistas. Juliette voltara para casa há apenas uma semana, mas já vira o pai comparecer a cinco reuniões diferentes com os Nacionalistas, preocupados, querendo o apoio da máfia. Em cada uma delas, a jovem acabara se atrasando, de modo que não conseguia entrar sem causar constrangimento, então resolvia ficar parada à porta, do lado de fora, para captar qualquer migalha da conversa que conseguisse.

Os Nacionalistas estavam com medo, disso ela sabia. O crescente Partido Comunista da China estava encorajando seus membros a se filiarem ao Kuomintang em uma demonstração de cooperação com os Nacionalistas; só que, em vez disso, a influência progressiva do maior número de Comunistas dentro do Kuomintang começava a ameaçar os Nacionalistas. Tamanho escândalo era o assunto do momento no país, mas especialmente em Xangai, um lugar sem lei, para onde governos iam para nascer e morrer.

— É muita gentileza sua, Juliette, mas o Sr. Qiao está com pressa a caminho de outra reunião.

Lorde Cai gesticulou em direção a um servo para que conduzisse o Nacionalista à saída. O Sr. Qiao educadamente ergueu de leve o chapéu, e Juliette sorriu de boca fechada, engolindo um suspiro.

— Não faria mal algum me deixar acompanhar uma reunião, *Bàba* — disse Juliette, assim que o Sr. Qiao estava fora de visão. — O senhor deveria estar me ensinando.

— Posso ensiná-la com calma — respondeu Lorde Cai, balançando negativamente a cabeça. — Você não deveria se envolver em política ainda. São negócios entediantes.

Mas eram negócios relevantes, especialmente se a Sociedade Escarlate gastava um bom tempo entretendo aquelas facções. Especialmente se Lorde Cai mal se importara noite passada quando Juliette lhe contou que o herdeiro dos Rosas Brancas desfilara no meio do maior cabaré da Sociedade Escarlate, e disse para a filha que discutiriam aquele fato pela manhã.

— Hum, vamos à mesa do café da manhã? — disse o pai. Ele pôs a mão na nuca de Juliette, conduzindo-a escada abaixo, como se houvesse risco de ela fugir correndo. — Lá podemos falar sobre a noite passada.

— Café da manhã seria maravilhoso — murmurou Juliette. Na verdade, a barulheira das refeições matinais lhe dava dor de cabeça. Havia algo particular nas manhãs daquele clã que deixava Juliette inquieta. Não importava o assunto discutido pelos seus parentes: podia ser o tema mais mundano, como a especulação a respeito dos preços crescentes do arroz; de suas palavras gotejavam intriga e astúcia implacável. Tudo o que discutiam parecia mais adequado à noite, quando as criadas se recolhiam a seus aposentos e a escuridão rastejava pelo encerado assoalho de madeira.

— Juliette, querida — cacarejou uma tia no instante em que ela e o pai se aproximaram da mesa. — Dormiu bem?

— Sim, *Ā yí* — Juliette respondeu com secura. — Dormi muito bem.

— Você cortou o cabelo de novo? Deve ter cortado, não me lembro dele ser tão curtinho.

Não bastasse serem suficientemente irritantes, havia muitos parentes indo e vindo no clã Cai para que Juliette tivesse tempo de se *importar* com algum deles. Rosalind e Kathleen eram, ambas, as primas mais próximas e únicas amigas, e isso era tudo de que precisava. Todos os outros eram meros nomes e uma relação da qual tinha que se lembrar caso algum dia precisasse de algo. A tia tagarelando em seus ouvidos era distante demais para ser útil em qualquer ocasião, tão distante que Juliette teve que parar e se perguntar por que ela estava na mesa do café da manhã.

— *Dà jiě*, pelo amor de Deus, deixe a menina falar.

Juliette levantou a cabeça rapidamente, sorrindo para a voz que partira da extremidade da mesa. Pensando melhor, havia uma única exceção à sua apatia: Sr. Li, seu tio preferido.

— *Xiè xiè* — respondeu ela, abrindo a boca, mas sem emitir sons.

Ele apenas ergueu sua xícara de chá em resposta ao agradecimento, com um pequeno brilho nos olhos. A tia bufou, mas parou de falar. Juliette voltou-se para seu pai.

— Então, *Bàba*, noite passada — começou. — Se as alegações são verídicas, um de nossos homens esbarrou com cinco Rosas Brancas nos portos, e depois arrancou fora a própria garganta. O que o senhor acha disso?

Lorde Cai, sentado à cabeceira da mesa longa e retangular, emitiu um ruído pensativo e então esfregou a ponta do nariz, suspirando profundamente. Juliette imaginou quando fora a última vez que seu pai teve uma noite inteira de sono, sem ser interrompido por estresse e reuniões. Sua estafa era invisível ao olho destreinado, mas Juliette sabia. Juliette sempre sabia.

Ou talvez ele estivesse apenas cansado de ter que, logo de manhã, se sentar à cabeceira da mesa e ouvir as fofocas de todo mundo. Antes de Juliette viajar, a mesa de jantar era redonda, como as mesas chinesas devem ser. Ela suspeitava que eles a trocaram somente para agradar os visitantes ocidentais que iam ao casarão dos Cai para reunir-se, mas o resultado não foi dos melhores: familiares não conseguiam mais falar com quem desejavam, como era quando todos estavam sentados em círculo.

— *Bàba* — Juliette insistiu, embora soubesse que ele ainda estava pensando. Ocorre que seu pai era um homem de poucas palavras e Juliette, uma mulher que não suportava o silêncio. Mesmo quando o entorno estava agitado, com os empregados entrando e saindo freneticamente da cozinha, a comida chegando e a mesa acomodando várias conversas paralelas com volumes oscilantes, ela não suportava quando seu pai deixava sua pergunta esmaecer em vez de respondê-la imediatamente.

O problema era que, mesmo que ele lhe tenha dado atenção agora, Lorde Cai apenas fingia preocupação a respeito daqueles alegados surtos. Juliette sabia — isso era uma brincadeira de criança perto da monstruosa lista de coisas que infestavam a atenção de seu pai. Afinal, quem ligaria para rumores de *criaturas* estranhas emergindo das águas da cidade quando os Nacionalistas e os Comunistas estavam também emergindo, com armas em riste e exércitos preparados para marchar?

— E isso foi tudo que Roma Montagov revelou? — indagou Lorde Cai finalmente.

Juliette se encolheu. Não pôde evitar. Ela passou quatro anos se sentindo mal ao simplesmente pensar nele, e ouvir seu nome — ainda mais na boca do pai — parecia errado.

— Sim.

O pai tamborilou lentamente os dedos no tampo da mesa.

— Suspeito que ele saiba de mais coisas — prosseguiu Juliette —, mas foi cauteloso.

Lorde Cai quedou-se novamente em silêncio, permitindo que o ruído ao seu redor diminuísse, aumentasse e depois cessasse. Juliette se perguntava se naquele momento a mente do pai estava em outro lugar. Afinal, ele fora terrivelmente apático em relação às notícias do herdeiro Rosa Branca em seu território. A disputa de sangue era muito importante para a Sociedade Escarlate e, se Lorde Cai não dava qualquer relevância à infração de Roma Montagov, apenas ficava mais evidente a prioridade que a política passara a ter.

No entanto, antes que o pai tivesse chance de falar novamente, as portas vaivém da cozinha se abriram com força, e o som ecoou tão alto que a tia ao lado de Juliette derrubou sua xícara de chá.

— Se suspeitamos que os Rosas Brancas possuem mais informação que nós, por que estamos aqui *plantados* falando sobre isso?

Juliette rangeu os dentes, limpando o chá que caíra em seu vestido. Tyler Cai entrara, o mais irritante de todos os seus primos. Apesar de terem a mesma idade, nos quatro anos em que ela esteve fora parecia que o primo não amadurecera em nada. Ainda fazia piadas grosseiras e esperava que os outros se ajoelhassem a seus pés. Se pudesse, ele mandaria a Terra girar ao contrário simplesmente por achar que seria um giro mais eficiente, mesmo que totalmente fora da realidade.

— Você tem o costume de bisbilhotar atrás da porta em vez de entrar? — desdenhou Juliette. Seu comentário ácido não foi aprovado. Os parentes rapidamente se levantaram assim que viram Tyler, correndo para pegar-lhe uma cadeira, mais chá, outro prato; provavelmente um com gravações a ouro e encrustado de cristais. Apesar da posição de Juliette como herdeira da Sociedade Escarlate, eles nunca lhe sorririam daquela forma afetada. Ela era mulher. Aos olhos deles, não importava sua legitimidade; ela nunca seria boa o bastante.

— Me parece simples — prosseguiu Tyler. Sentou-se em um assento, recostando-se nele como se fosse um trono. — Já é hora de mostrarmos aos Rosas Brancas quem é que manda nesta cidade. Vamos ordenar que nos digam o que sabem.

— Temos pessoal, armamentos — um tio soturno comentou, concordando com a cabeça e passando a mão na barba.

— Os políticos ficarão do nosso lado — a tia ao lado de Juliette complementou. — Eles têm de ficar. Não podem tolerar os Rosas Brancas.

— Uma batalha por território não é boa ideia — *até que enfim*, pensou Juliette, voltando-se para o primo de segundo grau mais velho que havia falado, *uma voz consciente nesta mesa*. — Mas com seu talento, Tyler, a quantidade de terreno que ganharemos é imensurável.

Os punhos de Juliette cerraram-se, apertados. *Esquece.*

— Eis o que devemos fazer — começou Tyler, animado. Juliette lançou um olhar a seu pai, mas ele parecia satisfeito em simplesmente continuar sua refeição. Desde que ela voltara, Tyler aproveitava qualquer chance de ofuscá-la, tanto em conversas francas quanto em comentários paralelos; mas, todas as vezes, Lorde Cai intervinha para calá-lo, para lembrar àqueles tios e tias, com o mínimo de palavras possível, quem era a verdadeira herdeira; para lembrar que o favoritismo que davam a Tyler não os levaria a lugar nenhum.

Só que desta vez Lorde Cai manteve-se em silêncio. Juliette não sabia se ele se abstivera porque achava a tática do sobrinho risível ou porque estava, de fato, levando-o a sério. Ela sentiu o estômago embrulhar, fervendo em ácido com o pensamento.

— ... e as forças internacionais não podem reclamar — dizia Tyler. — Se essas mortes foram autoinfligidas, é um problema que pode afetar qualquer um. É um problema do *nosso* povo, que requer *nossa* ajuda para defendê-lo. Se não agirmos agora e retomarmos a cidade pelo bem deles, então para que servimos? Iremos aturar mais um século de humilhação?

As vozes na mesa entoavam aprovação. Grunhidos de incentivo; polegares enrugados e com cicatrizes erguidos no ar; batidinhas gentis nos ombros de Tyler. Apenas o Sr. Li e o pai de Juliette permaneciam quietos, com expressão neutra, mas isso não era o bastante. Juliette jogou seus talheres, e seus *kuàizi* de porcelana fina despedaçaram-se em quatro pedaços.

— Você quer se enfiar no meio do território dos Rosas Brancas? — ela se levantou e ajeitou o vestido. — À vontade. Eu mandarei uma criada desembolar suas tripas quando forem enviadas para nós em uma caixa de presente.

Com os parentes chocados demais para reclamar, Juliette marchou para fora da cozinha. Seu coração estava acelerado, apesar da postura calma, e ela tinha receio de que, desta vez, tivesse realmente ido longe demais. Assim que estava no corredor, parou e olhou para trás, observando as portas da cozinha se fecharem. A madeira, importada de alguma nação distante, fora entalhada com caligrafia chinesa tradicional: poemas que Juliette havia memorizado há muito tempo. A casa era um espelho da cidade, um eco das ideias que viajavam de ponta a ponta. Era uma fusão de Oriente e Ocidente, incapaz de abrir mão do velho, mas desesperada para imitar o novo e, assim como a cidade, a arquitetura da casa não combinava muito bem.

As portas da cozinha, belas, mas destoantes, abriram-se novamente. Juliette nem titubeou. Esperava por isso.

— Juliette. Uma palavrinha.

Apenas Tyler a seguira, com uma carranca esculpida na face. Ele possuía o mesmo queixo pontudo que Juliette, a mesma covinha na parte inferior esquerda do lábio, que aparecia quando ele estava irritado. Juliette não conseguia explicar a semelhança absurda entre ambos. Em todo retrato de família sempre eram colocados juntos, e as pessoas brincavam com eles como se fossem gêmeos em vez de primos. Mas Juliette e Tyler nunca se deram bem, nem mesmo no cercadinho, quando brincavam com armas de mentirinha em vez das reais; Tyler mirava na cabeça dela e a balinha de madeira nunca errava.

— O que é?

Tyler parou. Cruzou os braços.

— Qual é o seu problema?

Juliette revirou os olhos.

— Meu problema?

— Sim, *seu* problema. Não é legal ficar frustrando as minhas ideias e...

— Você não é estúpido, Tyler, então pare de agir como se fosse — interrompeu Juliette. — Eu odeio os Montagoves tanto quanto você. Todos nós odiamos, tanto que sangramos por isso. Mas agora não é hora de travar uma guerra por território. Não com a cidade sendo explorada por estrangeiros.

Breve silêncio.

— Estúpido?

Tyler não entendeu nada, e ainda assim se ofendeu. O primo era um homem com pele de aço e coração de vidro. Desde que perdeu ambos os pais, muito jovem, tornou-se este forçado anarquista Escarlate, gratuitamente pretensioso e agressivo e, como os pares se atraem, seus únicos amigos eram os que ficavam por perto esperando conseguir um atalho para criar conexões com os Cais. Todos o bajulavam, dispostos a dar socos coreografados, deixando-o sentir-se poderoso quando os golpes não encaixavam, mas bastava um chute súbito no abdome e ele desmontaria.

— Eu acho que defender nosso ganha-pão está longe de ser estúpido — continuou Tyler. Acho que reclamar nosso país daqueles *russos*...

O problema é que Tyler achava que o seu modo de agir era o único possível. Ela gostaria de achar dentro de si um meio de não o culpar por isso. Afinal, Tyler, exatamente como ela, queria o melhor para a Sociedade Escarlate. Só que, em sua mente, *ele* era o melhor para a Sociedade Escarlate.

Juliette não quis mais saber de conversa. Virou-se para se retirar.

Até que seu primo a agarrou pelo pulso.

— Que *tipo de herdeirazinha* é você?

Rápido como um raio, Tyler a jogou contra a parede. Ele mantinha uma das mãos amassando a manga esquerda da roupa dela e o resto de seu braço pressionava a clavícula da moça, com força suficiente apenas para servir de ameaça.

— Me solte — sibilou Juliette, tentando se desvencilhar. — Agora.

Tyler não obedeceu.

— A Sociedade Escarlate deveria ser sua maior prioridade. Nosso povo deveria ser sua maior prioridade.

— É melhor ter cuidado...

— Sabe o que eu acho? — Tyler puxou o ar, enfurecido, com linhas de expressão profundas deformando seu rosto repleto de nojo. — Eu ouvi os boatos. Acho que você está tentando proteger Roma Montagov.

Juliette ficou completamente paralisada. Não foi o medo que a dominou, nem qualquer intimidação que Tyler tentara incitar. Foi indignação, e em seguida raiva, raiva fervilhante. Ela esquartejaria Roma Montagov antes de sequer cogitar protegê-lo novamente.

Sua mão direita ergueu-se — punho cerrado, pulso firme, nós dos dedos preparados — e entrou em colisão perfeita e certeira com a bochecha de seu primo. Um instante que o deixara em completa inércia. Um instante em que Tyler apenas piscava, e as linhas de sua face pálida tremiam de choque. Então ele cambaleou, soltando Juliette e sacudindo a cabeça para encará-la, com o ódio estampado no vazio de seus olhos. Um corte vermelho percorria a linha do maxilar dele, causado pelo anel brilhante de Juliette, que lhe ferira a pele.

Não era o bastante.

— Protegendo Roma Montagov? — repetiu ela.

Tyler ficou paralisado. Ele não teve chance de se mover, tampouco de recuar o mínimo que fosse, antes que Juliette puxasse uma faca de seu bolso. Ela a pressionou bem no corte feito pelo anel e sibilou:

— Não somos mais crianças, Tyler. Se você quiser me ameaçar com acusações ultrajantes, terá de responder por elas.

Ele deu uma leve risada.

— Como? — atiçou. — Você vai me matar aqui, no corredor? A dez passos da mesa do café da manhã?

Juliette forçou mais a faca. Um fio de sangue começou a descer da bochecha do primo, escorrendo pelas linhas da mão dela e gotejando ao longo de seu braço.

Tyler parou de rir.

— Eu sou a herdeira da Sociedade Escarlate — disse Juliette. Sua voz ficou tão afiada quanto sua arma. — E acredite em mim, *tángdì*, eu o matarei antes que tire isso de mim.

A jovem empurrou Tyler para longe da lâmina, e o metal reluziu em vermelho. Ele não disse mais nada. Sua única resposta foi um olhar vazio.

Juliette virou-se, com seus sapatos de salto deixando sulcos no carpete, e foi embora.

— Não há nada aqui.

Ressabiado, Roma Montagov continuou sua busca, enfiando os dedos nas rachaduras das docas.

— Cale-se. Continue procurando.

Não haviam achado nada relevante até o momento, mas o sol ainda estava alto no céu. Raios extremamente quentes se refletiam nas ondas que calmamente quebravam contra as docas, cegando qualquer um que as fitasse por muito tempo. Roma mantinha as costas viradas para as águas turvas de cor verde-amarelada. Embora fosse fácil evitar o brilho do sol nas vistas, era muito mais difícil evitar a voz incessante e irritante que tagarelava em suas costas.

— Roma. Ro-*maaaa*. Roma...

— Meu Deus, *mudak*. O quê? O que é?

Ainda restavam muitas horas ao dia e Roma não estava particularmente a fim de voltar a pôr os pés em casa sem levar nenhum achado para seu pai. Sentiu um calafrio ao pensar na hipótese, imaginando a retumbante decepção que marcaria cada palavra do chefão Rosa Branca.

— Você pode cuidar disso, não? — Lorde Montagov indagara pela manhã, dando um tapinha no ombro de Roma. Para um observador comum, pode ter parecido que Lorde Montagov aplicara um gesto paternal, reconfortante. Na verdade, o tapinha fora tão forte que Roma ainda estava com uma marca vermelha no local.

— Não me deixe na mão dessa vez, *filho* — sussurrou Lorde Montagov.

Era sempre essa palavra. *Filho*. Como se significasse algo. Como se Roma não tivesse sido substituído por Dimitri Voronin — não no nome, mas no favoritismo —, relegado a papéis que Dimitri estava muito ocupado para assumir. Esta tarefa não fora atribuída a Roma devido à grande confiança que o pai lhe depositava. Foi lhe dada porque a Sociedade Escarlate não era mais o único mal que lhes infestava os negócios; porque os estrangeiros em Xangai estavam tentando tomar o lugar dos Rosas Brancas como a nova força contra os Escarlates; porque os Comunistas eram uma constante perturbação, tentando recrutar pessoas dentro das fileiras dos Rosas Brancas. Enquanto Roma esquadrinhava o chão atrás de algumas marcas de sangue, Lorde Montagov e Dimitri estavam ocupados lidando com políticos. Estavam repelindo britânicos, norte-americanos e franceses, todos babando por uma fatia do bolo que era o Reino do Meio — mais famintos ainda por Xangai, a cidade acima do mar.

Quando teria sido a última vez que seu pai o enviara efetivamente para perto da Sociedade Escarlate, como o verdadeiro herdeiro que era, para sondar o inimigo, da forma que fizera noite passada? Lorde Montagov não queria protegê-lo da guerra de sangue. Isso não ocorria há muito. A missão lhe foi dada porque seu pai não confiava nem um pouquinho nele. Dar aquela tarefa a Roma fora a cartada final.

Um grunhido longo e impaciente trouxe a atenção de Roma de volta para o presente.

— Sabe — ele disparou, virando-se e protegendo os olhos da luz que refletia no rio —, você *escolheu* vir hoje.

Marshall Seo apenas sorriu de orelha a orelha, finalmente satisfeito por ter conseguido a atenção de Roma. Em vez de rebater com uma tirada,

Marshall enfiou as mãos nos bolsos da calça bem engomada e simplesmente mudou de assunto, pulando do idioma russo para um rápido e veemente coreano. Roma conseguira pescar algumas palavras aqui e ali: *"sangue"*, *"desagradável"* e *"polícia"*, mas o resto se perdera, à deriva no vazio das aulas que ele matara enquanto jovem.

— Mars — Roma interrompeu —, você vai ter que mudar de língua. Não estou com cabeça para traduzir nada hoje.

Em resposta, Marshall apenas continuou a reclamar. Suas mãos gesticulavam com os usuais vigor e entusiasmo, movendo-se no mesmo ritmo que a fala, sílaba empilhada em sílaba, até que Roma não soubesse ao certo se Marshall ainda empregava a língua nativa ou meramente fazia barulho para expressar sua frustração.

— Vou resumir: aqui fede a peixe — uma terceira voz, mais calma e cansada, suspirou a alguns passos dali —, mas você não vai querer saber os exemplos que ele está dando como comparação.

A tradução vinha de Benedikt Montagov, primo de Roma e a terceira pessoa que fechava aquele trio de Rosas Brancas. Cabelos loiros em uma cabeça que normalmente estava inclinada em direção aos cabelos pretos de Marshall; uma dupla dinâmica, que maquinava uma jogada para auxiliar na próxima tarefa de Roma. No momento, estava inclinada para baixo, atenta, examinando uma pilha de caixas tão alta quanto ele. O homem estava tão concentrado que permanecia imóvel; apenas seus olhos, indo da esquerda para a direita, escaneavam.

Roma cruzou os braços:

— Sejamos gratos por feder a peixe e não a cadáver.

Seu primo fungou, não esboçando outras reações. Benedikt era assim. Sempre parecia estar fervendo por baixo da superfície, mas nada vinha à tona, mesmo que ele ficasse à beira de explodir. O pessoal das ruas o descrevia como a versão aguada de Roma, e Benedikt somente aceitou a associação porque tal vínculo com Roma, mesmo que depreciativo, lhe conferia poder. Aqueles que o conheciam bem pensavam que ele tinha dois cérebros e dois corações. O primo sentia demais, mas pensava duas vezes mais rápido —

uma granada moderadamente carregada, colocando o pino em si mesma sempre que alguém tentava puxá-lo.

Marshall não fora dotado com o mesmo controle. Marshall Seo era um explosivo de duas toneladas de potência.

Pelo menos ele finalmente interrompera as analogias malcheirosas, agachando-se repentinamente perto da água. Marshall sempre foi agitado dessa forma — como se o mundo estivesse prestes a acabar e ele precisasse executar o máximo de movimentos possível. Desde que ficara enrolado em um escândalo envolvendo outro homem e um almoxarifado escuro, aprendera a bater primeiro e bem rápido, combatendo os boatos que o seguiam com um sorriso de orelha a orelha, tal qual o gato de Cheshire. Se ele fosse mais resistente, não seria nocauteado. Se fosse mais cruel, ninguém o julgaria sem temer uma faca pressionada contra a garganta.

— Roma.

Benedikt acenou e Roma foi até seu primo, torcendo para que ele tivesse encontrado algo. Após a noite passada, os corpos haviam sido removidos e enviados ao hospital local para armazenamento, mas a cena sangrenta do crime permanecera lá. Roma, Marshall e Benedikt precisavam entender o motivo que levaria cinco de seus homens, um Escarlate e um policial britânico a rasgarem as próprias gargantas, só que a cena do crime continha tão poucas evidências que obter respostas parecia uma causa perdida.

— O que é? — Roma perguntou. — Achou algo?

Benedikt olhou para cima.

— Não.

Roma murchou.

— Esta é a segunda vez que passamos um pente fino na cena — Benedikt prosseguiu. — Acho que fizemos todo o possível, não há como termos deixado passar algo.

Mas, além de examinar a cena do crime, o que mais eles poderiam fazer para entender aqueles surtos? Não havia ninguém a interrogar, nenhuma testemunha, nenhuma história para associar. Quando um crime não tinha autor, quando as vítimas causam algo tão terrível a *si mesmas*, como encontrar respostas?

Perto da água, Marshall suspirou alto, exasperado, descansando o cotovelo sobre o joelho, cabeça apoiada no punho.

— Você ouviu algo sobre um suposto segundo incidente na noite passada? — perguntou, agora em chinês. — Há rumores, mas eu não soube de nada conclusivo.

Roma fingiu encontrar algo relevante nas rachaduras do chão. Não pôde conter a careta quando assinalou:

— Os rumores são verídicos. Eu estava lá.

— Ah, excelente! — Marshall ficou de pé em um instante, juntando as palmas das mãos. — Bem, não tão excelente para o morto, mas excelente! Vamos investigar a nova cena em vez dessa e torcer para que haja mais informação do que nesse lugar fedorento e...

— Não podemos — Roma cortou. — Foi em território Escarlate.

Marshall parou de comemorar, desolado. Benedikt, por outro lado, observava o primo com curiosidade.

— E como você foi parar *dentro* do território Escarlate? — perguntou. *Ainda por cima sem nos levar junto*, foi o trecho não dito que completava sua indagação.

— Meu pai me enviou para conseguir respostas dos Escarlates — Roma replicou. Era uma meia-verdade. Lorde Montagov, de fato, enviara Roma a fim de identificar o que os Escarlates sabiam. Entrar no cabaré, contudo, fora ideia exclusiva do rapaz.

Benedikt arqueou uma sobrancelha.

— E conseguiu?

— Não — O olhar de Roma se perdeu. — Juliette não sabia de nada.

Um baque súbito ecoou alto na relativa calmaria das margens. Benedikt, incrédulo, dera uma cotovelada acidental nas caixas, e a que estava no topo da pilha foi ao chão, espatifando-se em dúzias de pedaços de madeira.

— Juliette? — Benedikt exclamou.

— Juliette voltou? — Marshall acompanhou.

Roma permanecera em silêncio e seus olhos ainda seguiam a beira do rio. Uma dor brotava em sua cabeça, uma tensão que latejava sempre que sondava suas memórias. Doía só de falar o nome dela. *Juliette.*

Eles se conheceram aqui. Enquanto funcionários iam e vinham com trapos encardidos enfiados nos bolsos, que eram desentocados periodicamente para limpar a sujeira que se acumulava em seus dedos, dois herdeiros se escondiam ali à vista de todos, quase que diariamente, dando risadas por causa de uma simples partida de gude.

Roma fez força para afugentar as imagens. Seus dois amigos não sabiam o que acontecera, mas sabiam que houvera *alguma coisa*. Sabiam que, em um dia, Roma tinha a confiança do pai, tão intensa quanto a que se espera de pai e filho, e, no outro, passou a ser visto com suspeita, como se fosse o inimigo. Roma lembrava-se dos olhares das pessoas, aqueles que trocavam entre elas quando Lorde Montagov o desautorizava, o insultava, batia em sua cabeça pela menor das infrações. Todos os Rosas Brancas eram capazes de notar a mudança, embora nenhuma alma viva ousasse falar sobre aquilo em voz alta. A situação tornou-se algo sutilmente aceito, algo sobre o que se ponderava, mas nunca se discutia. Roma também não falava disso. Ou aceitava a nova condição, ou arriscava comprometê-la ainda mais se batesse de frente. Quatro anos se passaram com ele em rédeas curtas. Enquanto não tentasse correr mais rápido do que lhe mandavam, não perderia seu patamar acima do resto dos Rosas Brancas.

— Juliette voltou — Roma confirmou, sem alarde. Seus punhos cerraram-se, apertados. Sentiu um nó na garganta. Ele puxou o ar e mal conseguiu soltá-lo após o calafrio que consumiu seu peito.

Todas as histórias abomináveis que ouvira, as que encobriam Xangai em uma névoa densa de terror, injetadas diretamente no coração daqueles que não contavam com a proteção Escarlate — ele esperava que fossem mentiras, que não fossem nada além de propaganda negativa visando envenenar a força de vontade dos homens que poderiam machucar Juliette Cai. Mas ele a vira noite passada, a primeira vez em quatro anos. Olhou dentro de seus olhos e, naquele instante, sentiu a verdade daquelas histórias como se um poder maior tivesse aberto sua cabeça e aninhado cuidadosamente aqueles pensamentos em sua mente.

Assassina. Violenta. Impiedosa. Tudo isso, e mais, era a atual Juliette.

E ele lamentava por ela. Não desejava isso, mas lamentava — doía saber que a leveza da juventude deles se fora para sempre, que a Juliette da qual se recordava estava morta há muito. Doía ainda mais pensar que, embora tenha sido ele quem deu o golpe fatal, ainda sonhara com ela durante esses quatro anos, com sua risada ecoando pelas margens do rio. Era uma assombração. Ele enterrara Juliette como um cadáver sob o assoalho, conformado a conviver com os fantasmas que lhe sussurravam durante o sono. Vê-la novamente foi como descobrir que o cadáver não apenas ressuscitara, mas apontava uma arma direto para sua cabeça.

— Opa, o que é isso?

Benedikt empurrou para o lado um pedaço da caixa que ele mesmo quebrara, pegando algo do chão. Levou as mãos para perto do nariz e deu uma olhada antes de soltar um grunhido de nojo, sacudindo para longe uma substância que parecia poeira. Atento, Roma apoiou um joelho no chão e Marshall correu para perto, ambos focados no que Benedikt encontrara, totalmente confuso. Um minuto se passou antes que alguém falasse.

— Isso são... insetos mortos? — Marshall perguntou. Coçou o queixo, incapaz de explicar a presença de criaturas tão pequenas na caixa. Elas não se pareciam com nenhum inseto que viram antes. Cada uma certamente possuía o corpo segmentado em três partes e seis pernas, mas tinham um formato esquisito — eram do tamanho de uma unha de criança e totalmente pretos.

— Mars, confira as outras caixas — Roma ordenou. — Benedikt, me dê sua bolsa.

Com uma careta, Benedikt deu-lhe a bolsa a tiracolo, observando, enojado, Roma coletar alguns dos insetos e colocá-los junto aos seus cadernos e lápis. Não havia alternativa: Roma precisava levá-los para uma melhor inspeção.

— Nada aqui — Marshall reportou após quebrar a tampa da segunda caixa. Eles observaram o amigo mexer nas demais. Cada uma delas foi bastante sacudida e recebeu algumas batidas, mas não havia mais insetos.

Roma olhou na direção do céu.

— Aquela caixa do topo — disse. — Estava aberta antes de você mexer nela, não estava?

Benedikt franziu o cenho.

— Suponho que sim — respondeu. — Os insetos podem ter ido até lá e...

Uma repentina explosão de vozes chinesas veio da esquina, assustando Roma a ponto de fazê-lo derrubar a bolsa de Benedikt. Ele girou nos calcanhares, se deparou com os olhos arregalados do primo e viu que Marshall ficou imediatamente em guarda.

— Escarlates? — Marshall perguntou.

— Não precisamos ficar aqui e descobrir — Benedikt disse imediatamente. Velozmente, empurrou Marshall com força, que não teve tempo de reagir. No susto, ele foi tropeçando até a beira das docas, balançou, balançou e caiu na água, emitindo um baixinho *plinc!* Roma não teve tempo nem de reclamar; o primo já investia contra *ele*, derrubando ambos no rio Huangpu antes que as vozes animadas fizessem a curva e cruzassem com eles no calçadão.

Uma escuridão pantanosa e pontinhos de luz do sol líquida encerraram-se ao redor de Roma. O rapaz caíra silenciosamente na água com a condução de Benedikt, mas agora fazia tanto barulho quanto seu coração disparado; seus braços se debatiam ferozmente para se localizar em meio às ondas. Estaria ele afundando ou emergindo? Estava em posição normal ou de ponta-cabeça, nadando em direção ao solo até que seu corpo estivesse enterrado no rio, desaparecendo para sempre?

Uma mão acertou sua cabeça. Os olhos de Roma se abriram.

Benedikt boiava diante dele e seu cabelo caía em mechas curtas por toda a face. Pressionou um dedo irritado nos lábios do primo e o arrastou pelo braço, nadando até que estivessem abaixo das docas. Marshall já flutuava por lá, tendo enfiado a cabeça em uma das poucas frestas de ar entre a parte de baixo das docas e o rio ondulante. Roma e Benedikt fizeram o mesmo, respirando o mais silenciosamente possível para retomar o fôlego e então encostando as orelhas nos estrados da plataforma. Eles conseguiam ouvir as vozes dos Escarlates lá em cima, falando sobre um Rosa Branca que tinham acabado de espancar até deixá-lo semimorto, fugindo apenas porque um batalhão da polícia havia passado por perto. Os Escarlates não pararam, nem notaram a bolsa de tiracolo que Roma derrubara. Estavam imersos na adrenalina, nos efeitos posteriores à sede de sangue que o conflito causara. Suas vozes ficaram muito altas logo antes de enfraquecerem novamente, desaparecendo por completo do alcance dos três Rosas Brancas que se ocultavam nas águas logo abaixo.

Assim que se foram, Marshall deu um cascudo em Benedikt.

— Você não precisava ter me *empurrado* — rosnou, irritado. — Ouviu o que eles disseram? Dava para lutar com eles. Agora estou com água até o talo em partes que homens deviam manter secas.

Enquanto Benedikt e Marshall começavam a discutir, os olhos de Roma vagueavam, observando a parte de baixo das docas. Com o sol brilhando intensamente pelas frestas da plataforma, a luz revelava toda sorte de mofo e sujeira ali, acumulados em grumos. Também revelou a Roma algo que parecia um… sapato, boiando na água e batendo na parte interna da estrutura.

Roma o reconheceu.

— Por Deus — exclamou. Nadou em direção ao calçado e o tirou da água, segurando-o como um troféu. — Sabe o que isso significa?

Marshall fitou o sapato, dando a Roma um olhar que era, de certa forma, mais verbal que palavras.

— Que o Rio Huangpu está ficando cada vez mais poluído?

A essa altura, Benedikt estava cansado de boiar na sujeira sob as docas e nadou para fora. Marshall o seguiu rapidamente e Roma — lembrando de repente que já era seguro emergir — logo fez o mesmo, apoiando as mãos no lado seco da plataforma flutuante e sacudindo a água das calças quando ficou novamente de pé.

— Isto — Roma disse, gesticulando em direção ao sapato — pertencia ao homem que morreu em território Escarlate. Ele também esteve *aqui* — Roma pegou a bolsa de Benedikt e enfiou o sapato dentro dela. — Vamos. Eu sei para onde...

— Ei — Marshall cortou. Ainda encharcado, estreitou os olhos para a água. — Vocês... vocês viram aquilo?

Quando Roma olhou para o rio, tudo o que vira foi a ofuscante luz do sol.

— Hum... — disse. — Você está de brincadeira?

Marshall virou-se para encará-lo. Havia algo em sua expressão completamente séria que anulou o comentário grosso de Roma, deixando-lhe um gosto amargo na língua.

— Eu acho que vi olhos na água.

O amargor se espalhou. De repente, todo o ar ao redor deles assumiu um tom acobreado, carregado de apreensão, e Roma apertou a bolsa do primo até que a estivesse praticamente abraçando.

— Onde? — indagou.

— Foi só um relance — disse Marshall, passando as mãos nos cabelos, tentando tirar o excesso de água. — Sendo franco, acho que foi só a luz do sol no rio.

— Você pareceu ter certeza sobre os olhos.

— Mas por que haveria *olhos*...

Benedikt pigarreou, terminando de bater a água das calças. Roma e Marshall voltaram-se para ele.

— Vocês ouviram o que estão dizendo por aí, não?

As respostas foram imediatas.

— *Goe-mul* — Marshall sussurrou, ao mesmo tempo em que Roma entoou — *Chudovishche*.

Benedikt emitiu um ruído afirmativo. Aquilo finalmente retirou Roma de seu estupor, acenando para seus amigos apressarem-se e afastarem-se da água.

— Ah, por favor, não me vão cair nesse papo de monstro que está circulando pela cidade — disse. — Só venham comigo.

Roma apressou-se. Ele saiu veloz pelas ruas da cidade, passando direto pelas barraquinhas de feira, mal enxergando os vendedores no caminho, mesmo que eles tentassem puxá-lo pelo braço a fim de anunciar uma nova fruta estranha que viera velejando de outro mundo. Benedikt e Marshall ofegavam para acompanhar o ritmo dele, trocando caretas ocasionais entre si e imaginando para onde Roma os levava com tanto fervor, agarrado com firmeza a uma bolsa cheia de insetos mortos.

— Aqui — Roma finalmente declarou, derrapando até parar do lado de fora do laboratório dos Rosas Brancas, arfando muito enquanto recuperava o fôlego. Benedikt e Marshall trombaram logo atrás dele e quase levaram um tombo na pressa de parar ao mesmo tempo que Roma. Eles já estavam, naquele momento, praticamente secos do mergulho no rio.

— Ai! — reclamou Marshall.

— Desculpe — disse Benedikt —, eu quase escorreguei nisso — levantou o pé e tirou do chão um fino pedaço de papel, um pôster que caíra de uma placa. Eles normalmente continham anúncios de serviços de transporte ou apartamentos vagos, mas aquele tinha um texto enorme no topo, alertando EVITEM O SURTO. VACINEM-SE!

— Me dê isso aqui — ordenou Roma. Benedikt passou-lhe a folha de papel e Roma a dobrou, colocando o quadradinho de papel no bolso para examiná-lo posteriormente. — Sigam-me.

Roma irrompeu para dentro do prédio e atravessou o longo corredor, entrando no laboratório sem bater. Ele deveria vestir um jaleco sempre que entrava lá, mas ninguém jamais ousou expulsá-lo, e os vários jovens cientistas que os Rosas Brancas empregavam nesses estabelecimentos mal olhavam para cima quando Roma fazia sua visita mensal. Eles estavam tão acostumados com sua presença que o deixaram passar, e o cientista-chefe, Lourens, conhecia Roma o suficiente para não dizer nada sobre sua má conduta. Além disso, quem questionaria o comportamento do herdeiro Rosa Branca?

No que lhes dizia respeito, Roma era praticamente o responsável por suas folhas de pagamento.

— Lourens? — chamou Roma, sondando o laboratório. — Lourens, onde está você?

— Aqui em cima — a voz grave de Lourens expandiu-se pelo laboratório em um russo com sotaque. Ele acenava do segundo andar. Roma subiu as escadas, de dois em dois degraus, com Marshall e Benedikt colados atrás dele como filhotes ansiosos.

Lourens observou a chegada deles e então franziu as sobrancelhas grossas e brancas. Não estava acostumado com visitas. Quando Roma aparecia, normalmente estava sozinho, sem fazer alarde, de cabeça baixa. Roma sempre ia sorrateiro até o laboratório, como se o ato físico de se encolher funcionasse como um escudo ante a natureza escorregadia dos negócios ilegais da facção. Talvez se ele não andasse com a boa postura de sempre, poderia se esquivar da culpa de solicitar os relatórios mensais acerca do progresso dos produtos que entravam e saíam do laboratório.

O lugar deveria ser um centro de pesquisa Rosa Branca com tecnologia de ponta em desenvolvimento farmacêutico, aperfeiçoando remédios modernos para os hospitais que operavam em seu território. Essa, pelo menos, era a fachada que mantinham. Na verdade, as mesas ao fundo estavam manchadas de ópio e cheiravam pesado a alcatrão enquanto os cientistas aditivavam a mistura com suas toxinas singulares, até que as drogas fossem alteradas para causarem o vício mais forte.

E então os Rosas Brancas distribuiriam o produto dali para fora, trariam o dinheiro para dentro, e a vida seguiria. Não era um empreendimento humanitário; era um negócio que levava miséria a vidas já miseráveis e engordava os cofres dos ricos até estourarem.

— Eu não o esperava hoje — disse Lourens, acariciando a barba desgrenhada. O cientista estava inclinado contra o parapeito a fim de olhar para o primeiro andar, mas sua coluna arqueada fazia a posição do corpo parecer terrivelmente perigosa. — Ainda não finalizamos o lote atual.

Roma se encolheu. Cedo ou tarde, se acostumaria à maneira blasé com que as pessoas daqui banalizavam o ofício. Trabalho é trabalho, afinal.

— Não estou aqui por causa das drogas. Preciso de seus talentos.

Enquanto Roma se apressava à mesa de Lourens e empurrava a papelada para o lado a fim de liberar espaço, Marshall deu um salto à frente, aproveitando a oportunidade para se apresentar com extravagância. Sua face inteira iluminou-se, como sempre ocorria quando ele tinha a chance de adicionar outro nome à imensa lista de pessoas que conhecera.

— Marshall Seo, é uma honra conhecê-lo — Marshall estendeu a mão, fazendo uma pequena mesura.

Lourens, de juntas lentas e endurecidas, apertou a mão de Marshall com desconfiança. Seus olhos voltaram-se para Benedikt, com certa esperança, e, com um suspiro imperceptível, o primo de Roma também estendeu a mão, com pulso frouxo.

— Benedikt Ivanovich Montagov — disse. Se a impaciência já não estivesse escorrendo por sua fala, seus olhos vagos certamente comprovavam onde realmente estava sua atenção: nos insetos que Roma espalhava pela mesa de Lourens. A face de Roma estava travada em uma careta enquanto usava a manga de sua camisa para cobrir os dedos e separar cada uma das criaturas.

Com um ar pensativo, Lourens apontou o dedo para Roma.

— Ivanovich não é o *seu* patronímico?

Roma virou de costas para as criaturas e estreitou os olhos para o cientista.

— Lourens, o nome de *meu* pai não é Ivan. Você sabe disso.

— Que coisa, minha memória está mesmo decaindo com a idade se eu não consigo me lembrar do seu — resmungou Lourens — Nikolaevich? Sergeyevich? Mik...

— Podemos ver isso aqui? — interrompeu Roma.

— Ah — Lourens se voltou-se para a mesa. Sem ligar para a questão fundamental da higiene, cutucou os insetos com as mãos nuas e seus olhos cansados piscavam, confusos. — Para o que estou olhando?

— Encontramos eles na cena de um crime — Roma cruzou os braços, ocultando seus dedos trêmulos na malha do paletó — na qual sete homens perderam a sanidade e dilaceraram as próprias gargantas.

Lourens não reagiu à gravidade da alegação. Apenas puxou a barba mais algumas vezes, franzindo as sobrancelhas até que se tornassem uma única taturana peluda na sua testa.

— Você acha que estes insetos fizeram os homens arrancarem as próprias gargantas?

Roma trocou um olhar de relance com Benedikt e Marshall. Deram de ombros.

— Não sei — admitiu Roma. — Esperava que você me dissesse. Confesso que não consigo imaginar por qual outro motivo encontraríamos *insetos* na cena do crime. A única teoria alternativa viável é a de que um monstro possa ter emergido do rio Huangpu e induzido os surtos.

Lourens suspirou. Se fosse qualquer outra pessoa, Roma poderia ter ficado um tanto irritado, por ser um indicativo de que não estava sendo levado a sério, apesar da seriedade de seu pedido. Mas Lourens suspirava até quando preparava seu chá ou abria sua correspondência. Roma já conhecia o bastante do temperamento de Lourens Van Dijk para saber que aquele era simplesmente seu estado normal.

O cientista cutucou um inseto novamente. Desta vez, puxou o dedo de volta rapidamente.

— Ah... *Oh*. Isso é interessante.

— O quê? — indagou Roma. — O que é interessante?

Lourens se afastou sem responder, arrastando os pés pelo piso. Procurou em sua estante e resmungou baixinho alguma coisa em holandês. Apenas quando achou um isqueiro, uma coisa pequenina e vermelha, respondeu:

— Vou lhe mostrar.

Benedikt fez uma careta, acenando com um braço em silêncio.

Por que ele é assim? disse, sem emitir sons.

Deixe-o se divertir, Marshall retrucou, também sem emitir sons.

Lourens voltou, coxeando. Pegou uma placa de Petri em uma gaveta da mesa e delicadamente coletou três dos insetos mortos, colocando-os na placa, um após o outro.

— Você devia usar luvas — disse Benedikt.

— Cale-se — respondeu Lourens. — Você não percebeu, não é?

Benedikt fez outra careta, dessa vez parecendo que chupava limão azedo. Roma suprimiu o mais ligeiro sinal de sorriso que ameaçou surgir em seus lábios e rapidamente segurou o cotovelo do primo como alerta.

— Perceber o quê? — perguntou, quando teve certeza de que Benedikt ficaria calado.

Lourens afastou-se novamente da mesa, andando até ficar a pelo menos dez passos de distância dela.

— Venham aqui.

Roma, Benedikt e Marshall o seguiram. Observaram Lourens libertar uma chama do isqueiro e aproximá-la do inseto no centro da placa de Petri, mantendo sua luz amarela e ardente no inseto até que ele começasse a murchar; o exoesqueleto reagia ao estímulo mesmo após a morte.

No entanto, estava acontecendo uma coisa estranhíssima: os *outros dois* insetos em cada lado queimavam junto, murchando e brilhando com o calor. Enquanto o inseto no centro se encolhia mais e mais para dentro, queimando com o fogo, os que estavam a seu lado passavam pela mesma coisa.

— Seu isqueiro é bom mesmo, hein? — comentou Marshall.

Lourens apagou a chama. Andou em direção à mesa, em um ritmo que Roma não pensava que ele fosse capaz, e segurou a placa de Petri acima do resto das dúzias de insetos que permaneceram na superfície de madeira.

— Isso não é obra do isqueiro, meu garoto.

Ele o acendeu novamente. Desta vez, enquanto o inseto sob a chama se tornava vermelho ígneo e se encolhia, acontecia o mesmo a todos os outros sobre a mesa — grotescamente, subitamente, de uma forma que quase assustou Roma, por pensar que haviam voltado à vida.

Benedikt deu um passo para trás. Marshall levou a mão à boca.

— Como pode? — indagou Roma. — Como isso é possível?

— A distância é o determinante — disse Lourens. — Mesmo na morte, a ação de um inseto é determinada pelos outros que estão perto. É possível que não tenham uma mente própria, que os insetos que estão vivos ajam como se fossem todos um só.

— O que significa isso? — pressionou Roma. — Eles são responsáveis pelos mortos?

— Talvez, mas é difícil dizer — Lourens repousou a placa de Petri e esfregou os olhos. O pesquisador pareceu hesitante, o que era terrivelmente inesperado e, por algum motivo, fez um vazio começar a se abrir no estômago de Roma. Conhecia o cientista há muitos anos. Lourens sempre dizia o que vinha à mente, sem pensar duas vezes.

— Desembuche — insistiu Benedikt.

Um suspiro enorme seguiu.

— Estes seres não são orgânicos — disse Lourens. — O que quer que sejam, Deus não os criou.

E, quando Lourens fez o sinal da cruz, Roma finalmente entendeu que estavam lidando com algo totalmente além da realidade.

Cinco

A luz solar do meio-dia jorrou pela janela do quarto de Juliette. Apesar da luminosidade, o tempo estava ameno, um friozinho daqueles que fazem as rosas no jardim ficarem um pouco mais eretas, como se não pudessem se dar ao luxo de perder nenhum segundo do calor que se filtrava pelas nuvens.

— Dá para acreditar nisso? — disse Juliette, revoltada, andando de um lado para o outro pelo quarto. — Quem Tyler pensa que é? Ele foi brigão assim durante esses quatro anos?

Rosalind e Kathleen fizeram uma careta na cama de Juliette, onde Rosalind trançava os cabelos da irmã. A expressão de ambas já respondia à pergunta.

— Você sabe que Tyler não tem influência de verdade na organização — amenizou Kathleen. — Não se preocupe. Ai, Rosalind!

— Pare de se mexer e talvez eu não precise puxar com tanta força — respondeu calmamente Rosalind. — Você quer duas tranças iguais ou não?

Kathleen cruzou os braços, bufando. O argumento que ela tentara levar a Juliette, qualquer que fosse, pareceu ter sido completamente esquecido.

— Espere só até eu aprender a trançar meu próprio cabelo. Você não terá mais nenhum poder sobre mim.

— Você deixou o cabelo crescer por cinco anos, mèimei. Apenas admita que você considera meu trançado superior ao seu.

Sons leves vieram de fora do quarto de Juliette. Ela franziu o cenho, ouvindo enquanto Kathleen e Rosalind prosseguiam a discussão, sem darem sinais de que os escutaram.

— É claro que seu trançado é superior. Enquanto *você* estava aprendendo a ser uma dama e a se arrumar, *eu* estava sendo ensinada a segurar um taco de golfe e a dar apertos de mão agressivos.

— Eu *sei* que seus tutores eram babacas intolerantes a respeito de sua educação. Só estou dizendo para você, agora, parar de se *contorcer*...

— Ei, ei, calem-se — sussurrou Juliette, colocando um dedo nos lábios. Era o som de passos. Pegadas que pararam, provavelmente esperando captar algum fragmento flutuante de fofoca.

Enquanto a maior parte das mansões ficava na Estrada do Poço Borbulhante, no centro da cidade, o casarão Cai repousava na quietude da divisa de Xangai; era uma tentativa de evitar os olhos vigilantes dos estrangeiros que governavam a cidade, mas, apesar de sua estranha localização, era o núcleo da Sociedade Escarlate. Qualquer um que tivesse o mínimo de reputação em sua rede de contatos bateria à porta quando tivesse tempo livre, mesmo que os Cais fossem donos de inúmeras residências menores no coração da cidade.

No silêncio, os passos soaram novamente, seguindo adiante. Importava pouco se as criadas e tias e tios passavam por ali minuto a minuto bisbilhotando — Juliette, Rosalind e Kathleen estavam sempre falando em um inglês corrido quando estavam juntas, e pouquíssimas pessoas da casa tinham a habilidade linguística para pescar algo. Ainda assim, aquilo irritava.

— Acho que se foram — disse Kathleen após um tempo. — Enfim, antes de Rosalind *me atrapalhar* — continuou, lançando um olhar hostil à irmã —, eu dizia que Tyler é um incômodo menor. Deixe-o falar o que quiser. A Sociedade Escarlate é forte o bastante para rebatê-lo.

Juliette suspirou com força.

— Mas eu me preocupo — disse, caminhando até as portas da sacada. Quando pôs os dedos de uma das mãos no vidro, o calor de sua pele imediatamente gerou pontinhos de vapor nele: cinco marcas idênticas onde tocara. — Não ligamos muito para isso, mas as vítimas da guerra de sangue aumentam cada vez mais. Agora, com esse surto estranho, quanto tempo levará até que não tenhamos mais contingente para nos manter operantes?

— Isso não vai acontecer — assegurou-lhe Rosalind, finalizando as tranças. — Xangai está sob nosso punho...

— Xangai *estava* sob nosso punho — interrompeu a irmã. Kathleen fungou e apontou para um mapa da cidade que Juliette desenrolara sobre sua escrivaninha. — Agora os franceses controlam a Concessão Francesa. Os britânicos, os norte-americanos e os japoneses detêm a Concessão Internacional. E estamos guerreando com os Rosas Brancas pelo controle estável de todo o resto, o que é uma proeza por si só, considerando que restaram tão poucas zonas dominadas por chineses...

— Ah, *pare* — grunhiu Rosalind, fingindo um desmaio. Juliette teve que segurar uma risadinha enquanto Rosalind colocava um braço sobre a própria testa e se jogava na cama. — Você tem ouvido muita propaganda Comunista.

Kathleen franziu o cenho.

— Não tenho, não.

— Pelo menos admita que simpatiza com eles, vamos.

— Eles não estão errados — retrucou Kathleen. — Esta cidade não é mais chinesa.

— E *daí?* — Rosalind deu um chute súbito no ar, usando o impulso para erguer o corpo, sentando-se tão rápido que seu cabelo arrumado lhe caiu sobre os olhos. — Cada braço armado desta cidade é aliado da Sociedade Escarlate ou dos Rosas Brancas. É neles que reside o poder. Não importa quanta terra possamos perder para os estrangeiros, a maior força desta cidade são os gangsteres, não os estrangeiros brancos.

— Até que os estrangeiros brancos possuam a própria artilharia — resmungou Juliette. Ela se afastou das portas da sacada e voltou para sua penteadeira, parando ao lado do assento grande. Com um movimento quase distraído, esticou o braço, passando o dedo ao longo da borda do vaso de cerâmica que ficava perto de seus cosméticos. Costumava haver um vaso chinês azul e branco ali, mas rosas vermelhas não combinavam com as espirais da porcelana, então ele fora substituído por um de design ocidental.

Teria sido muito mais fácil se os Escarlates tivessem enxotado os estrangeiros, os expulsado com tiros e ameaças assim que seus navios e produtos luxuosos aportaram no Bund. Mesmo agora os gangsteres ainda podiam unir forças com os operários exaustos e suas greves. Juntos, bastando apenas a Sociedade Escarlate desejar, poderiam sobrepujar os estrangeiros... mas não iriam. Os Escarlates estavam lucrando demais. Precisavam daquele investimento, daquela economia, das pilhas e pilhas de dinheiro que inundavam suas fileiras e os mantinha flutuando.

Pensar nisso magoava Juliette. No primeiro dia de seu regresso, ela parou do lado de fora do Jardim Público, avistou uma placa com os dizeres PROIBIDA A ENTRADA DE CHINESES, e começou a rir. Quem, em sã consciência, proibiria chineses de entrar em um espaço de seu próprio território? Apenas mais tarde perceberia que não se tratava de piada alguma. Os estrangeiros efetivamente sentiam-se poderosos o bastante para determinar espaços *reservados à Comunidade Estrangeira*, argumentando que os investimentos de fora que injetaram nos parques recém-construídos e nos bares recém-inaugurados justificavam terem assumido o controle.

Por causa de riquezas temporárias, os chineses estavam permitindo que os estrangeiros entalhassem marcas permanentes sobre sua terra, e estes vinham ficando bem confortáveis com isso. Juliette temia que o jogo virasse de repente um dia, jogando para escanteio a Sociedade Escarlate.

— Qual é o seu problema?

Juliette voltou a prestar atenção, usando o espelho da penteadeira para fitar Rosalind.

— Como?

— Você fez cara de quem está planejando um assassinato.

Uma batida soou na porta do quarto de Juliette antes que ela pudesse responder, forçando-a a se virar adequadamente. Uma das criadas, Ali, abriu a porta e entrou desajeitada, mas manteve-se perto do batente, sem querer passar dali. Nenhum dos empregados do clã sabia lidar com Juliette. Ela era muito audaz, muito direta, muito ocidental, enquanto eles eram muito jovens, muito incertos, sempre desconfortáveis. Os empregados faziam um rodízio mensal por questões pragmáticas. Isso impedia que os Cais soubessem de suas histórias, de suas vidas, de seu histórico. Em breve, o mês passaria e seriam enxotados porta afora, por sua própria segurança, cortando os laços que uniriam Lorde e Lady Cai a mais e mais pessoas.

— *Xiǎojiě*, há um visitante lá embaixo — disse Ali, gentilmente.

Nem sempre fora assim. No passado, eles tiveram um grupo de empregados que permaneceu lá durante os primeiros 15 anos de vida de Juliette. No passado, Juliette contara com a Ama, e a Ama a acolhia e contava as histórias mais emocionantes sobre terras desérticas e florestas exuberantes.

Juliette esticou o braço e puxou uma rosa vermelha do vaso. No momento em que segurou o caule, os espinhos lhe espetaram a palma da mão, mas ela mal sentiu a picada passar pelos calos que protegiam sua pele, pelos anos que passara espantando cada parte de si que a qualificava como *delicada*.

Juliette, a princípio, não entendera aquilo. Há quatro anos, enquanto se ajoelhava nos jardins, podando as roseiras com o auxílio de luvas espessas, ela não soubera por que a temperatura em volta de si subira tão intensamente, por que soara quase como se todo o chão da mansão Cai estivesse tremendo com… uma *explosão*.

Seus ouvidos zumbiam muito— primeiro com o que restara daquele som horrivelmente alto, e então com os gritos, o pânico, o choro que vinha dos fundos, onde a casa dos empregados estava. Quando ela correu para lá, viu escombros. Uma perna. Uma poça enorme de sangue. Alguém estava diretamente sob o batente da porta da frente quando o teto desabou. Alguém usando um vestido como o que a Ama usava, com a mesma malha que Juliette ficava puxando quando criança, porque era tudo o que podia fazer para conseguir sua atenção.

Havia uma única flor branca repousando no caminho para a casa dos empregados. Quando Juliette tirou as luvas e a pegou, com os ouvidos zunindo e toda a mente atordoada, seus dedos encontraram um bilhete espetado, escrito em russo, com letra cursiva, sangrando tinta quando ela o desdobrou.

Meu filho manda lembranças.

Eles transportaram inúmeros corpos para o hospital naquele dia. Cadáveres sobre cadáveres. Os Cais estavam jogando limpo, haviam decidido apaziguar um ódio muito antigo cuja causa ficara esquecida no tempo — e veja aonde isso os levou: a morte lhes foi enviada diretamente à porta. Daquele incidente em diante, a Sociedade Escarlate e os Rosas Brancas passaram a trocar tiros assim que se viam, vigiando e defendendo suas divisas territoriais como se sua honra e reputação dependessem disso.

— *Xiăojiĕ?*

Juliette fechou os olhos com força, largando a rosa e passando a mão fria levemente em sua face até que pudesse empurrar goela abaixo cada memória que ameaçava vir à tona. Quando os abriu novamente, seu olhar era vazio, desinteressado, enquanto inspecionava suas unhas.

— E daí? — disse. — *Eu* não cuido das visitas. Chame meus pais.

Ali pigarreou, contorcendo as mãos na bainha de sua camisa.

— Seus pais saíram. Eu poderia ir atrás do Cai *Tailei*...

— Não — disparou Juliette. Ela se arrependeu imediatamente do tom que usou quando notou a expressão atônita da criada. Dentre todos os empregados, Ali era a que tratava Juliette com menos cautela. Ela não merecia ser maltratada.

Juliette tentou sorrir.

— Deixe Tyler para lá. Deve ser apenas Walter Dexter. Eu vou.

Ali abaixou a cabeça respeitosamente e então foi embora rápido, antes que o temperamento de Juliette esquentasse de novo. A jovem herdeira supunha que passava a impressão errada aos empregados. Ela faria qualquer coisa pela Sociedade Escarlate. Ela se importava com seu bem-estar e com sua política, com as coalizões e alianças com as firmas de comerciantes e com os investidores.

Mas não ligava para homenzinhos como Walter Dexter, que se achavam superimportantes sem serem capazes de bancar esse título. Ela não tinha a menor vontade de cuidar das tarefas que seu pai não queria fazer. Isso estava longe de ser o negócio mortal ao qual ela esperava ser recebida quando finalmente foi convocada para voltar. Se ela soubesse que Lorde Cai a deixaria de fora das disputas sangrentas, de todas as intrigas paralelas que estavam ocorrendo na arena política, talvez não tivesse se apressado para fazer as malas e jogar fora todo seu estoque de bebidas quando deixou Nova York para trás.

Após o ataque que matou a Ama, Juliette fora mandada para Nova York para sua própria segurança; teve que cozinhar seu rancor em banho-maria por quatro anos a fio. Esta não era ela. Ela preferia ter ficado e aguentado de pé, lutado de cabeça erguida. Juliette Cai fora ensinada a não fugir, mas seus pais — como pais tendem a ser — foram hipócritas e a forçaram a fugir, a sair do meio da guerra de sangue, a se tornar alguém totalmente afastada do perigo.

E agora ela estava de volta.

Rosalind pigarreou enquanto Juliette punha uma jaqueta sobre o vestido de contas.

— Olha ela aí de novo.

— O quê?

— A cara de assassina — complementou Kathleen, sem tirar os olhos de sua revista.

Juliette revirou os olhos.

— Acho que essa é só a minha cara normal.

—Não, sua cara normal é assim — Rosalind fez a cara mais abobalhada que podia, com olhos arregalados e boca aberta, se balançando em círculos na cama. Em resposta, Juliette jogou uma pantufa nela, fazendo Kathleen dar risadinhas.

— Xô — repreendeu Rosalind, desviando a pantufa com um tapa e segurando o riso. —Vá cuidar de suas tarefas.

Juliette já caminhava para fora, fazendo um gesto grosseiro por sobre o ombro. Enquanto andava com má vontade pelo corredor do segundo andar, cutucando as unhas quebradas, parou em frente ao escritório do pai para tirar o sapato, que não cabia bem desde que ficara preso em um ralo.

Então ela ficou estática, com a mão no tornozelo. Ouvia vozes vindo do escritório.

— Ah, *com licença* — vociferou Juliette, chutando a porta com seu sapato de salto alto. — A criada disse que vocês dois *haviam saído*.

Seus pais levantaram a cabeça juntos, piscando calmamente. Sua mãe estava de pé ao lado do pai, com uma das mãos apoiada na escrivaninha e a outra em um documento na frente deles.

— Os empregados dizem o que queremos que digam, *qīn'ài de* — disse Lady Cai. Ela fez um leve movimento com os dedos na direção de Juliette. — Você não deveria estar fazendo sala para o visitante?

Bufando, Juliette fechou a porta novamente, lançando um olhar afiado aos pais. Eles mal se importaram. Simplesmente retomaram a conversa, presumindo que Juliette faria o que lhe fora ordenado.

— Já perdemos dois homens para isso e, se os rumores forem verdadeiros, mais deles cairão antes que possamos determinar a causa — disse a mãe, em voz baixa, quando voltou a falar. Lady Cai possuía um tom distinto de todas as outras línguas ou dialetos quando falava xangainês, Era difícil verbalizar exatamente o que era; só se podia dizer que tinha um quê de calma, mesmo que o assunto trouxesse consigo um terrível vendaval de emoções. Juliette supunha que isso era falar em sua língua nativa.

Ela não sabia ao certo qual era a *sua* língua nativa.

— Os Comunistas estão pulando de alegria. Zhang Gutai nunca mais precisará de um megafone para recrutar ninguém. — Seu pai era o oposto. Rápido e cortante. Embora os tons do xangainês se originassem na boca, não na língua ou na garganta, de alguma forma ele conseguia fazê-los reverberar dez vezes mais em seu interior antes de libertar qualquer som. — Com pessoas morrendo como moscas, empreendimentos capitalistas param de crescer e as indústrias ficam prontas para uma revolução. O desenvolvimento comercial de Xangai paralisa abruptamente.

Juliette fez uma careta e então se apressou para longe da porta do escritório de seu pai. Não importava o quanto seu pai tentara convencê-la em suas cartas, Juliette nunca se importou muito com quem era quem no governo, a menos que isso tivesse efeito direto nos negócios Escarlates. Ela ligava apenas para a Sociedade Escarlate, para qualquer perigo ou tribulação imediata que encarassem diariamente. Ou seja, em suas maquinações, a mente de Juliette gostava de orbitar em torno dos Rosas Brancas, não dos Comunistas. Mas se estes haviam, de fato, desencadeado os surtos na cidade, como seu pai suspeitava, também estavam matando seu pessoal, então tinha contas a acertar com eles. Seu pai, afinal, não fizera vista grossa às mortes em detrimento de política naquela manhã. Talvez ambos fossem exatamente iguais.

Faz sentido que os Comunistas estejam por trás dos surtos, Juliette pensou enquanto começava a descer as escadas em direção ao primeiro andar.

Mas como poderiam ter executado tal façanha? Guerra civil não era uma inovação. O país tinha mais crises políticas do que paz. Mas um agente que fazia pessoas inocentes arrancarem as próprias gargantas certamente era algo muito além de qualquer guerra biológica que Juliette havia estudado.

Juliette se deteve no último degrau da escadaria.

— Olá! — gritou. — Estou aqui! Pode curvar-se! — ela entrou na sala de estar e, com surpresa, viu um estranho sentado afetadamente em um dos sofás. Não era o irritante comerciante britânico, mas alguém que, de fato, se parecia muito com ele, só que mais jovem, da idade dela.

— Eu dispensarei a reverência, se possível — disse o estranho, com um quase sorriso. Ele ficou de pé e estendeu a mão. — Me chamo Paul. Paul Dexter. Meu pai não pôde vir hoje, então me enviou.

Juliette ignorou a mão estendida. *Péssima etiqueta*, ela pensou imediatamente. Pelas regras da sociedade britânica, uma dama sempre deve ter o privilégio de oferecer o aperto de mão. Não que ela se importasse com a etiqueta britânica, nem com sua definição de *dama* da alta sociedade, mas aqueles ínfimos detalhes indicavam falta de treinamento, então Juliette arquivou aquilo na mente.

E ele *realmente* deveria ter se curvado.

— Presumo que esteja aqui devido à mesma solicitação — disse Juliette, alisando as mangas.

— De fato — Paul Dexter recolheu a mão sem qualquer sinal de incômodo. Seu sorriso era um cruzamento de astro de Hollywood com palhaço desesperado. — Meu pai lhes assegura que temos mais *lernicrom* do que qualquer outro comerciante chegando a esta cidade. Vocês não encontrarão preços melhores em lugar algum.

Juliette suspirou quando uns poucos primos e tios atravessavam a sala de estar e esperou que se fossem. Enquanto o grupo passava, o Sr. Li deu um tapinha amistoso em seu ombro.

— Boa sorte, menina.

Juliette lhe mostrou a língua. o Sr. Li sorriu, enrugando toda a face, e então lhe deu uma balinha. Ela não era mais uma ansiosa menina de quatro anos de idade, que comeria até ter dor de dente, mas aceitou o doce, tirando-o do papel e colocando-o na boca enquanto o tio caminhava para fora dali.

— Por favor, sente-se, Sr. Dexter...

— Me chame de Paul — interrompeu ele, empoleirando-se novamente no grande sofá. — Somos uma nova geração, pessoas modernas, e o Sr. Dexter é meu pai.

Juliette mal contivera o escárnio. Mordeu a bala dura e se jogou em uma poltrona perpendicular a Paul.

— Nós admiramos os Escarlates há um tempo — prosseguiu Paul. — Meu pai tem altas expectativas em uma parceria.

Um tremor visível varreu o corpo de Juliette diante da intimidade que Paul tinha com o termo "Escarlates". O nome Sociedade Escarlate soava muito melhor em chinês. Eles se autointitulavam *hóng bāng*, duas sílabas rodando juntas em uma rápida troca de vogais. Um nome assim se desenrolava nas línguas Escarlates como um chicote, e aqueles que não sabiam lidar adequadamente com ele podiam levar chibatadas.

Esta foi a chibatada que Paul levou.

— Darei a você a mesma resposta que dei a seu pai — disse Juliette. Ela pôs as pernas nos braços da poltrona, fazendo as camadas de seu vestido deslizarem para trás. Os olhos de Paul seguiram o movimento. Ela observou a sobrancelha do rapaz tremer com o escândalo que era a exibição de sua coxa longa e pálida. — Não estamos entrando em novos empreendimentos. Já estamos ocupados o bastante com nossos atuais clientes.

Paul fingiu estar desapontado. Se inclinou para a frente, como se pudesse persuadi-la pelo mero contato visual. Tudo o que conseguiu foi mostrar a Juliette que ele não havia espalhado bem um pouco de brilhantina em seu cabelo loiro-escuro.

— Não seja assim — disse ele. — Eu soube que há um concorrente que pode estar mais entusiasmado com a oferta...

— Então talvez você deva procurá-lo — sugeriu Juliette. Ela ajeitou a postura subitamente. O rapaz estava tentando chamar sua atenção sugerindo que levaria a proposta aos Rosas Brancas, mas isso era irrelevante. Walter Dexter era um cliente que eles *queriam* perder. — Fico feliz por termos solucionado esta questão tão prontamente.

— Espere, não...

— Adeus... — Juliette fingiu que estava pensando. — Peter? Paris?

— Paul — corrigiu ele, fazendo uma careta.

Juliette conjurou um sorriso, não muito diferente daquele abobalhado que Rosalind imitara mais cedo.

— Certo. Tchau!

Ela ficou de pé em um salto e desfilou pela sala de estar em direção à entrada da frente. Em um instante, seus dedos estavam na maçaneta pesada e ela abria a porta, louca para se livrar da visita britânica.

Paul, dando-lhe o devido crédito, entendeu rápido. Foi à porta e curvou-se. *Boas maneiras, finalmente!*

— Muito bem.

Ele saiu em direção à varandinha da frente e então se virou novamente para olhar para Juliette.

— Posso fazer um pedido, Senhorita Cai?

— Já lhe disse que...

Paul sorriu.

— Posso vê-la de novo?

Juliette bateu a porta.

— Com toda a certeza, não.

Seis

Roma não estava tendo um bom dia.

Na primeira hora acordado, tropeçou ao subir as escadas, quebrou sua caneca favorita com seu chá de ervas favorito e bateu o quadril na mesa da cozinha com tanta força que uma mancha roxa gigante brotou no local. Depois o forçaram a inspecionar a cena de um crime. E *depois* ele teve que lidar com a possibilidade de que aquela fosse uma cena de crime de proporções sobrenaturais.

Enquanto Roma caminhava com dificuldade até o eixo central de Xangai sob o sol vespertino, pôde sentir sua paciência se esgotando. Cada assobio do vapor de máquinas soava como o ruído que seu pai fazia com a boca quando estava furioso, e cada *crec* do cutelo de um açougueiro o lembrava de tiros.

Normalmente, Roma adorava a agitação que cercava seu lar. Ele deliberadamente tomava rotas mais longas para passar pelas barraquinhas, olhando as pilhas de vegetais cultivados em fazendas, mais altas que seus vendedores. Ele fazia caretas para os peixes, inspecionando a condição de seus aquários pequenos e sujos. Se tivesse tempo livre, catava docinhos de cada vendedor, jogando-os na boca enquanto seguia em frente, e saía da feira com dentes doendo e bolsos vazios.

A feira era um de seus maiores amores. Mas hoje não era nada além de uma irritação acima de uma já virulenta comichão.

Roma agachou-se sob os varais estendidos ao longo do beco estreito que dava no quarteirão residencial central dos Montagov. Tanto água limpa como suja gotejavam em poças ruidosas no pavimento: elas eram transparentes se estavam embaixo de um vestido encharcado, ou escuras e lodosas se abaixo de um cano mal instalado.

Esta era uma característica que se tornava mais frequente à medida que se explorava Xangai mais a fundo. Era como se um artista preguiçoso tivesse sido responsável por construir tudo — telhados e bordas de janelas se curvando e esticando com os mais graciosos ângulos e arcos, para abruptamente serem cortados ou se encerrarem nos blocos vizinhos. Nunca havia *espaço* suficiente nas partes mais pobres da cidade. Os materiais sempre acabavam antes que os construtores pudessem utilizá-los. A tubulação era sempre um tantinho mais curta, ralos tinham apenas meia tampa, calçadas formavam bacias. Se Roma quisesse, poderia esticar os braços para fora da janela de seu quarto e alcançar facilmente a janela do quarto de um edifício adjacente, que abria para fora. Se, em vez disso, esticasse as pernas, poderia saltar sem dificuldades e dar um susto no velho que morava lá.

Não era como se faltasse espaço para eles. Havia uma abundância de terras disponíveis para expansão fora da cidade — terra intocada pela influência das Concessões Internacional e Francesa. Mas os alojamentos dos Rosas Brancas se estabeleceram bem ao lado da Concessão Francesa e lá ficariam; eles estavam decididos quanto a isso. Os Montagoves estavam ali desde que o avô de Roma emigrara. Os estrangeiros reclamaram as terras adjacentes apenas nos anos recentes, à medida que seu poder legal os deixava mais impetuosos. De tempos em tempos isso gerava problemas aos Rosas Brancas, sempre que os franceses tentavam controlar as atividades da organização, mas o estado das coisas sempre soprava a favor dos russos. Os franceses precisavam deles; eles não precisavam dos franceses. Os Rosas Brancas permitiriam aos estrangeiros que praticassem suas leis sobre um espaço que não parecia pertencer nem a eles e nem aos russos, e os comerciantes pomposos, com seus paletós florais e sapatos lustrados, saíam de perto quando os gangsteres tocavam o terror nas ruas.

Era um trato que, todavia, se tornaria mais tenso com o passar do tempo. Lugares como aquele já eram bastante sufocantes. De nada adiantava colocar mais peso sobre o travesseiro pressionado a suas faces.

Roma ajeitou a bolsa de Benedikt no ombro. O primo não ficara muito satisfeito por Roma ter levado consigo o seu material de arte, mas Roma fingiu tentar devolvê-los e seu primo precisou de apenas uma olhada — em todos os insetos mortos que Lourens não quis guardar e no sapato do defunto que Roma enfiara lá dentro — para prontamente empurrá-la de volta, pedindo que Roma apenas a devolvesse depois de uma boa lavagem.

Roma destrancou a porta da frente de seu quarto e entrou. Justo quando se arrastava até a sala de estar, uma porta bateu à sua direita, e Dimitri Voronin também caminhava por ali.

O dia de Roma, que já estava ruim, ficou péssimo.

— Roma! — berrou Dimitri. — Onde você esteve a manhã toda?

Apesar de ser apenas alguns anos mais velho, Dimitri agia como se fosse léguas e léguas superior ao herdeiro Rosa Branca. Enquanto Roma passava por ele, Dimitri sorriu de orelha a orelha e esticou o braço para bagunçar o seu cabelo.

Roma se afastou, estreitando os olhos. Ele tinha 19 anos, era herdeiro de um dos dois maiores impérios do submundo da cidade, mas sempre que Dimitri estava no mesmo cômodo que ele, era reduzido a uma criança novamente.

— Saí — Roma deu uma resposta vaga. Se dissesse que foi por algum motivo relacionado a negócios dos Rosas Brancas, Dimitri ficaria se intrometendo até que também estivesse por dentro. Embora Dimitri não fosse idiota o bastante a ponto de insultar Roma abertamente, o rapaz podia ouvir seu desprezo implícito em cada referência à sua juventude, em cada *tsc* de quase-simpatia sempre que ele falava. Dimitri era a razão pela qual Roma não podia se permitir amolecer. Dimitri era a razão pela qual Roma esculpira um rosto gélido e brutal, que odiava encarar toda vez que se olhava no espelho.

— O que você quer? — Roma perguntou dessa vez, servindo-se de um copo de água.

— Não se preocupe — Dimitri entrou na cozinha depois de Roma, pegando um cutelo próximo. Espetou um naco de carne cozida que estava em um prato sobre a mesa e levou a larga lâmina à boca, mastigando sem se importar com quem deixara o prato ali ou há quanto tempo a comida estava nele. — Já estava de saída.

Roma fez uma careta, mas Dimitri já estava saindo, levando consigo o carregado cheiro de almíscar e fumaça. Sozinho, Roma soltou um longo suspiro e virou-se para colocar seu copo na pia.

Só que, ao se virar, se viu observado por olhos castanhos arregalados, nas órbitas de uma face pequenina como a de um duende.

Ele quase deu um grito.

— Alisa — Roma repreendeu a irmã, escancarando as portas do armário da cozinha. Ele não conseguia imaginar como ela conseguira espiá-lo de lá sem ser notada, ou como ela conseguira se enfiar entre os temperos e açúcares, mas já sabia que não adiantava perguntar.

— Cuidado —choramingou ela enquanto Roma a pegava no colo, removendo-a do armário. Quando a pôs no chão, ela gesticulou para a manga de sua blusa, que Roma amassara com o punho. — Essa é nova.

Longe disso. Na verdade, a blusinha de amarrar que cobria os ombros miúdos da menina lembrava as roupas que os camponeses usavam antes do fim das dinastias chinesas, rasgada de tal forma que somente seria possível se alguém a vestisse passando pelos cantos mais estreitos. Alisa simplesmente dizia coisas absurdas assim por motivo algum, exceto criar confusão, levando pessoas a acreditar que ela patinava na linha tênue entre insanidade e exagerada imaturidade.

— Quieta — disse Roma. Ele passou a mão no colarinho dela e congelou quando a mão tocou uma corrente que Alisa enrolara no pescoço. Era da mãe, uma relíquia de Moscou. A última vez que vira a joia foi em seu cadáver, após ter sido assassinada pela Sociedade Escarlate; uma corrente prateada brilhante que jazia irretocável, contrastando com o sangue que jorrava de sua garganta cortada.

Lady Montagova ficou doente um pouco depois que Alisa nasceu. Roma a visitava uma vez por mês, quando Lorde Montagov o levava para um local secreto, um esconderijo enfiado nos recantos ocultos de Xangai. Em sua mente, ela estava esquelética e tinha a pele acinzentada, mas sempre alerta, sempre pronta para sorrir quando Roma se aproximava de sua cama.

A ideia de um esconderijo era para que Lady Montagova não necessitasse de guardas. Supunha-se que ela estava *segura*. Mas, há quatro anos, a Sociedade Escarlate a encontrou e cortou sua garganta em resposta a um ataque ocorrido naquela semana, deixando uma rosa vermelha murcha em suas mãos. Quando a enterraram, ainda havia espinhos cravados em suas palmas.

Roma deveria odiar a Sociedade Escarlate muito antes de eles terem assassinado sua mãe, e deveria odiá-los muito mais — com um furor ardente — após o homicídio de Lady Montagova. Mas ele não os odiava. Afinal, era a Lei de Talião: olho por olho — era assim que a guerra de sangue funcionava. Se ele não tivesse ordenado aquele primeiro ataque, eles não teriam retaliado contra sua mãe. Não havia maneira de distribuir a culpa em uma disputa de tamanha escala. Se havia alguém a culpar, era ele mesmo. Se havia alguém a odiar pela morte de sua mãe, era ele mesmo.

Alisa acenou a mão na frente do rosto de Roma.

— Vejo olhos, mas não vejo cérebro.

Roma voltou ao presente. Colocou um dedo gentil por baixo da corrente, sacudindo-a.

— Onde você pegou isso? — perguntou docemente.

— Estava no sótão — respondeu Alisa. Seus olhos brilharam. — É lindo, não é?

Alisa tinha apenas oito anos de idade. Não lhe contaram sobre o assassinato, apenas que Lady Montagova sucumbira à doença.

— Muito lindo — disse Roma, com a voz embargada. Então, seus olhos moveram-se rapidamente para cima ao ouvir passos no segundo andar. O pai estava no escritório. — Agora, vá embora. Eu te chamo quando der a hora do jantar.

Fazendo uma reverência zombeteira, Alisa saiu da cozinha e subiu as escadas, seu cabelo loiro e fino trilhando o seu encalço. Quando ouviu a porta do quarto da irmã se fechar no quarto andar, Roma começou a subir as escadas em direção ao escritório do pai. Ele sacudiu a cabeça com força, limpando a mente, e bateu à porta.

— Entre.

Roma encheu os pulmões de ar. E abriu a porta.

— E então? — disse Lorde Montagov em vez de cumprimentá-lo. Sequer ergueu os olhos. Sua atenção estava voltada para a carta em sua mão, que inspecionou rapidamente antes de jogá-la para longe e pegar a seguinte em uma pilha. — Espero que tenha encontrado algo.

Cautelosamente, Roma entrou e pôs a bolsa no chão. Enfiou a mão nela e hesitou por um instante antes de puxar o sapato e colocá-lo sobre a mesa do pai. Roma prendeu a respiração, juntando as mãos nas costas.

Lorde Montagov olhou para o sapato como se Roma houvesse lhe presenteado com um cão raivoso. Fazia essa cara para o filho com frequência.

— O que é isto?

— Encontrei isso onde os primeiros sete homens morreram — Roma explicou com cuidado —, mas pertence ao homem que morreu no cabaré Escarlate. Penso que ele estava na cena do primeiro crime e, se estava, estamos falando de contágio...

Lorde Montagov bateu na mesa com as duas mãos. Roma se encolheu muito, mas forçou-se a não fechar os olhos, forçou-se a manter o olhar tranquilo.

—Contágio! Surto! Monstros! O que há de errado com esta cidade? — berrou Lorde Montagov. — Eu lhe peço respostas e você me traz *isto*?

— Eu trouxe exatamente o que o senhor pediu — respondeu Roma, em voz baixa, quase inaudível. Nos últimos quatro anos, ele sempre fez o que lhe pediam, fossem trabalhos menores ou terríveis. Se não o fizesse, teria que arcar com as consequências e, embora odiasse ser um Rosa Branca, odiava ainda mais a ideia de *não* ser um. Seu título lhe conferia poder. Poder o mantinha a salvo. Poder lhe dava autoridade, mantinha os inimigos distantes e lhe permitia manter Alisa a salvo, lhe permitia manter todos os seus amigos dentro de seu círculo de proteção.

— Tire isso da minha frente — ordenou Lorde Montagov, apontando para o sapato.

Roma contraiu os lábios, mas pegou o sapato e o enfiou no local de onde o puxara.

— Mantenho o argumento, *Papa* — sacudiu a bolsa, deixando o tecido engolir o calçado. — Oito homens confrontaram-se nos portos de Xangai; sete dilaceraram as próprias gargantas, um escapou. Se este homem, então, dilacera sua garganta no dia seguinte, isto não lhe parece uma doença contagiosa?

Lorde Montagov não respondeu por um longo período. Em vez disso, girou em sua cadeira até que estivesse de frente para a janelinha que dava para um beco movimentado. Roma observava o pai, observava suas mãos apertarem os braços da grande cadeira, a cabeça, com cabelo raspado bem curto, transpirando quase imperceptivelmente. A pilha de cartas fora momentaneamente abandonada. As assinaturas em chinês no fim de muitas delas eram familiares: Chen Duxiu, Li Dazhao, Zhang Gutai. *Comunistas*.

Após a Revolução Bolchevique varrer Moscou, a onda política quebrara aqui, em Xangai. As novas facções que surgiram há alguns anos persistentemente tentavam recrutar os Rosas Brancas como aliados, ignorando o fato de que a última coisa que os Rosas Brancas queriam era *redistribuição social*. Não após os Montagoves passarem gerações escalando até o topo. Não quando a maior parte dos membros da organização havia *fugido* dos Bolcheviques.

Mesmo que os Comunistas vissem os Rosas Brancas como aliados em potencial, estes os viam como inimigos.

Lorde Montagov, enfim, emitiu um ruído de nojo, virando as costas para a janela.

— Eu espero não ser envolvido neste negócio de *surtos* — decidiu. — Esta tarefa agora é sua. Descubra o que está acontecendo.

Lentamente, Roma assentiu. Ele se perguntou se a irredutibilidade na voz do pai era um sinal de que ele pensava que a questão dos surtos era algo inferior à sua posição ou se tinha medo de contrair a loucura também. Roma não tinha medo. Temia apenas o poder dos outros. Monstros e coisas que vagavam pela noite eram *fortes*, não *poderosas*. Era diferente.

— Vou descobrir o que puder sobre este homem — decidiu Roma, referindo-se à vítima mais recente.

Lorde Montagov afastou a cadeira de rodinhas alguns centímetros, então pôs seus pés em cima da mesa.

— Não se precipite, Roma. Você precisa confirmar que este sapato realmente pertencia ao homem que morreu noite passada.

Roma franziu as sobrancelhas.

— A última vítima está sendo mantida em um hospital Escarlate. Serei recebido com tiros.

— Dê um jeito de entrar — respondeu simplesmente Lorde Montagov. — Quando lhe dei a ordem para obter informação com os Escarlates, me pareceu que você conseguiu se aproximar com facilidade.

Roma enrijeceu. Era injusto. A única razão pela qual seu pai o enviara para território Escarlate foi o fato de que uma interação lorde com lorde era demasiadamente extrema. Se Lorde Cai e seu pai se encontrassem e a reunião terminasse pacificamente, ambos sairiam com a reputação comprometida. Roma, por outro lado, poderia entrar em contato com a Sociedade Escarlate sem consequências para os Rosas Brancas. Ele era meramente o herdeiro, enviado em uma importante missão.

— O que o senhor está dizendo? — indagou Roma. — Só porque eu tive motivos para entrar no cabaré da Sociedade Escarlate não significa que eu posso sair batendo perna pelo hospital deles e...

— Encontre alguém que te leve até lá. Ouvi rumores de que a herdeira Escarlate retornou.

Roma sentiu um aperto no peito. Ele não ousou reação alguma.

— *Papa*, não me faça rir.

Lorde Montagov deu de ombros com desdém, mas havia algo em seus olhos que Roma não gostou.

— Não é uma ideia tão absurda — disse o pai. — Certamente você pode pedir um favor a ela. Afinal, foi sua namorada.

Sete

No intervalo de alguns dias, começou o falatório na cidade. A princípio, nada além de rumores: uma suspeita de que o responsável pelos surtos não era um inimigo ou uma força da natureza, mas o diabo em pessoa, batendo de porta em porta na calada da noite e, com um olhar, impondo total insanidade à vítima.

Então as aparições começaram.

Donas de casa que penduravam roupas perto dos portos alegaram ter visto tentáculos se movendo freneticamente quando elas se aventuravam do lado de fora a fim de pegar suas coisas no cair da noite. Um punhado de operários Escarlates que chegaram tarde em seus turnos foram afugentados por grunhidos, e depois por olhos prateados que os encaravam da outra extremidade do beco, em um relance. O relato mais pavoroso foi a história que o proprietário de um bordel à beira-rio espalhou, falando de uma criatura encolhida em meio aos sacos de lixo fora do estabelecimento enquanto ele o fechava. O homem descrevera uma coisa ofegante, como se estivesse sentindo dor, lutando contra si mesma, parcialmente oculta na penumbra, mas indubitavelmente estranha, antinatural.

— A coluna é cravejada de *lâminas* — Juliette ouviu alguém sussurrar à sua frente; a história estava sendo passada do filho para a mãe enquanto esperavam a comida vir da janelinha de um restaurante de serviço expresso. O garotinho dava pulinhos, animado, reproduzindo palavras que ouvira de um colega de classe ou um amigo vizinho. Quanto mais mortes ocorriam, e foram várias desde o homem no cabaré, mais as pessoas especulavam, como se só de falar sobre as hipóteses pudessem esbarrar na verdade. Mas quanto mais falavam, mais a verdade escapava.

Juliette teria classificado as histórias como boatos, mas o medo que escorria para as ruas era muito, muito real, e ela duvidava que o sentimento alcançaria tais níveis sem uma base substancial para as alegações. Então, o que era aquilo? *Monstros* não eram reais, não importava que alguns contos de fadas chineses tivessem sido tomados como verdade no passado. Vivia-se uma nova era de ciência, de evolução. O suposto monstro tinha que ser criação de alguém — mas de quem?

— Quieto — a mãe tentou conter o menino. Os dedos de sua mão esquerda entrelaçavam-se com nervosismo nas contas em seu pulso direito. Era um terço budista, usado para recitar mantras, mas qualquer mantra que aquela mulher repetisse naquele momento não conseguiria competir com o entusiasmo ilimitado do filho.

— Dizem que tem garras do tamanho de antebraços! — prosseguiu o garoto. — Ele espreita à noite atrás de gangsteres e, quando sente o cheiro do sangue deles, dá o bote.

— Não estão morrendo apenas gangsteres, *qīn'ài de* — disse a mãe, em voz baixa. Ela apertou a nuca do filho, mantendo-o parado na lenta fila.

O garotinho ficou estático. Um tremor penetrou sua doce voz.

— *Māma*, eu também vou *morrer*?

— O quê?! — exclamou a mãe. — É claro que não. Não seja ridículo — ela olhou para cima, chegando à frente da fila. — Dois.

O lojista passou uma sacola de papel pela janela e mãe e filho saíram apressados. Juliette os seguiu com o olhar e refletiu sobre o medo súbito na voz do menino. Naquele breve instante, o menino — que tinha pouco mais de 5 anos de idade — compreendera que ele também podia morrer e se unir ao resto dos cadáveres em Xangai; quem estaria a salvo dos surtos?

— É por conta da casa, senhorita.

Juliette olhou para cima de repente, e uma sacola de papel já pairava na frente de seu rosto.

— Para a princesa de Xangai, apenas o melhor — disse o velho lojista, com os cotovelos apoiados na borda da janela de serviço.

Juliette conjurou seu mais resplandecente sorriso.

— Muito obrigada. — disse ela, pegando a sacola. Aquelas duas palavras dariam ao lojista muito material para se gabar quando encontrasse seus amigos no dia seguinte para jogar *mahjong*.

Juliette virou-se e saiu da fila, enfiando a mão na sacola e partindo um pedaço do pãozinho para beliscar. Seu sorriso desapareceu assim que saiu de vista. Estava ficando tarde e ela em breve precisaria estar em casa, mas ainda assim Juliette matava tempo nas lojas do distrito comercial de Chenghuangmiao, o Templo do Deus da Cidade. Uma garota se movendo em marcha lenta no meio de uma multidão caótica. Ela não tinha muitas chances de perambular por lugares como aquele, mas hoje surgira uma. Lorde Cai a enviara para averiguar um centro de distribuição de ópio, o que, infelizmente, não foi tão entusiasmante quanto ela pensava que seria. O local apenas cheirava mal e, quando ela finalmente localizou o dono com os papéis que o pai solicitara, o homem os entregou a ela com a aparência de quem acabara de acordar. Ele nem mesmo a cumprimentou, nem verificou se Juliette podia pedir uma informação tão confidencial acerca de produtos. A jovem não entendia como alguém assim podia gerenciar mais de cinquenta funcionários.

— Com licença — balbuciou Juliette, empurrando uma multidão particularmente grande em frente a uma loja de desenhos a lápis. Apesar da escuridão que escorria para o céu rosado, a região de Chenghuangmiao ainda estava lotada de visitantes: namorados passeando lentamente em meio ao caos, avós e avôs comprando *xiăolóngbāo* para os netos, estrangeiros simplesmente visitando. O nome Chenghuangmiao em si refere-se ao templo, mas, para as pessoas de Xangai, passou a abranger todo o comércio movimentado e centros de atividade da região. O exército britânico estabelecera seu gabinete central ali, há quase um século, no Jardim Yuyuan, pelo qual Juliette estava passando. Desde essa ocasião, mesmo após deixarem a cidade, os estrangeiros haviam tomado gosto pelo local. Sempre era possível avistá-los ali, com rostos deslumbrados e maravilhados.

— É o fim! Consiga a cura agora! Só existe uma cura!

E, às vezes, era repleto de nativos excêntricos também.

Juliette fez uma careta, abaixando a cabeça para não fazer contato visual com o velho que gritava na Ponte Jiuqu. No entanto, apesar de seu árduo esforço em passar despercebida, o velho se empertigou ao vê-la e disparou pela ponte em zigue-zague — o baque de seus passos na ponte era preocupante, pois a estrutura era muito antiga. Ele derrapou e parou na frente dela antes que a jovem pudesse abrir distância entre eles.

— Salvação! — berrou ele. Suas rugas se aprofundaram até que seus olhos fossem completamente engolidos por pele flácida. O velho mal podia endireitar a coluna com uma corcunda perpétua; ainda assim, se moveu tão rápido quanto um ávido roedor procurando comida. — Você precisa espalhar a palavra da salvação. O *lā-gespu* nos trará a salvação!

Intrigada, Juliette ergueu as sobrancelhas. Ela sabia que não devia dar trela a homens que gritam nas ruas, mas havia algo nele que lhe arrepiava os pelos da nuca. Apesar do sotaque rural, ela entendia quase tudo do xangainês coaxado daquele homem — tudo, exceto aquele trechinho sem sentido.

Lā-gespu? Será que o 's' era apenas um maneirismo vindo da educação de sua geração?

— *Lā gē bō*? — Juliette tentou corrigir, presumindo. — Um *sapo* nos trará a salvação?

O velho pareceu profundamente ofendido. Balançava a cabeça de um lado para outro, sacudindo seus cabelos finos e brancos, fazendo sua frágil trança farfalhar. Ele era uma daquelas poucas pessoas que ainda se vestia como se o país não tivesse saído da era imperial.

— Minha mãe me contou um sábio provérbio quando eu era jovem — prosseguiu Juliette, agora se divertindo —, *Lǎ gē bō xiǎng qiē tī u nȳ.*

O velho meramente a fitava. Será que ele não compreendera seu xangainês? No exterior, ela tinha constante receio de que esqueceria como pronunciar aqueles tons persistentemente planos que não são encontrados em nenhum outro dialeto do país.

— Foi uma piada ruim? — perguntou Juliette. Ela repetiu, no dialeto mais comum, desta vez mais hesitante. — *Lài háma xiǎng chī tiān é ròu?* Sim? Eu mereço pelo menos uma risadinha, vamos.

O velho bateu o pé, sacudindo-se todo em um esforço para ser levado a sério. Talvez Juliette tenha escolhido brincar com o provérbio errado. *O sapo feio quer comer carne de cisne.* Talvez o velho não tenha crescido ouvindo contos de fadas sobre o Príncipe Rã e seu meio-irmão, um sapo feio. Talvez ele não tenha gostado do fato da piada de Juliette ter implicitamente dito que seu salvador, o *lǎ-gespu* — seja qual for o significado disso — era equivalente a uma criatura proverbial feia e maquiavélica que ansiava pelo cisne, a amada do Príncipe Rã.

— *Lǎ-gespu* é um *homem* — disparou ele, bem na cara de Juliette, e sua voz era um sibilo estridente. — Um homem de tremendo poder. Ele me deu uma cura. Uma injeção! Era para eu ter morrido quando meu vizinho caiu sobre mim, dilacerando a garganta. Ah! Tanto sangue! Sangue em meus olhos e sangue derramando-se em meu peito! Mas eu não morri. Eu fui salvo. O *lǎ-gespu* me salvou.

Juliette deu um grande passo para trás, o que ela deveria ter feito há cinco minutos, antes de a conversa começar.

— É, foi divertido — disse —, mas eu realmente preciso ir.

Antes que o velho pudesse detê-la, ela se esquivou e saiu apressada.

— Salvação! — ele gritou em seu encalço. — Somente o *lǎ-gespu* pode trazer a salvação agora!

Juliette fez uma curva fechada, ficando completamente fora de vista. Agora que estava em uma área menos lotada, soltou o ar e passou um tempo serpenteando por meio das lojas, dando olhadelas para trás, certificando-se de que não estava sendo seguida. Somente quando estava certa de que não havia ninguém em sua cola, suspirou de tristeza por estar deixando Chenghuangmiao para trás e saiu da miríade de lojas amontoadas, voltando às ruas da cidade para começar a caminhada até sua casa. Ela poderia ter chamado um riquixá ou parado qualquer Escarlate vadiando em frente aos cabarés para que lhe trouxesse um carro. Qualquer outra mulher de sua idade teria feito isso, especialmente com um colar tão brilhante como o que ela usava ao redor do pescoço, especialmente se seus passos reverberassem com um eco que se ouvia a duas ruas dali. Sequestro era um negócio lucrativo. O tráfico humano prosperava, em seu auge, e a economia explodia com o crime.

Mas Juliette seguiu em frente. Passou por homens em grupos grandes e homens que se agachavam na frente de bordéis com um olhar malicioso, como se aquele fosse seu segundo emprego. Passou por gangsteres arremessando facas do lado de fora dos cassinos que foram contratados para proteger, passou por comerciantes mal-encarados limpando suas armas e mastigando palitos de dente. Juliette não fraquejou. O céu ficava mais vermelho e seus olhos, mais brilhantes. Aonde quer que fosse, não importava o quanto penetrasse as entranhas mais sombrias da cidade; enquanto permanecesse em seu território, *ela* reinava suprema.

Juliette parou, girando o tornozelo para aliviar o aperto do sapato. Em resposta, cinco Escarlates que estavam em volta de um restaurante também pararam para ver se seriam convocados. Eram matadores e extorsionistas, forças coléricas da violência, mas, de acordo com os rumores, Juliette Cai era a garota que estrangulara e matara o namorado norte-americano com um colar de pérolas. Juliette Cai era a herdeira que, no segundo dia em Xangai, entrou no meio de um confronto entre quatro Rosas Brancas e dois Escarlates e matou todos os quatro rivais com apenas três balas.

Apenas um destes rumores era verdade.

Juliette sorriu e acenou para os Escarlates. Em resposta, um deles acenou de volta e os outros quatro riram, nervosos, entre si. Temiam a ira de Lorde Cai se algo acontecesse com ela, mas temiam ainda mais a ira de Juliette se resolvessem testar os boatos.

Era a reputação da jovem que a mantinha segura. Sem ela, Juliette não era nada.

Ou seja, quando Juliette entrou em um beco e foi parada pela súbita pressão do que parecia ser uma arma pressionada à sua coluna lombar, ela sabia que não era um Escarlate que ousara rendê-la.

Juliette congelou. Em uma fração de segundo, ela vasculhou todas as possibilidades: um comerciante ofendido querendo reparação; um estrangeiro ambicioso buscando o pagamento de um resgate; um viciado confuso nas ruas que não a reconheceu pelas contas brilhantes de seu vestido estrangeiro...

Então uma voz familiar disse, em inglês, dentre todos os idiomas:

— Não grite por socorro. Siga em frente, siga minhas instruções, e eu não atiro.

O gelo em suas veias derreteu em um instante e tornou-se cólera flamejante. Ele esperou que ela entrasse em uma área deserta, até que não houvesse ninguém por perto para ajudar, pensando que ela ficaria amedrontada demais para reagir? Ele pensou que isso realmente funcionaria?

— Você realmente não me conhece mais — disse Juliette, em voz baixa. Ou talvez Roma Montagov pensasse que a conhecia muito bem. Talvez se considerasse um perito e tivesse espantado os rumores que ela espalhara sobre si mesma, achando que não havia como ela ter se tornado a assassina que alegava ser.

Ela matara pela primeira vez aos 14 anos.

Tinha conhecido Roma há apenas um mês, mas jurou a si mesma que não seguiria a disputa sangrenta, que seria superior. Então, certa noite, quando estavam a caminho de um restaurante, o carro da família foi emboscado por Rosas Brancas. Sua mãe gritou para ela ficar abaixada, para se esconder atrás do carro com Tyler, para usar as armas que foram postas em suas mãos para apenas quando fosse necessário. O confronto estava quase acabando. Os Escarlates haviam matado quase todos os Rosas Brancas.

Então o último Rosa Branca mergulhou na direção de Juliette e de Tyler. Nele havia um olhar tomado pela fúria ardente da última ação e, naquele instante, embora não houvesse dúvida de que era um momento de absoluta necessidade, Juliette congelou. Foi Tyler quem atirou. Sua bala se alojou no estômago do Rosa Branca, o homem foi ao chão e, horrorizada, Juliette olhou para o lado, de onde seus pais observavam a cena.

Não foi alívio que ela viu. Foi dúvida. Dúvida sobre o porquê da paralisia de Juliette. Dúvida sobre por que Tyler fora mais capaz. Então Juliette ergueu sua arma e atirou também, terminando o serviço.

Juliette Cai temia a desaprovação mais do que temia manchar sua alma. Aquele assassinato era um dos poucos segredos que escondera de Roma. Agora ela sabia que devia ter lhe contado, nem que fosse para provar que era tão nefasta quanto Xangai sempre disse que era.

— Ande — ordenou Roma.

Juliette manteve-se parada. Como pretendera, ele confundiu sua inércia com medo e, muito ligeiramente, hesitou e reduziu por um ínfimo a pressão da arma em suas costas.

Ela girou. Antes que Roma pudesse sequer piscar, a mão direita de Juliette desceu com força sobre seu pulso direito, torcendo a mão que segurava a arma até que seus dedos ficassem dobrados de uma forma não natural. Deu um tapa na arma com a mão esquerda, fazendo o objeto quicar no chão. Ela cerrou a mandíbula, preparando-se para o impacto, e passou o pé por trás do de Roma, puxando-o contra os tornozelos dele — até que ele estivesse caindo para trás e ela o acompanhasse, com uma das mãos travada no pescoço de Roma e a outra indo ao bolso do vestido para pegar uma faca com a espessura de uma agulha.

— Ok — disse Juliette, ofegando vigorosamente. Ela o manteve colado ao chão, de costas, com os joelhos pressionando os quadris de Roma e a lâmina contra sua garganta. — Vamos tentar novamente, como pessoas civilizadas.

A pulsação de Roma saltava sob as pontas dos dedos dela. Sua garganta lutava para se afastar da lâmina. Seus olhos estavam dilatados enquanto a encarava, ajustando-se às sombras do pôr-do-sol enquanto o beco esmaecia em um violeta-crepúsculo. Eles estavam perto o bastante para ouvir a respiração um do outro, curta e breve, apesar do esforço de ambos para parecer indiferentes ao esforço da batalha.

— Pessoas civilizadas? — repetiu Roma. Sua voz estava arranhada. — Você está com uma faca na minha garganta.

— *Você* estava com uma arma nas minhas costas.

— Eu estou no *seu* território. Não tive escolha.

Juliette fechou a cara e então pressionou a faca até que uma gota de sangue aparecesse em sua ponta.

— Ok, pare, pare — Roma estremeceu. — Já entendi.

Naquele momento, um pequeno escorregão da mão de Juliette abriria o pescoço dele. Ela estava quase tentada a fazer isso. Tudo entre eles passava um sentimento de familiaridade, de intimidade automática. Ela estava louca para se livrar daquele sentimento, para cortá-lo fora como se fosse um tumor maligno.

Roma ainda tinha o mesmo cheiro: bronze, menta e a leveza de um gentil zéfiro. De tão perto, ela pôde distinguir isso tudo e, mesmo assim, nada mudara.

— Vamos — ordenou Juliette, torcendo o nariz. — Explique-se.

Roma piscou os olhos, irritado. Ele agia com petulância, mas Juliette estava monitorando a pulsação irregular que latejava sob seus dedos. Ela conseguia sentir cada sobressalto e tremor enquanto se inclinava na direção dele com a faca.

— Eu preciso de informações — elaborou Roma.

— Estou chocada.

Ele ergueu as sobrancelhas.

— Se você me soltar, posso explicar.

— Eu prefiro que você explique aí, do jeito que está.

— Ah, Juliette.

Clic.

O eco da trava de segurança de uma arma soou pelo beco. Sobressaltada, Juliette olhou para a esquerda, onde a arma que ela afastara ainda jazia, intocada. Voltou seu olhar para Roma e o viu sorrindo, seus lindos lábios perversos retorcidos debochadamente.

— O que foi? — perguntou Roma. Ele soava quase provocativo. — Você pensou que eu só tinha uma?

Ela sentiu o metal gélido em sua cintura. O frio se espalhou pela malha de seu vestido e imprimiu sua forma na pele de Juliette. Com relutância, ela lentamente tirou a faca da garganta de Roma e ergueu as mãos para o alto. Ela afrouxou a pressão fatal sobre ele, cada passo o mais prolongado possível até que estivesse de pé, recuando para se colocar a dois passos de distância da pistola.

Em uníssono, não havendo alternativa para evitar um impasse, abaixaram as armas.

— O homem que morreu na sua boate noite passada — começou Roma. — Você se lembra dos sapatos trocados?

Juliette mordeu a parte interna das bochechas e então concordou com um aceno.

— Encontrei o outro par no Rio Huangpu, bem no local em que o resto dos homens morreu na noite do Festival do Meio do Outono — prosseguiu Roma. — Acredito que ele escapou do primeiro derramamento de sangue, mas levou a insanidade consigo para a sua boate, no dia seguinte, e então sucumbiu a ela.

— Impossível — Juliette disparou imediatamente. — Que espécie de *ciência*...

— Estamos *além* da ciência, Juliette.

Com a revolta queimando a garganta, Juliette ergueu os ombros até as orelhas e cerrou os punhos. Gostava da ideia de chamar Roma de paranoico, irracional, mas infelizmente sabia o quão diligente ele era quando encontrava algo em que focar. Se ele pensava que isso era possível, então era possível.

— O que você quer dizer?

Roma cruzou os braços.

— Quero dizer que preciso saber ao certo se foi, de fato, o mesmo homem. Preciso ver o outro sapato no cadáver. Se os sapatos formarem um par, então estes surtos... podem ser contagiosos.

Juliette sentiu a negação, pesada e espessa, deitar-se sobre seus ossos. A vítima morrera em *sua* boate, espirrando sangue em um salão cheio dos *seus* Escarlates, tossindo em cima de uma aglomeração do pessoal *dela*. Se aquilo era efetivamente uma doença mental — uma doença mental *contagiosa* — a Sociedade Escarlate estava em grandes apuros.

— Pode ter sido um pacto suicida — sugeriu, sem muita convicção. — Talvez o homem tenha desistido e acabou agindo depois — mas Juliette havia olhado nos olhos do moribundo. Lá dentro, a única emoção que existia era o terror.

Deus. Ela olhara nos olhos do homem agonizante. Se isso era contagioso, qual era o risco de *ela* ter sido infectada?

— Você, assim como eu, sente isso — disse Roma. — Algo não está certo. Até isso chegar às autoridades e começarem uma investigação, mais pessoas inocentes terão morrido por causa destes surtos estranhos. Preciso saber se isso está se espalhando.

Roma olhava diretamente para Juliette quando ficou em silêncio. Juliette o fitou de volta com uma frieza profunda se desdobrando em seu estômago.

— Como se você se importasse — disse suavemente, se recusando a piscar, para o caso de seus olhos estarem ficando marejados — com a morte de inocentes.

Cada músculo da mandíbula de Roma se contraiu.

— Tudo bem — disse com rispidez. — *Meu* pessoal.

Juliette desviou o olhar. Dois longos segundos passaram-se. Então ela se virou e começou a andar.

— Apresse-se — disse ela, sem olhar para trás. Juliette o ajudaria apenas desta vez e nunca mais. Apenas porque ela também precisava saber as respostas que ele buscava. — O necrotério vai fechar em breve.

Eles caminhavam sob um silêncio tenso, palpável.

Não que fosse desconfortável — honestamente, seria melhor que fosse. Aquela proximidade, com Juliette indo à frente e Roma três passos atrás para não serem vistos juntos, era horrivelmente familiar e, francamente, a última coisa que Juliette queria sentir por Roma Montagov era *nostalgia*.

Juliette ousou dar uma olhadela para trás enquanto seguiam pelas longas e tortuosas ruas da Concessão Francesa. Como havia muitos estrangeiros ali em seu alpinismo pessoal por um pedaço da cidade, as estradas da Concessão Francesa refletiam sua ganância, suas escaladas. As casas dentro de cada setor eram voltadas para dentro de tal maneira que, se vistas do céu, quase pareciam formar um círculo, amontoando-se em si mesmas para protegerem seu ponto fraco.

As ruas ali eram tão movimentadas quanto nas partes chinesas da cidade, mas tudo era um tanto mais ordenado. Barbeiros exerciam seu ofício na rua, como de costume, mas a toda hora abaixavam e varriam cuidadosamente os tufos de cabelo cortado para mais perto dos bueiros. Vendedores ofertavam seus produtos em um tom de voz moderado, em vez da gritaria que Juliette costumava ouvir nas partes ocidentais de Xangai. Não era apenas a mudança nas pessoas que tornava a Concessão Francesa peculiar — os prédios pareciam um pouco mais retos, a água parecia mais cristalina e os pássaros pareciam cantar um pouco mais alto.

Talvez todos eles tenham sentido a presença de Roma Montagov e ficaram ariscos.

E Roma também estava, enquanto inspecionava as casas com os olhos estreitos no crepúsculo.

Doía vê-lo assim: alheio, curioso.

— Cuidado para não tropeçar — disse Roma.

Juliette fixou o olhar nele, embora o rapaz ainda estivesse olhando para as casas. Então forçou a visão a voltar para a calçada adiante. Ela deveria saber que qualquer sinal de desatenção vinda de Roma Montagov era meramente atuação. No passado, ela o conhecera melhor que a si mesma. Costumava ser capaz de prever todos os seus movimentos... exceto na única vez em que isso realmente fora necessário.

Roma e Juliette se encontraram em uma noite como aquela há quatro anos, logo antes da cidade implodir com o alvoroço de sua nova reputação.

O ano era 1922 e nada era impossível. Aviões mergulhavam e precipitavam-se no céu e os últimos resquícios da Grande Guerra estavam sendo apagados. A humanidade parecia estar dando uma guinada para longe dos conflitos, do ódio e da guerra que uma vez transbordaram, permitindo que as coisas boas no fundo emergissem lentamente. Mesmo a disputa de sangue em Xangai chegou a uma espécie de equilíbrio não dito, no qual, em vez de lutarem, um Escarlate e um Rosa Branca poderiam apenas acenar friamente com a cabeça um para o outro ao se cruzarem nas ruas.

Era uma atmosfera de esperança que havia acolhido Juliette quando ela saltou do barco a vapor, as pernas bambas após um mês no mar. Era meados de outubro, os ventos quentes ficando mais velozes, e trabalhadores fazendo graça à beira do porto enquanto carregavam pacotes para dentro de barcos ancorados.

Aos quinze, Juliette retornara com sonhos. Ela faria algo memorável, se tornaria alguém digna de celebração, acenderia vidas pelas quais valia a pena lutar. Era uma sensação que ela não conhecia quando partiu, aos cinco anos de idade, enviada com pouco mais que algumas roupas, uma rebuscada caneta tinteiro e uma fotografia, para não esquecer a aparência de seus pais.

Fora o auge daquela sensação o que a enviara atrás de Roma Montagov.

O peito de Juliette tremeu por inteiro enquanto ela exalava o ar à noite. Seus olhos ardiam e, rangendo os dentes, ela rapidamente limpou a lágrima órfã que escorrera pela bochecha.

— Já estamos chegando?

— Relaxe — disse Juliette, sem se virar. Ela não ousaria, pois seus olhos estavam marejados sob a meia-luz das lâmpadas a gás da rua. — Não estou tentando te enganar.

Naquela época, ela não sabia quem era ele, mas Roma sabia quem era *ela*. Ele revelaria meses depois ter jogado aquela bolinha de gude nela de propósito, para ver como ela reagiria enquanto esperava nos portos. A bola de gude parou perto do sapato de Juliette — sapatos norte-americanos, que não combinavam com o tecido e solas pesadas que pisavam com força ao redor dela.

— É minha.

Ela se lembrou de erguer a cabeça assim que pegou a bolinha, pensando que a voz pertencia a um rude comerciante chinês. Em vez disso, viu uma face jovem e pálida, com características estrangeiras — uma miríade de linhas retas e olhos arregalados e preocupados. O sotaque com o qual falara o dialeto local era ainda melhor que o dela, mesmo que o tutor de Juliette se recusasse a falar qualquer idioma exceto xangainês caso ela esquecesse.

Juliette rolou a bolinha de gude para a palma da mão, fechando os dedos em volta dela com força.

— É *minha* agora.

Agora, a cena era quase cômica; Roma levara um susto quando a ouviu falar em russo — impecável, talvez um pouco afetado por falta de prática. Ele franziu as sobrancelhas.

— Não é justo — disse, continuando no dialeto de Xangai.

— Achado não é roubado — Juliette se recusava a sair do russo.

— Tudo bem — disse Roma, finalmente voltando à sua língua nativa para que falassem o mesmo idioma. — Jogue uma partida comigo. Se vencer, você fica com a bolinha. Se eu vencer, a pego de volta.

Juliette perdeu e, com má vontade, devolveu a bolinha. Mas Roma não quis começar a partida apenas por diversão e não a deixaria escapar tão facilmente. Quando ela se virou para sair, ele segurou sua mão.

— Eu venho aqui toda semana — disse com sinceridade. — Podemos jogar de novo.

Juliette estava rindo quando deslizou os dedos para fora da mão do rapaz.

— Você vai ver — respondeu. — Vou ganhar todas as suas bolinhas.

Ela descobriria posteriormente que o garoto era Roma Montagov, o filho de seu maior inimigo. Mas mesmo assim voltaria lá para encontrá-lo, achando que era astuta, que era esperta. Por meses eles flertaram, encenaram e se equilibraram sobre a linha entre amigo e inimigo, um sabendo quem era o outro, mas omitindo o fato, tentando tirar algum proveito daquela amizade, mas sendo descuidados, caindo no abismo sem perceber.

Quando estavam jogando bolinhas de gude no chão irregular eram apenas Roma e Juliette, não Roma Montagov e Juliette Cai, herdeiros de facções rivais. Ali, eram apenas crianças risonhas que encontraram um confidente, um amigo que entendia a necessidade de ser outra pessoa, ainda que fosse por um curto período do dia.

Eles se apaixonaram.

Pelo menos Juliette *pensou* que se apaixonaram.

— Juliette!

Ela arfou de susto, parando rapidamente. Por causa de seu transe, ficou a centímetros de trombar em um riquixá estacionado. Roma a puxou para si e, instintivamente, ela o olhou e viu sua segurança, seu cuidado e seus olhos claros e frios.

— Me solte — sibilou Juliette, soltando o braço com força. — Estamos quase chegando ao hospital. Me acompanhe.

Ela aumentou o ritmo, sentindo o cotovelo doer na área que ele tocara. Roma a seguiu rapidamente, como sempre foi, como sempre soube fazer, no encalço dela de uma forma que parecia natural ao olho destreinado, de forma que qualquer um que os observasse pensaria ser uma coincidência Roma Montagov e Juliette Cai andarem próximos, isso se o olho curioso os reconhecesse.

O prédio grandioso à frente surgiu à vista. Rodovia Arsenal, número 17.

— Aqui estamos — anunciou Juliette com frieza.

O mesmo hospital para o qual trouxeram todos os corpos após a explosão.

— Mantenha a cabeça baixa.

Apenas para desafiá-la, Roma deu uma espiada no hospital. Fez uma careta, como se pudesse sentir que Juliette conhecia bem aquele local apenas pelo tremor na voz dela. Mas é claro que ele não podia — não conseguia. Ela o viu parado ali, tranquilo, e as palmas de suas mãos queimaram de fúria. Ela supunha que ele sabia exatamente o quão profundamente a cidade sentiu o peso do que ele havia feito. A disputa de sangue nunca fora tão sangrenta quanto naqueles primeiros meses após o ataque de Roma. Se ela tivesse sentido o cheiro das cartas que Rosalind e Kathleen enviaram pelo Oceano Pacífico, inalado a tinta que elas rabiscaram com desleixo no papel branco e espesso para relatar as vítimas, imaginava que teria sido capaz de sentir o cheiro do sangue derramado e da violência que pintou as ruas de vermelho.

Ela acreditara que Roma estava do mesmo lado que ela. Que eles poderiam forjar seu próprio mundo, livre da guerra sangrenta.

Nada além de *mentiras*. A explosão na casa dos criados foi o ataque mais sério que os Rosas Brancas conseguiram executar sem serem pegos. Eles teriam sido vistos tentando explodir a mansão principal, mas a casa dos criados não era vigiada, mas negligenciada, posta em segundo plano.

Tantas vidas Escarlates perdidas em um instante. Fora uma declaração de guerra.

E não teria acontecido sem a ajuda de Roma. O método de infiltração dos homens, o portão que havia sido deixado aberto — eram informações que somente Roma possuiria, devido às semanas e semanas que passara com Juliette.

Juliette fora traída, e aqui estava ela, ainda presa naqueles quatro anos. Ali estava ela, remoendo o caroço de ódio que pulsava em seu estômago, cada vez mais quente com o passar dos anos em que lhe foi negado um confronto, uma explicação, e *ainda assim* ela não teve coragem de cravar a faca bem no coração de Roma, obtendo vingança da única forma que conhecia.

Eu sou fraca, pensou. Mesmo que esse ódio a consumisse, não era o bastante para queimar por completo todo instinto que tinha de se aproximar de Roma, de mantê-lo a salvo do perigo.

Talvez a força para destruí-lo viria com o tempo. Juliette simplesmente precisava aguardar.

— *Abaixe* a cabeça — exigiu novamente, empurrando as portas duplas para entrar no saguão do hospital.

— Senhorita Cai — um médico a cumprimentou assim que Juliette aproximou-se da mesa da recepção. — Posso ajudá-la em algo?

— Pode, fazendo isto — com uma das mãos, Juliette passou um zíper invisível nos lábios. Com a outra, apoiou-se na mesa e pegou a chave do necrotério. O médico arregalou os olhos, mas fez vista grossa. Em posse da chave, fria na palma da mão, Juliette continuou a se mover pelo hospital, tentando respirar o mais superficialmente possível. O cheiro do lugar era sempre de decomposição.

Em pouco tempo, alcançaram os fundos do hospital, e Juliette parou na frente da porta do necrotério ofegando uma vez. Virou-se para encarar Roma, que manteve o olhar fixo em seus sapatos, como ordenado. Mesmo com o melhor dos esforços, sua atuação tímida não era convincente. Má postura não combinava com ele. O orgulho vinha de berço, costurado em suas vértebras.

— Aqui? — indagou. Ele soara hesitante, como se Juliette o guiasse a uma armadilha.

Sem dizer palavra, Juliette enfiou a chave, destrancou a porta e ligou o interruptor, revelando o único cadáver lá dentro. Jazia em uma mesa de metal que ocupava metade do piso. Sob a luz branco-azulada, o morto já definhava, oculto em grande parte por um lençol.

Roma entrou depois dela e deu uma olhada no pequeno necrotério. Ele caminhou em direção ao cadáver, erguendo as mangas. Apenas no instante em que ia levantar o lençol pausou, relutante.

— Este é um hospital pequeno e provavelmente alguém vai morrer na próxima hora — Juliette alertou. — Ande logo antes que decidam transferir este homem para uma funerária.

Roma olhou de relance para Juliette, prestando atenção na postura impaciente que ela adotara.

— Você tem um lugar mais interessante para ir?

—Sim — respondeu Juliette, sem pestanejar. — Ande logo com isso.

Visivelmente incomodado, Roma tirou o lençol com um puxão. Ele parecia surpreso quando viu pés descalços.

Juliette se desencostou da parede.

— Pelo amor de Deus — ela marchou para a frente e agachou-se perto das gavetas abaixo da mesa metálica, retirando de lá uma grande caixa de itens ensacados e jogando seu conteúdo no chão. Após separar a aliança ligeiramente suja de sangue, o colar bastante ensanguentado e a peruca, Juliette encontrou o par de sapatos trocados que estava nos pés do morto naquele dia. Ela abriu a sacola e a sacudiu para retirar o sapato mais bonito.

— É esse?

Os lábios de Roma estavam contraídos, e sua mandíbula, retesada.

— É esse.

— Então concordamos que este homem estava no local?

Roma consentiu.

Era isso. Eles não trocaram palavra enquanto Juliette punha tudo de volta na caixa com dedos ágeis. Roma estava taciturno, olhos fixos em um ponto aleatório da parede. Ela imaginava que ele não podia esperar para dar o fora dali, para aumentar a distância entre seus corpos o máximo possível e fingir que ela não existia — pelo menos até que o próximo cadáver da disputa de sangue fosse desovado por cima de seus limites territoriais.

Juliette empurrou a caixa de volta a seu lugar e viu que suas mãos tremiam. Ela as cerrou em punhos, apertando o máximo que podia quando se deparou com o olhar de Roma.

— Depois de você — disse ele, gesticulando em direção à porta.

Quatro anos. Deveria ter sido suficiente. Com a mudança das estações e o passar do tempo, ele deveria ter se tornado um estranho. Deveria ter amadurecido um sorriso diferente, como Rosalind, ou andar de um modo diferente, como Kathleen. Deveria ter se tornado mais impetuoso, como Tyler, ou assumido uma aura de cansaço, como a mãe de Juliette. Mas agora que ele a fitava, ela via que Roma apenas ficara… mais velho. Ele a fitava e Juliette via os mesmos olhos, vestidos com o mesmo olhar — ilegível, a menos que ele a deixasse ler; impassível, a menos que ele se permitisse relaxar.

Roma Montagov não mudara. O Roma que a amara. O Roma que a traíra.

Juliette se esforçou para relaxar os punhos. Seus dedos doíam devido à força do aperto. Com a mais breve anuência de cabeça na direção de Roma, lhe permitindo segui-la para fora, ela esticou a mão para a porta e o deixou passar, trancando o necrotério com um baque pesado e abrindo a boca para dar um frio e firme adeus a Roma.

Mas antes que ela tivesse a chance de falar, foi interrompida por um pandemônio apocalíptico e absoluto que se iniciara dentro do hospital. No fim do corredor, enfermeiras e médicos arrastavam macas às pressas, exigindo uns dos outros, aos gritos, atualizações e informações sobre quartos vazios. Roma e Juliette dispararam imediatamente, voltando ao saguão do hospital. Já esperavam uma tragédia, mas, de alguma forma, o que encontraram conseguia ser pior.

O piso estava tomado de vermelho, escorregadio. O ar, pesado.

Para onde quer que olhassem, havia Escarlates morrendo, sangue jorrando de suas gargantas e berros de agonia. Devia haver uns vinte, trinta, quarenta, prestes a morrer ou já mortos, imóveis ou tentando naquele mesmo instante cravar as unhas nas próprias veias.

— Meu Deus — sussurrou Roma. — Começou.

 Nove

—Quando dei uma espiada no quarto, ele estava dormindo tão tranquilamente que fiquei com um pouco de medo de que estivesse morto — disse Marshall, cutucando o cadáver com o pé. — Acho que ele estava fingindo.

Benedikt revirou os olhos e então afastou o pé de Marshall para longe do morto com um tapa.

— Você não devia acreditar em Roma?

— Eu acho que Roma é um mentiroso patológico — respondeu Marshall, dando de ombros. — Ele simplesmente não quis vir conosco para ver os defuntos.

A luz do dia eclodira há apenas uma hora, mas as ruas já estavam vibrando com o movimento. Quase não se ouvia naquele beco o som das ondas quebrando nas docas ali perto, não com o falatório que jorrava da cidade. O brilho da manhã encapsulava as ruas frias como uma aura. O vapor nos portos e a fumaça das fábricas lançavam-se para cima, espessos, poluídos e pesados.

— Ah, cale a boca — disse Benedikt. — Você está tirando minha atenção da inspeção dos defuntos. — Franzindo profundamente o cenho, ele estava ajoelhado próximo ao corpo que Marshall empurrara até a parede. Novamente, Benedikt e Marshall foram escalados para a limpeza; que não apenas exigia dar um jeito nos cadáveres ensanguentados, mas também nos policiais municipais envolvidos, molhando a mão de todo e qualquer órgão legal que tentasse exercer suas atribuições sobre os gangsteres mortos.

— Tirando sua atenção? — Marshall se agachou para ficar na mesma altura que Benedikt. — Se é assim, você devia me agradecer por aliviar a morbidez.

— Eu agradeceria se você me ajudasse — resmungou Benedikt. — Precisamos identificar estes homens antes do meio-dia. Nessa velocidade, a única coisa que teremos identificado é o número de corpos aqui — ele revirou os olhos quando Marshall olhou em volta e começou a contar. — Seis, Mars.

— Seis — repetiu Marshall. — Seis defuntos. Contratos de seis dígitos. Seis luas dando a volta ao mundo — Marshall adorava o som da própria voz. Em qualquer ocasião em que pairasse o silêncio, ele fazia questão de preenchê-lo, como se fizesse um favor ao mundo.

— Não comece...

A reclamação de Benedikt foi ignorada.

— *Devo compará-lo a uma noite de inverno?* — recitou Marshall. — *Mais esplendoroso e mais bruto: o vento tempestuoso é, deveras, mais terno...*

— Você viu um estranho por dois segundos na rua — interrompeu Benedikt, secamente. — Menos, por favor.

— *Olhos de beladona, lábios como fresco fruto. Uma sarda acima da face esquerda* tal qual — pausou Marshall, apontando subitamente para seus pés — tal qual esse pontinho esquisito aí no chão.

Benedikt parou de repente, fazendo uma careta. Também estava de pé, observando a evidência no chão. Era muito mais que um simples pontinho irregular.

— É outro inseto.

Marshall ergueu a perna para um tijolo mal colocado na parede.

— Ah, *por favor*, não.

Entre as rachaduras no pavimento, uma mancha preta pontilhava o cimento, nada que chamasse a atenção de um olhar breve. Mas, assim como um artista é capaz de perceber um movimento acidental do pincel em meio a uma miríade de pinceladas intencionais, no momento em que o olhar de Benedikt caiu sobre a mancha, um calafrio percorreu sua espinha e lhe avisou de que havia um erro na tela do mundo. Aquela criatura não deveria estar ali.

— É o mesmo — disse, pinçando-o cautelosamente com os dedos. — É o mesmo tipo de inseto que encontramos no porto e levamos ao laboratório.

Quando Benedikt pegou a coisinha morta e a mostrou para o imprevisível amigo, esperava que Marshall fizesse algum comentário tosco ou compusesse uma canção sobre a fragilidade da vida. Em vez disso, Marshall franziu as sobrancelhas.

— Você se lembra da Tsarina? — ele perguntou, de repente.

Mesmo com as costumeiras enrolações e com as histórias cheias de voltas de Marshall, aquela mudança abrupta de assunto era incomum. Mesmo assim, Benedikt não o contrariou e respondeu:

— É claro.

A golden retriever falecera fazia apenas um ano. Foi um dia estranho, de luto, tanto em respeito pela companheira peluda quanto pela peculiaridade de uma morte que, pelo menos uma vez, não ocorrera com o apertar de um gatilho e o jorro de sangue.

— Você se lembra de quando Lorde Montagov a pegou? — prosseguiu Marshall. — Lembra-se dela correndo pelas ruas, esfregando o focinho em todo e qualquer animal que encontrava, fosse um gato ou um rato selvagem?

Marshall estava tentando chegar a algum lugar, mas Benedikt ainda não conseguia dizer aonde. Ele nunca entenderia o jeito de falar de pessoas como Marshall, dando voltas e voltas até que seu discurso fosse o próprio oroboro engolindo a própria cauda.

— Sim, claro — respondeu Benedikt, com a cara fechada. — Ela pegou tantas pulgas que elas viviam saltando do pelo...

O oroboro finalmente cuspiu sua cauda.

— Faca — Benedikt gesticulou na direção de Marshall para que ele vasculhasse os bolsos. — Me dê sua faca.

Sem pensar duas vezes, Marshall sacou uma faca e a jogou. O cabo planou perfeitamente até a mão de Benedikt e ele a levou até o morto, cortando fora uma mecha de seu cabelo, o mais rente que conseguiu. Quando o cabelo foi ao chão, Benedikt e Marshall se inclinaram de uma vez para examinar o couro cabeludo do defunto.

Nesse momento Benedikt quase vomitou.

— Isso — constatou Marshall, paralisado — é nojento.

Havia apenas alguns centímetros de pele à mostra, centímetros de branco-acinzentado entre dois tufos de cabelo preto e grosso. Mas, naquele espaço, uma dúzia de caroços do tamanho de unhas do dedo mínimo se projetavam para fora, lares pontilhados para insetos mortos que fizeram morada logo abaixo da primeira camada de pele. Benedikt começou a sentir uma coceira na cabeça com aquela visão, diante dos exoesqueletos encolhidos translucidamente visíveis sob a membrana, com as patas, antenas e tórax enclausurados e congelados no tempo.

Benedikt apertou a faca com mais força. Maldizendo a si mesmo por sua curiosidade, lentamente afastou os tufos de cabelo do morto, de modo que não o impedissem de ver a pele exposta. Em seguida, rangendo os dentes e com um tremor na ponta da língua, ele enfiou a ponta da lâmina em um dos caroços.

Não houve nenhum ruído de abertura ou jorro de fluidos sequer, como Benedikt esperava diante de uma visão tão asquerosa. Na tensão de um silêncio intercalado apenas pelo ronco ocasional de um carro passando pela rua adjacente, Benedikt usou a faca para cortar a pele fina sobre um dos insetos mortos.

— Vamos — disse Benedikt quando um inseto lá dentro ficou semiexposto. — Puxe.

Marshall olhou para ele como se o amigo tivesse sugerido que matassem um bebê e o devorassem.

— Você só pode estar brincando.

— Minhas duas mãos estão ocupadas, Mars.

— Eu te odeio.

Marshall respirou fundo. Cuidadosamente, ele pôs dois dedos na incisão e puxou o inseto morto.

O bicho veio à luz com veias, vasos e capilares presos a seu ventre. Era como se o inseto fosse uma entidade autônoma e o morto fosse sua cria, quando, na verdade, as linhas brancas e rosadas, finas como papel, que brotavam do inseto estavam sendo puxadas do *cérebro* do homem.

As veias tremularam quando uma rajada de vento repentina soprou da orla.

— Quem diria — disse Benedikt. — Acho que descobrimos a causa dos surtos.

Dez

Alguns dias depois, Juliette estava em uma campanha de guerra atrás de provas.

— Fique atenta — alertou a Rosalind e Kathleen, em voz baixa, em frente a uma casa de ópio situada em um prédio atarracado. Do outro lado da rua, havia duas portas com rosas vermelhas afixadas — um cartão de visita Escarlate, na teoria; uma alta e clara ameaça, na prática. Diziam as más línguas que os Escarlates passaram a usar rosas vermelhas apenas para zombar dos Rosas Brancas, que punham flores brancas quaisquer nos prédios que tomavam nas disputas de território. Mas o uso da rosa vermelha começara há tanto tempo que Juliette não sabia se havia verdade no boato. O que sabia com certeza era que, se havia uma rosa vermelha colada à porta de alguém, era um último aviso: pague, ceda, passe o dinheiro, ou faça qualquer coisa que a Sociedade Escarlate mandar, sob pena de arcar com as consequências.

A rua inteira estava sob domínio dos Escarlates, mas todo território tem suas áreas problemáticas.

— Fiquem perto de mim — prosseguiu Juliette, acenando para as primas seguirem em frente. No momento em que entraram na casa de ópio e pisaram no assoalho úmido e irregular, as três mulheres instintivamente mantiveram as mãos coladas à linha dos quadris ou à fita em suas cinturas, aliviadas apenas pelas armas que estavam ocultas no luxuoso tecido de suas roupas. — Pode ser que haja assassinos em atividade aqui.

— Assassinos? — repetiu Kathleen, com voz alta e estridente. — Achei que estivéssemos aqui para cobrar o aluguel para seu pai.

— E estamos — Juliette repartiu a cortina de contas, passando pela divisória e entrando na sala principal, onde o cheiro de histórias distorcidas e vícios forçados flutuava livremente. Os odores que serpenteavam por seu nariz lembravam o de uma rosa em chamas, perfume misturado com gasolina, o fogo a consumindo até que as cinzas pudessem ser usadas como cosméticos densos e inebriantes —, mas um passarinho Escarlate me contou que aqui também é um ponto de encontro dos Comunistas.

Elas pararam no meio da casa. Os resquícios da antiga China eram fortes ali, em meio a muita parafernália — cachimbos e lamparinas a óleo — que foram parar ali antes da virada do século. A decoração também era antiquada, pois os candelabros no teto, por exemplo, pareciam os que se erguiam, dourados e brilhantes, em cada cabaré de Xangai, com lâmpadas de aparência oleosa cobertas por uma camada fina de sujeira.

— Tenham cuidado — avisou Juliette. Ela olhava para os corpos jogados contra as paredes do antro. — Duvido que essas pessoas sejam tão dóceis quanto parecem.

Há alguns séculos, quando o lugar ainda era domicílio de um nobre ou general, deveria ser opulento e luxuoso. Agora era um prédio descascado, com piso faltando e um teto envergado devido a seu próprio peso. Agora os sofás tinham furos onde os clientes esticavam as pernas e os braços estavam gastos nos locais em que eles esfregavam as mãos após largarem alguns centavos e saírem apressados — isto é, se antes não fossem seduzidos para os quartos do fundo. Enquanto Juliette esticava o pescoço e procurava pela madame que comandava o recinto, ouviu risadinhas ecoarem nos corredores. Alguns poucos segundos depois, passou um grupo de jovens mulheres, cada uma delas vestida com um *hanfu* diferente em tons pastéis, que Juliette supôs ser uma tentativa de evocar a nostalgia de antigas eras da China. Se ao menos as saias dos *hanfu* não estivessem incrustadas de sujeira e os grampos em seus cabelos não estivessem a um movimento brusco de cair. Se ao menos suas risadinhas não fossem inacreditavelmente forçadas, mesmo para um ouvido destreinado, com sorrisos vermelhos vivazes, mas olhos sem brilho.

Juliette suspirou. Em Xangai, era mais fácil contar os estabelecimentos que *não* eram também bordéis dos que não o fossem.

— Em que posso ajudar?

Juliette virou-se, procurando pela voz que falara animadamente atrás dela. Madame, como se autointitulava, estava inclinada sobre um dos sofás, com uma lamparina acesa a seu lado e um cachimbo largado desleixadamente em seu colo. Quando Juliette retorceu o nariz, Madame se levantou, inspecionando a jovem de tão perto quanto Juliette inspecionava as manchas negras nas mãos da mulher.

— Que surpresa — disse Madame. — Juliette Cai. Eu não a vejo desde que tinha quatro anos.

Juliette ergueu uma sobrancelha.

— Eu não sabia que chegamos a nos conhecer.

Madame contraiu os lábios pálidos.

— Você não se lembra, naturalmente. Em minha mente, você sempre será uma coisinha fofa passeando pelos jardins, alheia a todo o resto.

— Aham — disse Juliette, dando de ombros com petulância. — Meu pai não chegou a me contar isso.

Os olhos de Madame permaneceram iguais, mas os ombros deram uma leve travada, um levíssimo sinal de que se ofendera.

— Eu fui uma boa amiga de sua mãe por um tempinho — disse, pigarreando. — Até que… bem, eu tenho certeza de que você soube que alguém me acusou de ser muito amigável com os Rosas Brancas há uma década. Era tudo besteira, claro. Você sabe que eu os odeio tanto quanto você.

— Eu não odeio os Rosas Brancas — retrucou Juliette imediatamente. — Odeio quem machuca as pessoas que amo. Frequentemente, são Rosas Brancas. Há uma diferença.

Madame fungou. A cada tentativa de criar laços com Juliette, era rebatida. Juliette poderia fazer aquilo o dia todo. Ela amava encontrar falhas em outras pessoas.

— De fato, mas não deixe que lhe ouçam dizendo isso — murmurou Madame. Então, ela tirou o foco de Juliette, mudando de estratégia, e agarrou o pulso de Rosalind dizendo, melodiosa. — Ah, eu conheço *você*. Rosalind Lang. Conheci seu pai também, claro. Que crianças preciosas. Fiquei tão chateada quando lhe mandaram para a França... Você não acredita o quanto seu pai tagarelava sobre a excelência de uma educação ocidental. Os olhos dela voltaram-se para Kathleen. Uma breve pausa.

Juliette limpou a garganta.

— *Bàba* nos enviou para a coleta — explicou, esperando chamar a atenção de Madame para si. — Você nos deve...

— Mas quem é *você*? — indagou Madame, interrompendo Juliette para se dirigir à Kathleen.

Kathleen estreitou os olhos. Bem direta, respondeu:

— Sou Kathleen.

Madame fez uma cena de quem se esforça para vasculhar a memória.

— Ah, Kathleen. Eu me recordo agora — disse, cuspindo as palavras, estalando os dedos. — Você era tão rude, sempre ficava me mostrando a língua.

— Eu era uma *criança*, então peço que me perdoe pela má conduta do passado — respondeu Kathleen com secura.

Madame apontou para a testa de Kathleen.

— Você também tem a marca de nascença da constelação de Sagitário. Eu me lembro de...

— Quem? —interrompeu Kathleen. Soava como um desafio. — Se lembra de alguém que tinha a marca?

— Bem — disse Madame, agora envergonhada —, havia três irmãos Lang, certo? Você tinha um irmão.

Juliette contraiu os lábios. Rosalind sibilou por entre os dentes. Mas Kathleen — Kathleen apenas encarou Madame com o mais pleno dos olhares e disse:

— Nosso irmão está morto. Estou certa de que soube.

— Sim, bem, eu sinto muito — disse Madame, sem soar nem um pouco comovida. — Eu também perdi um irmão. Às vezes penso que...

— Basta — interrompeu Juliette. Aquilo estava indo longe demais. — Podemos falar em outro local?

Madame cruzou os braços com força e se virou. Ela não pediu que as três Escarlates a acompanhassem, mas elas o fizeram assim mesmo, trotando e se espremendo contra as paredes quando tinham que passar pelas mulheres em pastel andando de um lado para outro nos corredores estreitos. Madame as conduziu até um quarto decorado em vários tons de vermelho. Havia outra porta ali, uma que dava direto para as ruas. Juliette se perguntou se era uma rota de fuga ou de entrada facilitada.

— Eu tenho o dinheiro do aluguel — elas observaram Madame passar pelas roupas jogadas no chão, enfiando o braço debaixo de um pedaço de colchão que ela chamava de cama a fim de pegar seu dinheiro. Murmurando, Madame contou as moedas, e cada um de seus tilintares ressoava à melodia dos rangidos das vigas do teto.

Madame estendeu a mão, oferecendo o dinheiro em seu punho para Juliette.

— Pensando melhor... — Juliette fechou a mão por cima da de Madame e empurrou de volta o dinheiro. — Guarde-o. Há outro pagamento que eu prefiro.

A expressão gentil de Madame vacilou. Seus olhos moveram-se para a lateral, na direção da outra porta.

— E qual seria?

Juliette sorriu.

— Informação. Quero o que você sabe a respeito dos Comunistas.

A expressão gentil no rosto de Madame desapareceu por inteiro.

— Como é?

— Eu sei que você permite que eles frequentem este lugar e se reúnam aqui — Juliette ergueu a cabeça, voltando-se uma vez para Kathleen e uma vez para Rosalind. As irmãs saíram de suas posições, nos flancos de Juliette, andaram pelo quarto e ficaram plantadas, cada uma em uma saída. — Eu sei que em um destes quartos não há uma mulher oferecendo um passeio ao prazer eterno; contém uma mesa e uma lareira para manter os membros do Partido Comunista da China aquecidos. Sendo assim, me diga, o que você sabe sobre o envolvimento deles nos surtos que estão varrendo a cidade?

Madame soltou uma gargalhada repentina, com a boca bem aberta. Juliette podia ver a grande fenda entre seus dois dentes da frente.

— Não tenho ideia do que você está insinuando — disse Madame. — Eu fico longe dos negócios deles.

É medo ou lealdade o que a impede de falar? Juliette se perguntou. Madame era associada aos Escarlates, mas não era um gângster; era leal à causa, mas não estava disposta a morrer por ela.

— É claro, que grosseria a minha pensar isso — disse Juliette. Levou as mãos ao bolso e deu um sorriso mais brilhante que o fino colar de diamantes que retirou de lá, agora pendendo por entre seus dedos. — Você aceita um presente meu em compensação pela insolência?

Juliette moveu-se rapidamente para trás de Madame antes que ela pudesse retrucar e a anfitriã também não se moveu; afinal, qual seria o problema em aceitar um colar de diamantes?

Não era um colar de diamantes.

Madame ganiu quando Juliette puxou com força o fio do garrote, e seus dedos foram lépidos para cima para tatear contra a pressão sobre sua pele. Naquele instante o fio já estava enrolado em seu pescoço, e as microlâminas o perfuravam.

— Pessoas leais à Sociedade Escarlate estão morrendo aos montes — sibilou Juliette. — Pessoas que sujam as mãos por nós estão sendo vitimadas pela insanidade, enquanto pessoas como você ficam de bico fechado, incapazes de decidir se sangram escarlate ou se lutam pelos trapos vermelhos do proletariado. — Pequenas gotas de sangue borbulhavam à superfície da pele macia de Madame, o bastante para macular os matizes de seu pescoço. Se Juliette puxasse o fio adicionando a mais ínfima força, as lâminas entrariam fundo o bastante para deixar uma cicatriz. — Você sangra em que tom, Madame? Escarlate ou vermelho?

— Pare, pare! — respondeu, esganiçada. — Eu falo! Eu falo!

Juliette afrouxou o fio uma minúscula fração.

— Então *fale*. Qual é o papel dos Comunistas nos surtos?

— Eles não assumem a autoria dos surtos — disse Madame, com esforço. — Enquanto grupo, eles se mantêm irredutíveis de que isto não é fruto de seus atos políticos. Em privado, no entanto, especulam.

— Sobre o quê? — demandou Juliette.

— Eles acreditam que um gênio dentro do Partido arquitetou isso — Madame tentou novamente agarrar os fios, mas eram tão finos que não podiam ser pegos com firmeza. Tudo que conseguiu foi se arranhar, com as unhas raspando a pele como se ela zombasse da loucura das vítimas. — Eles sussurram sobre terem visto anotações de um homem planejando tudo.

— Quem?

Quando Madame pareceu hesitar, com a língua saltando para fora, Juliette puxou novamente o fio em ameaça. À porta, Rosalind pigarreou, um conselho não dito para que Juliette mantivesse a calma e o cuidado, mas ela não recuou. Apenas disse, com a voz tão calma quanto a maré matinal:

— Eu quero um nome.

— Zhang Gutai — revelou Madame. — O Secretário-Geral dos Comunistas.

Imediatamente, Juliette soltou o fio, levando-o de volta ao flanco e dando-lhe uma sacudidela. Puxou um lenço do bolso e esfregou a correntinha até que estivesse brilhante e prateada novamente. Quando pôs o fio no bolso, ofereceu o lenço à Madame com o mesmo sorriso brilhante que reservava para festas de melindrosas e homens velhos e charmosos.

Madame estava pálida e trêmula. Não reclamou quando Juliette amarrou o lenço ao redor de seu pescoço, ajustando cuidadosamente o tecido até que absorvesse todo o fio de sangue.

— Peço perdão pelo transtorno — disse Juliette. — Isso ficará entre nós, não é?

Madame concordou, com expressão neutra. Ela não se moveu quando Juliette convocou Rosalind e Kathleen de volta para seu lado; nem reclamou quando a herdeira Escarlate largou todo o dinheiro que tinha no bolso sobre a mesa para tardiamente pagar Madame pela informação.

Juliette marchou para fora do quarto, com os saltos ecoando alto enquanto saía da casa de ópio com as primas. Ela já estava se esquecendo da firmeza de seu aperto no fio, de como estava disposta a ferir Madame para conseguir a informação que queria. Somente conseguia pensar no nome que obtivera — Zhang Gutai — e no que faria em seguida.

No carro, Kathleen a observou durante toda a viagem de volta. Juliette podia sentir isso como se fosse uma camada de graxa em sua testa: algo que incomodava sem causar dano algum.

— O que foi? — perguntou finalmente Juliette quando o carro parou para que Rosalind saltasse. Assim que a prima bateu a porta, encolhendo os ombros por baixo da manta de pele e desfilando em direção ao cabaré para fazer o turno da noite, Juliette deslizou pelo banco de trás até que estivesse diretamente de frente para Kathleen, que estava relaxada no assento, encarando a prima. — Por que você fica me olhando esquisito?

Kathleen piscou.

— Ah, não vi que você notou.

Juliette revirou os olhos, erguendo as pernas para descansá-las na almofada macia ao lado de Kathleen. O carro deu partida novamente, sobre o som alto do cascalho triturado abaixo de suas rodas.

— *Biǎojiě*, você subestima os olhos que tenho — ela gesticulou por cima do rosto. — Por toda a parte. Eu te ofendi?

— Não, é claro que não — disse Kathleen, rapidamente. Lentamente, ela corrigiu a postura e gesticulou para as mãos de Juliette, que olhou para baixo. Havia uma mancha de sangue que ela não havia conseguido limpar no espaço macio entre o polegar e o indicador. — Eu acho que esperava que você fosse apontar uma arma ou algo parecido. Não pensei que fosse ameaçá-la de verdade.

Kathleen sempre foi a pacifista. Nas cartas que ela e Rosalind enviaram aos Estados Unidos quando Juliette estava lá — sempre juntas no mesmo envelope — Juliette conseguia distinguir imediatamente as duas irmãs. Havia a caligrafia, obviamente. As letras redondas e grandes de Rosalind quando escrevia em inglês ou francês e os ideogramas chineses largos e espaçados, como se tentassem fugir uns dos outros. Kathleen, por outro lado, sempre escrevia como se lhe faltasse espaço. Ela espremia as letras e os traços até que se sobrepusessem, às vezes entalhando no ideograma anterior a maior parte do seguinte. Mas, além disso, mesmo que as cartas fossem datilografadas, Juliette conseguiria diferenciá-las. Rosalind tratava da conjuntura de Xangai como ninguém na cidade conseguiria. Ela era brilhante e inteligente devido aos anos de aulas de literatura clássica. A doçura de suas palavras gotejava na folha de papel enquanto ela lamentava a ausência de Juliette e lhe dizia que morreria de rir se tivesse visto o Sr. Ping semana passada, quando suas calças se rasgaram no meio. Não que Kathleen não fosse bem letrada — apenas era introspectiva. Ela nunca escreveria um resumo sobre a última vítima da disputa sangrenta para depois citar uma sábia expressão sobre a natureza cíclica da violência. Ela elaboraria um guia passo a passo para impedir brutalidades futuras a fim de que pudessem viver em paz, e então se perguntaria por que ninguém na Sociedade Escarlate parecia capaz de fazer o mesmo.

Juliette sempre soube a resposta. Mas nunca teve coragem de dizer a Kathleen.

Porque não queriam.

— Madame lida com a ralé diariamente — Juliette apoiou o queixo em uma das mãos. — Você acha que ela se assustaria com o mero vislumbre de uma arma?

Kathleen suspirou irritada, alisando o cabelo.

— Mesmo assim, Juliette, não é como se...

— Você foi a algumas reuniões de negócios de meu pai, não foi? — interrompeu Juliette. — Eu ouvi *Māma* dizer que *Jiùjiu* levou você e Rosalind juntas há alguns anos, antes de vocês não terem mais estômago para isso.

— Só Rosalind não tinha mais estômago — rebateu Kathleen, calmamente —, mas sim, nosso pai nos levou em algumas negociações.

— *Negociações* — zombou Juliette, se recostando no espaldar do assento. Sua voz saiu com desprezo, mas não era direcionado a Kathleen. Era direcionado à maneira como a Sociedade Escarlate distorcia sua própria linguagem, como se ninguém soubesse do que falavam. Eles deveriam começar a chamar aquilo pelo que realmente era: extorsão, chantagem.

Chegando ao destino das moças, o carro reduziu a velocidade até parar em frente aos portões da mansão, com o motor roncando. Eram portões novos, instalados logo que Juliette partiu. Eles eram uma dor de cabeça para os homens a postos na frente deles sempre que parentes chegavam de cinco em cinco minutos querendo entrar, e agora os dois que estavam de serviço se apressavam para abrir as pesadas trancas metálicas antes que Juliette ralhasse com eles pela lentidão.

Mas esse era o preço da segurança face ao perigo constante.

— Você se lembra, não? — perguntou Juliette. — Dos métodos de meu pai? — ela vira muitos deles durante os poucos meses em que esteve de volta pela primeira vez. Mesmo antes disso, quando Juliette era apenas uma criança, algumas de suas memórias mais antigas eram de levantar os braços para ir ao colo e sentir o cheiro de sangue emanando de seu pai quando ele a pegava.

A Sociedade Escarlate não tolerava fraqueza.

— Sim — respondeu Kathleen.

— Portanto, se ele pode fazer isso — prosseguiu Juliette —, por que eu não posso?

Kathleen não tinha nada a dizer em resposta. Apenas suspirou levemente e baixou as mãos, derrotada.

O carro parou completamente. Uma criada já estava aguardando para abrir a porta, e embora Juliette tenha aceitado sua ajuda para sair, foi apenas por cortesia; trajada com seu vestido de contas, era fácil saltar do carro e descer do patamar elevado. Kathleen, no entanto, precisava de alguns segundos para uma saída digna, pois o confinamento do *qipao* lhe atrasava. No momento em que os sapatos de Kathleen tocaram a entrada da mansão, Juliette já estava indo em direção à porta, inclinando a cabeça na direção da luz do sol para aquecer sua face fria.

Tudo se encaixaria. Ela não precisava se preocupar. Ela tinha um nome. A primeira coisa que faria na manhã seguinte era aparecer no local de trabalho desse tal Zhang Gutai e confrontá-lo. De um jeito ou de outro, Juliette acabaria com aquela sandice de surtos antes que seu povo sofresse.

Então um grito estridente disparou pelos jardins:

—*Ali, o que há com você?*

Juliette deu meia-volta, reagindo rápido ao pânico que ecoava pelos jardins. Seu coração perdeu o ritmo, aterrorizado.

Tarde demais.

A insanidade veio bater à sua porta.

— Não, não, não — sibilou Juliette, correndo em direção aos canteiros de flores. Ali estava voltando para dentro da casa com um cesto cheio de roupas apoiado no quadril. Só que agora o cesto estava jogado sobre as rosas; pilhas de roupas dobradas as esmagavam sem misericórdia.

E Ali estava dilacerando a própria garganta.

— Deite-a no chão — Juliette berrou para o jardineiro que estava por perto, o mesmo que chamara a atenção de Juliette com o grito. — Kathleen, busque ajuda!

Juliette agarrou um dos ombros de Ali. O jardineiro agarrou o outro. Juntos, tentaram ao máximo forçar a criada no chão, mas, quando a cabeça de Ali bateu contra o solo macio das roseiras, seus dedos já estavam totalmente inseridos nos músculos e tendões de seu pescoço. Houve um ruído terrível, úmido, rasgado — uma sensação de encharcamento enquanto o sangue jorrava para fora aos borbotões — e Juliette vislumbrara o *osso*, via claramente cada relevo branco-marfim, todos ordenadamente afixados por trás do vermelho-róseo do pescoço de Ali.

Os olhos de Ali vidraram-se. As mãos afrouxaram, os pedaços de carne arrancada escorregaram dos dedos e caíram no chão.

Juliette teve ânsia de vômito. O sangue da garganta de Ali jorrava e jorrava, penetrando o solo até que a terra se tornasse uma mancha escura, até que a mancha escura fosse grande o suficiente para chegar a menos de um metro de distância do terreno onde ficava a antiga casa dos criados, onde a Ama também encontrara seu fim.

É por isso, Juliette pensou, dormente. *É por isso que não devemos amar mais que o necessário. A morte vem para todos no fim...*

Um grito de terror agora vinha da casa principal.

Kathleen.

Juliette levantou-se em um pulo.

— Kathleen! — rugiu. — Kathleen, onde está você?

— Juliette, *venha logo!*

Juliette escancarou a porta da frente e atravessou a sala de estar, correndo a toda velocidade, arrancando arquejos de preocupação das poucas tias desorientadas, que pararam de fofocar nos sofás. Freneticamente, derrapou até a cozinha e encontrou Kathleen parada no longo balcão, corpo congelado pelo horror, mãos pressionando a boca, abafando suas palavras em uma tentativa de não gritar.

Um cozinheiro se contorcia no chão, com sangue já descendo por seus antebraços. A cerca de um metro de distância, sob a passagem para o corredor principal, outra criada estava começando a sucumbir, apoiando-se no batente da porta e batendo em si mesma para resistir ao surto.

— Para trás...

A criada caiu. O primeiro arco de sangue laríngeo voou longe, manchando os entalhes intrincados da passagem e pintando uma figura abstrata na parede bege. Em choque, Juliette imaginava se eles seriam capazes de remover uma mancha daquelas, ou se ela ficaria na casa para sempre. Mesmo oculta por tinta ou violentamente esfregada, sua presença permaneceria, empesteando o cômodo com o fedor do fracasso Escarlate em proteger os seus.

A criada ficou estática. Aparentemente isso finalmente trouxe Kathleen de volta a si, pois ela se projetou para a frente com um arquejo sufocado. Seus cabelos longos balançavam por sua face em virtude da pressa.

Esses surtos — podem ser contagiosos.

— Pare! — gritou Juliette.

Kathleen parou de andar na hora. O único ruído audível no silêncio súbito era a respiração pesada de Juliette.

Ela deu meia-volta, encarando as duas tias que cautelosamente adentraram a cozinha. As senhoras levaram as mãos à boca, apavoradas, mas Juliette não permitiu que ficassem.

— Tragam alguns homens da frente para fazer a limpeza — ordenou. — Diga para usarem luvas.

Onze

Juliette bateu o porta-malas do carro com tanta força que o veículo balançou sobre os pneus.

— Pronto — ela avisou ao motorista. — Vamos.

Pelo retrovisor, o motorista assentiu com a cabeça, sério. O carro começou a se afastar da entrada de cascalhos, movendo-se na direção do portão principal a caminho do hospital mais próximo. Os mortos no porta-malas estariam, então, fora das mãos de Juliette. Ela esperava que o hospital apreciasse o quão delicadamente os Escarlates embrulharam os cadáveres em lençóis espessos.

— Senhorita Cai.

Juliette virou-se e viu um mensageiro vindo em sua direção.

— Pois não?

O mensageiro gesticulou em direção à casa.

— Seus pais desceram. Querem saber do ocorrido.

— Ah, *agora* eles descem — Juliette resmungou baixinho. Não quando houve gritos nos corredores. Não quando Juliette gritava palavrões para que os homens se apressassem atrás de mais lençóis e as criadas fossem pegar água para que os serviçais pudessem tentar limpar as manchas no piso.

Eles precisariam contratar um excelente serviço de limpeza.

— Irei falar com meus pais — suspirou Juliette. Ela passou caminhando pelo mensageiro, com os ombros pesados de ansiedade. Seus pais podiam estar em reunião no andar de cima, mas dúzias de parentes testemunharam as terríveis mortes, e as notícias naquela casa se espalhavam rápido.

Entretanto, quando Juliette voltou à sala de estar, teve que olhar duas vezes, pois parecia estar diante da família inteira.

— Estão dando uma festa e não me convidaram? — Juliette gracejou, parando no batente da porta. Ainda havia manchas de sangue na cozinha, e os parentes mesmo assim se reuniram em massa? Eles *queriam* se infectar e morrer?

Lorde Cai levantou-se, silenciando qualquer burburinho eventual dos parentes ali reunidos.

— Juliette — disse, erguendo o queixo para cima em direção à escadaria. Havia algo em suas mãos. Pedaços de papel branco-marfim. Papel caro. — Venha.

Era um aviso claro para que todo o resto do clã se retirasse. Enquanto todos se dispersavam, no entanto, Tyler permaneceu no sofá, com as mãos na parte de trás da cabeça como se tivesse todo o tempo do mundo. Ele levantou a cabeça, fingindo ignorar o olhar mortal que Juliette lhe lançou.

Juliette mordeu a língua. Subiu rápido as escadas, indo atrás de seu pai.

— O que vamos fazer a respeito dessas manchas? — indagou ela enquanto seguiam para o escritório. Sua mãe já estava lá, sentada ao lado oposto da mesa do pai, folheando relatórios.

— Vamos mandar alguém limpar — replicou Lady Cai, erguendo o olhar e tirando um grão invisível de poeira da manga de seu *qipao*. — Agora, estou mais preocupada com o *motivo* das pessoas rasgarem as próprias gargantas nesta casa...

— São os surtos — Juliette interrompeu. — Chegaram até aqui e pode ser um contágio viral. Precisamos perguntar às outras criadas quem esteve em contato com as vítimas para que fiquem isolados em seus quartos por alguns dias.

O pai se acomodou em sua grande cadeira e repousou as mãos cruzadas sobre o estômago. A mãe inclinou a cabeça, intrigada.

— E como você sabe que é contagioso? — perguntou Lorde Cai. Embora Juliette tenha congelado após a pergunta, percebendo tardiamente que deixara escapar um detalhe que soube por intermédio de Roma, seu pai não aparentou suspeitar disso. Ele apenas a questionara diretamente como fazia em qualquer conversa cotidiana. Disse a si mesma para manter a calma. Se o pai suspeitava de algo, deixaria isso claro, sem rodeios.

— É o que dizem por aí — respondeu Juliette. — A coisa deve ficar pior daqui em diante.

Lady Cai pressionou a ponte do nariz e balançou a cabeça, afastando aquela ideia.

— Três mortos neste clã não se comparam aos milhares que estão sendo carregados pela maré política.

— Mas, *Māma*...

— Você não está curiosa para saber por que todos estavam reunidos lá embaixo, tão deslumbrados? — interpelou Lorde Cai. Ele colocou os papéis que estavam em suas mãos sobre a mesa, virando-os para que Juliette os pudesse ver bem. Assim, a conversa avançava; para eles, os surtos eram apenas um desdobramento da política.

Certo, pensou Juliette. Se ela era a única pessoa com as prioridades corretas, então resolveria essa coisa toda sozinha.

Juliette pegou o menor pedaço de papel, imediatamente atraída pela visão de seu nome ali escrito.

Senhorita Cai, eu adoraria ver você lá. — *Paul*

— O que é isso? — Juliette exigiu saber.

— Um convite — explicou Lady Cai — para um baile de máscaras na Concessão Francesa semana que vem.

Juliette se inclinou para ler o maior pedaço de papel, fazendo sons baixinhos de reprovação. Ela não estava gostando do rumo daquilo. Estrangeiros estendendo mãos convidativas só poderia significar demandas e expectativas.

— São os franceses que estão nos convocando? — indagou ela.

— A confraternização é uma realização conjunta das diferentes potências estrangeiras — respondeu seu pai, tranquilamente. Com um tom zombeteiro, complementou: — Franceses, britânicos, norte-americanos e os demais desejam unir-se e *celebrar as forças nativas de Xangai* —, recitando o texto enquanto Juliette acompanhava a leitura no papel.

Nossa hospitalidade se estende a todos sob a proteção de Lorde Cai, estava escrito. A festa contava com a presença de todos os membros da Sociedade Escarlate.

Lady Cai ridicularizou:

— Se os estrangeiros querem nos homenagear, deveriam começar lembrando que este país é nosso, não deles.

Juliette voltou-se para a mãe, curiosa. O desgosto contaminava as rugas da face de Lady Cai, aprofundando-lhe os sulcos que passava toda a manhã cobrindo com uma camada de pó fino.

— Todavia — prosseguiu Lorde Cai, como se a esposa não tivesse acabado de fazer um comentário ácido —, são os franceses que desejam se reunir conosco. Há outro cartão em algum lugar por aqui.

Depois de alguns segundos de busca confusa, Juliette ergueu uma grande folha de papel e achou o terceiro e último cartão, que tinha o mesmo tamanho do que Paul enviara. Este era para seu pai, do Cônsul-Geral da França em Xangai. Havia apenas duas linhas escritas. Ele solicitava uma reunião na festa para discutir a situação em Xangai, o que quer que isso significasse.

— Bom — disse Juliette —, quer dizer que temos problemas?

— Talvez não — Lorde Cai deu de ombros. — Vamos ter que descobrir.

Juliette estreitou os olhos. Não gostava da forma como seus pais caíram em um silêncio de suspense, que esperava por algo... por algo...

— Eu espero, de verdade, que o senhor e a senhora não *me* façam ir a este baile — adivinhou Juliette, com desprezo.

— Eu não a *farei* ir, como um tirano — retrucou o pai. — Porém, eu preferiria imensamente que você fosse comigo.

— *Bàba* — reclamou Juliette. — Eu fui a tantas festas em Nova York que já estou escaldada. Os franceses podem dizer o quanto quiserem que pretendem discutir a conjuntura de Xangai, mas nós *sabemos* que eles são inúteis.

— Juliette — repreendeu a mãe.

— O que foi? — retrucou Juliette, cheia de razão.

— Não, não, ela está certa — disse Lorde Cai. — Os franceses querem nos encontrar apenas para discutir a milícia Escarlate. Querem saber quantas pessoas tenho sob meu controle e anseiam por minha cooperação na possibilidade de uma revolta Comunista. Isso tudo é verdade.

O pai se inclinou para frente e, então, travou o olhar na filha. Juliette, de súbito, se arrependeu da reclamação, pois sentia-se agora como uma criança levando bronca após fazer pirraça para não ir mais cedo para a cama.

— Mas ainda precisamos de aliados. Precisamos de poder, precisamos de clientes e precisamos do apoio deles. E eu preciso da minha pequena tradutora quando eles murmurarem entre si em francês, achando que eu não consigo compreendê-los.

Juliette emitiu um ruído de desaprovação.

— Pois bem — disse. Pegou a carta-convite e a enfiou no bolso para analisá-la depois, no seu tempo. — Eu vou, *mais ce n'est pas de bon gré!*

Caminhou até a porta, dispensando a si mesma. Ela quase conseguiu — uma de suas mãos já estava na maçaneta e seu corpo quase fora — quando sua mãe a chamou.

— Espere.

Juliette parou.

— Esse... Paul — disse Lady Cai. — Por que ele está atrás de você?

Lady Cai disse o nome do rapaz como se fosse um feitiço de conjuração. Como se nele houvesse uma grande importância, em vez de ser um monossílabo irritante e enfadonho.

— Ele é filho de Walter Dexter — respondeu Juliette. — Eles ainda estão tentando nos contratar como intermediários de seu comércio de drogas.

Lady Cai matutou sobre aquilo por um longo período. Então disse:

— Ele é bonito?

— Ora, francamente— Juliette seguiu em frente. — Ele está me usando, *Māma*. Simples assim. Por favor, me deem licença. Tenho trabalho a— *o que* você está fazendo?

Essa última parte referia-se a Tyler, que estava espreitando tão perto da porta que Juliette acertou seu ombro quando ela abriu.

— Acalme-se — disse Tyler. — Estou indo ao banheiro.

Ambos sabiam que era uma mentira grande e deslavada — tão deslavada quanto o sorriso monstruoso de Tyler e tão grande quanto sua lista de crimes.

Juliette fechou a porta do escritório do pai atrás de si com um baque forte. Encarou o primo, esperando, e ele apenas a encarou de volta. A bochecha de Tyler exibia o corte vivo, que ainda não cicatrizara por completo.

— Você tem alguma coisa para me dizer, Tyler? — indagou Juliette.

— Apenas uma — retrucou Tyler. Seus olhos moveram-se rapidamente para cima, sabendo que os pais dela poderiam ouvir aquela conversa. — Estou muito empolgado para ir a essa festa. *Le moment où tu n'es plus utile, je serai prêt à prendre ta place.*

Juliette endureceu. Satisfeito com a reação que causara, Tyler sorriu novamente e deu meia-volta, contente, caminhando pelo corredor com as mãos no bolso e assobiando baixo.

No momento em que você não tiver mais utilidade, estarei pronto para ocupar seu lugar.

— *Va te faire foutre* — rosnou Juliette. Ela desceu as escadas, dois degraus por vez, fitando os parentes que ainda papeavam nos sofás, e então seguiu diretamente até a cozinha. Lá, encontrou Kathleen, que ainda olhava para as manchas nos ladrilhos do piso. Ela também estava comendo uma maçã, embora Juliette não pudesse entender como a prima conseguia ter apetite.

— Algum progresso? — perguntou Juliette.

— Ah, eu desisti de limpar as manchas há dez minutos — replicou Kathleen. — Estou olhando para aquela só porque parece um gato.

Juliette piscou os olhos.

Kathleen deu outra mordida na maçã.

— Muito cedo para piadas?

— Demais — respondeu. — Você está ocupada agora? Preciso de seus laços com os Comunistas.

— Pela última vez — Kathleen jogou o miolo da maçã na lixeira —, saber quem são nossos espiões no Partido não faz de mim uma Comunista. O que eu preciso descobrir?

Juliette pôs as mãos nos quadris.

— O endereço da casa de Zhang Gutai.

Kathleen franziu a sobrancelha, tentando lembrar do nome.

— Você não consegue descobrir onde ele trabalha? Ele é o editor daquele jornal, não é?

— Posso dar uma espiada no lugar onde ele trabalha também — concordou Juliette —, mas quero alternativas.

Chamar aquilo de *alternativas* chegava a ser engraçado. Juliette queria o endereço da residência dele para invadi-la e fuçar seus pertences, se as respostas que ele desse em pessoa fossem insuficientes.

Mas ela não precisava explicar isso para a prima. Ela sabia. Kathleen prestou uma continência zombeteira, entreabrindo a boca:

— Missão aceita.

— *Piolhos?!* — repetiu Roma, horrorizado.

— *Parecem* piolhos — enfatizou Lourens. A correção veio acompanhada de um suspiro. Ele apontou para a tira de pele que removera do cadáver, onde as espessas membranas estavam inchadas com montinhos de insetos mortos. Benedikt estava meio esverdeado e Marshall tampava a boca com as mãos.

— Eles pulam de hospedeiro a hospedeiro pelos cabelos e se entocam no couro cabeludo — continuou Lourens. Ele pressionou um inseto com o dedo. Ali perto, um dos cientistas estava pálido com a cena, incapaz de afastar sua curiosidade da autópsia não convencional que acontecia bem em cima da mesa. Não importava; os Rosas Brancas já haviam visto coisas mais estranhas.

— Meu bom Deus — murmurou Marshall. — Podíamos ter nos infectado.

Benedikt emitiu um ruído, ofendido.

— Eles já estavam *mortos* — respondeu, gesticulando à frente.

— E ainda assim você me fez puxar um para fora — retrucou Marshall. Ele sentiu um calafrio e seu corpo todo tremeu com o movimento. — É revoltante...

Roma tamborilou os dedos na mesa. O laboratório não tinha o mínimo de ar fresco e ele mal dormira na noite anterior. Sua cabeça estava começando a latejar ferozmente.

— Cavalheiros — ele pediu, tentando redirecionar a atenção de Benedikt e Marshall para Lourens. Não funcionou.

— Você será agradecido pelo bem-estar futuro dos Rosas Brancas.

— Ah, sem essa! Quem ficará sabendo do meu heroísmo?

Roma trocou um olhar com Lourens e balançou a cabeça negativamente. Não adiantava tentar intervir quando Benedikt e Marshall ficavam assim. Quando não estavam planejando coisas juntos, estavam implicando um com o outro, quase sempre por causa das coisas mais sem noção, que com certeza não exigiam uma hora de discussão, mas ainda assim os dois amigos de Roma entravam nelas, às vezes até ficarem vermelhos de raiva. Roma não sabia ao certo se Benedikt e Marshall estavam fadados a se matarem ou a se beijarem.

— De todo modo — disse Lourens, pigarreando quando houve a mais breve pausa no debate —, com os recursos que temos aqui, podemos estar à frente dos hospitais de Xangai. Eu gostaria de tentar descobrir um jeito de projetar uma cura, se isso lhe agradar.

— *Sim* — Roma quase suplicou. — Isso seria incrível. Obrigado, Lourens.

— Não me agradeça ainda — avisou Lourens. — Eu não consigo encontrar uma cura para essa infestação estranha sem a ajuda de vocês, meus jovens.

Marshall ergueu uma sobrancelha. Benedikt deu uma cotovelada nas costelas dele para cortar qualquer comentário sarcástico sobre sua *juventude*.

— Qualquer coisa — prometeu Roma.

— Eu preciso fazer experimentos — disse Lourens, balançando a cabeça para si mesmo. — Vocês precisam me arranjar uma vítima viva.

— *Viva...*

Desta vez foi Roma que bateu com o cotovelo no flanco de Marshall.

— Pode deixar — disse ele, rapidamente. — Obrigado, Lourens. De verdade.

Quando Lourens anuiu, aceitando com relutância tamanha gratidão, Roma se afastou da mesa, gesticulando para que Benedikt e Marshall o seguissem, e os três partiram. Roma estava muito impressionado por Marshall conseguir ficar em silêncio até passarem pelas portas da frente. Apenas quando estavam na calçada, sob as nuvens densas da cidade, Marshall finalmente soltou:

— Como *diabos* você acha que vamos trazer uma vítima viva para ele?

Roma suspirou, enfiando as mãos nos bolsos. Tomou o trajeto de volta para o quartel-general Rosa Branca com o primo logo atrás. Marshall, no entanto, era uma pilha carregada; pulava na frente deles, andando de costas.

— Você vai tropeçar em uma pedra — alertou Benedikt.

— Você está me deixando com dor de cabeça — complementou Roma.

— Não sabemos quem é vítima do surto até que a pessoa sucumba a ele — prosseguiu Marshall, ignorando ambos. — Assim que a pessoa *está* sucumbindo, como mantê-la viva por tempo o bastante até chegar ao laboratório?

Roma fechou os olhos momentaneamente. Quando os abriu novamente, pareciam pesar mil toneladas.

— Eu não *sei*.

O latejar em sua cabeça só piorava. Roma mal contribuiu para a conversa enquanto iam para casa; quando a curva que dava no prédio principal surgiu, ele abaixou a cabeça murmurando um adeus, e Benedikt e Marshall o acompanharam com os olhos antes de irem para seus aposentos. Seus amigos o perdoariam. Roma ficava em silêncio quando precisava refletir, quando a cidade ficava muito barulhenta e ele mal podia ouvir seus próprios pensamentos.

Roma destrancou a fechadura da porta da frente. Tudo o que precisava agora era de um momento de quietude. Assim, poderia dedicar um bom tempo tentando bolar um plano para Lourens...

— Roma.

O jovem ergueu a cabeça, com o pé fixo no primeiro degrau das escadas. Do segundo andar, seu pai o fitava.

— Sim?

Sem qualquer prelúdio, Lorde Montagov simplesmente estendeu a mão, segurando um pedaço de papel entre os dedos. Roma pensou que o pai o encontraria no meio do caminho enquanto ele subia as escadas, mas Lorde Montagov ficou onde estava, forçando Roma a se apressar para não o deixar esperando, e ele quase ofegava quando chegou perto o bastante para pegar o papel.

Nele estavam um nome e um endereço, escritos em garranchos.

— Encontre-o —, sorriu zombeteiramente Lorde Montagov quando Roma fitou o pai como quem pede maiores detalhes. — Minhas fontes dizem que os Comunistas podem ser a causa desse surto irrelevante.

Roma apertou o papel.

— O quê?! — exclamou. — Os Comunistas vêm pedindo nossa ajuda por anos...

— E já que nós seguimos recusando — cortou o pai —, estão mudando a estratégia. Farão a revolução esmagando nosso poder antes que possamos contra-atacar. Impeça-os.

Será que a razão disso tudo era simplesmente política? Matar os gangsters para que não houvesse oposição. Infectar os trabalhadores para que ficassem revoltados e desesperados o bastante para aceitar qualquer brado revolucionário em seus ouvidos. Moleza.

— Como eu vou impedir uma facção política inteira? — murmurou Roma, deliberando sozinho. — Como eu vou...

Uma forte pancada desceu sobre seu crânio. Roma se encolheu, afastando-se dos punhos do pai para evitar um segundo golpe. Ele deveria saber que não podia devanear ao lado dele.

— Eu lhe dei um endereço, não dei? — disparou Lorde Montagov. — Vá. Veja se as alegações são verídicas.

Com isso, seu pai deu meia-volta e sumiu escritório adentro, batendo a porta. Roma foi deixado nas escadas, segurando o pedaço de papel, com a cabeça latejando ainda mais.

— Muito bem — rosnou, amargurado.

Kathleen caminhava pela orla com passos lentos contra o granito duro. Era quase silencioso naquele ponto mais ao leste, onde a gritaria costumeira do Bund era substituída pelo clangor de galpões de estaleiros e madeireiras encerrando o dia útil aos estrondos. *Quase* silencioso, mas dificilmente pacífico. Não havia local algum em Xangai que pudesse ser chamado de *pacífico*.

— É melhor se apressar — ela resmungou para si mesma, checando o relógio de bolso na manga. O sol logo iria se pôr, e o clima esfriava nas redondezas do Rio Huangpu.

Kathleen apertou o passo até a fábrica de algodão, entrando não pela porta da frente, mas por uma janela nos fundos, que dava bem na sala de descanso dos operários. Aqueles trabalhadores não tinham muitas folgas, mas, à medida que se aproximava o fim do expediente, um número maior deles aparecia para dar uma espairecida. Quando Kathleen pulou delicadamente a janela, jogando suas pernas para dentro, havia uma mulher ali sentada, comendo arroz em um pote.

A mulher quase soltou arroz pelo nariz.

— Desculpe, desculpe, não quis te assustar! — disse Kathleen, rapidamente. — Você poderia chamar o Da Nao para mim? Assunto Escarlate importante. O chefe não vai se importar.

— Assunto Escarlate? — repetiu a mulher, deixando de lado o pote. Ela usava um bracelete vermelho, então era ligada aos Escarlates, mas sua voz continuava cética. Quando se levantou, ficou parada, examinando Kathleen por um momento.

Instintivamente, Kathleen levou a mão aos cabelos para se assegurar de que as mechas de sua franja estavam logo acima das sobrancelhas arqueadas que cuidadosamente delineara. Ela sempre tomava cuidado para não tocar demais sua face — gastava muito tempo todas as manhãs com seus cosméticos até que a pele de seu rosto estivesse macia e seu queixo, pontudo, e pretendia não arruinar a maquiagem ao longo do dia.

Um longo período passou. Finalmente, a mulher anuiu e disse:

— Um momento.

Kathleen soltou o ar, aliviada, assim que a funcionária saiu sem perceber o quão tensa ela estava, esperando que a mulher, externando o que pensava, perguntasse quem lhe havia dado o direito de estar ali, metendo o nariz em assuntos Escarlates. Mas, no fim das contas, era Kathleen quem usava o *qipao* de seda e aquela mulher, um uniforme de algodão, que provavelmente não era substituído há anos. A operária não ousaria.

A única pessoa que questionara seu direito de existir foi seu próprio pai.

— Não pense nisso — Kathleen murmurou para si mesma. — Pare de pensar nisso.

Já estava pensando nisso. A primeira discussão que tiveram quando seu pai chegou a Paris, convocado porque um de seus três filhos havia ficado doente.

É gripe, disseram os médicos. *Talvez ela não melhore.*

O temperamento do pai já estava no limite; seu francês era muito básico para que compreendesse os médicos. Quando Kathleen tentou ajudar, puxando-o para fora do corredor a fim de lhe explicar quais eram as alternativas depois que os médicos saíram...

— Eu não consigo nem olhar na sua cara — vociferou o pai. Ele a olhou de cima a baixo, inspecionando seu vestido, destilando puro desgosto. — Não até você parar de usar algo tão...

— Não — interrompeu Kathleen.

O pai recuou bruscamente. Talvez a interrupção tenha sido ofensiva demais. Talvez o tom de ordem, determinado, firme.

— O que os tutores estão lhe ensinando? — disparou ele. — Você *não vai* me responder...

— Ou o que, *Bàba*? — disse ela, tranquilamente — O que você vai fazer?

Por milhares de anos, o pior crime na China era a falta de piedade filial. Ter filhos sem *xiàoshùn* era um destino pior que a morte. Significava ser esquecido no pós-vida, tornar-se um fantasma errante condenado a passar fome já que nenhuma oferenda vinha de filhos desrespeitosos.

Mas foi o pai quem enviara os três para lá, quem afinou a corda que a China havia amarrado em seus pulsos. Ele os enviara ao Ocidente, onde aprenderiam sobre coisas diferentes, sobre um além distinto, que nada tinha a ver com queimar dinheiro falso. O Ocidente os corrompera — e de quem era a culpa?

Seu pai não tinha mais nada a dizer.

— Vá — disparou. — Volte para o quarto e fique com suas irmãs. Eu falo com os médicos.

Kathleen não rebateu. Ela se perguntava, naquele instante, olhando para trás enquanto seu pai estava ali, se ele amaldiçoava o universo por ter levado sua esposa no parto, se ele se ressentia por perdê-la em troca de três estranhas. Kathleen, Rosalind e Celia.

Uma menina que passou a vida inteira doente.

Uma menina que estava treinando para ser a estrela mais brilhante de Xangai.

E uma menina que só queria ser deixada em paz e viver sendo ela mesma.

Kathleen cerrou os punhos e rangeu os dentes, afugentando as memórias. Seu pai a teria forçado a viver escondida se tivesse conseguido o que queria. Ele preferia deserdá-la a deixá-la retornar a Xangai usando um *qipao*, e Kathleen preferia fazer as malas e atravessar a Europa por conta própria a seguir sendo o filho pródigo de seu pai.

A jovem supunha ter sido sorte que Kathleen Lang — a Kathleen verdadeira — tenha falecido devido à gripe, duas semanas após ficar doente. Quatorze anos de idade interrompidos, sem amigos, distante das duas irmãs por toda a vida. Como se lamenta a morte de alguém que nunca se conheceu de fato? Na cremação, havia somente expressões vazias sob véus negros e olhares frios. Mesmo os laços de sangue criados no ventre se enfraquecem com a distância.

— Eu não te chamarei de Celia — o pai disse no porto, carregando as malas. — Não é o nome que lhe dei ao nascer — lançou um olhar de soslaio à filha. — Mas te chamarei de Kathleen. E, salvo por Rosalind, não comente isso com ninguém. É para sua própria segurança. Entenda.

Ela entendeu. Ela lutou muito, por toda sua vida, para ser chamada de Celia, e agora seu pai queria lhe dar um nome diferente e… ela podia aceitar aquilo. As trigêmeas Lang ficaram longe de Xangai por tanto tempo que nenhuma alma viva questionou a mudança de fisionomia de Kathleen quando finalmente voltaram. Exceto Juliette — Juliette percebera tudo, mas rapidamente seguiu o coreto, trocando Celia por Kathleen tão rápido quanto trocara para Celia anteriormente.

Agora Kathleen usava este nome como seu, como se fosse o único nome que teve na vida, e isso a reconfortava, mesmo que fosse diferente.

— Olá.

Kathleen deu um salto com a aparição repentina de Da Nao na sala de descanso, levando a mão ao coração num instante.

— Você está bem? — perguntou Da Nao.

— Perfeitamente bem — disse Kathleen, ofegante. Ela ajeitou os ombros, voltando ao modo negócios. — Preciso de um favor. Estou atrás do endereço pessoal de Zhang Gutai.

Embora sua prima não soubesse, Juliette conhecia Da Nao — cujo nome era traduzido literalmente como Grande Cérebro. Ele passava algumas horas trabalhando na fábrica de algodão e algumas como pescador no Bund, levando carregamentos de peixe fresco para a Sociedade Escarlate. Ele estivera por perto durante a infância delas e passara na residência Escarlate pelo menos três vezes desde o retorno de Juliette. A Sociedade Escarlate gostava de peixes bem frescos. Mas ninguém precisava saber que seu fornecedor principal também era seus olhos e ouvidos dentro do Partido.

— Zhang Gutai — repetiu Da Nao. — Você quer... o endereço pessoal do Secretário-Geral?

— Isso.

Da Nao estava com uma expressão que dizia *"Para que raios você precisa disso?"*. Mas não falou nada, e Kathleen também não contou, então o pescador passou a mão no queixo, pensativo, e disse:

— Eu posso conseguir para você. Mas nosso próximo encontro não será antes de sábado. Precisa esperar até lá.

Kathleen consentiu.

— Está bem. Obrigada.

Da Nao saiu da sala de descanso sem nenhum alarde. Missão cumprida; Kathleen já estava indo pular a janela, só que, desta vez, enquanto passava pela borda, sua mão tocou um panfleto jogado ali, virado para baixo e sujo de terra e graxa.

Kathleen o virou.

O CONTROLE DOS GANGSTERES CHEGOU AO FIM. É HORA DE SINDICALIZAR.

Ela ergueu as sobrancelhas, surpresa. Kathleen se perguntou se aquilo era obra de Da Nao, mas não chegou a alimentar a hipótese. Mesmo assim, na margem inferior do panfleto, impresso em uma linha apagada e elegante, estava escrito *Distribuído pelo Partido Comunista da China*.

Parece que Da Nao não era o único empregado ali com laços Comunistas.

Um súbito barulho de água no cais assustou Kathleen e a tirou do devaneio, impelindo-a a saltar da borda da janela em direção ao terreno do lado de fora da fábrica de algodão. Quando Kathleen olhou para a água, captou o lampejo de algo brilhante nadando muito rápido pelas ondas.

— Que estranho — murmurou. E foi para casa, apressada.

Doze

Dizem que Xangai se ergue como a filha mimada e arrogante de um imperador, a qual, por destruir a casa de uma feiticeira da floresta, foi transformada em árvore. As ruas da cidade se espalham como ramos. Xangai, tal qual a princesa, não nasceu assim. Costumava ser linda. Costumavam lhe fazer serenatas, examinando as linhas de seu corpo, aprovando o que viam e dizendo que era boa para gerar crianças. Então ela rasgou a si mesma com um sorriso maléfico, de orelha a orelha. Passou uma faca nas bochechas, levou a lâmina ao peito e agora não mais se preocupa com pretendentes; em vez disso, corre solta, embriagada pela invulnerabilidade do poder que herdou, boa apenas para gerar lucro, farra, dança e prostituição.

Tornara-se feia, mas gloriosa.

A noite sempre cai na cidade com um *ruído* baixo. Quando as luzes se acendem — com o zumbido da eletricidade, recentemente cobiçada, correndo pelos fios que cruzam as ruas como veias negras — é fácil esquecer que o estado natural da noite deve ser a escuridão. Em vez disso, a noite de Xangai é vida e neon, com lâmpadas a gás cintilando contra as flâmulas triangulares que tremulam à brisa.

Nesse tumulto, uma dançarina sai do cabaré mais lotado de seu lado da cidade, libertando o cabelo de suas fitas. Ela mantém apenas uma: vermelha, retorcida, para marcar sua afiliação à Sociedade Escarlate, para que a deixem em paz enquanto caminha por seu território a caminho de casa, para alertar os gangsteres que espreitam os becos do Bund, palitando os dentes com suas facas afiadas, que ela não deve ser perturbada, que está do lado deles.

A dançarina sente calafrios enquanto anda, jogando seu longo cigarro no chão e o apagando com o sapato. Agora com as mãos livres, cruza os braços arrepiados. Ela está pouco à vontade. Não há ninguém a seguindo; nem à sua frente. Mesmo assim, de algum modo ela tem certeza de que alguém a observa.

Não é uma ideia totalmente absurda. Esta cidade não conhece a si mesma; não sentirá os parasitas que crescem sob sua pele até que seja tarde demais. Xangai é uma miscelânea de partes unidas à força que funcionam em ritmo coletivo, mas, se lhe apontarem uma arma na cabeça, ela apenas rirá, não compreendendo a violência de tal ato.

Sempre disseram que Xangai é uma filha feia, mas, com o passar dos anos, caracterizar a cidade meramente como uma única entidade não é mais o bastante. Este lugar responde ao idealismo do Ocidente e ao trabalho do Oriente, abominando sua divisão, mas incapaz de funcionar sem ela, múltiplas facetas lutando e se debatendo em uma querela infinita. Metade Escarlate, metade Rosa Branca; metade podre de rica, metade miserável; metade terra, metade água vinda do Mar da China Oriental. Não há nada além de água ao leste de Xangai. Talvez seja esta a razão pela qual os russos vieram para cá, grupos de exilados que fugiram da Revolução Bolchevique e mesmo antes dela, quando seu lar não podia mais ser chamado assim. Se você decidiu correr, pode simplesmente correr até atingir a borda do mundo.

Esta cidade é isto. A festa no fim do mundo.

A emblemática dançarina agora parou, deixando o silêncio soar em seus ouvidos enquanto se esforça para identificar o que está arrepiando seus nervos. Quanto mais ela ouve, maior fica o alcance de sua audição, captando o gotejar de um cano próximo e a conversa fiada dos operários do turno da noite.

A questão é essa: não é *alguém* que a observa. É *algo*.

E a coisa vem à superfície. Algo com uma fileira de chifres nas costas arqueadas, reluzindo fora da água como dez adagas tenebrosas. Algo que ergue a cabeça e pisca olhos prateados e opacos para a mulher.

A dançarina foge. Em pânico, correndo tanto para sair do alcance da horripilante aparição que tropeça bem em frente a um navio com a bandeira errada.

E o Rosa Branca que está descarregando o navio a percebe.

— Com licença — ele berra. — Você está perdida?

Ele confundiu a inércia da dançarina com confusão. O homem desce da proa e começa a andar em sua direção, apenas para frear abruptamente quando vê a fita vermelha.

A expressão do Rosa Branca muda de amistosa para enfurecida em um instante. A dançarina fecha a boca em uma expressão derrotada e levanta as mãos, tentando apaziguar a situação, gritando:

— Me desculpe, me desculpe. Eu não prestei atenção à divisa! — mas ele já está sacando a pistola, mirando com um olho só.

— Malditos Escarlates — resmunga. — Vocês pensam que podem sair vagando por qualquer lugar, não é?

A dançarina, quase que a contragosto, procura desajeitada por sua própria arma: uma pequena pistola amarrada à coxa.

— Espere — ela alerta com firmeza. — Não sou sua inimiga; tem algo lá atrás. Está vindo...

Um *splash*. Uma gotícula de água aterrissa na carne macia atrás de seu joelho e escorre por sua perna. Quando a dançarina olha para baixo, vê que o fio de água é totalmente preto.

Ela dá uma guinada para a direita, mergulhando em um beco e se espremendo em um canto na parede. Tiros soam pela noite quando o Rosa

Branca interpreta a correria como um ato bélico, mas a esta altura ela já está fora de alcance, protegendo-se das águas, com o corpo inteiro tremendo.

Então, *algo* irrompe do Rio Huangpu.

Gritos ecoam pela noite.

É difícil dizer exatamente o que está acontecendo nos portos de Xangai. Enquanto a dançarina recita preces silenciosas, com as mãos cerradas sobre o peito, encolhida com os joelhos dobrados contra a testa até deixarem marcas, o Rosa Branca e todos os outros homens que ainda estavam no navio estão ao alcance do caos. Eles lutam, gritam e resistem, mas a infestação se abate sobre eles, e não há meios de impedi-la.

Quando os gritos cessam, a dançarina rasteja para fora do beco, receosa com uma possível calamidade.

Em vez disso, o que ela vê são insetos.

Milhares deles — coisinhas asquerosas andando pelo chão. Eles esbarram uns nos outros e perambulam em aparente aleatoriedade, mas, em massa, estão todos se movendo com um destino: a água.

Pela primeira vez, esta cidade pode, afinal, acabar temendo o cano da arma pressionado contra sua têmpora como uma carícia envenenada.

Porque, à beira do Rio Huangpu, a segunda onda dos surtos se descortina, começando com os sete mortos que jazem no convés superior de um navio russo.

Treze

Juliette alisou a malha de seu *qipao*, pressionando as partes amarrotadas que se acumulavam por baixo de seu casaco. Ela engoliu o mal-estar com dificuldade, como se não fosse nada além de uma pílula amarga. Parecia dissimulação, de certa forma, vestir um tipo de roupa que ela não usava há anos. Era como mentir — para si mesma, para a imagem que vinha cultivando antes de pôr os pés de volta na cidade.

Entretanto, se ela quisesse se misturar no local de trabalho diurno de Zhang Gutai, precisava parecer uma jovem comum de 18 anos da classe alta, andando por aquelas ruas com o salto dos sapatos ecoando no chão e brincos de pérola pendendo próximos aos cabelos soltos sem gel.

Juliette respirou fundo, segurou as mangas do casaco com força e marchou para o prédio.

Zhang Gutai — como um figurão em um partido político relativamente novo e frágil — era um homem reservado. Mas também era o editor-chefe de um jornal chamado *Diário do Proletariado*, e o endereço da empresa era informação pública. Embora Juliette não esperasse encontrar muita coisa além de um precário complexo de escritórios quando foi até os limites industriais da parte chinesa da cidade, a jovem foi recebida com uma absoluta explosão de atividades nos escritórios do *Diário do Proletariado*: pessoas correndo com pacotes de papel e máquinas de escrever debaixo dos braços enquanto berravam para saber das últimas notícias de um lote que havia saído para impressão.

Torcendo o nariz, Juliette passou direto pela recepção com o queixo erguido. Essas pessoas são Comunistas, não são? Acreditam em igualdade, afinal de contas. Juliette tinha certeza de que também acreditariam que ela não precisava de ajuda para dar uma olhada pelo lugar até encontrar o escritório de Zhang Gutai.

Juliette sorriu para si mesma.

O grosso da atividade parecia vir de um pequeno lance de escadas que dava em um porão, então Juliette foi até lá, surrupiando uma prancheta de uma mesa para tentar parecer ocupada. Não havia luz natural quando ela entrou no porão. Ela passou pelo que podia ser uma porta dos fundos, então virou à esquerda, entrando no espaço principal e examinando a cena diante de si. O piso e as paredes eram de cimento. A única iluminação vinha de poucas lâmpadas afixadas nas paredes, o que parecia terrivelmente inconveniente para todas aquelas pessoas nas mesas, forçando os olhos para enxergar na penumbra.

Isso a fez pensar em como seriam os blocos de celas durante a Grande Guerra. Juliette supôs que não se surpreenderia se esse prédio fosse um centro de detenção transformado.

Ela seguiu em frente, indo mais fundo no escritório com cara de prisão, espiando cada cantinho. O ruído de seus saltos era alto, mas havia caos o bastante lá para, no momento, ninguém ligar muito para sua presença. Escritores atarefados — velhos e jovens — estavam ocupados fazendo rascunhos, trabalhando velozmente em suas máquinas de escrever ou atendendo a telefonemas. Os fios que levavam sinais ao nível subterrâneo estavam todos embolados em um grande volume nos fundos do amplo espaço. Enquanto Juliette examinava as mesas pelas quais passava, procurando por algo relevante, sua atenção foi capturada por uma escrivaninha que parecia desocupada.

Tal visão era bastante peculiar naquela pequena bolha de atividade. Ela ficou ainda mais intrigada quando esticou o pescoço para ler o que estava escrito sobre as pastas ao lado do telefone e viu, em chinês, MEMORANDO PARA ZHANG GUTAI.

Rapidamente, ela foi até a escrivaninha, com a prancheta debaixo do braço para que pudesse olhar os arquivos. Não havia nada de importante nos relatórios políticos, mas, quando ela se agachou e olhou para o piso sob a mesa, encontrou *desenhos*.

Se todo mundo aqui está tão atarefado, por que esta *mesa está desocupada?* — Pensou Juliette. E quem a usava? Certamente não era Zhang Gutai, que decerto possuía sala própria. Balançando a cabeça negativamente, ela alcançou a pilha de desenhos e puxou alguns, sem dar preferência a nenhum.

Mas, quando fitou o primeiro desenho, começou a suar frio, do colarinho alto até a barra do *qipao* que lhe acariciava os tornozelos.

Um desenho era de olhos reptilianos arregalados. Outro era de cinco garras segurando uma tábua e escamas que de alguma forma brilhavam, apesar das manchas de tinta dispersas ao longo da página. Os dedos de Juliette congelaram, atordoados, enquanto ela assimilava as imagens — dezenas delas, todas retratando a mesma coisa.

— *Guài wù* — sussurrou Juliette. — *Monstro*.

Antes que mudasse de ideia, Juliette afanou um dos desenhos da pilha — o que retratava a silhueta borrada de uma criatura em pé — e o dobrou, enfiando o quadradinho de papel no bolso do casaco. A gravura se juntou ao convite para o baile de máscaras que ela guardara mais cedo e esquecera ali. Com um olhar de relance em volta para se certificar de que não levantara suspeitas, Juliette levantou-se, secou o suor das mãos e andou em direção ao pequeno lance de escadas para sair do porão, com os punhos cerrados.

Juliette parou subitamente, com o pé pairando sobre o primeiro degrau. À sua esquerda estava, novamente, a porta dos fundos.

E ela *tremia*.

De repente, ela só conseguia pensar no desenho em seu bolso. Imaginava um monstro logo atrás daquela porta, respirando profundamente, aguardando o momento exato para se libertar e lançar o caos sobre inocentes.

Juliette foi em direção à porta, hesitante. Ela descansou a mão sobre a maçaneta redonda.

— Olá? — chamou ela, com a voz áspera. — Tem alguém...

— O que você está fazendo aí?

Juliette deu um salto, tirando a mão da maçaneta. O batente havia parado de tremer. Ela se virou.

— Ah, eu?

O homem que estava parado diante dela usava um chapéu fedora e um terno mais ocidental do que qualquer roupa usada pelas pessoas ali embaixo. Ele devia ser alguém importante nas fileiras de Zhang Gutai, não um mero assistente que atendia a telefonemas.

— Estou aqui para ver seu editor-chefe, discutir negócios importantes — prosseguiu Juliette. — Acabei me perdendo um pouco.

— A saída é por ali — disse o homem, apontando.

O sorriso de Juliette esfriou.

— Discutir negócios oficiais Escarlates — corrigiu ela. — Meu pai, Lorde Cai, me enviou.

Houve um momento de pausa enquanto o homem digeria as palavras dela, desconfiado. Juliette aperfeiçoara a arte de dissimular; ela ocultava sua identidade quando necessário, e então a brandia como arma quando chegava a hora. Só que aquele homem parecia estar se divertindo também, para desgosto de Juliette. Ainda assim, ele anuiu e gesticulou para que ela a seguisse.

Havia ainda mais um andar acima do primeiro, e o homem não demonstrou paciência alguma enquanto apressava Juliette. Ele subia três degraus de uma vez na escadaria simples marrom enquanto ela seguia em seu passo lento, olhando em volta. Aquela escadaria, com corrimões espessos e janelas grandes e polidas, tinha potencial para ser majestosa e decadentes, se ao menos os Comunistas não tivessem tanta vontade de transmitir a aparência de que estavam no mesmo nível das pessoas simples. Tudo naquele prédio podia ser glorioso. Mas glória não importava mais, não é?

Juliette se debruçou no parapeito do segundo andar com um suspiro, encarando o frenesi de papéis e máquinas de escrever abaixo. Quando o homem gesticulou com impaciência mais à frente, ela fez uma careta e continuou andando.

O homem virou uma curva e a conduziu até uma espaçosa sala de espera. Ali havia duas fileiras de cadeiras, ambas encostadas em paredes opostas, de frente para uma porta de escritório fechada. Juliette finalmente entendeu porque o homem parecia se divertir. Já havia alguém sentado em uma das cadeiras amarelas, com as pernas esticadas.

Roma empertigou-se na hora.

— O que você está fazendo aqui?! — ambos indagaram, em uníssono.

O homem de chapéu fedora saiu silenciosamente dali. Assim que saiu de vista, Roma agarrou o braço de Juliette. Ela se sentiu tão insultada por sua ousadia ao tocá-la que não reagiu por um longo instante, não até que Roma já a tivesse conduzido para um canto da sala de espera, colocando as costas de Juliette contra a parede fria.

— Me solte — sibilou ela, sacudindo o braço para sair das mãos dele. Roma deve ter obtido a mesma informação que ela. Queria saber do envolvimento de Zhang Gutai nos surtos.

Juliette segurou um palavrão. Se os Rosas Brancas conseguissem respostas antes dela, lidariam com os achados da mesma forma que lidavam com o mercado clandestino. Fariam qualquer coisa possível para garantir o monopólio da informação, subornando e matando fontes até que os Escarlates não pudessem mais ter acesso ao que eles sabiam. Daquela forma, apenas os Rosas Brancas estariam a salvo, presumindo que *havia* um jeito de impedir os surtos. Daquela forma, a cidade apenas empilharia corpos de inimigos deles. Então, as pessoas começariam a virar a casaca.

Então os Rosas Brancas sairiam vitoriosos. E os Escarlates pereceriam.

— Escute — disparou Roma —, você precisa sair daqui.

Perplexa, Juliette retrucou, inclinando a cabeça para trás:

— *Eu* preciso sair daqui?!

— Sim — respondeu Roma, com uma expressão repleta de deboche, tocando rapidamente um dos brincos de Juliette. A pérola balançou e tocou a pele da jovem, raspando levemente em seu maxilar. Juliette mal conseguiu suprimir a lufada de ar que ameaçou se libertar, mal conseguiu suprimir a onda de chamas que desejava expelir.

— Vá desfilar vestidinhos em outro lugar — prosseguiu Roma. — Eu cheguei aqui primeiro.

— Aqui é território *Escarlate*.

— Estas pessoas são Comunistas. Você não tem autoridade sobre elas.

Juliette rangeu os dentes com força. De fato, a Sociedade Escarlate não detinha controle algum ali. Seu único consolo era que Roma também não aparentava estar muito contente, o que significava que os Rosas Brancas, da mesma forma, não detinham controle sobre os Comunistas. Por enquanto, aquela neutralidade era uma coisa boa. O homem de fedora calara-se imediatamente ao saber quem era Juliette, justamente para evitar qualquer rusga desnecessária com a Sociedade Escarlate. Mas pisar em ovos não funcionaria para sempre. O próprio ideal de progresso dos Comunistas estava tomando Xangai do jeito que ela era — do jeito que fazia gangsteres prosperarem: pecaminoso, lucrativo. Se lhes fossem dadas as opções de matar todos os capitalistas ou todos os gangsteres, eles escolheriam ambas.

— Nossa relação com os Comunistas, como sempre, não é da sua conta — disse Juliette. — Agora, por gentileza, saia da minha frente.

Roma estreitou os olhos. Ele interpretou a ordem como uma ameaça. Talvez essa tenha sido a intenção dela.

— Eu não vou a lugar algum.

Meu Deus, que atrevimento. Juliette ajeitou completamente a postura. Eles não tinham alturas muito discrepantes — Roma era poucos centímetros mais alto que ela de salto alto.

— Eu não vou repetir — sibilou Juliette. — Saia da minha frente. *Agora*.

Os lábios dele se contraíram. Com rancor, e lentamente, Roma submeteu-se à ameaça. Deu um passo firme para trás, fitando Juliette enquanto esfregava os olhos com uma das mãos. Se Juliette não o conhecesse, pensaria que o gesto era um ato de nervosismo. Mas não — era estafa; suas olheiras pareciam esfumadas, como se os cílios inferiores estivessem delineados por fuligem.

— Há quanto tempo você não dorme? — Juliette se viu perguntando, de repente. Havia uma correlação direta entre sua vontade de ser civilizada e a distância entre eles. Com o rapaz a vários passos de distância, o desejo de assassiná-lo diminuía.

Roma abaixou as mãos para os flancos.

— Pois saiba — respondeu ele — que estou muito *bem*, obrigado.

— Não perguntei como você está.

— Ah, me poupe, Juliette.

Juliette cruzou os braços, reflexiva. Noite passada ela ouvira as notícias sobre o pico repentino nas mortes Rosas Brancas devido aos surtos. Foi o maior número de vítimas em massa até então, o que significava que Roma não deixaria o local apenas porque ela fez alguns comentários ásperos — ele estava ali justamente porque aquela estranha insanidade chegara bem perto de casa.

Ela apontou para a porta fechada com o queixo.

— É o escritório dele?

Roma não precisava perguntar a quem ela se referia. Concordou.

— Zhang Gutai não receberá ninguém antes da hora marcada. Nem tente.

Tentar o quê? pensou Juliette, contrariada. Não é como se ela pudesse afugentar Roma sem fazer um escândalo e ofender os Comunistas, e ela certamente se recusava a sair antes de falar com Zhang Gutai. Para obter respostas, era aquilo ou nada.

Juliette marchou até uma cadeira e sentou-se. Ergueu a cabeça e ficou olhando para o teto, decidida a não olhar para nenhum outro ponto. Levando a mente para outro lugar, pôs a mão no bolso do casaco e tateou o desenho que estava lá. Era incerto que os rascunhos assustadores confirmavam um problema com os Comunistas, mas confirmavam *algo*. Ela teria que investigar posteriormente, pois pensava ter reconhecido o fundo do desenho como o Bund. Nada além de alguns traços grosseiros, mas, para um lugar tão notório quanto aquele, traços grosseiros eram o bastante.

Enquanto isso, Roma voltou ao seu assento, na outra fileira de cadeiras, e seus dedos tamborilavam ao *tique-taque* do relógio na parede. Ele mantinha os olhos fixos em Juliette, o que a irritava. Ela conseguia sentir seu olhar como se fosse algo físico, como se ele estivesse a centímetros, em vez de estar no outro lado da sala. Cada varredura de seus olhos a fazia sentir como se ele a estivesse dissecando, parte por parte, até que suas entranhas estivessem expostas para análise. Juliette podia sentir um calor subindo do peito, colorindo seu pescoço com o desconforto, e então se espalhando até que as bochechas estivessem ardendo em chamas.

Ela estava a ponto de esfolar a si mesma com sua maldita faca. Suas células a traíam a nível molecular. Ele estava apenas *olhando*, céus. Aquilo não podia ser considerado um ataque. Juliette não morderia a isca. Ela ficaria ali, sentada, até que Zhang Gutai estivesse pronto para encontrá-la, e então...

— *O que é?* — disparou Juliette, incapaz de suportar aquilo por mais tempo. Ela lhe devolveu a encarada, finalmente trazendo sua própria munição contra o olhar armado de Roma.

Roma emitiu um ruído inquisitivo. Abriu a boca lentamente, apontando-lhe o queixo.

— O que a deixou tão possessa?

Juliette seguiu com o olhar a direção do gesto de Roma. Rapidamente, tirou a mão do bolso.

— Novamente, não é da sua conta.

— Se tem a ver com os *surt*...

— Por que você acha isso?

Roma ficou enfurecido.

— Posso *terminar* minha frase...

A porta do escritório se abriu, interrompendo-o. Uma assistente agitada surgiu e chamou Roma para entrar, saindo em seguida, apressada. Bufando, Roma encarou Juliette como quem diz *isso não acaba aqui*, antes de entrar no escritório.

Juliette aguardava com impaciência, batendo os dedos dos pés aleatoriamente contra o piso duro e contorcendo os dedos das mãos. Por dez minutos ela ficou apreensiva, imaginando Roma fazendo tudo o que estava a seu alcance para convencer Zhang Gutai a *lhe* dar todas as respostas e desconsiderar Juliette. Roma era um completo mentiroso — suas táticas de persuasão não conheciam limites.

Quando Roma saiu, no entanto, ficou imediatamente claro, com seu ar de derrota, que não conseguira o que desejava.

— Não fique tão animada —sussurrou quando Juliette passou por ele.

— Esta é só a minha cara — ela sibilou de volta.

Com o queixo bem erguido, Juliette adentrou o escritório de Zhang Gutai.

— Bem, deve ser o meu dia de sorte — declarou o Sr. Zhang quando ela entrou, repousando sua caneta tinteiro. Apesar do tom de adulação, ele franzia o cenho enquanto falava. — Primeiro, o herdeiro dos Rosas Brancas, agora, a princesa Escarlate. O que posso fazer por você, Senhorita Cai?

Juliette se jogou em uma das duas grandes cadeiras situadas de frente para a pesada mesa de mogno do Sr. Zhang. Em questão de segundos, ela assimilou tudo o que estava diante de si: as fotografias em preto e branco emolduradas de seus pais, a bandeira da foice e do martelo pendurada ao lado do arquivo e o calendário vermelho festivo na parede, marcado com as reuniões diárias. Voltando os olhos ao Comunista à sua frente, Juliette relaxou e o fez ver o que ela queria que visse, soltando uma risadinha despreocupada e tão vazia quanto possível.

— O senhor sabe como os boatos funcionam nesta cidade, Sr. Zhang — disse. Ela exibia as unhas, fitando um pequeno arranhão que lhe marcava o dedo mínimo. — Eles vêm até mim e eu os sigo. Sabe o que chegou aos meus ouvidos outro dia?

Zhang Gutai parecia levemente entretido.

— Diga-me.

— Dizem — Juliette inclinou-se para frente — que o *senhor* sabe por que há surtos varrendo Xangai.

Por um longo período o Sr. Zhang não disse nada. Então piscou rapidamente e retrucou:

— Senhorita Cai, eu não consigo imaginar um motivo para a senhorita pensar isso.

— Não? — disse Juliette, com leveza. — O senhor não arquitetou a proliferação de uma insanidade pela cidade? Não teve plano algum de causar mortes suficientes para que os gangsteres se enfraquecessem e os trabalhadores ficassem assustados, até que as fábricas atingissem as condições ideais para os Comunistas entrarem em cena e incitarem a revolução?

Ela degustou a surpresa e o atordoamento do homem ao ser confrontado. Roma não deve ter perguntado diretamente sobre os surtos — deve tê-lo abordado pelas tangentes, cuidando para reunir suas conclusões em vez de dizê-las diretamente. Isso era esperado. Juliette era mais afeita à arena da abordagem direta.

— Senhorita Cai — disse Zhang Gutai, com rigidez. — Isso é *absurdo*.

Juliette não chegaria a lugar algum daquela maneira. Ela ajeitou a postura na cadeira e fechou a cara, segurando firmemente os braços do móvel. Agora, a melindrosa gentil se fora. Em seu lugar estava a herdeira da organização mais brutal de Xangai.

— Eu vou descobrir a verdade, de um jeito ou de outro — disse Juliette. — Então fale agora se quiser que sejamos misericordiosos. Se não, vou arrancar as respostas de você, membro por membro...

— Senhorita Cai, eu realmente não faço ideia do que está falando — interrompeu o Sr. Zhang. — Por favor, retire-se agora. Este é um local de trabalho, e não perderei meu tempo com suas acusações ridículas.

Juliette ponderou suas opções. As palavras de Zhang Gutai eram convincentes, mas ele estava apreensivo. A menos que fosse um ator muito, muito bom, ele não estava mentindo, mas estava sempre lançando olhares furtivos para a porta, tamborilando no tampo da mesa. *Por quê?* O que ele sabia e ela não? Mesmo que não tenha arquitetado os surtos, qual era seu envolvimento?

Juliette recostou-se no assento, relaxando a coluna novamente, fingindo tranquilidade.

— E se eu tiver dúvidas sobre o Partido Comunista? — indagou. — O senhor é o Secretário-Geral, não é?

— A senhorita é bem-vinda a nossas reuniões se quiser saber mais sobre o Partido — respondeu o Sr. Zhang, firmemente. — Se era só isso, Senhorita Cai, por favor, retire-se.

Juliette levantou-se, aproveitando o momento para se alongar e estalar o pescoço. Então, se curvando em uma profunda e exagerada mesura, sorriu afetadamente:

— Obrigada pelo seu precioso tempo — disse, e saiu do escritório.

E agora? Ela pensou, fechando a porta com um quieto clique. Começou a andar. *Se ele não...*

— *Uuf!* — Juliette cambaleou para trás, com a cabeça rodando ao trombar com força em alguém enquanto virava o corredor. Na hora em que parou para ver quem raios estava em seu caminho, sua visão ficou vermelha de ira.

Roma agarrou seu pulso antes que a mão de Juliette fosse de encontro a ele. O jovem a segurou no meio do movimento e os braços de ambos se cruzaram, como se fossem espadas em combate.

— Cuidado — disse Roma, em voz baixa. Sua voz era demasiadamente mansa para a violência que borbulhava sob a pele de Juliette. Era um truque. Ele tentava desviar a atenção dela para seus lábios, sua respiração e sua calma, em vez de seja o que for que estivesse ocorrendo ali, com seu aperto forte cravando sulcos no pulso da moça, e estava *funcionando*. Aquilo, por si só, já fazia Juliette querer matá-lo.

Roma deu um sorriso zombeteiro, como se soubesse o que ela estava pensando.

— Você não faria uma cena na fortaleza Comunista, faria?

Juliette tentou recolher o braço, mas Roma o segurava firme. Se ele não a soltasse em três segundos, ela sacaria a arma. *Um, dois...*

Roma soltou.

Juliette esfregou o pulso, passando a palma da mão sobre a pulsação enfurecida e resmungando algo inaudível. Quando Roma simplesmente ficou parado ali, ela indagou, exigente:

— Por que você *ainda* está aqui?

Inocentemente, Roma apontou para as cadeiras.

— Esqueci meu chapéu.

— Você nem estava usando um — mas, de fato, na cadeira em que ele estava sentado, havia um chapéu. Dando de ombros, Roma simplesmente foi pegá-lo. Juliette se virou e saiu o mais rápido que pôde, apressando-se para fora do prédio.

Só parou quando já estava lá, no meio da estrada, apertando bem o casaco em volta de si, xingando.

— É melhor ele não ter... — ela enfiou a mão no bolso e puxou apenas um pedaço de papel. Contudo, quando o desdobrou, ela viu que o monstro ainda a encarava, em traços apagados por dobras e redobras.

Juliette fungou. Roma pegou o convite do baile por engano.

— Tolo — murmurou ela.

Quando Juliette voltou para casa, encontrou Kathleen na sala de estar, deitada sobre um dos sofás. Foi até a prima, reclamando baixinho.

— Algo errado? — perguntou Kathleen, distraída, folheando sua revista.

— Muitas coisas — resmungou Juliette. — Descobriu o endereço?

Kathleen fez um movimento com a cabeça que sinalizava uma afirmação parcial.

— Quase. Eu o terei em alguns dias.

— Serve — murmurou Juliette. — Então, até lá eu só preciso me preocupar com o baile.

Ela começava a sentir uma dor de cabeça no espaço atrás das orelhas. Juliette tentava planejar o próximo movimento, mas era difícil saber onde procurar. Deveria haver um motivo para Madame ter ouvido o que ouvira. Deveria haver um motivo para os Comunistas terem dito o que disseram. E, se não fosse nada além de boato, então Juliette apenas conseguiria aliviar suas suspeitas quando tivesse exaurido cada uma das possibilidades com Zhang Gutai.

Juliette ficou ligeiramente mais animada. Sua mão foi ao bolso de novo, tocando o desenho. Ela precisava exaurir *tudo*.

Um assovio veio da porta da frente, interrompendo o maquinar silencioso de Juliette. Ela voltou a atenção para lá e viu um mensageiro Escarlate pairando na varanda, gesticulando em direção a ela com uma das mãos e ajeitando o sapato com a outra.

— Passe-me o pacote que está ao seu lado.

Juliette olhou e, de fato, um pacote estava em cima da mesa circular adjacente ao sofá em que ela escolhera se jogar, mas o que esse mensageiro pensava que estava fazendo ao pedir para *ela* pegar algo que ele mesmo poderia ter pegado...

A ficha caiu. *O qipao*. Os gangsteres Escarlate se acostumaram a vê-la com vestidos cintilantes de contas e o cabelo cheio de laquê, ondulado com as mãos. Como ela usava indumentária chinesa, eles não a reconheceram.

Juliette puxou o ar e percebeu que seus pulmões estavam horrivelmente apertados. Será que ela nunca poderia ser as duas coisas? Estava condenada a escolher entre um país ou outro? Ser uma mulher norte-americana ou nada?

O mensageiro assoviou novamente.

— Oi...

Juliette sacou a faca presa em sua coxa, bem acima de onde acabava a fenda de seu *qipao*, e a arremessou. Com um ruído vibrante, a lâmina cravou-se perfeitamente na porta da frente. Ela tirou uma única gota de sangue da orelha do mensageiro, onde havia deixado um talho.

— Não assovie para mim — disse Juliette, friamente. — Eu assovio para você. Entendeu?

O mensageiro a fitou — agora de verdade. Levantou a mão e tocou sua orelha. O sangramento já havia parado. Mas seus olhos estavam arregalados quando anuiu com a cabeça.

Juliette pegou o pacote e se levantou. Ela foi diretamente até o mensageiro e entregou o embrulho inusitadamente, como se entregasse uma marmita a um amigo.

— Já que você está aqui — disse —, preciso que faça uma coisa para mim. Vá ao Bund e interrogue os banqueiros que trabalham na rua principal. Pergunte se viram algo diferente por aí.

O mensageiro abriu e fechou a boca.

— Todos eles?

— Todos. Eles.

— Mas...

— Juliette, espere — chamou Kathleen, também se levantando do sofá. — Deixe comigo.

Juliette ergueu uma sobrancelha. Kathleen enxotou o mensageiro com um aceno, e ele aproveitou a oportunidade para fugir dali, fechando a porta da frente, que ainda estava com a faca cravada.

— Você quer perder seu tempo com *isso*? — perguntou Juliette.

— Não é perder tempo se é uma informação útil para você — Kathleen esticou o braço para o cabideiro próximo à porta. — Por que você está atrás disso?

— Eu posso mandar qualquer outro mensageiro — prosseguiu Juliette, franzindo a sobrancelha. Dar ordens para a própria prima não era de seu feitio. Uma tarefa específica, com objetivos específicos, era uma coisa, especialmente se Kathleen tinha contatos que facilitavam a missão. Mandá-la em uma busca sem sentido era outra, completamente diferente.

— Juliette...

— Eu estava mais tentando assustar o mensageiro. Está tudo certo, de verdade...

Kathleen agarrou o pulso da prima e o apertou, não o bastante para machucar, mas o bastante para que Juliette soubesse que ela falava sério.

— Não estou fazendo isso por causa de meu coração gentil — disse ela, com firmeza. — Em alguns anos, esta organização estará ou nas suas mãos, ou nas mãos de outra pessoa. E conhecendo os outros competidores...

Kathleen interrompeu a si mesma. As mentes de ambas se dirigiram às mesmas pessoas: Tyler, primeiramente, e então os outros primos que poderiam ter uma chance, apenas se Tyler desaparecesse misteriosamente. Todos eram terríveis, impiedosos e cruéis, mas Juliette também era. A diferença, ínfima, era que Juliette também era cuidadosa, controlando intensamente a quantidade de ódio que deixava escapar a fim de guiar sua mão.

— Poderia estar nas suas mãos também — disse Juliette, com leveza. — Não sabemos o que vai acontecer em alguns anos.

Kathleen revirou os olhos.

— Eu não sou uma Cai, Juliette. Isso está completamente fora de cogitação.

Não havia muitos argumentos contra aquilo. Kathleen vinha do lado da família de Lady Cai. Como Lorde Cai era a face da Sociedade Escarlate, não era surpresa que apenas aqueles que compartilhavam seu nome fossem vistos como legítimos. Bastava ver como era fácil para seus primos entrarem no círculo interno, enquanto o Sr. Lang, irmão de Lady Cai, ainda não ganhara nenhum favorecimento nas duas décadas em que esteve ali.

— Tem de ser você — disse Kathleen. Seu tom não permitia discordância. — Todos os que forem atrás de sua coroa são perigosos. Você também é, mas — ela levou um momento escolhendo as palavras — mas pelo menos você não traria o perigo para dentro da Sociedade Escarlate apenas para satisfazer seu orgulho. Você é a única pessoa em que confio para manter esta organização unida como uma estrutura de aço, estável, em vez de uma hierarquia belicosa de caprichos. Se você falhar em ser uma boa herdeira, se você *cair*, então esse modo de vida cai junto. Permita-me fazer o trabalho.

Juliette abriu e fechou a boca. Quando tudo o que conseguiu balbuciar foi um fraco "Ok", a prima fungou.

O feitiço austero quebrou-se. Kathleen vestiu o casaco, ajeitando-o com os ombros.

— Então, o que você precisa saber sobre os banqueiros no Bund?

Juliette ainda matutava sobre as palavras da prima. Ela sempre pensara em si mesma como a herdeira da Sociedade Escarlate, mas não era só isso. Ela era herdeira da versão de seu pai da Sociedade Escarlate.

E aquilo era bom? A Sociedade Escarlate estava se desmanchando. Talvez uma pessoa diferente teria vencido a guerra de sangue com os Rosas Brancas há gerações. Talvez uma pessoa diferente já tivesse contido os surtos.

— Boatos sobre um monstro — respondeu Juliette, alto, se afastando de sua mente. Havia muitas peças soltas flutuando pelo ar: um monstro, surtos, os Comunistas; ela precisava se concentrar para organizá-las, sem duvidar de si mesma. — Tenho motivos para acreditar que eles viram alguma coisa. Minhas expectativas não estão altas, mas pelo menos um pouquinho delas resiste.

Kathleen anuiu.

— Eu relatarei o que encontrar — com isso, a prima disse adeus, fechando a porta depois de sair, e o som ecoou pela sala de estar. A faca parecia um tanto cômica, movendo-se com a porta daquele jeito. Juliette suspirou e a puxou, guardando a lâmina no vestido enquanto subia com dificuldade as escadas. Seus pais ficariam horrorizados ao ver um buraco na porta. Ela sorriu com a imagem e continuou se divertindo com ela, até que entrou em seu quarto e viu uma figura solitária na cama.

Juliette quase deu um salto de mais de meio metro no ar.

— Ah, céus, você me assustou — disse, arquejando, um momento depois. As irmãs dificilmente entravam separadas no quarto, então ela não identificou Rosalind de imediato, especialmente quando a prima tinha a face inclinada na direção dos raios do sol da tarde que entravam pela janela. — Você e sua irmã resolveram tirar o dia para me surpreender?

Rosalind parecia um pouco ofendida quando se virou para Juliette.

— Você estava com a Kathleen? Eu estava te esperando aqui há horas.

Juliette piscou, surpresa. Não sabia ao certo o que dizer.

— Sinto muito — foi o que decidiu falar, mas suas desculpas saíram confusas e, por consequência, insinceras. — Eu não sabia.

Rosalind balançou a cabeça e resmungou:

— Não importa.

Este era um dos detalhes do qual se lembrava da infância delas, antes de terem partido em direção ao mundo ocidental. Rosalind guardava rancor como se competisse por eles. Era intensa, cabeça-dura e tinha nervos de aço, mas por baixo da superfície de palavras bem escolhidas e belas, ela nutria sentimentos que já haviam há muito perdido sua relevância.

— Não me venha com esse mau humor — repreendeu Juliette. Ela tinha de resolver aquilo naquele momento, ou temeria uma explosão em um futuro distante. Ela conhecia a prima, fora testemunha do ódio, lentamente construído, que Rosalind tinha de pessoas que a chateavam — de suas tias por parte de mãe que tentaram tomar o lugar da mãe falecida; de seu pai, que valorizava mais a força de seu *guānxì* na Sociedade Escarlate do que o cuidado com suas filhas; e mesmo das dançarinas do cabaré, que estavam com tanto ciúme da ascensão ao estrelato de Rosalind que tentaram excluí-la de seus círculos sociais.

Às vezes Juliette se perguntava como Rosalind conseguira lidar com tanta ausência em sua vida. E, ao pensar nisso, sentia-se mal por não ver a prima com mais frequência, embora ela mesma não houvesse voltado à cidade há tanto tempo assim. Todo mundo tinha coisas mais importantes a fazer na família Cai. Kathleen, pelo menos, tendia para o otimismo. Rosalind, não. Mas cuidado constante e contato com os primos não eram prioridades altas quando pessoas estavam dilacerando as próprias gargantas nas ruas.

— O que foi? — perguntou Juliette mesmo assim. Ela podia, ao menos, dar-lhe um minuto, já que Rosalind esperara por horas.

Rosalind não respondeu. Por um instante, Juliette quase teve receio de que a prima não havia acabado com o rancor que cultivara. Então, de repente, Rosalind levou a face às mãos.

Havia algo assustador naquele movimento, que golpeou a essência de Juliette, algo infantil e perdido.

— Insetos — sussurrou Rosalind, com as palavras abafadas pelas mãos. Agora, uma frieza se estabelecia no quarto. Juliette sentiu todos os pelos da nuca se arrepiarem, ficando retos como varetas, de modo que sua pele se tornara quase sensível, a ponto de doer ao toque.

— Tantos — prosseguiu Rosalind. Cada quebranto na voz da prima causava um novo calafrio na espinha de Juliette. — Tantos, todos vindos do mar, todos voltando para o mar.

Lentamente, Juliette ficou de joelhos no carpete. Ela inclinou a cabeça para fitar o olhar aterrorizado e murcho da prima.

— O que você está dizendo? — perguntou Juliette, com calma. — Que insetos?

Rosalind sacudiu a cabeça.

— Eu acho que vi. Na água.

Ainda não respondia à pergunta.

— Viu o quê? — Juliette tentou entender, novamente. Diante do silêncio de Rosalind, Juliette a segurou pelos braços, ordenando — Rosalind, o que você viu?

Rosalind respirou fundo. Naquele único movimento, foi como se ela tivesse sugado todo o oxigênio do quarto, sugado toda a possibilidade de que o que ela vira pudesse ser explicado como algo comum. Uma segunda palpitação começava dentro da cabeça de Juliette, uma pressão que vinha de dentro para *ouvir, se precaver, se preparar*. De algum modo, ela sabia que o que estava prestes a ouvir mudaria tudo.

— Rosalind — chamou, uma última vez.

— Olhos de prata — disse Rosalind, sufocada, sentindo calafrios. Agora que havia começado a falar, as palavras saíam aos tropeços. Sua respiração ficava cada vez mais rasa e Juliette a apertava com mais força, com os dedos ainda agarrados aos braços da prima. Rosalind mal parecia perceber. — Olhos de prata. E coluna arqueada. E espinhos pontiagudos. E escamas e garras e... eu... eu não sei, Juliette. Eu não sei o *que* era. *Guài wù*, talvez. Um monstro.

Um rugido começou a ribombar nos ouvidos de Juliette. Com cuidado e controle, ela soltou a prima e pôs a mão no casaco, retirando de lá o desenho que furtara. Ela desdobrou a folha gasta, desamassando os traços de tinta que a manchavam.

— Rosalind — disse Juliette, lentamente. — Veja este desenho.

Rosalind pegou o fino pedaço de papel. Seus dedos o apertaram. Seus olhos encheram-se de lágrimas.

— Foi isso que você viu? — sussurrou Juliette.

Muito lentamente, Rosalind anuiu.

Quatorze

Se qualquer pessoa perguntasse a Benedikt Montagov o que ele mais desejava na vida, ele teria uma resposta muito simples: pintar a esfera perfeita.

Se a mesma pergunta fosse feita a qualquer outro Rosa Branca, haveria uma variedade de respostas. Dinheiro, amor, vingança — tudo isso e mais, Benedikt também queria. Mas essas coisas se esmaeciam quando ele estava pintando, com mais nada na mente além do movimento em seu pulso e o arco do pincel. Um trabalho tão cuidadoso, tão monótono, tão lindo.

Ele queria tanto conjurar a esfera perfeita que era quase uma obsessão. Um daqueles delírios que ele preservara desde a infância, um que pareceu ter amadurecido por completo em sua mente sem origem aparente e, se houvesse uma, talvez tenha ocorrido tão cedo em sua vida que ele simplesmente não conseguia mais se lembrar dela. Enfim, era irracional, uma crença de que, se ele atingisse um feito impossível, então talvez todas as outras coisas impossíveis de sua vida se ajustassem, independentemente de serem verdadeiramente correlatas ou não.

Quando Benedikt tinha 5 anos de idade, pensava que, se conseguisse terminar de recitar a Bíblia inteira de trás para frente, seu pai sobreviveria à doença. Morreu, no fim das contas, e sua mãe também, seis meses depois, devido a uma bala perdida no peito.

Quando Benedikt tinha 8 anos, convenceu a si mesmo de que *precisava* correr de seu quarto até a porta da frente da casa em 10 segundos, toda manhã, ou então teria um dia ruim. Isso quando ele ainda vivia dentro do quartel central, no cômodo vizinho ao de Roma, no quarto andar. Aqueles dias sempre eram terríveis e difíceis — mas ele não sabia se eram assim por causa das vezes em que ele não correra rápido o bastante.

Ele tinha 19 anos de idade agora e os hábitos não haviam sumido; simplesmente foram filtrados e se condensaram na bola mais maciça de todas, deixando para trás apenas um único desejo, que jazia no topo da pirâmide sobre os outros, igualmente impossíveis.

— Droga — resmungou Benedikt. — Droga, *droga* — ele rasgou a folha de papel no cavalete e a amassou, jogando-a com força na parede de seu ateliê. O sentimento de imprestabilidade se embrenhou profundamente nele, esmurrando suas têmporas e invadindo seus olhos secos e cansados. Em algum lugar, bem fundo nas alcovas de sua racionalidade, sabia que o que desejava fazer não era possível. O que era uma esfera? Era um círculo tridimensional, e círculos não existem. Um círculo tem todos os seus pontos equidistantes do centro e, para que eles assim o fossem, seria necessário alcançar a mais exata das precisões. Quão longe Benedikt iria para alcançar a perfeição? Pinceladas? Partículas? Átomos? Se um círculo verdadeiro não existia em seu próprio universo, como ele conseguiria pintar um?

Benedikt abaixou o pincel, esfregando os cabelos enquanto saía do ateliê.

Ele parou no corredor assim que uma voz veio flutuando do quarto adjacente, entediada, desconfiada e baixa.

— Por que raios você está xingando?

Agora ele e Marshall dividiam o prédio mal-acabado que ficava a um quarteirão de distância do principal domicílio Montagov, embora o nome de Benedikt fosse o único que constava na papelada. Tecnicamente, Marshall vivia ali como um inquilino clandestino, mas Benedikt não se importava. Marshall era completamente imprevisível, mas também um excelente cozinheiro e melhor do que qualquer outro para consertar um cano estourado, talvez por causa de sua experiência colocando seus ossos quebrados no lugar; talvez por ter passado os primeiros anos de vida vagando pelas ruas e lutando para viver antes dos Rosas Brancas o acolherem. Até hoje, nenhum dos Montagoves sabia exatamente o que havia acontecido com a família de Marshall. Benedikt sabia de uma coisa apenas: estavam todos mortos.

Marshall saiu de seu quarto, com a calça de pijama larga, roída por traças, na altura dos quadris. Quando ergueu os braços para cruzá-los na altura do peito, sua camisa encardida subiu e deixou à mostra cicatrizes de cortes de faca que cruzavam seu abdômen.

Benedikt estava olhando. Sentiu sua pulsação saltar quando percebeu que olhava, e saltou de novo quando pensou que poderia ser pego.

— Você está com mais cicatrizes — disfarçou rapidamente, mal gaguejando, mesmo que estivesse ficando vermelho. Ele provavelmente lembraria da situação enquanto estivesse tentando dormir, então teria tanta vergonha que enterraria a cabeça no travesseiro, como um avestruz. Pigarreando, Benedikt prosseguiu. — De onde elas estão brotando?

— Essa cidade é perigosa — Marshall respondeu sem responder nada, abrindo ainda mais o sorriso.

Ele parecia estar provocando, se gabando da própria coragem, mas Benedikt começou a franzir o cenho. Sempre havia cinco mil pensamentos diferentes borbulhando em sua mente, querendo sua atenção, e quando um tomava a frente fazendo um barulho *particular*, ele lhe concedia atenção. Enquanto Marshall descia pelo corredor, desaparecendo na cozinha para vasculhar os armários, Benedikt permaneceu fora de seu ateliê, pensativo.

— Mas isso não é curioso?

— Você ainda está falando comigo?

Benedikt revirou os olhos, se apressando para juntar-se a Marshall na cozinha. Marshall estava colocando potes e panelas para fora, com um talo de aipo na boca. Benedikt nem quis perguntar o porquê. Supunha que Marshall era do tipo que mastigava aipo cru sem razão alguma.

— Com quem mais eu estaria falando? — retrucou Benedikt, sentando-se no balcão da cozinha. — A cidade. Ela *está* ficando mais perigosa, não está?

Marshall tirou o aipo da boca e o balançou na direção de Benedikt. Quando ele retribuiu com apenas uma olhada, sem vontade de abrir a boca e dar uma mordida no talo, Marshall deu de ombros e jogou o aipo na lixeira.

— Ben, Ben, tesouro meu, eu só estava brincando — Marshall acendeu um fósforo para o fogão. Ele ganhou vida entre seus dedos: uma estrela quente, ardente, em miniatura. — Esta cidade sempre foi perigosa. É a essência da falha humana, o pulso da...

— Mas recentemente — cortou Benedikt, inclinando-se sobre o balcão, com as duas mãos lhe escorando contra o granito duro — você não tem notado o público nos cabarés? A frequência com a qual os homens têm pulado no palco para assediar as dançarinas? Os gritos nas ruas quando não há riquixás suficientes para todos os clientes? Era de se esperar que os números nas boates ficariam cada vez menores com os surtos. Mas os estabelecimentos noturnos devem ser os únicos lugares que não atrasaram o aluguel para meu tio.

Pela primeira vez, Marshall precisou de um momento para responder; não havia nada na ponta da língua quando chegou sua deixa. Ele tinha um ligeiro sorriso nos lábios, mas expressava dor, como se estivesse triste.

— Ben — disse novamente. Pausou. Parecia estar com dificuldade para achar a palavra certa em russo, começando a falar e parando algumas vezes, sem coerência, então voltou à língua nativa. — Não é que a cidade tenha ficado mais perigosa. É que ela está mudada.

— Mudou? — repetiu Benedikt, também passando ao coreano. Ele não fez todas aquelas aulas por nada. Tinha um sotaque terrível, mas pelo menos era fluente.

— A insanidade varre todos os lugares — Marshall pegou um talinho de coentro da bolsa em seus pés e começou a mastigá-lo também. — Se move como a peste: os primeiros incidentes foram perto do rio, depois se espalharam cidade adentro, nas concessões, e agora mansões e mais mansões nos arredores estão mandando vítimas para o necrotério. Pense nisso. Quem quiser se proteger ficará trancado, bloqueará as portas, selará as janelas. Quem não se importa, quem é violento, quem se delicia com a maldade — Marshall deu de ombros, movendo as mãos enquanto escolhia as palavras exatas — *floresce*. Vai para as ruas. A cidade não ficou mais violenta. As pessoas nela é que estão mudando.

Como em uma cena combinada, o som de vidro quebrando tomou o apartamento, assustando Marshall o bastante para que ele se encolhesse, enquanto Benedikt simplesmente deu meia-volta, fazendo uma careta. Ambos pararam para escutar, atentos para o caso de haver perigo. Quando ouviram gritos sobre o pagamento de um aluguel vindos do beco que ladeava o prédio, ficou claro que não precisavam se preocupar.

Benedikt saltou do balcão da cozinha e arregaçou as mangas enquanto entrava novamente no corredor, fazendo a curva para o quarto de Marshall a fim de pegar as primeiras roupas que visse.

— Beleza, vamos lá — comandou quando voltou para a cozinha.

— O quê?! — exclamou Marshall. — Estou fazendo comida!

— Eu te pago comida de alguma barraquinha — Benedikt jogou a jaqueta para Marshall. — Temos uma vítima viva para encontrar hoje.

Marshall e Benedikt perambularam por horas pelo território Rosa Branca, sem sucesso. Eles sabiam que becos eram lugares comuns para proliferação dos surtos, então escolheram passar apenas por aqueles pequenos trajetos da cidade — dando voltas em um labirinto que lhes era bastante familiar. No entanto, em pouco tempo perceberam que não importava se fossem lentos ou cautelosos, parando nas bocas dos becos quando ouviam o mais suave farfalhar, acompanhado de um cheiro inegavelmente metálico. Eles já haviam corrido duas vezes para dentro, já planejando um ataque, apenas para descobrir que o farfalhar vinha de ratos em volta de um cadáver ensanguentado, morto há muito.

Se não havia cadáver, havia silêncio. Becos que jaziam estáticos, gravuras incólumes, todas fedendo a lixo transbordante e caixas quebradas, pois as pessoas estavam assustadas demais para fazer o descarte apropriado de seus resíduos. Benedikt estava quase aliviado quando finalmente voltaram a uma rua principal, reingressando em um mundo no qual pedaços e retalhos de conversas entre vendedores e clientes flutuavam a seu lado enquanto andava. *Aquela* era a parte real da cidade. Aqueles becos se tornaram versões assombradas de Xangai: um baixo ventre metamorfoseado em casca murcha.

— Então foi perda de tempo — comentou Marshall. Ele checou seu relógio de bolso. — Você gostaria de contar a Roma sobre nosso fracasso colossal, ou conto eu?

Benedikt fechou a cara, baforando ar quente nas mãos rígidas. O clima ainda não exigia o uso de luvas, mas o friozinho daquela tarde estava mordendo com força, o bastante para doer.

— Afinal, onde está Roma? — perguntou ele. — Esse trabalho também deveria ser dele.

— Ele é o herdeiro dos Rosas Brancas — Marshall guardou o relógio. — Ele pode fazer o que quiser.

— Você sabe que isso não é verdade.

As sobrancelhas de Marshall saltaram para cima, desaparecendo por baixo das mechas escuras de cabelo que lhe caíam sobre a testa. Ambos ficaram em silêncio por um instante, encarando-se em um raro momento de dúvida.

— Quer dizer — Benedikt apressou-se a corrigir —, ele ainda tem de responder ao pai.

— Ah — disse brevemente Marshall. Ele estava com uma expressão atípica, desconfortável, que fez com que Benedikt também sentisse um mal-estar. Aquela cara deu a Benedikt um súbito vazio no estômago, uma vontade de pegar as palavras que ele acabara de dizer em pleno ar e enfiá-las de volta na boca de Marshall para que ele voltasse à sua postura de sempre, relaxada.

— Ah? — repetiu Benedikt, em indagação.

Marshall balançou a cabeça, rindo. O ruído imediatamente aliviou o estômago de Benedikt.

— Por um segundo achei que você quis dizer que ele não era o herdeiro. Benedikt olhou para as nuvens cinzas.

— Não — disse —, não foi isso que eu quis dizer.

Mas, no fundo, ambos sabiam. Benedikt Montagov e Marshall Seo eram alguns dos únicos Rosas Brancas que publicamente declararam lealdade a Roma. O resto estava em silêncio, esperando para ver se Roma sairia vitorioso e exerceria seu direito de nascença, ou seria jogado para escanteio por qualquer pessoa a quem Lorde Montagov decidisse dar sua bênção.

— Você quer ir para casa agora?

Benedikt suspirou e concordou.

— Vamos.

Na rua seguinte, enquanto Benedikt e Marshall se apressavam em direção ao sul, Kathleen movia-se para o norte, entrando e saindo dos bancos ao longo do Bund.

O Bund, pensou, distraída. Que tradução estranha. Em chinês era *wàitān*, que deveria ser traduzido como *a outra margem*. Era isso: uma faixa de terra que tocava parte do Rio Huangpu na extremidade a jusante. Chamar o local de Bund, em vez disso, transformava-o num aterro. Um lugar para ir e vir, com navios se amontoando para conseguir beliscar a vida dentro das margens, um lugar de entrepostos comerciais e consulados estrangeiros que emanavam poder.

Era aqui que a riqueza se acumulava mais densamente, em meio aos prédios decadentes em estilo *Beaux-Arts* custeados pelo Ocidente, que somente geravam mais riqueza em um ciclo autossustentado. Muitas das estruturas ainda não estavam finalizadas, permitindo que a brisa do mar soprasse por entre vigas abertas e andaimes. O clangor dos construtores trabalhando intensamente era frenético, mesmo naquela hora, tão tarde. A eles não era permitido construir para *cima* ao longo do Bund, que tinha restrições de altura, então somente podiam construir *bem*.

Mesmo parcialmente construído, tudo ali era lindo. Parecia que cada projeto competia para ofuscar o anterior. O preferido de Kathleen era o edifício HSBC — uma coisa gigantesca, neoclássica, de seis andares, que abrigava a *Hong Kong and Shanghai Banking Corporation*, cintilante tanto por fora, quanto por dentro. Era difícil de acreditar que um apanhado tão colossal de mármore e Monel conseguiu se unir daquela forma: em colunas, treliças e um único e enorme domo. Ele fazia toda a construção parecer um templo da Grécia Antiga, em vez de ser o epicentro da era financeira de ouro de Xangai.

Pena que as *pessoas* que trabalhavam em prédios tão convidativos eram tão convidativas quanto arroz mofado.

Kathleen saiu do edifício HSBC mal-humorada, soltando um longo e baixo grunhido. Cansada até os ossos, se recostou em um dos arcos exteriores, parando um minuto para ponderar seus próximos passos.

Eu não faço ideia do que você está falando era a frase número um que haviam lhe arremessado hoje, e Kathleen detestava fracassar em suas missões. Assim que os banqueiros percebiam que Kathleen não viera consultar sua conta corrente, mas perguntar se eles viram algum monstro no trajeto para o trabalho, fechavam-se imediatamente, revirando os olhos e pedindo para que ela se retirasse da fila, por gentileza. Dentro daquelas paredes de granito e cofres grossos e enormes, ela supôs que as pessoas que passavam o dia a dia ali pensavam estar a salvo dos surtos e dos boatos sobre o monstro que os trazia.

Kathleen sabia disso. Estava no paciente acenar de mãos enquanto gesticulavam para o próximo cliente, na maneira despreocupada com que ignoravam a pergunta de Kathleen, dando de ombros, como se a questão simplesmente lhes fosse inferior. Os ricos e os estrangeiros não acreditavam de verdade naquilo. Para eles, os *surtos* que varriam a cidade eram nada além de disparates chineses — que só afetavam os mais pobres, só tocavam quem era fiel, preso às tradições. Pensavam que seu mármore brilhante poderia bloquear o contágio, porque o contágio não era nada além de histeria dos selvagens.

Quando a insanidade atravessar estas colunas, pensou Kathleen consigo mesma, *as pessoas daqui não saberão o que as atingiu.*

E então, cruelmente, ela quase pensou: *Que bom.*

— Você, aí! *Xiǎo gūniáng*!

Kathleen se virou em direção à voz, com o coração esperançoso de que um banqueiro tivesse saído para lhe dizer que se lembraram de algo. Só que, quando ela completou a volta, seus olhos aterrissaram em uma senhora de idade com a cabeça cheia de cabelos brancos espessos, de andar arrastado, segurando uma bolsa grande com ambas as mãos.

— Pois não? — perguntou Kathleen.

A senhora parou à sua frente, com os olhos vasculhando o pingente de jade que pressionava a garganta da jovem. Os braços de Kathleen pinicaram, com os pelos arrepiados. Ela resistiu ao impulso de passar a mão no cabelo.

— Eu ouvi você perguntando — a senhora se inclinou, e sua voz tinha um tom de teoria da conspiração — sobre um monstro?

Kathleen fez uma careta, expirando levemente para afugentar o arrepio.

— Sinto muito — respondeu. — Também não tenho informação nenhuma…

— Ah, mas eu tenho — interrompeu a anciã. — Você não vai chegar a lugar algum com esses banqueiros. Eles mal tiram os olhos dos livros e das escrivaninhas. Mas eu estava aqui há três dias. Eu vi.

— A senhora… — Kathleen olhou para trás, e então se inclinou para frente, baixando o tom de voz. — A senhora o viu aqui? Com seus próprios olhos?

A mulher acenou para que Kathleen a seguisse, e ela o fez, olhando para os dois lados antes de atravessarem a rua. Andaram até as margens, até o cais que se projetava para o rio. Quando a anciã parou, pôs a bolsa no chão e usou os dois braços para gesticular.

— Bem aqui — disse. — Eu estava saindo do banco com meu filho. Um docinho, ele… mas um completo *bèndàn* quando se trata de finanças. Enfim, quando ele foi chamar um riquixá, fiquei parada na frente do banco para esperá-lo, e lá da rua — ela moveu os braços para apontar em direção a uma das estradas que davam para a cidade — essa *coisa*... veio correndo.

— Coisa — repetiu Kathleen. — A senhora está falando do monstro?

— Sim... — a mulher divagou. Ela havia começado a contar a história com entusiasmo, com aquela energia que prende e arrebata a audiência. Agora o ânimo se fora; repentinamente, a mulher sentiu o baque *do que* havia realmente visto. — O monstro. Coisa horrível, um morto-vivo.

— Mas a senhora tem certeza? — insistiu Kathleen. Uma parte dela queria voltar correndo para casa com aquela informação imediatamente, contar a Juliette para que a prima pudesse reunir as forças Escarlates e seus ancinhos. Outra parte, a racional, sabia que aquilo não era suficiente. Eles precisavam de mais. — A senhora tem certeza de que era o monstro, não uma sombra ou...

— Tenho certeza — retrucou a mulher, com firmeza. — Tenho certeza porque um pescador atracando seu barco tentou atirar nele enquanto a coisa caminhava pesadamente neste mesmo cais — ela apontou para a frente, para o cais que se estendia pelo largo, largo rio, que no momento pulsava com a agitação nos navios ancorados. — Tenho certeza porque as balas simplesmente ricochetearam em suas costas e caíram tilintando no chão como se não fosse uma *criatura* ali parada, mas um *deus*. Era um monstro. Tenho certeza.

— O que aconteceu? — sussurrou Kathleen. Um calafrio subiu por seu pescoço e desceu para os braços. Ela não achou que foi causado pela brisa do mar. Era algo muito mais fantasmagórico. — O que aconteceu depois?

A mulher piscou algumas vezes. Parecia sair de um leve atordoamento, como se não tivesse percebido bem o quanto ficara perdida em suas próprias memórias.

— Bem, esse é o problema — retrucou ela, franzindo o cenho. — Minha vista, sabe. Não é das melhores. Eu vi o bicho pular na água e aí...

Kathleen se inclinou mais para a frente.

— E aí...?

A velha balançou a cabeça.

— Eu não sei. Tudo ficou meio turvo. Pensei ter ouvido um barulho de coisas rastejando. Parecia que a escuridão ali — e estendeu o braço — estava se mexendo. Como coisinhas sendo arremessadas no escuro — ela balançou a cabeça novamente, agora com mais força. Não pareceu funcionar, pois a voz da mulher perdeu toda a energia inicial. — Nessa hora meu filho já havia voltado com o riquixá. Eu falei para ele ver o que era. Disse que achei ter visto um monstro na água. Ele correu pelo cais para pegá-lo.

Kathleen arquejou.

— E... ele pegou?

— Não — a mulher franziu o cenho, com o olhar lançado ao Rio Huangpu. — Disse que eu estava falando besteira. Que só viu um homem, nadando para longe. Estava convencido de que era um pescador que caiu do barco.

Um homem. Como poderia haver um homem na água se o monstro estava ali? Como ele sobreviveu?

A menos que...

Com respiração vacilante, a mulher pegou sua bolsa e pareceu pensar duas vezes, estendendo a mão para pegar a de Kathleen.

— Eu te conheço, você é membro dos Escarlates — disse ela em voz baixa. — Tem alguma coisa viva se agitando nas águas. Tem alguma coisa viva se agitando em muitos lugares que não podemos ver. — Os dedos da mulher se fecharam com tanta força na mão de Kathleen que ela não podia mais sentir o sangue circular em sua palma.

— Por favor — sussurrou a mulher. — Nos proteja.

Quinze

Dias depois, Juliette não conseguia pensar em nada além dos surtos. Ela mal reagia quando chamavam seu nome. Somente tinha ouvidos para o som dos gritos, e cada vez que eles ecoavam pelas ruas, ela se encolhia, desejando — *ansiando* — poder fazer algo a respeito.

Um *monstro*, pensou Juliette, com a mente em loop eterno enquanto se recostava na escadaria, esperando. *Há um monstro espalhando insanidade nas ruas de Xangai.*

— Pronta para irmos? — Lorde Cai a chamou, parando no topo das escadas para ajeitar o colarinho de seu paletó.

Juliette fez força para voltar ao presente. Suspirando, girando a bolsinha clutch em suas mãos.

— Mais pronta, impossível.

Lorde Cai desceu o resto da escada e parou na frente da filha, com a expressão fechada. Juliette olhou para si mesma, tentando descobrir o que causou a desaprovação do pai. Ela estava novamente usando um de seus vestidos norte-americanos, este um pouco mais chique, atendendo à ocasião, com feixes de tule nos braços que formavam mangas. Será que o decote era muito baixo? Seria esta — pela primeira vez — uma preocupação paterna comum, que não tinha a ver com o fato de ela conseguir matar um homem sem pestanejar?

— Onde está sua máscara?

Quase. Essa crítica eu aceito de bom grado.

— Por quê? — suspirou Juliette. — O senhor não está usando uma.

Lorde Cai esfregou os olhos. Juliette não sabia dizer se foi por causa do cansaço geral que a preparação para lidar com os franceses causara ou se ele estava exasperado com o comportamento infantil da filha.

— Sim, porque eu sou um homem de 50 anos — respondeu o pai. — Ficaria ridículo.

Juliette deu de ombros e se dirigiu à porta da frente.

— É o senhor quem está dizendo.

A noite estava um pouco fria quando eles saíram para a calçada, e Juliette sentiu um leve calafrio, esfregando as mãos nos braços nus. Já era. Não havia tempo para voltar e pegar um casaco. Ela entrou no carro com o auxílio do chofer e deslizou pelo assento para dar espaço ao pai. A maioria dos outros membros da família que iam ao baile de máscaras já havia saído de casa. Juliette não queria ir, então esperou Lorde Cai finalizar seu expediente. Ele só declarou que era hora de ir quando o céu ficou rosa e o sol ardente e laranja começou a pincelar o horizonte.

Lorde Cai entrou no carro. Assim que se ajeitou no assento, descansou as mãos em seu colo e deu uma olhada para Juliette. Sua expressão fechou-se novamente. Desta vez, mirava o colar apertado na garganta da filha.

— Isso não é um colar, é?

— Não é não, *Bàba*.

— Isso é um garrote, não é?

— É sim, *Bàba*.

— Quantas outras armas você escondeu em si mesma?

— Cinco, *Bàba*.

Lorde Cai apertou a ponte do nariz e resmungou:

— *Wŏde māyā*, tenha misericórdia de minha alma.

Juliette sorriu como se tivesse sido elogiada.

O carro deu partida e foi roncando suavemente, passando pelas estradas rurais, mais tranquilas, e adentrando a cidade, buzinando a cada três segundos para que trabalhadores e homens puxando riquixás saíssem da frente. Juliette normalmente tinha o hábito de não olhar pela janela, para que não fizesse contato visual e fosse abordada por um pedinte. Mas, por algum motivo inexplicável, naquela noite ela olhou para fora.

No momento certo para ver uma mulher berrando na calçada, abraçada a um corpo.

O corpo estava todo ensanguentado, com as mãos manchadas de vermelho e o pescoço tão destruído que a cabeça estava dependurada apenas pela força da coluna vertebral. A mulher que chorava acariciava o rosto sem vida, com a bochecha pressionada na face alva de morte.

O carro começou a se mover novamente. Juliette voltou a olhar para a frente, para o borrão de movimento do para-brisa, e engoliu em seco.

Por que isso está acontecendo? Pensou, desesperada. *Esta cidade cometeu pecados tão terríveis a ponto de merecermos isso?*

A resposta era: sim. Mas não era inteiramente culpa deles. Os chineses haviam construído o fosso, juntado a madeira e acendido o fósforo, mas foram os estrangeiros que vieram e derramaram gasolina sobre cada superfície, deixando Xangai se enfurecer em um indomável incêndio florestal de perversão.

— Aqui estamos — disse o chofer, freando.

Com mandíbula cerrada, Juliette saiu do carro. Na Concessão Francesa, tudo era um tantinho cintilante, até mesmo a grama debaixo de seus pés. Aqueles jardins normalmente ficavam com os portões fechados, mas naquela noite estavam completamente abertos, especificamente para a ocasião. Quando Juliette cruzou os portões, era como se tivesse entrado em outro mundo — um que ficava longe das ruas sujas e dos becos apertados e sobrepostos pelos quais haviam acabado de passar. Ali havia verde, videiras e intenções escusas, pequenos gazebos situados em locais peculiares e a escuridão que se aproximava e atraia as sombras dos altos portões de ferro fundido que encerravam aqueles jardins para bem dentro da grama, crescendo a cada segundo do pôr-do-sol violeta.

Apesar do frio, Juliette suava um pouco enquanto passava pelas pequenas aglomerações de pessoas dispersas pelos jardins delicadamente cuidados. Sua primeira tarefa era identificar onde cada parente se posicionara. Ela encontrou a maioria com facilidade, espalhados e socializando. Talvez ela tivesse se *excedido* ao trazer tantas armas. A faca amarrada em sua lombar fazia o vestido ficar muito apertado na cintura, e a malha branca em seus joelhos subia a cada passo. Mas Juliette não pôde evitar. Ao trazer as armas, ela se enganava, achando que poderia tomar alguma atitude se acontecesse um desastre.

Ela tentou não admitir que havia alguns desastres que não podia combater com suas facas. Os estrangeiros presentes certamente não se importavam. Enquanto andava, ouviu mais de uma risadinha sobre os boatos dos surtos, homens britânicos e mulheres francesas igualmente brindando em comemoração à sua imensa inteligência por ficarem distantes do desespero local. Eles agiam como se fosse uma *escolha*.

— Venha, Juliette — convocou Lorde Cai, à frente, alisando as mangas.

Juliette o seguiu obedientemente, mas seus olhos permaneceram em outro lugar. Sob um delicado pavilhão de mármore, um quarteto tocava uma música suave; o som flutuava em direção a uma clareira onde alguns comerciantes estrangeiros e suas esposas dançavam. Havia uma proporção igual de Escarlates e estrangeiros convidados — comerciantes e oficiais — e alguns chegaram a ponto de conversar entre si no crepúsculo que findava. Ela avistou Tyler em um daqueles grupos, conversando com uma francesa. Quando ele reparou que a prima o observava, acenou, com alegria. A boca de Juliette se contraiu em um fino traço.

Ali perto, as lâmpadas penduradas em fios nas coberturas dos gazebos vieram à vida com um súbito *wush*. Os jardins reluziam em dourado, espantando as trevas que teriam tomado o lugar quando o sol se escondesse no mar por completo.

— Juliette — Lorde Cai a chamou novamente. Sem perceber, Juliette reduzira seu caminhar a passos de caramujo. Com má vontade, apertou o passo. Notou que a maioria dos presentes ficava em grupos com quem tinham mais afinidade. Britânicas que se mudaram para lá com seus maridos diplomatas riam, com suas luvas de renda segurando guarda-sóis em tons pasteis. Oficiais franceses davam tapinhas nas costas uns dos outros, gargalhando alto de qualquer piada sem graça que um de seus superiores acabava de contar. Embora dispersos em partes diferentes do jardim, três pessoas solitárias permaneciam isoladas, apesar de seus esforços para parecerem entretidos com seus assuntos.

Juliette parou novamente. Ela virou a cabeça na direção de um deles: o que examinava intensamente o prato em suas mãos.

— *Bàba*, aquele rapaz não lhe parece coreano?

Lorde Cai nem mesmo seguiu o olhar da filha. Pôs as mãos sobre os ombros dela e a empurrou levemente para a direção em que estavam indo.

— Foco, Juliette.

Era uma ordem questionável. Juliette não precisou de foco algum quando eles se aproximaram do Cônsul-Geral da França, porque, quando os homens começaram a falar, ela simplesmente foi para o plano de fundo. Era pouco mais que um adorno decorando o lugar. A jovem concentrou-se e logo se distraiu do assunto principal, não captando nem mesmo o nome do Cônsul Geral. Sua atenção estava nos dois homens em estado de alerta atrás dele.

— Você quer comer um sanduíche quando sairmos daqui? — o primeiro homem sussurrou para o segundo, em francês. — Eu odeio esse bufê. Eles estão fazendo o maior esforço para agradar aquele país sem graça do outro lado da vala.

— Leu minha mente — respondeu o segundo, em voz baixa. — Olhe só para eles. Um bando de plebeus sem classe.

Juliette ficou tensa, mas, com o comentário sobre a vala, ficou claro que estavam se referindo aos britânicos, não à Sociedade Escarlate.

— Os britânicos bebem chá e acham que o inventaram — prosseguiu o segundo homem. — Achou errado, otário. Os chineses já produziam chá antes de vocês sequer terem um rei.

Juliette fungou, de repente — a pequeneza da conversa a pegara de surpresa — e depois tossiu para disfarçar o ruído. Lorde Cai não tinha com o que se preocupar; trazê-la para cá foi uma precaução desnecessária. Ela voltou a atenção para o diálogo de seu pai.

— Eles estão tensos, meu lorde — dizia o Cônsul Geral. Juliette presumiu que ele falava de seus executivos franceses. — A *garde municipale* mantém a Concessão Francesa segura por enquanto, mas, se surgirem quaisquer problemas, preciso saber que posso contar com o apoio da Sociedade Escarlate.

Se houvesse uma revolta do povo chinês, dos operários com salário atrasado que decidissem que o Comunismo era a melhor solução, os franceses precisariam achar um jeito de manter o controle sobre Xangai. Pensavam que poderiam obtê-lo com as armas e os recursos da Sociedade Escarlate. Eles não haviam compreendido que, se houvesse uma revolução, não sobraria ninguém para fazer negócios.

Mas Lorde Cai não verbalizou nada disso. Concordou com tranquilidade, sob condição de que a Sociedade Escarlate ainda detivesse jurisdição para executar seus negócios na Concessão Francesa. O Cônsul Geral da França exclamou, em uma tentativa de misturar seu inglês britânico com o dialeto norte-americano:

— *Why, old friend, of course!* Isto é mais do que certo! — quando os dois homens apertaram as mãos, parecia que tudo estava resolvido.

Juliette achou tudo aquilo teatral e ridículo. Achou um ultraje seu pai ter que pedir permissão para fazer negócios nas terras em que seus ancestrais viveram e morreram a homens que simplesmente atracaram seus barcos ali e decidiram que gostariam de ficar no comando.

O Cônsul Geral da França, como se pudesse detectar a hostilidade dos pensamentos de Juliette, voltou-lhe o olhar.

— E como está você, Senhorita Juliette?

Juliette exibiu um largo sorriso.

— Você não deveria ter voz aqui — disse, antes que o pai pudesse impedi-la; suas palavras saíram tão doces que pareciam admiração. — Mesmo que sejamos falhos, que lutemos uns contra os outros, este país não é o quintal de pessoas como você.

A expressão alegre do Cônsul Geral vacilou, mas apenas ligeiramente, incapaz de determinar se Juliette o insultava ou fazia um comentário inocente. Suas palavras foram afiadas, mas seus olhos, amistosos, e suas mãos estavam unidas, como se estivesse falando de coisas triviais.

— Passar bem — cortou Lorde Cai, antes que qualquer um dos franceses pudesse formular uma resposta. Ele conduziu Juliette para fora dali, segurando-a pelo ombro com firmeza.

— Juliette — sibilou Lorde Cai, assim que se afastaram o bastante para não serem ouvidos. — Eu não achava que precisava te ensinar isso, mas você não pode dizer coisas como aquela a pessoas poderosas. Pode ser a sua morte.

Juliette desvencilhou os ombros do aperto do pai.

— Certamente não — rebateu. — Ele é poderoso, mas não tem poder para me matar.

—Veja bem — disse Lorde Cai, com firmeza —, pode ser que ele não a mate...

— Então por que não posso falar livremente?

O pai suspirou. Inspirou, e expirou, procurando a resposta.

— Porque — disse, finalmente — isso fere os sentimentos dele, Juliette.

Juliette cruzou os braços.— Ficamos calados diante da injustiça disso tudo simplesmente porque *isso fere os sentimentos dele?*

Lorde Cai balançou a cabeça negativamente. Pegou a filha pelo cotovelo para conduzi-la ainda mais longe, dando uma boa olhada para trás. Quando estavam próximos a um dos gazebos, ele a soltou e juntou as mãos.

— Hoje em dia, Juliette — sussurrou cautelosamente —, as pessoas mais perigosas são os homens brancos poderosos que se sentem diminuídos.

Juliette sabia daquilo. Sabia daquilo melhor que pessoas como seu pai e sua mãe, que apenas viram o que os estrangeiros são capazes de fazer *depois* que singravam os mares com seus navios até as águas chinesas. Mas Juliette — seus pais a enviaram para os Estados Unidos a estudo, afinal. Ela crescera com um olho atento à fachada de todo estabelecimento a que ia, checando se havia placas segregacionistas que proibiam sua entrada. Ela aprendera a sair da frente sempre que uma dama branca de salto alto cruzava a calçada com suas pérolas; aprendera a fingir fraqueza e abaixar a cabeça para o caso de o marido da dama branca perceber o mais leve revirar de olhos de Juliette e gritar com ela, exigindo saber por que estava em seu país e se ela tinha perdido a noção.

Ela não precisava fazer nada ofensivo. Era o privilégio que movia aqueles homens. O privilégio que encorajava suas esposas a levar um delicado lenço ao nariz e fungar sutilmente, acreditando com todo o coração que mereciam o abuso. Acreditavam ser os donos do mundo — da terra roubada na América, da terra roubada em Xangai.

Aonde quer que fossem — *privilegiados*.

E Juliette estava *farta* daquilo.

— Todos ficam magoados — disse, com amargura. — Enquanto ele estiver aqui, pode ter esse gostinho pelo menos uma vez na vida. Ele não merece o poder. Não é dele por direito.

— Eu sei — disse Lorde Cai, simplesmente. — Toda a China sabe. Mas o mundo funciona assim agora. Enquanto ele tiver poder, precisamos dele. Enquanto ele possuir mais armas, detém o poder.

— Não é como se *nós* não tivéssemos armas — Juliette resmungou mesmo assim. — Não é como se Xangai não tivesse ficado sob nossas mãos de ferro pelo último século, por meio de *nossas* armas.

— Um dia, isso bastou — retrucou Lorde Cai. — Hoje, não mais.

Os franceses precisavam *deles*, mas a Sociedade Escarlate não *precisava* dos franceses na mesma medida. O que seu pai queria dizer, na verdade, era que eles precisavam do poder francês — precisavam se manter bem vistos por eles. Se a Sociedade Escarlate declarasse guerra e tomasse de volta a

Concessão, transformando-a novamente em território chinês, seriam destruídos em questão de horas. Lealdade e hierarquia de máfia de nada valiam contra navios de guerra e torpedos. As Guerras do Ópio provaram isso.

Juliette emitiu um ruído de nojo. Observando a expressão austera de seu pai, suspirou e mudou de assunto, voltando ao que era importante.

— Não importa. Não ouvi nada de relevante destes homens.

Lorde Cai anuiu.

— Isto é oportuno. Significa que teremos menos problemas. Vá se divertir.

— Claro — disse Juliette. Com isso, quis dizer *"vou comer e ir embora"*. Ela avistara Paul Dexter passando pelos portões. O rapaz procurava por alguém em meio as pessoas. — Ficarei escondida — Juliette tossiu. — Perdão. Ficarei *perto* daquela árvore.

Infelizmente, apesar da velocidade em que Juliette caminhava, ela não foi rápida o bastante.

— Senhorita Cai, que surpresa agradável.

Chegando à mesa do bufê, Juliette pôs a clutch sobre ela e, com elegância, pegou um pastel de nata. Deu uma mordida pequena e virou-se, encarando o pão dormido em forma humana.

— Como vai? — perguntou Paul. Ele uniu as mãos nas costas, esticando o tecido azul de seu terno sob medida. Ele também não usava máscara. Seus olhos verdes piscavam sem parar para ela, refletindo as luzes douradas sobre ambos.

Juliette deu de ombros.

— Bem.

— Excelente, excelente — grasnou Paul. Ela não entendia por que ele reagia com tanto entusiasmo à sua réplica indiferente. — Permita-me dizer, é com muita...

— O que você quer, Paul? — interrompeu Juliette. — Eu já disse que não quero negócios com vocês.

Inabalável, Paul apenas aumentou seu empenho e pegou Juliette pelo cotovelo para afastá-la da comida. No fundo de sua mente, ela pensou em atirar nele, mas, como estava em uma festa com centenas de estrangeiros ricos se misturando, decidiu que essa provavelmente não era a melhor coisa a se fazer. Ela tensionou o braço, mas deixou que Paul a levasse.

— Apenas conversar — disse ele. — Levamos nosso empreendimento a outros comerciantes. Não se preocupe. Não tenho mais intenções de incomodar a Sociedade Escarlate.

Juliette sorriu com doçura. Seus dentes rangiam com força.

— Então, se esse é o caso, por que você está me incomodando?

Paul sorriu docemente de volta, mas sua expressão pareceu genuína.

— Talvez eu queira o seu afeto, lindeza.

Eca. Ela apostaria todas as economias que acumulara na vida que ele apenas a achava bonita por ser aceitável aos padrões ocidentais. Sua beleza feminina era um conceito tão efêmero quanto o poder. Se ela se bronzeasse, ganhasse peso e deixasse algumas décadas passarem, os artistas de rua não mais usariam sua face como modelo para vender cremes. Tanto os padrões de beleza chineses quanto os norte-americanos eram coisas arbitrárias, patéticas. Mas Juliette ainda precisava manter-se na linha, forçar-se a segui-los para que as pessoas a admirassem. Sem sua aparência, a cidade se viraria contra ela. Diria que ela não era tão competente assim. Os homens, por sua vez, podiam ter a pele mais escura, ser mais gordos, ou tão velhos quanto quisessem. Isso não influenciava em nada o que as pessoas achavam deles.

Juliette desvencilhou o braço de Paul, se virando para voltar ao bufê.

— Não, obrigada. Meu afeto não pode ser conquistado por alguém tão tacanho.

Um passa-fora completo. Juliette pensou que seria deixada em paz quando pegou um drinque. Mas Paul era persistente. Ela já ouvia sua voz atrás de si outra vez.

— Como está seu pai?

— Está bem — retrucou Juliette, mal conseguindo conter a irritação que queria escalar por suas palavras. Por traquejo social, perguntou, com voz leve. — E o seu?

Juliette era a rainha das socialites. Ela tinha muita prática nisso. Se quisesse, poderia ter feito seu ligeiro e polido sorriso adquirir megawatts de potência, cruzando o rosto de orelha a orelha. Mas ela não acreditava que Paul tinha alguma informação, e se vincular a ele parecia sem sentido.

Talvez Paul soubesse disso. Talvez fosse mais esperto do que Juliette pensava. Talvez ele tivesse de fato detectado o desconforto dos dedos tamborilantes da jovem, bem como seu pescoço se movendo incessantemente para outras direções.

Então ele se fez útil.

— Meu pai e eu começamos a trabalhar para o Larkspur — disse Paul. — A senhorita já ouviu falar dele?

O Larkspur. Ela interrompeu o tamborilar de seus dedos no meio do movimento. *Lã-gespu.* Larkspur. Era *isso* que o velho no Chenghuangmiao estava tentando dizer. Ouvir um lunático gritar sobre uma figura misteriosa, alegando que havia recebido a cura para os surtos, não era fato digno de atenção. Ouvir menções à mesma figura misteriosa duas vezes em alguns dias era estranho. Ela focou os olhos adequadamente no galanteador britânico à sua frente, pela primeira vez constantes.

— Ouvi algumas coisas por aí — respondeu Juliette, vagamente. Ela inclinou a cabeça. — O que vocês fazem?

— Afazeres simples, na maior parte das vezes.

Agora quem estava sendo deliberadamente vago era Paul. Juliette via as linhas de seu sorriso esnobe, os arcos de suas sobrancelhas se aproximando, e o leu completamente. Ele queria atenção por seu envolvimento com o Larkspur, mas não podia dar informações. Ficaria dando migalhas do que sabia, mas não revelaria nada somente pelo prazer das fofocas.

— Afazeres simples? — repetiu Juliette. — Não consigo imaginar que haja muito a fazer.

— Ah, é aí que a senhorita se engana — disse Paul, inflando o peito. — Larkspur criou uma vacina para os surtos. Há comerciantes aos montes correndo para adquiri-la, e a logística de uma realização tão grande requer um exército de operários.

— Seu salário deve ser fantástico — disse Juliette, notando a corrente de um relógio de bolso de ouro encoberto por uma de suas botoeiras.

— Larkspur está sentado em pilhas e pilhas de dinheiro — confirmou Paul.

Então esse tal de Larkspur está tirando proveito do pânico que os surtos estão causando? — ponderou Juliette — *Ou ele realmente tem uma vacina que vale o dinheiro desses comerciantes?*

Juliette poderia ter verbalizado seus pensamentos, mas Paul estava muito à vontade para lhe dar uma resposta verdadeira. Ela apenas perguntou, sem rodeios:

— E Larkspur tem um nome?

Paul deu de ombros.

— Se tem, eu não sei qual é. Se a senhorita quiser, posso arranjar uma reunião com ele.

Com a proposta, Juliette ajeitou a postura, fitando-o por baixo de seus cílios maquiados, esperando a contrapartida.

— Embora eu deva dizer — prosseguiu Paul, apologético — que ainda não estou em um escalão muito alto. A senhorita teria que ficar por perto um tempinho enquanto eu subo de posto...

Juliette mal conteve a revirada de olhos. Paul ainda tagarelava, mas ela parou de dar ouvidos. Ele estava apenas atrás da sensação de poder. Não era útil, afinal.

— *Excusez-moi, mademoiselle.*

Paul calou-se bruscamente enquanto a voz falava atrás de Juliette, dando a ela alguns maravilhosos segundos sem o seu blá-blá-blá. Ela agradeceu silenciosamente ao intruso francês, e então se arrependeu no momento em que se virou e encarou o loiro mascarado que estava diante de si.

Que inferno.

— *Voulez-vous danser?*

Embora Juliette pudesse sentir uma veia em sua testa latejar perigosamente, pulsando ao ritmo da raiva, aproveitou a oportunidade para escapar.

— *Bien sûr* — disse, brevemente. — *À plus tard, Paul.*

Juliette agarrou a manga de Roma e o arrastou para longe. Seus dedos apertavam o tecido com tanta força que sua mão direita ficou dormente. O rapaz pensou que ela não o reconheceria só porque usava uma peruca loira e máscara?

— Você tem um último desejo? — sibilou Juliette, voltando ao inglês assim que Paul estava fora de alcance. Então, percebendo todos os ministros e comerciantes britânicos à sua volta, mudou para o russo. — Eu deveria te matar agora. Que audácia!

— Você não ousaria — replicou Roma, com um russo rápido e agressivo. — Quer correr o risco de fazer a Sociedade Escarlate ficar conhecida como troglodytas violentos na frente destes estrangeiros apenas para se livrar de mim? O preço a pagar é muito alto.

— Eu — Juliette cerrou os lábios, engolindo em seco tudo que estava na ponta da língua. Eles pararam no meio da pista de dança, em meio a um grupo de casais que aumentava constantemente com a mudança da música. Os instrumentos de corda do quarteto estavam acelerando; a melodia era mais alegre, o ritmo, envolvente. Roma tinha razão. Juliette não ousaria, mas os estrangeiros eram a última coisa com que se preocupava. Juliette não ousaria porque não importava o quanto seu discurso era inflamado, ela ainda não conseguia separar o ódio fervente em seu estômago do repentino pico de adrenalina que vinha à tona quando ele estava próximo. Se seu corpo se recusava a esquecer o que Roma lhe representara no passado, como ela poderia fazer estes mesmos braços se rebelarem contra sua natureza e destruí-lo?

— No que você está pensando?

Quando Roma voltou a falar em inglês, Juliette olhou para cima. Os olhos de ambos se encontraram. Ela sentiu um arrepio nas costas de suas mãos. Em meio a tantas saias esvoaçantes, a paralisia de ambos começava a levantar suspeitas. Na verdade, Juliette pensava em como Roma conseguia não parecer suspeito aonde quer que fosse. Ele se movia muito bem. Se há quatro anos alguém lhe tivesse dito que ele era um deus em forma humana, ela teria acreditado.

— Você não vale nada — respondeu Juliette, por fim. Relutantemente, deu um passo à frente e ergueu a mão; Roma fez o mesmo. Não precisavam falar para fazer a saudação inicial. Eles sempre previam o que outro estava para fazer.

— Não mesmo, mas sou bom adivinho. Posso dar um palpite?

A música aumentou de volume, incentivando os casais à sua volta a se moverem com mais animação. Roma e Juliette foram forçados a girar juntos, com mãos estendidas, mas sem se tocarem, pairando, inconstantes; dançando, porque se misturar era necessário, mas desejando não fazer contato físico, desejando não fingir ser mais do que eram.

— O que você está fazendo aqui, Roma? — disse Juliette, direta. Ela não tinha forças para entrar na conversinha dele. A uma distância tão íntima, ela mal conseguia manter a respiração uniforme, mal conseguia esconder o tremor que ameaçava balançar a mão estendida. — Creio que você não está arriscando sua vida apenas por causa desta dancinha.

— Não — respondeu ele, com segurança. — Meu pai me enviou — uma breve pausa. Somente então pareceu que Roma fazia esforço para proferir as próximas palavras. — Ele propõe que a Sociedade Escarlate e os Rosas Brancas trabalhem juntos.

Juliette quase riu da cara dele. Ela se preocupava com o crescente número de mortos causados pela insanidade, sim, e temia outra explosão de surtos dentro de sua própria casa — desta vez atingindo os de seu sangue, os que conhecia bem e guardava no coração. Mas isso ainda não acontecera, e não aconteceria se Juliette conseguisse agir rápido o bastante — *sozinha*. Não importava se era muito mais eficiente com as duas organizações trabalhando juntas, fazendo uma cidade dividida se unir; ela não tinha a menor vontade de aceitar a proposta de Roma, e ele parecia pensar o mesmo.

As palavras que saíam da boca do rapaz eram uma coisa, mas sua expressão era outra. Seu coração também não queria aquilo. Mesmo que, trabalhando juntos, conseguissem unir os territórios, mesmo que isso trouxesse uma paz momentânea à disputa a fim de que descobrissem *por que* seus membros estavam sendo mortos, um por um, não era o bastante. Não era o bastante para aplacar o ódio e o sangue, para dar fim à fúria que Juliette vinha nutrindo em seu coração há quatro anos.

Além disso, por que Lorde Montagov, dentre todas as pessoas, proporia uma aliança? Ele era o mais odioso de todos. Juliette conseguiu imaginar apenas uma resposta, a mais provável: era um teste. Se Roma, que ele enviou para cá, retornasse com o aceite da Sociedade Escarlate, então Lorde Montagov saberia a dimensão do seu desespero. Os Rosas Brancas não queriam, verdadeiramente, trabalhar juntos. Só queriam saber o quão violento fora o golpe que a Sociedade Escarlate levou, e usar essa informação para dar um golpe ainda mais violento.

— Nunca — sibilou Juliette. — Volte correndo para casa e mande seu pai *se danar*.

Juliette se virou e rompeu a meia dança, mas então a música tornou-se uma valsa, e Roma a pegou pelo braço, puxando-a de volta até que a outra mão da jovem pousasse no ombro do herdeiro Rosa Branca, e a dele, a seu turno, fosse parar em sua cintura. Antes que ela pudesse fazer algo, ele a conduziu à postura adequada, e estavam dançando, de peito colado.

Foi como estar em um transe. Por um momento ela se permitiu crer que tinham 15 anos de novo, girando no telhado do lugar em que gostavam de se esconder, dançando ao som do clube de jazz que vibrava sob seus pés. Memórias são criaturazinhas bestiais, afinal — aparecem assim que farejam o alimento.

Ela odiava a maneira como se inclinava sobre ele, instintivamente. Odiava ter seu corpo seguindo a condução dele sem resistência. No passado, eram invencíveis. Quando estavam juntos, nada temiam; não quando estavam escondidos nos fundos de uma boate barulhenta, jogando baralho, nem quando inventaram a missão de se esgueirar por cada parque particular de Xangai, com Roma carregando debaixo do braço uma garrafa de uma bebida qualquer que Juliette roubara do bar de sua casa, dando risadinhas como uma dupla de idiotas.

Aquilo era muito nostálgico. O toque de Roma em sua cintura, sua mão envolvendo a dele — tão graciosas, mas ela sabia muito bem que as linhas da palma da mão de Roma estavam completamente encharcadas de sangue.

Linhas que aparentavam conter um texto sagrado, mas, na verdade, eram pura profanação.

— Isto não é certo — entoou Juliette.

— Você não me deu escolha — retrucou Roma. Sua voz estava tensa. — Eu preciso de sua cooperação.

A música ficou mais aguda e rápida e, enquanto Roma a girava, com a saia tilintando à melodia, a resistência de Juliette começou a retornar. Quando ela voltou para perto dele, viu-se insatisfeita por deixar Roma conduzi-la. Apesar da postura, dos movimentos, dos passos, do ângulo das mãos — apesar de tudo na valsa que determinava que ela fosse o par subserviente, Juliette começou a ditar os passos.

— Por que você não dança com meu pai, então? — perguntou ela, puxando uma lufada profunda de ar na iminência do próximo giro. — Ele é a voz da organização.

Roma resistia de volta. Apertava com firmeza a mão dela, os dedos da mão na cintura pressionando como se quisessem deixar impressões digitais no vestido. Se ela tivesse ouvido somente a voz dele, não teria percebido a pressão que ele sofria. Seu tom era manso, casual.

— Receio que seu pai me daria um tiro na cara.

— Ah, e você não acha que eu faria o mesmo? Parece que minha reputação *não* me precede.

— Juliette — disse Roma —, você tem o *poder*.

A música parou de repente.

E eles pararam também, do jeito que estavam — olho no olho, coração contra coração. Enquanto as pessoas em volta se separavam com leves risadas, trocando de par antes que a música recomeçasse, Roma e Juliette simplesmente ficaram ali, estáticos, ofegantes, peito subindo e descendo, como se tivessem se engalfinhado em combate corpo a corpo, não dançado uma valsa.

Afaste-se, Juliette disse a si mesma.

A dor foi quase física. Os anos os desgastaram, os envelheceram em monstros de faces humanas, irreconhecíveis perante fotos antigas. Mesmo assim, não importava o quanto desejava esquecer; para ela, era como se não houvesse passado tempo algum. Ela o fitava e ainda se lembrava do vazio terrível em seu estômago quando a explosão aconteceu; podia ainda sentir o aperto na garganta que antecipava o massacre de lágrimas, ficando cada vez pior, até que ela desmoronasse contra a parede exterior de sua casa, segurando o grito com nada além da palma de sua mão envolta em uma luva de seda.

— Você precisa pensar a respeito — disse Roma, em voz baixa, como se qualquer ruído alto pudesse perturbar a bolha que se formara ao redor deles, pudesse pisotear aquele momento de estranheza e fazê-los voltar fervendo à superfície. — Dou minha palavra de que não é uma emboscada. É para prevenir o caos nas ruas.

Em uma ocasião, há muito tempo, nos fundos de uma biblioteca, com uma tempestade furiosa do lado de fora, Juliette perguntara a Roma:

— Você imagina como a vida seria se tivesse um sobrenome diferente?

— O tempo todo. Você não?

Juliette refletiu.

— Só às vezes. Então penso em tudo que perderia sem ele. O que eu seria se não fosse uma Cai?

Roma se apoiou nos cotovelos.

— Você poderia ser uma Montagov.

— Não seja ridículo.

— Muito bem — Roma se inclinou para tão perto que ela podia ver o brilho em seus olhos escuros, tão perto que podia ver sua face enrubescendo no reflexo de seu olhar. — Ou então podíamos apagar os dois nomes e deixar toda essa besteira de Cai-Montagov para trás.

Agora ela queria despedaçar as memórias, lançá-las em um cuspe bem na cara de Roma.

Você dá sua palavra, mas sempre foi um mentiroso.

Ela abriu a boca, com as palavras que enxotariam Roma na ponta de sua língua. Então seu olhar foi parar em um borrão de movimento que se aproximava dele rapidamente e ela ficou lívida, cerrando firme a mandíbula.

Roma ficou completamente congelado quando sentiu a arma que Tyler apontava para sua cabeça.

— Juliette — disse Tyler; juntas às mangas frouxas de sua camisa, que tremulavam com o vento leve, suas mãos estavam perfeitamente firmes, sem o menor sinal de oscilação na empunhadura firme da arma —, afaste-se.

Juliette ponderou a situação. Seus olhos alvejaram um pequeno grupo de estrangeiros ao redor deles, escandalizados, com olhos arregalados e confusos.

Ela precisava controlar a situação *imediatamente.*

— Perdeu a noção? — vociferou Juliette, fingindo ultraje enquanto se afastava.

Tyler franziu o cenho.

— O que...

— Abaixe essa arma e peça desculpas a este gentil cavalheiro francês — prosseguiu ela. Pôs as mãos na cintura, como se fosse uma tia irritada de Tyler, em vez de uma jovem com o coração batendo tão forte que ameaçava arrebentar as costelas.

A expressão de Tyler foi de furiosa a perplexa, e depois furiosa de novo. Ele estava caindo no truque. Estava funcionando.

— Tyler — ordenou Lorde Cai, de longe. — Abaixe a arma. Agora.

— Este é Roma Montagov — disparou Tyler. Um casal de britânicos que estava atrás dele arquejou de espanto. — Eu tenho certeza. Conheço a voz dele.

— Não nos envergonhe agindo desta forma — alertou Juliette, em voz baixa.

Tyler respondeu forçando ainda mais o cano da arma no pescoço de Roma.

— Eu não vou tolerar um Montagov desfilando em nosso território. O *desrespeito*...

Então duas figuras saíram das sombras, já apontando as armas para Tyler, roubando-lhe o resto das palavras. Benedikt Montagov e Marshall Seo nem se deram ao trabalho de usar disfarces. Se não foram reconhecidos, problema da Sociedade Escarlate. Afinal de contas, Juliette sabia que eles podiam aparecer. Sabia que Roma roubara o convite, que os Rosas Brancas saberiam da confraternização mesmo sem ele. E talvez também tenha sido culpa dela. Talvez alguma parte traiçoeira de si quisesse que Roma aparecesse apenas para vê-lo. Esta parte de si — que sonhara com um mundo melhor, que amara sem cautela — deveria estar *morta*.

Assim como monstros deveriam ser meras lendas. Assim como a cidade e todo seu brilho, tecnologia e inovação deveriam estar a salvo da insanidade.

— Parem — disse Juliette, inaudível até para si mesma. Aquilo acabaria em um banho de sangue. — Parem...

Um grito ecoou pela noite.

Os ruídos confusos começaram imediatamente. Da confusão veio o pânico, e do pânico, o caos. Tyler não teve escolha a não ser abaixar a arma quando a britânica que estava a meio metro dele foi ao chão. Não teve escolha a não ser recuar rápido e dar espaço quando a mulher lançou as mãos ao pescoço alvo e delicado e o dilacerou.

Todos em volta.

Um, por um, por um, por um.

Eles caíram — Escarlates e comerciantes e estrangeiros. Quem não foi infectado tentou correr. Alguns conseguiram chegar aos portões. Alguns sucumbiram assim que derraparam no pavimento fora dos jardins, surtos que começaram atrasados.

Os pulmões de Juliette estavam novamente retesados. Por que isso estava se espalhando tão *rápido*?

— *Não* — chorou Juliette, correndo até uma figura familiar no chão. Ela chegou ao Sr. Li antes que ele pusesse as mãos na garganta, prendendo o pulso dele com o joelho na esperança de impedi-lo.

A insanidade era forte demais. O Sr. Li tirou o braço debaixo dela com força e Juliette tombou, com o cotovelo escorregando na grama.

— Não! Não! — gritou ela, se projetando para a frente na tentativa de pará-lo novamente. Desta vez, as mãos dele fizeram contato com o pescoço antes que ela o alcançasse. Desta vez, antes que ela pudesse se jogar em cima de seu tio favorito e forçá-lo a parar, alguém a segurou, mãos fortes que levaram Juliette de volta ao chão.

Juliette tentou, atrapalhada, puxar a faca oculta em suas costas, num instinto imediato de se defender.

Então, ouviu:

— Juliette, pare. Não estou te atacando.

Sua mão congelou e o choro ficou preso na garganta. Um arco de sangue voou alto pela noite, gotas caindo em seu tornozelo e seus pulsos, pontilhando sua pele como mórbidas joias carmesins. O Sr. Li parou de se mexer. Sua face paralisou-se em sua última expressão — terror — tão distante da gentileza a qual Juliette se acostumara.

— Eu podia tê-lo salvado — sussurrou.

— Não podia — disparou Roma imediatamente. — Você apenas teria se infectado tentando.

Juliette soltou uma pequena lufada de ar, surpresa. Fechou os punhos para esconder o tremor.

— Como assim?

— Insetos, Juliette — disse Roma. Ele engoliu em seco quando uma sequência de gritos aumentou de volume. — É assim que os surtos se espalham: como piolhos, através dos cabelos.

Em um brevíssimo instante, os olhos de Juliette se arregalaram, e a teia de fatos em sua mente finalmente se conectou, traços tênues ligando ponto a ponto. Então, ela riu com amargura e levou uma das mãos à cabeça. Bateu na cabeça com ela, e um ruído seco, *estalado*, veio de seu cabelo, um som que fez parecer que ela batera em papelão. Seu cabelo naturalmente liso precisava de pelo menos um quilo de cosméticos para ficar ondulado, ou então o penteado não se sustentava.

— Quero ver eles tentarem.

Roma não respondeu nada. Contraiu os lábios e olhou para os jardins. Os sobreviventes escolheram se entocar em um gazebo, soturno e vacilante. O pai de Juliette estava separado do resto, com as mãos nas costas, simplesmente observando.

Não havia nada que qualquer pessoa pudesse fazer, exceto ficar ali e ver a última das vítimas morrer.

— Uma reunião.

Roma voltou o olhar para ela, surpreso.

— Como é?

— Uma reunião — repetiu Juliette, como se o problema fosse a audição do rapaz. Ela limpou o sangue em sua face. — É tudo o que posso prometer.

Dezesseis

Juliette levou um tempo se armando. Havia algo reconfortante no ato, algo satisfatório na sensação suave e fria de uma arma pressionando sua pele nua — uma em seu sapato, uma na coxa e uma perto da cintura.

Ela tinha certeza de que outras pessoas discordariam. Mas se Juliette seguisse os outros, não seria mais Juliette.

Após o incidente nos jardins da Concessão Francesa, o tumulto se estabelecera na mansão Cai.

— Apenas os escute — dissera a seus pais, com os olhos ardendo por causa da hora. — Ouvir não arranca pedaço...

Resmungos insatisfeitos irromperam imediatamente dos parentes reunidos nos sofás — parentes do círculo interno Escarlate e parentes que não faziam a mínima ideia do que acontecia dentro da organização. Em vez de ir dormir, todos estavam ouvindo uma proposta que Juliette direcionava apenas a seus pais, e deflagraram sua indignação, enojados que Juliette pudesse sequer cogitar a ideia de entrar em uma reunião pacífica com os Rosas Brancas...

— Calem-se! — gritou Juliette. — Calem-se, calem-se, *todos vocês*!

Exceto por seus pais, todos ficaram estáticos, com olhos arregalados, assustados como guaxinins pegos à luz. Juliette arfava, sua face ainda manchada com o sangue do Sr. Li. Ela estava em frangalhos.

Bom, pensou ela. *Deixe que pensem que sou cruel. É melhor do que parecer fraca.*

— Pensem — disse, quando conseguiu respirar normalmente de novo. Sua explosão forçou o silêncio sobre a sala de estar. — Imaginem o que os estrangeiros devem estar pensando de nós. Imaginem o que estão discutindo entre si agora, enquanto observam seus policiais carregarem os mortos. Nós apenas confirmamos que somos selvagens, que este país é um lugar onde a insanidade se espalha como doença, arrebatando pessoas aos montes.

— Talvez isso seja bom — disse Tyler, no térreo da escadaria. Estava sentado casualmente, com os cotovelos apoiados em um degrau enquanto o resto de seu corpo repousava no piso de madeira maciça. — Por que não esperar essa insanidade seguir seu curso? Matar estrangeiros o suficiente até que eles façam as malas e saiam com o rabo entre as pernas?

— Porque não é assim que as coisas funcionam — sibilou Juliette. — Você por acaso sabe o que acontecerá em vez disso? Eles darão ouvidos às doces ladainhas de seus missionários. Tomarão para si o posto de nossos salvadores. Farão tanques de guerra rodarem pelas ruas e trarão seus governos para Xangai. Antes que você se dê conta... — Juliette se interrompeu. Mudou de xangainês para inglês, dando seu máximo para imitar o sotaque inglês. — "Graças aos céus fomos capazes de colonizar os chineses no tempo devido. Quem há de saber as diversas outras formas pelas quais eles poderiam ter imposto a si próprios a destruição?"

Silêncio. Muitos de seus parentes não a compreenderam quando ela falou em inglês. Não importava. Aqueles que ela precisava convencer — seus pais — a entenderam muito bem.

— A meu ver — prosseguiu Juliette, voltando a seu natural sotaque norte-americano —, se nossos gangsteres continuarem morrendo, perdemos o controle. Os operários nas fábricas de algodão e centros de ópio começarão a se agitar, a cidade inteira vai ferver em caos, e os estrangeiros assumem o trono, isso se os Comunistas não assumirem primeiro. Pelo menos os Rosas Brancas jogam no mesmo nível. Pelo menos estamos em equilíbrio, pelo menos temos *metade* da cidade em vez de *nada*.

— Fale de uma vez — disse Lady Cai, escorregando também para um inglês com sotaque. — Você quer dizer que deixar de lado a disputa com os Rosas Brancas é mais aceitável que o risco de estrangeiros nos governarem.

— Por que eles simplesmente não falam *běndì huà*? — resmungou uma tia, amargurada, sem conseguir acompanhar o debate.

— Uma reunião só — retrucou rapidamente Juliette, ignorando os grunhidos. — Apenas para juntarmos nossos recursos e erradicar os surtos de vez. Apenas para que os homens brancos mantenham as mãos *longe deste maldito país*.

E, embora ela acreditasse muito em seu argumento enquanto o proferia, tomou o maior susto de sua vida quando seus pais *concordaram*. Agora ela se olhava no espelho da penteadeira, alisava seu vestido e escovava uma mecha solta de seu cabelo de volta às suas ondas, apertando-a bem para que se misturasse ao gel.

Suas mãos tremiam.

Tremiam enquanto ela descia as escadas, enquanto seus saltos ressoavam pela entrada da casa, enquanto deslizava para a extremidade do banco de trás do carro para que Rosalind e Kathleen pudessem se apertar junto com ela. As mãos tremiam e tremiam e tremiam enquanto ela apoiava a cabeça na janela, olhando para as ruas da cidade enquanto o carro passava. Ela via as pessoas sob uma nova perspectiva, observando os vendedores e seus produtos e os barbeiros trabalhando nas calçadas, deixando tufos de cabelo preto caírem no concreto.

O ânimo em Xangai desaparecera. Era como se uma mão gigante tivesse descido dos céus e arrancado a vida de cada trabalhador nas ruas — roubado a voz alta dos vendedores, o vigor dos carregadores de riquixá, o bate-papo alegre dos homens que ficavam nas lojas sem nenhum motivo além de puxar assunto com quem passava por elas.

Pelo menos até virem o carro chique descendo a rua. Aí, seus olhos assustados se estreitavam. Eles não se revoltavam abertamente, mas encaravam, e seus olhares por si só diziam muito.

Os gangsteres eram os donos da cidade. Se ela caísse, eles levariam a culpa. E então todos morreriam — na revolução política, com ou sem insanidade, com ou sem estrangeiros.

Juliette se recostou no assento, mordendo a parte interna de suas bochechas com tanta força que o gosto metálico inundou sua boca. A menos que conseguisse fazer algo, tudo aquilo teria um desfecho péssimo.

— Terrível, não é? — sussurrou Rosalind, se inclinando para olhar pela janela.

— Não por muito tempo — respondeu Juliette, prometendo. — Não se eu puder evitar.

Suas mãos pararam de tremer.

Alisa Montagova memorizara quase todas as ruas de Xangai. Em sua cabeça, em vez de dendritos e sinapses, ela fantasiava que havia um mapa vivo da cidade, sobrepondo seus lobos temporais e seu par de amígdalas até que ela fosse inteiramente feita dos lugares em que esteve.

Quando Alisa sumia dos lugares em que *deveria* estar, normalmente estava bisbilhotando a conversa de alguém. Podia ser em sua própria casa ou na cidade inteira, Alisa não fazia distinção. Às vezes ela pescava as mais interessantes migalhas de assuntos de quem vivia a seu redor, pedacinhos que se uniam das maneiras mais inesperadas se ela ouvisse o suficiente de pessoas diferentes.

Hoje, no entanto, foi só frustração.

Suspirando, Alisa desceu do duto de ventilação no qual se espremera, desistindo da discussão entre o Sr. Lang e sua velha mãe. Havia alguns rumores de instabilidade dentro da Sociedade Escarlate, de Lorde Cai sendo destronado por seu cunhado, mas era pura balela. A única ameaça que o Sr.

Lang representava era matar a própria mãe de tédio em visita a seu pequeno apartamento na cidade, reclamando constantemente da forma como ela fazia seus dumplings.

— Coitada — Alisa disse para si mesma. Da laje do terceiro andar em que se encontrava, ela olhou para baixo, coçando a cabeça. Há uma hora, ela conseguira se esgueirar até ali escalando uma barraquinha de rua. Por apenas um centavo (comprou um pãozinho de vegetais) o velho deixou-a subir na estrutura para que sua perna alcançasse a janela do segundo andar do bloco de apartamentos.

Então o vendedor juntou suas coisas e levou consigo sua carrocinha convenientemente alta.

Fechando a cara, Alisa procurou por uma saliência que encurtasse a distância entre o segundo andar e o solo, mas não conseguiu ver algo que pudesse usar daquele lado do prédio. Ela teria que encontrar outro jeito de descer, e rápido. O sol se punha velozmente, e Roma havia ameaçado tomar todos os seus sapatos se não aparecesse na reunião hoje à noite, o que, para Alisa, era um castigo que a fazia tremer da cabeça aos dedos friorentos dos pés.

— Eles irão nos inspecionar até o último detalhe — dissera Roma. — Vão observar cada movimento do Papa. Vão perceber a notoriedade de Dimitri. *Não* os deixe notar que você não está lá.

Então Alisa tampou o nariz e deslizou por um cano que dava no beco atrás do prédio. Havia tanto lixo ali que ela teve problemas até para respirar pela boca. Era como se o fedor estivesse sendo absorvido por sua língua.

Grunhindo, Alisa atravessou o lixo, tentando estimar o quanto estava atrasada. O sol já estava terminando de se pôr, quase fora de vista de dentro da cidade, enfiado nos prédios à distância. Ela estava tão absorta em sua preocupação que quase não ouviu um chiado até que estivesse bem perto.

Alisa ficou estática.

— Olá? — disse, no primeiro dialeto chinês que brotou em sua língua. — Tem alguém aí?

E, em russo, uma voz fraca respondeu:

— *Aqui*.

Alisa voltou desajeitada, apressando-se pelos sacos de lixo em busca da pessoa que falava. Seu olhar aterrissou em um borrão vermelho. Quando ela chegou perto, a forma de um homem apareceu em meio ao lixo, perto do muro.

Ele jazia em uma poça de seu próprio sangue, com a garganta despedaçada.

— Ah, não.

Não foi preciso que a genialidade de Alisa fosse empregada para que ela entendesse que o homem era uma vítima da insanidade que assolava Xangai. Ela ouvira o irmão murmurando a respeito, mas ele não lhe diria nada concreto, e nunca discutiria o assunto em lugares nos quais ela pudesse estar ouvindo. Talvez de propósito.

Alisa não reconheceu a vítima diante de si, mas ele era um Rosa Branca e, pela aparência de suas roupas, deveria estar em expediente nos portos próximos dali. Alisa parou, sem equilíbrio. Seu irmão a havia alertado para ficar longe, muito longe de qualquer um que parecesse, mesmo um pouco, esquisito.

Mas Alisa nunca escutava. Ficou de joelhos.

— Socorro! — gritou. — Socorro!

Uma repentina movimentação irrompeu no fim do beco, com um burburinho confuso e irritadiço que vinha de outros Rosas Brancas se aproximando para ver do que se tratavam os gritos. Alisa aproximou a orelha da boca do moribundo, necessitando saber se ele ainda respirava, se ainda estava vivo.

Ela chegou bem no momento de seu último e longo suspiro.

Morto.

Alisa cambaleou para trás, atordoada.

Os outros Rosas Brancas se reuniram em volta dela, e sua irritação se tornou tristeza assim que entenderam porque Alisa estivera gritando. Muitos tiraram seus chapéus e os seguraram contra o peito. Não estavam surpresos em ver tal cena diante deles. Pareciam conformados — outra morte para se juntar às centenas que já haviam ocorrido diante de seus olhos.

— Vá embora, pequena — disse gentilmente o Rosa Branca mais próximo de Alisa.

Alisa ergueu-se lentamente, deixando os homens lidarem com o parceiro morto. De algum modo, desorientada, ela encontrou o caminho de volta às ruas, olhando para o céu alaranjado.

A reunião!

Ela começou a correr, xingando baixinho enquanto sacava seu mapa mental em busca da rota mais rápida. Alisa já estava perto do Rio Huangpu, mas o endereço que memorizara estava bem mais ao sul, no setor industrial de Nanshi, onde as fábricas de algodão funcionavam e os prédios mudavam de comerciais a industriais.

As organizações rivais se encontrariam ali, longe das divisas definidas de seus territórios, longe dos limites bem estabelecidos do que era Escarlate e do que era Rosa Branca. Em Nanshi só havia fábricas. Mas, entre elas, havia donos de fábricas que eram subsidiados pelos Escarlates ou associados dos Rosas Brancas, ou operários com faces sujas, vivendo sob o jugo da máfia, mas indiferentes ao movimento das marés.

Alguns daqueles operários costumavam jurar lealdade a uma ou a outra facção, assim como os empregados do centro da cidade. Mas a remuneração das zonas rurais começou a despencar e os donos de fábricas começaram a ficar mais ricos. Então os Comunistas vieram e começaram a sussurrar a revolução em seus ouvidos e, afinal, só poderia haver revolução se as cabeças de quem está no poder fossem cortadas.

Alisa deu sinal para um riquixá e subiu no assento. O homem que o puxava lhe deu um olhar estranho, provavelmente se perguntando se ela tinha idade para estar correndo por aí sozinha. Ou talvez pensasse que ela era uma fugitiva, uma daquelas dançarinas russas fugindo das dívidas. Aquelas mulheres eram vistas como os adereços mais baratos de Xangai — com a aparência muito ocidental para serem chinesas e o comportamento muito parecido com o das locais para serem exoticamente estrangeiras.

— Siga em frente até ver prédios que parecem que vão desabar — Alisa pediu ao puxador do riquixá.

O riquixá começou a se mover.

Na hora em que Alisa chegou, o sol já estava quase completamente sob o horizonte; apenas um traço seu flutuava por cima das ondas amareladas. Ela esperou na frente do prédio que Roma havia descrito, confusa e tremendo devido aos primeiros sinais de frio noturno. Seu olhar moveu-se da porta fechada do armazém abandonado para dez passos dali, onde uma jovem chinesa fitava o rio. Àquela distância ao sul, o Huangpu tinha uma cor diferente, quase cinzenta. Talvez fosse por causa da fumaça que pairava no ar ao redor delas, um pouco da fábrica de farinha, um pouco da fábrica de óleo adjacente. A Companhia de Águas Francesa também se estabelecera ali. Sem dúvida sua tubulação contribuía para os entupimentos da região. Alisa deu um passo hesitante à frente, com esperanças de pedir à jovem que confirmasse onde estavam. Sua manta de pele farfalhava à brisa, com um tom ligeiramente alaranjado sob o pôr-do-sol.

— Ainda não começou. Não se preocupe.

Alisa piscou ao ouvir palavras em russo, surpresa por um breve momento. Tudo fez sentido quando a garota deu meia-volta e Alisa reconheceu seu rosto.

— Juliette — disse Alisa, sem pensar. Engoliu em seco em seguida, imaginando que apanharia por falar o nome da herdeira tão casualmente.

Mas a atenção de Juliette estava voltada para o isqueiro em sua mão. Ela brincava levianamente com ele, girando a pederneira e em seguida apagando a chama assim que nascia.

— Alisa. Acertei?

Aquilo era uma surpresa. Todos em Xangai conheciam Roma. Conheciam seu sangue frio e sua reputação como o metódico e calculista herdeiro dos Rosas Brancas. Mas Alisa, que pouco tinha a ver com aquilo, era um fantasma.

— Como sabe?

Juliette finalmente olhou para cima e ergueu uma sobrancelha, como se respondesse, *Como eu não saberia?*

— Você é a cara de Roma — disse ela. — Eu chutei.

Alisa não sabia o que responder, nem o que dizer como um todo. Foi salva por um jovem Rosa Branca que abriu a porta do armazém e colocou a cabeça para fora, avistando Alisa primeiro e depois encarando Juliette. A animosidade não era inesperada, mesmo que as organizações tenham acordado se comportar hoje. Os simples preparativos daquela reunião mandaram cinco de seus homens ao hospital depois que uma das mensagens enviadas ao território Escarlate foi entregue com um pouco de violência.

— É melhor entrar, senhorita Montagova — disse o garoto. — Seu irmão está perguntando pela senhorita.

Alisa anuiu, mas seu olhar curioso ficava voltando para Juliette.

— Você não vai entrar?

Juliette sorriu. Havia um divertimento oculto naquilo, do tipo que tinha uma causa que todos gostariam de saber, mas nunca conseguiriam identificar.

— Em um instante. Vá na frente.

Alisa correu para dentro.

O clima dentro do armazém poderia ser melhor descrito com a palavra "glacial". Lorde Cai e Lorde Montagov simplesmente se encaravam de lados opostos da sala, ambos sentados às suas respectivas mesas nas metades separadas do armazém.

Não havia muitas pessoas ali e, embora o armazém fosse pequeno, a quantidade de pessoas era reduzida o bastante para que parecesse espaçoso. Alisa contou menos de vinte em cada lado, o que era bom. Os gangsteres haviam se dispersado em pequenos grupos, fingindo estar conversando, mas, na verdade, cada lado observava atento o outro, esperando o menor sinal de emboscada. Pelo menos era improvável que qualquer um deles agisse sem ordens de Lorde Cai ou de Lorde Montagov. A reunião barrara a presença de membros do alto escalão das duas gangues, a menos que compusessem o círculo interno. É mais difícil controlar os poderosos. Já os mensageiros e capangas fariam o que lhes ordenassem e serviriam de escudos humanos no caso de a coisa desandar.

Ela avistou Roma no canto, de pé, estoico e afastado de Benedikt e Marshall. Quando ele viu Alisa, acenou vigorosamente para ela.

— Já era hora.

Roma lhe entregou a jaqueta que trazia nas mãos. Ele a levara consigo porque sabia que Alisa sempre esquecia seus casacos e acabava tremendo de frio.

— Desculpe — disse ela, ajeitando a jaqueta nos ombros. — Já aconteceu alguma coisa interessante?

Alisa passou os olhos pela mesa a seu lado. Seu pai estava sentado como uma geleira. A seu lado, Dimitri estava relaxado, com o pé apoiado sobre o joelho da outra perna.

Roma balançou a cabeça negativamente.

— Por que você se atrasou tanto?

Alisa engoliu em seco.

— Esbarrei em uma pessoa interessante lá fora.

Como se a mera menção a tivesse conjurado, Juliette entrou pela porta. Cabeças se voltaram na direção dela, que simplesmente manteve o olhar firme, sem nenhuma emoção.

Roma contraiu os lábios.

— Eu não deveria ter que dizer isso — alertou, em voz baixa —, mas fique bem longe dela. Juliette Cai é perigosa.

Alisa revirou os olhos.

— Sério que você acredita naquelas histórias dela matando os namorados norte-americanos com as mãos nuas...

Roma a cortou com um olhar afiado. Todavia, sua carranca não durou muito, pois sua atenção se desviou e o que quer que ele tenha visto o deixou completamente tenso.

Alisa acompanhou seu olhar, confusa. A expressão de Juliette não era mais de cinismo e zombaria. Ela acenou com a cabeça para Roma. Percebendo a expressão de Roma, igualmente séria, Alisa notou que definitivamente havia perdido algum detalhe.

— Alisa.

Ela acordou da reflexão, fitando o irmão, que já olhava para outro lugar.

— O que foi?

Roma franziu o cenho, esticou o braço na direção da menina e tirou as mãos da irmã da cabeça. Ela nem percebera que estava se coçando intensamente, puxando mechas de cabelo loiro platinado da raiz, que se enrolavam em seus dedos como fios de joias.

— Desculpe — disse Alisa, juntando as mãos nas costas. Ela sentia a pele pinicando e ardendo. Talvez fosse a jaqueta quente, mas uma sequência de calafrios em sua clavícula indicava que não. — Estou com muito calor.

— Quer o quê, que eu te abane? — resmungou Roma. — Fique sentada. Vamos torcer para que isso não dê merda.

Alisa anuiu e sentou-se, tentando não se coçar.

Quando Juliette entrou, foi o peso da arma em sua coxa que lhe aliviou o peso dos olhares que recebeu. Ela acenou com a cabeça a seus pais para lhes assegurar e então direcionou o olhar para o resto do espaço. Nos primeiros segundos, ela assimilou cada rosto, ligou-os a nomes, e os classificou em ordem de periculosidade.

Lá estava Dimitri Voronin. Juliette já ouvira que ele era agressivo e impossível de controlar, mas hoje Lorde Montagov apreciava a diplomacia — ou pelo menos dizia que sim — então Dimitri permaneceria em silêncio. Também via Marshall Seo, girando o que parecia ser uma lâmina de grama nos dedos como se fosse uma lâmina real. A seu lado, Benedikt Montagov estava sentado com expressão neutra, parecendo uma estátua pensativa.

E, é claro, lá estava Roma.

Juliette se juntou a Rosalind e Kathleen em seus lugares, puxando uma cadeira e sentando-se nela. Com grande relutância, concluiu que nenhum dos Rosas Brancas parecia ser mais volátil que Tyler, que praticamente tremia em seu assento, se esforçando para se manter em silêncio.

— Isso é para você — disse Kathleen, notando a chegada de Juliette.

Ela deslizou um pedaço quadrado de papel pela mesa para a prima. Juliette levantou um cantinho dele e leu breves rabiscos com números e nomes de rua. Kathleen cumprira sua missão. Encontrou-se com seu contato novamente e conseguiu o endereço pessoal de Zhang Gutai.

— Descobriu algo no Bund? — indagou Juliette, guardando o endereço.

— Os banqueiros não sabiam de nada — respondeu Kathleen. — Apenas uma mulher tinha informação e achou ter visto um monstro *dentro* do rio.

Juliette matutou sobre a situação.

— Interessante.

Rosalind pigarreou, se inclinando.

— Sobre o que estamos sussurrando?

— Ah — Juliette gesticulou. — Nada demais.

Rosalind estreitou os olhos. Parecia que ia dizer algo, acusar Juliette de dispensá-la. Não seria de todo injusto — Juliette, de fato, estava tentando evitar a expansão desnecessária do assunto, tentando ficar quieta enquanto estavam em um armazém repleto de Rosas Brancas. Rosalind entendeu o recado. Mudou de assunto.

— Dê uma olhada em Tyler. Ele está quase esperneando de birra.

Juliette virou-se. Seu rosto estava impregnado de desgosto. A tremedeira dele ficara mais forte.

— Talvez devêssemos pedir-lhe para se retirar.

— Não — Kathleen balançou a cabeça negativamente e então ergueu-se do assento. — Eu falo com ele. Pedir para ele sair causaria ainda mais problemas.

Antes que Juliette e Rosalind pudessem reclamar, Kathleen já estava indo; afastou a cadeira e andou em direção a Tyler, sentando-se a seu lado. Juliette e Rosalind não conseguiam ouvir o que Kathleen dizia, mas percebiam que Tyler não lhe dava ouvidos, mesmo quando Kathleen pegou o cotovelo dele e lhe deu uma forte sacudida.

— Ela é gentil até demais — comentou Rosalind.

— Deixe-a — respondeu Juliette. — Muitos corações gentis se esfriam dia após dia.

Um silêncio começou a tomar o armazém. A reunião estava começando. Do canto do olho, Juliette percebeu que Roma a fitava novamente. Ela queria que ele parasse com aquilo. Toda aquela situação era estranha, tanto pelas razões óbvias quando pelas que ela não conseguia desvendar com precisão. Unir a Sociedade Escarlate e os Rosas Brancas parecia um ato de cooperação, mas também dava a sensação de derrota.

Todavia, eles não tinham escolha.

— Bom, eu espero que todos estejam tendo uma agradável noite.

O silêncio seguiu imediatamente as palavras de Lorde Montagov. Ele falava no dialeto pequinês, a língua chinesa mais comum, a que comerciantes e executivos estrangeiros aprendiam primeiro, mas com sotaque. As gerações mais velhas não eram tão fluentes quanto seus filhos.

— Irei direto ao ponto — disse. — Há surtos nesta cidade que estão matando tanto Escarlates quanto Rosas Brancas.

Lorde Montagov parecia uma pessoa amistosa. Se Juliette não o conhecesse bem, diria que era paciente e tranquilo.

— Logo, estou certo de que concordarão comigo — prosseguiu ele. — Isso precisa parar. Seja uma doença fabricada por homens ou uma ocorrência natural, precisamos de soluções. Precisamos descobrir por que isso está afetando nossos homens com tanta intensidade e, enfim, precisamos impedir isso.

Apenas se ouvia o silêncio.

— Sério? — disse uma voz sarcástica. Não era direcionada a Lorde Montagov, mas à silenciosa Sociedade Escarlate. Marshall Seo se levantou. — Com a cidade inteira morrendo, vocês ainda se recusam a falar?

— É que me parece, simplesmente — disse Lorde Cai, com frieza —, que quando uma pessoa anuncia um plano para erradicar a insanidade, deve oferecer algumas de suas próprias soluções primeiro.

— Não foi sua filha quem sugeriu este encontro?

A fala veio de Dimitri Voronin, que dava de ombros de uma maneira blasé, totalmente desinteressada.

— Nossa filha — cortou Lady Cai, com voz de trovão — buscou começar um diálogo. Não houve promessa nem garantia de troca de inteligência.

— Típico — zombou Dimitri.

O comentário não caiu bem na Sociedade Escarlate. Os capangas que cercavam Lorde Cai se remexeram em seus assentos, aproximando cada vez mais as mãos das armas ocultas em seus flancos. Lorde Cai fez um gesto impaciente, ordenando a todos que se acalmassem.

— Esta é a situação corrente — disse Lorde Cai. Pôs as mãos sobre a mesa, com as palmas sobre a superfície fria. — Sob as atuais circunstâncias, temos pistas e fontes para discutir se desejamos investigar estes surtos.

Lorde Montagov abriu a boca, mas o pai de Juliette ainda não havia concluído.

— Isso significa — continuou Lorde Cai — que nós *não* precisamos de sua ajuda. Compreenderam? Estamos aqui na *esperança* de ampliar nosso conhecimento e agilizar nossas investigações. Esta é a posição da Sociedade Escarlate. Dito isto, os Rosas Brancas desejam compartilhar seu conhecimento, suas ideias, e efetivamente começar a cooperar, ou compareceram a esta reunião apenas como sanguessugas, como têm sido por décadas?

Enquanto aconteciam as provocações, olhos se moviam para a direita e para a esquerda; olhares se cruzavam em todas as direções. Todos estavam em um diálogo não falado, um lado fazendo a pergunta onipresente e o outro lado respondendo com o mais breve balançar de cabeça.

Ocorreu a Juliette que talvez os Rosas Brancas não tenham oferecido trilhas investigativas porque não tinham nenhuma. Contudo, para eles, admitir que não tinham nada era tão ruim quanto fornecer todos os seus segredos comerciais. Uma concessão de poder. Seria preferível manter a Sociedade Escarlate no lado da hostilidade.

E alguns Escarlates caíram nessa.

Enquanto Marshall Seo ridicularizava os insultos, murmurando réplicas inaudíveis, Tyler saltou, incapaz de se conter por mais tempo. Em dois ou três passos, ele cruzou a metade Escarlate do armazém.

E Benedikt sacou sua arma, freando Tyler onde estava.

O salão inteiro prendeu a respiração, incerto do que fazer em seguida, se agora era um bom momento de reagir com violência, se o simples ato de apontar uma arma clamava por retaliação. Juliette tocou sua arma, mas estava mais preocupada em analisar aquela reviravolta, tentando usar a lógica.

Foi Marshall de mãos calejadas quem sofreu a ameaça, mas foi Benedikt de dedos manchados de tinta quem reagiu.

As mãos de Juliette se afastaram do coldre na coxa. Ela compreendeu. Benedikt ergueu a arma para impedir que Marshall o fizesse primeiro. Marshall atiraria, Benedikt, não.

— Nós pensamos que esta reunião seria pacífica — disse ele, calmamente, tentando desfazer a tensão perante si. Ele não sabia com quem estava lidando. Tyler não era razoável; explodiria primeiro e daria um jeito de se livrar das consequências depois.

— Ah, que lindo — zombou Tyler. — Você saca a arma e vem falar de paz. *Paz.*

Em um lampejo, o revólver de dois tiros de Tyler estava em suas mãos, apontado para Benedikt. Juliette ficou de pé em um instante, movendo-se tão rapidamente que sua cadeira caiu, mas Tyler foi mais veloz e já estava para atirar.

— Eu odeio essa palavra tanto quanto odeio os Montagoves.

Ele puxou o gatilho. O som do tiro ecoou pelo armazém, provocando arquejos vindos de todas as direções.

Mas Benedikt apenas piscava, ileso.

Juliette freou, respirando com dificuldade, com olhos arregalados enquanto se virava e procurava por Kathleen.

Kathleen deu uma piscadela para Juliette quando fizeram contato visual. Abriu a mão para mostrar a ela as seis balas que ali estavam.

Não houve dano físico, mas o estrago já estava feito. Cadeiras eram afastadas e gangsteres ficavam de pé, destravando, preparando e apontando suas pistolas — firmes, mesmo quando os gritos começaram.

— Se é assim que deve ser — anunciou Lorde Montagov, por sobre o barulho, as acusações e os palavrões inflamados —, então a Sociedade Escarlate e os Rosas Brancas *nunca* cooperarão entre...

Ele não terminou sua declaração.

Um ruído sufocado vinha do canto do armazém — um arquejo baixo, repetido. Confusos, os gangsteres procuraram sua origem, atentos a qualquer armadilha.

Eles não esperavam que o ruído viesse de Alisa Montagova, que chiava uma última vez antes de cair de joelhos, lançando os dedos em sua garganta.

Dezessete

Roma agiu rápido, afastando as mãos da irmã do pescoço dela em uma fração de segundo. Antes que ela pudesse se debater e empurrá-lo para longe com o frenesi da insanidade, ele já a imobilizava no chão, de bruços, prendendo suas mãos atrás das costas e pressionando sua cabeça contra o concreto duro.

— Alisa, sou eu. Sou *eu* — disse Roma, arquejando. Alisa tentou se debater. Roma sibilou, inclinando a cabeça para trás. — Pare com isso!

Ele deveria saber que de nada adiantaria desperdiçar tempo com palavras. O surto estava muito além da pirraça de uma criança malcriada. Aquela não era mais sua irmã — algo a havia consumido de dentro para fora.

— Socorro! — Roma gritou por sobre os ombros. — Busquem ajuda!

Os Rosas Brancas ao redor — todos eles — hesitaram. Na extremidade mais distante do armazém, a Sociedade Escarlate fugia às pressas, o mais ligeiro que podia. Não era problema deles, afinal. Quando Juliette deu sinais de que permaneceria ali, sua mãe imediatamente a puxou pelo cotovelo e vociferou algo breve, como se velocidade fosse essencial para driblar o contágio.

Eles, pelo menos, tinham o direito de fugir. Por que os Rosas Brancas estavam se encolhendo?

— Não fiquem aí parados!

Benedikt finalmente saiu de seu transe e correu, arregaçando as mangas. Ajoelhou e prendeu uma das pernas descontroladas de Alisa no chão. Pálido, Marshall forçou-se a se juntar a eles, apenas por força de seus princípios, imobilizando a outra perna e estalando os dedos para chamar a atenção dos mensageiros ali perto.

— Roma — disse Benedikt —, temos de levá-la para Lourens.

— Absolutamente *não* — ao exclamar, inflamado, Roma quase perdeu o controle sobre Alisa, que se contorcia violentamente. Rapidamente, imobilizou de novo os pulsos da irmã. — Não vamos levar Alisa para ser cobaia de Lourens.

— Como você sabe que isso não fará bem a ela? — argumentou Benedikt. Suas palavras eram curtas e bruscas por conta do esforço. — Essas coisas provavelmente estão devorando o cérebro dela enquanto discutimos. Se não tentarmos removê-las de alguém vivo, como podemos saber que não dá?

— Ben — repreendeu Marshall. Pela primeira vez em uma ocasião como aquela, sua voz tensa era a mais baixa entre eles. — Nós tentamos remover um bicho *morto* de um homem *morto* e puxamos dez toneladas de miolo. Vale o risco?

— Temos escolha? — indagou Benedikt.

Marshall soltou a perna de Alisa, deixando o trabalho para Roma e Benedikt, e foi apressado se agachar perto da cabeça dela.

— Sempre há uma escolha.

Marshall pôs as mãos no pescoço de Alisa e o apertou. Todas as células racionais de Roma precisaram trabalhar para que ele não atacasse o amigo, não o empurrasse enquanto Marshall sussurrava uma contagem. Ele sabia exatamente o que Marshall estava fazendo, sabia que era o necessário; contudo, seu instinto protetor ardia.

Alisa parou de se debater. Marshall a soltou rapidamente, removendo as mãos como se estivessem queimando, e checou o pulso da menina.

Anuiu com a cabeça.

— Ela está bem. Apenas inconsciente.

Com o coração a mil, Roma passou o braço por trás do pescoço de Alisa, erguendo sua irmãzinha como se não pesasse nada — uma boneca de papel. Quando Roma se virou, reparou que o armazém estava quase vazio. Onde raios estava seu *pai*?

— Vamos — disparou Roma, deixando essa reflexão para outra hora. — Precisamos ir ao hospital mais próximo antes que ela acorde.

Me deixe entrar!

Roma batia com os punhos cerrados na porta, fazendo o batente vibrar com tanta força que o chão sob seus pés parecia tremer de medo. Não importava; as dobradiças permaneciam firmes e, do outro lado, pela vidraça fina, o médico sacudia a cabeça negativamente, mandando Roma dar meia-volta e retornar à sala de espera, onde ao resto dos Rosas Brancas foi ordenado ficar.

— Agora deixe conosco — disse o médico quando levaram Alisa para dentro. Aquele hospital era menor que algumas mansões da Estrada do Poço Borbulhante, mal tinha as dimensões de uma casa que um comerciante britânico compraria para sua amante. Era precário, mas a melhor alternativa que tinham. Não havia como dizer o quanto Alisa aguentaria, então não podiam arriscar ir de Nanshi até o centro da cidade. Mesmo que o hospital tivesse sido construído para tratar dos acidentes frequentes com os operários nas fábricas de algodão próximas. Mesmo que Roma estivesse seguro de que os médicos de olhos cansados dali não pareciam mais competentes para a função do que um vendedor ambulante.

— Mantenham-na inconsciente — exigiu Roma enquanto entregava Alisa. — Ela precisa de oxigênio, uma sonda alimentar...

— Precisamos acordá-la para saber o que houve — insistiu o médico. — Sabemos o que estamos fazendo.

— Não é uma doença comum — vociferou Roma. — É o *surto*.

O médico acenou para as enfermeiras, pedindo que levassem Roma embora.

— Não ousem — alertou Roma. Foi forçado a recuar um passo, depois dois. — Não! Parem! Não ousem me trancar aqui fora...

Elas o trancaram lá fora.

Agora Roma dava um último murro na porta. Depois se virou, xingando tudo o que podia, em voz inaudível. Ele puxou o cabelo, as mangas, puxou tudo o que estava ao alcance imediato para manter as mãos em movimento, para manter a ansiedade sob controle e a raiva concentrada em um raio muito bem definido. Esse era o problema de lugares como aquele — estabelecimentos muito distantes do centro e administrados por pessoas que recebiam salários baixos. Eles não tinham tanto medo dos gangsteres quanto deveriam.

— Roma!

Roma fechou os olhos com força. Soltou uma longa e excruciante bufada e virou-se para encarar o pai.

— O que significa isso? — indagou Lorde Montagov. Ele havia chegado com cinco homens atrás de si, e agora todos eles se aglomeravam naquele pequeno setor do hospital até que o ar parecesse faltar, até que as paredes esbranquiçadas ficassem quase escorregadias de suor. — Como isso foi acontecer?

Roma voltou o olhar para o teto, contando até dez de trás para frente. Notou todas as inúmeras rachaduras na pintura descascada do teto, notou como a degradação parecia espreitar em cada canto. Aquele hospital parecia muito fabril do lado de fora, muito diferente das instalações custeadas pelos Escarlates na Concessão Francesa às quais Juliette o levara, mas cada um deles caía aos pedaços à sua maneira.

— O que você está fazendo plantado aí? — continuou Lorde Montagov, esticando o braço, sua mão atingindo com força o alto da cabeça de Roma.

Aquela foi a gota d'água, a que fez Roma sair do sério.

— O que fez *você* demorar esse tempo absurdo para chegar aqui?

Lorde Montagov estreitou os olhos.

— Abaixe esse tom...

— Alisa estava *morrendo* e você simplesmente ficou lá, parado, vendo como a Sociedade Escarlate reagiria? O que há de errado com você?

Um dos homens de Lorde Montagov empurrou Roma no momento em que ele chegou perto demais. Talvez por algo em seus olhos, ou pela forma com que a fúria incendiou suas palavras. O que quer que tenha sido, deve tê-lo feito parecer ameaçador, porque, com um aceno de cabeça de Lorde Montagov, o Rosa Branca sacou uma faca e a apontou para Roma, forçando-o a recuar.

Roma ficou onde estava.

— Vai fundo — disse.

— Você está fazendo papel de tolo — sibilou o pai. — Lorde Montagov se nutria com o amor das pessoas. Pavoneava-se em meio a elas e se enfurecia quando encarado. A dramaticidade de Roma o envergonhava, e isso dava ao filho uma espécie de prazer pervertido.

— Se eu sou um tolo, livre-se de mim — Roma abriu os braços. — Mande Dimitri investigar esses surtos. Ou melhor, por que você mesmo não assume o comando?

Lorde Montagov não deu sequer sinal de resposta. Se estivessem sozinhos, o pai estaria gritando, suas mãos batendo em seja lá o que for que fizesse um grande barulho — qualquer grande barulho capaz de fazer Roma se encolher, e então ele se daria por satisfeito.

Lorde Montagov não buscava obediência; buscava afirmar seu poder.

E naquele momento Roma estava inconsequente o bastante para tomar isso dele.

— Suponho que esteja muito ocupado. Suponho que Dimitri tenha tarefas mais importantes, pessoas mais importantes para levar na lábia. Ou talvez — a voz de Roma aquietou-se, como se recitasse um poema — seja porque nem você, nem Dimitri, têm coragem suficiente para chegar perto dos surtos. Você teme por si mesmo mais do que teme por nosso povo.

— Você...

Um grito apavorante veio de dentro das portas cerradas e Roma virou-se imediatamente, pouco ligando se seus movimentos bruscos resultassem em uma faca cravada em suas costas. Ele já estava metendo a mão no bolso de seu paletó e sacando sua arma, atirando uma, duas, três vezes, até que a vidraça se espatifasse inteiramente, dando-lhe espaço para enfiar o braço por ela e girar a maçaneta no outro lado.

— Alisa! — berrou, escancarando as portas. — *Alisa!*

Ele correu derrapando até a sala de emergência, com uma das mãos erguidas para bloquear a luz das fortes lâmpadas frouxamente penduradas no teto. Ninguém reclamou de sua presença. Estavam muito ocupados imobilizando o corpo convulsivo de Alisa, mantendo-a presa por tempo suficiente para que uma injeção lhe penetrasse o pescoço. Ela ficou mole em questão de segundos, com as mechas manchadas de sangue de seu cabelo fino e loiro caindo sobre os olhos.

— O que vocês fizeram com ela? — Roma exigiu saber, projetando-se para frente. Ele ajeitou o cabelo dela, engolindo o nó na garganta. As pálpebras de sua irmãzinha — tão pálidas e translúcidas sob aquela luz que suas veias azuladas se destacavam — agitaram-se brevemente e então se fecharam.

O médico, o mesmo que o trancara do lado de fora e lhe certificara que manteria sua irmã segura, pigarreou. Roma o fitou, mal contendo sua raiva.

— Nós demos essa injeção para induzi-la ao coma — o médico contraiu os lábios e coçou a testa vigorosamente, como se pensasse através de uma névoa em sua mente. — Eu... nós... — pigarreou de novo e reformulou. — Nós não sabemos o que houve com ela. Ela deve ficar inconsciente até que haja uma cura.

Dezoito

Roma desceu as escadas. Embora seu corpo físico o tivesse levado até ali, tivesse agradecido o bartender com um aceno e erguido a cortina nos fundos do bar, sua mente estava a quilômetros de distância, pairando do lado de fora do quarto do hospital e observando Alisa em seu coma induzido — braços e pernas amarrados ao leito para sua própria segurança.

— Sigo invicto!

Com o brado que viera de baixo até as escadas em espiral, a mente de Roma retornou a si e a raiva voltou com força total. Com o sangue fervendo, ele saltou os últimos cinco degraus, aterrissando no assoalho com sonoro baque.

Roma se embrenhou mais fundo no subsolo raso, caminhando pelo espaço abaixo do bar. A construção do lugar drenara quase todos os fundos de seu pai há alguns anos — o piso era irregular devido ao desgaste contínuo e as luzes do teto baixo piscavam aleatoriamente. Cheirava a suor e urina e havia tantas vozes gritando por cima das outras que poderia muito bem ser uma reunião de delinquentes, mas o design exorbitante do lugar não deixava dúvidas. Uma olhada bastava — no ringue ao centro do espaço, nos lampejos da liga de prata nas cordas que delimitavam o ringue — para saber que aquela arena ilegal era um dos investimentos mais valiosos de Lorde Montagov. Não era de se surpreender, já que as taxas de apostas lá embaixo lhe fizeram recuperar, em semanas, o que havia sido investido.

— Vocês dois não têm nada melhor para fazer do que vir aqui?

Roma sentou-se a uma mesa de espectadores, reparando nas xícaras de cerâmica em frente a Benedikt e Marshall.

— Era isso que eu estava dizendo — respondeu Benedikt.

— Essa é a última vez, prometo — disse Marshall. — Depois disso... *não, pegue ele pelas pernas!*

A atenção de Marshall foi atraída momentaneamente pela luta. O público em volta da barreira torcia enquanto o perdedor saía e o vencedor agitava os punhos no ar.

— Físico terrível — resmungou Marshall, desviando o olhar.

Irritado, Roma ergueu a taça que estava à frente de Benedikt e cheirou com cautela seu conteúdo. O primo a tomou de suas mãos.

— Não beba isso — alertou Benedikt.

— Vodka? — perguntou Roma, finalmente identificando o cheiro que serpenteava sob seu nariz. — Numa xícara de chá? Sério?

— Não foi ideia minha.

Marshall se inclinou com um sorriso malicioso.

— Isso, não culpe seu querido primo. Foi minha.

A mesa de repente vibrou com o impacto de outro homem derrubado na arena, fazendo o público gritar e comemorar. Uma mulher marcava o placar com um pedaço de giz. Em bandos, antes de cada luta, os espectadores corriam até ela com dinheiro para apostar em quem venceria.

Roma não ficou completamente surpreso quando viu Dimitri Voronin entrar no ringue em seguida. Ele parecia ser do tipo que passava todas as horas vagas ali, misturando-se à imundície que revestia o piso e sentindo-se em casa. Roma, por sua vez, tinha como objetivo evitar o lugar. Ele apenas desceria até ali se o assunto fosse inadiável, como era o caso agora.

— Eu acabei de falar com meu pai em casa — disse Roma. Ele virou a cabeça para não ter que ver Dimitri erguer os punhos e mostrar os dentes para o público. — Ele não se importa mais com os surtos. Acha que é uma coisa que pode esperar. Acha que Alisa vai simplesmente acordar e sair dessa quando se cansar de tentar rasgar a garganta.

Era uma meia-verdade. Lorde Montagov não mais desejava investigar os surtos, não por falta de empatia, mas porque Roma pisara em seu calo e o atingira onde mais doía. Sua inércia era uma punição. Por chamar o próprio pai de covarde, Lorde Montagov lhe mostraria o quão covarde podia ser, deixando Alisa definhar.

— Ele é um idiota — Marshall fez uma pausa. — Sem ofensa.

— Não me ofendi — resmungou Roma. Era como se o pai não percebesse que não conseguiria comandar uma máfia sem mafiosos. Lorde Montagov tinha muita confiança em si mesmo; a maior parte, não merecida. Se acontecesse o pior cenário, ele provavelmente pensaria que podia duelar com a morte e exigir seu patrimônio de volta.

— Preciso fazer alguma coisa — Roma levou as mãos à cabeça. — Mas, além de desviar todos os nossos fundos para o laboratório a fim de que Lourens tenha mais recursos para trabalhar na cura...

— Espere — disse Marshall. — Por que esperar Lourens criar uma cura da estaca zero quando há boatos nas ruas de que alguém já fez uma vacina? Podemos roubar a vacina, fazer nossa pesquisa...

— Não há como sabermos se a vacina é real — cortou Benedikt. — Se você está falando do Larkspur, ele me parece um completo charlatão.

Roma anuiu. Ele também ouvira os rumores, mas eram bobagens — uma simples via de lucrar com o pânico que assolava a cidade. Se médicos treinados mal podiam compreender o processo da insanidade, como um estrangeiro teria idealizado a cura?

— Ainda temos de achar a vítima viva de que Lourens precisa — decidiu Roma —, mas...

O som de ossos sendo quebrados veio do ringue e a mulher gritou para que outro desafiante enfrentasse o "divino Dimitri Voronin". Roma sentiu vergonha alheia, desejando bloquear todo aquele barulho.

Da mesa ao lado, um homem levantou-se e correu, cheio de ânimo.

— Porém — Roma tentou prosseguir por cima da barulheira, observando o homem ir com uma careta —, não podemos ficar parados esperando uma cura que Lourens pode ou não descobrir. E, de verdade, estou perdido com relação ao que mais...

Então veio um brado da torcida, não de êxtase com a violência, mas de ultraje e desapontamento. Roma girou, xingando quando viu porque a luta fora interrompida.

Dimitri apontava uma arma ao desafiante seguinte.

Benedikt e Marshall se levantaram, mas Roma rapidamente ergueu a mão, dizendo para se sentarem. O desafiante de Dimitri, avaliando bem, não era russo. Roma não percebera aquilo, pois o olhou de relance enquanto estava correndo, mas o cabelo com vaselina denunciava sua nacionalidade norte-americana.

— Calma aí, meu velho — o norte-americano riu, nervoso. Seu sotaque confirmava a observação de Roma. — Pensei que isso era uma luta, não um duelo no Velho Oeste.

Dimitri fechou a cara, não entendendo o que dissera o norte-americano.

— Comerciantes Escarlates que rastejam para cá encaram as consequências.

Os olhos do desafiante se arregalaram.

— Eu... eu não sou da Sociedade Escarlate.

— Você negocia com a Sociedade Escarlate. Eu vi sua cara no lado de lá.

— Mas eu não sou associado — protestou o homem.

— Nesta cidade, ou você é um, ou é outro.

Roma saltou da cadeira. Lançou um olhar afiado a seus dois amigos, alertando para que não o seguissem, então deu meia-volta, com a face travada em uma expressão áspera. O norte-americano continuava gaguejando no ringue. Dimitri chegou mais perto com sua arma. No momento em que Roma conseguiu passar aos empurrões pelo público e subiu nas cordas, Dimitri estava diretamente de frente ao norte-americano, espumando de raiva.

Por que ele está tão revoltado? Roma se perguntava, sem ironias. Deslizes como aquele podiam ser facilmente ignorados. O homem nem era um verdadeiro Escarlate. Se ele foi estúpido o bastante para entrar num clube de luta dos Rosas Brancas, seu navio provavelmente havia ancorado em Xangai há apenas alguns dias.

Roma pulou no ringue, com passos leves, até que deslizasse entre o norte-americano e o cano da arma de Dimitri.

— Já basta.

— Cai fora, Roma — vociferou Dimitri. Aproximou mais a arma, em ameaça, até que o metal gelado deixasse uma marca na testa de Roma. — Some daqui. Isso não é da sua conta.

— E se eu não sair? — respondeu Roma, frio. — Vai atirar em mim?

Ali, sob aquelas luzes, cercado por uma multidão de Rosas Brancas, Roma estava mais seguro do que nunca. Havia uma arma em sua cabeça, mas ele não tinha medo. Dimitri tinha apenas uma escolha ali e, com um ouvido atento aos gritos de insatisfação dos espectadores, parecia entender que Roma o havia encurralado. Para Dimitri, talvez Roma fosse o moleque irritante do clã no qual Lorde Montagov não confiava. Para as pessoas ao redor deles, Roma era o herdeiro dos Rosas Brancas — um matador de Escarlates afundado até o pescoço em cada gota de sangue que derramara em nome da vingança. Gostasse ou não, Roma ainda era um Montagov, e Montagoves detinham o poder. Se Roma disse que o norte-americano não era um Escarlate, ele não era um Escarlate.

Roma gesticulou para que o norte-americano saísse.

Mas, assim que o estrangeiro saiu do ringue, apressando-se para a saída, Dimitri mirou e atirou assim mesmo.

— Não! — rugiu Roma.

O público se tornou um misto cacofônico de vibração e vaias horrorizadas, dividido entre os que secretamente esperavam que Dimitri derramasse o sangue pelo qual ansiavam e os que presenciavam a situação em alerta, imaginando que papel Roma cumpria ali se Dimitri não lhe desse ouvidos.

Roma passara todo o dia fervendo. Não conseguira fazer os médicos acatarem suas ordens. Não conseguira fazer o pai escutar a razão. Ele era o herdeiro dos Rosas Brancas — herdeiro de um império do submundo feito de assassinos, gangsteres e comerciantes endurecidos que fugiram de um país devastado pela guerra. Se ele não conseguia manter o respeito, se não conseguia comandá-los nem se alimentar de seus medos, então o que *diabos* lhe restava?

Dimitri se insubordinara uma vez contra ele e de repente Roma se vira cercado pelo escárnio das pessoas que deveria comandar, visto como se fosse uma *criança*, não como seu herdeiro. Se Dimitri estivesse no hospital em seu lugar, talvez os médicos tivessem dado ouvidos a ele. Se Dimitri dissesse a Lorde Montagov que os surtos eram uma ameaça maior à cidade do que eles jamais haviam antecipado, Lorde Montagov teria escutado.

O controle de Roma escorregava por seus dedos como finos grãos de areia. Quando fechou o punho, já quase não havia grãos restantes em seu poder. Suas mãos estavam quase vazias.

Se perdesse o respeito daqueles Rosas Brancas à sua volta, perderia seu status. Se não fosse mais Roma Montagov, herdeiro dos Rosas Brancas, então não poderia mais proteger as pessoas que estimava e que queria manter a salvo.

Ele havia fracassado com Alisa.

Não queria continuar fracassando.

— Não toleraremos a Sociedade Escarlate! — Dimitri erguia e abaixava os punhos, e a pistola subia e descia levianamente, provocando os espectadores. — Vamos matar *todos eles*!

Há muito tempo, Roma dissera a Juliette que a raiva dela era como um diamante frio. Algo que ela podia guardar com leveza, algo que se colocava sobre outras pessoas, planando por sobre a pele na forma de brilho e glamour antes que percebessem, tarde demais, que o diamante lhes cortara em pedaços. Ele a admirava por isso. Em grande parte porque sua raiva era diametralmente o oposto — uma onda de fogo incontrolável que desconhecia a sutileza.

E a onda acabara de quebrar.

Em dois movimentos velozes, Roma saltou em Dimitri e o desarmou, jogando a arma ao público.

— Você não deu ao norte-americano uma luta justa — disse Roma. Gesticulou para que Dimitri se aproximasse. — Então vou deixar você se redimir.

O público gritou em aprovação. Dimitri ficou parado por um segundo, tentando decifrar a motivação de Roma. Então, com um olhar de relance à multidão em êxtase, estalou o pescoço e investiu.

Roma se recusou a deixar que aquilo se rebaixasse ao monstruoso e bestial agarra-agarra pelo qual lugares como aquele eram conhecidos. Assim que pôs o braço em guarda para o primeiro bloqueio, manteve os pés leves e rápidos, desferindo cada soco de forma calculada. O ringue tremia com a intensidade dos espectadores, o clube inteiro tão revolto que o barulho do local tinha um leve eco.

Para os observadores, tudo era um borrão veloz.

Para Roma, tudo era instinto. Ele havia passado anos treinando com Benedikt e aquilo finalmente estava servindo para algo. Roma trocava do ataque à defesa em instantes; seu braço direito subia para bloquear um soco e seu braço esquerdo se jogava para socar ao mesmo tempo, encaixando um golpe tão bem no maxilar de Dimitri que o fez cambalear para trás, com olhos maníacos.

Não importava o quão furioso Dimitri estava. Roma não se cansava. Era quase sobrenatural a euforia que corria em seus membros, a necessidade pulsante e absoluta de *vencer* o favorito, de lembrar às pessoas quem era o verdadeiro Montagov e quem era a fraude, quem merecia a dignidade de ser herdeiro.

E então Dimitri acertou a bochecha de Roma, e algo o *atingiu*, doendo muito mais que o esperado.

Roma sibilou, cambaleando três passos para trás na tentativa de se recuperar. Dimitri sacudiu os braços, girou os ombros e, sob as luzes, em um lampejo, algo reluziu entre seu indicador e o dedo médio.

Ele tem uma lâmina entre os dedos, Roma percebeu vagamente. Então, como se fosse novidade: *Trapaceiro*.

— Pronto para desistir? — berrou Dimitri. Bateu no peito. Roma não conseguia tirar os olhos do reflexo brilhante da lâmina. Ele não podia parar de lutar sem ficar queimado nas ruas. Mas, se fosse em frente, seria preciso apenas um golpe do punho de Dimitri no pescoço de Roma para matá-lo.

O pânico veio à tona. Roma começou a se descuidar. Dimitri o chutou e Roma foi atingido. Ele viu um punho de relance em sua visão periférica e, na pressa de sair de seu caminho, Roma esquivou em excesso, julgando mal seu equilíbrio e tropeçando. Dimitri atacou novamente. Um lampejo da lâmina: um corte aberto no maxilar de Roma.

O público zombou. Podiam sentir a energia de Roma acabando. Podiam sentir que ele parecia ter desistido da luta antes mesmo de ela terminar.

Você é um Montagov ou um covarde?

Roma ergueu o olhar de volta, enrijecendo o maxilar latejante. Por que raios ele estava lutando tão justo? Em que tipo de mundo iludido ele vivia, no qual os Rosas Brancas queriam alguém que comandasse pela honra, em vez de suor, sangue e violência?

Roma esticou o braço e agarrou um tufo do cabelo preto, na altura dos ombros, de Dimitri. Dimitri não esperava por aquilo. Nem que Roma o golpeasse com uma joelhada bem no meio do nariz, pegasse seu braço e o torcesse para trás até que tivesse agarrado seu pescoço e pisoteado a parte de trás de seus joelhos.

Dimitri caiu seco no chão da arena. O público correu para as cordas, sacudindo, sacudindo e sacudindo o ringue.

Roma o detinha agora. Com as mãos onde estavam, ele poderia quebrar o pescoço de Dimitri se quisesse. Podia fazer qualquer coisa e dizer que foi um mero acidente — um deslize do momento.

— Roma Montagov, nosso vitorioso! — anunciou a mulher com o quadro-negro.

Roma se inclinou para Dimitri, perto o bastante para que Dimitri não pudesse confundir suas palavras por causa do barulho do público.

— Não esqueça quem eu sou.

Com isso, levantou-se, passando com brutalidade o antebraço na boca ensanguentada. Passou agachado pelas cordas e aterrissou firmemente no meio da torcida. Aquele lugar era um pote fervente de emoções e condutas voláteis. Roma não conseguiu se desvencilhar disso rápido o bastante.

— Você — disparou. Um homem com um lenço branco no bolso ficou atento. — Chame alguém para tirar o corpo do norte-americano daqui.

O homem correu para cumprir a tarefa. Roma voltou a seus amigos, jogando-se no assento com o peso de mil anos.

— Que herói — entoou Marshall.

— Cale a boca — disse Roma. Ele respirou fundo. De novo. E de novo. Em sua mente, viu o norte-americano tombar ao chão. O corpo imóvel de Alisa. A total ausência de emoção na face do pai.

— Você está bem? — perguntou Benedikt, preocupado.

— Sim, estou — Roma olhou para cima com uma expressão séria. — Podemos voltar ao assunto de antes? Com Alisa naquele estado — flashes da face da irmã queimavam em sua mente, vívidos, flagrantes e efêmeros —, preciso de respostas. Se esta insanidade nasceu do mau caráter de alguém, eu preciso caçá-lo.

— Seu pai não o mandou atrás dos Comunistas?

Roma anuiu.

— Mas é um beco sem saída. Aonde quer que vamos, encontramos apenas becos sem saída.

— Podíamos interceder junto à Sociedade Escarlate pela informação deles — Marshall sugeriu. — Dessa vez, com mais armas...

Benedikt tapou a boca de Marshall com a mão, silenciando-o antes que ele pudesse dar mais corda a um plano sem sentido.

— Roma, eu realmente não consigo pensar no que mais podemos fazer — admitiu Benedikt. — Eu acho que a reunião deixou claro que os Rosas Brancas não sabem de nada. Estamos perdidos, a menos que comecemos a esvaziar nossos recursos colocando um ouvido em cada esquina de Xangai.

— Quantos espiões ainda temos na Sociedade Escarlate? — perguntou Roma. — Talvez eles possam descobrir o que é isso. A Sociedade Escarlate praticamente admitiu ter informação, mas não vão nos passar...

— Eu duvido que perguntar aos espiões dê resultado — interrompeu Benedikt. Ainda tapava a boca de Marshall, que parecia ter começado a lamber a palma da mão de Benedikt em uma tentativa de se soltar. Benedikt agia como se não tivesse notado. — Se a Sociedade Escarlate realmente soubesse de alguma coisa, discutiria isso no círculo interno. Deixar boatos vazarem para gangsteres comuns é uma rota certeira para causar pânico.

Marshall finalmente se libertou da mão de Benedikt.

— Por Deus, perderam a cabeça? — disse. — Qual membro da Sociedade Escarlate aparece em todo lugar que você vai, qual membro parece ter uma necessidade pessoal de achar as respostas? — Ele pôs os olhos no mesmo nível dos de Roma. — Você tem de pedir ajuda a Juliette.

De repente, Roma ergueu o dedo, pedindo a Benedikt e a Marshall que fossem pacientes enquanto ele pensava a respeito.

Quando finalmente parecia ter ruminado sobre aquilo por um tempo, disse:

— Me passe aquele balde ali.

Benedikt piscou, confuso.

— O quê?

— Balde.

Marshall levantou-se e pegou o balde. Assim que o pôs abaixo do nariz de Roma, o brutal herdeiro dos Rosas Brancas enfiou a cabeça nele e vomitou devido a toda a violência à sua volta.

Um minuto depois, Roma ressurgiu, com o estômago vazio.

— Tudo bem — disse, com amargura. — Eu vou sozinho pedir ajuda a Juliette.

Dezenove

— Estou preocupada. Vai me culpar por isso?

Lady Cai passava a escova nos cabelos de Juliette, franzindo o cenho toda vez que encontrava um nó. Juliette certamente já tinha idade para fazer isso sozinha, mas sua mãe insistia. Quando Juliette era uma garotinha, com o cabelo até a cintura, sua mãe costumava ir a seu quarto toda noite e penteá-lo até que todos os nós se desfizessem, ou até que Lady Cai estivesse no mínimo satisfeita com o estado da cabeça da filha, o que ocasionalmente incluía os pensamentos dentro dela. Agora que Juliette voltara de vez, sua mãe retomara o hábito. Os pais de Juliette eram pessoas ocupadas. Essa era a maneira da mãe ainda ter alguma participação na vida da filha.

— Não importa o que está havendo com esta cidade, há muitas pessoas envolvidas — prosseguiu Lady Cai. — Muitas pessoas com questões particulares. Muitas pessoas com muito a perder. — Sua expressão se fechou mais enquanto falava, em consonância com as palavras que dizia e pela frustração com a tarefa que executava. O cabelo de Juliette agora tinha corte Chanel, de modo que não havia muito o que pentear, mas ainda era uma batalha manuseá-lo em meio aos resíduos dos produtos que Juliette emplastrava nele diariamente para manter suas ondas.

— *Māma*, você vai ter mais coisas com o que se preocupar — Juliette fez uma careta de dor quando a escova passou por um grumo de gel que não saiu com a lavagem — se os surtos se espalharem por cada canto dessa cidade. Nossos números em queda são mais preocupantes do que os calos em que piso quando meto o nariz nos negócios Comunistas.

Números em queda na Sociedade Escarlate. Números em queda nos Rosas Brancas. A disputa sangrenta entre eles não era nada se comparada ao perecimento de ambas as organizações; ainda assim, Juliette parecia ser a única pessoa que acreditava que aquela insanidade era potente o bastante para puxar o tapete de todo o mundo. Seus pais eram muito orgulhosos. Ficaram muito mal-acostumados com situações que podiam controlar e com adversários que podiam derrotar. Eles não viam essa situação da mesma que forma que Juliette. Não viam Alisa Montagova tentando dilacerar a própria garganta toda vez que fechavam os olhos, como Juliette via agora.

Uma menina tão jovem. Como ela foi parar no meio de tudo isso?

— Bem — disse Lady Cai, fungando —, é inevitável que você pise em alguns calos. É que eu simplesmente gostaria de enviar homens com você quando for fazer isso.

Juliette se arrepiou. Pelo menos seus pais estavam levando os surtos a sério agora. Eles ainda não achavam que isso exigia uma intervenção pessoal — ou então não viam como poderiam ser úteis quando se tratava de uma doença que fazia pessoas rasgarem as próprias gargantas — mas se importavam o bastante para oficialmente mandar Juliette cuidar daquilo, liberando-a de seus outros afazeres. Cobrar aluguel? Não mais. Juliette estava em uma missão de uma mulher só em busca da verdade.

— Por favor, não me delegue uma comitiva — disse Juliette, sentindo calafrios. — Eu poderia derrotá-los dormindo.

Lady Cai lançou a ela um olhar ríspido através do espelho.

— O que foi? — exclamou Juliette.

— Não é sobre luta — retrucou sua mãe, com firmeza —, é sobre imagem. Sobre seu pessoal te apoiar.

Ah, Deus. Juliette podia pressentir o sermão chegando. Era uma habilidade inata dela, como aquelas pessoas que pressentem a chegada de uma tempestade com uma dor nos ossos.

— Não se esqueça de que seu pai foi destronado uma ou duas vezes durante seu comando.

Juliette fechou os olhos, suspirando internamente antes de forçá-los a se abrirem novamente. Quatro anos se passaram e sua mãe ainda se deliciava em contar aquela história como se fosse a maior lição de vida que a humanidade já viu.

— Quando aquele desprezível Montagov vingou a morte do pai matando o seu avô — disse a mãe —, seu pai deveria ter sido o novo líder.

Lady Cai passou a escova em outro nó. Juliette contraiu o rosto novamente.

— Mas ele era ainda mais jovem do que você é hoje, então os executivos o removeram e decidiram que um dos seus teria a palavra final. Trataram seu pai como nada além de um garoto e disseram que, se ele quisesse liderar com base em nada, exceto sua linhagem, então deveria ser um monarca em vez de um mafioso. Entretanto, em...

— 1892 — interrompeu Juliette, assumindo a narração de forma teatral —, com o povo desnorteado e descontrolado nas ruas de Xangai, com a Sociedade Escarlate e os Rosas Brancas tomados por sócios irrelevantes enquanto os jovens herdeiros legítimos foram jogados para escanteio, eles por fim se rebelaram...

Juliette fechou a boca abruptamente quando viu o olhar mortal que sua mãe lhe dava através do espelho. Grunhiu um pedido de desculpas, cruzando os braços. Ela admirava a habilidade do pai para escalar de volta ao topo, assim como podia, separadamente, reconhecer que Lorde Montagov — que também fora tirado do poder quando o pai *dele* morreu — foi inteligente o bastante para fazer o mesmo. Só que, nesse espaço de tempo, quando as duas organizações foram lideradas por homens que não davam a mínima para laços e alianças, apenas para eficiência e dinheiro, a disputa sangrenta foi a mais *pacífica de todas.*

— Seu pai — disse Lady Cai, com rispidez, arrancando um fio de cabelo — reclamou seu título legítimo quando ficou mais velho porque tinha pessoas que acreditavam nele. Ele apelou à maioria comum: aqueles que você vê protegendo-o agora, aqueles que você vê dispostos a dar suas vidas por ele. Tudo é uma questão de orgulho, Juliette — Lady Cai abaixou a cabeça, colando a face na de sua filha, até que ambas estivessem encarando o espelho. — Ele queria que a Sociedade Escarlate fosse uma força da natureza. Queria que sua afiliação fosse um distintivo que emanasse poder. Os membros comuns da organização não podiam pensar em nada mais desejável e, sob o comando de seu pai, derrubaram os executivos, que não tiveram escolha a não ser aceitar a subserviência.

Juliette ergueu uma sobrancelha.

— Em suma — disse —, é um jogo de números.

— Pode-se dizer que sim — sua mãe estalou a língua. — Então não comece a crer que habilidade é tudo o que é preciso para continuar no topo. A lealdade também dá suas cartadas sujas, e é uma coisa instável, inconstante.

Com isso, Lady Cai abaixou a escova, apertou o ombro de Juliette e lhe deu boa noite. Breve, rápida e abrupta — esta era sua mãe. Ela caminhou para fora do quarto de Juliette e fechou a porta, deixando a filha a refletir sobre suas últimas palavras.

O resto do mundo não via aquilo, mas, embora Lorde Cai fosse o rosto da Sociedade Escarlate, Lady Cai trabalhava tanto quanto ele nos bastidores, inspecionando cada pedaço de papel que passava pela casa. Foi Lady Cai quem convencera o marido que uma filha seria muito mais capaz de liderar a Sociedade Escarlate em vez de um parente do sexo masculino. Então a coroa foi dada a Juliette, e Lorde Cai esperava que a organização se ajoelhasse no dia em que ela se tornasse a chefe — por expectativas, por lealdade de sangue.

Juliette se inclinou na direção do espelho, tocando as linhas de expressão em sua face.

Era a lealdade que criava o poder? Ou lealdade era apenas um sintoma, sendo oferecida quando as circunstâncias eram favoráveis e tomada quando o jogo virava? O fato de que Lorde Cai e Lorde Montagov eram homens facilitava as coisas. Juliette não era ingênua. Cada um de seus mensageiros, de seus capangas, de seus gangsteres do mais baixo escalão, mas ferozmente leais, eram homens. A maior parte da Sociedade Escarlate temia e reverenciava Juliette agora, mas ela ainda não estava no comando. Como reagiriam quando Juliette tentasse exercer seu poder efetivo sobre eles? Teria de abrir mão de tudo o que era? Jogar fora os vestidos cintilantes e usar ternos para ser ouvida?

Juliette enfim se afastou da penteadeira, esfregando os olhos, cansada. O dia fora arrastado e longo e, apesar disso, seu corpo sentia-se inquieto em vez de cansado. Quando ela se esparramou nos cobertores sobre a cama, sua camisola grudava na pele. Ela podia ouvir o coração batendo e, quanto mais ela ficava ali, no escuro, mais as batidas ficavam intensas, até que o som fosse captado por seus tímpanos.

Espere aí...

Juliette levantou-se em um salto. Alguém estava *batendo* de forma ritmada nas portas de vidro de sua sacada no segundo andar.

— Não — disse Juliette, com a voz alta e aborrecida.

A batida veio novamente, lenta, intencional.

— Não — repetiu ela.

Mais batidas.

— Ah!

Juliette se levantou com dificuldade e irrompeu em direção ao som, abrindo as cortinas com mais força do que o necessário. Enquanto o tecido voltava ao seu lugar, ela viu uma figura familiar sentada tranquilamente no parapeito da sacada, balançando as pernas, iluminada por trás pelo brilho da lua crescente. Ela engoliu em seco.

— Sério? — exclamou Juliette, por trás da porta de vidro. — Você subiu na minha varanda? Não podia ter simplesmente jogado umas pedrinhas?

Roma fitou os jardins abaixo.

— Não há pedrinhas aqui.

Juliette esfregou os olhos de novo, com força desta vez. Talvez se os esfregasse forte o bastante, notaria que aquilo tudo era um delírio febril e acordaria sozinha e em paz em seu quarto.

Ela tirou as mãos dos olhos. Roma ainda estava lá.

Eles precisavam mesmo melhorar a segurança.

— Roma Montagov, isto é inaceitável — declarou Juliette, com aspereza. Tudo aquilo era nostálgico demais, saudoso demais, era *demais*. — Saia antes que leve um tiro.

Mesmo com a face oculta nas sombras, Roma conseguiu transmitir uma expressão fechada que atingiu Juliette com efeito máximo. Ele olhou em volta, não detectando ninguém nos jardins abaixo de si.

— Quem vai atirar em mim?

— *Eu* vou atirar em você — vociferou Juliette.

— Não vai, não. Abra a porta, *dorogaya*.

Juliette recuou, ultrajada não pela ordem, mas pela palavra de afeto. Com atraso, Roma também pareceu perceber o que lhe havia escapado, e seus olhos se arregalaram ligeiramente, mas não titubeou nem se retratou. Apenas a encarou, esperando, como se não tivesse acabado de desenterrar uma relíquia do passado, uma que eles haviam espatifado.

— A porta fica fechada — disse Juliette, com frieza. — O que você quer?

Roma saltou do parapeito e seus sapatos aterrissaram nos ladrilhos da sacada com um som leve. Quando ele chegou mais perto do vidro, Juliette notou um corte profundo em seu maxilar e se perguntou se ele viera até lá logo depois de uma luta. Isso era quase o bastante para que ela pegasse sua arma e o botasse para correr, mas então, baixinho, Roma sussurrou:

— Eu quero salvar minha irmã.

Algo dentro de Juliette afrouxou-se. Seus olhos endurecidos ficaram um milionésimo mais suaves.

— Como está Alisa? — perguntou.

— Eles a amarraram no hospital como se fosse uma paciente de hospício — respondeu Roma. Seus olhos estavam concentrados em suas mãos. Ele as virava para cima e para baixo: palma, costas, palma, costas, procurando algo que não estava ali. — Ela tentou atacar o próprio pescoço de novo quando recobrou a consciência, então estão injetando algo nela que a mantém dormindo. Estão mantendo-a apagada até que exista um jeito de curar esses surtos.

Roma ergueu o olhar. Havia em seus olhos uma loucura, um desespero.

— Eu preciso de sua ajuda, Juliette. Todas as pistas que eu tinha esfriaram. Não há mais nada que eu possa perseguir, nenhum lugar para ir, ninguém a quem chamar. Você, por outro lado... eu sei que você sabe de *alguma coisa*.

Juliette não respondeu imediatamente. Ficou ali, imóvel, lutando contra o vazio em seu estômago e percebendo que não tinha certeza se essa sensação ainda era ódio... ou *medo*. Medo de que, se os surtos continuassem, ela também acabasse como Roma, vendo alguém que amava morrer. Medo de que, por ter simplesmente demonstrado consideração e empatia por Roma, tivesse passado dos limites.

O problema do ódio era que, quando a emoção inicial se enfraquecia, as reações a ela permaneciam. Os punhos cerrados e as veias quentes, a visão embaçada e o pulso acelerado. E, daquela forma, Juliette não tinha controle sobre o que essas reações poderiam se tornar.

Como desejo.

— Você vem me pedir ajuda — disse Juliette, com voz baixa —, mas quanto sangue há em suas mãos, Roma? Enquanto eu estava fora, quantos dos meus lhe pediram ajuda, misericórdia, logo antes de você atirar neles?

Os olhos de Roma estavam inteiramente negros sob a luz da lua.

— Não tenho nada a dizer quanto a isso — retrucou ele. — A disputa de sangue é a disputa de sangue. Isso aqui é algo totalmente inédito. Se não nos ajudarmos, podemos morrer, nós dois.

— Sou eu quem detém informações — alertou Juliette, com a pele formigando desconfortavelmente. — Tente se conter e não faça generalizações absurdas sobre nós.

— Você detém informações, mas eu detenho a outra metade da cidade — rebateu Roma. — Se você agir sozinha, não vai conseguir trabalhar com metade de Xangai. Se eu agir sozinho, não consigo entrar em nenhum território Escarlate. Pense, Juliette. Quando os surtos atingirem nós dois, não vai ser possível dizer em que território estarão as respostas.

Uma onda de frio passou por seu quarto, amarga, gélida e correta. Juliette tentou ignorá-la. Forçou uma risada, um som áspero.

— Como você prova neste exato momento, não acho que uma proibição lhe impeça de desfilar no meu território.

— Juliette — Roma pressionou as mãos contra o vidro. Seu semblante de súplica demonstrava vulnerabilidade. — *Por favor,* ela é minha *irmã.*

Deus...

Juliette precisou desviar o olhar. Não suportava aquilo. O peso que retorcia seu coração era injusto. Qualquer vulnerabilidade que Roma Montagov exibisse era um teatro, uma fachada cuidadosamente construída para que ele aguardasse o tempo certo até que a chance de atacar surgisse. Ela *sabia* disso.

Mas talvez Juliette nunca aprenderia. Talvez suas lembranças de Roma a arrastariam para a ruína, a menos que ela adentrasse o próprio peito e arrancasse todos os resquícios de ternura.

— Por Alisa — conseguiu dizer Juliette, áspera, finalmente voltando a fitá-lo — e por todas as outras garotinhas desta cidade vitimadas por um jogo que nunca pediram para jogar, eu vou te ajudar. Mas faça sua parte, Roma. Eu te ajudo e você me ajuda a encontrar a solução para esta insanidade o mais rápido possível.

Roma soltou o ar, que impregnou o vidro de alívio e gratidão. Ela o observava cautelosamente, vendo a tensão sair de seus ombros e o terror de seus olhos tornar-se esperança. Ela se perguntava quanto daquilo era verdade e quanto daquilo a beneficiaria, a fim de reforçar que estava tomando a decisão certa.

— Fechado.

Aquilo poderia arruiná-la. Poderia arruinar tudo. Mas o que importava agora não era Juliette, nem seus sentimentos — era encontrar uma solução. Se a possibilidade de salvar seu povo significava arriscar sua reputação com eles, então era um sacrifício que estava disposta a fazer.

Quem mais faria isso? Quem mais, além de Juliette?

— Ok — concedeu ela em voz baixa. Ela supôs que agora não havia mais volta. — Eu tenho o endereço da casa de Zhang Gutai. Minha próxima ação seria invadi-la e vasculhá-la, mas — deu de ombros, tão casualmente que ela mesma quase acreditou no gesto — para começar, podemos ir até lá juntos, se quiser.

— Sim — disse Roma. Se ele concordasse um pouco mais rápido com a cabeça, ela poderia cair e sair rolando. — *Sim*.

— Amanhã, então — decidiu Juliette. De repente, as memórias de seu passado juntos, as que ela passou quatro anos se esforçando ao máximo para esquecer, voltaram atropelando com força total à sua mente. Ela não tinha escolha senão invocá-las, ignorando o aperto rígido em seus pulmões. — Me encontre na estátua.

A estátua — uma pequena reprodução em pedra de uma mulher chorando — era um artefato escondido e esquecido em um parque sem nome na Concessão Internacional. Há quatro anos, Roma e Juliette esbarraram com ela ao acaso e passaram uma tarde tentando imaginar a intenção de quem a esculpira e suas origens. Juliette insistira que era Níobe, a mulher da mitologia grega que chorou tanto após o assassinato de seus filhos que os deuses a transformaram em pedra. Roma dizia que era La Llorona, a Mulher

Chorona do folclore mexicano que chorava pelas crianças que matou. Eles nunca decidiram qual era a resposta certa.

Se Roma foi surpreendido ou se estarreceu com a referência à estátua, não demonstrou. Apenas perguntou:

— Quando?

— Ao nascer do sol.

Somente então Roma pareceu um tanto preocupado.

— Ao nascer do sol? Isso é ousado.

— Quanto mais cedo, melhor — insistiu Juliette, estremecendo. — Isso reduz as chances de sermos vistos juntos. Não é preciso dizer, mas ninguém pode saber que estamos cooperando. Nós...

— ...dois estamos mortos se descobrirem — finalizou Roma. — Eu sei. Até o nascer do sol, então.

Juliette o viu passar as pernas novamente por cima do parapeito da sacada, pendurando-se nos ornamentos de metal como se fosse outra parte da peça. Sob a luz baixa da lua, Roma era um estudo em preto e branco da tristeza.

Roma parou.

— Boa noite, Juliette.

E então se foi, sua sombra ágil descendo rapidamente pela parede externa e disparando pelos jardins. Em um pulo, passou o portão, saindo do solo Escarlate e trilhando o caminho de volta para seu próprio mundo.

Juliette fechou bem as cortinas, ajeitando o tecido até que por ele não passasse nem um feixe da luz prateada. Somente então permitiu a si mesma soltar o ar extensivamente, afastando a luz da lua de seu quarto e as facetas inconstantes de seu coração.

Ao nascer do sol, era tão cedo que os portos estavam silenciosos enquanto as ondas quebravam contra as docas flutuantes. Era tão cedo que o cheiro do vento ainda era doce, intocado pela poluição matinal das fábricas, vazio dos aromas de comida frita e sopas mal cozidas que subiam dos carrinhos que eram empurrados pelas ruas.

Infelizmente, ainda não era cedo o bastante para que se evitasse um comício Nacionalista.

Juliette freou, ficando imóvel na calçada sob uma árvore que balançava.

— *Tā mā de* — xingou, baixinho. — O que é…

— Kuomintang — respondeu Roma antes que Juliette pudesse terminar a pergunta.

Juliette o fitou, incomodada, quando o rapaz parou em sua frente. Roma realmente achava que ela não saberia reconhecer os pequenos sóis em seus chapéus? Não era exatamente um logo desconhecido. O partido Kuomintang — e seus Nacionalistas — estava ficando incrivelmente popular.

— Eu *sei* — disse Juliette, revirando os olhos. — Eu ia perguntar o que é que eles estão fazendo. Essa é a minha cidade. Não preciso de você me ensinando.

Roma lhe lançou um olhar torto.

— Será que é mesmo?

Ele nem sequer tinha uma entonação venenosa, mas mesmo assim aquelas poucas palavras eram como uma adaga arremessada diretamente no coração de Juliette. *Será que é mesmo?* Quantas vezes ela se perguntara isso em Manhattan? Quantas vezes subira na cobertura de seu prédio e fitara o horizonte de Nova York, se recusando a amá-lo, porque amar a um significava perder o outro, e perder Xangai significava perder tudo?

— O que você quer dizer com isso? — indagou ela, rispidamente.

Roma pareceu quase se divertir com a pergunta. Fez um gesto vago em direção a ela, a seu vestido, a seus sapatos.

— Qual é, Juliette. Estou aqui há muito mais tempo que você. Você é uma mulher norte-americana de coração.

E o que estava implícito nas palavras não ditas era claro: *faça um favor a todos nós e volte para lá.*

— Ah, sim — resmungou ela. O buraco em seu peito apenas ficou mais fundo. — Eu e minha democracia norte-americana, como consigo aguentar um clima político desses?

Antes que Roma pudesse contestá-la com algo mais, Juliette começou a andar novamente, desviando da rota inicial. Em vez de passar pelo comício reunido na larga rua, se apressou para um beco próximo, mal pausando para que Roma a seguisse. Ele captou rapidamente o desvio. Logo os dois estavam passando por sacos de lixo e carrinhos de comida virados, torcendo o nariz para animais de rua e fazendo caretas quando viam as frequentes poças de sangue. Enquanto andavam pelas ruas de trás da cidade, estavam satisfeitos com o silêncio entre eles, satisfeitos ao fingir que o outro não estava ali.

E então Roma girou tão rápido para ver o que acontecia atrás deles que Juliette imediatamente presumiu que estavam sob ataque.

— O que foi? — disparou ela, também dando meia-volta. Sacou a pistola e apontou-a ferozmente, esperando que algo surgisse. — O que é?

Mas Roma se mantinha desarmado. Simplesmente vasculhava a rua atrás deles, com as sobrancelhas franzidas.

— Pensei ter ouvido alguma coisa — disse. Eles esperaram. Um pássaro mergulhou em uma lata de lixo. Um cano exposto jorrava água suja nas ruas.

— Não vejo nada — disse Juliette, em voz baixa, guardando a arma.

Roma franziu o cenho. Aguardou mais um segundo, mas a cena manteve-se inalterada.

— Erro meu. Peço desculpas — endireitou as mangas da camisa. — Vamos em frente.

Hesitante, Juliette virou-se e começou a andar novamente. Não estavam longe do endereço que Kathleen lhe dera. Aquela era uma parte conhecida da cidade.

O arrepio, contudo, permanecia em seus braços.

Ele só está sendo paranoico, Juliette tentou assegurar a si mesma. O medo de serem vistos juntos já os mantinha em estado de alerta. Juliette havia puxado a gola de seu casaco para ocultar a face. Roma usava seu chapéu bem abaixado sobre a testa, o que foi uma boa decisão, tendo em vista que ele estava tão acabado que qualquer passante que o visse na rua acabaria fugindo para a direção oposta. Na ofuscante luz do dia, os cortes em seu rosto se destacavam contra sua pele pálida. A julgar por suas olheiras sombrias, Juliette não ficaria surpresa se ele não tivesse dormido à noite, provavelmente se revirando na cama, preocupado com Alisa.

Juliette balançou a cabeça negativamente. Ela precisava limpar a mente de suposições. Até onde sabia, ele também poderia ter passado a noite matando Escarlates.

— É um desses prédios — disse Juliette quando chegaram à rua certa. As casas ali eram amontoadas e deterioradas; no espaço entre elas uma criança mal poderia passar se espremendo. Aquela área não era muito afastada da Concessão Francesa; ainda assim, uma linha tangível podia ser traçada como uma divisa entre os dois distritos, e estava claro em que lado ficava aquela rua. Uma estrutura longa e retangular jazia meio desabada sob os pés de Juliette. Talvez um grandioso pórtico tenha existido aqui, mas agora se foi, destruído pela paisagem urbana e pela degeneração.

— Tem certeza de que aqui é o lugar certo? — indagou Roma. — Com certeza um emprego em um jornal paga mais do que o suficiente para mudar de bairro.

— Dentre todas as pessoas, Roma Montagov — disse Juliette —, você deveria entender a importância da imagem. — *Um e o mesmo, com o povo, em meio ao povo.* Os Comunistas nunca pararam de pregar tais ideais. Se o proletariado comum tinha que sofrer, então Zhang Gutai também tinha. Qual outra base ele teria para conquistar-lhes o respeito?

Juliette começou a caminhar em direção ao edifício que o endereço apontava. Então, a dois passos da entrada principal, ela freou bruscamente e apontou:

— Veja.

Roma prendeu a respiração. *Insetos.* Uma coleção de carcaças murchas na entrada do bloco de apartamentos. Se aquilo não era uma confissão de *culpa,* Juliette não sabia o que mais poderia ser.

Com a pulsação a mil, ela empurrou a porta de entrada do edifício residencial. A fechadura enferrujada cedeu e a porta abriu.

Juliette sinalizou para que Roma fosse mais ágil. Eles subiram as escadas, fechando a cara para a falta de espaço do local. As escadas subiam por uma parede do prédio e então escoavam direto em um corredor paralelo com quatro portas não muito distantes entre si. Norte, depois sul, norte, depois sul — eles trilhavam as escadas, continuando o processo em um padrão vertiginoso. Roma estava mais acostumado àquilo; Juliette não. Ela não vivera nos limites da cidade por anos a fio, nem sentira o piso instável sob os pés, como se a estrutura inteira estivesse arfando.

— Qual é o apartamento? — perguntou Roma. Ele fungou quando passaram por um parapeito de janela no terceiro andar, dando uma olhada nos vasos de flores postos bem na borda, a um empurrão de se espatifarem na calçada abaixo.

Juliette apenas apontou o indicador para o céu. Eles continuaram subindo, subindo, até o topo, chegando a um andar com uma única porta à espera, bem onde acabavam as escadas.

Eles pararam. Trocaram um olhar.

— Ele não está em casa — Juliette assegurou a Roma antes que ele perguntasse. Ela apoiou um joelho no chão, puxando sua adaga, fina como uma agulha, das dobras do vestido. — Examinei o calendário no escritório. Ele tem reuniões com gente importante o dia todo hoje.

Só que, assim que Juliette inseriu a adaga na fechadura, com a ponta da língua ligeiramente para fora da boca devido à concentração, ela ouviu o eco distinto e inegável de passos dentro do apartamento em direção à porta da frente.

— Juliette! — sibilou Roma, que avançou apressado.

Juliette ficou de pé em um salto, escondendo a faca na manga do vestido. Ela estendeu o braço para impedir o movimento de Roma, se ajeitando bem na hora, antes que a porta se abrisse e um senhor de idade estivesse piscando os olhos opacos para eles. Ele certamente estava chegando nos 60, em frangalhos e com aparência cansada, como se não tivesse tido uma boa noite de sono desde que saiu do ventre da mãe.

— Olá — disse o senhor, confuso.

Juliette pensou rápido. Eles podiam dar um jeito nisso. Nem tudo estava perdido.

— Bom dia. Somos da universidade — exclamou, entrando em outro dialeto, o wenzhounês, tão rápido que Roma deu um pulinho de susto, incapaz de esconder seu espanto com a rápida troca. — Como está o senhor nessa bela manhã?

O velho aproximou o ouvido, fazendo uma careta. Em xangainês, ele respondeu:

— Poderia falar *běndì huà*, minha jovem? Eu não entendi.

Wenzhou era uma cidade que ficava a apenas alguns dias de viagem, ao sul de Xangai, mas seu dialeto local era tão incompreensível para forasteiros que Juliette nunca o teria aprendido se Ama não a tivesse ensinado. Ama costumava dizer que o som mais próximo do wenzhounês não era uma língua vizinha, como o xangainês, mas o gorjeio de pássaros canoros. Em uma cidade que não apenas era repleta de estrangeiros, mas também de chineses nativos de todos os cantos do país, a maior parte dos cidadãos compartilhava uma língua, mas não compartilhavam a mesma maneira de usá-la. Dois comerciantes chineses podiam levar um diálogo inteiro com cada um falando seu próprio dialeto. Eles não precisavam de um meio-termo. Precisavam apenas se entender.

Juliette, todavia, não queria mesmo que o velho a entendesse; ela tinha apenas um objetivo. Antes que ele pudesse inspecionar mais de perto o seu rosto e a reconhecesse como a herdeira da Sociedade Escarlate, tinha de fazê-lo pensar que era uma imigrante descuidada.

— Perdão — Juliette voltou ao xangainês, com a missão cumprida. — Como eu dizia, somos da Universidade de Xangai e estamos extremamente animados por vê-lo hoje. Queremos fundar o primeiro coletivo sindical estudantil e precisamos de alguns conselhos. O Sr. Zhang se encontra?

O velho ajeitou a postura, passando as mãos em seu cardigã de crochê. Juliette esperava que ele os mandasse embora, dizendo para voltarem em outra hora, de modo que pudessem sair de sua vista e considerar aquilo um fracasso temporário. Contanto que não levantassem suspeitas, podiam voltar depois; contanto que aquele homem não prestasse muita atenção a seus rostos e pensasse que eram universitários comuns, indignos de lembrança.

Ela não esperava que o homem pigarreasse com altivez e dissesse:

— Eu sou o Sr. Zhang.

— Hum... não é, não.

A postura do homem murchou. Ele suspirou e abandonou o ar empertigado.

— Tudo bem. Eu sou Qi Ren, assistente pessoal do Sr. Zhang. Podem entrar.

Juliette piscou rapidamente — a princípio, confusa pela esquisitice daquele homem, e depois surpresa por ele tê-los convidado a entrar em vez de mandá-los embora. Enquanto estava ali parada, sentiu um empurrãozinho de Roma, como se perguntasse por que ela não se mexeu quando o Sr. Qi se virou, arrastando-se com seus chinelos de sola dura.

Aquele não era seu plano original, mas Juliette não seria nada se não tivesse jogo de cintura.

— Vamos — murmurou para Roma. Eles entraram rapidamente atrás do Sr. Qi.

— Qual é a sua graça? — perguntou Sr. Qi, olhando para trás.

Juliette não titubeou.

— Zhu Liye. E este é o Sr. Montague. Que sofás adoráveis vocês têm aqui — disse, sentando-se antes que ele lhe desse permissão.

Franzindo o cenho, o Sr. Qi empurrou para o lado várias pastas em uma mesa a seu lado, virando-as para baixo para que seu nome de dois caracteres e a marca d'água do *Diário do Proletariado* não ficassem visíveis.

— Isto vai demorar?

— Se não for muito incômodo — respondeu Juliette, jovial.

O Sr. Qi suspirou.

— Vou fazer um pouco de chá.

Assim que o Sr. Qi estava longe o bastante na cozinha contígua, ocupado com a fervura da água, Roma voltou-se para Juliette e sibilou:

— *Montague? Sério?*

— Cale-se — Juliette sibilou de volta. — Não consegui pensar em nada além disso e não queria fazer uma pausa suspeita.

— Você é fluente em russo e *isso* é o melhor que conseguiu inventar? — indagou Roma, atônito. — O que é um *Montague*? Parece italiano.

— Existem Comunistas italianos!

— Não em Xangai!

Juliette foi impedida de responder quando o Sr. Qi colocou a cabeça para fora da cozinha e perguntou que tipo de chá desejavam. Quando ele se enfiou de novo na cozinha, satisfeito com a resposta educada dos jovens, *qualquer um está ótimo*, Juliette abaixou a cabeça e disse:

— Certo, ainda podemos finalizar o que viemos fazer aqui. Você precisa distraí-lo.

— Como é? — perguntou Roma. — Você vai *me* deixar aqui fazendo sala?

— Isso é um problema?

— Sim, é um problema — Roma voltou a se recostar no sofá, descansando as mãos sobre o colo. — Como vou saber que você vai compartilhar qualquer informação que encontrar se isso não for de seu proveito?

Ele tinha toda razão para suspeitar dela, mas isso não significava que Juliette deveria gostar da insinuação de que ela sabotaria a operação.

— Pare de discutir comigo — retrucou. — A descrição comum de nosso trabalho é intimidação e tiros. Se conseguirmos dar um jeito nisso, devemos nos considerar sortudos.

— Francamente, isso é...

— Você quer salvar Alisa ou não?

Roma emudeceu. Cerrou os punhos com força e Juliette não conseguia dizer se fora uma reação a seu comentário sobre Alisa ou se ele tentava resistir ao impulso de estrangulá-la. O Sr. Qi voltou bem naquela hora, com uma chaleira e três xícaras redondas equilibradas em seus frágeis braços. Sem perder tempo, Juliette ficou de pé e perguntou onde ficava o banheiro. O Sr. Qi apontou distraído para o corredor enquanto punha as xícaras na mesa, e Juliette se foi, saltitante, deixando que Roma a seguisse com olhos afiados enquanto criava no improviso uma história sobre a fundação do Coletivo Sindical Comunista da Universidade de Xangai, que nenhum dos dois sabia ao certo se existia ou não. Agora isso era problema dele. Juliette tinha um dragão maior para matar.

Com ouvidos atentos para se certificar de que Roma ainda tagarelava sobre a solidariedade socialista, Juliette parou no fim do corredor deteriorado. Havia quatro portas: uma escancarada, que dava no banheiro, duas entreabertas, que davam nos quartos, e a quarta trancada, que não cedeu quando Juliette girou de leve a maçaneta. Se Zhang Gutai tinha algo a esconder, estaria atrás daquela porta.

Juliette prendeu a respiração e bateu a palma da mão com tanta força na maçaneta que a fechadura simples foi vencida em um clique. Imóvel por um segundo, Juliette aguardou para ver se o Sr. Qi viria correndo. Quando não houve interrupção no falatório de Roma, ela virou a maçaneta e passou pela porta.

Juliette olhou em volta.

Esticada em uma das paredes, havia uma bandeira vermelha com a foice e o martelo amarelos. Abaixo dela, uma grande escrivaninha estava abarrotada de pastas e cartilhas, mas Juliette não perdeu tempo inspecionando-as quando se aproximou. Ajoelhou-se e puxou a gaveta de baixo na lateral da escrivaninha. Imediatamente, a primeira coisa que viu foi seu próprio rosto e, embora o papel fosse fino, a tinta tortuosa e a reprodução de seus traços completamente errada e mal calculada, ainda era indubitavelmente *ela*, sob um título que proclamava RESISTA À SOCIEDADE ESCARLATE.

— Interessante — murmurou Juliette —, mas não é o que eu estou procurando.

Ela empurrou os cartazes para o lado e continuou fuçando. Tudo o que encontrou foram panfletos e mais panfletos de propaganda que não lhe eram relevantes, escritos em tinta manchada cuja intenção era incitar o terror.

Na segunda gaveta, no entanto, ela achou envelopes, todos ornamentados com rubricas feitas por grossas canetas tinteiros que indicavam poder e riqueza. Juliette verificou-as rapidamente, deixando de lado convites de políticos do Kuomintang e ameaças sutilmente veladas de banqueiros e executivos, deixando de lado qualquer coisa que parecesse vagamente um desperdício de tempo. Sua atenção foi cativada apenas quando viu um quadradinho branco, um envelope bem menor que os outros. Diferentemente do resto, não tinha remetente.

Em vez disso, continha uma florzinha púrpura no canto, estampada por um carimbo de borracha personalizado.

— Uma esporeira — sussurrou Juliette, reconhecendo a gravura da flor. Em inglês, a chamam de *larkspur*. Ela se apressou a pegar o papel contido no envelope. Era apenas um bilhetinho, datilografado e recortado para caber ali dentro.

> Foi um prazer reunirmo-nos e tratarmos de negócios.
> Se mudar de ideia, avise-me.
> —Larkspur

Por um longo período, Juliette apenas fitou o bilhete, com pulsação acelerada. O que significava? O que seriam todos aqueles *fragmentos*, partes de um quebra-cabeça maior, flutuando separados uns dos outros, mas claramente feitos para se unirem?

Juliette enfiou o envelope de volta na gaveta e a fechou com uma batida. Ajeitou o vestido e, antes que passasse mais tempo ali e sua ausência acabasse levantando suspeitas, saiu do escritório, fechando a porta atrás de si com um leve *clique*.

Ela respirou fundo duas vezes. As batidas de seu coração voltaram ao ritmo normal.

— ...e, na verdade, nossas metas se estendem para muito além da revolução — dizia Roma quando ela voltou casualmente à sala de estar. — Há planos a fazer, oponentes a eliminar.

— E tudo isso demanda recursos muito maiores que nós mesmos, claro — Juliette interpôs, sentando-se no sofá novamente. Ela sorriu tanto que seus caninos ficaram à mostra, por cima do lábio inferior. — Agora, onde estávamos?

— Zhu Liye.

Juliette voltou-lhe a atenção, estreitando os olhos enquanto fitava Roma. Teve de apertá-los bem, porque o sol estava com um brilho muito forte por trás da cabeça do rapaz, raios ofuscantes que o iluminavam com claridade exagerada enquanto desciam pela calçada.

— Você ainda está pensando nos nomes?

— Não, eu... — Roma emitiu um ruído que poderia ter sido uma risada, não fosse a hostilidade. — ...eu apenas entendi. Você traduziu Juliette para o chinês. Ju-li-ette. Zhu Liye.

Roma obviamente ficara matutando sobre aquele enigma específico desde o instante em que saíram do apartamento de Zhang Gutai. Depois de contar rapidamente a ele o que encontrou no escritório, Juliette estava satisfeita em andar sem conversar enquanto tomavam o rumo de volta às ruas. Roma parecia acompanhar o exemplo que Juliette estabelecera, até aquele momento.

— Ora ora, temos um detetive aqui — entoou Juliette. Ela saltou da calçada para desviar de uma poça, fazendo seus saltos clicarem sobre a rua. Roma a seguia de perto.

— Na verdade, eu... — Roma inclinou a cabeça para o lado, quase como um pássaro; rápido, curioso e vazio de motivos maiores. — Eu não sei seu nome chinês.

Os olhos de Juliette se estreitaram ainda mais.

— E isso importa?

— Só estou sendo civilizado.

— Não seja.

Outro momento de silêncio. Desta vez, Roma não se apressou para preenchê-lo. Desta vez, apenas esperou. Sabia que Juliette detestava o silêncio. Ela o detestava com tanta intensidade que, quando ele a seguia como um espectro, quando se instalava entre ela e qualquer interlocutor, aliado ou inimigo, Juliette faria de tudo para encontrar uma arma que o combatesse.

Roma permaneceu em silêncio. E Juliette cedeu.

— Cai Junli — disse ela, com um tom monótono. — Mude a pronúncia um pouquinho e Junli vira *Juliette*.

Seu nome não era segredo; apenas caiu no esquecimento. Ela era simplesmente Juliette, a herdeira que veio do Ocidente, com o vestido norte-americano e o nome norte-americano. Se as pessoas de Xangai cavassem fundo nas alcovas da memória, encontrariam o nome chinês de Juliette escondido em algum lugar entre a idade do avô e o endereço da casa da terceira tia favorita. Mas ele nunca viria à ponta da língua por instinto. O que proferiam era aquela palavra cuja velocidade Juliette havia reduzido e distorcido agora há pouco em um nome completo: *Zhūliyè*.

— Você nunca me contou — disse Roma. Ele olhava para a frente. — No passado.

— Há um monte de coisas que eu não te contei — replicou Juliette. Tão casualmente quanto ele, complementou. — No passado.

Há quatro anos, a cidade não era como hoje. Muitos homens ainda tinham cabelos longos, presos naquilo que chamavam de fila, uma trança descendo pelas costas com a frente do couro cabeludo raspada. As mulheres usavam roupas largas e calças retas.

Então, aonde quer que Juliette fosse, usava vestidos cintilantes. Desdenhava das roupas feias que outras garotas usavam e, quando sua mãe tentava fazê-la aderir à moda comum, ela rasgava em pedaços as blusas sem graça de seu closet, deixando os retalhos descerem pela descarga no encanamento recém-reformado. Ela destruía todos os *qipao* e deixava de lado todo lenço de seda que Lady Cai tentava fazê-la usar. Para evitar ser reconhecida quando estava de conluio com Roma, ela jogava casacos por cima de sua indumentária chamativa, claro, mas sempre andava pela corda bamba da inconsequência. Juliette quase preferia a ideia de ser pega em traição a usar as mesmas roupas que todo mundo. Ela preferia se tornar uma pária a admitir que o sangue em suas veias era um produto do Oriente.

Juliette gostava de pensar que havia descido um pouco do pedestal desde então. Na segunda vez que voltou para Nova York, viu a escuridão por trás do glamour do Ocidente. Não era mais tão legal ser uma criança construída com peças ocidentais.

— Eu mesma o escolhi.

Roma se assustou visivelmente com as palavras. Ele não esperava que ela dissesse mais nada.

— Seu nome? — perguntou, tentando entender melhor.

Juliette anuiu. Não olhou para ele, nem mesmo piscou. Disse:

— As crianças em Nova York zombavam de mim. Perguntavam como eu me chamava e riam quando eu respondia, repetindo aquelas sílabas estrangeiras várias vezes, como se recitá-las como uma música fosse engraçado.

Ela tinha 5 anos de idade. A ferida da zombaria agora estava fechada, coberta por pele grossa e calos ásperos, mas ainda doía em dias ruins, assim como todas as feridas antigas.

— Meu nome era muito chinês para o Ocidente — prosseguiu Juliette, com um sorriso sarcástico nos lábios. Ela não sabia por que seu rosto se metamorfoseara em alegria. Ela estava tudo, menos alegre. — Você sabe como é. Ou talvez não. Uma coisa temporária para um lugar temporário, mas agora a coisa temporária está entranhada tão fundo que não pode ser removida.

Assim que *aquelas* palavras saíram, Juliette sentiu uma pontada de náusea subir pela garganta — uma imediata e visceral percepção de que falara demais. Juliette, a tola melindrosa, que deveria auxiliá-la a sobreviver no Ocidente, havia cravado as garras tão profundamente que a Juliette real não sabia onde terminava a fachada e onde começava seu eu verdadeiro — se é que restava algo de seu eu verdadeiro, ou mesmo qualquer coisa dentro dela. Todos os seus primos — Rosalind, Kathleen, Tyler — tinham nomes em inglês para se acomodarem à enxurrada de estrangeiros que controlavam Xangai, mas seus nomes chineses ainda eram parte de suas identidades; seus parentes ainda se dirigiam a eles por esses nomes quando a ocasião pedia. Juliette era sempre Juliette.

O ar estava pegajoso. Eles andaram por tempo suficiente para entrarem na Concessão Francesa, caminhando ao lado de uma fileira de casas idênticas com paredes vibrantes e trechos generosos de vegetação. Juliette ergueu mais a gola, fechando a cara quando Roma abriu e fechou a boca.

— Juliette...

Seria o limite entre inimigo e aliado horizontal ou vertical? Era uma grande planície a ser cruzada ou um muro alto, muito alto, que deveria ser escalado ou derrubado em uma grande explosão?

— Acabamos por aqui, correto? — indagou Juliette. — Faça o que quiser com essa informação. Tenho certeza de que a ligação entre Zhang Gutai e o Larkspur lhe dará muito material para trabalhar.

Juliette virou à esquerda, pegando um atalho por um terreno que daria na rua seguinte. A grama ali crescia até seus tornozelos. Quando ela pôs os pés ali, parecia que o chão a engoliria, ficando mais mole e envolvendo-a simplesmente por pisar nele. Parecia dizer-lhe um *"bem-vinda"*, um *"ande logo"*, um *"venha"*.

Até que Roma pôs a mão em seu ombro, freando-a forçadamente.

— Você *precisa* — Juliette girou, afastando a mão dele com um tapa — parar de fazer isso.

— Não terminamos — disse Roma.

— Sim, terminamos.

As sombras da casa ali perto eram pesadas. Roma e Juliette ficaram bem onde elas terminavam, bem na divisa entre luz e trevas.

Roma a olhou de cima a baixo.

— Você ainda acha que é uma armação dos Comunistas, não? — perguntou ele, subitamente. Sua voz abaixou em uma oitava, como se percebesse que eles precisavam minimizar o volume da discussão enquanto estivessem em uma rua como aquela. Sob a luz da manhã, era difícil lembrar-se do sabor do perigo. Mas um passo em falso, uma pessoa espiando pela janela na hora exata, e ambos estariam em apuros.

— Roma — disse Juliette, friamente —, nossa colaboração acabou...

— Não, *não acabou* — insistiu Roma. — Porque isso não é uma coisa que você conseguirá investigar sozinha. Posso ver o que você está tramando só de te olhar. Você acha que pode simplesmente se infiltrar nos círculos Comunistas com seus recursos Escarlates...

Juliette deu um passo na direção dele. Ela não sabia se era o brilho intenso da luz do sol refletida por uma janela próxima, ou se ela estava com raiva o bastante para estar com a visão ofuscada de branco.

— Você — disse, fervendo por dentro — não sabe de *nada*.

— Sei o bastante para ver um *padrão* nesse caso do Larkspur — Roma estalou os dedos na frente do rosto de Juliette — Acorde, Juliette! Você só está ignorando essa pista porque quer pular fora da nossa colaboração e começar a investigar outros Comunistas! Não vai adiantar de nada! Você está na trilha errada e *sabe disso*.

As palavras dele tinham uma força física — múltiplos golpes que acertavam sua pele. Juliette mal conseguia respirar, quanto mais reunir a energia para falar, para prosseguir com os sussurros que na verdade eram gritaria contida. Ela o odiava *tanto*. O odiava por estar certo. O odiava por estar provocando aquela reação nela. E, acima de tudo, odiava *ter* que odiá-lo, porque, se não o fizesse, o ódio se voltaria contra ela e não haveria nada mais a odiar senão sua própria fraqueza.

— Você não pode fazer isso — disse Juliette. Agora, soava mais triste do que irada. E ela *odiava* aquilo. — Você não tem o direito de fazer isso.

Se ela se inclinasse um pouco mais para a frente, poderia contar os pontinhos de pólen que haviam pousado na ponte do nariz de Roma. A atmosfera ali era muito inebriante, estranha e bucólica. Quanto mais permaneciam ali — ladeados por paredes branco-pérola, de pé sobre a grama ondulante — mais Juliette sentia-se pronta para trocar uma camada inteira de pele. Por que ela nunca conseguia se reconstruir? Por que sempre estaria fadada a acabar naquela situação?

Roma piscou repetidamente. Ele também acalmara os ânimos e seu sussurro se suavizou.

— Fazer o quê?

Me ver.

Juliette virou de costas, abraçando a própria cintura.

— O que você está sugerindo? — perguntou, ao invés de responder. — Por que você está tão fixo nessa ideia de Larkspur?

— Pense nisso — disse Roma. Ele igualou o tom constante e baixo de Juliette. — Zhang Gutai é supostamente o criador dos surtos. O Larkspur é quem supostamente cura os surtos. Como pode *não* haver uma relação? Como pode *não* ter acontecido algo entre eles na reunião em que estiveram?

Juliette balançou a cabeça negativamente.

— Ligados ou não, se quisermos cortar esse mal pela raiz, temos que ir a quem *cria*, não a quem *cura*...

— Eu não estou dizendo que o Larkspur tem todas as respostas — Roma se apressou em corrigir. — Estou dizendo que o Larkspur pode nos levar a arrancar mais coisas de Zhang Gutai. Estou dizendo que é outro meio de chegar à verdade se Zhang Gutai não falar.

A lógica dele faz algum sentido, pensou Juliette. *Ele não está...* errado.

Mesmo assim, Juliette não deu o braço a torcer. Sua mãe uma vez lhe disse que ela quase veio ao mundo invertida — pés primeiro — porque Juliette sempre recusava a saída mais simples.

— Por que você insiste tanto em me convencer? — indagou. — Por que não vai confrontar o Larkspur sozinho e me manda "passar bem"?

Roma olhou para baixo. Seus dedos tremiam na direção dela; podia estar resistindo a vontade de tocá-la, mas Juliette afugentou aquela ideia a pontapés assim que surgiu em sua mente. Ternura e desejo eram sentimentos do passado. Se Roma tentasse algum dia acariciar suas costas outra vez, seria para contar suas vértebras e medir onde poderia cravar sua faca.

— Ouça, Juliette — disse ele, arquejando. — Nós temos as metades da cidade. Se eu agir sozinho, estou barrado do território Escarlate. Eu não vou arriscar perder uma cura para minha irmã apenas por causa de nossa disputa. Ela já levou muita gente embora. Eu não vou deixá-la levar Alisa.

Seus olhos retornaram a ela. Naquele olhar estavam tanto a tristeza como a raiva, transbordando até que cercassem o espaço entre eles. Juliette também estava no coração daquele conflito, devastada por ter que lutar contra essa insanidade junto ao homem que a despedaçara, e mesmo assim sentia dor por aquela cidade, pelo que descera sobre ela.

Roma estendeu a mão, hesitante.

— Até que os surtos parem, é só o que peço. Apenas entre nós dois, abaixamos as facas, as armas e as ameaças pelo tempo que for preciso para impedir que nossa cidade caia. Você aceita?

Ela não deveria. Mas ele disse as palavras certas. Para Roma, salvar Alisa era tudo. Independentemente de monstros ou curas milagrosas de charlatões, tudo o que queria era que ela acordasse novamente. Para Juliette, a cidade vinha em primeiro lugar. Ela precisava que seu povo parasse de morrer. Por um acaso, os objetivos de ambos convergiam.

Juliette estendeu a mão e apertou a de Roma. Houve uma centelha entre eles, uma terrível e quente faísca enquanto ambos pareceram se dar conta de que, pela primeira vez em quatro anos, tocavam-se sem sentimentos ruins. Juliette sentia-se como se tivesse engolido uma brasa de carvão.

— Até que os surtos parem — sussurrou.

Balançaram as mãos duas vezes, e então Roma as virou, de forma que a dele estivesse por baixo e a de Juliette, por cima. Se não podia haver nada entre eles, então pelo menos teriam aquilo — um segundo, um capricho, uma fantasia — antes que Juliette voltasse a si e puxasse a mão de volta, retornando-a à lateral do corpo com punho cerrado.

— Amanhã, então — decidiu Roma. Sua voz estava áspera. — Amanhã caçamos o Larkspur.

Vinte e um

Forçando uma expressão neutra, Kathleen entrou de fininho na plenária Comunista, de manhã cedo, passando direto pelas pessoas que vigiavam a porta, um pé após o outro.

Ela era muito boa nisso: ver sem ser vista. Kathleen atingia o equilíbrio entre confiança e timidez como se fosse um reflexo natural. Ela aprendera a juntar os pedacinhos que montavam as outras pessoas, extraindo seus atributos e os moldando em uma amálgama própria de si mesma. Ela adotara o jeito como Juliette erguia o queixo quando falava, exigindo respeito, mesmo em seus piores dias. Ela aprendera a imitar a maneira como Rosalind abaixava os ombros quando o pai começava seus sermões infinitos, ficando intencionalmente pequena, para que ele percebesse que estava amuada e parasse, mesmo que, em seus lábios, brincasse um sorriso imperceptível.

Às vezes era difícil para Kathleen lembrar-se de que ainda era ela mesma, não cacos de um espelho que refletiam milhares de personalidades diferentes de acordo com a situação.

— Com licença — disse Kathleen, distraída, estendendo a mão para afastar e passar por dois Comunistas que conversavam intensamente. Eles abriram caminho sem dar muita atenção a ela, permitindo que Kathleen continuasse avançando pelo espaço lotado. Ela não sabia para que direção estava indo. Apenas sabia que precisava continuar se movendo até que a plenária começasse, ou então pareceria deslocada.

A plenária estava sendo realizada em um grande salão, com teto côncavo e alto, curvando-se para cima para encontrar-se com a inclinação do telhado. Em outro país, talvez o local tivesse sido uma igreja, com vitrais e espessas vigas de madeira. Aqui, era simplesmente um espaço para casamentos de estrangeiros e eventos organizados por gente rica.

Por ironia, agora quem estava alugando o local eram os Comunistas.

— Entre, saia — Kathleen murmurou para si mesma, ecoando as palavras que Juliette lhe dissera naquela manhã mais cedo. Quando Juliette foi até ela e Rosalind pedir ajuda, estava agitada e frenética, com metade do braço já enfiado no casaco.

— Deve haver um motivo, não é? — indagou Juliette. — Os Comunistas não estariam murmurando sobre um gênio no Partido idealizando isso tudo se não tivessem alguma prova. Se Zhang Gutai é inocente, então a prova também evidenciará isso e apontará outra direção. Por isso precisamos chegar até ela.

Rosalind já havia sido requisitada em outro lugar, na boate, para uma reunião importante que Lorde Cai teria com estrangeiros que precisavam ser impressionados, que precisavam ver Xangai em toda a sua extravagante e resplandecente glória. Pela expressão de desagrado de Rosalind, ela parecia não estar muito ansiosa para ser enviada aos Comunistas. Kathleen, por outro lado, não se importava. Por mais que tentasse desprezar aquela atmosfera, havia um certo prazer em estar enfiada até o pescoço no caos, no movimento e na tensão fervilhante e crescente. Isso a fazia sentir como se fosse parte de algo, mesmo que fosse apenas uma pulguinha presa em um guepardo em disparada atrás de uma presa. Se ela entendesse de política, entenderia a sociedade. E, se entendesse a sociedade, então estaria bem equipada para sobreviver a ela, para manipular o campo à sua volta até que pudesse ter uma chance de viver sua vida em paz.

Por mais que amasse a irmã, Kathleen não queria viver da mesma maneira que Rosalind, entre as luzes e o jazz. Ela não queria entrar em um figurino e empoar o rosto até que estivesse tão branca quanto uma folha de papel, como Rosalind fazia todos os dias, com uma expressão de desdém. Juliette não sabia o quanto tinha sorte por ter nascido com sua pele, com maçãs do rosto alvas, lisa como porcelana. Era preciso ter muita sorte na loteria genética; bastava um código diferente para que fosse necessária uma vida inteira de adaptação forçada.

Tudo o que Kathleen podia fazer para sobreviver era traçar seu próprio caminho. Não havia alternativa.

— Sou uma caloura da universidade — murmurou Kathleen, ensaiando sua resposta caso alguém perguntasse quem ela era — trabalhando como repórter para o jornal do campus. Espero aprender mais sobre as animadoras oportunidades para os operários de Xangai. Cresci pobre. Minha mãe faleceu. Meu pai está morto para mim—*uuf.*

Kathleen ficou imóvel. A pessoa em que esbarrou fez uma mesura, se desculpando.

— Por favor, me perdoe. Eu não vi para onde estava indo — o sorriso de Marshall Seo era radiante e forçado, mesmo enquanto Kathleen o encarava longamente. Ele não a reconheceu? Por que razão estava ali?

Provavelmente pela mesma que você.

— Não há o que perdoar — respondeu Kathleen, rapidamente, inclinando a cabeça. Ela se virou para seguir em frente, mas Marshall deu um passo para o lado, mais rápido do que um piscar de olhos da moça, colocando-se bem em frente a ela, que por pouco não bateu o nariz contra o peito dele.

— Para que a pressa? — perguntou Marshall. — A plenária não vai começar agora.

Ele definitivamente a reconheceu.

— Quero achar um assento — respondeu Kathleen. Seu coração começou a pular no peito. — A acústica aqui engana. É melhor ficar o mais perto possível do palco.

Não importava que nenhum deles estivesse usando as cores de suas organizações, que estivessem comparecendo a uma plenária de um grupo que rejeitava a ambos. Estavam de lados opostos — e um embate era um embate.

— Ah, mas fique um pouco aqui, minha cara! — insistiu Marshall. — Veja, ali — Marshall pôs a mão no cotovelo dela. A mão de Kathleen imediatamente foi para a cintura e seus dedos envolveram a pistola que repousava por baixo de seu casaco.

O ar ficou estático.

— Não faça isso — sussurrou Marshall, quase com tristeza. — Você sabe que não é uma boa ideia.

Um embate era um embate — então por que ele não a expulsava dali? Aquele território era Rosa Branca. Seria uma decisão péssima se ela resolvesse atirar nele, mas *ele* podia atirar *nela* — podia matá-la e os Escarlates não poderiam fazer coisa alguma.

Lentamente, Kathleen foi tirando os dedos da arma.

— Você nem sabe o que eu estava para fazer.

Marshall sorriu de orelha a orelha. A expressão veio em um lampejo — séria por um segundo, exultante no seguinte.

— Será que não?

Ela não sabia como responder àquilo. Não sabia como responder a toda a conversa em si — como responder àquele tipo de flerte que mais parecia um traço de personalidade do que algo feito com um objetivo em mente.

Como responder ao simples fato de ele não estar apontando uma arma para ela.

Um *truque*. Os Rosas Brancas sabiam como jogar.

Marshall continuava ali, parado. Seu olhar movia-se para a testa, para o nariz e para o pingente no pescoço dela e, embora Kathleen instintivamente quisesse se encolher diante da inspeção, percebeu que os ombros dele estavam relaxados, quase como se o desafiassem a dizer mais alguma coisa.

Ele não disse. Marshall sorriu, como se simplesmente estivesse se divertindo com aquele duelo de quem encarava mais.

— Bem, o papo estava bom — Kathleen deu um passo para trás —, mas eu quero achar meu assento agora. Adeus.

Ela se afastou, apressada, bufando e sentando-se na primeira cadeira que encontrou perto da frente. Ela nem mesmo queria se sentar. Estava tentando falar com os Comunistas. Por que ela era tão ruim em manter-se na missão?

Kathleen olhou em volta. À sua esquerda, uma mulher idosa roncava. À sua direita, dois jovens universitários — de verdade, não como ela, a julgar por seus cadernos — estavam intensamente focados em discutir seus planos para depois da plenária.

Kathleen esticou o pescoço, e depois mais um pouco, tamborilando os dedos freneticamente no espaldar da cadeira. Um tique-taque começou em sua mente, no ritmo em que piscava os olhos, como se o tempo que passava ali fosse uma coisa finita e estivesse acabando.

O olhar de Kathleen fixou-se em três homens calvos, duas fileiras atrás de si. Quando ela aguçou os ouvidos e se concentrou, percebeu que falavam em xangainês, balbuciando sobre a situação da Expedição do Norte, batendo os dedos nos joelhos e movendo as línguas tão rápido que lançavam perdigotos em todas as direções. O modo como gesticulavam a fez pensar que eles não eram apenas meros participantes. Eram membros do Partido.

Perfeito.

Kathleen foi até eles, arrastando a cadeira até que pudesse se sentar bem ao lado deles.

— Os senhores têm um segundo? — disse ela, interrompendo a conversa. — Sou da universidade — Kathleen puxou um gravador de seu bolso e o segurou diante de si. A coisa estava, na verdade, quebrada, e fora desenterrada, inusitadamente, de uma pilha de balas não utilizadas no arsenal da mansão Cai.

— Nós sempre temos tempo para nossos estudantes — respondeu um dos homens. Ele inflou o peito, se preparando.

Estou gravando sua voz, não tirando uma foto sua, pensou Kathleen.

— Gostaria de publicar um artigo sobre o Secretário-Geral do Partido — disse ela, em voz alta. — Zhang Gutai? — ela olhou o palco de relance. Havia pessoas se reunindo no tablado agora, mas estavam falando entre si, folheando anotações. Ela tinha alguns minutos antes que o lugar caísse no silêncio. Não havia tempo para amaciar aqueles homens com perguntas. Ela precisava extrair a informação que queria o mais rápido possível, moldando-os à forma adequada.

— O que tem ele?

Kathleen pigarreou.

— A revolução precisa de um líder. Os senhores acreditam que sua natureza competente será um recurso?

Silêncio. Por um momento, ela receou ter começado muito incisiva, pisando com o pé descalço em um ninho de víboras e as fazendo voltar às suas tocas, assustadas.

Então os homens começaram a gargalhar.

— Natureza competente? — repetiu um deles, ofegando. — Não me faça rir.

Kathleen piscou, confusa. Ela esperava que suas principais perguntas os induziriam a pensar que ela sabia mais do que realmente sabia. A competência de Zhang Gutai parecia ser um bom chute, não? Havia poucos outros traços de personalidade que poderiam servir ao gênio que idealizou uma epidemia. Em vez disso, seu tiro no escuro acertou uma coisa diferente.

— Os senhores não acham que o Sr. Zhang é competente? — perguntou, com a perplexidade encharcando a voz.

— O que faz a senhorita pensar que ele é? — rebateu um dos três homens, retribuindo o espanto genuíno.

No palco, um palestrante deu tapinhas no microfone. Um retorno agudo soou por todo o espaço, ricocheteando nos cantinhos das alcovas no teto.

— É um palpite plausível.

— É mesmo?

Kathleen sentiu um tique surgindo em seu maxilar. Ela não conseguiria se manter naquele jogo. Era destreinada na arte de falar inverdades.

— Correm boatos de que ele criou a insanidade que está assolando a cidade.

Os três homens ficaram paralisados. Enquanto isso, o primeiro palestrante começava a dar boas-vindas aos presentes, agradecendo-os por estarem ali e chamando quem estava nos fundos para mais perto do palco.

— Que tipo de artigo você está escrevendo? — o sussurro flutuou até Kathleen, vindo do homem que estava sentado mais distante dela. Ele falava de um jeito que o fazia mover apenas metade da boca, empurrando as palavras pelas brechas entre os dentes e a fina abertura dos lábios.

O gravador ficou mais pesado nas mãos de Kathleen. Cuidadosamente, ela o segurou firme e o guardou, determinando que ele servira a seu propósito.

— Um estudo sobre o poder — respondeu ela — e sobre a insanidade que vem com ele. Um estudo sobre o poderoso e sobre aqueles que o temem — não permitindo erros no significado de suas palavras, Kathleen sussurrou. — O desvendar da insanidade.

Aplausos soaram pelo salão. De algum lugar distante, Kathleen pensou ter ouvido um breve som de sirenes se mesclando ao ruído, mas, quando os aplausos cessaram, tudo o que ouviu foi o próximo palestrante — um Bolchevique real que viera de Moscou — enaltecendo os benefícios da sindicalização.

— Não se engane — o homem mais próximo a ela olhou-a nos olhos rapidamente antes que voltasse a fitar o palco. Se ele não estivesse contemplando aquela palestra, Kathleen jamais pensaria que ele era um Comunista. O que tornava aquele homem diferente dos outros na rua? Em que ponto o egocentrismo político virava fanatismo suficiente para morrer por uma causa? — Se quiser desvendar o papel de Zhang Gutai nesses surtos, não é o poder que o eleva.

— Então o que é? — indagou Kathleen.

Nenhum dos homens respondeu. Talvez o discurso do Bolchevique no palco fosse muito cativante. Talvez eles estivessem apenas com medo.

— Vocês se autoproclamam arautos da igualdade — Kathleen pisou em um panfleto que fora descartado no chão. O grande texto em destaque sangrava tinta, manchado de gotas de chá que alguém derramara. — Façam jus a isso. Permitam-me expor Zhang Gutai como o canalha falso que é.

Ninguém precisa saber que vocês são a fonte. Eu nem sequer sei seus nomes. Os senhores são soldados anônimos da justiça.

Um instante se passou. Os homens estavam se coçando para falar. Kathleen podia ver no brilho de seus olhos, no êxtase que se sente quando se pensa estar fazendo o bem no mundo. O Bolchevique no palco fez uma mesura. O salão irrompeu em uma onda de aplausos.

Kathleen esperou.

— Você quer escrever um estudo sobre o poder dele? — o homem mais perto dela se inclinou. — Entenda isso: Zhang Gutai não é poderoso. *Ele tem um monstro sob seu comando.*

Um vento frio passou pelo salão. Com os aplausos morrendo, o público se aquietava novamente.

— O quê?

— Nós o vimos — disse o segundo homem, convicto. — Nós o vimos saindo de seu apartamento. Ele o manda matar aqueles que se opõem a ele, como um demônio na coleira.

— Todo o Partido sabe — complementou o terceiro homem —, mas ninguém fala contra essa desonra quando a maré segue na direção que desejamos. Quem ousaria?

Sob as sombras coloridas das janelas manchadas, todo o público pareceu se virar para frente, aguardando o próximo palestrante enquanto o palco permanecia vazio. Kathleen era provavelmente a única pessoa virada para outra direção.

Esses homens pensam que ver *o monstro causa o surto,* percebeu. Eles pensam que o monstro é um assassino sob as ordens de Zhang Gutai, matando quem o olhasse. Mas, então, como os insetos entram na equação? Por que Juliette falou tanto de criaturas como piolhos espalhando os surtos?

— A mim, isso parece poder — comentou Kathleen.

— Poder é algo alcançável por poucos — disse o homem, dando de ombros. — Qualquer um pode ser mestre de um monstro caso o coração seja suficientemente perverso.

O salão de repente virou um caos: cadeiras se batiam e sons estridentes ecoavam no espaço acústico. Subitamente, Kathleen lembrou-se de ouvir as sirenes à distância e de não ter lhes dado importância, mas, de fato, *eram* sirenes, trazendo consigo o cumprimento da lei que não cumpria lei alguma, apenas mantinha as coisas como estavam. Aquele era um território Rosa Branca. Eles pagavam uma quantia vultosa à *garde municipale* para manter seus gangsteres no controle, o que incluía atacar as plenárias dos Comunistas, atacar qualquer tentativa do partido em começar a revolução e erradicar o jugo da máfia.

— Parem imediatamente e ponham as mãos para cima — berrou um dos guardas.

O movimento apenas se intensificou enquanto pessoas jorravam pelas portas e mergulhavam para debaixo de mesas. Vagamente, Kathleen pensou em fazer o mesmo, mas um guarda já marchava na direção dela, com uma expressão assediadora.

— *Venez avec moi* — ordenou o guarda. — *Ne bougez pas.*

Kathleen emitiu um ruído pensativo.

— *Non, monsieur, j'ai un rendezvous avec quelqu'un.*

O guarda deu um pulo de surpresa. Não esperava o sotaque parisiense. Ele mesmo não tinha as características dos franceses brancos normalmente vistos na Concessão. Assim como muitos membros da *garde municipale*, ele era apenas um produto da colonização francesa, enviado a trabalho de Aname ou de qualquer um dentre os vários países ao sul da China que não conseguiram manter os estrangeiros fora de seu governo.

— *Maintenant, s'il vous plaît* — vociferou o guarda, com os pelos visivelmente eriçados pela insolência de Kathleen. Ao redor deles, Comunistas eram jogados ao chão e rendidos. Aqueles que não correram rápido o bastante seriam processados e inseridos em uma lista, nomes que seriam monitorados caso o Partido crescesse mais e precisasse ser abatido.

— Ah, deixe ela em paz.

Kathleen se virou rapidamente, com a cara muito fechada. Marshall estava mandando o guarda embora com um aceno, e em sua mão estava um anel que claramente pertencia à coleção de heranças Montagov. O anel cintilava à luz e a expressão de ira do guarda ficou mansa. Ele pigarreou e saiu para abordar uma vítima diferente que estivesse por perto.

— Por que você fez isso? — indagou Kathleen. — Por que ofereceu ajuda quando não foi solicitada?

Marshall deu de ombros. Ele pareceu ter conjurado do nada uma maçã vermelha e brilhante.

— Eles pisam na gente o tempo todo. Eu quero ajudar — e deu uma mordida na maçã.

Kathleen puxou a jaqueta. Se ela puxasse mais, o tecido ganharia um amarrotado permanente.

— O que você quer dizer com isso? — perguntou ela, com frieza. — A *garde municipale* está do seu lado. Eles nunca pisarão em *vocês*.

— Claro que pisarão — sorriu Marshall. Mas, dessa vez, o sorriso não chegou a seus olhos. — Todos eles pisam. Mal podem esperar para engraxar os sapatos e nos esmagar de vez com eles. Pessoas como nós morrem todos os dias.

Kathleen não se moveu.

Marshall nem percebeu o desconforto da jovem. Prosseguiu, gesticulando com a maçã na mão.

— Assim como aqueles Comunistas que estavam falando contigo querem achar a primeira oportunidade para derrubar o Secretário-Geral deles.

Kathleen reclamou, ofendida.

— Você estava escutando minha conversa?

— Estava, e daí?

As abordagens pareciam estar diminuindo agora. Havia uma linha reta dali até a porta e, então, Kathleen teria sua liberdade, escapando com a informação recém-adquirida amarrada ao peito.

Pena que, agora, os Rosas Brancas também a tinham.

— Cuide da sua vida — vociferou Kathleen.

Antes que Marshall Seo pudesse roubar mais alguma coisa, ela saiu dali.

Vinte e dois

A manhã virou meio-dia com desânimo. Raios de luz cinzenta passavam pelas janelas sujas do cabaré. Juliette abanou a fumaça de cigarro que serpenteava debaixo de seu nariz, fazendo uma careta e segurando a tosse.

— O aquecedor quebrou? — gritou Juliette. Sua voz alta se ouvia à distância. — Aumentem a temperatura! E tragam mais gim!

Ela já vestia um longo casaco de pele, mais grosso que os livros de contabilidade do pai. Contudo, cada vez que as portas se escancaravam, um vento frio rodopiava para dentro e esfriava ainda mais o dia gélido.

— A senhorita já acabou com a garrafa toda? — comentou uma das garçonetes. Ela tinha um pano na mão e esfregava uma mesa próxima quando torceu o nariz na direção do frasco à frente de Juliette.

Juliette pegou a garrafa vazia, examinou seus detalhes delicados e a repousou novamente em cima de um panfleto. Ela havia encontrado aquele fino pedaço de papel na rua antes de entrar ali. Mexera tanto nele que o canto do folheto agora estava amassado.

VACINE-SE, dizia o panfleto, em grandes letras. Bem no fim do papel, havia duas linhas com um endereço que ficava na Concessão Internacional de Xangai.

— Pare com esse julgamento, antes que eu te demita — retrucou Juliette, com uma ameaça não muito convicta. Então, cutucou um ajudante de cozinha que passava por perto — Vamos! Outra garrafa!

O ajudante correu para atendê-la. O público do cabaré durante o dia era escasso e, para os gangsteres que apareciam ali por aquelas horas, não havia nada a fazer senão vadiar e assistir à apresentação diurna e menos pomposa de Rosalind. À noite, todos os limites eram ultrapassados e Rosalind mergulhava na extravagância com muito *can-can* e *chá-chá-chá*. As luzes brilhariam em potência máxima e o movimento da pista seria suficiente para acender os candelabros, que reluziam a ouro contra o teto vermelho e nebuloso. Mas, enquanto o sol estava lá fora e eram poucas as pessoas dispersas nas mesas redondas, era como se o local estivesse hibernando. Rosalind normalmente trabalhava duas horas durante o dia e evidentemente as odiava, como era possível perceber pela incapacidade de se concentrar. Do palco, ela erguera uma sobrancelha para Juliette, silenciosamente perguntando por que a prima estava ralhando na plateia e, com isso, perdendo as primeiras notas da próxima canção.

— Bebendo à uma da tarde? — comentou Rosalind quando foi até Juliette, uma hora depois de ter finalmente encerrado seu número. Após sair de seu figurino chamativo e vestir um *qipao* verde-escuro, ela se deixou tombar na cadeira em frente a Juliette, mesclando-se ao verde forte do assento. Apenas seus olhos negros se destacavam na luz branda. Todo o resto era estranho e cinza.

— Bom, estou *tentando*.

Com destreza, Juliette encheu um copo até a metade e o ofereceu a Rosalind.

Rosalind tomou um gole. Fez uma careta tão feia que seu queixo, normalmente pontudo, tornou-se triplo.

— Isto é *horrível* — tossiu, limpando a boca. Então ela olhou em volta, observando as mesas vazias. — Você vai encontrar alguém aqui de novo?

Um comerciante, Rosalind palpitava, ou talvez um diplomata estrangeiro, um executivo — pessoas poderosas com as quais Juliette devia manter contato. Porém, desde Walter Dexter, que fora uma peste mais do que qualquer coisa, seu pai não mandara que se encontrasse com mais ninguém. Ela tinha apenas uma missão: descobrir por que o povo de Xangai estava morrendo.

— Todas as vezes que bato na porta de meu pai para perguntar se há alguém importante para bajular, ele me enxota assim — Juliette imitou com exagero a expressão ocupada do pai, agitando o pulso rapidamente no ar como se sua mão fosse de alface.

Rosalind segurou uma risada.

— Então você não tem coisa melhor para fazer?

— Eu estou apenas passando um tempo absorta em seu talento — respondeu Juliette. — Estou tão *entediada* dessas pessoas comuns que não sabem a diferença entre um *dropkick* e um *flat kick*...

Rosalind fechou a cara.

— Nem *eu* sei a diferença. Estou quase certa de que você acabou de inventar esses termos.

Juliette deu de ombros e então entornou o resto de sua bebida. A resposta que deu era verdadeira. Ela apenas precisava ser vista no cabaré por tempo o bastante para não levantar suspeitas quando o crepúsculo viesse e ela saísse para encontrar Roma às escondidas.

Ela sentiu um calafrio. *Encontrar Roma às escondidas.* Era muito nostálgico. Uma ferida tão antiga, mas ainda aberta e dolorida.

— Você está bem?

Rosalind tomou um susto.

— Por que não estaria?

A maquiagem estava bem aplicada, mas Juliette também passava um bom tempo toda manhã mexendo em seus potes e frascos. Sem que fosse preciso olhar mais de perto, ela conseguia dizer onde Rosalind havia emplastrado mais cremes e pó e traçar a linha exata onde sua pele de verdade acabava e uma camada falsa começava a cobrir as sombras e olheiras.

— Eu fico preocupada por você não estar dormindo — respondeu Juliette.

Elas ouviram um barulho alto à esquerda. A garçonete que estava limpando a mesa derrubara um castiçal.

Rosalind balançou a cabeça negativamente — poderia ter sido um gesto tanto de desaprovação à garçonete quanto em resposta a Juliette.

— Eu estou dormindo, mas não direito. Fico tendo sonhos com esses insetos — ela sentiu um calafrio e então se inclinou para a frente. — Juliette, eu me sinto impotente por estar parada enquanto a cidade desmorona. Deve haver algo que eu possa fazer...

— Relaxe — disse Juliette, gentilmente. — Não é o seu trabalho.

Rosalind pôs as duas mãos na mesa e cerrou a mandíbula.

— Eu quero ajudar.

— Me ajude dormindo bem — Juliette tentou dar um sorriso. — Nos ajude dançando com todo o seu lindo resplendor para que possamos esquecer, mesmo que por alguns minutos, que as pessoas estão saqueando lojas e ateando fogo nas ruas.

Para que pudessem esquecer que a insanidade golpeava cada canto da cidade, que aquilo não era uma força que policiais, gangsteres ou poderes colonialistas podiam enfrentar.

Rosalind não respondeu por um longo período. Então, para choque de Juliette, indagou:

— É só para isso que sirvo?

Juliette sobressaltou-se.

— Como é?

— Devem estar dizendo por aí que eu nem mesmo sirvo para ser uma Escarlate — lamentou Rosalind. Sua voz era quase irreconhecível, atravessada por um caco de vidro. — Tudo o que sou é isso, uma dançarina.

— *Rosalind* — Juliette também se inclinou para a frente, estreitando os olhos. De onde veio isso? — Você é uma dançarina, sim. Mas uma do círculo interno Escarlate, a par de reuniões e correspondências nas quais nem mesmo seu próprio pai pode meter o nariz. Como você pode duvidar se é ou não uma Escarlate?

Todavia, os olhos de Rosalind estavam assombrados. A amargura deu lugar à angústia, e a angústia devorou seu semblante até que ela estivesse com o olhar fixo à sua frente, derrotada. Deparar-se com o monstro a afetara mais do que ela deixara transparecer. A visão lhe causara longas noites e crises, e agora ela questionava tudo aquilo em que sua vida se fundara, o que era perigoso para alguém como Rosalind, cuja mente já era um eterno sepulcro.

— É que às vezes me parece injusto — disse Rosalind, em voz baixa — que você possa *ser* dessa família e isso lhe dá uma cadeira cativa na Sociedade Escarlate, mas eu sou uma dançarina ou não sou nada.

Juliette piscou, atônita. Não havia nada que pudesse dizer àquilo. Nada além de:

— Eu... sinto muito — Juliette estendeu a mão, repousando-a sobre a da prima. — Quer que eu fale com meu pai?

Rosalind rapidamente balançou a cabeça, recusando, e riu uma risada quebradiça.

— Por favor, não se incomode — disse Rosalind — Eu só... eu não sei. Não sei o que há de errado comigo. Preciso dormir mais — ela ficou de pé, apertando forte a mão de Juliette antes de soltá-la. — Preciso ir para casa agora e descansar se quiser ficar bem para o turno da noite. Você vem?

Ela não viria, mas também não queria deixar Rosalind partir quando ainda parecia haver um conflito ali — um conflito entre elas — que não estava resolvido. Era angustiante. Os pelos da nuca de Juliette agora estavam eriçados como se ela e a prima tivessem brigado, mas ela não conseguia dizer onde o atrito começara. Talvez tenha sido só imaginação. Os olhos de Rosalind agora estavam límpidos, injetando mais ânimo em si mesma. Talvez aquilo tenha sido apenas um breve momento de crise interna.

— Vá — respondeu Juliette, finalmente. — Eu ainda tenho um tempinho para matar.

Anuindo com a cabeça, Rosalind sorriu novamente. Ela saiu pela porta e outra corrente de ar frio entrou, desta vez fazendo Juliette tremer tão forte que ela enfiou todo o pescoço dentro do casaco, tornando-se uma garota engolida pela pele. Agora não havia nem mesmo uma apresentação para mantê-la entretida. Não tinha escolha senão ficar de olho em seus Escarlates.

— Há quanto tempo você está esfregando essa mesa? — indagou Juliette.

A garçonete olhou para ela, suspirando.

— *Xiăojiě*, as manchas são persistentes.

Juliette ficou de pé em um pulo e bateu os saltos no chão. Estendeu a mão para o pano de limpeza.

A garçonete piscou os olhos, confusa.

— Senhorita Cai, não é adequado para a senhorita sujar as mãos...

— *Passe para cá*.

Ela passou. Juliette amassou o pano em seu punho. Em três movimentos rápidos e violentos — a mão indo à mesa com tanta força que fez barulho — a superfície estava limpa e brilhando.

Juliette deu o pano de volta.

— Force com os cotovelos. Não é difícil.

— Estava aqui pensando...

Benedikt ergueu os olhos de seu bloco de desenho, forçando a vista para focar no rosto de Marshall. Era um dia nublado, mas havia um fulgor ofuscante brilhando através das nuvens e jorrando pela sala de estar. O resultado era um céu terrivelmente deprimente sem o conforto da chuva forte.

— Sou todo ouvidos.

Marshall se jogou no grande sofá, empurrando sem cerimônia as pernas de Benedikt para o lado. Ele fingiu não ouvir o ruído de protesto de Benedikt, não se movendo mesmo quando quase se sentou bem em cima do pé descalço do amigo.

— Você não acha que é um tanto estranho que Lorde Montagov esteja nos mandando em tantas missões Escarlate ultimamente? Como ele está conseguindo essas informações?

— Não é estranho — o foco de Benedikt voltou ao movimento do lápis em papel áspero. — Temos espiões na Sociedade Escarlate. Sempre tivemos. E eles certamente têm espiões em nossas fileiras também.

— Temos espiões, claro, mas não a esse nível — respondeu Marshall. Ele sempre parecia muito sombrio quando tentava se concentrar. Benedikt achava aquilo um pouco engraçado, para ser franco. Não combinava com Marshall; era como um bobo da corte usando um terno de três peças.

— O quê? Você acha que conseguimos nos infiltrar no círculo interno deles? — Benedikt balançou a cabeça negativamente. — Saberíamos se fosse o caso. Quer parar de se contorcer como uma minhoca?

Marshall não parou. Parecia que ele estava tentando se acomodar, mas as almofadas do sofá iriam se soltar e pular se ele continuasse fazendo aquilo. Por fim, se ajeitou e apoiou o queixo no punho.

— É que ultimamente a informação tem sido muito precisa — disse Marshall, com uma pitada de espanto entrando em sua voz. — Ele soube o horário do baile de máscaras antes de Roma. Nessa manhã me mandou atrás de Kathleen Lang e tinha a localização exata dela. Como seu tio está fazendo isso?

Benedikt ergueu os olhos de seu desenho e depois voltou a baixá-los, fazendo o lápis mover-se em um arco veloz. Uma linha de um maxilar encontrando o traço de um pescoço. Um borrão sombreado tornou-se uma covinha.

— Lorde Montagov o mandou ir atrás de Kathleen Lang? — indagou ele.

Marshall se inclinou para trás.

— Bem, ele não mandaria você ou Roma a uma plenária Comunista. Você fala a língua deles, mas seu rosto não se mistura tão bem quanto o meu.

Benedikt revirou os olhos.

— Sim, disso eu sei. Mas por que estamos seguindo Kathleen Lang agora?

Marshall deu de ombros.

— Não sei. Suponho que queremos as informações que ela conseguir — disse, olhando o clima do lado de fora com atenção. Um momento de silêncio passou, sem nenhum som exceto o sombreado veloz do coto de lápis de Benedikt.

— Devemos voltar à nossa busca por uma vítima viva hoje? — perguntou Marshall.

Benedikt supunha que sim. Estavam ficando sem tempo. Alisa contava com eles e, se ainda tinham terreno a exaurir para encontrar a cura, não deviam ao menos tentar?

Suspirando, Benedikt jogou o bloco de desenho na mesa.

— Acho que sim.

— Você pode voltar a desenhar quando falharmos e encerrarmos o expediente — prometeu Marshall. Ele esticou o pescoço para olhar o bloco de desenho. — Mas meu nariz não é tão grande assim.

Ao pôr-do-sol, Juliette se esgueirou para fora do cabaré com a cabeça baixa e o queixo enfiado no colarinho. Era tanto um esforço para não ser vista quanto para suportar o ar gélido — uma ventania que alfinetava sua pele em cada ponto de contato. Ela não sabia o que houve naquele dia que trouxe o inverno precoce com tanta força.

— Pãozinho, pãozinho quente por dois centavos! Coma agora, tá quentinho...

— Mocinha, mocinha, olha o peixe na pechincha...

— Vem ver o futuro na palma da sua mão! *Xiǎojiě*, você tá precisando...

Juliette fazia curvas para a direita e para a esquerda na feira, olhando para os sapatos. Ela puxou o capuz do casaco até que a maior parte de seu cabelo estivesse enterrada nas peles e a maior parte de sua face, engolida por penugem. Não que fosse perigoso ser reconhecida — ela tinha dez mil desculpas na manga para responder aonde ia, mas não estava a fim de ficar tecendo mentiras. Aquela cidade era uma velha amiga. Ela não precisava olhar em volta para encontrar o caminho. Por aqui, por ali, por aqui e por ali, logo ela estava passando pela Avenida Eduardo VII, finalmente erguendo a cabeça e preparando o rosto para encarar o frio e procurar por Roma.

Todo o movimento ao longo daquela rua seguia em uma direção — o Grande Mundo. Não era muito justo chamar o lugar de *parque de diversões*, como Juliette costumava fazer. Melhor dizendo, era um complexo de entretenimento coberto, com todas as coisas da Terra. Espelhos distorcidos, acrobatas na corda bamba e barraquinhas de sorvete se juntavam em uma cacofonia de movimento que servia para drenar um dia de sua vida e todo o dinheiro de sua carteira. A atração principal era a ópera chinesa, mas Juliette nunca gostou muito dela. Os mágicos eram os seus preferidos, mas ela não entrava no parque há anos, e agora todos os mágicos com os quais se familiarizara provavelmente saíram dali ou foram substituídos.

Suspirando, Juliette examinou os cinco ideogramas chineses gigantes que estavam diretamente acima do Grande Mundo. Ardiam contra o brilho do sol poente, iluminados por trás com a mais leve linha laranja flamejante.

Cigarros... brancos... dragão... dourado, ela traduziu, e o ato foi mais confuso do que deveria ser. Ela esqueceu por um curtíssimo instante de ler da direita para a esquerda em vez da forma ocidental com a qual se acostumara nos últimos anos.

— Foco — murmurou para si mesma.

A atenção errante de Juliette então voltou-se para o jorro de rostos indo e vindo das portas do Grande Mundo. Ela vasculhou cuidadosamente — examinando as massas na noite que caía rapidamente enquanto seguiam anúncios ruidosos que apontavam para cada vício prontamente disponível — até que seu olhar chegou à frente de uma loja de roupas. Apoiado em uma placa, Roma estava com as mãos enterradas nos bolsos, com olheiras profundas.

Juliette foi até ele, com os sapatos silenciosos sobre o cascalho, para variar. Já se preparava para brigar com ele por estar tão longe do prédio e dificultar que ela o localizasse. Apenas quando se aproximou, algo na expressão dele a interrompeu antes mesmo de começar.

— O que foi...

— Não olhe para trás — disse Roma —, mas você foi seguida.

— Não fui.

A negação veio rápida e firme, embora fosse mais um ato de rebeldia de sua parte do que certeza efetiva. Enquanto falava, seu primeiro instinto foi se virar e provar que Roma estava enganado, mas a lógica a orientou que se contivesse. Manteve-se imóvel, com todos os tendões do pescoço rígidos. Ela de fato estava perdida em pensamentos enquanto trilhava seu caminho, concentrada em manter a face oculta dos que estavam à vista, em vez de observar com a visão periférica se havia alguém à espreita. Será que fora perseguida?

— Um homem branco parou na mesma hora que você — disse Roma. — Ele tirou um jornal do bolso e começou a lê-lo no meio da rua. Não sei o que você acha, mas, para mim, parece muito suspeito.

Juliette começou a fuçar o bolso, xingando inaudivelmente.

— Ele pode não ser uma ameaça — insistiu ela. — Talvez seja um dos seus, monitorando as suas ações.

— Ele não é russo — rebateu Roma, imediatamente. — a roupa e o corte de cabelo apontam para britânico, e não temos nenhum deles em nossas fileiras.

Juliette finalmente encontrou o que procurava e puxou seu pó facial. Abriu a caixinha e o espelho que havia nela no ângulo certo para observar as ruas escurecendo sem que precisasse se virar.

— Achei — relatou Juliette. — Lenço amarelo no bolso da frente?

— Esse aí — respondeu Roma.

Ela não sabia como Roma havia identificado o perseguidor como britânico. Ele parecia um estrangeiro qualquer na rua.

Juliette olhou com mais atenção pelo espelho. Mudou o ângulo devagar, devagar...

— Roma — disse, aumentando a voz. — Ele tem uma arma.

— Todo estrangeiro nessa cidade tem uma...

— Ele está apontando para nós — cortou Juliette. — Acabou de sacá-la por detrás do jornal.

Um silêncio tenso caiu entre ambos enquanto pensavam desesperadamente no que fariam. Ao redor deles, Xangai continuava se movendo, viva, vibrante e despreocupada. Mas Roma e Juliette não podiam se misturar à multidão sem serem seguidos para onde quer que fossem em seguida. Não havia esconderijo onde pudessem se ocultar e desaparecer, nem lugar algum para sacar armas sem que o britânico visse e atirasse primeiro.

— Desamarre o casaco e me abrace — disse Roma.

Juliette se engasgou com a risada repentina. Esperou o clímax da piada chegar, mas Roma estava falando sério.

— Você está de brincadeira — disse.

— Não estou, não — rebateu Roma, tranquilo. — Venha, aí eu consigo atirar nele.

O perseguidor britânico estava a mais de cem passos de distância. Havia dúzias de civis indo e vindo entre eles. Como Roma esperava acertá-lo em meio a tudo isso enquanto *abraçava* Juliette?

Juliette deu um puxão na fita ao redor de sua cintura, afrouxando o casaco e erguendo o braço simultaneamente. Na outra mão, fechava o espelho, perdendo a visão de seu perseguidor.

— Espero que saiba o que está fazendo — sussurrou. Seus pulmões estavam apertados. Seu coração, um violento tambor de guerra.

Ela passou os braços ao redor do pescoço de Roma.

Juliette ouviu-o tomar fôlego. Uma inalação breve, dificilmente perceptível se ela não estivesse tão perto. Talvez ele não tenha considerado o fato de que pedir a Juliette para acobertar seus movimentos significava ficar tão próximo a ela. Ele certamente não esperava que o queixo dela automaticamente se encaixasse no vão em que seu ombro encontrava o pescoço, como costumava encaixar.

Os dois haviam crescido e criado espinhos. Mesmo assim, Juliette se encaixou muito facilmente — facilmente demais para o gosto dela.

— Chegue mais perto — instruiu Roma. Ela sentiu o braço dele se movendo, pegando a pistola por trás da cobertura do casaco dela enquanto a vestimenta ondulava nos flancos de ambos por causa do vento.

Juliette lembrou-se de quando Roma jurou-lhe que nunca pegaria uma arma. Ele nunca se sentira confortável ao toque de armamento automático como ela. Naqueles poucos meses que ela passara em Xangai aos 15 anos, Roma não vivera a mesma vida que ela. Enquanto ele trabalhava sob o confortável título de herdeiro dos Rosas Brancas, Juliette lutava para ser notada, agarrando-se a cada palavra de seu pai, temendo que perder uma única instrução a levasse ao obscurantismo.

Não podemos nos dar ao luxo de ter misericórdia, Juliette. Veja esta cidade. Veja a fome que se contorce sob a camada de glamour.

A tática pedagógica favorita de seu pai era levá-la até o sótão da casa para que pudessem fitar da janela mais alta o centro da cidade no horizonte.

Impérios podem cair em questão de poucas horas. Este não é diferente. Aqui em Xangai, quem atira primeiro tem a melhor chance de sobreviver.

Juliette aprendera a lição. Parecia que Roma aprendera o mesmo nos anos em que ela esteve fora.

— Não erre — sussurrou Juliette.

— Eu nunca erro.

Um *bang* estourou no espaço entre eles. Juliette imediatamente deu meia-volta para ver o britânico caindo bem onde estava, com um ponto vermelho vivo florescendo em seu peito. Havia um buraco fumegante no casaco de Juliette, mas ela mal notou. Sua mente estava nos gritos que soavam ao redor dela enquanto buscavam a origem do estampido, no irromper de movimento que se iniciou sobre os paralelepípedos.

Sons de tiro eram comuns em Xangai, mas nunca em um lugar tão lotado, nunca em um lugar do qual estrangeiros gostavam de se gabar para os amigos na terra natal. Sons de tiro pertenciam a gangsteres e conflitos ao longo dos limites territoriais, nas horas em que o demônio perambulava pelas ruas e a luz do luar descia do céu. Agora o momento era reservado à calidez do pôr-do-sol. Agora o momento era de fingir que Xangai não estava dividida em duas.

Mesmo assim, em meio ao caos, havia outros três pontos de absoluta calmaria.

Juliette não fora seguida por um homem. Fora seguida por quatro.

Então eles precisavam correr *agora*.

— O parque — comandou Juliette. Virou-se para Roma, fechando a cara diante de sua lentidão. — *Vamos*. Esta é a primeira vez em que eu preciso correr de um crime que cometi.

Roma piscou os olhos arregalados e incrédulos. Ele não parecia inteiramente presente enquanto mergulhavam na multidão, trombando contra a abundância de mãos e cotovelos que surgiam por todos os lados na tentativa de acharem um lugar seguro.

— Um crime que *você* cometeu? — repetiu Roma, suavemente. Juliette teve que se esforçar para ouvir. — Quem atirou fui *eu*.

Juliette o ridicularizou, se virando.

— Você realmente precisa levar o crédito por— a frase morreu nos lábios dela. Ela pensou que Roma a estava corrigindo, assumindo a autoria do crime, mas então viu a expressão em sua face. Ela deixava tudo à mostra.

Ele não queria atirar.

Juliette desviou o olhar rapidamente, sacudindo a cabeça como se tivesse visto algo que não devia. Ali estava ela, pensando que ele finalmente havia se adaptado à arma e, no momento seguinte, ele a surpreendia com sua atuação. Quanto daquele exterior era fachada? Juliette não havia considerado antes daquele momento que, enquanto Roma era tomado pelos rumores sobre a crueldade *dela*, talvez ela mesma tenha caído nessa armadilha, acreditando nos contos sobre a frieza glacial dele, originados dentro dos próprios Rosas Brancas.

Juliette franziu o cenho, agachando-se para passar por uma brecha entre dois guarda-sóis. Quando saiu do outro lado, seus olhos vaguearam até Roma novamente — para sua mandíbula cerrada e seu olhar calculista.

Ela nunca parecia saber distinguir o que era real e o que não era quando se tratava de Roma Montagov. Pensou que o conhecia, e então não mais. Pensou que tinha se resolvido após a traição dele, marcando-o como perverso e sanguinário, mas parecia que ele não era assim.

Talvez não houvesse verdade. Talvez nada fosse fácil como uma verdade só.

— Rápido — disse Juliette, sacudindo a cabeça para limpar a mente.

Eles conseguiram entrar no Grande Mundo, parando na entrada para checar os perseguidores. Juliette olhou de relance por cima dos ombros e viu dois dos três homens que havia identificado antes; ambos empurrando a multidão, com olhos fixos nela. Moviam-se estrategicamente, sempre atrás de um civil, sempre de cabeça baixa. Roma a puxava pelo ombro para que seguisse em frente, mas ela procurava pelo terceiro, com a mão indo ao tornozelo.

— Onde ele está? — indagou.

Roma vasculhou a multidão e, depois de uma fração de segundo, apontou para a extremidade lateral, onde corria o homem, talvez buscando uma entrada alternativa para o Grande Mundo a fim de encurralá-los lá dentro.

Juliette sacou a pistola da meia. O homem estava prestes a sumir de vista.

Mesmo que Roma não fosse o herdeiro brutal que a cidade pensava, não significava que a reputação de Juliette fosse uma inverdade.

O homem que corria desabou quando a bala de Juliette lhe cravou o pescoço. Antes que a pistola parasse de fumegar, Juliette já se virava e se enfiava prédio adentro.

Dentro do Grande Mundo, a maioria dos clientes não ouvira os tiros, ou simplesmente pensara que eram parte de algum brinquedo ou da atmosfera do parque. Juliette teceu seu caminho pela multidão, vendo seu breve reflexo com o canto do olho enquanto tentava passar pela seção de espelhos distorcidos.

— Como vamos despistar os outros dois? — indagou Roma.

— Siga-me — respondeu Juliette.

Eles passaram aos empurrões pela parte mais densa da multidão e saíram do prédio até o pátio central a céu aberto do Grande Mundo. Uma ópera estava a pleno vapor ali, mas Juliette estava ocupada procurando por outra entrada interna nas instalações do Grande Mundo, fitando freneticamente as escadarias externas que ziguezaguevam por todos os pisos. Juliette lançou-se novamente para frente, passou à força por uma família de cinco pessoas e então trombou com uma mulher que carregava uma gaiola de pássaro, sobressaltando-se quando a gaiola foi ao chão ruidosamente e o pássaro deu um grasnado de morte.

— Juliette — alertou Roma, de trás. — Cuidado.

— Se apresse — disparou Juliette em resposta.

A cautela dele o deixava mais lento. Juliette viu em um lampejo um perseguidor passando pela seção dos espelhos. O outro se chocou contra um exasperado escriba de cartas de amor que estava saindo dali.

— Aonde estamos indo? — bufou Roma.

Juliette apontou para as escadas largas e brancas que se assomavam à vista.

— Para cima — disse. — Rápido, rápido; não, Roma, *abaixe!*

No momento em que começaram a subir as escadas, se elevando sobre a multidão, os perseguidores conseguiram uma linha de tiro. Balas ricocheteavam pelo espaço amplo, fazendo Juliette subir três degraus por vez.

— Juliette, eu não estou gostando disso! — gritou Roma. Suas passadas eram mais pesadas que as dela, então ele subia quatro degraus por vez para acompanhá-la.

— Essa também não é a minha ideia de diversão — retrucou Juliette, também gritando, chegando aos tropeços no segundo piso e disparando novamente para o centro do edifício circular. — Vamos logo!

Aquele piso era ocupado por pessoas, não atrações: cafetões, atores e barbeiros, todos oferecendo seus serviços para quem os quisesse.

— Por aqui — disse Juliette, arfando. Ela correu pela fileira perplexa de extratores de cera e passou por duas portas vaivém.

— Aqui, aqui.

Juliette agarrou a manga de Roma, puxando-o furiosamente para dentro de araras com robes de bainha rendada.

— Vamos...? Vamos nos esconder? — sussurrou Roma.

— Por um tempo — respondeu Juliette. — Agache.

Eles se agacharam no meio das roupas, prendendo a respiração. Um instante depois, as portas se escancararam e os dois perseguidores restantes entraram, respirando ruidosamente na quietude do camarim.

— Veja aquele lado — um ordenou para o outro. Sotaque britânico. — Eu vou checar por aqui. Eles não podem ter ido longe.

Juliette viu os dois homens se dividirem, seguindo-os pelos pés, esperando até que os dois pares de sapatos estivessem separados a uma boa distância.

— Aquele é seu — sussurrou Juliette, apontando para o par de sapatos que chegava cada vez mais perto. — Mate-o.

Roma agarrou o pulso dela em um movimento rápido.

— Não — sibilou ele, baixinho. — São dois contra dois. Eles podem ser poupados sem danos.

Um ruído metálico soou pelo cômodo. Um dos homens tropeçara em uma arara de roupas.

Juliette puxou o pulso com força e então anuiu com a cabeça apenas para que não perdessem tempo discutindo. Ela se esgueirou para frente. Enquanto o homem que ela havia designado a Roma parou perto dele, provavelmente vasculhando ao redor, o outro continuou andando e, para acompanhar seu ritmo, Juliette não teve escolha a não ser levantar e ser veloz, correndo pelas araras com as costas curvadas.

Ela não soube o que a revelou. Talvez o sapato tenha rangido, ou talvez sua mão tenha passado por um cabide que tilintou no metal, mas de repente o homem parou e deu meia-volta, atirando nas araras, e a bala passou do lado da orelha de Juliette.

Outro tiro próximo. Juliette não sabia se fora o outro homem ou Roma. Não sabia o que estava acontecendo, exceto que estava saindo em disparada das araras e mirando no homem, dependendo de um tiro certeiro em um milissegundo, antes que ele mirasse de novo.

O cano de sua arma fumegou. A bala cravou-se no ombro direito do homem e sua arma caiu no chão.

— Roma — chamou Juliette, com os olhos ainda fixos no inglês. — Pegou ele?

— Está inconsciente — respondeu Roma. Ele chegou mais perto, parando bem atrás de Juliette enquanto ela apontava a arma para a frente.

— Quem te enviou? — indagou ela ao último perseguidor.

— Eu não sei — o inglês respondeu rapidamente. Os olhos dele foram até a porta, voltaram ao cano da arma dela e novamente à porta. Ele estava a vinte passos da saída.

— Como assim, não sabe? — perguntou Roma, em tom de comando.

— Outros comerciantes espalharam um boato de que Larkspur daria uma grana para qualquer um que matasse Juliette Cai ou Roma Montagov — gaguejou o homem. — Então nós tentamos. Por favor, só me deixem ir. Era bom demais para deixar passar, sabe? Pensamos que daria muito trabalho achar vocês separadamente, mas aí vocês apareceram juntos. A gente nem ia conseguir, mesmo...

O homem divagou. Pelo arregalar de seus olhos, parecia estar percebendo o que possuía nas mãos. Ele sabia. Sabia que Roma Montagov e Juliette Cai estavam trabalhando juntos. Vira o abraço deles. Isso era informação a ser levada para Larkspur; isso lhe dava poder.

O homem voou para a porta. Roma berrou em alerta — foi impossível saber se ele direcionou o berro ao inglês ou a Juliette — e correu enfurecido atrás dele, com uma das mãos esticada para tentar agarrar a gola do homem e jogá-lo de volta ao camarim como um saco de batatas.

Mas Juliette já havia puxado o gatilho. O homem caiu no chão, saindo do alcance de Roma em caráter definitivo.

Roma olhou para o homem morto. Por um brevíssimo instante, Juliette viu o choque marcar seus olhos arregalados, antes que piscasse uma vez e o suprimisse.

— Você não precisava matá-lo.

Juliette deu um passo para frente. Havia uma mancha de sangue de um lado da face pálida de Roma, traçando um arco que realçava a maçã de seu rosto à luz da lâmpada fraca.

— Ele teria nos matado.

— Você sabe — Roma ergueu os olhos com esforço, tirando-os do corpo — que ele foi arrastado para isso. Não teve escolha, como nós.

Certa vez, Roma e Juliette tinham inventado uma lista de regras que, se fosse seguida, tornaria a cidade algo tolerável. Não faria de Xangai gentil, apenas recuperável, porque era o melhor que podiam fazer. Gangsteres só deveriam matar outros gangsteres. Os únicos alvos justos seriam aqueles que escolheram a vida que levavam, os quais, Juliette perceberia mais tarde, incluía os funcionários — criadas, choferes, *Ama*.

Lute sujo, mas lute bravamente. Não lute contra aqueles que não podem entender o significado da luta.

A Ama sabia exatamente a consequência de trabalhar para a Sociedade Escarlate. *Este* homem vira um leve brilho no chão, achou que era uma pepita de ouro e, em vez disso, mexeu em um vespeiro. Eles o deixariam ali, em uma poça de seu próprio sangue, e logo alguém entraria ali e o encontraria. O pobre funcionário que o descobrisse chamaria a polícia e as forças municipais iriam até ali com um suspiro cansado, olhando para o homem com menos emoção do que alguém que fita um campo de trigo morto — insatisfeito com a perda que representava para o mundo, mas sem nenhum vínculo pessoal.

De acordo com todas aquelas velhas regras, os homens que os perseguiam deveriam ter sido poupados. Mas Juliette as descartou assim que perdeu o Roma antigo. Quando eclodiu o conflito, ela pensou em si, em sua própria segurança — não na de um homem que apontou uma arma para sua cabeça.

Mas trato ainda era trato.

— Tudo bem — disse brevemente Juliette.

— Tudo bem? — repetiu Roma.

Sem olhar direito para ele, Juliette puxou um lenço de seda do casaco e o passou adiante.

— Tudo bem — disse novamente, como se ele não tivesse ouvido da primeira vez. — Você disse para poupá-lo e, embora eu tenha concordado, mesmo assim agi em desacordo. Erro meu. Enquanto trabalharmos juntos, vamos nos ouvir.

Roma levou o lenço à face, lentamente. Ele o passou a centímetros de onde a mancha de sangue estava, limpando nada além da linha brutal de seu maxilar. Juliette achou que ele ficaria contente com suas desculpas mal elaboradas, que pelo menos assentiria com a cabeça, satisfeito. Em vez disso, seus olhos apenas ficaram mais distantes.

— Nós costumávamos ser muito bons nisso.

Um vazio formou-se no estômago de Juliette.

— O quê?

— Trabalhar juntos. Ouvir — e parou de limpar o rosto. Sua mão simplesmente ficou suspensa no ar, com a tarefa não determinada. — Costumávamos ser um time, Juliette.

Juliette caminhou para a frente e puxou o lenço da mão de Roma. Ela quase se sentiu insultada por ele ser tão estupidamente ruim em limpar uma simples mancha de sangue; em uma passada furiosa, ela sujou o branco de seu lenço com um vermelho vivo e a face dele estava novamente impecável.

— Nada daquilo — sibilou Juliette — foi *real*.

Havia algo horrível na distância que se encurtava entre eles — como a tensão de uma mola, ficando mais e mais comprimida. Qualquer movimento em falso poderia acabar em desastre.

— Claro — disse Roma. Seu tom era vazio. Seus olhos estavam elétricos, como se ele também estivesse se lembrando disso apenas agora. — Perdoe-me por esse descuido em particular.

Um momento tenso passou no silêncio: o lento retorno da mola à sua posição de repouso. Juliette desviou o olhar primeiro, movendo o pé de modo a não tocar na poça de sangue que se expandia pelo assoalho de madeira em putrefação. Aquela era uma cidade encoberta por sangue. Era tolice tentar mudar isso.

— Parece que enquanto procuramos por Larkspur, o Larkspur chega mais perto de nós. — comentou ela, gesticulando na direção do morto.

— Significa que estamos indo a algum lugar — assentiu Roma, com segurança. — Estamos perto de salvar Alisa.

Juliette anuiu com a cabeça. De algum modo, parecia que o Larkspur sabia que eles estavam chegando. Contudo, se ele pensava que um punhado de comerciantes era o bastante para afugentá-los, se enganava redondamente.

— Nós precisamos achar o paradeiro dele antes que fique mais tarde.

Ela puxou o panfleto divulgando a vacinação, dobrando-o de modo que o endereço no fim da página estivesse à mostra. Distraída, ela usou a outra mão para limpar uma coisa que deixava uma sensação molhada em seu pescoço, se perguntando se uma mancha de sangue também caíra nela sem que percebesse.

Roma anuiu com a cabeça.

— Vamos.

Vinte e três

Um dia, este lugar deve ter sido silencioso. Talvez houvesse o ruído ocasional dos cascos de um cavalo, passando de pasto a pasto até que os sulcos forjados no solo gerassem uma trilha. Em alguns breves anos, trilhas forjadas por séculos de passos pesados foram pavimentadas. Pedrinhas que se pensavam imortais foram reduzidas a nada; árvores mais velhas que nações inteiras foram derrubadas e destruídas.

E, no lugar delas, brotou a cobiça. Brotou em trilhos de trem, ligando vilarejo a vilarejo até que não houvesse mais fronteiras. Brotou em fios e tubulações e apartamentos, empilhados um por cima do outro com pouco planejamento.

Juliette achava que a Concessão Internacional deve ter ficado com o pior de tudo aquilo. Os invasores não podiam apagar as pessoas que já viviam dentro da área que decidiram chamar de sua, mas podiam apagar todo o resto.

Para onde foram as lanternas?, pensou Juliette, parando na beira da rua e erguendo a cabeça. *O que é Xangai sem suas lanternas?*

— Chegamos — disse Roma, interrompendo seu devaneio. — Aqui é o endereço dos panfletos.

Ele apontou para o prédio atrás daquele que Juliette estava fitando. Por um segundo, enquanto observava a construção, Juliette pensou que seus olhos estavam lhe pregando uma peça. Era uma noite escura, mas havia a luz fraca de lâmpadas a óleo que fluía pelas janelas, suficiente para iluminar dezenas de pessoas do lado de fora: uma fila que começava na porta da frente, tão longa que dava três voltas ao redor do prédio.

Ela foi em frente.

— Juliette! — sibilou Roma. — Juliette, espere...

Não importa, Roma, ela queria lhe dizer. Sabia o que ele estava pensando, ou pelo menos tinha uma ideia aproximada: era necessário ter cuidado, evitar serem vistos juntos. Os assassinos de Larkspur estavam no encalço deles, então precisavam saber a quem representavam um incômodo. *Não importa*, ela queria gritar. Se seu povo não parasse de morrer, se eles não conseguissem salvar o que estavam tentando preservar, nada mais nesse mundo importava.

Juliette foi empurrando as pessoas até chegar à frente da fila. Quando um homem mais velho tentou empurrá-la de volta, ela soltou o palavrão mais nojento que conhecia em xangainês e ele murchou como se a vida tivesse sido drenada de suas veias.

Juliette sentiu a presença de Roma atrás dela quando parou em frente ao homem enorme que guardava a porta. Roma cautelosamente pôs a mão no cotovelo dela em sinal de alerta. O homem era duas vezes maior que Juliette em largura. Uma olhadela de cima a baixo sob a luz da lâmpada a óleo indicou a ela que possivelmente se tratava de um segurança contratado, de um país muito mais meridional que a China, de lugares onde a fome era o combustível e o desespero era o motor.

As cutucadas em seu cotovelo se intensificaram. Juliette desvencilhou o braço, disparando um olhar de advertência a Roma, ordenando que parasse com aquilo.

Roma nunca ficara tão preocupado com a segurança deles.

Ele estivera em muitos tiroteios com a Sociedade Escarlate nos anos em que Juliette esteve fora. Apesar de sua aversão ao clube de luta Rosa Branca, ele havia entrado em mais brigas de rua do que gostaria de admitir e conseguira uma boa porção de cicatrizes porque sua primeira reação a uma lâmina sempre era bloquear em vez de esquivar. Era inevitável: mesmo que odiasse violência, ela o encontrava; então, ou ele aceitava aquilo ou seria abatido.

Mas ele sempre tinha reforço. Tinha inúmeros pares de olhos cobrindo todos os seus ângulos.

Aqui, todavia, estavam apenas ele e Juliette contra uma terceira ameaça sombria que não era nem Escarlate, nem Rosa Branca. Eram apenas os dois contra uma força que os queria mortos, que queria os poderes vigentes em Xangai esmagados até que restasse apenas a anarquia.

— Deixe-nos passar — ordenou Juliette.

— Somente funcionários do Larkspur — disse o guarda, com palavras reverberantes — Caso não sejam, esperem sua vez.

Roma espiou por sobre o ombro do homem, com a respiração tão agitada quanto seus gestos rápidos. Eles estavam cercados pelas filas encadeadas, mas havia algo de estranho na posição de alguns homens e mulheres; eles não estavam *na* fila, mas rondando-a — mantendo a ordem sem se revelarem funcionários.

— Juliette — alertou Roma. Ele mudou para o russo para evitar ser compreendido por bisbilhoteiros. — Pelo menos cinco pessoas nessa multidão foram contratadas com o dinheiro sujo do Larkspur. Elas estão armadas. E *vão* reagir se você se portar como uma ameaça.

— Elas têm armas? — repetiu Juliette. Seu russo sempre teve um trejeito; não era bem um sotaque. Seu tutor era muito bom para deixar isso passar. Era uma peculiaridade, um jeito de falar as vogais que as fazia unicamente Juliétticas. — Eu também.

Juliette armou o soco. Em um arco que teve início na altura do estômago e se projetou para fora, ela encaixou um cruzado tão forte no guarda que ele caiu duro, saindo do caminho e permitindo que Juliette abrisse a porta com um chute e puxasse Roma antes mesmo que ele assimilasse a sequência de eventos.

Ela usou a arma, percebeu ele, com atraso. Juliette não obtivera subitamente a força de um lutador — simplesmente golpeara a têmpora do guarda com a coronha da pistola. O segurança nem mesmo a viu pegar a arma. Sua destreza manual ficara completamente fora de vista enquanto o foco do homem estava voltado à face dela — em sua mandíbula e seu sorriso frio.

Juliette acolhia o perigo de braços abertos. Parecia que Roma não era capaz disso, nem mesmo quando todo o seu mundo corria risco, mesmo quando Alisa estava com braços e pernas amarrados. Ele chegava a ter medo do que o faria chegar ao limite, e esperava que isso nunca acontecesse, porque ele mesmo não queria que esse momento chegasse.

— Passe o trinco — disse Juliette.

Roma voltou à realidade. Olhou para a fina porta de aço e a bateu, virando a fechadura. Também olhou cautelosamente para Juliette e para as quatro paredes que os cercavam. Estavam na base de uma escadaria, tão íngreme que Roma não pôde identificar o que os aguardava no fim dela.

— Temos cinco minutos, no máximo, antes que eles arrombem essa coisa frágil — estimou Roma. As batidas na porta no lado de fora já estavam começando.

— Cinco minutos devem ser suficientes — disse Juliette. Ela apontou para a porta com o polegar. — Meu medo é que, com esse barulho, tenhamos até menos.

Ela subia dois degraus de uma vez, ocultando a pistola que estava em sua mão. Apesar de estar com os olhos travados nela o tempo todo, Roma não sabia ao certo onde a arma havia parado. O casaco dela tinha apenas um bolso raso. O vestido por baixo dele era apenas uma longa peça de tecido com uma miríade de contas. *Como ela esconde todas as armas?*

No penúltimo degrau, o aroma de incenso serpenteou sob o nariz de Roma. Ele não se surpreendeu muito quando chegou ao andar de cima e assimilou a cena. Ela o fez lembrar dos livros de histórias que Lady Montagova lia para ele quando pequeno, sobre noites da Arábia e gênios no deserto.

Cortinas coloridas de seda tremulavam com a corrente de ar gerada pelo movimento de Juliette e Roma, revelando janelas em ruínas e passando perigosamente perto das velas que ardiam no chão. Tapetes felpudos tecidos à mão se estendiam no piso e nas paredes, transmitindo uma sensação de calor e exalando um odor peculiarmente *antigo*. Não havia cadeira alguma à vista, apenas um turbilhão de almofadas, e cada "assento" era ocupado pelos muitos que estavam sob o domínio de Larkspur.

No centro de tudo aquilo, uma mesa baixa situava-se entre uma mulher com uma seringa e um homem com o braço estendido. Ambos também estavam sentados em almofadas.

— *Mon Dieu* — exclamou o homem à mesa. A pistola de Juliette ressurgira. Estava apontada para a mulher com a seringa.

— Você é Larkspur? — indagou ela, em inglês.

Roma inspecionou os outros vinte estranhos que ocupavam a sala. Ele não conseguia distinguir bem quem era empregado de Larkspur e quem estava ali pela vacina. Metade ajeitou a postura, denunciando sua participação no esquema, mas não parecia que tentariam tomar alguma atitude. Seus braços tremiam; seus pescoços, encolhidos entre os ombros. Eram todos como Paul Dexter, haviam entrado em contato com os Rosas Brancas uma ou duas vezes. Se achavam poderosos e prestigiados, mas, no fim das contas, eram covardes. Eles mal teriam a audácia de falar que viram Roma e Juliette trabalhando juntos se não pudessem provar.

A mulher não respondeu imediatamente. Puxou a seringa e limpou a ponta, abrindo um pequeno estojo. De um lado, uma fileira de cinco ampolas vermelhas reluzia à luz das velas. Do outro, uma fileira de quatro ampolas azuis estava à espera.

Quanto mais a mulher demorava a responder, mais dava a entender que ela *tinha* de ser Larkspur e que os pronomes masculinos que todos utilizavam eram mera suposição.

Até que olhou para cima de repente, com olhos negros delineados a kajal e cílios espessos fitando o cano da pistola de Juliette, e disse:

— Não, não sou.

Ela tinha um sotaque incomum, pendendo para o francês, mas não exatamente. O francês que se sentava no lado oposto dela estava totalmente imóvel. Talvez pensasse que, se não se movesse, não seria percebido por Juliette.

— O que são essas injeções? — perguntou Juliette.

Sua outra mão, a que não empunhava uma pistola, movia-se em seu flanco enquanto ela falava. Por um bom tempo, Roma não entendeu o que ela estava fazendo, até que percebeu em um estalo que ela estava *apontando* para as ampolas. Ela queria que ele pegasse uma.

— Ora, se eu te dissesse — retrucou a mulher —, iríamos à falência.

Enquanto Roma chegava cada vez mais perto das ampolas, não havia nada que Juliette desejasse mais do que puxar o gatilho. Há muito, um de seus tutores dissera que seu pavio terrivelmente curto era um defeito fatal. Ela não conseguia lembrar qual deles — de literatura chinesa? Francês? Etiqueta? Não importava a disciplina; ela ficou indignada e se revoltou com ele por causa do comentário, provando por A mais B que ele estava certo.

Agora ela respirava fundo. *Sorria*, disse a si mesma. Antes de conhecer cada estrangeiro em Nova York, ela fazia o mesmo ritual: sorriso, ombros para trás, olhar sedutor. Ela era leve e risonha, a melindrosa por excelência, se esforçando dez vezes mais para manter a imagem desejada apenas por ser de outra etnia.

— Então me responda — disse Juliette. Seu sorriso foi exibido forçosamente, como se ela achasse a situação impossivelmente divertida, como se a pistola em sua mão não estivesse na altura dos olhos da mulher. — O que Larkspur sabe sobre os surtos? Por que ele tem a cura quando ninguém mais tem?

Roma agachou-se enquanto Juliette cuidava do interrogatório. Ele meteu a mão aberta na nuca do francês para intimidá-lo, mandando-o levantar e sumir de sua frente. Enquanto Roma falava, chegava mais perto, fingindo prazer por estar se impondo sobre aquele homem. Na verdade, ele se inclinava para ocupar o máximo de espaço possível perto da mesa, até que seu braço estivesse pairando logo acima do estojo de ampolas, e, com um movimento veloz de mão, passou uma ampola azul para dentro da manga da camisa.

Enquanto isso, alheia ao que acontecia bem debaixo de seu nariz, a mulher deu de ombros, com uma calma enfurecedora. Sua indiferença derramou gasolina sobre a tensão que já era um caldo grosso e fervente no cômodo, a uma faísca de explodir.

— Você terá que perguntar ao próprio Larkspur — retrucou a mulher —, mas receio que ninguém saiba onde ele está, ou quem ele é.

Juliette quase puxou o gatilho ali mesmo. Ela não *queria* a mulher morta; nem gostava de matar por diversão. Mas, se alguém entrava em seu caminho, precisava sair da frente. Não desejava um abate, mas ação. Os seus estavam morrendo como moscas por uma insanidade que ela não podia conter, sua cidade tremia de medo por causa de um monstro que ela não podia enfrentar, e ela estava farta de não poder fazer *nada*.

Qualquer coisa seria melhor que ficar ali, imóvel. Quando Juliette queria estourar de frustração, a única solução era estourar qualquer outra coisa.

Roma ergueu-se e tocou seu cotovelo.

— Peguei — murmurou suavemente em russo, e Juliette, rangendo os dentes com tanta força que fazia uma dor subir e descer pela mandíbula, abaixou a arma.

Juliette pigarreou.

— Certo. Guarde seus segredos. Vocês têm uma janela da qual podemos pular?

— Já é hora de irmos para casa?

Benedikt revirou os olhos. Eles estavam andando pela rua com ouvidos atentos a sinais de pânico, mas desatentos quanto a todo o resto. Não era como se não esperassem por aquilo. Todas as suas buscas haviam sido infrutíferas. Aqueles que sucumbiam aos surtos resistiam até o último segundo ou já estavam mortos.

— Foi uma perda de tempo — reclamou Marshall. — Perda de tempo, Ben! Uma *peeeeeeeeee...*

Benedikt segurou o rosto de Marshall. O gesto era tão automático que ele nem precisou olhar; simplesmente esticou o braço enquanto andavam lado a lado e fechou os dedos em volta do primeiro pedaço de pele que agarrou.

Marshall aguentou por apenas três breves segundos. Depois disso, começou a cutucar Benedikt ferozmente, gargalhando enquanto o amigo gritava que parasse, com palavras ininteligíveis no esforço para não rir enquanto as costelas doíam.

Ele teria ficado satisfeito por rir, por preencher a noite com bom humor mesmo que ela não desse nada em troca. Mas então ele ouviu aquilo.

Um barulho estranho, muito estranho.

— Mars — arquejou Benedikt —, espera aí, sério.

— Que sério o quê, você...

— É sério. *Escute!*

Marshall parou de repente, percebendo que Benedikt não estava brincando. Sua mão lentamente afrouxou o aperto forte que prendia o pulso do amigo. Ele pôs o ouvido na direção do vento, escutando.

Asfixia — aquele era o barulho.

— Excelente — disse Marshall, arregaçando as mangas. — Finalmente. *Finalmente* — Ele se lançou para a frente, com os ombros rígidos como se estivesse marchando para batalha com um escudo em uma das mãos e uma lança na outra. Este era Marshall. Mesmo quando não trazia nada consigo, fingia que trazia.

Benedikt correu atrás do amigo, na ponta dos pés, para tentar ver por cima dos ombros de Marshall, tentando localizar a vítima. Benedikt viu primeiro uma silhueta — uma coisa primitiva agachada, parecendo mais animal do que gente.

Eles estavam em um ponto morto do território Rosa Branca, na seção mais a leste daquela metade da cidade. Benedikt esperava que a pessoa agonizante fosse um deles. Mas não era um Rosa Branca tossindo no beco. Quando a figura ergueu a cabeça, apreensiva com as vozes de Benedikt e Marshall se aproximando, balançando um longo cordão de cabelos pretos que refletiam prata à luz da lua, Benedikt avistou ombros fardados: o uniforme do Exército Nacionalista.

— Pegue-a — ordenou Benedikt.

A mulher recuou. Ou ela entendeu o russo de Benedikt, ou captou algo em sua entonação ansiosa.

Ela não foi muito longe. Seu pé travou em um passo e então ficou contra o muro de tijolos, sem saída. Se ela tivesse mais controle sobre si, teria se virado e corrido até a outra extremidade do beco. Mas estava perdida — delirando devido ao ataque neural dos insetos, que a instruíam a dilacerar a garganta.

— Você está de brincadeira? — sibilou Marshall. — Ela é uma Nacionalista. Eles virão atrás de nós...

Benedikt projetou-se para a frente, levando a mão à arma.

— Eles não vão saber.

Normalmente era Marshall quem tomava as decisões precipitadas. Marshall só se tornava prudente apenas quando estava tentando manter Benedikt longe do perigo.

— Ben!

Tarde demais. Com toda a força que podia, Benedikt bateu com a coronha do revólver no crânio da Nacionalista, arqueando os ombros para a frente de modo a manter a própria cabeça afastada. Assim que ela tombou, com o pescoço pendendo sobre o concreto e as mãos abertas, com sangue revestindo a ponta das falanges, Benedikt a ergueu com um grunhido, levando-a pela cintura como uma boneca de pano.

Havia sangue escorrendo pela testa da mulher. Mais anéis de sangue manchavam o espaço ao redor de seu pescoço, mas pelo menos não havia nenhuma ruptura perto de um vaso vital. Ela sobreviveria até que eles chegassem ao laboratório.

É uma pessoa, sibilava uma voz nas alcovas mais profundas da mente de Benedikt. *Você não pode sequestrar uma pessoa na rua e fazer dela uma cobaia.*

Ela morreria de qualquer jeito.

E você tem o direito de decidir quando?

Sem isso, mais pessoas morreriam.

Você já matou pessoas demais para dizer que se importa com a vida humana.

— Me ajude — Benedikt pediu a Marshall, lutando contra o peso morto da mulher.

Marshall fez uma careta.

— Tá, tá — resmungou, se aproximando. Com a faca na mão, cortou a longa trança da mulher, e a mecha caiu no chão com um sereno baque.

— Para prevenir que a gente se contamine — explicou Marshall. Ele agarrou as pernas dela, dividindo o peso. — Agora, vamos. Lourens já deve estar encerrando o expediente.

Vinte e quatro

Juliette estava com os punhos cerrados.

Abre, fecha, abre, fecha. Suas mãos estavam *coçando muito* para fazer algo.

Em grande parte, estavam loucas para obter a ampola que Roma enfiara na manga da camisa. Juliette não pedira por ela — não passaria de seus limites assim, fazendo o rapaz pensar que ela desconfiava tanto dele. Mas era um verdadeiro teste de autocontrole manter as mãos quietas e não tentar afaná-la.

— É logo depois dessa esquina — assegurou Roma, alheio ao conflito interno de Juliette ou mal interpretando-o. — Estamos quase lá.

Ele lhe dirigiu a palavra como se ela fosse um coelho arisco prestes a saltar. Juliette estava inquieta, mas não era porque estava em território Rosa Branca que se permitiria ser atacada, e quanto mais Roma tentava ser gentil com ela, mais ela retorcia o nariz.

— Você está mais nervoso do que eu — comentou Juliette.

— Não estou — rebateu Roma. — Eu simplesmente sou cuidadoso.

— Eu não me lembro de você olhar para trás a cada segundo quando entrou no cabaré Escarlate.

Na verdade, ela se recordava dele parecendo muito confiante, o que a irritou imensamente.

Roma lançou-lhe um olhar lateral, estreitando os olhos cansados. Ele precisava de um momento para achar uma resposta e, quando achou, simplesmente resmungou:

— Os tempos mudaram.

E haviam mudado mesmo. A começar pelo simples fato de que Roma e Juliette estavam andando lado a lado e mesmo assim os braços de Juliette se moviam normalmente, afastados de suas armas.

Quando dobraram a esquina, Juliette imediatamente avistou o centro de pesquisas que Roma havia descrito. Entre os prédios, era o único com um tom mais prateado que marrom, exibindo placas de metal que reluziam sob a luz da lua, enquanto os outros, construídos com reboco ou madeira, tinham um brilho trivial. Ela deu um tempo para admirar a vista, mas Roma foi velozmente até a porta, há muito tempo habituado àqueles detalhes.

— Você custeou isso? — perguntou Juliette.

Ela observou a elegante fechadura que Roma abria. Os olhos dele estavam focados nos números que rodopiavam rapidamente no painel, movendo o disco até as centenas antes que caíssem para 51, 50, 49... Embora o interior das portas com vidraças estivesse escuro, ela conseguiu vislumbrar um longo corredor e uma única porta que emitia luz.

— *Eu* não — respondeu Roma.

Juliette suspirou longamente.

— Os *Rosas Brancas* custearam esse lugar, seu engraçadinho?

A fechadura clicou. Roma abriu a porta e gesticulou para Juliette entrar.

— Sim.

Juliette assentiu. Havia alguma surpresa, algum reconhecimento, e uma pontinha de aprovação no leve movimento de sua cabeça. A Sociedade Escarlate nunca custearia algo assim. Ela presumiu que os Rosas brancas provavelmente testavam seus produtos aqui, se certificando de que as drogas que vendiam eram o que os comerciantes diziam ser, mas, com uma tecnologia daquelas, havia infinitas possibilidades de pesquisa e inovação.

Os chineses ainda eram pessoas do passado. Enfatizavam textos clássicos e poesia em detrimento da ciência, e isso ficava evidente — nas espeluncas apertadas e escuras em que punham os testadores de drogas dos Escarlates, nos milhares de poemas que foram dados a Juliette para que ela memorizasse antes que lhe ensinassem o básico sobre seleção natural.

Ela fitou as lâmpadas elétricas organizadamente espaçadas, todas apagadas no momento. Mesmo enquanto estava envolta em sombras, conseguia localizar as linhas incólumes no teto, as lâmpadas que eram minuciosamente polidas pelo pessoal da limpeza todo final de semana, pontualmente.

— Lourens, deixe-me entrar.

O corredor subitamente iluminou-se, mas não pelas lâmpadas. A única porta que transbordava luz se abrira.

— *Zdravstvuyte, zdravstvuyte* — berrou Lourens, colocando a cabeça para fora ao cumprimentá-lo. Ele vacilou quando viu Juliette. — *Ei... nǐ hǎo?*

Sua desorientação era quase adorável.

— O senhor não precisa mudar de idioma — respondeu ela, em russo, andando em direção ao laboratório. Internamente, Juliette pensou rapidamente nas possibilidades do sotaque do pesquisador. — Mas podemos falar em holandês, se o senhor desejar.

— Ah, não precisa — disse Lourens. Intrigado, as rugas perto de seus olhos se intensificaram. Ele nunca se sentira tão cativado. — Roma, coitado, se sentiria terrivelmente deslocado.

Roma fez uma careta.

— Espera aí, eu — e se interrompeu. Virou para a porta, parecendo estar com os ouvidos em alerta. — Tem alguém vindo?

De fato, naquele momento, duas figuras brotaram pela porta, carregando entre elas uma forma suspensa — uma mulher inconsciente em uma farda Nacionalista. Benedikt Montagov piscou, atônito e desconcertado por ver Juliette a poucos metros de seu primo. Marshall Seo apenas fungou, acenando para que abrissem caminho e eles pudessem entrar no laboratório. As mesas de trabalho haviam sido esvaziadas, limpas e polidas, preparadas para servir como uma superfície espaçosa onde pudessem deitar a Nacionalista. Assim que foi posta sobre a mesa, seu corpo ficou estático, mas seu cabelo farfalhava, com partes do couro cabeludo tendo *espasmos*.

Juliette levou a mão à boca. Seus olhos seguiram a trilha de sangue que maculava o pescoço da Nacionalista, pequenas luas crescentes que pareciam o resultado de unhas afiadas. Aquela mulher estava infectada com a insanidade. Mas ainda não estava morta.

— Desculpe entrar assim — disse Marshall Seo. Ele soava como se estivesse um pouco orgulhoso demais de si mesmo para pedir desculpas genuínas. — Estamos interrompendo alguma coisa?

Roma pôs sua ampola sobre outra mesa. O azul de seu líquido cintilava sob a intensa luz branca.

— Só a resposta sobre a vacina de Larkspur, mas isso pode esperar — disse ele. — Lourens, você queria fazer experimentos em uma vítima viva da insanidade, correto?

— Certamente, mas — Lourens gesticulou na direção de Juliette. — Há uma dama presente.

— A dama tem interesse em observar seus experimentos, por favor — disse Juliette. Salvo por seu breve espanto ao ver a Nacionalista, seria impossível perceber qualquer sinal de perplexidade em Juliette. Ela falava como se aquilo fosse uma ocorrência rotineira.

Lourens soltou um suspiro. Passou a mão pela sobrancelha, com um movimento lento, mesmo quando o mundo a seu redor acelerava com o surgimento da Nacionalista à beira da morte.

— Pois bem. Vejamos se conseguimos achar uma cura.

E começou.

Juliette assistia fascinada enquanto o cientista trazia uma caixa e retirava seu conteúdo, enchendo o laboratório com equipamentos e maquinário muito mais adequados a um hospital do que a uma instalação de testes de drogas. Lourens colheu amostras de sangue e tecido e, com os lábios contraídos, até mesmo coletou folículos capilares da Nacionalista na mesa, colocando-os em um microscópio e tomando notas em velocidade recorde. Juliette cruzou os braços e batia o pé, ignorando os murmúrios entre os três Rosas Brancas no lado oposto da sala. Suas orelhas ficariam ardendo se ela os ouvisse. Ela não sabia qual outro assunto poderia entretê-los tanto, qual outro assunto faria Roma gesticular com intensidade enquanto sibilava em voz baixa para seus dois amigos.

— Isso é ruim.

O comentário de Lourens rapidamente atraiu a atenção dos três que estavam no canto.

— O que descobriu? — indagou Roma, se afastando dos amigos.

— Esse é o grande problema — respondeu Lourens. — Nada. Mesmo com equipamento avançado, não vejo nada que os médicos em toda a Xangai já não tenham visto. Não há nada nessa mulher que sugira uma infecção de qualquer tipo.

Juliette franziu o cenho e então se apoiou na mesa atrás dela, em silêncio. Marshall questionou:

— Então não há forma de curar os surtos?

— Impossível — rebateu imediatamente Roma. Para o bem de sua sanidade, ele precisava acreditar que existia uma cura. Não podia nem mesmo se permitir que nutrisse a ideia de que sua investigação não dera em nada e que Alisa jamais despertaria novamente.

— Talvez não seja uma questão de não haver cura — complementou Benedikt, falando em um tom mais tranquilo. Suas palavras foram proferidas com o tom mais límpido, como se ele tivesse ensaiado a frase em sua cabeça antes de verbalizá-la. — Você disse que esses surtos foram criados por alguém, afinal de contas. Se há uma cura, está escondida de nós. Se há uma cura, apenas quem projetou a insanidade tem a fórmula.

Lourens tirou as luvas. As máquinas à sua volta emitiam ruídos em diferentes tons, dando ao laboratório um ar quase musical.

— Muitos fatores — disse Lourens. — Muitos segredos, muitos dados que não temos. Seria absurdo tentar isso...

— O senhor ainda não tentou de tudo — disse Juliette.

Todos os pares de olhos no local — os que estavam conscientes, pelo menos — voltaram-se para ela. Juliette ergueu o queixo.

— O senhor coletou o sangue, examinou a pele... é tudo muito humano, muito corpóreo. — Juliette foi em direção à Nacionalista inconsciente, fitou aquela entidade de carne, aquele receptáculo de vida que fora alterado. — Esta insanidade não é natural. Por que tentar desenvolver uma cura natural? Abra a cabeça dela. Puxe os insetos para fora.

— Juliette — repreendeu Roma —, isso é...

Lourens já estava indo atrás de um bisturi, dando de ombros sem cerimônia.

— Espere — disse Benedikt. — Da última vez...

A ponta da lâmina entrou no couro cabeludo da Nacionalista. Lourens separou gentilmente uma porção de seu cabelo para abrir um espaço e puxar um inseto...

A Nacionalista se debateu violentamente. A mesa inteira sacudiu e Juliette não sabia se isso a tinha feito ranger terrivelmente ou se, na verdade, foi o arquejo rasgado da moça que ecoou pela sala. Em um instante a mulher se confundia com um morto; no outro, agonizava, com a mão travada no peito e as pernas rigidamente retas. Seus olhos permaneciam cerrados. Eles só puderam notar sua morte quando sua mão se desprendeu do peito, balançando na lateral da mesa como um pêndulo.

Seu cabelo, novamente, se agitou. Desta vez não era porque os insetos estavam invadindo — eles estavam saindo, alguns descendo pelo pescoço em pequenas linhas negras, se apressando em uma evacuação em massa tão ordenada que lembrava um fluido escuro.

Outros saíram voando, saltando sem aviso para se fixar no que estivesse mais perto.

Para dois insetos, o hospedeiro mais próximo era a barba de Lourens.

Seu pouso ocorreu em câmera lenta aos olhos de Juliette, mas Roma já estava em movimento. No instante em que ela assimilou o terror do que significava ver aqueles dois pontinhos pretos desaparecerem nos tufos brancos, Roma já tinha uma faca nas mãos. No instante em que ela ainda estava pensando em dar um alerta, Roma passou a faca na barba de Lourens o mais rente que pôde, quase acertando sua pele, fazendo os pelos brancos caírem no chão.

Eles aguardaram.

As máquinas entraram em repouso. Agora o laboratório estava apenas preenchido por respirações pesadas.

Eles aguardaram.

Dois insetos brotaram do chumaço de pelos no chão. Roma pisou neles com força, esmagando-os sem piedade. Uma centena de outros insetos foi libertada na noite quando saíram em disparada pela fresta debaixo da porta do laboratório antes que alguém pudesse impedi-los, mas matar dois deles já era melhor que matar nenhum.

Lourens tocou o queixo nu. Seus olhos enrugados estavam atipicamente arregalados.

— Bem — disse o cientista —, obrigado, Roma. Vejamos a vacina que você trouxe, então?

Vinte e cinco

— Bem — disse Roma —, devo alertá-la para não falar sobre esse laboratório?

Eles agora aguardavam no primeiro andar, sentados nas cadeiras de metal dispersas ao longo da parede. Em algum momento teriam que se livrar do cadáver que jazia diante deles, mas até então ele permanecia ali — com a face contorcida e desesperada, imóvel na morte, enquanto Lourens punha a vacina em pequenos tubos de ensaio, aplicando vários reagentes químicos em alguns e depositando outros nos aparelhos barulhentos do segundo andar, cantarolando baixinho à medida que trabalhava neles.

— Como se esse débil aviso fosse adiantar — retrucou Juliette. — Você devia saber disso.

Roma relaxou o corpo no assento, pendendo a cabeça no espaldar da cadeira.

— Eu devia ter te vendado?

Juliette fez uma cara de escárnio. Bateu rapidamente um sapato no outro, levando o salto de um lado para o outro como um limpador de para-brisa, enquanto seus olhos faziam o mesmo, trocando de pontos focais.

— Mesmo se eu quisesse brincar de espiã — disse —, essa informação seria inútil — ela observou uma coisa particularmente afiada e prateada que pendia no alto como uma estalactite. Era parte de um aparato preso onde o teto do primeiro andar se unia com o parapeito do segundo.

— Inútil? — repetiu Roma, incrédulo. Seu tom áspero atraiu a atenção dos dois amigos, que até então fitavam o vazio, sentados em cadeiras situadas ao longo da parede perpendicular.

— Classificada como desnecessária — corrigiu Juliette. Ela não sabia ao certo por que prosseguia com aquela conversa. Não devia satisfação alguma a ele, mas ainda assim parecia não haver problema em explicar. — A Sociedade Escarlate continua na era das ervas tradicionais. Talvez uma ou duas máquinas de metal. Não estamos nem perto — acenou em volta — disso.

Seus pais não se importariam com aqueles dados se ela fosse contá-los. Se pudesse ao menos conseguir a atenção deles por um breve minuto, prefeririam perguntar por que ela esteve em instalações Rosas Brancas e não teve a ideia de incendiá-las.

Roma cruzou os braços.

— Interessante.

Juliette estreitou os olhos.

— E você, vai relatar *essa* informação?

— Por que eu faria isso? — Roma tinha um sorriso meio que irônico brincando nos lábios, um que ele não estava deixando escapar completamente. — Nós já sabíamos disso.

Juliette tentou pisar no pé dele em uma demonstração de raiva fingida, mas Roma era muito rápido. Ele afastou o pé e tudo o que Juliette conseguiu foi o impacto forte em seu tornozelo, que latejou. Ela deixou escapar um grunhido que indicava que achara aquilo genuinamente engraçado. Era o reconhecimento de que fora vencida naquela questão menor, de que retornara a seus velhos truquezinhos e esquecera que Roma os conhecia bem.

— Não pode pisar em mim — disse Roma.

— Senão você me devolve a pisada — completou Juliette.

De uma vez, seus sorrisos se apagaram. De uma vez, estavam se lembrando das vezes em que Juliette rira da superstição de Roma, das vezes em que ele a fizera ficar parada depois de pisar no pé dele e gentilmente — muito gentilmente — pisava também no dela.

— Nós estaremos fadados a brigar se eu não retribuir o gesto — repreendera Roma na primeira vez ao ver uma Juliette confusa. — Ei, pare de rir!

Ele rira também. Rira porque a ideia de uma briga que os afastasse parecia um absurdo imenso quando ambos estavam lutando contra as forças das famílias para ficarem juntos.

Olhe o ponto em que estavam agora. Separados por um quilômetro de sangue derramado.

Juliette desviou o olhar. Eles voltaram ao silêncio, permitindo que o barulho do maquinário reverberasse e fluísse como preferia. Ocasionalmente, Juliette ouvia um raro pio lá fora e inclinava a cabeça em qualquer direção onde houvesse barulho, tentando identificar se era uma coruja, um cachorro ou o monstro nas ruas de Xangai.

Por fim, Juliette não aguentou o tédio. Ficou de pé e começou a perambular pelo laboratório, pegando coisas a esmo e colocando-as de volta no lugar após inspecioná-las: os béqueres alinhados ao longo do andar, as colherezinhas metálicas acumuladas nos cantos, os arquivos cuidadosamente organizados na ponta das mesas...

A mão de alguém tirou os arquivos de perto dela.

— Isso não é para seus olhos intrometidos, amada — disse Marshall.

Juliette franziu o cenho.

— Eu não estava espiando — rebateu. — E, se estivesse, você não saberia.

— É mesmo, é? — Marshall pôs os arquivos na mesa e afastou-os dela assim mesmo. Ela ficou ofendida com a atitude. Tinha colocado o pescoço na reta para trabalhar com Roma. Em que mundo correria o risco de ser uma traidora?

— Marshall, sente-se — mandou Roma, do outro lado da sala. Benedikt Montagov nem se deu ao trabalho de tirar os olhos do bloco de desenho que havia retirado de sua bolsa. Lourens, por sua vez, lançou um olhar preocupado do segundo andar. Se a direção de seu olhar dizia alguma coisa, ele não temia que irrompesse uma briga, mas sim que qualquer baboseira rude danificasse os béqueres de vidro espalhados pelo laboratório.

— Por que eu não lhes mostro algumas de minhas invenções? — tentou intervir Lourens, berrando. — Podem ser as coisas mais inovadoras que Xangai há de ver.

Nem Juliette, nem Marshall lhe deram atenção alguma. Juliette deu um passo à frente. Marshall fez o mesmo.

— Está tentando insinuar alguma coisa? — questionou Juliette.

— Não só insinuando — Marshall agarrou o pulso dela. Puxou Juliette em sua direção e então agarrou a barra da manga da camisa de Juliette, de onde puxou a lâmina que ela escondia ali. — Estou acusando. Por que trouxe armas, Senhorita Cai?

Juliette emitiu um ruído de incredulidade. Ela agarrou o outro pulso de Marshall com a mão livre e o torceu.

— Seria ainda mais estranho se eu *não* trouxesse armas, seu— *ai!*

Ele bateu nela.

Honestamente, certamente fora um reflexo — uma sacudidela de seu cotovelo em resposta à pressão que ela exercia sobre seu braço — mas Juliette cambaleou para trás, com o queixo dolorido pelo choque de osso contra osso.

De seu assento, Roma saltou e gritou — Mars! —, mas Juliette já estava empurrando Marshall para trás; seu maxilar latejante deu lugar à ira e a ira intensificou a dor pulsante que subia até seu lábio. Assim era a guerra de sangue: um pequeno deslize e então uma retaliação não pensada, socos furiosos e golpes mais rápidos do que a mente poderia captar. Sem racionalidade, apenas instinto.

Marshall novamente agarrou o braço de Juliette, desta vez torcendo-o com força até que estivesse completamente dobrado contra as costas dela. A luta poderia ter acabado ali, mas Marshall ainda tinha a faca de Juliette em suas mãos, e o primeiro instinto dela era temer por isso. Em trégua ou não, ela não tinha razão para confiar nele. Mas tinha todas as razões para chutar a mesa ali perto e usar isso como impulso, a fim de usar o aperto que Marshall exercia sobre seu braço para rolar por cima do ombro dele, girando sobre o rapaz e aterrissando com os dois pés emitindo um baque seco. A manobra aplicou tanta pressão no braço de Marshall que o mandou direto para o chão; seu crânio chocou-se com o piso de linóleo, fazendo-o grunhir desorientado com o movimento brutal de Juliette.

Rapidamente, Juliette pegou a faca que ele havia derrubado. Naquele momento, ela não sabia nem mesmo se tinha intenção de matá-lo. Tudo o que sabia era que tinha a mente vazia quando lutava; apenas distinguia aliado de oponente. Sabia apenas manter-se em movimento, levantar a faca no embalo do gesto que fazia para recuperá-la, erguê-la bem alto, até que estivesse iluminada, prestes a traçar um arco que teria fim quando a lâmina se enterrasse no peito de Marshall Seo.

Até que Marshall começou a *gargalhar*. Somente aquele som a tirou de seu transe. Freou Juliette no meio do caminho, fazendo-a afrouxar a pressão na faca e dissipando a tensão em seus braços.

Quando Roma e Benedikt chegaram perto o bastante para acabar com a briga, Juliette já estendia uma das mãos na direção de Marshall, ajudando-o a ficar de pé.

— Ufa. Quanto tempo você treinou para aprender esse golpe? — perguntou Marshall, tirando a poeira dos ombros. Ele apoiou o pé na quina da mesa, assim como Juliette, e testou seu peso. — Você desafiou a gravidade por um segundo, sério.

— Você é muito alto para isso, então nem tente — respondeu Juliette.

Roma e Benedikt piscavam, totalmente confusos. Estavam sem palavras. Seus rostos diziam tudo.

Marshall ergueu a cabeça, chamando Lourens.

— Ainda podemos ver as invenções?

Lourens abriu e fechou a boca. A animosidade no local agora cedia todo o seu lugar à curiosidade, e parecia que o cientista não sabia muito bem o que fazer com ela. Sem dizer palavra, ele pôde apenas deixar seus aparelhos vibrando e descer as escadas. Convidou os jovens para os fundos do primeiro andar com um aceno, fitando Juliette e Marshall, que o seguiam animadamente, enquanto Roma e Benedikt caminhavam com mais relutância, observando os dois como se tivessem medo de que aquela paz fosse apenas parte de uma briga maior.

— Estas geringonças não foram criadas com fundos dos Rosas Brancas e não guardam relação alguma com essa baboseira de máfia, então não vá abrir o bico para seu pai, Roma — disse Lourens. Ele pegou um pote de sais azuis e o abriu. — Dê uma fungada.

Juliette inclinou-se sobre o pote.

— Cheira bem.

Lourens sorriu. O gesto parecia um tanto engraçado com o espaço calvo recém-aberto no meio de seu queixo.

— Isso induz convulsões em pássaros. Costumo salpicar isso no gramado dos fundos do prédio.

Ele seguiu até um pó cinza, trazendo-o para Marshall ver. Marshall passou-o para Benedikt, que o passou para Roma, que o devolveu. Os dois últimos olharam o pote por menos de um segundo.

— Este cria uma explosão súbita e veloz no ar quando misturado com água — explicou Lourens quando o pote voltou às suas mãos. — Eu costumo jogar isso no Rio Huangpu quando estou passeando e os pássaros tentam ficar me seguindo. Isso os assusta bastante.

— Começo a perceber um padrão — disse Juliette.

Lourens fez uma careta, fazendo suas características idosas murcharem.

— Pássaros — resmungou. — Demônios em miniatura.

Juliette tentou não rir, olhando mais etiquetas na estante. Seu holandês era mais de conversação, então era difícil entender o que estava escrito nas etiquetas de cada pote. Quando sua inspeção se fixou em um potinho nos fundos, ela não tinha certeza sobre o que havia despertado seu interesse — se fora a inscrição DOODSKUS impressa sobre ele, ou se fora o líquido mais branco e opaco que já havia visto. A substância a fez lembrar do branco de seus olhos: sólido, impenetrável.

— O que tem naquele? — perguntou Juliette, apontando.

— Ah, aquele é novo — Lourens praticamente ficou na ponta dos pés de tanta euforia quando se esticou para pegá-lo. O cientista manuseava o pote aninhado na palma da mão com cuidado especial, abrindo lentamente a tampa. Juliette sentiu um aroma que parecia um jardim de rosas. Era doce e cheiroso e a fez lembrar-se dos dias de outrora em que corria pelo quintal com as mãos sujas de terra.

— É capaz de parar o coração de um organismo — explicou Lourens solenemente. — Eu ainda não o aperfeiçoei, mas a ingestão desta substância deve criar um estado de morte aparente por três horas. Quando o efeito passar... — e estalou os dedos. O som saiu com atraso, consequência de suas juntas envelhecidas e enrijecidas — O organismo desperta, como se nunca tivesse morrido.

Naquele momento, um alto *tin!* ecoou pelo laboratório, e Lourens exclamou que o aparelho havia finalizado seu trabalho, devolvendo o frasco a seu ponto original e subindo apressado as escadas de volta à sua mesa. Roma e Benedikt logo o seguiram, falando exaltados sobre as hipóteses que tinham sobre os resultados. Juliette, enquanto isso, estendeu a mão para a estante. Antes que Lourens pudesse se virar e vê-la, sua mão envolveu o frasco com o material branco opaco e o deslizou por baixo da manga. Foi rápida o suficiente para evitar os olhos de Lourens, mas não os de Marshall. Juliette olhou bem para ele, desafiando o rapaz a dizer algo.

Marshall apenas torceu o lábio e deu meia-volta, correndo para alcançar os outros. Pareceu condizente com ele sentir-se desrespeitado por ela estar bisbilhotando os relatórios do laboratório e logo depois achar aquele furto algo divertido.

— Vejamos — dizia Lourens quando Juliette finalmente se juntou a eles. Ele levantou a tampa de um aparelho e extraiu uma tira fina de papel com linhas pretas que atravessavam todo seu comprimento. Emitindo um ruído baixinho, que Juliette não conseguiu entender muito bem, Lourens se dirigiu a outro aparelho, verificando sua tela preta e fitando novamente a tira de papel. Após isto, sua última parada foram os livros em sua escrivaninha.

— Bem — disse Lourens, finalmente, após ter folheado os livros e mantido todos mergulhados em completo silêncio por cinco minutos. Ele parou o dedo no fim de uma página amarelada, batendo duas vezes em uma lista de fórmulas que ele havia escrito à mão, como se aquilo significasse algo. — Com nosso ponto de partida limitado, não posso concluir se é uma vacina verdadeira como alegam. Não tenho nenhum material que possa servir de comparativo. — Lourens olhou com atenção para o papel novamente. — Mas, de fato, é uma solução com alguma utilidade. A substância primária é um opiáceo, que eu acredito ter sido introduzido nas ruas como algo chamado *lernicrom*.

Juliette congelou. Sentiu um tremor abalar sua espinha, uma revelação que desabou dos céus diretamente sobre seus ombros.

— *Tā mā de* — xingou ela, suavemente. — Eu conheço essa droga.

— Bom, nós dois começamos a vendê-la, ainda que em quantidades pequenas — disse Roma, também reconhecendo o nome.

— Não, não é isso — respondeu Juliette, cansada. — *Lernicrom*. É a droga que Walter Dexter estava tentando vender em grande escala para a Sociedade Escarlate — ela fechou os olhos e depois os abriu novamente. — Ele é o fornecedor de Larkspur.

Vinte e seis

Na noite seguinte, Juliette estava enterrada bem fundo em sua mente.

Todas aquelas vezes em que ela enxotou Walter Dexter poderiam ter sido utilizadas para obter informações. E agora pareceria suspeito se ela tentasse cair de novo em suas graças. Talvez por isso aconselhavam as pessoas a não fechar portas, mesmo as que levam a um comerciante inescrupuloso.

Juliette bateu na mesa com os *kuàizi*, enraivecida. Suspeito ou não, ela precisava entrar em contato com Walter Dexter novamente sem levantar desconfiança. Ao pensar como fazer isso, não importava o caminho que desenhasse, todas as estradas pareciam levar até seu filho, Paul Dexter.

Ela quis se estrangular por causa disso.

Talvez eu não tenha que ir atrás dele, pensou Juliette, sem muita convicção. *Talvez eu esteja apenas perseguindo fantasmas. Quem pode afirmar que ele sequer sabe de algo?*

Mas ela precisava tentar. Tudo naquele caso bizarro era circunstancial. Só porque Walter Dexter era o fornecedor de Larkspur não significava que ele sabia mais do que eles sobre sua identidade e paradeiro. Só porque Larkspur estava produzindo uma vacina não significava que ele podia levá-los à cura destes surtos malditos.

Da mesma forma, também significava que Larkspur *podia* ter essa informação, assim como Walter Dexter.

Droga.

— Em que planeta você está?

Com a chamada ríspida de Rosalind, Juliette tirou os olhos da comida, se interrompendo pouco antes de seus *kuàizi* se fecharem inconscientemente no ar.

— Bem aqui — disse ela, franzindo o cenho quando Rosalind fez uma careta, indicando que não acreditava nela.

— É mesmo? — Rosalind gesticulou com o queixo do outro lado da mesa. — Então por que você ignorou o Sr. Ping quando ele pediu sua opinião sobre as greves dos operários?

A atenção de Juliette voltou-se para o Sr. Ping, um membro do círculo interno de seu pai que costumava perguntar sobre seus estudos sempre que a via. Se não estava enganada, um de seus assuntos favoritos era a astrologia; ele sempre tinha algo a sugerir sobre o posicionamento do zodíaco ocidental, e Juliette — mesmo aos 15 anos — sempre tinha uma tirada sarcástica sobre o destino operar através da ciência e da estatística para rebatê-lo. Agora ele fazia bico do outro lado da mesa redonda, parecendo particularmente ofendido. Juliette se encolheu.

— Foi um longo dia.

— De fato — murmurou Kathleen, em concordância, do outro lado de Rosalind, massageando a ponte do nariz.

A barulheira do espaço privado era alta o bastante para competir com o resto do restaurante, do lado de fora. Lorde Cai estava no assento ao lado dela, mas aqueles jantares não eram oportunidades para discussões de pai-e-filha. Seu pai estava sempre muito ocupado com outras conversas para dirigir uma única palavra a ela, e sua mãe estava cuidando da segunda mesa do local, conduzindo as conversas ali. Não era ambiente para diálogos pessoais.

Era o horário nobre para membros do círculo interno da Sociedade Escarlate se acotovelarem, se gabarem e competirem entre si, bebendo até não poder mais para ganhar favores.

Tyler costumava ser um dos mais barulhentos naquelas mesas. Hoje, no entanto, ele estava ausente, cobrando aluguéis, assim como estivera nos últimos dias. Quando Juliette foi encarregada de lidar com os surtos, Tyler passou a substituí-la em suas tarefas de herdeira, e ele se refestelava com isso. Juliette enrijecia a cada vez que o ouvia gritar pela casa, reunindo seu grupo para saírem — e isso estava acontecendo com frequência. Parecia que a cada minuto surgia um novo trapaceiro, uma nova conta ficando no vermelho. Tyler brandiria a arma e ameaçaria proprietários de lojas e senhorios até que soltassem o valor necessário, até que os Escarlates recuperassem o que lhes era devido. Sabia que era hipocrisia sua menosprezar Tyler por simplesmente fazer o que tecnicamente era trabalho dela, mas fazer tal trabalho em tempos como aqueles a deixava desconfortável. As pessoas não se recusavam a pagar agora porque estavam se rebelando; simplesmente não tinham dinheiro suficiente porque todos os clientes estavam morrendo.

Juliette suspirou, girando seus *kuàizi*. Sobre a mesa giratória de vidro, a comida dava voltas diante deles; havia patos assados, bolinhos de arroz e macarrão frito em constante exibição. Enquanto isso, Juliette automaticamente pinçava porções no centro da mesa e as levava até seu prato, colocando a comida na boca sem a saborear de verdade. Era uma pena. Uma olhada no verde exuberante dos vegetais, no brilho das escamas dos peixes e nos reluzentes sucos que escorriam da carne já era suficiente para dar água na boca de qualquer um.

Mas Juliette já estava a divagar novamente. Percebendo que estava levando o cinzeiro à boca em vez de sua xícara de chá de cerâmica, ela voltou à realidade e captou a última sílaba que saía da boca de Rosalind — não foi nem de perto o suficiente para determinar o que a prima havia dito, mas foi o bastante para saber que fora uma pergunta e algo que precisava de uma resposta digna de Juliette, não um ruído genérico de dúvida.

— Perdão, o que foi? — disse Juliette. — Você estava falando, não estava? Sinto muito, eu estou péssima...

E estava prestes a ficar ainda pior, porque nunca saberia o que Rosalind havia perguntado. Naquele momento, seu pai pigarreava e as duas mesas do espaço privado imediatamente caíram em silêncio absoluto. Lorde Cai ergueu-se, com as mãos unidas atrás das costas rígidas.

— Espero que todos estejam bem — disse o pai. — Há algo que devo comunicar hoje.

Um mau pressentimento acometeu Juliette. Ela se preparou.

— Hoje chegou ao meu conhecimento uma prova inegável de que há um espião na Sociedade Escarlate.

O silêncio tomou conta do local — não era uma ausência de som, mas uma entidade presente, como um cobertor pesado e invisível que se assentara sobre os ombros de todos. Até os garçons ficaram imóveis — um garoto que estava servindo chá congelou no meio do movimento.

Juliette apenas piscava. Ela trocou um olhar de soslaio com Rosalind. Era de conhecimento quase geral que havia espiões na Sociedade Escarlate. Como poderia não haver? Os Escarlates certamente possuíam pessoas infiltradas nas fileiras comuns dos Rosas Brancas. Não era difícil pensar que os Rosas Brancas haviam introduzido seus mensageiros, especialmente pela frequência com que conseguiam dar o bote na Sociedade Escarlate.

Lorde Cai prosseguiu.

— Há um espião na Sociedade Escarlate que foi convidado para este local.

Por um breve e terrível segundo, Juliette teve medo de que seu pai estivesse se referindo a *ela*. Poderia ele ter descoberto sobre sua associação com os Rosas Brancas — com Roma Montagov — e entendido tudo errado?

Impossível, pensou, cerrando os punhos debaixo da mesa. Ela não deixara nenhuma informação escapar. Certamente algo deve ter afetado os negócios para incitar uma declaração como essa de seu pai.

Ela estava certa.

— Hoje três importantes clientes em potencial desistiram de seus planos de parceria conosco. — O pai de Juliette se portava com o ar de estafa, como se estivesse farto e cansado de se digladiar com a clientela nervosa, mas Juliette enxergava por trás da aparência. Seus olhos passaram direto por ele e tracejaram as linhas tensas dos ombros enrijecidos de sua mãe no outro lado da sala. Eles estavam furiosos. Haviam sido traídos.

— Eles sabiam de nossos preços antes mesmo de serem propostos — prosseguiu Lorde Cai. — Então, foram até os Rosas Brancas.

Sem dúvida, após os Rosas Brancas os abordarem com preços menores. E como um espião saberia de uma informação tão protegida se não estivesse no círculo interno? Esse não era o trabalho de um mensageiro que tinha ideias vagas sobre pontos de entrega. Do próprio núcleo de negócios Escarlate surgira um vazamento.

— Eu conheço o histórico de todos vocês — continuou Lorde Cai. — Sei que todos são nascidos e criados em Xangai. O sangue de vocês remete há milhares de anos, a ancestrais que nos vinculam. Se há um traidor aqui, você não mudou de lado por lealdade verdadeira ou algo desse calibre, mas pela promessa de dinheiro, ou glória, ou amor fajuto, ou meramente pela emoção de brincar de espião... — Ele retornou ao assento e pegou a chaleira. Encheu novamente sua xícara de cerâmica, com a mão completamente firme enquanto as folhas de chá iam até a borda e o líquido transbordava, derramando-se pela toalha de mesa vermelha até que a mancha escura parecesse uma flor de sangue. Se ele continuasse derramando, Juliette temia que o chá quente escorreria pela toalha de mesa e queimaria suas pernas. — Quando eu te desmascarar, as consequências que minha mão fará descer sobre você serão muito maiores que qualquer atitude que os Rosas Brancas possam tomar quando se derem conta de que você não mais atuará como traidor.

Para alívio de Juliette, Lorde Cai finalmente baixou a chaleira, logo antes do chá derramado atingir a borda da mesa. Seu pai sorria, mas seus olhos, apesar dos pés de galinha que a idade entalhara, permaneciam tão vazios quanto os de um carrasco. Naquela hora, Lorde Cai optou por não verbalizar sua mensagem. Deixou sua expressão falar por ele.

Não havia dúvidas de qual genitor Juliette herdara seu sorriso monstruoso.

— Por favor — disse Lorde Cai, quando ninguém se moveu após o desfecho de sua ameaça —, continuemos comendo.

Lentamente, os homens poderosos e as esposas que sussurravam em seus ouvidos pegaram novamente seus *kuàizi*. Juliette não conseguia mais ficar parada. Ela se inclinou na direção do pai e sussurrou, dizendo que precisava correr para o banheiro. Quando Lorde Cai anuiu com a cabeça, Juliette levantou-se, indo em direção à porta.

Fora do espaço privado da Sociedade Escarlate, Juliette se apoiou na parede fria, levando um segundo para recuperar o fôlego. Ela viu os outros clientes do restaurante à sua esquerda, onde o barulho rugia — um esforço coletivo de mesinhas diferentes, cada uma lutando para ser ouvida por sobre as outras. À sua direita, havia portas distintas que davam na cozinha e no banheiro. Com um suspiro, Juliette marchou para o banheiro.

— Acalme-se — disse a si mesma, inclinando a cabeça sobre a ampla pia de metal. Ela deixou o pescoço tombar, respirando profundamente.

O que seu pai diria se soubesse que ela estava trabalhando com Roma Montagov? Será que entenderia aquilo da mesma maneira que ela, que abrir mão desse único ponto de orgulho poderia ser útil a todo seu pessoal se conseguissem erradicar os surtos? Ou ficaria preso ao núcleo essencial da traição de Juliette: o desperdício de todas as chances que teve de dar um tiro em Roma para se vingar de todo sangue que as mãos dele derramaram?

Juliette ergueu a cabeça, encarando o distorcido espelho de bronze à sua frente. Tudo o que viu foi uma estranha.

Talvez ela estivesse envolvida demais naquilo. Talvez o curso correto de ação fosse romper qualquer aliança com Roma Montagov e recorrer a seu próprio pessoal, dar um jeito de encurralar Walter Dexter com força bruta e fazê-lo falar...

Um grito perfurou seu ouvido. Juliette sobressaltou-se e identificou que ele vinha da parte principal do restaurante.

Ela saiu em disparada do banheiro. Em segundos, havia chegado à origem do grito, ofegante enquanto procurava por vítimas. Ela viu apenas um homem jogado no chão. Seus olhos o fitaram no mesmo segundo em que as mãos do sujeito foram de encontro ao seu pescoço.

Mas ninguém foi ajudá-lo. Mesmo enquanto ele dilacerava a garganta, jogando pedaços de pele em um raio pequeno e eventualmente paralisando-se em morte, as pessoas no restaurante seguiam a vida. Apenas uma senhora nos fundos acenou para que um garçom viesse limpar aquilo. Outros mal reagiram, agindo como se não tivessem notado o incidente, como se não reconhecer a morte a ofendesse o bastante para afugentá-la.

Civis estavam rasgando as próprias gargantas e as pessoas da cidade estavam ficando tão dessensibilizadas que continuavam suas refeições com tranquilidade, como se fosse uma terça-feira comum. Juliette supôs que era mesmo. Se a situação continuasse assim, aquela seria a norma até que a cidade entrasse em colapso. Era apenas questão de tempo até que todos os pequenos estabelecimentos de Xangai se esvaziassem porque, ou seus clientes haviam sucumbido à insanidade, ou as pessoas não desejavam frequentar lugares onde houvesse risco de infecção. Era uma questão de tempo até que os empreendimentos assistidos pelos Escarlates devorassem todas as suas poupanças e não pudessem pagar o aluguel, mesmo com as ameaças de Tyler; até que grandes restaurantes como aquele também desmoronassem. Havia rosas vermelhas brotando porta sim, porta não, ao longo do território Escarlate. Avisos e mais avisos, mas de que serviam avisos diante dos surtos?

— Ei — vociferou Juliette quando o garçom se agachou perto do homem morto. — Não toque nele — sua entonação assustou o garçom a ponto de fazê-lo recuar, desajeitado. — Cubra o corpo com uma toalha de mesa e chame um médico.

Nada estava garantido. Ela precisava da ajuda de Roma para consertar a cidade. Mas também precisava se mexer e parar de inventar desculpas.

Precisava dar um jeito de se aproximar de Paul Dexter.

Àquela hora, era difícil encontrar a linha no horizonte onde as águas terminavam e a terra começava, onde o Rio Huangpu sangrava para a margem oposta. Quando Benedikt se sentava perto da beira da água, contemplando a noite, era fácil esquecer a mistura de vermelho e dourado e a fumaça e as gargalhadas que havia na cidade atrás dele. Era fácil crer que o que via era tudo que a compunha: uma terra não trabalhada, manchada com os mais tênues pontos reluzentes na outra margem.

— Sabia que ia te encontrar aqui.

Benedikt virou-se na direção da voz, deixando a perna balançar na plataforma. A luz que emoldurava a silhueta de Marshall fez os olhos desajustados de Benedikt doerem quando ele o fitou.

— Não é como se eu fosse para outro lugar.

Marshall enfiou as mãos nos bolsos. Ele estava bem-vestido naquela noite, em um terno ocidental, o que era raro, mas não incomum, não se Lorde Montagov o tivesse mandado a algum lugar em missão.

— Você tem noção da extensão do Rio Huangpu? Você é difícil, Ben. Acho que nunca te achei no mesmo lugar duas vezes.

Abaixo deles, o rio pareceu vibrar em resposta. Ele sabia que estavam falando dele.

— Aconteceu alguma coisa? — perguntou Benedikt.

— Você esperava que acontecesse? — retrucou Marshall, sentando-se ao lado dele.

— Algo *sempre* acontece.

Marshall apertou os lábios. Ele pensou por um segundo.

— Não, não aconteceu nada — disse, por fim. — Quando eu saí, Roma estava escrevendo o rascunho de uma resposta a uma mensagem de Juliette. Ele está nisso há três horas. Eu acho que ele vai romper um músculo.

Roma não fazia nada apaticamente. Sempre que visitava o leito de Alisa, ficava lá por quase metade do dia, suas outras tarefas que se danassem. A única razão pela qual Lorde Montagov permitia tamanha inatividade era porque Roma realizaria suas outras tarefas com atenção total assim que saísse do hospital.

— Melhor romper um músculo do que a própria garganta — resmungou Benedikt. E se interrompeu. — Eu não confio nela.

— Juliette?

Benedikt anuiu com a cabeça.

— Claro que não confia — disse Marshall. — E nem deve. Isso não significa que ela não é útil. Não significa que tem que desgostar dela — ele gesticulou em direção ao beco. — Podemos ir para casa agora?

Benedikt suspirou, mas ele já estava se levantando e tirando a poeira das mãos.

— Você podia ter ido para casa sozinho, Mars.

— E qual é a graça disso?

Benedikt nunca entenderia a necessidade de Marshall estar cercado de pessoas. Marshall era alérgico à solidão — ele uma vez chegou a desenvolver brotoejas porque se sentou em seu quarto e proibiu a si mesmo de sair até que terminasse de fazer o balanço em um livro de contabilidade. Benedikt era o oposto. Pessoas o tornavam pegajoso. Pessoas o faziam pensar duas vezes em suas palavras e transpirar quando escolhia as erradas.

— Vou supor que você não está a fim de passar em um cassino antes, não é? — perguntou Marshall quando eles começaram a andar, sorrindo. — Eu soube que...

No meio da fala, Marshall subitamente parou de andar, estendendo o braço para puxar Benedikt de volta. Benedikt precisou de alguns segundos para ver por que pararam. Precisou de alguns a mais para entender *de verdade* o que via.

Uma sombra — se estendendo no pavimento diante deles. Os dois ainda estavam no meio do beco, já dentro demais para conseguir olhar além dos prédios altos que os ladeavam e identificar o que estava projetando a sombra que aparecera. O poste de luz não estava longe; a silhueta que se formara era nítida e bem definida, não deixando dúvida alguma: chifres, membros que se arrastavam dolorosamente, um tamanho impossível para qualquer coisa natural.

Chudovishche. Monstro. O mesmo que toda Xangai vira, espreitando pelas esquinas da cidade.

— Meu bom Deus — murmurou Benedikt.

A sombra se movia na direção deles, para o mesmo beco em que estavam.

— Se esconda!

— Me esconder? — sibilou Marshall, repetindo. — Você acha que eu sei me encolher magicamente?

De fato, o beco era muito estreito para fornecer um esconderijo viável. Mas havia uma grande lona azul acima de uns caixotes descartados. Sem tempo de ficar dando instruções, Benedikt pegou a lona e deu um empurrão forte em Marshall, fazendo *shh* quando ele se sobressaltou, e também se meteu ali debaixo, até que estivessem encolhidos ao lado das caixas e ocultos sob a fina cobertura.

Algo pesado passou pelo beco. Fazia um ruído de esforço, como o de pés que não se formaram direito, como o de narinas que eram muito afiladas para deixar o ar passar, então expeliam apenas um chiado.

Então um *splash* bruto ecoou pela noite. Gotículas caíram na superfície do rio, como se houvesse começado a chover apenas em uma parte do céu.

— O que foi isso? — sibilou Marshall. — Aquilo pulou na água?

Benedikt pegou uma ponta da lona, colocando a cabeça para fora lentamente. Marshall agarrou seu ombro e tentou fazer o mesmo, até que ambos estivessem espiando de seu esconderijo, estreitando os olhos no escuro, tentando fitar o rio na outra extremidade do beco.

Uma forma flutuava na água. Sob a luz da lua, era difícil distinguir muita coisa além do brilho do que poderia ser a espinha dorsal, fileiras de protuberâncias que estavam se distorcendo e se modificando e...

Benedikt xingou, puxando Marshall para baixo.

— Se esconde, se esconde, *se esconde!*

Uma explosão de movimento irrompeu da água — *do monstro*. Pontinhos pequeninos — cuspidos no ar, mal visíveis até que aterrissaram na plataforma, mal visíveis até que começaram a se mover para a frente sob a luz da lua, como um carpete ambulante se espalhando pelo beco.

Marshall cobriu-se com a lona e Benedikt bateu o pé na borda dela, pressionando-a com força no chão para que os insetos não passassem por ela. Havia o som rastejante. O som de milhares de perninhas contra cascalho duro, se dispersando pela cidade.

Silêncio. Um longo minuto se passou. O silêncio apenas prolongou-se.

— Acho que eles se foram — sussurrou Benedikt. — Mars?

Marshall emitiu um ruído de asfixia.

— Marshall!

Benedikt se moveu tão rápido que desestabilizou o ar em sua volta. Pôs as mãos nos dois lados da face de Marshall, apertando com força para prender sua atenção e sanidade, apertando com força para o caso de precisar impedi-lo de dilacerar a própria garganta até a morte.

Contudo, em vez de perder a sanidade, Marshall bufou de maneira cômica. Um segundo depois, uma gargalhada escapou.

— Ben, eu estava brincando.

Benedikt encarou Marshall.

— *Mudak* — sibilou, furioso. Quando recolheu as mãos, teve de resistir ao impulso de bater em Marshall. — Qual é o seu problema? Para que brincar com um assunto desses?

Agora Marshall parecia confuso, como se não entendesse a ira que vinha em sua direção.

— Eles nem subiram em nós — disse, lentamente. — Por que você me levou a sério?

— Por que eu não levaria? — vociferou Benedikt. — Não brinque com isso, Marshall. Eu não vou te perder!

Marshall piscou, confuso. Inclinou a cabeça curiosamente, da mesma forma que fazia quando estava tentando prever o próximo movimento de

Benedikt em um treino de combate. Em uma luta real, Benedikt sempre era melhor em prever as fintas preguiçosas de Marshall, lendo as adivinhações do amigo e fazendo o oposto.

Mas ali, tão próximos um do outro, ele nunca teria previsto que Marshall estenderia a mão e tocaria sua face — com dedos leves como penas, como se quisesse verificar se Benedikt estava mesmo ali.

Benedikt se afastou rapidamente. Tirou a lona de cima deles, ficando de pé em um movimento giratório.

— Preciso informar o que vimos a Roma — disparou. — Te vejo em casa.

E saiu apressado antes que Marshall pudesse segui-lo.

Roma finalmente enviou sua carta-resposta, cinco horas após ter começado a escrevê-la. Quando a revisou pela décima vez, não tinha nem certeza se havia grafado o próprio nome corretamente.

— Será que devia ter incluído meu patronímico? — resmungava a si mesmo agora, passando à próxima página de seu livro sem assimilar nenhuma palavra. — Fica estranho assim?

Tudo aquilo era estranho. Há quatro anos, ele havia mandado tantas cartas de amor a Juliette que, quando se sentou para escrever *esta* carta — para concordar que deviam reunir o máximo possível de informações sobre Walter Dexter através de suas fontes separadas antes de se encontrarem no Grande Mundo amanhã — sua primeira reação ao redigir "Querida Juliette" foi comparar a cor do cabelo dela às penas de um corvo.

Roma suspirou e pôs o livro sobre seu peito, fechando os olhos. Ele já estava em sua cama. Pensou que poderia tirar um cochilo até que fosse hora de meter o nariz nas fábricas Rosas Brancas. Alguém de lá devia ter alguma informação sobre Walter Dexter.

No entanto, no momento em que começou a ficar sonolento, ouviu uma forte batida na porta do quarto.

Roma grunhiu.

— O que foi?

Sua porta se abriu. Benedikt entrou, acelerado.

— Você tem um momento?

— Você está interrompendo minha hora de lazer com Eugênio Onegin, mas tudo bem — Roma tirou o livro do peito e o colocou sobre o cobertor. — Ele é desnecessariamente pretensioso.

— O monstro. Os insetos. Eles são a mesma coisa.

Roma ergueu-se em um pulo e questionou:

— Como é que é?

Benedikt sentou-se à escrivaninha do primo, deixando escapar a ansiedade pelo tamborilar de seus dedos. Roma, por sua vez, levantou-se e começou a andar pelo quarto. Havia muita tensão se acumulando em seus ossos.

— Os insetos saem *do* monstro — disse Benedikt, agitado. — Nós vimos. Nós o vimos pular na água e então... — ele imitou uma explosão. — Tudo faz *sentido* agora. Quem falou que ver o monstro causa os surtos está certo, mas não do jeito que pensam. O monstro cria os insetos. Os insetos causam os surtos.

De repente, Roma sentia falta de ar. Não de pânico, mas de entendimento. Como se houvesse sido presenteado com uma caixa de informações, desmontadas em pedacinhos, e se ele não as montasse rápido, o presente seria tomado dele.

— Isso é colossal — disse Roma, forçando-se a reduzir a velocidade. — Se aceitarmos que Lourens estava certo quando disse que esses insetos operam de forma idêntica entre si, se presumirmos que todos são controlados por uma entidade, e que essa entidade é, na verdade, o monstro... — Roma quase caiu de joelhos. O monstro era real. *Real*. Não é que ele não tivesse acreditado nas aparições até aquele momento, mas ele as aceitara da forma que aceitava os estrangeiros nas concessões — como uma inconveniência, mas não a principal ameaça. As aparições estavam fora de seu radar de preocupação, secundárias aos surtos. Mas agora...

— Se matarmos o monstro, matamos cada um desses insetos esquisitos em Xangai. Se matarmos o monstro, acabamos com os surtos.

E então os insetos cravados na cabeça de Alisa morreriam. Então ela não mais estaria sob as garras da insanidade. Então ela poderia acordar novamente. Era tão válido quanto uma cura.

Benedikt contraiu os lábios.

— Você fala como se fosse fácil. Você não viu a coisa.

— Bom, o que você viu?

Um silêncio carregado se instaurou no quarto. Benedikt parecia ponderar sua resposta. Ele bateu levemente com dedos na mesa algumas vezes e depois repetiu as batidas. Por fim, balançou a cabeça uma vez com um movimento minúsculo.

— Você ouviu as histórias — respondeu Benedikt. — Elas não estão muito longe da verdade. Eu não me preocuparia com a aparência dele agora. Antes mesmo de considerar matá-lo, como encontrá-lo de novo?

Roma voltou a andar.

— Marshall disse que os Comunistas o viram saindo do apartamento de Zhang Gutai.

Se Roma estivesse prestando mais atenção, teria visto a expressão do primo murchar subitamente — não por nojo ou desdém, mas como se sentisse uma pontada de dor. Ainda bem que todos os Montagoves sabiam como trocar sua expressão para um olhar vazio em um piscar de olhos. Quando Roma o fitou, Benedikt já havia retornado à expressão neutra, esperando que o primo prosseguisse.

— Preciso que você e Marshall vigiem o apartamento de Zhang Gutai — decidiu Roma. O plano ia tomando forma enquanto ele falava, com cada peça se encaixando logo após a anterior. — Fiquem atentos para qualquer aparição do *chudovishche*. Confirmem para mim que Zhang Gutai tem culpa. Se vocês virem o monstro surgir com os próprios olhos, então saberemos que Zhang Gutai o controla para espalhar os surtos por toda Xangai. Então sabemos como encontrar o monstro e matá-lo: encontrando Zhang Gutai.

Desta vez, Benedikt sustentou a careta.

— Você quer que eu simplesmente *vigie*? Isso parece... entediante.

— Eu me preocuparia com sua segurança se o trabalho fosse agitado. Quanto mais entediante, mais seguro você está.

Benedikt balançou a cabeça negativamente.

— Você nos entediou o bastante enquanto procurávamos por uma vítima viva dos surtos, e veja onde isso nos trouxe — disse. — Por que você e Juliette não cuidam disso? Vocês já estão a cargo da investigação. Eu tenho minha própria vida para tocar, sabe?

Roma estreitou os olhos. Benedikt cruzou os braços. *Será que pedi demais com essa missão?*, Roma se perguntou. *Por que ele está reclamando dela? É só outra chance de ficar batendo perna com Marshall, o que ele já faz todos os dias.*

— Eu não vou desperdiçar a colaboração com Juliette espionando Zhang Gutai — respondeu Roma, parecendo ofendido com a sugestão.

— Eu pensei que o monstro fosse nossa maior preocupação, não Larkspur.

— Eu *sei* disso — rebateu Roma. Ele estava exaltado, incapaz de controlar o tom de voz. A vida de Alisa estava em jogo. Ele não tinha energia para debater assuntos tão irrelevantes. — Mas nós não podemos presumir que Zhang Gutai tem uma ligação efetiva com o monstro *até que vejamos algo*. Até lá, precisamos ir até o fundo sobre esse tal de Larkspur e assim entender porque ele sabe o que sabe e usar isso para voltar a lidar com o monstro.

Mas Benedikt não queria dar o braço a torcer.

— Você não pode vigiar Zhang Gutai *depois* que achar Larkspur? Obviamente os dois estão ligados de alguma maneira, já que vocês encontraram correspondências entre eles.

— Benedikt — disse Roma, com firmeza. — Foi apenas uma mensagem, e do lado de Larkspur — ele balançou a cabeça. — Olhe, você e Marshall precisam fazer isso porque não sabemos quanto tempo pode levar para o monstro aparecer.

— Você não pode mandar um gângster de ranque mais baixo?

— Benedikt.

— E, sério, você só precisa de uma pessoa nessa missão...

— Você — interrompeu Roma, com o tom repentinamente frio — é um Rosa Branca ou não é?

Aquilo o calou. Benedikt uniu os lábios, então disse:

— Claro que sou.

— Então pare de questionar minha ordem — Roma pôs as mãos atrás das costas. — Isso é tudo?

Benedikt ficou de pé. Fez uma mesura de zombaria, com a boca retorcida de amargura.

— Sim, Primo — disse ele. — Eu o deixarei com seus deveres de herdeiro agora. Assegure-se de não se exaurir muito — uma rajada de vento sucedeu sua saída veloz. A batida da porta foi alta o bastante para fazer a casa vibrar.

Deveres de herdeiro. Que fanfarrão. Benedikt sabia muito bem que Roma só podia ser ou herdeiro, ou fantasma. Benedikt devia ser uma das únicas pessoas que realmente sabia que Roma não batalhava tanto para permanecer como herdeiro por gostar do poder, mas porque era a única posição em que podia ter controle sobre sua segurança pessoal. Se os céus se abrissem e lhe oferecessem uma pequena casa de campo no interior do país, para onde ele pudesse se mudar com seus entes queridos e viver uma vida na obscuridade, ele imediatamente optaria por isso.

A chiadeira de Benedikt entrou por um ouvido e saiu pelo outro. Seu primo podia reclamar o quanto quisesse e descontar a raiva em Roma, mas ele era muito racional para não aceitar a missão logo de cara. Ele a executaria e reclamaria dela o tempo todo, e depois se calaria quando importava. Além disso, Benedikt não remoeria aquilo por muito tempo. O que quer que tenha feito ele ficar estressado passaria em breve, e então esqueceria por que deu aquele chilique.

Roma suspirou e se jogou de volta na cama.

Ele sempre soube que estar no topo vinha com espinhos e ferrões.

Todavia, naquela cidade, onde não havia outras alternativas, isso ainda era melhor do que não ser herdeiro.

Àquela noite, mais tarde, Kathleen ouviu uma batida em sua porta que a tirou da leitura. Ela já estava aninhada nos cobertores, meio que pensando em fingir estar dormindo para não precisar se levantar, colocar o pingente e abrir a porta, quando a porta simplesmente se abriu sozinha.

— Obrigada por aguardar minha resposta — disse ela, com a voz arrastada, fitando Rosalind enquanto ela entrava.

— Você não ia abrir — respondeu a outra, conhecendo a irmã.

Kathleen fez uma careta, fechando a revista que estava lendo. Supôs que a coleção de sapatos da estação podia esperar.

— Eu podia estar dormindo.

Rosalind olhou para cima. Apontou para o pequeno candelabro e depois para as três lâmpadas douradas espalhadas pelo quarto.

— Você dorme com as luzes acesas?

— *Pff.* Talvez.

Revirando os olhos, Rosalind sentou-se ao pé da cama. Ela pareceu olhar para o nada por um bom tempo, antes de dobrar as pernas contra o peito e descansar o rosto delicadamente sobre a superfície plana de seus joelhos.

Kathleen franziu o cenho.

— *Ça va?*

— *Ça va* — suspirou Rosalind. — Lorde Cai me assustou hoje à noite.

— A mim também — era uma acusação muito grave insistir que um espião havia penetrado o círculo interno Escarlate, pois seu tamanho era limitado. — Já temos problemas o bastante com pessoas *morrendo*. Isso vai nos fragmentar ainda mais.

Rosalind emitiu um ruído — podia ser de concordância; podia não ser nada além de uma necessidade de pigarrear. Mais alguns segundos se passaram. Então, ela perguntou:

— Você não acha que é Juliette, acha?

Kathleen arregalou os olhos.

— Não! —exclamou ela. — Por que você pensaria isso?

Rosalind contraiu os lábios.

— Estou apenas pensando alto. Você ouviu os mesmos boatos que eu.

— Juliette nunca faria isso.

O ar estava ficando um pouco carregado. Kathleen não esperava aquilo, não esperava que um silêncio desconfiado sobreviesse quando buscava a concordância em vez dele.

— Você não devia confiar tanto nas pessoas o tempo todo.

— Eu não confio o tempo *todo* — disparou Kathleen, agora ofendida.

— Ah, é mesmo? — rebateu Rosalind. O volume de suas vozes estava aumentando. — Então por que você ficou na defensiva tão rápido? Eu apenas mencionei uma possibilidade e você já está agindo como se eu estivesse te agredindo…

— Falar é perigoso — cortou Kathleen. — Você sabe disso. Sabe o que algumas palavras impensadas podem causar.

— Quem *liga* para o que palavras pode causar! Ela é Juliette!

Kathleen livrou-se de seu ninho de cobertas, chocada. Seus ouvidos zumbiam, como se o estouro da irmã tivesse sido uma explosão, não uma exclamação. Embora ambas fossem próximas de Juliette, a relação de Rosalind com a prima era diferente da sua. Rosalind e Juliette eram muito parecidas. Ambas cobiçavam o papel principal, o direito de tomar a decisão final. Quando elas entravam em conflito, apenas uma podia estar certa.

Mas… isso não era um conflito. Era apenas…

— Meu Deus, eu sinto muito — disse subitamente Rosalind, amaciando a voz. — Eu não… eu sinto muito. Eu amo Juliette. Você sabe que eu amo. Eu só estou… estou assustada, ok? E nós não temos a mesma segurança que ela. Lorde Cai não irá parar por nada até encontrar o traidor, e você sabe que ele suspeitará primeiro de quem é de fora, como nós.

Kathleen enrijeceu.

— Nós não somos de fora.

— Mas, no fim das contas, não somos Cais.

Por mais que Kathleen odiasse isso, sua irmã tinha razão. Pouco importava que elas fossem mais próximas do núcleo pulsante dos Cais do que os outros primos de segundo, terceiro e quarto grau. Enquanto o último sobrenome fosse diferente, sempre haveria aquela dúvida na família sobre Rosalind e Kathleen serem, de fato, Escarlates. Elas vinham do lado de Lady Cai — o lado que fora trazido para dentro daquela casa em vez de ter sido criado nela por gerações.

— Então, acho que devemos ter cuidado — balbuciou Kathleen. — Ter certeza de que não há motivo para sermos acusadas.

Pessoas como Tyler não precisavam se preocupar. Mesmo que eles tivessem o mesmo grau de parentesco, ele carregava o sobrenome Cai. Qualquer coisa que fizesse, qualquer coisa que conquistasse, eram coisas maravilhosas que refletiam na família, nas gerações de ancestrais que os construíra a partir do chão. Qualquer coisa de que Kathleen ou Rosalind tomassem parte refletia nos Langs, e Kathleen não sabia absolutamente nada sobre a história daquele lado de sua família; só conhecia a avó que visitava uma vez por ano.

— Sim — sussurrou Rosalind. Ela suspirou, esfregando a testa. — Bem, eu preciso ir. Me desculpe por gritar — ela saltou da cama. — Vá dormir. *Bonne nuit.*

— Boa noite — repetiu Kathleen. A porta já havia se fechado. Quando ela se deitou e pegou a revista novamente, já não conseguia prestar atenção nos sapatos.

Você ouviu os mesmos boatos que eu.

— Espere — Kathleen sussurrou em voz alta. — Que *boatos*?

Vinte e sete

Juliette estava a um fio de explodir.

O ar estava fresco naquela tarde, consequência de um céu limpo e da brisa do mar. Enquanto ela caminhava pela calçada sob a delicada sombra das árvores que balançavam com o vento, foi cercada pelo som de água corrente de uma fonte e pelo canto dos pássaros — sons típicos da Concessão Internacional quando ainda estava um pouco atordoada pela louca noite anterior, despertando apenas com os raios de sol dourados que acariciavam suas divisas.

Deveria ter sido um passeio tranquilo e silencioso. Pena que estava com Paul Dexter, que ainda não dera nenhuma informação significativa apesar das horas que já haviam passado juntos.

— Tenho uma surpresa para você — dizia agora Paul, tomado de entusiasmo. — Fiquei muito contente ao receber sua carta, Senhorita Cai. Estou adorando o tempo que estamos passando juntos.

Pelo menos um de nós está.

Era quase como se ele soubesse o jogo que ela estava jogando. A cada vez que ela comentava sobre o trabalho do pai dele, Paul mudava de assunto e começava a falar de quão duro o pai trabalhava. A cada vez que ela comentava sobre o trabalho *dele* com Larkspur, Paul tangenciava para a situação de Xangai e como era difícil conseguir uma ocupação respeitável. Por um breve momento, ela se perguntou se Paul talvez tinha ficado sabendo que Juliette invadira uma de suas casas de vacinação e agora suspeitava que ela estivesse tentando derrubar Larkspur, mas parecia improvável que aquela informação seria repassada a alguém tão irrelevante quanto Paul Dexter. Ela também se perguntava se ele havia recebido a mesma instrução que Larkspur dera aos outros comerciantes — matar Juliette por um preço — mas ela não conseguia imaginar como ele faria isso. Era mais provável que estivesse guardando para si tudo o que sabia para mantê-la por perto por mais tempo.

— Uma surpresa? — repetiu Juliette, distraída. — Não precisava.

Ele devia saber que ela estava atrás de *alguma coisa*. Isto por si só já lhe dava uma vantagem — dava-lhe o direito de conduzir Juliette aonde bem quisesse. Mas não havia chance de ele saber especificamente o que ela procurava, e Juliette mantinha *isso* bem oculto. Não havia chance de ele saber que ela tinha conhecimento sobre a posição de seu pai como fornecedor de Larkspur e que ela estava atrás de qualquer ponta de informação que os Dexters tinham sobre a identidade de Larkspur.

Alguém que fornecia a Larkspur a droga que ele precisava para suas vacinas devia ter um endereço de distribuição. Seria absurdo cogitar outra hipótese. De que outra maneira Walter Dexter faria as entregas? Deixando as drogas em um buraco marcado em um muro?

— Ah, mas eu precisava sim. — Paul deu meia-volta de repente. Em vez de andar ao lado dela, ele agora estava dois passos à frente, andando de costas para que pudesse olhar para ela, com a mão estendida. Juliette forçou-se a pegar a mão dele. — Você vai amar. Está na minha casa.

Juliette ficou animada. Era um tanto inadequado que Paul Dexter lhe mostrasse algo em sua casa, mas era uma oportunidade maravilhosa de maximizar sua espionagem. Ai dele se tentasse algo indecente. Acabaria ficando incapacitado.

— Que intrigante — disse Juliette.

Paul deve ter percebido sua mudança de humor, porque sorriu intensamente para ela. Na verdade, não parou de sorrir enquanto caminhavam; nem parou de tagarelar, falando sobre o que achava da cidade, da vida noturna, dos cassinos...

— Você soube das greves?

O salto de Juliette bateu com força em uma rachadura na calçada. Paul se esticou rápido, segurando-a pelo cotovelo para que não caísse, mas Juliette não pensou em lhe agradecer quando olhou de relance para a expressão gentil do rapaz. Apenas piscou os olhos, deixando escapar uma risadinha incrédula.

— O que *você* sabe sobre as greves? — indagou.

— Muitas coisas, Senhorita Cai — respondeu Paul, confiante. — Há dois tipos de Comunistas agora: os que estão morrendo porque são muito pobres para merecer a cura de Larkspur e os que estão com tanta raiva disso que desejam se rebelar.

Muito pobres para *merecer...* Que espécie de disparate.

— Estas greves estão acontecendo nas fábricas custeadas pelos Escarlates — disse Juliette. Sua voz saiu com secura e ela tossiu, tentando aliviar o tom para que Paul não pensasse que ela estava agindo com agressividade. — Tudo vai se resolver. Estão sob controle.

— Certamente — concordou Paul, mas ele soava como se a estivesse apenas reconfortando, o que por si só já era um insulto. — Ah, aqui estamos.

Assim que Paul parou diante de um portão alto, apertando um botão para pedir que alguém dentro da casa o abrisse, Juliette estreitou os olhos para ver por entre as barras. Como a casa ficava bem no interior do terreno, não conseguiu ver nada além de morros e morros cobertos de grama.

— Seu pai não está em casa? — perguntou Juliette.

— Não. Está em uma reunião — respondeu Paul. — O aluguel não vai se pagar sozinho, afinal.

O portão se abriu, ressoando um firme *clique*. Paul ofereceu o braço.

— De fato — balbuciou Juliette. O aluguel *não estava* se pagando sozinho. Então, quanto ganhava um comerciante para poder dar conta desta propriedade, e como conseguiu tanto dinheiro em tão pouco tempo? Outras casas ao longo daquela estrada eram ocupadas por banqueiros, tenentes e diplomatas bem-sucedidos. Walter Dexter viera até Xangai desesperado o bastante para implorar por uma reunião com a Sociedade Escarlate. Havia se esgueirado até o cabaré trajando um terno que tinha um pequeno rasgo na manga. Ele certamente não começara as atividades já morando nesta casa. E certamente não entrara na cidade com bolsos já cheios de dinheiro.

Mesmo assim, a evidência diante dela dizia o contrário.

Eles passaram pelas estátuas fixas no gramado, representações de deusas e duendes uns sobre os outros, com faces desoladas e pele de mármore reluzente. A porta da frente, que Paul abriu para ela, tinha entalhes a ouro, arrojada em comparação às outras entradas e às íngremes escadarias externas que emolduravam a casa.

— É linda — disse Juliette, em voz baixa.

E falava sério.

Juliette passou pelo hall de entrada e entrou em uma sala de estar circular, com os sapatos ecoando alto no assoalho duro e atraindo a atenção dos criados que dobravam mantas de linho. Assim que viram Paul, pegaram suas coisas e saíram apressados, trocando olhares de quem sabia o que fazer. Nenhum dos criados se deu ao trabalho de fechar as portas excêntricas nas laterais da sala de estar — portas que eram ladeadas por vasos de flores e davam para um quintal espaçoso. Elas estavam escancaradas, permitindo que um vento forte entrasse imponente, fazendo as cortinas diáfanas esvoaçarem de uma forma que fez Juliette pensar em bailarinas dançando.

Paul apressou-se até as portas e as fechou. As cortinas foram retornando ao repouso, tremulando até ficarem tristemente inertes. Ele ficou parado ali por um segundo a mais que o necessário, contemplando o quintal, e seus olhos brilhavam com a forte luz do exterior. Juliette foi até seu lado, respirando fundo. Ali, se ela se esforçasse o bastante, quase poderia esquecer como eram as ruas de Xangai. Poderia estar em qualquer outro lugar. Nos campos ingleses ou no sul dos Estados Unidos, talvez. O ar tinha um aroma bem doce. A paisagem era bem agradável.

— Magnífico, não é? — perguntou Paul, suavemente. — *Um sol de setembro, perdendo um pouco de seu calor, senão de seu brilho...*

— Estamos bem longe dos pastos do Colorado, Sr. Dexter — retrucou Juliette, entendendo a referência.

Paul sobressaltou-se, incapaz de esconder a surpresa. Então, sorriu de orelha a orelha e disse:

— Brilhante. Absolutamente brilhante. Para uma chinesa, seu inglês é extraordinário. Não há nenhum traço de sotaque.

Juliette pôs a mão sobre as portas. Quando as pressionou, sentiu o frio do vidro delicado penetrar seus ossos.

— Eu tenho sotaque norte-americano — respondeu ela, de forma vaga.

Paul gesticulou, discordando.

— Você sabe o que eu quero dizer.

Eu sei?, ela quis dizer. *Eu seria inferior se falasse da mesma forma que minha mãe, meu pai, e todos na cidade que foram forçados a aprender mais de uma língua, ao contrário de você?*

Ela não disse nada. Paul aproveitou a oportunidade para tocar o cotovelo dela e conduzi-la pelo resto da casa, falando sobre sua surpresa com entusiasmo. Eles percorreram os longos corredores, passando por pinturas surrealistas que estavam penduradas nas paredes branco-pérola. Juliette esticava o pescoço para todos os lados, tentando investigar os cômodos que conseguia vislumbrar, mas estavam andando muito rápido para que ela pudesse dar uma boa olhada.

No fim das contas, Juliette não precisava ter se preocupado em procurar o local onde Walter Dexter fazia negócios. Paul a levou diretamente a ele. Eles entraram em um amplo escritório — provavelmente o maior cômodo da casa — com assoalho liso de madeira e estantes altas de livros alinhadas às paredes. Ali a atmosfera era diferente: mais turva, mais úmida, resultado das janelas lacradas e das cortinas espessas. Os olhos de Juliette primeiro foram até a imensa escrivaninha, assimilando a grande quantidade de arquivos e pilhas e mais pilhas de papelada.

— Hobson — chamou Paul. — Hobson!

Um mordomo apareceu atrás deles: chinês, vestido com trajes ocidentais. Ele certamente não se chamava Hobson. Juliette não ficaria surpresa se Paul simplesmente lhe tivesse dado aquele nome porque não desejava pronunciar seu nome chinês.

— Senhor?

Paul gesticulou para a sala, para o amplo espaço em frente à escrivaninha onde havia um tapete oval cinza e, sobre ele, quatro cavaletes com quatro grandes telas, cobertas por um pano grosso.

— Poderia fazer as honras?

Hobson fez uma mesura. Ele adentrou o cômodo, de coluna ereta e com as mãos calçando luvas brancas à sua frente. Quando ele puxou o pano, o tecido se mesclou com as luvas.

Juliette fitou as quatro telas.

— Ah... meu...

Cada tela era uma gravura de si: duas eram estudos de sua compleição facial e as outras duas envolviam cenários, situando-a em um jardim ou no que poderia ser o chá da tarde mais solitário do mundo. Juliette não sabia o que era mais horripilante: se era Paul achando que aquele seria um presente que a faria feliz, ou se era o fato de ele ter efetivamente gastado o dinheiro sujo e suado que recebeu de Larkspur naquilo. Ela nem mesmo sabia o que dizer, à exceção, talvez, de:

— Meu nariz não é tão alto.

Paul recuou, muito ligeiramente.

— Como?

— Meu nariz — Juliette desvencilhou o cotovelo que ele ainda segurava e virou-se para fitar as janelas cobertas, de modo que ele pudesse vê-la de perfil — é bem achatado. Eu sou linda de frente, eu sei, mas meu perfil é bem sem graça. Você me retratou melhor do que sou.

Hobson começou a dobrar o pano. O ruído era muito alto em meio ao silêncio abrupto que se instalara no cômodo. Os lábios de Paul estavam murchando lentamente, vacilantes — finalmente, finalmente, pela primeira vez em todo aquele dia, percebendo o comportamento de Juliette. Isso não era bom. Ela deveria estar conquistando a confiança dele, não a destruindo, não importava o quão esquisito ele fosse. Ela rapidamente se virou para encarar Paul novamente, sorrindo intensamente.

— Mas estou incrivelmente lisonjeada. Quanta gentileza. Como posso lhe agradecer por um presente desses?

Paul agarrou-se à oportunidade que ela lhe dava de se recuperar. Ele inclinou a cabeça, novamente satisfeito, e disse:

— Ah, o prazer é meu. Hobson, embrulhe as pinturas e mande alguém levá-las para a casa da Senhorita Cai.

Juliette estava ansiosa para jogar as telas no sótão e nunca mais olhar para elas. Ou talvez ela devesse queimar aquelas coisas horrendas. Se Rosalind as visse, nunca mais deixaria Juliette em paz.

— Devemos prosseguir, então?

Juliette sobressaltou-se. Se saíssem do escritório de Walter Dexter agora, será que conseguiria dar um jeito de voltar sem ser vista? A casa estava cheia de criados e ela duvidava que alguém hesitaria em denunciá-la se a pegasse espreitando o lugar.

Hobson pigarreou, tencionando passar por Juliette, espremendo-se, com uma das telas nas mãos. Distraída, ainda pensando em suas opções, Juliette se afastou e abriu caminho, pressionando as costas na fria pilastra de madeira atrás de si. Estava bastante quente naquela parte da casa dos Dexters. Quente de uma forma não natural.

Enquanto Hobson saía, veio a inspiração.

— Toda essa emoção... — disse Juliette, subitamente, colocando a mão na testa. — Eu... — e fingiu um desmaio. Paul lançou-se para segurá-la. Ele foi rápido o bastante para impedi-la de ir ao chão, mas ela já havia se colocado firmemente em uma posição contorcida, com os joelhos dobrados.

— Senhorita Cai, você está...

— É só o calor. Vai direto para minha cabeça — garantiu Juliette, sem fôlego, afastando a preocupação dele com um aceno. — Você tem bálsamo Tigre? Claro que não. Vocês, britânicos, não conhecem nada de nossos remédios. Estou certa de que um dos seus criados deve saber do que estou falando. Pode me trazer um pouco?

— Claro, claro — respondeu Paul, gaguejando. — Agitado, ele a soltou gentilmente e saiu com pressa.

Juliette levantou-se imediatamente.

— Isso de espiar as escrivaninhas dos outros já está virando um hábito — balbuciou para si mesma. Correndo contra o tempo, ela folheou os arquivos, vasculhando qualquer menção a Larkspur. Ela encontrou dezenas de cartões de visita, dezenas de cartas com informações de contato, mas não havia nenhum recibo contendo Larkspur — nem mesmo algo relacionado a *lernicrom*. Com certeza ele ainda estava tentando vender a droga, então onde estava a evidência?

Não havia tempo para reflexões. Ela ouviu passos no corredor.

Xingando baixinho, Juliette arrumou as pilhas de arquivos e retornou ao ponto onde colapsara, apoiando-se nos cotovelos. Ela não olhou para cima quando Paul surgiu diante dela, fingindo estar muito zonza para erguer a cabeça mais do que alguns centímetros do chão.

— Perdão pela demora — bufou Paul. — Eu chamei Hobson e ordenei que trouxesse esse bálsamo Tigre para mim, mas ele não foi receptivo à minha pressa. Disse que já havia deixado um pouco na minha pasta semana passada quando reclamei de dor de cabeça. Tive que procurar por ela.

Dois *cliques* soaram pelo cômodo. Juliette espiou por entre seus cílios maquiados e viu Paul vasculhando a bagunça de sua pasta de documentos. Quando ele enfiou a mão em um de seus bolsos, resmungando quando os dedos ficaram presos no espaço apertado, Juliette avistou registros comerciais dentro da pasta, recibos de entrega escritos com uma letra tão pequena que foi um milagre seus olhos terem captado A/C LARKSPUR.

Juliette mal segurou o suspiro de espanto. Paul talvez tenha interpretado o ruído que ela emitiu como gratidão, porque ele abriu o frasco e tocou cuidadosamente o bálsamo, besuntando bem o dedo para passá-lo em sua têmpora.

Pelo menos ele sabia o bastante sobre o bálsamo para saber onde devia aplicá-lo. Seus dedos estavam terrivelmente gelados.

— Obrigada — disse Juliette. Ela forçou os olhos a divagarem para que Paul não notasse onde fixara sua atenção. — Sinto-me bem melhor. Será que eu poderia tomar um copo de água? Ficarei melhor ainda quando estiver hidratada.

Paul anuiu com vigor e saiu apressado novamente, desta vez deixando a pasta aberta para trás.

Juliette afanou os registros comerciais.

> Registro nº 10092ª
> 23 de setembro de 1926
> A/C Larkspur
> 10 caixas — lernicrom
>
> A assinatura *infra* confere ao signatário a responsabilidade de assegurar a entrega do produto ao seu receptor.
>
> *[assinatura]*
>
> Entregador: Archibald Welch

— Archibald Welch — murmurou Juliette. Ela nunca havia ouvido esse nome antes. Mas o recibo em suas mãos deixava claro como o dia que aquele homem teve contato pessoal com Larkspur, agindo como intermediário entre ele e Walter Dexter. Rapidamente, ela folheou cada papel do registro, descobrindo que todos tinham datas diferentes com quantidades variadas de caixas, mas continham a mesma assinatura. Não era a mesma coisa que descobrir o endereço de Larkspur, mas era um passo a mais.

Juliette pôs os registros de volta com cuidado. Paul voltou, com um copo de água nas mãos.

— Como está se sentindo? — perguntou ele. Entregou o copo a ela e a viu tomar um gole. — A cabeça está melhor?

Sorrindo, Juliette baixou o copo.

— Ah — disse, inocentemente. — Tudo está melhor agora.

— Você chegou tarde.

Juliette jogou a jaqueta na cama, e depois se jogou sobre ela também, fazendo a armação inteira balançar com seu peso. Kathleen quase foi arremessada da posição confortável que arranjara para si no pé da cama. Ela disparou um olhar maléfico à prima enquanto o movimento da cama cessava, mas nenhum olhar maléfico de Kathleen era genuíno.

— Vou sair *de novo* em meia hora — grunhiu Juliette, tampando os olhos com o braço. Apenas um segundo depois, rapidamente o removeu, esfregando os resíduos de cosmético que estavam em sua pele e se encolheu, sabendo que havia passado um pouco do produto nos olhos. — Onde está Rosalind?

Kathleen apoiou o queixo na mão.

— Ela foi novamente requisitada no cabaré.

Juliette franziu o cenho.

— Mais estrangeiros?

— Os franceses estão ficando inquietos com esses surtos — respondeu Kathleen — e se não puderem fazer nada a respeito fingirão que estão sendo úteis solicitando reuniões sucessivas para discutir suas próximas ações.

— Não *há* próximas ações — respondeu Juliette, seca. — Pelo menos não da parte deles. A menos que queiram mobilizar suas tropas contra um monstro que espreita nas sombras de Xangai.

Kathleen suspirou em resposta. Ela passou para a página seguinte de sua revista de moda.

— A propósito, seu pai passou aqui mais cedo te procurando.

— Ah, é? — disse Juliette. — O que *Bàba* queria?

— Ele disse que estava apenas contando cabeças — disse Kathleen, com uma careta. — Ele está muito nervoso com essa coisa de espião Rosa Branca. Parece que está considerando despejar alguns parentes distantes da casa.

— Acho ótimo — resmungou Juliette.

Kathleen revirou os olhos, então estendeu a mão. Juliette entrelaçou os dedos nos da prima, sentindo o fardo que carregava diminuir imediatamente, e a tensão em seu corpo se dissipou.

— Você ainda está seguindo os Comunistas? — perguntou Kathleen.

— Não, nós... — Juliette se interrompeu, com a pulsação disparando. Corrigiu rapidamente — *Eu* estou esperando mais evidências antes de fazer qualquer acusação.

Kathleen anuiu com a cabeça.

— Justo — ela virou outra página de sua revista com a outra mão. Quando virou três e Juliette não disse mais nada, optando por fitar o teto em vez disso, Kathleen retorceu o nariz.

— Algum problema?

— Estou tentando organizar meu tempo mentalmente — respondeu Juliette, com ironia. Ela puxou a mão de volta e rolou na cama, fitando com olhos estreitos o reloginho que tiquetaqueava em sua penteadeira. — Preciso de um favor.

Kathleen fechou a revista.

— Pode falar.

— Preciso de toda informação possível sobre um homem chamado Archibald Welch. Preciso saber como encontrá-lo.

— E há um motivo? — indagou Kathleen. Apesar da pergunta, ela já estava se levantando da cama, pegando seu casaco e o vestindo.

— Ele pode saber a verdadeira identidade de Larkspur.

Kathleen ergueu a gola do casaco e puxou a mecha de cabelo que havia ficado em sua parte interna.

— Vou lhe mandar um mensageiro com tudo que descobrir. Precisa disso antes de sua reunião?

— Sim, seria o ideal.

Kathleen prestou uma continência de brincadeira. Ela saiu velozmente, com um objetivo fixo na mente, mas, assim que chegou ao batente da porta, Juliette a chamou:

— Espere.

Kathleen parou.

Um instante se passou. Juliette sentou-se ereta, encostando os joelhos contra o peito.

— Obrigada — disse, com a voz subitamente trêmula. — Por ficar do meu lado. Mesmo quando você desaprova — *Mesmo quando minhas mãos estão cheias de sangue.*

Kathleen quase achou engraçado. Lentamente, ela voltou ao quarto e se agachou delicadamente diante da prima.

— Sinto que você acha que eu julgo um pouco tudo o que você faz.

Juliette deu de ombros. Com sinceridade, perguntou:

— Não julga?

— Juliette, por favor — Kathleen ergueu-se, optando por sentar-se ao lado da prima. — Você se lembra da amiga de Rosalind? Aquela irritante?

Juliette não sabia bem aonde ela queria chegar, mas recorreu à memória mesmo assim, buscando as poucas amigas de Rosalind das quais se lembrava.

Nada veio à mente.

— Isso foi antes de irmos para o Ocidente ou na primeira vez que voltei?

— Na primeira vez que você voltou. Rosalind já trabalhava no cabaré.

Pela expressão constipada de Juliette, Kathleen presumiu que ela não se lembrava.

— Ela tinha um nome de pedra preciosa em inglês — Kathleen continuava tentando. — Eu não consigo me lembrar exatamente de qual, mas... Ruby? Sapphire? Emerald?

De repente, veio um estalo. Juliette deixou escapar uma risada, então Kathleen — mesmo fechando os lábios com força — começou a rir também, apesar de aquela lembrança mal pudesse ser motivo de humor.

— Amethyst — disse Juliette. — Era Amethyst.

Amethyst era pelo menos cinco anos mais velha que elas, e Rosalind beijava o chão em que ela pisava. A amiga era a grande estrela dos palcos e treinava Rosalind para ser o próximo meteoro deslumbrante.

Amethyst também tirava Kathleen do sério. Sempre estava lhe dizendo para comprar cremes clareadores de pele, um novo *qipao* sob medida, chegando cada vez mais perto de insinuar as coisas mais ofensivas...

Até o dia em que Kathleen explodiu.

— Juliette! — ela se lembrava de chamar a prima aos gritos, nos fundos do cabaré. — Juliette!

— O que *houve*? — grunhira Juliette, deixando a mesa e indo em direção ao chamado de Kathleen. Logo ela se viu entrando no camarim de Rosalind e, embora ela não estivesse ali, Kathleen estava andando em círculos no cômodo, de olho em um corpo estatelado no chão.

— Acho que ela está morta — disse Kathleen, chorando. — Ela tentou me *agarrar*, então eu a empurrei e ela bateu a cabeça e...

Juliette gesticulou para que a prima parasse de falar. Ela se ajoelhou e pôs a mão no pescoço de Amethyst. Havia uma pequena mancha de sangue brotando da têmpora da jovem, mas seu pulso estava normal.

— O que raios ela estava fazendo aqui? — indagou Juliette. — Ela te seguiu?

Kathleen anuiu com a cabeça.

— Eu fiquei com tanta raiva. Só estava me defendendo! Eu não quis...

— Acalme-se, ela está bem — disse Juliette, ficando se pé. — Estou mais preocupada com você me chamando nesse tom...

A porta do camarim de Rosalind então se escancarou com força. Duas outras dançarinas entraram agitadas com Rosalind. Imediatamente, as dançarinas correram até Amethyst, chorando de preocupação.

— O que aconteceu? — indagou Rosalind, horrorizada. As duas dançarinas olharam imediatamente para Kathleen. Kathleen olhou para Juliette. E naquele momento, enquanto Juliette e Kathleen trocavam um olhar, ocorreu um estalo. Uma sempre estaria segura. A outra não.

— Talvez Amethyst devesse cuidar da própria vida — disse Juliette. — Da próxima vez vou bater mais forte.

Uma das dançarinas ficou indignada.

— Como é que é?

— Eu vou ter que repetir? — disse Juliette. — Sumam da minha frente. Na verdade, sumam dessa boate. Eu não quero ver nunca mais a cara de vocês.

Rosalind ficara boquiaberta.

— Juliette...

Não importava o quanto Rosalind tentara defender Amethyst. Com um aceno de Juliette, Amethyst foi carregada para fora em segundos, ainda inconsciente.

— Desde esse dia — dizia agora Juliette — Rosalind ainda pensa que eu ataquei Amethyst sem motivo algum. Nunca tivemos coragem de dizer a ela que sua amiga era uma pessoa horrível, mesmo quando ela mandou avisar que não voltaria mais a dançar ali.

— Eu acho que ninguém seria corajoso o bastante para voltar ao local de trabalho depois de ser expulso pela herdeira Escarlate.

— Ah, *pff*. Eu já ameacei muita gente nessa cidade. E você não vê todo mundo fugir chorando para casa.

Kathleen revirou os olhos, mas pareceu gentil. Ela estendeu a mão, repousando-a no braço de Juliette.

— Escute-me, *biǎomèi* — disse, em voz baixa. — Você e Rosalind são minha única família. A única que importa. Então, *por favor*, pare de me agradecer a cada segundo como uma maldita ocidental só porque estou te ajudando. Eu nunca vou te julgar. Nunca seria capaz de fazer isso. Eu sempre estarei ao seu lado, aconteça o que acontecer — Kathleen viu as horas novamente e então levantou-se, sorrindo. — Entendeu?

Juliette pôde apenas concordar.

— Eu te atualizo assim que possível.

Com isso, Kathleen se levantou e saiu, se apressando até seu destino antes que o sol se pusesse por completo. O quarto ficou em silêncio, abrigando apenas o tique-taque dos ponteiros do relógio e os suspiros leves e gratos de Juliette.

— Obrigada — sussurrou Juliette para o quarto vazio.

Vinte e oito

Roma havia escolhido um assento nos fundos do espaço de shows, em uma mesa longa onde se via visitantes do Grande Mundo entrando e saindo a cada segundo. Eles entornariam suas bebidas, bateriam o copo na mesa e voltariam sua atenção para o espetáculo que acontecia à frente. Eram velozes e ferozes e definitivamente fritavam com uma dúzia de drogas diferentes no organismo.

Em contraste, Roma devia estar parecendo bastante cabisbaixo enquanto bebericava algo em seu copo e aguardava. Seu chapéu bem enfiado na cabeça cobria sua face, evitando a atenção de pessoas à sua volta. Se eles o reconhecessem, começariam a sussurrar que haviam visto Roma Montagov assistindo às jovens cantoras que dançavam em cima do palco, dando altos pontapés no ar com vestidos de longas fendas, e só Deus sabe como seu pai reagiria a isso. Ele havia alertado Roma sobre o Grande Mundo desde que ele era uma criança, avisando que lugares como aquele — que fervilhavam com vida, pedacinhos de esbórnia aliados à engenhosidade chinesa — corrompiam a mente mais rápido que o ópio. Ali, visitantes esbanjavam suas economias e trocavam comida por esquecimento. Por mais que o Grande Mundo fosse subestimado, ainda era um parâmetro de sucesso. Quem trabalhava nas fábricas em Nanshi não conseguia ganhar em um dia de trabalho o bastante para comprar um simples ingresso.

Roma suspirou, colocando seu drinque na mesa. Com a face oculta, a única pessoa capaz de encontrá-lo em meio à massa embriagada e à gritaria sabia exatamente como procurar.

— Olá, sumido.

Juliette deslizou até o assento diagonal, tirando uma mecha rebelde do rosto e mesclando-a às ondas de seu cabelo. Ela não se importava em ser identificada ali, no Grande Mundo. Apenas precisava tomar cuidado para não ser vista com o herdeiro dos Rosas Brancas.

Roma mantinha o olhar fixo no palco. Naquele momento, estavam preparando a corda bamba. Ele se perguntava quantos ossos haviam se quebrado dentro daquele prédio.

— Vamos beber — disse ele, empurrando seu copo quase cheio na direção dela.

— Está envenenado?

Com o comentário, Roma a fitou, horrorizado.

— *Não*.

— Perdeu uma boa oportunidade, Montagov — Juliette levou o copo aos lábios vermelhos e deu um golinho. — Pare de me olhar.

Roma desviou os olhos e perguntou:

— Encontrou alguma coisa?

— Ainda não sei, mas — ela viu as horas em um relógio de bolso; Roma não sabia ao certo de onde ela o puxara, reparando que seu vestido parecia não ter bolsos — talvez eu consiga alguma coisa daqui a alguns minutos. Fale você primeiro.

Roma estava muito exausto para discutir. Se os mafiosos naquela cidade se sentissem constantemente cansados como ele, a disputa sangrenta chegaria a um fim definitivo no espaço de uma hora.

— Eles são a mesma coisa — disse Roma. — O monstro. Os surtos. Se acharmos o monstro, acabamos com os surtos.

Ele lhe contou tudo o que fora visto e tudo o que fora deduzido.

— Isso basta para confirmar tudo — exclamou Juliette. Percebendo o aumento de volume em sua voz, olhou em volta e então disse, sibilando: — Precisamos agir.

— A coisa só foi vista saindo do apartamento dele — disse Roma. — Ninguém viu Zhang Gutai em pessoa o comandando.

— Se o monstro foi visto onde Zhang Gutai mora, ele *com certeza* o está controlando — Juliette não abriria espaço para discussão a respeito daquilo. Ela bateu com a ponta do dedo na mesa. — Roma, pense nisso. Pense nisso e em tudo mais. Esses surtos crescem em ondas, e a cada onda um grupo grande sempre morre *primeiro*, antes que os insetos se espalhem pela cidade. Os gangsteres nos portos. Os Rosas Brancas no navio. Os franceses no jantar. Os executivos nas cercanias do Bund.

Roma não podia negar isso. Disse:

— Parece que os alvos iniciais sempre são gangsteres ou comerciantes.

— E quem mais deseja esses grupos específicos mortos? — prosseguiu Juliette. — Quem mais derrubaria os capitalistas assim? Se Zhang Gutai é o responsável, se ele tem as respostas que *darão fim* a isso, então por que perder tempo em outras trilhas...

— Só que isso não serve de nada se ele não falar.

— Nós vamos *fazê-lo* falar — exclamou Juliette. — Vamos pôr uma faca no pescoço dele. Vamos torturá-lo até que ele desembuche. Ainda não esgotamos todas as alternativas com ele...

— Ele é um *Comunista* — estava ficando incrivelmente difícil não olhar para Juliette enquanto discutiam sem parar. Havia algo instintivo no ato de se voltar para ela, da mesma forma que todas as coisas vivas mudam seu foco quando há um barulho alto. — Ele foi treinado para guardar segredos e levá-los para o túmulo. Você acha que ele tem medo da morte?

De que valia uma ameaça se ela não podia ser concretizada? Se queriam que ele entregasse o monstro, que desse a eles um modo de acabar com o caos que estava criando com os surtos, matar Zhang Gutai não teria efeito algum, exceto destruir qualquer chance de salvação da cidade. Como podiam ameaçá-lo de morte de maneira convincente se não desejavam de fato matá-lo?

— Se ele é o único que pode nos levar até o monstro — prosseguiu Roma —, eu não colocarei uma informação dessas em risco. Ele pode preferir se matar a falar. Eu não vou arriscar a vida de Alisa apostando nisso.

Juliette contraiu os lábios. Roma sabia que ela estava contrariada. A jovem teria continuado com as objeções, se um Escarlate não tivesse se aproximado dela naquele momento, sussurrando em seu ouvido.

Roma enrijeceu, desviando o olhar e puxando o chapéu mais para baixo. Era impossível ouvir o que o Escarlate dizia por causa do barulho no espaço aberto, por causa da vibração do público, do tilintar dos copos e do estouro dos minifogos de artifício no palco. Pelo canto do olho, viu o capanga Escarlate entregar a ela uma pasta bege e um bilhetinho. Com um aceno de cabeça de Juliette, o Escarlate se afastou e ela começou a ler o bilhete. Satisfeita, pegou a pasta, sacudindo os papéis que ali estavam. Se Roma leu corretamente o texto, dizia: POLÍCIA MUNICIPAL DE XANGAI — FOLHA DE ANTECEDENTES CRIMINAIS — ARCHIBALD WELCH.

— Ainda temos outras alternativas — disse Roma, quando pareceu seguro continuar com a conversa. — Larkspur pode nos contar exatamente o que queremos saber, pode nos dar a cura que procuramos. Se não fizer isso, somente então recorreremos a torturar Zhang Gutai para saber como impedir o monstro. Combinado?

Juliette suspirou.

— Tudo bem. É minha vez de anunciar minhas descobertas — ela fez a pasta deslizar velozmente sobre a mesa, escorregando sem atrito pela superfície plana até Roma, que bateu com a mão espalmada sobre ela.

— Archibald Welch — leu Roma em voz alta, confirmando a leitura que fizera anteriormente. Uma fotografia o encarava: uma imagem em preto e branco de um homem com um olhar vazio e uma horrenda cicatriz que traçava uma linha da sobrancelha até o canto do lábio. — Quem é esse?

Juliette levantou-se de seu assento e gesticulou para ele a fim de que fossem embora.

— O único entregador que tem o endereço de Larkspur. E, se sua ficha criminal estiver correta, ele frequenta o lugar mais perigoso de Xangai toda quinta-feira.

Roma ergueu uma sobrancelha.

— Hoje é quinta-feira.

— Exato.

Apesar de seus esforços, Benedikt acabou plantado em um terraço em frente ao apartamento de Zhang Gutai, já entrando na terceira hora de vigilância.

Estava esfriando. Ele havia pisado sem querer em uma poça enquanto subia, então fazia seu trabalho parado de uma forma esquisita, meio agachado, querendo ficar em posição de repouso, mas, ao mesmo tempo, não querendo ampliar ainda mais a mancha molhada em suas calças.

Marshall morreu de gargalhar ao ver como Benedikt estava ridículo. Benedikt achou que ele jamais pararia, mas pelo menos o riso era melhor que o silêncio. Pelo menos a alegria de Marshall com o azar de Benedikt era um sinal de que deviam esquecer a sensação estranha que havia florescido entre eles no beco.

— Ei — alertou Marshall, subitamente, tirando Benedikt de seu devaneio. — Alguém está entrando.

Saindo da postura ridícula, Benedikt correu para perto da borda do terraço. Lá se uniu a Marshall, estreitando os olhos.

— É outro estrangeiro — comentou Benedikt, inclinando-se para trás e suspirando. Do local onde estavam, tinham uma vista perfeita para as portas de correr que separavam a sala de estar de Zhang Gutai de sua pequena sacada. A sacada em si era tão pequena que mal abrigava dois vasos de flores, mas as portas de vidro eram largas o bastante para permitir que Benedikt e Marshall tivessem visão total dos estrangeiros que iam e viam a cada hora. Aquilo era um mistério. Zhang Gutai sequer estava em casa. Ainda assim, estrangeiros continuavam aparecendo à porta da frente, sendo convidados a entrar por um homem que estava entre a meia-idade e a velhice — Qi Ren, seu assistente, se o relatório de Roma estivesse correto — para bebericar chá por alguns minutos e logo depois sair. Os prédios daquele distrito foram construídos tão próximos que, quando o vento não uivava com intensidade, Benedikt conseguia aguçar os ouvidos e captar trechinhos das conversas que aconteciam dentro da sala de estar.

O inglês de Qi Ren não era muito bom. A cada duas palavras, ele voltava ao chinês em um lapso e depois começava a reclamar de fortes dores nas costas. Os estrangeiros — alguns norte-americanos, alguns britânicos — tentavam discutir política ou a conjuntura atual de Xangai; todavia, como nenhum deles conseguia desenvolver o assunto, não era surpresa que fossem embora tão cedo.

Por que Zhang Gutai delegaria essas reuniões ao assistente? Todos os estrangeiros pareciam querer alguma coisa do Partido Comunista. Qi Ren parecia pouco se importar com o que estavam discutindo. Ele não estava tomando notas, nem nada do tipo para repassar a Zhang Gutai.

Naquele momento, o estrangeiro que havia entrado já estava de pé, preparando-se para sair, quando Qi Ren começou a adormecer no meio da frase. Revirando os olhos, o homem branco foi em direção à porta, desaparecendo no interior do prédio para seguir seu caminho até as escadas sinuosas.

— Você viu aquilo? — perguntou Marshall.

Benedikt voltou-se para ele. Não disse nada por um instante. E então:

— Vi o quê?

— Francamente, Ben, você está aqui, todo pensativo, e eu estou prestando mais atenção que você — Marshall fingiu repreender. Apontando com o queixo na direção do prédio, ele disse: — Ele se apresentou como um oficial a serviço da Concessão Francesa. Filiado aos Escarlates. Esse território é dos Rosas Brancas. Devemos dar um trato nele?

Aquela não era uma pergunta séria; eles não tinham tempo para ficar arrumando encrenca nas ruas. Mas deu a Benedikt uma ideia que podia fazê-los entender com exatidão o que haviam testemunhado durante toda a tarde.

— Fique aqui — disse ele a Marshall.

— Espere. Você vai mesmo dar um trato nele? — disse Marshall, chamando por ele com os olhos arregalados. — Ben!

— Só fique aqui! — respondeu ele, por cima do ombro.

Benedikt se movia com velocidade, preocupado em perder o rastro do francês. Por sorte, quando ele virava a esquina para sair na frente do condomínio de Zhang Gutai, o francês estava acabando de sair, às voltas com os botões de seu colete.

Benedikt agarrou o homem e o conduziu até o beco mais próximo.

— *Ei!*

— Calado — vociferou Benedikt. — Está fazendo o que na área dos Rosas Brancas?

— Ora, mas que p... — retrucou o homem. — Tire as mãos de mim.

Momentaneamente, Benedikt se perguntou se as pessoas que entravam e saíam do apartamento tinham alguma coisa a ver com a questão do monstro. E se todos eles fossem guardiões da criatura, passando relatórios em código para Qi Ren? Mas bastou uma olhada no francês para afastar a ideia. Homens rudes como aquele não conseguiriam fazer parte de um esquema tão intrincado.

Benedikt sacou uma faca do cós de sua calça e a apontou.

— Eu fiz uma pergunta.

— Meus negócios com Zhang Gutai não são da sua conta — respondeu o homem, com rispidez. Ele não estava tão assustado quanto deveria. Algo estava mudando na cidade.

— Você está em território Rosa Branca. Aqui, Zhang Gutai não pode te salvar.

O francês deu uma gargalhada áspera. Era como se ele nem tivesse percebido a faca apontada para seu peito. Para ele, o colete engomado era uma armadura.

— Se nós quiséssemos, tomávamos essa cidade inteira — disparou ele. — Faríamos esse país assinar outro tratado e entregar essa terra toda. Só estamos nos segurando porque...

— Ei! — um policial soprou seu apito na outra extremidade do beco. — O que está havendo aqui?

Benedikt guardou sua faca e apontou o queixo para o francês.

— Some.

O francês pigarreou e foi embora. Satisfeito porque não haveria mais um desentendimento que exigisse sua intervenção, o policial também saiu andando. Benedikt ficou no beco, eriçado por sua raiva silenciosa. Isso nunca teria acontecido há alguns meses. Os oficiais da concessão, comerciantes e estrangeiros apenas sentiam-se fortes agora porque as organizações estavam enfraquecendo. Porque os surtos estavam matando seus integrantes aos montes, rompendo suas correntes e esburacando suas estruturas.

Eram abutres, todos eles — britânicos, franceses e todos os outros recém-chegados. Voando em círculos sobre a cidade e aguardando o fim da carnificina para que pudessem se empanturrar. Os russos haviam chegado naquele país e se misturado, desejando aprender como as coisas eram e fazê-las de um jeito melhor. Aqueles estrangeiros ancoravam ali e sorriam para o crime. Eles observavam os pedaços se partirem lentamente diante deles e sabiam que apenas precisavam esperar que a insanidade fizesse suas vítimas, esperar as facções políticas dividirem bastante a cidade até que chegasse a hora de mergulhar na carne. Eles nem precisavam sujar as mãos... apenas esperar.

Benedikt balançou a cabeça e saiu apressado do beco.

— Descobriu algo interessante? — indagou Marshall quando Benedikt voltou.

Benedikt negou, balançando a cabeça. Bateu a poeira das calças molhadas e se agachou.

— Viu algo interessante?

— Bem — observou Marshall —, nenhum monstro apareceu. Mas no terrível tédio de sua ausência, avistei... — ele apontou para a frente, para que Marshall visse por si mesmo.

— Devo olhar para o quê?

Marshall emitiu um *tsc-tsc* de decepção e então pegou a cabeça do amigo para direcionar seu olhar com as próprias mãos.

— Lá, perto do canto inferior esquerdo da sacada.

Benedikt puxou o ar entre os dentes.

— Viu?

— Sim.

Lá, perto do canto inferior esquerdo da sacada: uma série de furiosas marcas de garras, descendo o pequeno parapeito.

Vinte e nove

— Dentre todos os lugares — exclamou Roma, esticando o pescoço e estreitando os olhos na direção do painel quebrado de neon preso ao teto — precisava ser *esse* o que nosso alvo gosta de frequentar?

O sol havia se posto há meia hora, transformando o céu vermelho-turvo em tinta preta vívida. Uma leve neblina também descia, embora Juliette não tivesse certeza de quando havia começado. Ela simplesmente se deu conta de que havia gotículas de água vindas do céu quando fitou as letras M NTUA que se repetiam em uma iteração azul nebulosa e, quando tocou a face, seus dedos ficaram úmidos.

— Honestamente? — disse Juliette. — Eu esperava que fosse mais libertino.

— Eu esperava mais tiroteios — respondeu Roma.

O Mantua se situava bem na divisa dos territórios Escarlate e Rosa Branca; era um bar e bordel que fervilhava com a emoção de seu próprio tabu. Aquele era um dos lugares mais perigosos de Xangai, mas, de um jeito inusitado e tortuoso, também era o local mais seguro para Roma e Juliette serem vistos juntos. A qualquer momento desordeiros podiam se levantar e matar uns aos outros, mulheres podiam sacar suas pistolas e abrir fogo, bartenders podiam quebrar copos e decidir começar uma guerra. Essa onda de adrenalina, essa expectativa, essa espera; era isso que os frequentadores do Mantua buscavam. Quem acreditaria em boatos vindos de um lugar como aquele?

— Pelo que sei, houve pelo menos cinco conflitos aqui na semana passada — relatou Roma, corriqueiramente. Eles ainda estavam do lado de fora. Nenhum dos dois fez menção de entrar. — A polícia municipal tenta fazer incursões aqui semana sim, semana não. Por que um britânico viria para cá com tanta regularidade?

— Por que *qualquer pessoa* viria aqui? — indagou Juliette. — Por gostar desse tipo de emoção.

Com o mesmo esforço que faria para caminhar sobre piche, Juliette abriu a velha e barulhenta porta e entrou no Mantua, dando um tempo para seus olhos se ajustarem ao interior escuro e lúgubre. Embora fosse difícil enxergar, certas áreas estavam iluminadas com feixes de neon, tubos que brilhavam com força suficiente para queimar suas retinas. Olhando em volta, Juliette quase poderia se convencer de que havia entrado em um bar ilegal de Nova York, não fosse pela luz mais turva.

Roma fechou a porta atrás de si e abanou a frente do nariz para dissipar a nuvem espessa de fumaça que pairava ali.

— Você o vê?

Juliette vasculhou por entre as sombras e os pontos iluminados por neon, estreitando os olhos para enxergar além dos três norte-americanos na pista de dança que tentavam ensinar uma prostituta a dançar o Charleston. O balcão do bar estava lotado. A multidão em constante mudança era composta por clientes que já estavam bêbados jogando cédulas e moedas de diversos países no piso encharcado de álcool. Assim que um homem saía do balcão do bar agarrado com uma estranha em direção a uma pequena escadaria ali perto, sem dúvida indo cometer um pecado ainda maior, outro tomava seu lugar.

Archibald Welch estava sentado na extremidade esquerda do balcão, com uma bolha de espaço vazio entre ele e os demais. Enquanto outros simplesmente ficavam de pé ao lado de seus assentos estofados de veludo vermelho, Archibald estava firmemente sentado: um gigante de cabelo ruivo e pescoço mais largo que o rosto. A cicatriz que atravessava sua face reluzia à luz azul do balcão. A foto da ficha criminal não fazia jus a seu tamanho.

— Hum — disse Roma, quando viu o alvo. — Suponho que não será possível intimidá-lo.

Juliette deu de ombros.

— Podemos tentar.

Os dois lançaram-se à frente, passando aos empurrões pelos clientes do Mantua e parando um em cada lado de Archibald, sentando-se nos bancos de veludo à esquerda e direita dele. Archibald mal se mexeu. Não deu a menor importância à presença deles, embora estivesse bem claro que Roma e Juliette estavam ali por sua causa.

— Archibald Welch, creio eu? — disse ela, docemente. — Posso te chamar de Archie?

Archibald entornou sua bebida.

— Não.

— Sério? — Juliette continuou tentando. — Que tal Archiezinho?

Roma revirou os olhos.

— Ok, basta — interrompeu ele. — Sabemos do seu esquema com Larkspur, Sr. Welch, e estou certo de que o senhor sabe quem nós somos. Então, a menos que queira a Sociedade Escarlate e os Rosas Brancas atrás do seu rabo, eu sugiro que comece a falar. *Agora.*

Roma optou por ser bruto, em contraste à amabilidade de Juliette, mas parecia que nenhuma das táticas havia funcionado. Archibald não deu nenhum sinal de que havia assimilado, ou sequer ouvido, a ameaça de Roma. Apenas continuou bebendo.

— Vamos, nós nem precisamos de informação sobre *você* — choramingou Juliette. — Só queremos saber onde encontrar Larkspur.

Archibald permaneceu em silêncio. O jazz rugia e as prostitutas se misturavam, procurando seus próximos clientes. Uma delas se aproximou, portando um leque na mão delicada, mas quase que imediatamente deu meia-volta, sentindo a tensão naquele pequeno canto do bar.

Os dedos de Juliette brincavam com uma conta de seu vestido. Ela já se preparava para questionar o homem outra vez quando, para seu choque, ele pôs o copo sobre o balcão e disse:

— Eu falo.

Sua voz era cascalho contra borracha. Era a colisão de um navio contra as rochas costeiras que o levariam ao naufrágio com toda a tripulação.

— Sério? — perguntou Roma, incrédulo.

Juliette desconfiava que Roma não tinha a intenção de deixar aquela reação escapar. Com a resposta de Roma, a face de Archibald abriu-se em um sorriso. Seus olhos foram engolidos por suas pesadas pálpebras, consumidos por espirais sombrias.

Era a coisa mais assustadora que Juliette já havia visto.

— Claro — disse Archibald. Ele fez sinal para a bartender, que deixou de lado o pedido que atendia para ir até ele imediatamente. Ele mantinha três dedos erguidos. — Mas vamos deixar as coisas divertidas. Responderei a uma pergunta para cada dose que vocês tomarem.

Roma e Juliette trocaram um olhar confuso. Como aquilo beneficiava Archibald Welch? Ele estava tão desesperado assim para ter amigos de copo?

— Parece justo — resmungou Roma. Ele observou a bebida que fora servida à sua frente com mais repulsa do que sua costumeira expressão neutra.

Archibald ergueu o copo com um sorriso.

— *Gānbēi*.

— Saúde — balbuciou Juliette, batendo seu copo no dele e no de Roma.

A bebida desceu rápido, fazendo sua garganta arder como fogo. Ela fez uma careta, mais pelo gosto do que pelo calor, pela revolta imediata de sua língua contra a bebida terrivelmente barata.

— Meu Deus, que porcaria é essa? — disse Juliette, tossindo e colocando o copo sobre o balcão com força. Roma fez o mesmo, tomando o cuidado de manter a expressão firme.

— Tequila — disse Archibald. Ele gesticulou para a bartender. — Próxima pergunta.

— *Ei* — reclamou Juliette. — Essa não conta.

— Eu disse uma dose para *cada* pergunta, Senhorita Cai. Sem exceções.

Mais três doses foram colocadas diante deles. Esta tinha um gosto ainda pior. Juliette podia estar bebendo a gasolina que abastecia os carros dos Escarlates.

— Vamos começar com o básico — Roma disse assim que abaixaram aqueles copos, se antecipando antes que Juliette desperdiçasse outra pergunta. — Quem é Larkspur?

Archibald deu de ombros, fingindo se desculpar.

— Eu não sei o nome dele, nem vi sua cara.

Parecia uma mentira. Ao mesmo tempo, Juliette não conseguia imaginar que aquele homem tinha qualquer razão para proteger Larkspur. Ele nem precisava entrar na conversa se não quisesse dizer nada.

Juliette resistiu ao impulso de quebrar seu copo com a própria mão.

— Mas você entrou contato com ele? Ele é uma pessoa de verdade, com uma base real de operações?

Com um ar blasè, Archibald apenas resmungou.

— Creio que agora foram mais duas perguntas.

Seis copos desta vez. Juliette, que havia se preparado, tomou as suas tranquilamente. Roma teve que segurar a tosse.

— Claro que ele é real — retrucou Archibald. — Quem mandou vocês atrás de mim? Walter Dexter?

Por birra, Juliette devia fazer com que *ele* bebesse pela resposta, mas provavelmente isso não teria nenhum efeito significativo. Parecia que o álcool mal afetava Archibald.

— Pode ter sido.

Archibald anuiu com a cabeça, suficientemente satisfeito.

— Eu faço entregas diretas a Larkspur. Isso conta como entrar em contato para vocês? — ele virou seu copo de ponta-cabeça e deu batidinhas para beber as últimas gotas. — Eu pego os produtos no armazém de Dexter e levo tudo para a cobertura da Casa de Chá Long Fa, no Chenghuangmiao. É lá que Larkspur fabrica sua vacina.

Juliette soltou a respiração em um fôlego breve. Era isso, então. Eles tinham o endereço. Podiam falar diretamente com Larkspur.

Se aquilo não desse certo, então ela não sabia mais o que raios fariam para salvar sua cidade.

— Isso é tudo por hoje? — indagou Archibald. Algo em sua voz era provocativo. Ele não esperava que aquilo fosse suficiente. Fitava Juliette como se pudesse ler sua mente, como se pudesse ver as engrenagens girando rapidamente por baixo de seu crânio.

— É tudo — disse Roma, já arregaçando as mangas, se preparando para sair.

Mas Juliette balançou a cabeça negativamente.

— Não — dessa vez, *ela* acenou para a bartender. Roma arregalou os olhos. Ele começou a dizer-lhe algo sem emitir sons, em choque, mas ela o ignorou. — Tenho mais perguntas.

— *Juliette* — rosnou Roma.

As doses vieram. Archibald deu uma risada, um ruído grande e intenso que veio direto de seu estômago e cheirava a gases, batendo na mesa, entretido.

— Beba, Sr. Montagov.

Roma encarou o copo e bebeu.

— A vacina — disse Juliette, quando o calor na garganta se dissipou. — É real? Você deve saber, se faz as entregas. Você deve ter visto mais do que os comerciantes comuns.

Com isso, Archibald fez uma pausa. Gargarejou a bebida na boca, pensando por um longo momento. Talvez estivesse decidindo se responderia àquilo ou não. Mas promessa é promessa; Juliette e Roma já haviam pagado pelo conhecimento.

— A vacina é e não é efetiva ao mesmo tempo — respondeu Archibald, com cuidado. — Larkspur produz uma variante em seu laboratório usando o opiáceo que eu entrego. A outra variante é simplesmente soro fisiológico colorido.

— O quê?! — exclamou Roma, chocado.

Se a insanidade não fosse erradicada, em algum momento se espalharia por todos os cantos de Xangai. Com duas variantes da vacina, uma verdadeira e uma falsa, Larkspur decidia quem estava imune ou não.

O peso da revelação atingiu em cheio o peito de Juliette.

— Larkspur, basicamente, está escolhendo a dedo quem vive e quem morre — acusou ela, inflamada.

Archibald deu de ombros, não confirmando, nem negando o que ela disse.

— Mas como? — questionou ela. — Como ele tem a vacina real, para começar?

Archibald acenou para a bartender. Juliette virou a bebida antes que ele pudesse dizer a ela que o fizesse, batendo o copo furiosamente no balcão. Roma foi o mais lento desta vez, fazendo uma careta exagerada enquanto limpava a boca.

— Você está indo além da extensão de meu conhecimento, garotinha — respondeu Archibald. — Mas eu te digo isso: na primeira entrega que fiz, fiquei vendo Larkspur trabalhar com a ajuda de um livrinho de couro. Ele o consultava constantemente, como se não conhecesse os suprimentos que joguei a seus pés. — O brilho insolente nos olhos de Archibald pareceu desaparecer. — Você quer saber sobre a vacina verdadeira? Larkspur estava usando um livrinho feito de couro rígido encontrado *apenas* na Grã-Bretanha. Captaram?

Roma e Juliette trocaram um olhar.

— Quer dizer que ele é britânico? — indagou Juliette.

— Ele prefere cadernos feitos à moda tradicional? — complementou Roma.

Archibald olhou para os dois como se ambos tivessem neurônios a menos.

— Digam-me, se um comerciante da Grã-Bretanha veio de navio até Xangai quando as notícias dos surtos começaram a se espalhar, ele estaria aqui agora?

Juliette franziu o cenho.

— Depende do quão rápido o navio vai...

— Mesmo o navio mais veloz não explicaria o curto intervalo entre o início dos surtos e os boatos sobre a vacina de Larkspur — interrompeu Archibald. — E, mesmo assim, o livro veio da Grã-Bretanha. O que significa que ele tinha a fórmula de uma vacina antes mesmo dos surtos começarem por aqui.

Sem aviso, Archibald fez um movimento brusco no assento. Por um momento assustador, em sua linha de raciocínio frenética, Juliette presumiu que o grandalhão havia levado um tiro, mas o movimento que ele fez foi apenas para conseguir se inclinar para a frente e acenar novamente à bartender.

— Creio que essa resposta exija algumas doses a mais. Foi boa, não foi?

A cabeça de Juliette estava girando. Ela não tinha certeza se era por causa das informações ou do álcool.

— O livro — disse ela a Roma. — Eu vou pegar o livro...

— Ah, nem se dê ao trabalho — interrompeu Archibald. — Eu nunca o vi novamente. Entretanto, vi o piso chamuscado. Ele o queimou. Você acha mesmo que, com os métodos memorizados, ele correria o risco de ser roubado por pessoas como você?

Era um bom argumento. Juliette contraiu os lábios, mas Archibald apenas sorriu ao ver a expressão e empurrou as duas doses para perto dela. Juliette pegou uma delas sem muita hesitação. Era o brinde final. Eles haviam conseguido o que queriam.

— Juliette Cai — disse Archibald, erguendo o copo na direção dela —, você foi uma fantástica parceira de copo. O Sr. Montagov precisa melhorar.

— Que rude — resmungou Roma.

Cuidadosamente, certificando-se de que a mão não estava tremendo, Juliette pegou o segundo copo e o ergueu. Roma a acompanhou e, então, a última dose de veneno descia, fazendo seu estrago. Sem perder tempo, Archibald levantou-se assim que terminou de beber, dando um tapinha com a mão pesada no ombro esquerdo de Juliette e outro no ombro direito de Roma, como um gesto de camaradagem.

— Foi um prazer, crianças. Mas o relógio já passa das onze, e minhas fontes me disseram que é hora de ir.

Ele saiu às pressas, misturando-se à multidão pulsante e desaparecendo em meio ao neon. Um verdadeiro agente do caos. Juliette mal conhecia o homem e já respeitava seus princípios.

Juliette fechou os olhos com força, sacudindo a cabeça e se esforçando para manter o foco. Estava bem. Podia aguentar aquilo.

— Roma? — chamou.

Roma se inclinou para a lateral e foi ao chão.

— Roma!

Juliette se levantou rápido da cadeira e ajoelhou a seu lado, bêbada o bastante para ver dobrado, mas não o bastante para perder o equilíbrio. Ela deu um tapa leve na cara de Roma.

— Me deixe aqui — disse ele, com um grunhido.

— Como você ficou tão mal? — perguntou Juliette, incrédula. — Você não é russo?

— Eu sou russo, não um alcoólatra — resmungou Roma. Ele fechou bem os olhos, depois os abriu, piscando para o teto com uma expressão atônita. — Por que eu estou no chão?

— Vamos embora — ordenou Juliette. Ela o arrastou pelo ombro, tentando ajudá-lo a ficar de pé. Com um grunhido, Roma a acompanhou. Ou tentou; na primeira tentativa, apenas conseguiu se sentar. Juliette puxou-o de novo, e então ele estava de pé novamente, embora um pouco cambaleante.

— Vamos embora? — repetiu Roma.

Subitamente, sirenes preencheram o local, um uivo penetrante que cortou o alto volume do jazz. Houve gritos e então veio a debandada de pessoas correndo em todas as direções em tamanha desordem que Juliette não conseguia mais identificar a saída. Do lado de fora, uma voz no megafone ordenava que todos os clientes do Mantua saíssem com as mãos para cima. Do lado de dentro, as pessoas estavam destravando suas armas.

— Não vamos mais embora — corrigiu ela. — A não ser que queiramos levar um tiro da polícia municipal. Só nos resta subir. Vamos.

Ela agarrou a manga da camisa de Roma e o arrastou em direção à pequena escadaria que ela avistara mais cedo no canto do estabelecimento. Enquanto todos os clientes do Mantua corriam e trombavam e pisoteavam uns aos outros para chegar à saída, as mulheres de roupas chamativas se encaminhavam para as escadas, subindo e sumindo de vista.

— Cuidado, cuidado — alertou Juliette quando Roma tropeçou no primeiro degrau.

Ambos estavam ofegantes quando chegaram ao topo das escadas, tentando manter o equilíbrio enquanto o mundo inteiro rodava. No segundo andar, o corredor era tão estreito que Juliette não conseguia nem abrir os braços. O carpete era incrivelmente felpudo, fazendo com que metade de seu salto afundasse nos pelos. O brilho do neon que impregnava as paredes do andar de baixo era ausente ali. Aquele andar era iluminado com lâmpadas fracas e esporádicas ao longo do teto, com luz suficiente apenas para que vissem aonde estavam indo e para projetar longas sombras dançantes no papel de parede descascado.

Juliette abriu a primeira porta que viu. Dois gritinhos distintos de susto soaram quando a luz penetrou o quartinho. Juliette estreitou os olhos e viu um homem com as calças arriadas.

— Sumam daqui — ordenou ela.

— Este é *meu* quarto — reclamou a mulher que estava na cama.

Abaixo de seus pés, ouviu-se um estrondo seguido de tiros.

— Ah, sinto muito, deixe-me reformular — disse Juliette. Era muito difícil manter a seriedade ali. Pela razão mais absurda, risos se formavam em sua garganta. — Sumam. Daqui!

O homem a reconheceu primeiro. Provavelmente era um Escarlate, a julgar pela velocidade com que vestiu as calças e foi embora dali, assentindo com a cabeça para Juliette quando passou por ela. A mulher foi mais lenta, saindo contrariada da cama que ocupava metade do quarto. Havia uma janela acima da cama, mas era muito pequena até para um gato passar, que dirá uma pessoa.

— Mais rápido — disparou Juliette. Ela ouviu passos fortes na escada.

A mulher passou roçando e, quando saiu, virou a cabeça para trás e lançou um olhar de ira. Juliette empurrou Roma para dentro do quarto agora vago e bateu a porta.

— Acho que ela não gostou muito de você — disse Roma.

— Não dou a mínima — respondeu Juliette. — Vá para baixo das cobertas.

Roma ficou visivelmente desconfortável. Gritos reverberavam no segundo andar.

— Sério mesmo? Você sabe o que as pessoas fazem debaixo dessas...

— Cubra-se! — vociferou Juliette. Ela enfiou a mão no vestido e começou a mexer em sua bolsa de dinheiro, puxando uma quantia considerável. Isso foi difícil, levando em conta que ela não conseguia ler os números.

— Tá bom, tá bom — disse Roma. Assim que ele caiu na cama e puxou a coberta sobre si, ouviram uma batida de tremer a terra na porta.

Juliette estava pronta.

Ela abriu uma fresta, insuficiente para que o policial invadisse, mas suficiente para que pudesse dar uma boa olhada em seu rosto e seu vestido norte-americano. Normalmente isso bastava para que ligassem os pontos, e ela aguardou — aguardou aquele milissegundo em que a ficha cairia.

E caiu.

— Este quarto está vazio — informou ela, como se estivesse hipnotizando o policial. Ele era chinês, não britânico, o que era bom para Juliette, pois significava que a probabilidade de ele ter medo da Sociedade Escarlate era maior. Juliette entregou-lhe o dinheiro que estava em suas mãos e o policial abaixou a cabeça, deixando à mostra o brasão de armas da Concessão Internacional em seu quepe azul-escuro.

— Entendido — disse ele. O policial pegou o dinheiro e seguiu seu caminho, marcando o quarto como inspecionado e deixando Juliette fechar a porta e se recostar nela com o coração a mil.

— Estamos seguros? — perguntou Roma, debaixo dos cobertores, com as palavras abafadas.

Suspirando, Juliette foi até ele e puxou as cobertas. Surpreso, seus olhos estavam mais arregalados do que os de um lêmure, e seu cabelo estava desgrenhado.

Juliette começou a rir.

A risada subiu do calor em seu estômago, espalhando-se por todo o seu peito enquanto ela se sentava na cama com os braços em volta da barriga. Ela não sabia dizer o que era tão engraçado. Nem Roma, quando se sentou.

— Isso é... culpa... sua — conseguiu dizer Juliette, entre soluços.

— Culpa minha? — repetiu Roma, incrédulo.

— Sim — disse Juliette. — Se você soubesse beber, teríamos saído junto com Archibald.

— Por favor — disse Roma. — Se eu não tivesse caído, você teria.

— Calúnia.

— É mesmo? — desafiou Roma, dando um empurrão forte no ombro dela. O corpo inteiro e instável de Juliette vacilou e caiu de costas na cama. Sua cabeça rodopiava ferozmente.

— Seu...

Juliette investiu contra ele com as duas mãos, embora não soubesse bem qual era seu objetivo. Talvez esganá-lo, ou arrancar seus olhos, ou alcançar a arma que ele carregava no bolso, mas Roma era mais veloz que ela, mesmo embriagado. Ele a agarrou pelos pulsos e a empurrou, até que ela estivesse novamente deitada de costas e Roma por cima dela, com uma expressão convencida.

— O que você estava dizendo? — perguntou Roma. Ele não se afastou quando provou que estava certo. Permaneceu ali, com as mãos segurando os pulsos de Juliette acima de sua cabeça, seu corpo sobre o dela, com olhos estranhos, escuros e em chamas.

Algo mudou na expressão de Roma. Juliette puxou o ar em um fôlego breve. O gesto poderia ter passado despercebido se Roma não estivesse tão perto. E ele percebeu.

Ele sempre percebia.

— Por que está se encolhendo? — indagou Roma. Sua voz reduziu de volume até tornar-se um sussurro intrigante, inclemente. — Tem medo de mim?

Uma fúria quente invadiu as veias rígidas de Juliette. Uma pergunta tão insolente fez despertar novamente todos seus sentidos adormecidos, varrendo o torpor do álcool.

— Eu *nunca* tive medo de você.

Juliette inverteu a posição dos corpos em um empurrão ágil. Amargurada, ressentida e ofendida, ela enganchou as pernas nas dele e girou os quadris até que Roma estivesse de costas e ela se assomasse por cima dele, de joelhos sobre os lençóis. Embora ela tenha tentado imobilizar os ombros de Roma da mesma maneira que ele fizera com ela, foi uma tentativa pouco convicta, e sua cabeça ainda girava. Roma simplesmente percebeu a ira em seus gestos e respondeu à altura.

Ele sentou-se rapidamente, desvencilhando-se dela. Mas não fez mais nada. Permaneceram como estavam — perto demais, entrelaçados demais. Ela estava em seu colo; ele estava a centímetros dela.

Uma das mãos de Roma repousou sobre o tornozelo dela. A mão de Juliette assentou-se sobre o pescoço dele.

— Talvez — disse Roma, com palavras quase inaudíveis — você não tenha medo de mim. Porém — sua mão subia, cada vez mais alto, acariciando panturrilha, joelho, coxa. A mão de Juliette desceu até firmar-se no espaço sob a gola engomada da camisa branca de Roma —, você sempre temeu a fraqueza.

Juliette ergueu o olhar. Seus olhos se encontraram, turvos e bêbados e alertas e desafiadores ao mesmo tempo, mais distraídos e mais atentos que nunca, de alguma forma — de alguma forma.

— E isso é fraqueza? — perguntou ela.

Juliette não sabia quem tinha a respiração mais ofegante — ela ou Roma. Estavam parados a um suspiro de distância, um desafiando o outro a tomar a iniciativa, um desafiando o outro a ceder àquilo que nenhum dos dois desejava admitir que desejavam, àquilo que nenhum dos dois desejava admitir ser algo em curso, àquilo que nenhum dos dois desejava admitir ser apenas a repetição da história.

Ambos cederam ao mesmo tempo.

O beijo de Roma era exatamente como se lembrava. Ele a preencheu com tanta adrenalina e prazer que ela poderia explodir. Ele a fez sentir-se etérea demais para o próprio corpo, como se pudesse desgarrar-se da própria pele.

O álcool tinha um gosto horrível no copo, mas seus resquícios eram totalmente doces na língua de Roma. Os dentes dele roçaram em seu lábio inferior e Juliette curvou-se contra seu corpo, passando as mãos por seus ombros, pelos fortes músculos das laterais de seu corpo, sobre a camisa e contra o calor intenso de sua pele nua.

O sangue de Juliette pulsava como um rugido. Ela sentiu os lábios de Roma se moverem de sua boca para seu maxilar, depois para sua clavícula, incendiando tudo o que tocavam. Juliette não conseguia pensar, não conseguia falar — sua cabeça girava e seu mundo girava e ela não queria nada mais naquele momento além de continuar girando, girando e girando. Ela desejava sair dos trilhos. Desejava estar fora de controle para sempre.

Há quatro anos, eles eram inocentes, jovens e gentis. Seu amor era doce, algo a ser protegido, mais simples do que a própria vida. Agora, eram dois monstros; agora, estavam colados um ao outro e exalavam o mesmo perfume inebriante do bordel em que se esconderam, embriagados por algo além da tequila barata. A luxúria e o desejo eram o combustível de cada um de seus gestos. Juliette abriu os botões da camisa de Roma, agarrando-se às cicatrizes e feridas antigas que cobriam suas costas.

— Eu quero uma trégua — murmurou Juliette contra os lábios dele. Eles precisavam parar. Ela não conseguia parar. — Você está me torturando.

— Não estamos em guerra — respondeu Roma, suavemente. — Por que pedir trégua?

Juliette sacudiu a cabeça. Fechou os olhos, deixando a sensação dos lábios dele roçando seu maxilar atravessar seu corpo.

— Não estamos?

Estamos.

A constatação caiu sobre Juliette como um balde de gelo, penetrando seus ossos com uma espécie de frio que só se encontra a sete palmos sob o solo. Ela afundou o rosto na curva do pescoço de Roma, esforçando-se para não quebrar, para não chorar. Roma percebeu a mudança antes mesmo de Juliette e a envolveu em seus braços.

— O que você está fazendo, Roma Montagov? — sussurrou Juliette, com a voz rouca. — O que você está fazendo comigo?

Brincar com seu coração uma vez não bastava? Ele já não havia lhe partido ao meio e a deixado aos lobos no passado?

Roma não disse nada. Juliette não conseguiu lê-lo de maneira alguma, nem mesmo quando ergueu a cabeça e o fitou, com olhos arregalados.

Juliette recuou bruscamente, levantando-se com dificuldade. Só então Roma reagiu. Só então estendeu a mão e agarrou o pulso da jovem, sussurrando:

— Juliette.

— O que é?! — vociferou ela. — O quê, Roma? Você quer explicar o que é essa coisa entre nós, mesmo que há quatro anos tenha deixado bem claro de que lado está o seu coração? Será que devo te render com uma arma até que você não tenha outra opção a não ser admitir que está *brincando* comigo mais uma vez...

— Não estou.

Juliette levou a mão ao vestido e sacou a arma que estava oculta em suas dobras. Com a mão livre, puxou a trava e pressionou o cano contra a parte inferior da mandíbula de Roma — a parte macia onde sua boca estivera há poucos minutos — e tudo o que ele fez foi levantar o queixo para que a arma afundasse ainda mais, até que a boca da arma desse um beijo diferente em sua pele.

— Eu não consigo entender — disse ela, ofegante. — Você me destrói e depois me beija. Você me dá motivos para odiá-lo e depois para amá-lo. Isso é mentira ou verdade? Isso é um esquema ou seu coração quer me alcançar?

O coração de Roma pulsava tão forte que Juliette podia senti-lo, podia ouvir seu ribombar mesmo enquanto estava sobre ele, com a mão tão perto de seu pescoço. Um raio de luz da lua penetrou pela janelinha e agora corria pelo corpo de Roma: seus ombros e braços nus, prontos para ação, mas imóveis a fim de impedir que Juliette ameaçasse sua vida.

Ela podia puxar o gatilho. Pouparia a si mesma da agonia de ter esperança.

— Nunca há uma só verdade. Nunca — disse Roma.

— Isso não é uma resposta.

— É tudo o que posso lhe dar — Roma ergueu as mãos, envolvendo o cano da arma lentamente com os dedos. — E isso é tudo que você suportaria ouvir. Você fala comigo como se eu ainda fosse a mesma pessoa que você deixou para trás, que te traiu há quatro anos, mas não sou. E *você* também não é a Juliette que eu amava.

Era Juliette quem segurava a arma, mas subitamente sentiu-se como se *ela* tivesse levado um tiro. O Mantua estava em silêncio agora; a incursão terminara e a polícia municipal se fora. Lá, só o que se movia era o brilho refletido da placa de neon do prédio, ondulando nas poças rasas de água da chuva.

— Por quê? — disse ela, com aspereza. A pergunta que ela deveria ter feito há quatro anos. A pergunta que estava ancorada à sua mente por todos aqueles anos, um peso acorrentado a seu coração. — Por que você mandou atacar meu pessoal?

Roma fechou os olhos trêmulos. Era como se ele estivesse esperando pelo tiro.

— Porque — sussurrou — eu não tive escolha.

Juliette abaixou a arma. Antes que Roma pudesse dizer algo mais, ela partiu.

Trinta

Juliette enterrou as mãos bem fundo no solo fértil. Ela o apertava e o misturava, fechando os dedos em volta dos pedacinhos de adubo que forravam seus jardins.

Ela estava trabalhando nos canteiros de flores na frente de sua casa desde o amanhecer, aliviando a dor de cabeça latejante com o brilho do sol e os sons da natureza. Porém, como denunciava sua expressão fechada, aquilo não estava funcionando. Quando ela fazia jardinagem na infância, limpando os canteiros, retirando deles punhados de pétalas mortas, significava que estava de mau humor e tentava aplacar sua ira sem dar tiros de pistola. Era praticamente uma lenda urbana Escarlate: fale com Juliette quando ela tem uma planta nas mãos e sofra as consequências.

Ninguém mais cuidava daqueles jardins desde que Ali sangrou até morrer neles.

Juliette suspirou profundamente. Abriu com as mãos uma florzinha roxa de jacinto, colocando-a delicadamente no buraco que havia cavado. Antes que a flor bulbosa pudesse ficar torta, Juliette devolveu a terra ao buraco.

Ela desejava poder se preencher assim. Desejava que pudesse pressionar montinhos de solo fértil nas brechas de seu coração, ocupando os espaços até que rosas pudessem criar raízes e florescer. Talvez então ela parasse de ouvir a voz de Roma em sua cabeça o tempo todo, dominando cada centímetro de seus pensamentos.

Os joelhos de Juliette estavam cobertos de pequenos arranhões em cicatrização. Ela havia levado um tombo a cerca de 400 metros do Mantua, e ali ficou, com as palmas das mãos raspando o cascalho e o vestido absorvendo a lama e a água da chuva. Os arranhões arderam bastante durante o resto da jornada para casa, mas a dor agora era boa. O frescor da terra sob ela, o sol da manhã traçando uma linha dourada em sua face, a dureza pontiaguda das pedrinhas e dos galhos que se enterravam em sua pele — isso a lembrava de que não estava se desprendendo do chão e flutuando em direção às nuvens.

É tudo o que posso lhe dar.

Nada daquilo fazia sentido. Se Roma Montagov não a odiara por todos aqueles anos, então por que fingiu que sim? Se ele *havia* a odiado por todos aqueles anos, então por que disse aquelas coisas — por que fingir, com tanta agonia em suas palavras, que sua traição o ferira tanto quanto a ela?

Eu não tive escolha.

Juliette gritou de repente, socando o chão com força. Duas criadas que trabalhavam ali perto deram um pulo e saíram às pressas, mas Juliette não lhes deu atenção. Pelo amor de Deus, ela já havia feito *a mesma coisa* quatro anos atrás. Há muito ela havia traçado duas colunas em sua mente: as atitudes de Roma e as palavras de Roma, totalmente incapaz de comparar uma à outra, incapaz de compreender *por que* — por que — ele a trairia quando dizia que a amava. Agora ela novamente não conseguia compreendê-lo, não conseguia alinhar o modo como ele a tocara ao ódio que ele alegava possuir, não conseguiu entender a tristeza em seus olhos quando disse que ela era uma nova e fria Juliette, que ele não suportava ver.

Nunca há uma só verdade. Nunca.

Juliette pegou a pá que estava a seu lado, com a ira em suas veias se intensificando como um *crescendo*. Plantar flores era coisa de criança. Ela ficou de pé e ergueu a pá em vez disso, batendo com força a borda metálica no terreno que ela embelezara durante horas. Repetidamente, ela afundou a pá nos canteiros de flores até que todas elas estivessem despedaçadas, pétalas pontiagudas sujando o solo negro. Alguém chamou seu nome de longe e essa simples convocação a deixou ainda mais inflamada, a ponto de ela dar meia-volta e escolher um novo alvo, a primeira coisa que seus olhos viram: uma árvore fina que era duas vezes mais alta que ela.

Juliette irrompeu até o tronco. Ergueu a pá e bateu, bateu, bateu...

— Juliette!

A pá ficou paralisada no meio do movimento. Quando Juliette se virou, viu a mão delicada de Rosalind e suas unhas feitas segurando a pá com força, impedindo uma nova pancada na árvore.

— Qual é o seu problema? — vociferou Rosalind. — Por que está *transtornada*?

— Me deixe em paz — respondeu Juliette, com rispidez. Ela puxou a pá das mãos da prima e entrou em casa às pressas, deixando uma trilha de terra e ferramentas de jardinagem no vestíbulo, pouco se importando com a bagunça que fazia enquanto seguia para o quarto. Lá, pegou seu maior e mais sem graça casaco e o vestiu, escondendo o vestido e a face, cobrindo cada elemento que denunciava seu prestígio. Quase que por força do hábito, vestiu o capuz, cobrindo os cabelos, mas isso era desnecessário; ela não havia feito as *finger waves* que eram sua marca registrada. Em vez delas, mechas soltas de cabelo preto roçavam seu pescoço. Juliette pegou um fio que estava sobre a orelha e lhe deu um puxão, como a checar se era de verdade.

Ela marchou para fora de casa, andando com os olhos voltados apenas para a frente, conferindo os arredores apenas uma vez. Ela ainda estava sendo seguida? Mal se importava com isso. Não quando seu coração batia como um tambor de guerra em seus ouvidos. Não quando era impossível parar de abrir e fechar os punhos em um esforço desesperado para distrair seus dedos trêmulos.

Juliette sempre se orgulhara de sua capacidade de definir prioridades. Sabia como enxergar o que era importante, tal como exploradores sabiam encontrar a estrela do norte. Sua cidade, sua organização, sua família. Sua família, sua organização, sua cidade.

Mas como um explorador poderia encontrar a estrela do norte se o mundo inteiro havia virado de ponta-cabeça?

Com uma bota maltrapilha após a outra, Juliette caminhava. Em um dado momento, ela passou pelo Bund, serpenteando pelos veículos motorizados que entravam e saíam perigosamente de suas vagas de estacionamento e se fundiam às estradas muito congestionadas, como um zíper fechado.

Vagamente, Juliette se perguntou como seria parar de andar para a frente e desviar para a lateral em vez disso, descendo o cais até o rio. Ela podia simplesmente continuar andando e cair diretamente na água, tornando-se nada além de outra caixa de produtos perdida, outra marca solta nos catálogos, outra estatística de queda na receita.

Juliette saiu do Bund, da Concessão Internacional, e entrou, por fim, no território dos Rosas Brancas.

Ela cobriu ainda mais a cabeça com o capuz. O ato não era necessário — era muito mais fácil para ela se misturar nas ruas ali, onde reinavam os Montagoves, do que era para Roma passar despercebido no território dela. Sem cores Escarlates entrelaçadas em seu pulso ou presas em seus cabelos, sem nenhum de seus identificadores costumeiros, para qualquer Rosa Branca de vigia, ela era apenas mais uma mulher chinesa que vivia nas redondezas.

— *Ei!*

Juliette se encolheu, abaixando a cabeça antes que a pessoa em quem ela trombou pudesse ver seu rosto.

— Desculpe! — respondeu ela. Um pouco antes de virar a esquina às pressas, pensou ter visto de relance cabelos loiros acima de um par de olhos que a encaravam com curiosidade.

— Aconteceu a coisa mais esquisita — anunciou Benedikt.

Ele tombou no assento livre, desenrolando o cachecol do pescoço e colocando-o sobre a mesinha de canto. Marshall gesticulou para que Benedikt prosseguisse, mas Roma agia como se não tivesse sequer ouvido o primo. Ele encarava o vazio no outro lado do restaurante e — para a preocupação de Benedikt — parecia que não dormia há dias. Desde que Alisa fora infectada com o surto, a fadiga no rosto de Roma ficara mais e mais profunda, mas algo em sua expressão agora era... diferente. Parecia que não apenas seu corpo havia chegado ao limite, mas sua mente também, prestes a atingir um ponto sem volta, e agora permanecia ociosa, esperando por algo que a trouxesse de volta à razão.

Benedikt se perguntou se Roma chegara a ir para casa na noite anterior, já que o primo estava usando a mesma camisa branca amarrotada do dia anterior. Ponderou se deveria perguntar o que estava errado ou se era melhor fingir que tudo estava bem e tratar o primo da mesma forma de sempre.

Receando as respostas à primeira alternativa, optou pela segunda.

— Acho que acabei de ver Juliette Cai.

O joelho de Roma ergueu-se em um espasmo, colidindo com tanta força no fundo da mesa que o prato na frente de Marshall quase caiu no chão.

— Ei, cuidado — repreendeu Marshall, pondo as mãos protetoras ao redor de seu *medovik*. — Só porque sua comida ainda não chegou não significa que você pode estragar a dos outros.

Roma ignorou Marshall.

— O que você disse? — perguntou a Benedikt. — Tem certeza de que era ela?

— Calma — respondeu Benedikt. — Ela estava cuidando da própria vida.

Roma já estava saltando da cadeira. Quando Benedikt se deu conta do que estava acontecendo naquela súbita onda de movimentos, Roma já havia saído, deixando para trás as portas oscilantes do restaurante.

— O que... foi aquilo? — indagou Benedikt, atordoado.

Marshall deu de ombros e enfiou uma colherada grande de bolo na boca.
— Quer um pedaço?

Enquanto isso, Juliette se embrenhava no território Rosa Branca, usando apenas a memória como guia, voltando atrás e passando mais de uma vez por caminhos dos quais achava que se lembrava. Eventualmente, as ruas começaram a exibir alguma semelhança com as imagens que tinha na mente. Eventualmente, ela achou um beco muito familiar e entrou nele, abaixando a cabeça para passar pelo monte de varais baixos, torcendo o nariz para o cheiro de umidade no ar.

— Que nojo — resmungou Juliette, limpando as gotas de água de roupa suja que pingavam em sua nuca. Assim que ela parou, na intenção de se livrar da água, avistou uma figura alta e imponente na outra extremidade do beco.

Todos os seus músculos se retesaram. Velozmente, Juliette forçou-se a cerrar bem os punhos, a continuar andando com passos que não levantariam suspeitas. Recuar e fugir do beco naquele momento imediatamente atestaria que era uma intrusa em território inimigo.

Por sorte, Dimitri Voronin não pareceu reconhecê-la quando passou. Ele estava ocupado resmungando para si mesmo e alisando as barras das mangas da camisa.

Ele saiu do beco. Juliette também emergiu do outro lado, respirando aliviada. Ela observou o complexo de apartamentos que estava em sua frente, comparando a memória com a vista diferente. Ela esteve ali antes, mas tanto tempo havia se passado que as cores das paredes eram diferentes e os azulejos estavam desbotados...

— Você perdeu a noção?

Juliette arfou, mal identificando a voz de Roma antes que ele passasse o braço por sua cintura para arrastá-la para o lado, conduzindo-a ao beco próximo ao prédio. Quando Juliette se debateu para se pôr de pé novamente, mal conteve a tentação de pisar no pé de Roma.

— Eu consigo andar *sozinha* — vociferou.

— Você parecia bem tranquila, parada à plena vista de cada uma das janelas de minha casa! — vociferou Roma, em réplica. — Eles vão te *matar*, Juliette. Acha que somos uma piada?

— O que você acha? — disparou Juliette, rebatendo. — Todos os meus parentes mortos diriam que não!

Ambos ficaram em silêncio.

— O que está fazendo aqui? — indagou Roma, em voz baixa. Seu olhar estava focado em um ponto logo acima do ombro dela, se recusando a fazer contato visual. Mas Juliette o fitava diretamente. Não conseguia parar de olhar. Ela o encarava e queria estourar com tudo o que desejava dizer, tudo o que desejava ouvir, tudo do que desejava se livrar. Tudo, tudo, estava rígido: seus pulmões, sua pele, seus dentes. Seu corpo era pequeno demais para ela e estava fadado a explodir em pedaços e se tornar um fragmento da natureza, crescendo nas rachaduras do concreto.

— Estou aqui — disse Juliette, com dificuldade — porque estou *farta* de fugir e permanecer na ignorância. Eu quero a verdade.

— Eu te disse...

— Você *não pode* fazer isso — Juliette começou a gritar. Ela não queria, mas começou; eram quatro anos de silêncio se libertando de uma vez. — Eu não mereço saber? Eu não mereço saber ao menos um ínfimo do que diabos passou pela sua cabeça quando decidiu contar a seu pai exatamente como preparar uma emboscada aos meus...

Juliette parou no meio da frase, erguendo tanto as sobrancelhas que elas desapareceram em sua franja. Havia uma lâmina apontada para seu coração. *Roma* pressionava uma lâmina em seu peito, com o longo braço estendido.

Um instante se passou. Juliette esperou para ver o que ele faria.

Mas Roma apenas balançou a cabeça. Subitamente, sentiu-se *muito* parecido com seu eu do passado. Como o garoto que a havia beijado pela primeira vez na cobertura de um clube de jazz. Como o garoto que não acreditava em violência, que jurou que um dia controlaria sua metade da cidade com equidade e justiça.

— Você nem está com medo — resfolegou Roma, com a voz presa. —, e sabe por quê? Porque *sabe* que eu não consigo enfiar esta faca. Você sempre soube e, mesmo que duvidasse da minha compaixão quando voltou, você a descobriu bem rápido, não é?

A ponta da lâmina era fria como gelo, mesmo por trás do vestido, o que era quase um alívio contra a onda de calor que emanava de seu corpo.

— Se você sabia que eu não ficaria com medo — perguntou Juliette —, então por que sacou a faca?

— Porque foi por *isso*... — Roma fechou os olhos. Lágrimas. Lágrimas caíam por seu rosto. — Foi por isso que minha traição foi tão horrível. Porque você acreditava que eu era incapaz de te machucar, e ainda assim eu te machuquei.

Ele recuou, então, afastando a ponta da faca do coração de Juliette, deixando o ar frio preencher aquele espaço. Sem aviso, Roma virou-se e arremessou a faca; a lâmina inteira cravou-se no muro oposto. Juliette observou aquilo entorpecida, como se ela fosse um espectro flutuando bem alto. Presumiu que esperava por aquilo. Roma tinha razão. Ela não conseguia temê-lo, mesmo quando sua vida estava nas mãos dele. Afinal, levara sua vida até o território Rosa Branca, que a aguardava de mãos abertas.

— Então, por quê? — indagou Juliette. Suas palavras saíram roucas. — Por que você fez aquilo?

— Foi um acordo — Roma esfregou sua face com força. Seus olhos se dirigiram à entrada do beco, procurando por ameaças, certificando-se de que não seriam interrompidos, que não estavam sendo vigiados. — Meu pai queria que eu te matasse de imediato, e eu me recusei.

Juliette se lembrou da rosa branca no caminho para sua casa, do bilhete escrito por Lorde Montagov, carregado de escárnio.

— Por que não?

Uma gargalhada. Roma balançou a cabeça.

— Você ainda pergunta? Eu te amava.

Juliette mordeu a língua. Lá estava aquela palavra novamente. Amor. *Amava*. Ele falava como se tudo que havia acontecido entre eles tivesse sido real até que se tornou insustentável, e Juliette não conseguia entender aquilo, dificilmente podia aceitar aquilo após ter passado tanto tempo convencendo a si mesma de que todo o passado deles foi uma mentira, nada além de uma espetacular atuação de Roma para chegar a seu ato definitivo.

Ela *precisava* convencer a si mesma. Como suportaria pensar que ele a *amava* e ainda assim a destruíra? Como poderia suportar a verdade, que também o amara, tão profundamente que ainda havia resquícios, e se aquilo tudo não havia sido um plano de mestre de Roma para cravar as garras em sua mente... então a sensação que corria agora pela ponta de seus dedos não podia ser atribuída a mais nada além da fraqueza de seu próprio coração.

Um gosto ferroso inundou sua boca. Com um espasmo de dor, Juliette afrouxou a mandíbula, mas ainda assim permaneceu em silêncio, com um corte latejante na língua.

— Você pode acreditar no que quiser — prosseguiu Roma, percebendo a expressão em seu rosto —, mas você queria a verdade, então aqui está ela. Meu pai descobriu, Juliette. Algum espião lhe contou que éramos namorados e, para lavar a honra do nome Montagov, ele me deu uma faca — Roma apontou para a arma no muro — para que eu a enfiasse em seu coração.

Ela lembrou-se do quão profundamente Roma temia o próprio pai, de como temia as coisas que os Rosas Brancas eram capazes de fazer. Lembrou-se de como Roma costumava ponderar, dia após dia, sobre como mudaria as coisas quando os Rosas Brancas estivessem sob seu comando. E lembrou-se de seu próprio apreço por tal ambição, aquela centelha de esperança acesa em seu coração toda as vezes que Roma dizia que o futuro era deles, que a cidade seria deles um dia, unida, contanto que tivessem um ao outro.

Juliette encarou a faca no muro e sussurrou:

— Mas você não fez isso.

— Não — disse Roma. — Eu disse a ele que preferia tirar minha própria vida e ele ameaçou fazer exatamente isso. Meu pai esperava que eu estragasse tudo desde o dia em que nasci e isso finalmente aconteceu. Ele disse que poderia mandar que te matassem...

— Não poderia — interrompeu Juliette. — Ele não tem poder para...

— Você não pode garantir isso! — a voz de Roma rachou, fragmentando-se. Ele se virou novamente; falava enquanto fitava a entrada do beco. — E eu também não podia. Meu pai... pode não parecer, porque ele não recorre a isso com frequência, mas ele tem olhos em todos os lugares. Sempre teve. Se ele decidisse matá-la como prometeu, se ele quisesse fazer parecer que nós dois nos matamos no meio de Xangai e fazer a disputa de sangue atingir outros patamares, poderia fazê-lo. Eu não tinha dúvida disso.

— Nós poderíamos ter enfrentado ele — Juliette não sabia por que se dava ao trabalho de sugerir soluções a uma situação que havia passado há muito tempo. Àquela altura, era instinto, um jeito de proteger-se da possibilidade de que Roma *talvez* tivesse tomado a decisão certa. — Lorde Montagov ainda é humano. Poderia ter levado uma bala na cabeça.

Roma soltou outra gargalhada, totalmente esvaziada de humor.

— Eu tinha *quinze anos*, Juliette. Não conseguia me defender nem dos tapas fortes que Dimitri me dava no ombro. Acha que eu conseguiria enfiar uma bala na cabeça do meu pai?

Eu conseguiria, Juliette quis dizer. Mas ela não sabia se era uma vã esperança, se ela realmente teria sido capaz antes que a raiva tivesse feito sua pele pegar fogo e depois endurecer como rocha. No passado, ela acreditava nas mesmas coisas que Roma, acreditava que aquela cidade dividida poderia ser costurada e unificada novamente. Acreditava quando se sentavam sob a noite de veludo e fitavam as luzes nebulosas à distância, quando Roma dizia que desafiaria tudo, tudo, até mesmo as estrelas, para mudar o destino de ambos naquela cidade.

— *Astra inclinant* — ele sussurrava ao vento, com uma sinceridade comovente, mesmo quando recitava em latim — *sed non obligant*.

As estrelas nos inclinam, não nos obrigam.

Juliette inspirou superficialmente. Sentiu algo dentro de si se desvelar.

— O que aconteceu? — disse, com dificuldade. — O que o fez mudar de ideia?

Roma começou a arregaçar as mangas. Tentava achar algo para ocupar as mãos, algo que gastasse sua energia incansável, porque não conseguia ficar ali parado como Juliette — um soldado petrificado.

— Meu pai te queria morta porque se sentiu insultado. E me queria morto porque ousei me rebelar — ele fez uma longa pausa. — Então, fui até ele e lhe dei um plano melhor. Um plano que causaria mais perdas aos Escarlates. E que me colocaria novamente ao lado dele — Roma finalmente voltou a fitar Juliette, finalmente a olhou nos olhos. — Isso a machucaria mais do que a morte, mas pelo menos estaria viva.

— Você— Juliette ergueu a mão, mas não sabia o que estava tentando fazer. Acabou apontando o dedo para Roma, como se aquilo não fosse nada além de uma pequena reprimenda. — Você—

Você não tinha o direito de fazer essa escolha.

Mas ela não conseguiu nem mesmo formular as palavras.

Roma estendeu a mão, envolvendo a dela, que agora se fechava em um punho. As mãos dele estavam firmes. As de Juliette, trêmulas. Arrependidas.

— Se você quer um pedido de desculpas, não posso lhe dar um — sussurrou Roma — e... acho que lamento por não lamentar mais. Porém, tendo que escolher entre sua vida e a de seus Escarlates... — Roma soltou a mão de Juliette. — Eu escolhi você. Satisfeita?

Juliette fechou os olhos com força. Não se importava mais que aquilo fosse perigoso, que ela estivesse se desfazendo no meio do território Rosa Branca. Pressionou o punho contra a testa, sentido os anéis pontiagudos entrando em sua pele, e arquejou:

— De fato, eu nunca estarei satisfeita.

Ele escolheu a mim. Ela pensava que ele era calculista, que havia realizado a maior traição possível quando ela lhe ofereceu seu amor.

Em vez disso, a verdade é que ele foi contra tudo o que acreditava. Manchou as próprias mãos com as vidas de dúzias de inocentes, enfiou navalhas no próprio coração apenas para manter Juliette viva e a salvo, longe das ameaças de seu pai. Ele não usou a informação adquirida em seu tempo com ela para demonstrar poder, mas sim para atestar sua fraqueza.

Juliette quase irrompeu em risadas — em delírio, em pura descrença. Era isso que aquela cidade fazia com namorados. Jogava a culpa ao redor como uma camada viscosa de sangue, que se misturava a tudo até que deixasse sua mancha. Por isso ele não quis lhe contar. Sabia que ela chegaria àquela conclusão — à percepção de que, indiretamente, o sangue da Ama também estava em suas mãos. Se Roma não a amasse de verdade, teria sido a vida *dela* levada pela disputa de sangue — uma troca simples e limpa.

Ela abriu os olhos e olhou para o céu. O céu cinza e lúgubre do primeiro dia de outubro. Lá embaixo, nas sombras do beco gélido, ela podia permanecer furtiva no escuro, podia estender a mão e limpar a lágrima que descia pelo maxilar de Roma e saber que ninguém poderia ser testemunha daquilo. Ela resistiu. Em algum lugar lá em cima, depois das nuvens e dos ventos gelados, a estrela do norte girava e girava sobre o mundo sem se importar com mais nada.

Sua cidade, sua organização, sua família. Sua família, sua organização, sua cidade.

— Pois bem.

Roma ficou confuso.

— Como é?

Juliette baixou as mãos aos flancos, alisando o vestido. Tentou sorrir, mas tinha certeza de que simplesmente tinha uma expressão de mágoa.

— Pois bem — repetiu. — Não temos tempo para resolver nossos dramas pessoais, não é? Caso encerrado.

Ela caminhou até a faca e a retirou do muro do beco. Era linda. O cabo tinha um lírio entalhado e sua lâmina era brilhante, afiada, dourada.

Aquela cidade estava sob os ombros deles. Não podiam fraquejar agora, independentemente da vontade louca que Juliette tinha de deitar na grama e ficar imóvel pelos próximos milênios. E, independentemente do quanto isso a magoava, ela olhou para trás, olhou para Roma, bem na hora em que ele vestiu novamente sua máscara, saindo do pesar à frieza mais uma vez.

Você escolheu a mim quatro anos atrás. Você ainda me escolheria? Você escolheria essa versão de mim, com farpas afiadas e mãos muito mais ensanguentadas que as suas?

Sua cidade, sua organização, sua família. A melhor coisa a fazer agora era se afastar, se afastar de qualquer coisa que a distraísse do que era importante. Mas ela não conseguia. Ela... tinha esperança. E ter esperança era perigoso. A esperança era o mal mais perverso de todos, a coisa que vingava na caixa de Pandora entre a miséria, a doença e a tristeza — e como ela poderia sobreviver junto a coisas com dentes tão afiados se ela mesma não tivesse garras horrendas?

— Ainda temos um monstro a caçar — disse Juliette com firmeza, mesmo sabendo que não estava nada bem. — Chenghuangmiao é território Rosa Branca. Vamos.

Ela temia que Roma dissesse não. Que ele desistisse, mesmo que ela não pudesse. Havia tantas pessoas passando pelo Chenghuangmiao diariamente — chineses ou não — que seria impossível manter a Sociedade Escarlate afastada. Ela não precisava da ajuda de Roma para encontrar Larkspur àquela altura. Eles não precisavam mais cooperar. Ele sabia disso.

Os olhos de Roma estavam vazios. Ele assumiu uma postura regular, com a coluna ereta.

— Vamos — disse ele.

Trinta e um

Tyler Cai foi o primeiro a receber notícias dos tumultos na cidade. Ele se orgulhava por manter os ouvidos atentos a boatos, por ter a face voltada para os sussurros que voavam com o vento acerca de qualquer foco de incêndio, com olhos fixos naqueles que precisavam dele. Cidadãos comuns eram criaturazinhas voláteis. Não se podia confiar que viveriam suas vidas com sensatez. Precisavam de supervisão, de uma mão gentil e bondosa que, conforme a necessidade, os conduzisse e manipulasse as cordas que controlavam seus destinos, senão as cordas se embolariam e as pessoas sufocariam até a morte com sua própria tolice e inaptidão.

— Sr. Cai — as notícias chegavam por meio de um mensageiro chamado Andong, que Tyler havia especialmente abrigado debaixo de sua asa e orientado expressamente para procurá-lo primeiro, antes de qualquer pessoa. — É muito grave.

Tyler se endireitou em sua escrivaninha, colocando sua caneta tinteiro sobre ela.

— O que houve?

— Uma greve em uma fábrica de Nanshi — disse Andong, sem fôlego. Ele havia entrado às pressas, quase colidindo com o batente da porta. — Mortos. Desta vez há mortos.

— Mortos? — repetiu Tyler, franzindo as sobrancelhas. — Eles são meros operários fazendo baderna. Como houve vítimas? Aconteceram surtos ao mesmo tempo?

— Não, foram os Comunistas — respondeu o mensageiro, nervoso. — Havia pessoas do sindicato infiltradas na fábrica, instruindo os operários e levando armas para dentro. O gerente está morto. Foi encontrado com um cutelo cravado na cabeça.

Tyler fechou a cara. Lembrou-se das manifestações nas ruas, dos partidos políticos que a Sociedade Escarlate estava tentando manter sob controle. Talvez tivessem errado quando se aliaram aos Nacionalistas. Talvez devessem ter observado os Comunistas mais atentamente em vez disso.

— Eles ficaram insatisfeitos com o quê? — desdenhou Tyler. — Como ousam se revoltar contra quem lhes dá segurança?!

— Eles não enxergam dessa forma — respondeu Andong. — Os operários que não morrem com os surtos morrem de fome. Estão fazendo filas em massa para conseguir aquela vacina estúpida e, em vez de ficarem indignados com os preços abusivos desse maldito Larkspur, eles o veneram pela segurança de suas ampolas mágicas e culpam as fábricas Escarlates por não pagarem o bastante para que tenham vacina e comida.

Tyler balançou a cabeça negativamente e sibilou:

— Ridículo.

— Mesmo assim, os Comunistas estão crescendo com essa situação.

E estavam. Estavam tirando vantagem total do caos para fazer o povo de Xangai se voltar contra seus governantes, para derrubar o reino que os gangsteres haviam construído. Mas aquilo não era grande coisa. A Sociedade Escarlate ainda detinha a coroa. Se não conseguissem colocar os Comunistas na linha logo, simplesmente os destruiriam.

— Isso não é um caso isolado — avisou Andong quando Tyler continuou calado. — Pode ser um levante. Os Comunistas estão planejando algo hoje. Começou um burburinho de insatisfação em todas as fábricas de Nanshi. Haverá mais assassinatos até o fim do dia.

Abaixo a elite! Cortem suas cabeças! Os operários estavam famintos o bastante para extirpar os gangsteres e usar o som de gritos para inflar os espaços entre suas costelas.

— Envie um alerta para nossos associados Escarlates — ordenou Tyler.
— Imediatamente.

O mensageiro anuiu. Fez menção de voltar para a direção de onde viera, mas parou antes que começasse a se mover.

— Há... outra coisa.

— Mais? — disse Tyler. Ele pôs as mãos atrás da cabeça, recostando-se no assento.

— *Eu* não vi com meus próprios olhos, mas — Andong deu um passo para o interior da sala e abaixou a cabeça. Instintivamente, sua voz reduziu de volume, como se questões de morte e revolução pudessem ser debatidas à voz normal, mas fofocas menores demandassem discrição. — Cansun disse que viu a Senhorita Juliette em território Rosa Branca. Disse que a viu... — Andong divagou.

— Desembuche — disparou Tyler.

— Ele a viu com Roma Montagov.

Tyler abaixou as mãos lentamente.

— É mesmo?

— Foi um mero relance — prosseguiu Andong —, mas ele achou suspeito. Presumiu que o senhor gostaria de saber.

— De fato, eu gostei de saber — Tyler ficou de pé. — Obrigado, Andong. Se me der licença, preciso encontrar minha querida prima.

Roma e Juliette haviam chegado a um tipo inusitado de paz. Quase parecia que não eram mais inimigos. Ainda assim, estavam mais frios um com o outro do que estiveram antes do Mantua — bem mais travados, mais reservados. Juliette lançou um olhar furtivo na direção de Roma enquanto andavam pelo Chenghuangmiao, observando o jeito como suas mãos estavam fechadas, como mantinha os cotovelos próximos do corpo.

Ela não havia se dado conta de que haviam ficado confortáveis na companhia um do outro até que voltaram a ficar desconfortáveis.

— Eu não estou lembrando errado, não é? — perguntou ela, em voz alta, ansiando por quebrar o clima tenso. — Archibald Welch disse *mesmo* Casa de Chá Long Fa?

Juliette parou para inspecionar as lojas pelas quais passavam e, naqueles poucos segundos, três clientes trombaram com ela, um após o outro. Ela fez uma careta, quase gritando de raiva antes de se impedir. Ser invisível era melhor do que ser reconhecida, presumiu. Não significava que ela gostava daquilo, mesmo que se mesclar à multidão com seu casaco sem graça e seu penteado ainda mais sem graça estivesse lhe sendo de imensa utilidade.

— Eu não sei por que você está me pedindo para confirmar isso — respondeu Roma. — Eu estava no chão.

— Não há nada de errado em esfregar o chão de vez em quando. Demonstra sua humildade.

Roma não riu. Ela não esperava que risse. Silenciosamente, ela gesticulou para que prosseguissem antes que os clientes passassem por eles como bolas de boliche e reconhecessem seus rostos.

— Vamos, pano de chão.

Juliette voltou a andar, com passos cheios de propósito. Eles passaram pelos vendedores de sorvete e pelos teatros de fantoches, então caminharam por toda a fila de lojas vendendo *xiǎolóngbāo* sem parar nenhuma vez para cheirar o vapor que subia, que tinha um aroma delicioso de carne. Passaram por artistas que gritavam e se agacharam por baixo do arco que levava à agitação e ao movimento central do Chenghuangmiao e, lá, Roma parou abruptamente, estreitando os olhos para a vista diante de si.

— Juliette — disse Roma. — É aquela ali.

Ela anuiu com a cabeça, gesticulando para que se apressassem naquela direção. A Casa de Chá Long Fa situava-se perto dos lagos e à esquerda da ponte Jiuqu; o estabelecimento era uma construção de cinco andares, com um telhado extravagante que se curvava sobre suas bordas douradas. O prédio provavelmente estava ali desde que a China foi governada por imperadores na Cidade Proibida pela primeira vez.

Roma e Juliette adentraram pelas portas abertas da casa de chá, erguendo os pés sobre a base elevada do batente que emoldurava a entrada. Eles pararam.

— Vamos subir? — indagou Roma, olhando ao redor do térreo vazio, exceto por um banquinho encostado no canto.

— Para o último andar —Juliette o lembrou.

Eles subiram as escadas. Andar após andar, passaram por clientes e empregados, transbordando de movimento enquanto pedidos eram feitos aos gritos e comandas eram arremessadas. Porém, quando Juliette venceu o último lance de escadas, chegando ao último andar com Roma em seu encalço, eles encontraram apenas uma porta de madeira alta, separando-os de tudo que havia do outro lado.

— É aqui?

— Deve ser — respondeu Roma. Hesitantemente, ele estendeu o braço e bateu à porta com as costas da mão.

— Entre.

Sotaque britânico. Baixo, rouco, como se tivesse um leve resfriado ou uma rinite.

Roma e Juliette trocaram um olhar. Roma deu de ombros e disse, sem emitir sons:

— *Faça as honras.*

Juliette abriu a porta. Imediatamente, franziu as sobrancelhas diante do que viu: uma saleta — não mais que dez metros quadrados. No centro da sala havia uma escrivaninha, embora metade dela estivesse coberta por uma enorme cortina branca que ia até o teto. Com a luz que entrava pela janela, Juliette conseguiu distinguir uma silhueta por trás da cortina, com os pés em cima da escrivaninha e braços atrás da cabeça.

— Bem-vindos ao meu escritório, Senhorita Cai e Sr. Montagov — disse Larkspur. Ele falava como se houvesse cascalho alojado em sua laringe.

Juliette se perguntou se aquela era sua voz real ou se estava fingindo. E se estava... por qual motivo? — Não posso dizer que estava esperando pelos senhores, e normalmente só aceito reuniões com hora marcada, mas entrem, entrem.

Juliette caminhou lentamente na direção da escrivaninha. Olhando mais de perto, ao examinar a parede atrás de Larkspur, ela percebeu que aquilo *não era uma parede* — era uma simples divisória temporária. Aquela "sala" era tão grande quanto todos os andares abaixo dela. Por trás da divisória, o resto certamente era o laboratório que Archibald Welch havia mencionado.

Larkspur acha que está sendo muito discreto, pensou Juliette, observando a linha onde a divisória se unia ao teto. *Ele deveria aprender a fazer uma pintura decente.*

— Venham, sentem-se — berrou Larkspur. Por trás da cortina, via-se o contorno de seu braço gesticulando em direção aos assentos diante dele. No entanto, a silhueta do braço se dividia no momento em que se aproximava da cortina.

Juliette estreitou os olhos. Procurou por uma segunda fonte de luz refletida por trás da cortina capaz de criar tal efeito e descobriu a resposta na parede, onde metade de um espelho apontava para o teto em vez do observador. Parecia ser uma simples peça de decoração, mas bastou uma olhada para cima, no sentido que o espelho apontava, e ela detectou outro espelho, descobrindo a verdade.

Eles não conseguiam ver Larkspur, mas ele certamente conseguia vê-los.

— Não vamos tomar muito do seu tempo — assegurou Roma. Ele se sentou primeiro. Juliette o acompanhou, embora ela tenha se sentado na ponta de sua cadeira, preparada para uma fuga veloz.

— É sobre sua vacina — disse Juliette, brevemente. Não tinha tempo de ficar enrolando. — Como você a produz?

Larkspur deu uma curta risada.

— Senhorita Cai, você sabe o quão prejudicial será para meus negócios se eu contar. Seria como se eu lhe pedisse para me entregar sua lista de clientes.

Juliette bateu na mesa com a mão espalmada.

— Isso diz respeito a *vidas* de pessoas.

— Diz mesmo? — rebateu Larkspur. — O que a senhorita fará com a fórmula da minha vacina? Produzirá uma cura preventiva? Estou tentando tocar uma empresa baseada em demanda, não um laboratório de pesquisas.

Roma segurou Juliette pelo cotovelo. Estava tentando lhe dizer para se acalmar, para não irritar Larkspur antes que obtivessem o que vieram buscar. Mas seu toque a deixou sobressaltada e, quando ela deu um pulo de susto, seus nervos já tensos tornaram-se uma catástrofe.

— Qual é o seu esquema com Zhang Gutai? — indagou Roma. — Você certamente ouviu os boatos sobre seu papel como criador da insanidade. Deve saber que é muito suspeito que você seja o responsável pela cura.

Larkspur apenas riu.

— Por favor — disse Roma, entre dentes cerrados. — Não estamos acusando você de nada. Estamos apenas ligando nomes, tentando encontrar um jeito de *resolver* esse desastre...

— Os senhores chegaram tão longe em sua investigaçãozinha e ainda não conseguiram unir as peças?

Juliette estava prestes a voar na cortina e dar uma surra em Larkspur até que suas respostas enigmáticas fossem esclarecidas.

— O que quer dizer?

— O que acha, Senhorita Cai?

Juliette saltou tão rápido da cadeira que o móvel saiu voando e caiu de ponta-cabeça.

— Tudo bem, já chega.

Ela estendeu o braço e, em um movimento preciso e ágil, puxou a cortina com força, rasgando o tecido dos anéis que o prendiam ao teto.

Larkspur saltou, mas Juliette não vislumbrou uma face. Não conseguiu. Ele usava uma daquelas máscaras baratas da ópera chinesa que todos os vendedores de feira vendiam para crianças curiosas, decoradas com grandes olhos e espirais vermelhas e brancas que realçavam nariz e boca. Ela escondia toda a sua fisionomia, mas Juliette estava quase certa de que Larkspur tinha uma expressão bem satisfeita consigo mesmo naquele momento.

E também estava lhe apontando uma arma.

— Você não é a primeira pessoa a fazer isso, Senhorita Cai — disse Larkspur, quase com simpatia. — E eu matei a última que tentou.

A arma de Juliette estava enfiada dentro de seu vestido. Até que ela a sacasse, Larkspur teria tempo de sobra para atirar.

Mesmo assim, ela recorreu à valentia.

— Quem você acha que atira primeiro? — provocou Juliette.

— Eu acho que, no momento em que a senhorita tocar sua pistola, já haverá um buraco em sua cabeça.

Juliette deu uma olhada para Roma. Sua mandíbula estava tão cerrada que ela teve receio de que, em breve, ele teria rachaduras nos molares.

— É apenas uma pergunta — disse Roma, em voz baixa. E perguntou novamente:

— Qual é o seu esquema com Zhang Gutai?

Larkspur lhes deu ouvidos. Ergueu a cabeça e emitiu um ruído, depois gesticulou com a mão livre, pedindo para que Roma e Juliette se aproximassem. Eles permaneceram imóveis. Então, Larkspur andou lentamente até a mesa e se inclinou, como se fosse revelar um grande segredo.

— Vocês querem saber meu esquema com Zhang Gutai? — sussurrou, com voz gutural. — Zhang Gutai está *se transformando* em um monstro. Eu estou fabricando a vacina com os dados que *ele* me fornece.

— Por quê? — questionou Juliette enquanto desciam as escadas às pressas. — Por que ele nos contaria isso? Por que Zhang Gutai lhe daria a fórmula da vacina?

O mundo estava girando depressa demais. O coração de Juliette pulsava a uma velocidade absurda. Sua respiração estava acelerada, mesmo quando chegaram ao térreo e pararam para se orientar, para reorganizar os pensamentos, percebendo que agora tinham todas as peças do quebra-cabeça necessárias para acabar com os malditos surtos que estavam arrasando Xangai.

Não tinham?

— Isso não faz nenhum sentido — disparou Juliette. — Ele deve saber que nosso objetivo é matar o monstro. Deve saber que agora vamos caçar Zhang Gutai por causa dessa revelação. Por que ele o entregaria de mão beijada? Sem o monstro, não há surtos. Sem surtos, ele vai à falência.

— Não sei, Juliette — respondeu Roma. — Não consigo pensar em nenhuma resposta plausível. Mas...

Abaixo os mafiosos!

O grito despertou a atenção de Roma e o pavor de Juliette imediatamente, assustando-os tanto que se deram as mãos. Veio da Ponte Jiuqu, de um velho delirante que continuou gritando até que um gângster Escarlate ali perto ameaçou bater nele. Aquilo, no entanto, não foi encarado com indiferença, como de costume. Em vez disso, com a intervenção do Escarlate durão, os civis começaram a murmurar entre si, lançando boatos e especulações ao vento. Juliette captou fragmentos dos sussurros: operários em greve e revoltas nas fábricas.

Ela soltou a mão de Roma rapidamente, afastando-se com um passo. Roma permaneceu imóvel.

— Por que ele diria algo assim? — balbuciou Juliette, com os olhos ainda fixos naquela cena. Por que aquele velho se sentiu destemido o suficiente para desejar morte aos mafiosos?

— Se os relatórios que li esta manhã estiverem corretos, é um problema gerado pelos Comunistas — respondeu Roma. — Greves armadas em Nanshi.

— Nanshi — repetiu Juliette, sabendo que a área era familiar por algum motivo específico. — É lá...

Roma assentiu com a cabeça.

— Onde Alisa está, presa em um hospital bem ao lado das fábricas — finalizou ele. — Talvez estejamos ficando sem tempo. Os operários vão invadir o prédio se um levante acontecer.

Se os operários se revoltaram com seu trabalho, orientados a causar o caos, tentariam ferir todo gângster, todo capitalista, todo gerente de cargo alto e todo dono de fábrica que encontrassem, criança ou não, consciente ou não — o que incluía a pequena Alisa Montagova.

— Vamos matá-lo — decidiu Juliette. — Hoje.

Matar o monstro, acabar com os surtos. Acordar Alisa e salvá-la do caos que se acumulava à sua volta.

— Ele ainda estará em seu escritório — disse Roma. — Como vamos fazer isso?

Juliette checou seu relógio de bolso. Mordeu o lábio, pensando muito. Não havia tempo para consultar seus pais. Além disso, duvidava que aprovariam aquilo. Eles optariam por ponderar, traçar planos. Ela não podia pedir reforços oficiais Escarlates. Faria isso à sua maneira. — Reúna seus reforços mais próximos e suas armas. Nos encontraremos na sede do *Diário do Proletariado* em uma hora.

Roma anuiu. Seu olhar inspecionou a face dela, passando da testa aos olhos e à boca, como se esperasse ela dizer algo mais. Quando não disse, sem entender o que ele estava aguardando, Roma não se explicou. Simplesmente assentiu novamente e disse:

— Vejo você lá, então.

Tyler recuou de seu ponto de espionagem, grudando-se à parede externa da Casa de Chá Long Fa. Ele saiu de vista bem a tempo de evitar que Roma Montagov o visse; o herdeiro Rosa Branca correu para o meio da multidão no Chenghuangmiao e desapareceu.

Dando um último trago em seu cigarro, Tyler pinçou a brasa para apagá-la e então o jogou no chão, não se importando com as novas queimaduras nos dedos.

Tyler os vira. Ele não conseguiu ouvir o diálogo deles, mas os viu — trabalhando juntos, um estendendo a mão para o outro.

— *Tā mā de*, Juliette — murmurou ele. — *Traidora*.

Trinta e dois

— Mensagem para a Senhorita Lang.

Kathleen rolou de uma ponta da cama bem arrumada de Juliette à outra. Ela era o pior pesadelo das criadas. Havia uma porção de cadeiras para ocupar naquela casa, mas sempre que Juliette deixava seu quarto, Kathleen vinha tomar posse de sua cama.

Ninguém poderia julgá-la: era uma cama absurdamente confortável.

— Para mim? — perguntou Kathleen, acenando para que o mensageiro entrasse. Aquilo era incomum. Não chegavam muitos recados para ela.

— Na frente está escrito Lang Selin e Lang Shalin, mas não consegui encontrar a Senhorita Rosalind — respondeu o mensageiro, pronunciando de forma estranha as sílabas de seus nomes. Quando ele lhe mostrou a frente do bilhete, Kathleen percebeu que seu nome chinês, Lang Selin, havia sido escrito com caracteres românicos equivalentes em vez de ideogramas chineses.

Só podia ser Juliette. Ninguém mais seria tão enigmático.

Kathleen ergueu uma sobrancelha, estendendo a mão para pegar o bilhete.

— Obrigada.

O mensageiro saiu. Kathleen desdobrou o pedaço de papel.

> Preciso da sua ajuda. O Secretário-Geral do Partido Comunista é o monstro. Encontre-me perto do edifício onde ele trabalha. Traga armas. Traga silenciadores. Não conte a ninguém.

— Ah, *merde*.

Juliette estava tentando matar o Secretário-Geral do Partido Comunista.

Kathleen jogou o bilhete no chão e levantou-se em um pulo da cama, indo às pressas para o depósito de armas na porta ao lado. Elas guardavam suas armas naquele quartinho, com relógios de pêndulo e sofás apodrecidos, em uma fileira de armários que aparentavam ser inofensivos a um observador casual. Ela se movia com velocidade, escancarando as gavetas e carregando duas pistolas, rosqueando firmemente os silenciadores. Verificou a munição, travou cada parte frouxa com força e então enfiou as duas armas nos bolsos.

Kathleen paralisou. Seus ouvidos aguçaram-se subitamente, ouvindo um barulho do outro lado da parede, vindo do quarto de Juliette.

Passos. Quem estava andando por ali?

Em estado de alerta, Kathleen saiu da inércia silenciosamente, mantendo os passos leves enquanto saía do depósito de armas para voltar ao quarto de Juliette. Prendendo a respiração, ela espiou pelo batente da porta e avistou uma figura familiar. Relaxou. Era apenas Rosalind, segurando o bilhete.

— Que *diabos* é isso? — questionou Rosalind.

Kathleen ficou imediatamente tensa de novo.

— Eu... acho que as palavras são autoexplicativas.

— Você não pode estar falando sério — os olhos de Rosalind desceram até os bolsos de Kathleen. Ela percebeu a forma das armas com um olhar aguçado, vazio. — Você não está cogitando ir, está?

— Por que não? — indagou Kathleen, confusa.

Um momento se passou. Aquele momento seria marcante para sempre: a primeira vez em que Kathleen fitou Rosalind — realmente fitou — e percebeu que não tinha a mínima ideia do que poderia estar passando pela mente da irmã. Quando Rosalind explodiu, Kathleen sentiu o impacto como se um pedaço de escombro tivesse perfurado suas entranhas.

— Isso é *absurdo!* — gritou Rosalind, repentinamente. — Nós não temos o direito de sair por aí matando Secretários-Gerais ao nosso bel prazer! Juliette não pode arrastar você para isso como bem entende!

— Rosalind, pare — implorou Kathleen, se apressando a fechar a porta. — Ela não está me arrastando para coisa nenhuma.

— Então esse bilhete é o quê? Uma simples sugestão?

— Isso é *importante*. É uma questão de acabar com os surtos.

Os lábios de Rosalind se contraíram. Sua voz reduziu de volume até que não estivesse alta e irada, mas fria e acusatória.

— E eu aqui pensando que você era a pacifista da família.

Pacifista. Kathleen quase caiu na gargalhada. De todas as palavras que poderiam descrevê-la, pacifista era a mais distante da verdade. Só porque não gostava de derramamento de sangue, de repente era uma santa caridosa. Ela seria capaz de apertar um botão para extinguir toda a vida naquela cidade se isso significasse que poderia ter paz e sossego.

— Engano seu — disse Kathleen, calmamente. — Engano de todos.

Rosalind cruzou os braços. Se ela apertasse um pouco mais o bilhete em seu punho, faria um buraco bem no meio das palavras.

— Presumo que Juliette seja a única pessoa que, a seus olhos, não é uma tola.

O queixo de Kathleen quase caiu.

— Você está *ouvindo* o que diz? — indagou. Talvez ela tivesse entrado em uma máquina que as levou de volta ao tempo em que eram crianças petulantes.

Mas Rosalind não queria se autoavaliar. A amargura viera à superfície e agora não conseguia parar de transbordar.

— Repare em como Juliette lida com essa insanidade casualmente — sibilou ela. — Repare como ela trata isso como se fosse apenas outra tarefa para impressionar seus pais...

— Pare — as mãos de Kathleen fecharam-se em volta da barra de sua camisa, amassando o tecido grosso com os dedos. — Você não esteve por perto na maior parte disso.

— Eu *vi* o monstro!

— Isso não é *culpa* de Juliette. Ela não pode ser culpada por tratar isso como seu trabalho, porque *é*...

— Você não entende — sibilou Rosalind, avançando. Ela parou bem em frente a Kathleen e a agarrou pelos ombros. — Juliette nunca arcará com as consequências de qualquer coisa que faça. Nós sim. Nós sentiremos cada maldita parte dessa cidade quando ela quebrar.

— *Rosalind* — repreendeu Kathleen —, você está muito, muito estressada — ela desentrelaçou as mãos da camisa e as estendeu à sua frente. Era tanto um gesto para manter Rosalind distante quanto para acalmar sua irmã, da mesma forma que se acalma um animal feroz. — Eu entendo, entendo mesmo, mas estamos todos do mesmo lado.

— O sobrenome dela é Cai! — exclamou Rosalind. — Como podemos estar do mesmo lado se eles nunca cairão? Eles são invulneráveis. Nós, *não!*

Kathleen não podia mais ficar escutando aquilo. O tempo estava se esgotando. As armas em seu bolso ficavam mais pesadas a cada segundo que passava. Sem dizer nada, ela afastou as mãos de Rosalind, que apertavam seus ombros, e se virou para sair.

Até que Rosalind disse:

— Celia, por favor.

Kathleen congelou. Então se virou.

— Não — vociferou. — Há ouvidos em todos os lugares desta casa. Não me ponha em perigo apenas para vencer uma discussão.

Rosalind desviou o olhar. Soltou um longo suspiro, parecendo se recompor, e sussurrou:

— Estou apenas cuidando de você.

Agora não é hora de cuidar de mim!, Kathleen quis disparar. Que parte disso era tão difícil de entender? Ela sacudiu a cabeça. Engoliu suas palavras, forçando-se a suavizar seu tom de voz.

— É uma questão simples, Rosalind. Você vai ajudar ou não?

Quando seus olhos se encontraram novamente, Kathleen viu apenas indiferença na expressão da irmã.

— Não vou.

— Pois bem — disse Kathleen. — Então, por favor, não me impeça.

A cidade estava infestada de monstros a cada esquina. Ela se recusava a deixar sua própria irmã impedi-la de abater pelo menos um deles.

Kathleen saiu do quarto.

Trinta e três

Juliette estava parada na esquina do edifício-sede do *Diário do Proletariado*, com o corpo nas sombras das paredes externas e dos canos expostos. Ela havia escolhido uma pequena faixa de grama onde o prédio se curvava um pouco, perto da porta enferrujada dos fundos que parecia não ser limpa há semanas. Trepadeiras cresciam naquele local, suspensas ao longo das paredes e se balançando bem acima da cabeça de Juliette. À distância, ela poderia parecer uma estátua, com um olhar vazio e morto, fixo à frente. Ela não podia piscar demais. Se o fizesse, poderia cair dura ali mesmo, tornando-se irmã gêmea da Níobe de mármore que ficava na Concessão Internacional, e então jamais se levantaria de novo.

— Juliette... ah, *Deus*.

Juliette também estava ali parada porque havia encontrado um cadáver. Uma vítima do surto: uma mulher mais velha com o pescoço em pedaços. Ela permanecia ali porque não sabia o que fazer, se era melhor deixar a vítima como estava ou fazer alguma coisa — ou se matar Zhang Gutai hoje seria o bastante para aliviar aquele fardo que carregava nos ombros.

Juliette virou-se, soltando o ar ao ver a prima. Kathleen cobriu a boca, horrorizada, agachando-se para passar sob as videiras.

— Antes que você pergunte — disse Juliette — ela já estava assim quando eu cheguei. Trouxe um silenciador?

— Bem aqui — disse Kathleen. Ela passou a Juliette uma das pistolas em seu bolso, com o olhar ainda fixo na mulher morta escorada na parede.

— Onde está Rosalind? — perguntou Juliette. Ela ficou na ponta dos pés para olhar por cima do ombro de Kathleen, como se Rosalind estivesse apenas andando um pouco mais lentamente.

— Ela não pôde vir — respondeu Kathleen, desviando o olhar da morta. — O cabaré precisou dela. Seria muito suspeito se ela viesse.

Juliette anuiu com a cabeça. Ela preferia ter mais um par de olhos e mãos de confiança ali, mas não havia nada a se fazer a respeito.

— Agora você pode dizer o que está acontecendo? — questionou Kathleen.

— Exatamente o que meu bilhete dizia — respondeu Juliette. — A insanidade acaba hoje.

— Mas… — Kathleen coçou a parte interna do cotovelo, traçando linhas raivosas na pele. — Juliette, você certamente não está pensando em invadir esse prédio, que é essencialmente uma fortaleza Comunista, apenas comigo. Pode ser um local de trabalho, mas eu não tenho a menor dúvida de que há algumas pessoas armadas…

Juliette fez uma careta.

— A respeito disso… — ela viu três pessoas se aproximando pela calçada. Ela ergueu a mão, chamando a atenção de Roma. — Não entre em pânico. Vou explicar tudo depois.

Kathleen se virou. Como sempre, quando alguém diz para não entrar em pânico, a primeira coisa que se faz é entrar em pânico. Ela, por instinto, recuou alguns passos quando Marshall Seo lançou-lhe um sorriso largo e acenou para ela. Benedikt Montagov estendeu a mão e abaixou o braço do outro rapaz.

Os Rosas Brancas passaram por baixo das videiras e Roma arremessou algo velozmente na direção de Juliette: uma coisa macia com formato quadrado, enrolada em uma massa de tecido de modo que pudesse viajar pelo ar até a palma da mão dela. Um grande lenço. O projétil repentino ajudou Juliette a fingir que seu arquejo reprimido fora uma reação ao susto de ter que pegar o tecido, e não porque Roma havia se aproximado, quase roçando seu ombro.

— Para cobrir seu rosto — explicou ele. Havia outro em suas mãos para o mesmo propósito. — Já que somos os assassinos... *ah*.

Benedikt e Marshall ficaram em estado de alerta, ambos retesando-se à espera de perigo. Mas não havia perigo, pelo menos não ali. Roma apenas avistara a mulher morta.

— Como ela veio parar aqui? — murmurou Benedikt.

— Devia ser uma funcionária — respondeu Marshall, apontando o polegar para as paredes claras do edifício-sede. — Melhor termos cuidado. Pode haver um surto chegando.

Roma emitiu um ruído de nojo do fundo da garganta, mas não disse mais nada.

Talvez aquilo fosse um pouco sádico da parte de Juliette, conduzir a todos eles para se encontrarem ali, a menos de um metro de um cadáver. Mas eles precisavam ver o corpo antes de entrar. Precisavam se lembrar do que estava em jogo.

A vida de um culpado pela vida de inúmeros inocentes. A vida de um culpado pela salvação da cidade.

Talvez fosse essa a escolha que deveria ter sido feita quatro anos atrás. Se ao menos Juliette tivesse mais culpa em sua alma naquela época. Isso faria com que sua morte valesse a pena.

Pare, repreendeu a si mesma. Seu coração pulsava uma sinfonia em seus ouvidos. Ela receava que os outros pudessem ouvi-lo. Ela se perguntava se, cada vez que abria a boca, o som viajava de seu peito, passando por sua garganta, alcançando o mundo externo.

Juliette superou seu nervosismo. Ela havia vencido oponentes muito mais ferozes do que batimentos altos.

É agora ou nunca.

Juliette pigarreou.

— Vamos proceder desta forma — iniciou. — Precisamos de cobertura nos fundos. O escritório de Zhang Gutai tem uma janela da qual ele pode pular.

Roma acenou com a cabeça para Benedikt e Marshall. Sem dizer nada, eles foram às pressas para os fundos do prédio.

— Kathleen, preciso que você force uma evacuação no primeiro andar. Cause comoção suficiente para que ninguém nos impeça de chegar ao segundo andar e entrar no escritório de Zhang Gutai.

Kathleen sacou a pistola, preparando-a com as duas mãos. Soltou o ar lentamente e anuiu com a cabeça.

— Fiquem atentos ao meu sinal — disse ela. — Espero que você saiba o que está fazendo, Juliette. — Kathleen passou por baixo das videiras.

Santo Deus, eu também espero.

— E quanto a nós — Juliette voltou-se para Roma e amarrou o lenço na metade inferior da face. — Pronto?

— Pronto.

Um tiro ruidoso ecoou do edifício-sede. Mais três se seguiram em rápida sequência. Vidro quebrando. Gritos confusos.

— Vamos.

Eles seguiram às pressas para as portas da frente, mesclando-se à comoção sem serem notados. Kathleen não estava à vista, mas isso apenas significava que ela conseguira sair dali rapidamente. Ela deixou para trás um cenário de perplexidade, mas sem pânico — as pessoas estavam muito preocupadas balbuciando sobre o que deviam fazer para notar Roma e Juliette avançando escada acima. Aquilo era mais uma simples missão de assassinato do que um confronto direto. Quanto mais rápido pudessem entrar e sair, melhor.

Infelizmente, também havia pessoas no segundo andar: dois homens de pé guardando a porta do escritório de Zhang Gutai. Talvez Zhang Gutai soubesse que seu assassinato estava por vir.

— Não — sibilou Roma, antes que Juliette avançasse. — Não podemos matá-los.

— Digam o que querem! — pediu preguiçosamente um dos homens próximos à porta.

— Eles estão *no caminho* — sibilou Juliette, rebatendo Roma.

Os dois homens à porta agora ficaram alertas. Se os panos sobre as faces de Roma e Juliette não eram o suficiente para levantar suspeitas, as pistolas em suas mãos certamente eram. Os homens avançaram velozmente.

— Perna — argumentou Roma.

— Estômago.

— *Juliette.*

— Está bem!

Juliette mirou e abriu buracos na parte superior das coxas dos homens. Impiedosa. Eles gritaram, caíram no chão, e ela investiu à frente. Quando espalmou a porta do escritório, ela se abriu com tanta força que deixou uma marca na parede.

— Cuidado!

Roma a puxou para o lado com força, resmungando baixinho uma oração. Uma bala incandescente acertou o batente bem no local onde a cabeça de Juliette estaria.

Zhang Gutai estava atrás de sua escrivaninha, mirando novamente. Sua empunhadura fraquejava. Ele tinha gotas de suor descendo pela face, olhos muito arregalados. Enfim, foi pego.

— O que eu fiz para vocês? — questionou Zhang Gutai. Ele os reconhecera. Claro que sim. Era preciso mais que um frágil pano para disfarçar Juliette Cai. — Qual é o seu problema conosco?

— Meu problema é com seus surtos — respondeu Juliette, com voz de trovão.

— Eu não sei do que você está falando! — gritou Zhang Gutai. — Eu não tenho nada a ver com...

Juliette atirou. Zhang Gutai olhou para baixo e viu a mancha vermelha florescendo em sua camisa branca.

— Não — sussurrou ele. Enfraquecido, derrubou sua arma. Em vez de tentar recuperá-la, sua mão tombou sobre a escrivaninha. Ele fechou as mãos em volta de uma fotografia emoldurada de uma senhora de idade. Sua mãe. — Não... vocês não têm nada contra mim.

— Larkspur nos contou tudo — disse Roma, seco. Seus olhos fitavam a fotografia nas mãos de Zhang Gutai. — Sentimos muito que tenha de ser assim. Mas foi preciso.

— Larkspur? — chiou Zhang Gutai. A perda de sangue o fez desabar no chão. Ele balançava, quase sem forças para continuar sentado. — Aquele... charlatão? O que... *ele* tem para... dizer...

Juliette atirou novamente e o Comunista caiu. Seu sangue encharcava completamente a fotografia, até que a expressão estoica de sua mãe estivesse coberta por um brilho vermelho.

Lentamente, Juliette se aproximou, e então empurrou o ombro dele com a ponta do pé para fazê-lo rolar e ficar de barriga para cima. Seus olhos já estavam vidrados. Juliette lhe deu as costas, colocando a pistola dentro do bolso. Parecia que o momento demandava mais cerimônia, talvez um ar solene, mas tudo o que havia naquela sala era o fedor gélido de sangue, e Juliette queria sair dali o mais rápido possível.

Enquanto estivesse fazendo a coisa certa, ela seria uma assassina calculista. Não ligava para quase mais nada.

— Alguém está vindo — avisou Roma. Ele estava com a cabeça inclinada para a porta, prestando atenção ao som de passos subindo as escadas. — Suba na janela.

Juliette fez o que ele disse. Ela passou uma perna para fora da vidraça e gritou um aviso a Marshall e Benedikt, que ficaram sobressaltados quando ela surgiu com o pescoço coberto de pontos vermelhos. E ficaram ainda mais assustados quando ela disse:

— Marshall Seo, me pegue.

E se jogou, dando a Marshall uma fração de segundo para abrir os braços rapidamente. Juliette aterrissou com um elegante e educado salto.

— Obrigada.

Um alarme começou a soar dentro do prédio. À primeira nota aguda, Roma rapidamente desceu pela janela até que estivesse pendurado na borda. Quando se soltou, conseguiu aterrissar com firmeza sobre a grama.

— Conseguiram? — indagou Benedikt imediatamente. — O monstro está morto?

Quando Roma estava prestes a assentir, Kathleen virou a esquina correndo, ofegante.

— Por que vocês não o mataram? — questionou ela. — Eu vi vocês chegando ao segundo andar!

Juliette piscou, confusa. Sob a fraca luz do sol, suas mãos ainda estavam manchadas com a evidência do crime.

— O que você quer dizer? — indagou. — Eu o matei.

Kathleen recuou e xingou baixinho.

— Então não funcionou — disse, ofegante. — Os surtos. *Escute*.

Um grito breve e agudo. Um coro de ganidos intensos. Tiros, em rápida sucessão.

— Não — arquejou Juliette. — Impossível.

Ela irrompeu a correr. Alguém a chamou e outro alguém tentou agarrar-lhe o cotovelo, mas Juliette se desvencilhou deles, dando a volta no prédio e voltando à cena de seu crime. Ela nem precisou abrir as portas da frente ou sequer estender as mãos para elas. Através da vidraça que se estendia verticalmente pela madeira, ela viu três funcionários no interior do prédio dilacerando seus pescoços, indo ao chão em completa sincronia.

— Não — balbuciou Juliette, horrorizada. — Não, não, *não* — ela chutou a parede próxima. Seu sapato deixou uma marca de sujeira no branco intacto.

Não deu certo.

— Juliette, vamos! — Kathleen a agarrou pelo pulso e a arrastou de volta à lateral do prédio, logo antes das portas se escancararem, forçando os que não estavam infectados a buscar abrigo. Sua prima podia ter tido a intenção de mantê-los em fuga, mas Juliette não podia fazer aquilo. Pelo canto do olho, pôde ver que os Rosas Brancas estavam olhando para ela, observando como ela reagiria, e mesmo assim ela não conseguiu manter as forças. Seus joelhos fraquejaram. Ela cedeu à fadiga sem resistência e se afundou na grama macia, escavando a terra com os dedos e apertando-a até que o solo frio se embrenhasse em suas unhas.

— Ei!

Apitos de policiais. Alguém deve tê-los chamado ao ouvir os tiros. Ou um funcionário dentro do prédio deu um telefonema para a delegacia mais próxima, suplicando por ajuda. No entanto, quando os homens fardados chegaram, não foi surpresa terem focado nos cinco gangsteres que espreitavam o prédio e começaram a se mover.

Em um dia como aquele, enquanto a revolução se agitava por toda a cidade, a polícia estava louca para realizar prisões.

— Vão — resmungou Roma, baixinho, para Benedikt e Marshall. — Sumam nos becos até despistá-los. Vamos nos reencontrar no terraço do Dragão de Jade.

Dragão de Jade era o restaurante que ficava a menos de duas quadras dali; era facilmente o prédio mais alto da rua e estava constantemente lotado de clientes. O caos absoluto dos grandes restaurantes contribuía para que gangsteres pudessem se esgueirar por suas altas escadarias quando quisessem, subindo nos terraços e usando-os como pontos de vigia. Benedikt e Marshall saíram em disparada para o oeste; Kathleen disse:

— Juliette, *vamos*.

No entanto, Juliette se recusou.

— Vá também, Kathleen — entoou Juliette. — Siga o mesmo plano.

— E quanto a você...

— Eles podem te prender, mas não a mim. Não ousariam.

Kathleen franziu o cenho, observando Juliette com cautela, e depois Roma, que ainda estava ali, de braços cruzados.

— Tenha cuidado — sussurrou, antes que os três policiais se aproximassem e ela saísse correndo, sumindo em um piscar de olhos.

— Sob a jurisdição da...

— Sumam — interrompeu Roma, em russo. Os policiais não o compreenderam. Não precisavam. Apenas precisavam ouvir o idioma russo e fitar suas roupas para notar que aquele era o herdeiro dos Rosas Brancas. Então cerraram as mandíbulas e trocaram olhares breves. Então foram forçados a recuar sem dizer mais nada, correndo na direção que Benedikt e Marshall tomaram na esperança de que não haviam perdido por completo a chance de prendê-los.

— Juliette — disse Roma, quando os policiais desapareceram. — Você precisa se levantar.

Ela não conseguia. Não iria. Havia superado a raiva e a ira e chegado ao torpor. Ela havia alimentado o fogo em seu peito por tanto tempo que não percebeu o quão intensamente ardia, mas agora a chama havia se extinguido e ela descobriu que nada mais restara ali, exceto um espaço chamuscado, vazio, onde seu coração deveria estar.

— Por que deveria? — indagou — Larkspur nos enganou. Ele nos fez fazer seu trabalho sujo.

Com um suspiro, Roma se agachou, ficando na mesma altura que ela em seu estado caído.

— Juliette...

— Zhang Gutai nunca foi o culpado, e mesmo assim eu o *executei* — prosseguiu Juliette, mal dando ouvidos a Roma. — O que nós conseguimos? Apenas mais sangue...

— Não ouse — disse Roma. — Não ouse desmoronar agora, *dorogaya*.

Juliette ergueu a cabeça abruptamente. Seu fôlego ficou preso na garganta, fazendo todo o seu esôfago amargar. O que ele pensava que estava *fazendo*? Ela já estava nocauteada. Ele podia muito bem chutá-la algumas vezes apenas para assegurar-se de que estava morta.

— Eu atirei nele — disse Juliette, como se ele não tivesse visto a cena. — A sangue frio. Ele não estava me atacando. Ele implorou por sua vida.

— Nós assumimos um risco calculado para salvar milhões. Você atirou por Alisa. Pela ínfima chance de salvar a vida de uma inocente. Recomponha-se. *Agora*.

Juliette respirou fundo repetidamente. Quantas vezes mais conseguiria fazer aquilo? Quantos monstros fajutos seriam despedaçados com violência desmedida em sua busca pelo verdadeiro? Em que ela era *diferente* dos assassinos ocultos em sua cidade, os que ela tentava impedir?

Ela não percebeu que estava chorando até que as lágrimas acertassem sua mão. Não percebeu que as lágrimas haviam começado a escorrer por seu rosto com mais velocidade do que as batidas aceleradas de seu coração até que a postura rígida de Roma se suavizou e seus olhos duros ficaram preocupados.

Ele estendeu a mão para tocá-la.

— Não — disse Juliette com dificuldade, respiração falhando, erguendo uma das mãos para afastar os dedos dele com um tapa. — Eu não... preciso que sinta pena de mim.

Lentamente, Roma se agachou até que também estivesse ajoelhado.

— Não sinto pena. Você fez a escolha certa, Juliette.

— Nós caçamos o monstro para impedi-lo de trazer a devastação a esta cidade — Juliette estendeu as mãos ensanguentadas. — Mas isto... *isto* é monstruosidade.

Roma estendeu a mão novamente para tocá-la. Desta vez, Juliette não o impediu. Desta vez ele deslizou suavemente os polegares pelas bochechas dela para secar suas lágrimas e ela se apoiou nele, com a cabeça descansando sobre seu peito, que a envolveu em seus braços — familiares, estranhos, *perfeitamente encaixados*.

— Um monstro — disse, contra os cabelos da jovem — não sofre com o luto.

— Você sofreu? — indagou Juliette, quase inaudível. Ela não precisava explicar o que queria dizer. Ambos viram em suas mentes: a explosão, os danos, o sangue e as vidas e o vermelho ardente, muito ardente.

— Sofri — disse Roma, tão suavemente quanto ela. — Sofri por meses, *anos*, nos portões do cemitério. Mesmo assim, não me arrependo de ter escolhido você. Não importa o quanto você se ache cruel, seu coração bate por seu povo. Por isso você atirou nele. Por isso não perdeu essa chance. Não porque você é impiedosa, mas porque tem *esperança*.

Juliette ergueu o olhar. Se Roma se virasse para ela, mesmo que ligeiramente, estariam tocando os narizes.

— Eu lamento ter sido forçado a fazer essa escolha — prosseguiu Roma. Suas palavras eram lânguidas, sussurradas ao mundo enquanto as ruas rugiam com sirenes, o prédio ao lado deles fervilhava com o caos e policiais em cada esquina gritavam palavras de ordem. No entanto, Juliette o ouviu perfeitamente. — Eu odeio que a guerra de sangue tenha forçado minha mão, mas não posso... eu fiz o que eu precisava fazer e você pode pensar que sou um monstro por isso. A disputa segue ferindo e matando e, mesmo assim, eu não consegui parar de te amar mesmo quando pensei que te odiava.

Amar. Amava.

Odiava. Amar.

Juliette se afastou, mas apenas para olhá-lo nos olhos, e sua pulsação estava em um *crescendo*. Ele não recuou. Encontrou seu olhar, firme, inabalável.

Naquele momento, tudo que Juliette pensava era:

Por favor, por favor, por favor.

Por favor, não me despedace de novo.

— Então — prosseguiu Roma —, você não pode mais me enganar. Você é a mesma garota indomável pela qual eu daria minha vida para salvar. Eu escolhi acreditar em você. Agora é a sua vez de fazer uma escolha. Vai continuar lutando ou vai desabar?

Ela havia passado uma vida inteira fazendo ambos. Não conseguia distinguir bem as vezes em que estava lutando e as vezes em que mal conseguia se manter de pé, em escombros, seguindo em frente aos tropeços, passo a passo. Talvez as duas coisas fossem uma só.

— Me responda uma coisa primeiro — retrucou ela, com um sussurro.

Roma pareceu se preparar. Ele sabia. Sabia o que ela perguntaria.

— Você ainda me ama?

Os olhos de Roma se fecharam. Um longo momento passou. Parecia que Juliette não se fizera entender, que chegara a um abismo e julgou mal o salto, desaparecendo na fenda escura e sem fim...

— Você não me ouve quando eu falo? — respondeu ele, trêmulo, torcendo o lábio. — Eu te amo. Eu sempre te amei.

Juliette pensava que tinha o coração vazio, mas agora estava envolto por ouro. E parecia certo que seu coração funcionava, no fim das contas, pois agora estava explodindo, explodindo...

— Roma Montagov — disse ela, determinada.

Roma pareceu se assustar com seu tom de voz. Seus olhos ficaram arregalados, beirando a preocupação.

— O que foi?

— Eu vou te beijar agora.

Em uma faixa de gramado atrás de uma fortaleza Comunista, com um enxame de policiais de todas as concessões, abaixo dos fios de telefone cruzados e janelas de vidro cheias de sangue, Juliette estendeu a mão na direção de Roma. Tocou seu rosto com as duas mãos e moveu-se para encontrar seus lábios, beijando-o com toda a intensidade dos anos perdidos. Roma respondeu à altura, envolvendo-a pela cintura, abraçando-a — abraçando-a como se ela fosse preciosa, uma ninfa que se desprendera do vento.

— Me perdoe — disse ele, ofegante, quando se separaram. — Me perdoe, Juliette.

Ela estava cansada de ódio, de sangue e de vingança. Tudo o que queria era aquilo.

Juliette abraçou-o e pressionou o queixo no ombro de Roma, mantendo-o o mais perto que podia. Era uma reconciliação, uma volta para casa. Era sua mente sussurrando, *ah, aqui estamos de novo — finalmente.*

— Eu te perdoo — disse ela, suavemente. — E, quando isso acabar, quando o monstro estiver morto e esta cidade for nossa novamente, vamos ter uma conversinha.

Roma deu uma risada. Depois, beijou a lateral do pescoço dela.

— Ok. Por mim, tudo bem.

— No momento — Juliette o soltou e estendeu a mão — suponho que temos um monstro para encontrar.

Trinta e quatro

Uma chuva fraca começou a cair sobre a cidade. As pessoas nas ruas correram para se abrigar, com pressa para tirar suas barraquinhas de *bāozi* da calçada. Mandavam seus filhos entrarem depressa, antes que os céus desabassem... e antes que os bramidos ecoassem do sul.

Àquela altura todos já haviam ouvido os boatos. Uma Revolta Comunista começaria hoje, em Nanshi. Inicialmente, eles planejaram um levante gradual, fábrica após fábrica, cada uma seguindo o exemplo da outra em um preciso efeito dominó. Agora, tinham pressa. Souberam do assassinato de seu Secretário-Geral. Preocupavam-se com a existência de um assassino que mirava o Partido. Eles bradaram vingança e juraram se revoltar junto aos operários da cidade, de uma vez só, antes que qualquer outro segmento pudesse ser abatido.

A chuva cai. Em um terraço, cinco jovens gangsteres são alguns dos poucos pontos imóveis na cidade, imperturbados pelo clima cinzento. Eles se sentam dispersos nos ladrilhos de concreto — dois deles lado a lado, igualmente concentrados, outros dois mais próximos e a última fitando a cidade, com a face voltada para o vento, deixando as gotas de água molharem seus cabelos.

O sofrimento ferve dentro deles. Suas tentativas de salvar a garotinha loira que amavam no hospital podem ter, em vez disso, acelerado seu fim. Se o caos realmente explodir hoje, a morte virá logo em seguida.

Eles podem apenas rezar e rezar para que o boato seja só um boato. Eles podem apenas se apoiar na crença de que os sussurros naquela cidade sofrem mutações com mais velocidade que a doença e torcer para que, pelo menos uma vez, estejam corretos.

O vento sopra. Um pássaro grasna.

— Talvez devêssemos fugir. Os surtos certamente vão se espalhar por cada canto da cidade em algum momento.

— Para onde iríamos?

— Há pessoas chamando os Estados Unidos de *a terra dos sonhos*.

Um ruído irônico flutua até as nuvens. É um som que existe em incongruência com os resíduos de ansiedade que correm pelas artérias da cidade. É o único som que personifica o país em questão, de certa forma igualmente charmoso e terrível, igualmente desdenhoso e desprezível. *A terra dos sonhos*. Onde homens e mulheres de capuzes brancos rondam as ruas para matar pessoas negras. Onde leis escritas proíbem chineses de pisar nos litorais. Onde filhos de imigrantes são separados de suas mães na Ilha Ellis para nunca mais serem vistos.

Mesmo a terra dos sonhos precisa despertar às vezes. E, embora possa haver beleza por baixo da podridão de seu núcleo, embora seja grande, vasta e abundante, ocultando aqueles que desejam estar ocultos e realçando aqueles que desejam ser lembrados, continua sendo outro país.

— Este é o nosso lugar, Roma. Este sempre será nosso lugar.

A voz treme, mesmo com a certeza de tais palavras. Estão enganados. Estes herdeiros pensam que são reis e rainhas, sentados em um trono de ouro e dominando um império cintilante e próspero.

Mas não são. São criminosos — criminosos no topo de um império de ladrões, grandes narcotraficantes e cafetões, preparando-se para herdar uma coisa quebrada, precária, derrotada, que os vislumbra com tristeza.

Xangai sabe. Sempre soube.

O lugar todo está prestes a desabar.

— Estamos desperdiçando tempo nos escondendo aqui em cima — disse Marshall. Ele estava sentado, muito impaciente, se arrastando constantemente para a frente ou batendo com a ponta dos sapatos nos riscos no concreto.

— O que você queria que fizéssemos? — perguntou Juliette, inclinando ligeiramente a cabeça para trás. Ela resistiu ao impulso de se apoiar em Roma, somente porque isso pareceria um tanto pavoroso do ponto de vista de Kathleen. — Se Larkspur tem algum papel nisso tudo, já mudou de local desde nossa última visita e apagou todos os traços de sua existência. Se Larkspur não tem nada a ver com isso tudo e mentiu para nós sobre Zhang Gutai apenas para que o matássemos, então é isso — Juliette abriu as mãos. — Fim da linha.

— Impossível — balbuciou Kathleen. — Em uma cidade tão grande, como ninguém mais sabe de nada?

— Não é questão de alguém mais saber ou não — disse Benedikt. — É sobre o tempo que nos resta. Não podemos tirar Alisa dos aparelhos no hospital sem colocá-la em perigo. Também não podemos deixá-la ali quando a fábrica ao lado se revoltar.

— Eles podem não se revoltar por semanas — disse Marshall. — A quantidade de presentes nas reuniões ainda é baixa. Eles ainda não têm muita força.

Roma balançou negativamente a cabeça. O movimento fez seu corpo tremer.

— Eles ainda não têm muita força — disse —, mas todos os outros são muito fracos. Essa insanidade tomou a vida de muitos. Se não em corpo, em mente. Os que continuam vivos não permaneceram leais.

— É questão de tempo — disse Kathleen.

Benedikt suspirou com ferocidade.

— Isso não faz o menor *sentido*.

Marshall resmungou algo em voz baixa para ele, que sibilou algo de volta. Percebendo que as conversas haviam se dividido e que Kathleen estava perdida em pensamentos, Juliette esticou o pescoço na direção de Roma, estalando a língua para chamar-lhe a atenção.

— Daremos um jeito — disse Juliette quando Roma baixou-lhe o olhar. — Ela não está perdida.

— Não está, por enquanto — respondeu ele, com a voz baixa —, mas eles irão matá-la. Degolarão Alisa enquanto dorme. Ela morrerá da mesma forma que minha mãe.

Juliette ficou confusa. Ela ajeitou a postura, virando-se para encará-lo de forma adequada.

— Sua mãe faleceu por doença.

Uma gota de chuva caiu na bochecha de Roma. Ele a removeu, e foi como se houvesse secado uma lágrima. Quando seus olhares se encontraram, não havia dúvidas da parte de Roma, nenhuma perplexidade sobre por que Juliette acreditava que foi assim que aconteceu. Havia apenas uma delicada e estremecida... tristeza.

— Não foi? — indagou Juliette. Por um motivo desconhecido, a parte interna de seus pulsos começou a suar. — Como pode sua mãe ter sido degolada em razão de uma doença?

Roma balançou negativamente a cabeça e disse gentilmente, como uma carícia.

— Foi um ataque Escarlate, *dorogaya*.

Subitamente, Juliette não conseguia respirar. Sua visão foi invadida por terríveis pontos violetas. Sua mente ficou aérea. Foi necessário todo seu esforço para manter-se imóvel — para manter um semblante impassível.

— Mas a disputa de sangue é a disputa de sangue. Não pense muito nisso. Não se atormente. Não é culpa sua.

— Pensava que tivesse sido doença — disse Juliette, com muita dificuldade. — Eles disseram que foi por doença.

Lady Montagova havia falecido duas semanas depois que Juliette deixou Xangai. Duas semanas depois do ataque na casa Escarlate que matou todos os empregados.

Meu Deus. Meu Deus meu Deus meu Deus...

— Os Rosas Brancas apenas sustentaram essa versão para não mancharem sua reputação — disse Roma. — Ela foi encontrada com uma rosa vermelha enfiada à força em sua mão.

— Esperem aí!

A exclamação repentina veio de Benedikt, e Juliette voltou sua atenção para ele com um sobressalto, atraindo um olhar estranho de Roma. Ele pôs uma mão reconfortante em suas costas; todos os gestos do passado estavam sendo rememorados sem necessidade de uma reapresentação formal.

Mas Juliette mal percebeu. Sua mente estava a mil.

Você tem de contar a ele. Ele tem de saber.

Ele nunca me perdoará.

Juliette sacudiu a cabeça, limpando a mente. Aquela era uma questão a ser discutida posteriormente. Não adiantava nada pensar naquilo agora.

— O que Larkspur disse a vocês? — questionava agora Benedikt. — Digam para mim, exatamente com as mesmas palavras.

— Benedikt, nós já te contamos mais cedo...

— De novo — disse ele, com aspereza. — Tem algo muito familiar nisso.

Roma e Juliette trocaram um olhar de curiosidade.

— Ele disse: — respondeu Roma — *Zhang Gutai está se transformando em um monstro. Eu estou fabricando a vacina com os dados que ele me fornece.*

Com um gesto rápido como um foguete, Benedikt agarrou o ombro de Marshall.

— E antes disso?

— É meio irrelevante — respondeu Juliette, torcendo o nariz.

— Se você já me disse isso, *diga de novo*.

— Ele perguntou: *Vocês querem saber meu esquema com Zhang Gutai?* — respondeu Roma. — Benedikt, o que foi?

A expressão de Benedikt foi se fechando cada vez mais. Kathleen se aproximou, como se não fosse mais possível para os cinco ficarem dispersos no pequeno terraço — tinham de se aproximar mais e mais, fazendo um círculo para evitar que a informação entre eles escapasse.

— Quando estávamos vigiando o apartamento de Zhang Gutai — disse Benedikt, lentamente —, nós vimos estrangeiros falar com seu assistente pessoal, um após o outro. Tentavam discutir política, mas saíam em questão de minutos.

Uma grossa gota de chuva caiu em sua testa.

— Isso é sobre aquele francês que você perseguiu? — perguntou Marshall.

Benedikt anuiu.

— Eu tentei intimidá-lo para que me dissesse o que estava fazendo ali — disse ele —, mas ele apenas insistiu que o esquema dele com Zhang Gutai não era da minha conta. Na hora eu não estranhei muito, mas… — Benedikt franziu o cenho. — Por que ele falaria tão especificamente de seu esquema com Zhang Gutai se ele havia se encontrado com seu assistente?

Os fatos também começavam a se alinhar na cabeça de Juliette, um a um. *Talvez Larkspur tenha se enganado.*

— O assistente pessoal de Zhang Gutai — disse Juliette. — Será que, por acaso, ele também é o assistente profissional de Zhang Gutai no *Diário do Proletariado?*

— Sim, ele é — respondeu Kathleen, confiante. — Qi Ren. Ele é seu escrivão nas reuniões Comunistas. E também deve ser seu transcritor no trabalho.

A escrivaninha vazia com o memorando para Zhang Gutai. Os desenhos do monstro. A porta dos fundos que estremecia, como se alguém tivesse acabado de deixar a escrivaninha, sentindo a urgência da transformação, saindo às pressas para que ninguém pudesse ver...

Ela se recordou de Qi Ren tentando se apresentar como Zhang Gutai quando foi com Roma até sua porta. Recordou-se de sua resposta fácil, como se já estivesse habituado a fazer aquilo, como se seu trabalho fosse atender às reuniões com as quais Zhang Gutai não queria perder tempo. Como se estivesse acostumado a se passar por seu superior, agindo em seu nome perante os estrangeiros desinformados que vinham à porta solicitar reuniões.

— Talvez Larkspur não tenha mentido — disse Juliette, em voz baixa. — Talvez ele tenha *pensado* que estava dizendo a verdade ao revelar que Zhang Gutai era o monstro.

E isso significava que Zhang Gutai nunca fora o monstro de Xangai.

Era Qi Ren.

Sem aviso, o prédio sob seus pés tremeu com um forte solavanco. Os cinco ficaram alertas, preparando-se para um ataque. A princípio, nada aconteceu. Mas, quando os gritos começaram nas ruas abaixo e a sensação de calor soprou em meio à chuva, eles perceberam que algo estava muito, muito errado.

Sua posição estratégica no terraço permitiu que seu campo de visão se estendesse por mais duas ou três ruas em cada direção. Ao oeste, o fogo rugia no pátio de uma delegacia. Houve uma explosão — que causara o impacto sentido sob seus pés. Ela sacudiu todos os frágeis prédios da vizinhança, gerando uma fina camada de poeira e areia que desceu até a calçada.

Em meio à poeira, um jorro de *operários* entrava na delegacia como uma colônia de formigas, todos com trapos vermelhos amarrados no braço direito, tão brilhantes quando sinalizadores.

Aquela não era a farda elegante de um exército estrangeiro. Eram os trapos do povo, em um levante que vinha de dentro.

— Vai ser *aqui* — balbuciou Juliette, incrédula. — Os protestos terão início na própria cidade.

Foi genial. Haveria tumulto demais para que fosse possível acabar rapidamente com os protestos urbanos. O caos na cidade galvanizaria os que estavam na periferia e os incitaria a se revoltar com uma vontade revestida de aço, espalhando a destruição.

Está começando.

— O hospital — arquejou Roma. — Benedikt. Marshall. Vão para o hospital. Protejam Alisa.

Protejam-na até que eles possam matar o monstro.

— Vá para casa — Juliette ordenou a Kathleen. — Reúna todos os mensageiros. Mande-os avisarem os donos de fábricas para que fujam imediatamente.

Eles certamente já haviam sido avisados para ficarem alertas a um levante, avisados sobre as massas nas plenárias bradando por um fim do jugo dos mafiosos. Mas ninguém poderia imaginar que aquilo teria início com tamanha intensidade. Não esperavam todo esse vigor. Pagariam pelo erro de cálculo com suas cabeças.

Kathleen, Benedikt e Marshall saíram depressa, sem perder tempo. Apenas Roma e Juliette ficaram por mais um instante no terraço, cercados por fogo e confusão.

— Uma vez mais — prometeu Juliette. — Desta vez, faremos direito.

Trinta e cinco

Roma e Juliette irromperam pelas escadas até o apartamento de Zhang Gutai, onde Qi Ren estaria esperando. Em um dado momento, Juliette notou que havia sangue ainda úmido nas linhas entre seus dedos. Isso deixou impressões digitais no corrimão que ela tocava enquanto subiam lances e mais lances de escadas sem parar.

Quando chegaram à cobertura, Juliette parou bem em frente à porta de Zhang Gutai.

— Como faremos isso? — perguntou ela.

— Assim.

Roma derrubou a porta com um chute.

O apartamento de Zhang Gutai estava um caos. Ao adentrarem a sala, cautelosos, seus sapatos afundaram em água, o que fez Juliette arquejar de susto e Roma xingar. Os tacos de madeira estavam submersos por uma fonte de água corrente cujo barulho parecia vir da cozinha. A água subia até seus tornozelos e se elevava a cada segundo. Se não fosse pelo alto degrau da entrada, eles teriam inundado o resto do prédio assim que abriram a porta do apartamento.

Algo não estava se encaixando para Juliette. Ela se agachou e colocou a mão na água, franzindo o cenho assim que o frio penetrou em seus dedos. A água rodopiou e dançou, envolvendo-os. O movimento a fez lembrar do Huangpu, da maneira como a corrente sempre se move em uma dúzia de sentidos diferentes, carregando para longe o que quer que flutuasse em seu curso, carregando para longe todos os mortos que tombaram em suas margens. O confronto de gangsteres nos portos. Os russos em seu navio.

As primeiras vítimas de cada onda dos surtos, pensou Juliette, de repente. *Todas elas estavam próximas ao Rio Huangpu?*

— Juliette — chamou Roma, em voz baixa, atraindo sua atenção —, parece que houve uma briga.

Juliette ficou novamente de pé, sacudindo a água da mão. Avançando apartamento adentro, havia papéis espalhados por toda parte: panfletos finos de propaganda e planilhas de contabilidade mais grossas — números, letras e ideogramas, todos sangrando juntos na água. Enquanto circulava no entorno, Juliette fitou o balcão da cozinha, percebendo panelas e frigideiras viradas para baixo, não apenas flutuando na pia que transbordava, mas *amassadas* sobre as mesas, como se alguém houvesse pegado uma delas para bater repetidamente em algo.

— Onde ele está? — sussurrou Juliette. O estado do apartamento apenas aumentou sua confusão. Por que um idoso, um assistente de um Comunista, se transformaria em um monstro? Por que inundar o piso e amassar todo o equipamento de cozinha?

— Ele não está aqui — disse Roma. Seus olhos estavam fixos em algo atrás dela. — Mas outra pessoa está.

Juliette olhou para onde Roma apontava e viu o corpo caído no canto da sala de estar. Ela e Roma haviam se sentado ali uma vez, enquanto Qi Ren lhes servia chá. Agora as cadeiras estavam viradas e o rádio, em pedaços sobre o tapete, onde outro jovem estava jogado. Suas pernas estavam abertas em um estranho V sob a água enquanto suas costas estavam apoiadas contra a parede. Seu pescoço pendia tanto para a frente que a única coisa que se via era o topo de sua cabeça — cabelos loiros, emaranhados em sangue.

Os olhos de Juliette se arregalaram.

— Meu Deus. É Paul Dexter.

— Paul Dexter? — repetiu Roma. — O que ele veio fazer aqui?

— É isso que eu gostaria de saber — resmungou Juliette. Ela avançou depressa, afundando os joelhos na água rasa antes de sacudir vigorosamente os ombros de Paul. Havia um corte profundo em sua testa e o que pareciam ser quatro marcas de garras em seu pescoço, maculando sua pele pálida com sulcos vermelhos.

Juliette o sacudiu com mais força.

— Paul, Paul. Acorde.

Lentamente, as pálpebras de Paul se moveram. Na terceira vez que Juliette chamou seu nome, seus olhos finalmente se abriram completamente e focaram-se nela. Ele franziu o cenho.

— Senhorita Cai? — disse Paul, com voz arranhada. — O que está fazendo aqui?

— Responda você primeiro — respondeu Juliette, com ironia.

Paul tossiu. O ruído saiu chiado, como se Paul não tivesse nenhum líquido em sua garganta.

— Larkspur me enviou — disse ele, vagarosamente. Olhou ao redor, tateando o espaço a seu lado, e pareceu relaxar quando achou sua pasta de documentos, que estava flutuando na água.

— O que você está fazendo no chão? — indagou Roma.

Paul enrijeceu de repente, como se sua memória estivesse voltando aos poucos, ativada pela pergunta. Soltando um ganido baixinho, fez esforço para ajustar sua posição e se arrastar ao longo da parede, erguendo-se até que estivesse sentado de forma que pudesse colocar a pasta no colo.

— O monstro... — disse Paul, soltando o ar. — Ele me atacou.

— Atacou você *aqui*? — questionou Juliette. Ela ficou de pé e deu uma volta completa no próprio eixo, espalhando água enquanto vasculhava a sala de estar. — Onde ele está agora?

— Eu... Eu não sei — respondeu Paul. Ele abaixou os olhos enquanto abria sua pasta e verificava seu conteúdo. Colocou algo dentro de seu bolso.

— Droga, ele ainda pode estar aqui. Pode me ajudar a levantar, Senhorita Cai?

Com um olhar de relance para trás, observando o nível da água subir e ainda pensando que havia algo *errado* naquilo, Juliette estendeu a mão, reprimindo uma tirada arrogante sobre a imprestabilidade de Paul.

Foi um erro subestimá-lo. Quando a mão dele agarrou a sua e o jovem se levantou, ele puxou uma seringa com a outra mão. O braço de Juliette estava esticado por causa de seu esforço para puxá-lo... e então Paul enfiou uma agulha nas veias expostas da parte interna de seu cotovelo.

Juliette arquejou de susto; a agulha reluziu. Antes que pudesse puxar o braço, Paul pressionou o êmbolo da seringa, e o líquido azul penetrou sua corrente sanguínea.

Tarde demais, Juliette recuou em um salto, agarrando o cotovelo. Roma conseguiu pegá-la antes que caísse na água, perplexa.

— Ele te machucou? — questionou Roma.

— Não — respondeu Juliette. Ela removeu lentamente a mão da parte interna do cotovelo, percebendo um pontinho vermelho. — Ele me *vacinou*.

Paul então voltou à sua postura regular, jogando a seringa usada e toda a sua pose na água.

— Estou apenas tentando te ajudar, Juliette — disse ele. — Não quero que você morra. Eu te amo.

Juliette deu uma risada.

— Não, não ama — rosnou ela — Isso não é amor.

Paul lançou-lhes uma expressão fulminante. Ele apontou um dedo na direção de Roma, que ainda tinha Juliette nos braços.

— E isso, é? Amor manchado com o sangue de todos os seus mortos?

A respiração de Juliette ficou entalada na garganta. Não pelo insulto de Paul — ela mal ouvira suas palavras. Foi pelo grunhido baixo de sua voz e a súbita descoberta de onde ela havia escutado aquilo antes.

— Quer falar de meus mortos? — respondeu Juliette, fervendo por dentro. — Falemos então, *Larkspur*.

Roma estava perplexo. Paul apenas sorriu. Ele nem tentou negar. Em vez disso, inclinou a cabeça para o lado, de uma forma angelical e corrompida, e disse:

— Eu quis te contar, Juliette. Devo admitir, quando pensei nesta revelação vindo à tona, imaginei que ficaria mais impressionada do que parece estar agora.

— Impressionada? — repetiu Juliette. Talvez ela estivesse a três decibéis de gritar. — Que parte disso é *impressionante* para você?

— A parte em que eu tenho toda a cidade dançando como marionete nos meus cordéis? — Paul levou a mão ao bolso do casaco e Juliette ficou alerta, com as mãos descendo lentamente até sua pistola, mas ele estava apenas puxando outra ampola azul, segurando-a contra a luz. Ela refletia pequenos cristais nas paredes beges, marcas de lápis-lazúli dançando em pares. — A parte em que eu deflagro a solução para o sofrimento de meu pai? Diga-me, Juliette, não é o sonho de todo filho que os pais possam viver com a maior felicidade possível?

Juliette ergueu sua pistola. Medo e relutância estavam estampados na face de Roma e, embora Juliette tivesse plena consciência de que era perigoso provocar Paul antes que eles soubessem o que mais ele ocultava por baixo da manga, ela tinha muita raiva ardendo dentro de si para manter-se calma ao bel prazer de Paul.

— Todos os gangsteres e comerciantes que viraram alvos ao longo do rio — disse Juliette. — Pensava que a culpa era dos Comunistas. Pensei que eles estavam eliminando as ameaças capitalistas — ela riu com amargura. — Mas foi *você*. Foi você, para limpar o mercado a fim de que seu negócio prosperasse. Foi você, liquidando as ameaças para que Larkspur não pudesse ser questionado.

Paul abriu um sorriso cintilante, com fileiras de dentes brancos a reluzir.

— Brilhante, não é? E pensar que tudo isso começou quando encontrei um inseto pequenininho na Inglaterra.

— Seu tolo — vociferou Juliette. — Como ousa...

— Começou como um *favor* a esta cidade — cortou Paul. Seu olhar ganhava um ar sombrio. Ele estava começando a ficar ofendido com a raiva de Juliette. Nunca havia visto esse seu lado enfurecido. — Você não leu os jornais? Não ouviu os rumores? Todos estavam comentando sobre como as empreitadas capitalistas nesta cidade seriam ameaçadas se política de verdade começasse a vigorar em Xangai, e os Comunistas almejavam ser os desafiantes mais fortes. Eu ia ajudar. Queria matar os Comunistas. Você certamente não desaprova isso.

Juliette desaprovava totalmente. Todavia, não era hora de verbalizar tal argumento.

— Você queria infectar Zhang Gutai primeiro — adivinhou ela. Ela passou o olho pela sala, pelas cadeiras viradas, aguçando sua busca. Em vez de ver apenas uma seringa a seus pés, ela viu duas. De onde viera a segunda? Mais importante, para que fora usada? — Você não percebeu que estava falando com seu assistente.

— Mas não importou, não é mesmo? — Paul deu um passo à frente; Roma e Juliette, um passo para trás. — Pensei que o primeiro inseto simplesmente saltaria de um hospedeiro para outro e mataria os Comunistas individualmente. Imagine minha *surpresa* quando o velho se transformou em um *monstro*! Imagine minha surpresa quando ele se tornou o hospedeiro-mãe e liberou *milhares* de insetos clones capazes de levar todos nesta cidade à *loucura*!

Enfurecida, o braço de Juliette começou a tremer. Roma pôs uma das mãos no cotovelo dela, mas isso de nada adiantou para persuadi-la a abaixar sua arma.

— A água — sussurrou Juliette, meio perguntando, meio respondendo o que ela já sabia. Ela mexeu um dos pés, perturbando o líquido que subia de nível ao redor deles. Estava na metade de sua panturrilha. Paul queria matar os Comunistas, mas seu plano evoluiu quando o monstro surgiu no Rio Huangpu. Aquele rio era o coração pulsante da cidade; se uma infecção tivesse início ali, significava que os surtos varreriam os gangsters que trabalhavam nos portos e os comerciantes que se reuniam.

Eles sequer eram os verdadeiros *alvos*. Apenas calhou de serem os gangsteres e os comerciantes os que passavam a maior parte do tempo próximos ao Rio Huangpu, e era para lá que o monstro ia liberar seus insetos.

A cada onda, os negócios de Walter Dexter subitamente explodiam. Subitamente, Larkspur entrou na jogada com uma vacina que gerava mais lucro do que um comerciante comum jamais conseguiria imaginar. Uma vacina que operários não conseguiam comprar, mas compravam assim mesmo. Uma vacina que outros comerciantes *conseguiam* comprar, mas recebiam apenas uma solução salina que lhes daria uma falsa segurança e, depois, a morte, perecendo como moscas, deixando o caminho livre para que Walter Dexter brilhasse.

— Água — repetiu Paul. — Que auspicioso para a cidade sobre o mar.

Juliette não aguentava mais. Ela destravou a pistola.

— Você me dá nojo.

Paul deu outro passo à frente.

— Meu pai abriu mão de tudo para fazer fortuna nesta cidade.

— Ah, coitado, seu pai experimentou ser *pobre* por um dia — disse Juliette, com desdém. — Valeu a pena? A sensação de ser um comerciante bem-sucedido compensou as vidas de todo o meu povo?

Paul suspirou e contorceu as mãos, como se finalmente estivesse sentindo um pouco de culpa.

— Se desejar — disse ele, como se estivesse realizando um grandioso gesto, vindo da bondade de seu coração —, eu produzo a vacina em larga escala para a Sociedade Escarlate—

— Você não entende — interrompeu Juliette. — Eu não quero sua vacina. Quero o fim dos surtos. Quero o monstro morto.

Paul ficou imóvel, abaixando a sobrancelha erguida em uma expressão de esperança. Revelou o que sempre fora, deixando a máscara cair.

— Você se importaria se os surtos matassem apenas Rosas Brancas? — indagou Paul, friamente.

Juliette cuspiu em sua direção, veemente.

— Sim.

— Por causa dele, não é? — Paul apontou para Roma com o queixo. Dez mil alfinetadas de repulsa em um único gesto. — Bem, peço desculpas, Juliette, mas você não pode matar Qi Ren. Não vou permitir.

— Você não pode me impedir — disse Juliette. — Homens mais habilidosos tentaram e falharam. Diga, onde ele está, Paul?

Paul sorriu. Aquele sorriso era a danação da cidade, plantando rancor em seus estratos. E Juliette — Juliette sentia-se possuída pelo terror. Calafrios disparavam em cada centímetro de pele, um tremor que a varreu dos pés à cabeça.

A água no corredor do apartamento agitou-se baixinho. Alguém estava saindo dos quartos.

Roma e Juliette se viraram na direção do som. Uma inspiração trêmula preencheu a sala. Uma expiração ofegante.

Uma criatura emergiu à luz do sol, tremendo de esforço. Qi Ren estava ali em algum lugar. Juliette podia vê-lo nos ombros molengas e cansados e nos olhos constantemente estreitados, como se a vista do idoso tivesse sido transferida para aquela outra forma. Mas as semelhanças paravam por aí. Os olhos do monstro se tornaram inteiramente opacos, com um lustro prateado, e gosmentos, com a mesma textura de uma alga. Da cabeça aos pés, a coisa era feita de músculos fibrosos, azul-esverdeados, com escamas ao longo do peito e ventosas circulares ao longo dos braços.

Com um sibilar deplorável de seus flácidos e cinzentos lábios, o monstro emitiu um ruído que poderia ser interpretado como de dor. Ele pressionava a mão membranosa no estômago e se contorcia, com falta de ar. Os espinhos triangulares cravejados ao longo da espinha dorsal sacudiam vigorosamente. Segundos depois, todos eles desapareceram, retraindo-se para o *interior* do monstro e deixando buracos em formato de losango para trás.

Juliette sentiu Roma pegar sua mão. Ele a puxou, tentando fazê-la recuar.

— Não — disse Juliette, com a voz quase inaudível. — Não, ele só os libera no rio. Ele nunca antes soltou seus insetos fora do rio.

Não é?

Paul emitiu um ruído de deboche. Ele ouviu sua hesitação.

— Juliette, acontece que — Paul ajeitou os punhos da camisa — é um tanto irritante que Qi Ren tenha de voltar à forma original assim que os insetos são liberados. Então eu andei experimentando umas coisas. Eu fiz algumas... modificações, por assim dizer.

A segunda seringa.

Um inseto caiu da espinha do monstro. Depois outro. Eles saíam lentamente, como uma única gota d'água, rastejando-se ladeira abaixo em asfalto seco.

— Sejam livres! — comandou Paul. Ele abriu as portas de correr que davam na pequena sacada, deixando entrar uma lufada de vento e uma explosão de sons e, sem perder tempo, o monstro investiu na direção da sacada, batendo em tudo tão violentamente no caminho que lascou um pedaço da parede de gesso e derrubou cada uma das plantas que estavam nos vasos do lado de fora.

Enquanto se posicionava na beira da sacada, preparando-se para saltar, começou uma *chuva de insetos*.

— Não! — gritou Juliette, lançando-se à frente.

Era tarde demais. O monstro saltou da sacada e caiu na rua abaixo dela. Insetos choviam sem parar, pousando no solo e se dispersando. Uma infecção como aquela poderia ser colossal. Se o monstro percorresse a cidade, passasse pelas multidões — pelos *protestos* — àquela hora do dia, o número de vítimas seria devastador.

Juliette mirou com a pistola e atirou — de novo, e de novo, e de novo, na esperança de que aquilo pudesse matar o monstro ou que, *no mínimo*, o atrasasse — mas as balas ricocheteavam em suas costas como se ela tivesse atirado em aço. O monstro começou a se mover, a descer a rua, e sua velocidade aumentava em ritmo constante.

— Não adianta, Juliette.

Com um grito, Juliette deu meia-volta e atirou para dentro do apartamento. Furiosa, sua mira ampliou-se; Paul se esquivou e saiu da frente. A bala passou meramente de raspão em seu braço, mas ele contraiu-se de dor, apoiando-se na parede e pressionando a ferida com os dedos.

— Como o impedimos? — indagou Roma, em tom de comando. Ele atravessou toda a extensão da sala em dois tempos, agarrando Paul pelo colarinho e o sacudindo. — Como o *impedimos*?

— Não podem — disse Paul com aspereza, sorrindo de orelha a orelha. — E não podem *me* impedir — em um lampejo, ele agarrou o braço de Roma, torcendo-o até que ele o soltasse, sobressaltado. Paul se agachou e, embora Juliette tivesse mirado de novo para tentar atirar, ele era muito veloz.

Três balas cravaram a parede em uma linha reta. Paul Dexter recuperou rapidamente a pasta de documentos que estava na água, apertou-a contra o peito e fugiu pela porta do apartamento.

— Merda, merda — rosnou Roma. — Eu vou atrás dele.

— Não! — Juliette olhou pela sacada novamente, ofegante. — O monstro está indo para o leste. Acho que está voltando para o Rio Huangpu.

Se o monstro estivesse se dirigindo para o rio, então teria de atravessar a Concessão Francesa inteira antes. Juliette mal conseguia engolir o nó em sua garganta, uma amargura crescendo por trás de seu nariz, de seus olhos. O monstro teria de passar por todas as lojas abertas, por todas as criancinhas que comiam seus *dòu shā bāo* nos degraus das lojas. Ele teria de se misturar ao centro da cidade, aos grupos de estudantes que saiam de suas salas de aula para protestar, aos mais velhos que faziam suas rotineiras caminhadas da tarde.

Juliette agarrou a cortina da sacada, rasgando-a na altura de sua vara.

— Vá, Roma — exclamou ela. Chegue ao rio antes dele. Evacue as pessoas.

— E você?

Juliette torceu a cortina até que virasse uma firme corda, até que fosse uma faixa de tecido espessa o bastante para aguentar seu peso. Os protestos que rasgavam a cidade estavam em andamento, dispersos por diferentes áreas, indiferentes a qual país controlava as calçadas nas quais marchavam. Eles não saberiam que o monstro estava a caminho até que os insetos estivessem andando dentro de seus crânios.

— Eu preciso avisar a todos em seu caminho para se trancarem em casa — ofegou Juliette. Ela foi para a sacada, esmagando os vasos quebrados com os sapatos. Ela olhou para trás. — Te encontro no Bund.

Roma assentiu. Parecia que ele queria dizer algo mais, mas o tempo era crucial, então ele simplesmente se decidiu por um olhar que deu a Juliette a sensação de estar sendo suavemente abraçada. Então ele se virou e saiu correndo do apartamento.

Juliette rangeu os dentes.

— Tudo bem. Vamos lá.

Seus olhos pousaram no cano que descia pela parede exterior, bem na borda da sacada. Ela subiu no parapeito e se apoiou na parede para se equilibrar, lançando o olhar para a rua a cada segundo para acompanhar o monstro rumo ao leste. Ele desapareceria pela rua extensa em meros segundos. Ela tinha de se apressar.

— Por favor, não quebre — rezou ela, passando uma ponta da cortina entre o cano e a parede. — Por favor, por favor, por favor — ela puxou a outra ponta e, com as duas pontas da cortina enroladas no cano, ela segurou o tecido como se estivesse dando um nó.

Juliette saltou da sacada. A queda foi rápida e turbulenta; quando ela aterrissou na rua, a cortina quase havia se rasgado em duas devido ao atrito, mas aquilo não importava — ela partiu em disparada, com a pistola apontada para o alto.

— Para dentro, para dentro! — gritava. Ela atirou, assustando quem não estava perto o bastante para ouvir seu comando. Na hora em que corria para alcançar o monstro, o caos já havia deixado um rastro de destruição, com insetos subindo nas barraquinhas da rua e civis enfiando as unhas no pescoço. Outros, os que não haviam sido infectados, apenas ficavam parados, incapazes de acreditar no cenário que haviam testemunhado em plena luz do dia.

— Andem! — gritou Juliette — Mexam-se!

Quem estava imóvel saiu do transe e foi às pressas para dentro. Juliette continuou gritando, sem parar de se mover, com os pulmões queimando tanto pelo esforço quanto pelos berros. Sempre em frente, ela persistia. Ainda assim, não importava o quão rápido corresse, ela não conseguia alcançar o monstro desajeitado.

Totalmente apavorada, ela o viu entrar na parte chinesa da cidade. Ela o viu investir contra a multidão que estava reunida ali, o viu penetrar as aglomerações de manifestantes tão rapidamente que nenhum deles se deu conta do que estava acontecendo até que os primeiros infectados pelos insetos começaram a cair. Então pararam de agitar os punhos. Então olharam em volta, perceberam Juliette chegando, balançando freneticamente os braços e, se não fosse tarde demais, finalmente se dispersaram, buscando abrigo.

Aquela cidade era maior que um mundo dentro de si mesmo. Não importava o volume dos gritos de Juliette, as pessoas que estavam uma rua depois estariam alheias ao pânico até que os insetos as alcançassem, se entocando em suas cabeças. Não importava o quanto gritasse, a multidão que erguia seus trapos vermelhos não se importaria até que o monstro passasse por eles e suas mãos fossem até seus pescoços. Eles cairiam — um por um por um. Estavam lutando por seu direito de viver, mas aquela cidade sequer lhes prometera o direito de *sobreviver*.

Elas eram *muitas*. Muitas multidões nas ruas, maldição!

— Por favor! — gritava Juliette. Ela atravessou para a próxima rua rapidamente, quase derrapando nos trilhos do bonde. — Para dentro! Não é hora disso!

Os manifestantes não lhe deram atenção. Mafiosos ricos sempre tentariam lhes dizer que não era hora — por que agora seria diferente? Por que deveriam ouvir?

Juliette não podia culpá-los. Ainda assim, isso os levaria à morte. Isso resultaria em uma calçada repleta de corpos, empilhados uns sobre os outros, manchando a cidade inteira de vermelho.

O monstro subia a outra rua, sumindo rapidamente de vista. Se eles apenas olhassem, se apenas dessem alguns passos à frente e olhassem, os manifestantes veriam o rastro de destruição, os corpos se contorcendo e os corpos em frenesi, os corpos fugindo às pressas e pisoteando os corpos caídos.

Juliette fechou as mãos com força, apertando a arma. Ela engoliu o choro enlouquecedor que ameaçou surgir e pigarreou para afugentar a rouquidão. Então, ela atirou para o alto mais uma vez e voltou a correr atrás do monstro.

Parecia uma causa perdida.

Porém, fosse como fosse, ela ainda precisava tentar.

Roma roubou um carro.

Para ser justa, ele realmente não teve escolha. E, quando o herdeiro dos Rosas Brancas marcha em sua direção com uma pistola na mão, mandando você sair do carro, não importa qual cargo importante você ocupa no Conselho Administrativo Municipal — você sai da merda do carro.

— Mais rápido — disse ele ao chofer. — Eu falo sério, o mais rápido que puder...

— Você quer que eu passe por cima das pessoas? — indagou o motorista. — É isso que você quer?

Roma esticou o braço. Pressionou a buzina e não soltou. Os agrupamentos de manifestantes pelos quais passavam foram forçados a se dispersar, a menos que quisessem ser atropelados.

— *Dirija!*

Eles rasgaram a Concessão, pegando a rota mais direta possível. Era difícil mensurar quanto tempo havia se passado, o quão velozes eram em comparação ao monstro que corria. Ele não sabia se Juliette estava conseguindo acompanhar.

Contudo, o caos estava começando.

Fora da janela do carro, se não havia grupos de proletários revoltados com trapos vermelhos amarrados nos braços, havia civis comuns que tentavam conseguir uma refeição antes que a cidade inteira estivesse tomada pelos Comunistas. Mesmo assim, para qualquer lado que Roma olhasse, havia pessoas se movendo depressa, correndo até seus entes queridos e dizendo para se apressarem, conduzindo crianças para esquinas e espiando por cima dos ombros, saboreando a amarga aspereza no ar. A aspereza que alertava do desastre a caminho.

— Ali, ali — disse Roma, rapidamente. Bem no limite do Bund. Entre na pista.

O carro parou em frente a um banco estrangeiro e Roma saltou, vasculhando o cenário diante de si para achar algum sinal do monstro. Ele não havia chegado ali ainda. Nem os manifestantes.

Ótimo.

Roma apontou a pistola para o alto. Atirou: três balas em sequência.

— Vamos evacuar o local! — anunciou ele quando os trabalhadores perto da água o fitaram, quando os pescadores recolheram suas redes, quando os homens que mastigavam palitos de dente no leme de seus navios o encararam. — Saiam *agora* se quiserem viver. Vão para o norte!

— Ei, qual é, chega de gritaria! — Um Rosa Branca se debruçou no parapeito de seu navio. — Mas será possível que...

Roma apontou a arma, com um nó apertado no estômago. Ele atirou e, quando a bala cravejou o ombro do Rosa Branca, ele pôde apenas cuspir seu palito, boquiaberto. Roma nunca errava.

— Estou falando sério — disse ele, friamente. — Vá para o hospital. Todos os demais, *circulando*, ou eu vou mandar vocês à força para o hospital também.

Eles saíram depressa. Roma desejou que fossem mais rápidos. Desejou que não tivesse sido necessário ameaçá-los para que lhe obedecessem.

Um grito ecoou pelo Bund.

Roma se virou, erguendo a arma imediatamente.

— Entrem nos prédios! — rugiu ele. Todas as damas que passeavam no Bund, as estrangeiras com sombrinhas, o fitaram com olhos arregalados e assustados, mas não hesitaram. O grito era um sinal de ameaça real. O tom de Roma era a confirmação de que algo estava vindo. As multidões correram para longe da água. Roma vasculhou tudo de onde estava — olhos escaneando as diversas ruas que davam no Bund, tensos com a possibilidade de avistar o monstro.

— Andem! Andem!

Juliette. Ele reconheceria sua voz em qualquer lugar. Ela vinha da estrada distante.

Roma correu, disparando direto para a estrada e fazendo sinal para que os carros dessem marcha à ré. Não importava que buzinassem e quase o atropelassem. Ele brandiu a arma e aqueles que estavam na frente imediatamente tentaram voltar com um ruído alto de seus motores, criando um bloqueio quando os carros de trás tentaram avançar.

Satisfeito com o congestionamento, Roma voltou sua atenção a outro lugar. Havia apenas uma estrada entre a água e a entrada da rua que a cruzava — uma estrada e um cais longo, dependendo de qual direção o monstro queria seguir, dependendo se mergulharia nas águas rasas onde os barcos dos pescadores estavam ancorados, ou se desceria o cais para o fundo do rio. Roma voltou, parando no começo do cais. Descendo a rua, um borrão de movimento veio acelerado pelas linhas do bonde, espalhando pontos pretos onde quer que fosse.

O monstro.

— Ok — balbuciou ele. Preparou a arma. Mirou. Mesmo que balas não penetrassem suas costas, a parte frontal ainda era mole assim como a dos humanos. — Basta.

Roma puxou o gatilho.

A arma deu um coice... mas nada saiu dela.

Ele não tinha mais balas.

— Merda!

Roma jogou a arma fora, colocando a mão no casaco para pegar a reserva. A seu lado, um lampejo de movimento. Antes que pudesse pegar qualquer coisa, Roma virou-se bem na hora de ver Paul Dexter com a pistola apontada.

Por puro instinto, Roma se agachou velozmente, mal se esquivando de uma bala na cabeça. Ele pressionou as palmas das mãos no chão duro, observando o entorno.

— Desista — sibilou Paul. Em uma das mãos empunhava uma arma e na outra, sua pasta.

Roma não lhe obedeceu. Ele pegou o objeto mais próximo de si — uma caixa de madeira — e a arremessou, mirando bem no rosto. Com um ganido, Paul se viu forçado a derrubar a pasta, forçado a quase afrouxar a empunhadura da pistola. Quando se recuperou, Roma já havia enfiado a mão no paletó e sacado a segunda arma.

O dedo de Roma pairava no gatilho. Ele teria atirado em Paul ali mesmo se a terra não tivesse começado a tremer. Se o mundo ao redor não tivesse começado a se encher subitamente com uma inundação de pontinhos mortais investindo contra ele em massa.

— Não — sussurrou Roma.

O monstro havia chegado.

— Andem! Andem!

Ofegante, Juliette derrubou uma mulher, salvando-a bem na hora de um arco de insetos que subia por sua carrocinha de comida. Um grupo de pessoas a menos de três passos de distância caiu em uníssono. A mulher choramingou, com olhos arregalados.

— Fique aqui — ordenou Juliette. — Fique agachada, não tire os olhos do chão e *saia* quando vir os insetos, entendeu?

A mulher assentiu, com um gesto vacilante. Juliette se ergueu em um salto, voltando a procurar pelo monstro. Eles já se aproximavam do Rio Huangpu, da destruição final que marcava o fim de uma trilha sangrenta, horripilante — ou pelo menos Juliette esperava que fosse o final. O Bund estava logo à frente, na próxima interseção.

— *Não*. Os olhos de Juliette se fixaram em duas pessoas bem perto da água, em combate corpo a corpo. Seus olhos viram o monstro, viram seus insetos, que iam na direção de qualquer vítima que encontrassem.

— Roma! — gritou ela.

Roma deu meia-volta, os olhos arregalados. Ele agiu imediatamente, se jogando para longe do monstro que investia sobre o cais, evitando um punhado de insetos que caíram no chão e passaram pelos sapatos de Paul antes de se dispersarem. Paul nem precisou se mover. Era imune.

Juliette presumiu que aquela era a razão pela qual ele não ficou nem um pouco preocupado quando o monstro mergulhou na água.

Um *splash* alto, muito alto, ecoou pelo quase silencioso Bund.

Ela não devia ter pedido a Roma para chegar ao rio primeiro. Devia ter trocado de função com ele.

— Roma, corra! — gritou ela, indo na direção dele o mais rápido que podia. — Ele vai...

Uma erupção. Assim que Juliette finalmente chegou no cais, a água se espalhou por todo o lado com pontos pretos, subindo cerca de três metros antes de descer sobre os portos. Os insetos andavam por toda a parte, caçando qualquer cantinho em que pudessem se entocar, qualquer superfície em que pudessem se fixar. Eles choviam — em Paul, em Juliette, em Roma.

Juliette nunca teve tanto nojo em toda a sua vida. Centenas de patas rastejavam sobre ela, se entocando nas aberturas de suas roupas e mordiscando seus poros para checar onde haviam caído. Sua pele nunca havia coçado com tamanha intensidade; ela nunca vivenciara tamanha repugnância, a ponto de querer vomitar com a sensação.

Mas os insetos, mesmo enquanto pousavam sobre ela, deslizavam para fora em questão de segundos. Os insetos caíam junto à água e planavam logo para fora dos braços que Juliette e Paul levantaram para se proteger, pois a vacina corria azul em suas veias, repelindo o ataque.

O final da erupção atingiu o chão. O ar ficou limpo. Os insetos foram embora pela calçada.

Juliette, com um arquejo desesperado, abaixou os braços.

— *Roma* — gritou.

Trinta e seis

Roma lançou as mãos ao pescoço.

Trinta e sete

A insanidade não acometia tão rápido as vítimas comuns, infectadas por apenas um inseto. Um se tornaria dez com o tempo, e dez se tornariam cem, até que um número suficiente tivesse se multiplicado dentro da vítima e assumido o controle. Mas Roma — Roma recebia todos de uma vez só, e de uma vez só eles estavam sobrepujando seus nervos, comandando-o a jorrar sangue.

Juliette tirou furiosamente uns poucos insetos teimosos de seu braço e empunhou firmemente sua pistola. Havia apenas um jeito de salvá-lo, apenas um jeito de acabar com tudo aquilo. Ela correu até o final do cais e procurou pelo monstro, não pensando em mais nada além de *encontrar* a coisa desgraçada e…

Ela devia ter prestado mais atenção ao perigo na retaguarda.

Sua cabeça colidiu com as placas de madeira do cais.

— Eu realmente não posso deixar você fazer isso, Juliette — grunhiu Paul. — Por que nós simplesmente não…

Antes que Juliette pudesse recolher suas coisas, pudesse ao menos pensar em se levantar e mirar novamente, Paul deu um chute forte em seu estômago. Juliette caiu do cais principal, e seu corpo inteiro bateu na plataforma menor abaixo, que flutuava logo acima da água. Seus pulmões se agitaram. Com um esforço absurdo, ela tentou erguer sua arma, tentou lutar contra a tontura, mas então Paul saltou e aterrissou de pé ao seu lado, chutando a arma de suas mãos e fazendo-a baquear de um modo patético.

— Sinto muito, Juliette.

Ele agarrou um punhado do cabelo dela e enfiou sua cabeça na água.

Juliette quase arquejou, mas abrir a boca faria com que engolisse a água suja, então manteve os lábios cerrados firmemente. Lutou para se desvencilhar de Paul, fazendo força para manter os olhos abertos mesmo quando a água rodopiava com o horrendo tom preto dos insetos submersos. Paul era muito mais forte do que sua fisionomia esguia transparecia. Os dedos em sua cabeça eram garras de aço.

— É por uma boa causa — Juliette mal conseguia ouvi-lo, embora ele estivesse ajoelhado a seu lado. Seus ouvidos estavam obstruídos pela água, com insetos impiedosos. — Eu não quero te machucar, Juliette, mas você não me deu outra escolha. Eu tentei te *salvar*, Juliette. Tentei mesmo.

Juliette se debatia e dava coices, cada vez mais fortes, sem efeito. Ela devia ter atirado em Paul quando teve a chance. Ele não apenas tentava matá-la agora, mas tentava fazê-lo *lentamente*, para que ela morresse sabendo que Roma podia ter sido salvo. Para que ela morresse sabendo que falhou. Roma era forte, mas não conseguiria se controlar para sempre.

Talvez ele tenha sucumbido, cravando os dedos no pescoço. Talvez ele já estivesse morto.

Seu esforço era inútil. A ampola azul de Paul a salvara da morte pela insanidade. Agora, Paul decidiu que ela deveria mesmo ser descartada, em uma cova aquática.

A ampola azul, Juliette lembrou-se repentinamente. Paul tinha outra no bolso de seu casaco. E se ele tinha uma ampola azul ali, será que havia chance de ele ter, também, outra seringa?

Juliette esticou a mão, tateando às cegas em busca da barra do casaco de Paul. A facilidade com que ela a encontrou era quase risível — a facilidade com que sua mão entrou bem na grande cavidade de seu bolso.

Frenética, no último fôlego dos pulmões, Juliette puxou a seringa para fora e a espetou no pulso de Paul.

Com um rugido, Paul afrouxou a mão, flexionando-a com a dor. Juliette sentou-se rapidamente, puxando o ar aos arquejos, mal parando para se recompor, mal parando para olhar para o cais e chorar por ver Roma lutando contra as próprias mãos enquanto elas se enterravam em sua garganta. Ela estava se erguendo sobre os joelhos com dificuldade, mergulhando sobre Paul antes que ele pudesse recuperar sua arma, prendendo-o pela cintura e jogando ambos na água.

O rio a atingiu com força, mas agora era Juliette quem estava no controle. Era Juliette quem estava por cima de Paul enquanto ambos afundavam, com um de seus braços ao redor da cintura dele, o outro segurando firme seu pulso. Enquanto a espuma ao redor deles se dissipava, enquanto os olhos de Paul se abriam bruscamente para enxergar Juliette diante de si como um semideus vingativo, ela tomou a arma de sua mão.

Não, ele pensou. Havia completo horror em sua expressão. *Juliette*.

Ela chutou o peito dele; ele recuou, agitando-se. Ela envolveu a arma com as duas mãos, apontou para a testa dele e, à queima-roupa, puxou o gatilho.

A água abafou a maior parte do barulho. A água não abafou o sangue.

Paul Dexter encontrou a morte com três olhos abertos — o terceiro era um choroso buraco de bala. A água ficou vermelha e Juliette nadou para cima, tossindo quando chegou à superfície, com olhar feroz enquanto procurava o próximo alvo do dia.

Ela encontrou o monstro imediatamente, porque ele já havia retornado ao cais principal.

Todavia, não era mais um monstro. Estava voltando à forma original; o processo estava incompleto. Seu rosto já havia voltado, mas a metade inferior de seu corpo ainda estava estranha, modificada e verde, e, quando o velho se ajoelhou ali, parecia que já havia desistido.

Juliette subiu na plataforma menor. Então, com a pistola nas mãos, voltou ao cais.

— Qi, Ren — chamou ela.

O monstro apático de Xangai virou-se para encará-la. O velho também tinha o horror maculando seu semblante cansado, mas um tipo diferente daquele que paralisara Paul em seus momentos finais. Aquele era um horror a si mesmo — a tudo que fora forçado a fazer e a tudo do que queria se livrar. Ele assentiu com a cabeça para ela. Juliette apontou a pistola. Suas mãos tremiam.

— Sinto muito — disse ela.

Novamente, puxou o gatilho.

A bala acertou seu coração. O tiro foi tão alto quanto a explosão do fim do mundo.

Em contrapartida, o suspiro de Qi Ren foi suave. Sua mão foi cuidadosamente ao peito, como se a bala não fosse nada além de uma saudação sincera. Filetes de vermelho escorriam por seus dedos até o cais, tingindo seu entorno com uma coloração intensa.

Juliette chegou mais perto. Qi Ren havia ficado imóvel, mas não tombou. Algo estava acontecendo dentro dele. Algo estava *se movendo*.

Uma protuberância apareceu em seu pulso esquerdo. Juliette a viu migrar das veias para o antebraço do velho, até o espaço rígido entre o pescoço e o ombro. De repente, seu pomo-de-adão ficou do tamanho de uma maçã, forçando passagem contra a pele fina, cheia de vasos capilares.

A garganta de Qi Ren se abriu no meio. Simples assim, como se uma faca tivesse feito uma incisão, as abas de sua pele se escancararam e deflagraram um caos de sangue rubro enegrecido. Qi Ren caiu imediatamente. De sua garganta, um inseto tão grande quando o punho de Juliette voou para fora, se desprendendo das veias e dos tendões dos quais dependia.

Gritando, Juliette atirou — uma, duas, três vezes. Sua mente estava entrando em parafuso, seus instintos mais básicos tremiam violentamente. Ela errou duas de suas balas; uma acertou o inseto de raspão, fazendo-o cair de cabeça no cais. Por um instante, seu corpo circular e achatado correu pela superfície de madeira atrás de alguma coisa — qualquer coisa — em que pudesse se prender, dúzias de pequenas patas que lembravam cabelos microscópicos desesperados para encontrar um corpo. Então, o inseto ficou imóvel e, quando finalmente parou de se contorcer, os outros insetos na água fizeram o mesmo.

Ela conseguia sentir a mudança. Parecia que o véu da morte havia sido retirado da cidade.

— Acabou — sussurrou Juliette. — Finalmente acabou.

Ela se virou lentamente. Procurou por um sinal de vida na outra ponta do cais.

— Roma?

Ela estava com muito medo de que ele não respondesse, com muito medo de se deparar apenas com o silêncio. Ela estava com muito medo de não o encontrar em lugar nenhum, de que ele tivesse sido levado há muito pelas águas que pintaram a cidade de vermelho.

Mas então seus olhos pousaram onde ele havia estado, o encontraram em posição fetal contra um carro parado no meio da larga estrada. Lentamente, ele retirou as mãos da garganta. Sangue escorria de seu pescoço.

Ela correu até ele, jogando a pistola fora. Ela mal podia respirar, mesmo quando suas mãos encontraram os ombros dele, agarrando-o com força para se assegurar de que ele era real, de que aquilo diante dela era a verdade, não a alucinação de uma mente quebrada.

— Estou bem — disse Roma, com a voz trêmula.

Ele quase chegou às vias de fato. Dez punções marcavam seu pescoço, profundas o bastante para deixar à mostra seu interior vermelho.

Mas ele estava vivo.

Juliette o puxou com força, travando ambos em um abraço.

— O monstro está morto — sussurrou ela.

Então por que ela ainda se sentia vazia? Por que sentia que o trabalho deles não havia acabado?

— Paul te machucou? — perguntou Roma. Ele afastou Juliette e passou os olhos por ela para ver se estava ferida, como se suas próprias mãos não estivessem mais cobertas de sangue.

Juliette sacudiu a cabeça negativamente e Roma suspirou de alívio. Ele olhou para a água, onde o corpo de Paul flutuava naquelas ondas verde-acinzentadas.

— Ele achava que te amava.

— Não era amor — sussurrou Juliette.

Roma deu um beijo em sua têmpora, fechando os olhos contra os cabelos molhados da jovem.

— Vamos — disse ele. — Vamos despertar Alisa.

Trinta e oito

Um por um, os insetos se desprenderam de Alisa Montagova. Eles se contorceram e chiaram quando o hospedeiro-mãe sangrou até a morte, rangendo os dentes microscópicos. Quando o coração que dava vida a todos parou de bater, eles também foram forçados à morte agonizante, soltando-se dos tecidos a que se agarravam, desprendendo as mandíbulas dos nervos que haviam selecionado. Em seus últimos momentos, começaram a emergir. Ao contrário de seu único objetivo, que outrora fora se enterrar bem fundo, os insetos agora tentavam se desentocar desesperadamente, debatendo-se sem parar em um emaranhado de cabelo loiro e fino, antes de, por fim, morrerem e caírem sobre o tecido branco das roupas de cama do hospital.

Com um arquejo, Alisa despertou. Ela se levantou em um salto, ofegante, ansiando por ar fresco — tossindo e tossindo até que o tubo que lhe dava suporte vital foi expelido com força de sua garganta. Ela se erguera de forma a espalhar para todo lado a dúzia de carcaças de artrópodes que estava na fronha, já murchando em morte. Ela não ousou se mover mais do que aquilo. Inspirou intensamente e prendeu a respiração nos pulmões desta vez, com olhos quase vesgos na tentativa de fitar o cano da arma que estava apontada para sua testa.

— Está tudo bem, Alisa — sibilou alguém no canto da sala. Ela dirigiu o olhar na direção da voz. Isso aumentou seu pânico ao invés de acalmá-la: ela viu Benedikt, seu primo, com as mãos para o alto e duas armas apontadas para ele, e Marshall Seo em um apuro similar perto da porta.

— Bem-vinda de volta ao mundo, Alisa Montagova — disse Tyler Cai. Ele pressionou a boca da arma em sua pele. — Sinto muito que tenha de ser dessa forma.

As ruas da cidade permaneciam um barulhento desfile de desordem enquanto Roma e Juliette passavam. Para todo lugar que Juliette olhava, via os cadáveres de quem estava no rastro de destruição do monstro. Ela viu caos político — manifestantes ainda tentavam se fazer ouvir, mesmo quando seus camaradas proletários jaziam mortos nas ruas. Em sua pressa, ela perdeu a conta de quantas vezes colidiu com um manifestante, de quantas vezes quase foi atingida por suas tochas flamejantes ou faixas de protesto soprando ao vento.

Entretanto, quando Roma e Juliette correram até a divisa de Nanshi, estava tudo silencioso.

— Nós pegamos o caminho errado? — sussurrou Juliette.

— Não — disse Roma. — É aqui mesmo.

As grandes fábricas haviam assumido uma forma muda, discreta. As estradas estavam vazias, sem puxadores de riquixás, sem vendedores, sem nem mesmo os fracos ruídos de crianças correndo a esmo.

Aquilo era esperado — mas, na ausência do barulho habitual, eles esperavam um pandemônio, não *quietude*.

— Os protestos ainda não começaram aqui?

— Suponho que, se não começaram, é bom para nós — disse Juliette, hesitante. — Onde fica o hospital?

Roma apontou. Eles correram. No hospital, enquanto subia apressada as escadas com passos firmes de seus saltos, Juliette sentia as panturrilhas latejando e os dentes batendo. A ansiedade que percorria seus membros não tinha outro lugar para ir.

— Olá? — chamou Roma, abrindo as portas duplas. Não havia ninguém na recepção. Nenhum enfermeiro, nenhum médico.

— Escute, Roma — sussurrou Juliette. Eles ficaram imóveis, sob a pintura descascada de um arco que dava no corredor estreito. Um rangido de sapato. Um murmúrio baixinho.

Um grito de raiva.

— Me *solte*...

— É o Marshall — disse Roma. Ele desatou a correr. — Marshall!

— Espere, Roma — disparou Juliette. — Roma!

Ela correu atrás dele, segurando a pistola, com o dedo no gatilho. Contudo, no instante em que chegou, com a arma em riste e mirada, era tarde demais para conseguir uma vantagem. Roma já havia derrapado para dentro do cômodo e caído em uma emboscada, forçado a colocar as mãos na cabeça enquanto três Escarlates apontavam suas armas para ele.

— Veja só isso — Tyler estalou a língua. Alisa choramingou. — De uma vez só, todos os peixes grandes vieram nadando.

— Tyler — sibilou Juliette.

Tyler balançou a cabeça negativamente antes que ela pudesse dizer algo mais. Cada movimento que dele emanava era um lento instante de fúria cuidadosamente contida — exceto por seu braço, mais firme do que nunca enquanto mantinha sua arma apontada para Alisa.

— Diga-me, *tángjiě*. Em quem você está mirando agora?

Juliette não sabia. Ela apontou a arma por apontar, para ter algo a fazer se as coisas dessem errado, mas ela supôs que já haviam dado, e estavam dando errado há muito, muito tempo. Lentamente, Juliette abaixou a arma, com as mãos trêmulas.

Os Escarlates no quarto a fitavam com desdém. Ela entendeu o que houvera. Tyler havia descoberto a verdade sobre sua aliança com os Rosas Brancas e veio concretizar sua vingança. Ele havia colocado os Escarlates contra ela, pintado uma gravura de sua traição. Os olhos daqueles homens oscilavam entre ela e Roma e, naquele momento, com clareza surpreendente, Juliette percebeu seu erro. Fora sua culpa, por acreditar. Por ter esperança.

Um amor como o deles nunca sobreviveria em uma cidade dividida pelo ódio.

Aquilo seria a morte de todos eles.

A menos que Juliette pudesse salvá-los.

Respire. Ela não era simplesmente a herdeira que voltara do Ocidente, uma caricatura perfeita para seus rumores, perfeita para ser pintada como facilmente influenciável, facilmente manipulável, com as cordas do coração abertas para serem puxadas a qualquer instante.

Sorria. Ela era um monstro por mérito próprio.

— O que você pensa que está fazendo? — indagou Juliette. Sua voz saiu normalmente, beirando a indiferença.

— Punindo sua falta de discernimento. Você nos traiu, Juliette. Nos fez retroceder quilômetros nesta disputa — Tyler balançou negativamente a cabeça. — Eu vou consertar isso. Não se preocupe.

Seu dedo retesou-se no gatilho.

— *Pare* — disparou Juliette. — Seu completo idiota. Você acha que eu o traí? Acha que está nos fazendo um favor matando todos os Montagoves? É um *truque*, Tyler. Tudo o que você convocará com suas mortes é retaliação sobre nossa família.

Tyler deu uma gargalhada ríspida.

— Não tente sair dessa me enganando...

— Eu falo a verdade...

— Mas você sempre foi uma mentirosa.

Então, um tiro súbito ecoou pela sala, extraindo um grito apavorado da garganta de Juliette. Mas não partira da arma de Tyler. Partira da pistola que

Marshall repentinamente tomou do Escarlate mais próximo de si, virando-a contra seu dono. O Escarlate foi ao chão. Marshall projetou-se para a frente — na esperança de salvar Alisa, na esperança de que um tiro desesperado tirasse Tyler do caminho.

E então Tyler apontou a pistola e atirou primeiro. Marshall tombou. Suas mãos foram às costas, onde floresceu uma mancha de sangue.

— Mars! — rugiu Benedikt.

— Não ouse — vociferou um Escarlate imediatamente. Ele enfiou a arma com força na têmpora de Benedikt. Isso o deixou completamente paralisado, incapaz de dar um passo sequer na direção de Marshall, sob risco de levar um tiro. Os Escarlates achariam qualquer motivo para atirar. Juliette sabia que sim.

— Vocês são todos loucos — disse Marshall no chão, com dificuldade. E se encolheu. O sangue começou a escorrer por seus dedos, fazendo uma sujeira que gotejava sem parar sobre o chão. — Vocês são todos amaldiçoados. Montagoves e Cais. Há uma praga sobre suas duas malditas casas.

Tyler ergueu a arma novamente.

— Parem — ordenou Juliette. — Parem…

Outro tiro. Este veio de Roma. Ele evitou um dos homens e conseguiu dar um tiro no tempo que levaram para subjugá-lo novamente. Sua bala passou de raspão no ombro de Tyler, fazendo-o recuar um passo, chiando de dor.

— PAREM!

O quarto ficou em silêncio absoluto. Armas e armas e armas. Sempre seria assim.

— Estão escutando isso? — sibilou Juliette. Ela mantinha um dedo próximo à orelha, ordenando que os homens no quarto *escutassem*. O estardalhaço da fusão de ruídos. A fusão do estampido de pés e do brado de lemas políticos, inicialmente longe, mas chegando cada vez mais perto.

— Quando eles chegarem aqui — disse Juliette, furiosa —, matarão todos nós. Rosas Brancas ou Sociedade Escarlate, pouco importa. Eles têm metralhadoras e facões, e o que nós temos? *Dinheiro?*

Ela se voltou para seu flanco. O gângster Escarlate em que Marshall havia atirado estava morto no chão. A bala estava em seu pescoço. Seus olhos estavam vidrados, fitando o teto. Ela sequer sabia seu nome.

O tronco de Marshall também estava encharcado em vermelho. Tyler não permitiria que os Rosas Brancas saíssem a tempo de salvar Marshall. Ele não era bondoso a esse ponto. Ele precisava contemplar pelo menos um sacrifício para ficar satisfeito.

Um sacrifício precisava ser feito para que os Rosas Brancas escapassem. Para que Alisa sobrevivesse.

Com um nó na garganta, Juliette enfiou a mão no bolso. Desejou que houvesse algo em sua manga que neutralizasse a situação, mas não havia nada. Apenas a disputa sangrenta.

— Precisamos partir antes que seja tarde demais.

— Onde está sua honra? — vociferou Tyler.

— Honra? — repetiu Juliette, ríspida. Sua voz saiu tremenda no silêncio reverberante do quarto de hospital. — Quem se importa com honra se estaremos *mortos* se ficarmos aqui por mais tempo?

— Eu não serei o primeiro a deixar este quarto, Juliette — disse Tyler, com frieza. — Eu não desejo levar um tiro pelas costas...

— Então eles saem primeiro — propôs Juliette, girando os ombros. — *Lex talionis*, Tyler. Olho por olho. É assim que essa disputa funciona — ela apontou um dedo para Marshall. Fez força para não tremer. — Desista de seu plano delirante de vingança. Mataremos apenas *ele*, pela baixa de nosso Escarlate. Os outros serão libertos.

— Não — dispararam Roma e Benedikt, em uníssono.

O estômago de Juliette estava frio como gelo quando olhou Roma nos olhos.

— Você não está em condição de barganhar agora.

— Não vai funcionar, Juliette — disse Roma, com firmeza. — Se Tyler quer uma luta justa, deixe-nos ter uma luta justa. Não minta para que fujamos.

Ele não via que ela o estava salvando? Ele não via que um levante armado acontecia do lado de fora, turbas atrás de turbas buscando matar a todos que reconheciam como parte da elite? Ele não via que cortar os laços entre eles era o único jeito de saírem todos vivos, que se Tyler tivesse a mais leve suspeita de que os dois estavam juntos, ele já estaria na metade do caminho para a cova?

Ele sabe, sussurrou uma voz. *Ele quer ficar por você. Não vai se afastar de você. Não por uma segunda vez. Ele prefere a morte.*

Juliette supôs que era sua vez de se afastar. A apaixonada e o mentiroso, a mentirosa e o apaixonado. Eles revezavam papéis como se fosse um jogo.

— Estou dizendo a verdade — disse novamente Juliette. Cada palavra era uma lâmina que fatiava sua língua, cortando-a duas vezes mais profundamente do que o dano que ela causou ao mundo. — Acorde. Todo esse nosso namorico entre a gente foi apenas para coletar informações.

— Juliette, não diga esse tipo de...

— Rodovia Mybergh — interrompeu Juliette.

Roma parou. Simplesmente... parou. Ele conhecia aquele endereço. Era o esconderijo de sua mãe. Do qual ninguém mais sabia.

A disputa de sangue é a disputa de sangue. Não pense muito nisso. Não se atormente. Não é culpa sua.

Ah, mas era. *Era.*

Lady Montagova morrera duas semanas após Juliette partir de Xangai. Duas semanas após o ataque à casa Escarlate que matou todos os empregados.

Porque, depois do ataque, Juliette perdera a cabeça com os dois homens que a escoltavam até o barco para Nova York. Seus pais estavam ocupados demais até mesmo para se despedirem. Os Escarlates achavam que aquele trabalho era muito inferior a eles; um deles a mandou calar a boca, dizendo que ela era apenas uma criança que não sabia nada sobre a cidade, que não era necessária ali.

Porque, naquele dia, Juliette batera o pé em uma birra enraivecida e infantil e, para provar seu valor, contou aos dois Escarlates tudo o que sabia sobre os Rosas Brancas de uma só vez, inclusive a localização do esconderijo de Lady Montagova. Ela soube do endereço por acaso, em uma tarde preguiçosa, quando entrou no território Rosa Branca para fazer uma surpresa a Roma e o ouviu falando com o pai.

Os homens Escarlates não a questionaram sobre como conseguira aquela informação. Eles a enxotaram. Ela pensou que eles não lhe haviam levado a sério. Sentiu-se nauseada quando embarcou no navio, mas disse a si mesma que Roma a traíra *primeiro*. Que a Sociedade Escarlate podia fazer o que quisesse com a informação que havia lhes dado e aquilo seria bem feito.

Ela jamais poderia imaginar que eles iriam atrás da mãe dele.

— Eu sabia — disse Juliette. — Eu sempre soube. Eu sou a responsável pela morte de sua mãe.

Na cama, Alisa começou a tremer. Estava fitando Juliette com olhos muito, muito arregalados.

— Não — Roma mal conseguiu proferir a palavra. — Você não fez isso.

Lá fora, o barulho dos protestos dos proletários se aproximava. Metal batia no lado externo das paredes do hospital em frenesi e histeria.

Roma estava com dificuldade para respirar. De súbito, não conseguia enxergar claramente, via apenas borrões coloridos, vagas impressões de formas, o reluzir fraquíssimo de uma pessoa que abriu a boca e disse:

— Fui criada no ódio, Roma. Eu nunca poderia ser seu amor, apenas sua morte.

Juliette Cai avançou, parando diretamente à frente de Marshall. Ela se ajoelhou com frieza, tirou a mão dele de cima da ferida, inspecionando-o como se não fosse nada além de um pedaço de lixo jogado a seus pés.

— Olho por olho — disse Juliette.

Ela golpeou com força a face de Marshall. Seu corpo saiu rolando, colidindo com o chão duro e frio. Seus dois braços envolviam a cabeça, com a mão na frente do rosto como se fosse protegê-lo. Sangue. Havia muito sangue debaixo dele.

Juliette segurou a arma com as duas mãos. Girou a pistola, firmando a empunhadura. Então:

— Uma vida por uma vida.

Bang.

— Não! — rugiu Benedikt.

A cabeça de Marshall pendeu para trás. Ele estava imóvel.

Imóvel.

Roma não conseguia respirar.

— Marshall, levante — disparou Benedikt. — Levante!

Juliette deu um aceno petulante aos Escarlates que mantinham Benedikt cativo.

—Soltem-no — disse ela. — Deixem que ele mesmo veja.

E os Escarlates obedeceram. Relaxaram as armas o bastante para que Benedikt pudesse se afastar, mas não a ponto de não conseguirem atirar caso ele atacasse de repente. Juliette estava de volta ao topo. Posicionada acima de Tyler, e lá permaneceria, enquanto se mantivesse implacável.

Benedikt caminhou até Marshall. Parecendo completamente esvaziado de tudo, ele pôs a mão no pescoço de Marshall e a manteve ali, esperando.

Seu primo emitiu um ruído terrível. Roma ouviria aquele som em sua cabeça para sempre.

— Acorde — ordenou Benedikt, com rispidez. Ele sacudiu Marshall pelos ombros. Marshall não reagiu. Era apenas um cadáver, mole como uma marionete. — Acorde!

Ele não acordaria.

Juliette não reagiu à cena diante de si. Olhou para o corpo e para o homem que o velava como se não significassem nada para ela — e Roma supôs que não significavam.

— Vá — disse-lhe Juliette. E apontou a arma para Alisa. — Vá, antes que matemos todos vocês.

Roma não tinha escolha. Ele foi cambaleando até Alisa e estendeu a mão para que ela a pegasse.

E os Rosas Brancas bateram em retirada.

Juliette os observou sair. Gravou a fogo a imagem dentro de sua mente, gravou a fogo o alívio que inundou suas veias e tinha um sabor doce em sua língua. Forçou-se a lembrar-se daquele momento. Isto era o que a monstruosidade causava. Talvez Paul Dexter tivesse descoberto algo, no fim das contas. Talvez houvesse propósito no horror e na mentira.

Uma cacofonia de vozes explodiu no hospital. Ecoou pelos extensos corredores, clamando para que os trabalhadores se dispersassem e saqueassem o local, para que causassem o máximo de destruição possível.

— Eu cuido dele — disse Juliette, assentindo com a cabeça para o corpo perto do qual estava ajoelhada. — Vá, Tyler. Leve seus homens. Há uma porta nos fundos.

Por um longo momento, pareceu que Tyler não acataria. Então, quando um alto ruído de metal contra metal ecoou pelo hospital, ele anuiu e gesticulou para que seus homens o seguissem.

Apenas Juliette permaneceu, repousando a mão sobre um corpo frio.

Apenas Juliette permaneceu, vivendo com o peso de seus pecados.

Epílogo

— A greve dos operários foi um fracasso — disse a criada —, mas isso já era esperado.

Juliette rangeu os dentes, colocando a comida que havia pegado da cozinha na cesta que havia separado. O céu escurecera e ela havia há muito esfregado o sangue que manchara suas mãos naquele dia mais cedo. Quando ela voltou para casa, seus parentes nem mesmo sabiam onde ela estava — nem mesmo sabiam que ela quase fora pega pelos protestos que dizimaram Nanshi.

Os protestos não duraram muito depois que Juliette saiu. Assim que as forças policiais chegaram, com o apoio de gangsteres em massa, não foi uma luta justa. Os operários retornariam às suas funções nas fábricas na manhã seguinte. Os que haviam matado seus chefes seriam punidos com prisão.

Era isso.

Juliette tinha um pressentimento de que os Comunistas não seriam parados tão facilmente. Aquele fora apenas o começo de suas revoltas.

— Enfim — disse a criada, cautelosamente —, seus pais perguntaram se a senhorita se juntará a eles no jantar. Eles também querem saber da Senhorita Kathleen e da Senhorita Rosalind.

Juliette balançou a cabeça negativamente.

— Eu tenho uma coisa a fazer. Volto a tempo. Avise a meus pais, tudo bem?

A criada assentiu.

— E suas primas?

— Eu mandei Kathleen em uma missão. Ela também não estará presente.

Talvez Juliette tivesse falado em uma entonação que revelou sua confusão, ou talvez as palavras em si fossem suficientes para despertar curiosidade. A criada inclinou a cabeça para o lado, percebendo que ela havia dito apenas um nome, e perguntou:

— E quanto à Senhorita Rosalind?

Juliette balançou a cabeça negativamente, dando de ombros.

— Kathleen disse que não queria que Rosalind fosse com ela, então Rosalind ainda está lá em cima em seu quarto. Você pode perguntar diretamente para ela.

— Certo — a criada curvou a cabeça e saiu depressa para cumprir a tarefa.

Juliette, suspirando, fechou bem a cesta e também saiu.

Kathleen torceu o nariz, verificando a situação do Bund. Ela fora avisada sobre o cadáver, sobre os insetos flutuando na água e sobre as balas cravadas nos lugares mais improváveis, mas ver com os próprios olhos era outra coisa. Que *catástrofe*.

Kathleen deu uma volta completa lentamente, fechando a cara quando seu sapato pisoteou os insetos que estavam no pavimento.

— Ela disse que deve estar perto do homem morto — avisou Kathleen, gesticulando para orientar o grupo de Escarlates que Juliette designara para ajudá-la. — Procurem.

Sua missão? Juliette queria um inseto do tamanho de um punho, que segundo ela estaria sobre um cais ao longo do Rio Huangpu. Pelo bem da ciência, alegara Juliette. Na realidade, Kathleen se perguntava se era para que a prima tivesse algo concreto diante de si, algo que confirmasse que aqueles surtos haviam acabado, que havia feito o que precisava fazer e que aquilo valera a pena.

— Devemos, hum... mexer no cadáver primeiro?

Kathleen fez uma careta. Ela abaixou os olhos para o cais, para Qi Ren em sua forma caída, agora inteiramente humano e muito, muito morto.

— Deixe-o aí por enquanto — disse Kathleen, em voz baixa. Comecem a procurar.

Os homens anuíram com a cabeça. Kathleen ajudou, caminhando pelo cais e chutando alguns dos insetos menores para a água. Os insetos flutuavam. Todas as suas pequenas carcaças e exoesqueletos juntos no rio, à deriva em grupos, lembrando óleo na superfície de uma sopa fria.

— Senhorita Kathleen — chamou um dos homens —, tem certeza de que é esse cais?

Um inseto gigante não era algo difícil de achar. Todavia, não estava em lugar algum.

— Ela disse que era o que estava com o corpo — respondeu Kathleen. — Eu não vi nenhum outro corpo em nenhum outro cais.

— Talvez a Senhorita Juliette tenha se enganado — sugeriu outro Escarlate.

— Como ela pôde se enganar sobre capturar um inseto gigante? — resmungou Kathleen, perplexa. Mesmo assim, não adiantava procurar mais se a coisa não estava ali. Talvez tenha sido esmagada sob os pés de alguém, de maneira tão bruta que não sobrara mais nada além de grãos de poeira, invisíveis a seus olhos.

Kathleen suspirou.

— Não importa — disse. Ela apontou para o cadáver. — Vamos movê-lo?

Os homens se apressaram para obedecer. Deixada com seus pensamentos, Kathleen deu uma última assimilada no cenário, observando as manchas de sangue onde começava o cais. Ela quase deixou aquilo passar, mas, sob uma caixa de madeira virada, viu uma pasta de documentos sobre outro montinho de insetos mortos.

— Vamos dar uma olhada em você — balbuciou Kathleen, puxando a pasta. — Sem pensar, ela a destravou, mas de cabeça para baixo, fazendo com que espalhasse seu conteúdo. Os itens atingiram o chão com um baque, fazendo com que os Escarlates próximos gritassem de preocupação.

— Não se preocupem! — avisou Kathleen, rapidamente. Ela se agachou depressa para arrumar a bagunça. — Eu sou desajeitada.

Ela foi atrás dos papéis, pegando-os antes que o vento os levasse embora. Contudo, antes que pudesse colocá-los de volta na pasta, seu olho registrou uma carta bem no topo, que estava carimbada com CÓPIA, indicando que o papel era um comprovante de algo que Paul havia enviado. No canto superior estava o endereço do destinatário, que ficava na Concessão Francesa.

Kathleen leu a curta mensagem.

E, de uma vez só, em completo e abjeto horror, ela derrubou de novo tudo que havia recolhido em seus braços.

Com a cesta pendendo em seu braço, Juliette bateu na porta do esconderijo Escarlate, dando olhadas para trás. Ela tinha certeza de que não havia sido seguida — a cada três passos, fazia uma verificação — mas mesmo assim olhou, por via das dúvidas.

Passos arrastados vieram do apartamento. O som era alto e era possível saber que o movimento havia se voltado imediatamente na direção de Juliette devido ao tamanho pequeno do apartamento e a seu teto muito baixo.

— Mais rápido — apressou Juliette, batendo novamente na porta. — Eu não tenho o dia todo.

A porta se abriu. Marshall Seo ergueu uma sobrancelha.

— Não tem?

— Sou uma pessoa ocupada — disse Juliette, com firmeza. Ela gesticulou para que ele recuasse e ela pudesse entrar e fechar bem a porta. Aquele era um esconderijo raramente utilizado, tão raramente — levando em conta sua localização, na região mais pobre da cidade — que não tinha saneamento básico nem quaisquer comodidades além de uma cama. Tinha, no entanto, um ferrolho na porta e uma janela conveniente para saltos em caso de necessidade. Era um local onde ninguém viria procurá-la.

— Você trouxe água? — indagou Marshall. — Estou com tanta sede, Juliette...

Juliette puxou um recipiente gigante de água, jogando-o na mesa de modo a produzir um ruído desagradável, desafiando Marshall a dizer algo mais. Ele sorriu de orelha a orelha.

— Também trouxe comida — disse Juliette. — Porque eu não desejo que você morra de fome.

Marshall espiou dentro da cesta, inspecionando as sacolinhas.

— Só laranjas? Eu prefiro maçãs.

Juliette suspirou.

— Para um homem morto — resmungou —, você é bem irritante.

— Falando nisso... — Marshall perambulou, e depois se jogou em uma cadeira capenga perto da parede. Ele cruzou os braços sobre o peito, se encolhendo imperceptivelmente ao sentir a ferida recente. — Quando eu posso ressuscitar?

Fora uma aposta de Juliette. Uma questão de sincronia, uma questão de confiança — em Marshall, que saberia o que ela queria que o rapaz fizesse, e em Lourens, por acreditar que o soro que havia roubado funcionaria realmente da maneira que ele havia dito. Fora questão de usar bem sua destreza quando retirou o frasco do bolso, quando puxou a mão de Marshall da ferida causada pelo tiro e meteu o frasco destampado em sua palma. Uma questão de golpeá-lo para que caísse com os braços sobre o rosto, oculto enquanto ele bebia o líquido. Uma questão de remover as balas de sua pistola para que ela apenas fizesse barulho, impedindo que uma segunda bala penetrasse Marshall.

E depois fora uma questão de pura sorte. De Juliette correr até o escritório principal e encontrar uma médica que não havia deixado o hospital, que estava folheando seu arquivo sem se preocupar com os trabalhadores que inundavam os corredores. De Juliette convencer a médica a operar Marshall apesar de seu coração não estar batendo, arrastando seu corpo para a sala de cirurgia logo antes dos manifestantes os virem no corredor adjacente, e acorrentar aquelas portas até que os trabalhadores se cansassem e saíssem daquela ala do hospital. A bala que Tyler disparou saiu rapidamente — tendo se alojado apenas superficialmente na pele que cobria as costelas de Marshall — e a médica o suturou. Juliette havia lhe prometido dinheiro para manter a boca fechada, mas a médica torceu o nariz, sem fazer ideia de quem era Juliette.

— Preciso de um tempo — disse Juliette, em voz baixa. — Não dê na vista até que eu possa pensar no que fazer com Tyler. Até que ele acredite completamente que eu estava simplesmente enganando Roma.

Marshall estreitou seus olhos.

— Quanto daquilo foi um *truque*?

Juliette desviou o olhar.

— Agora realmente é o momento de defender seus companheiros de armas?

— Eu sou um homem morto, amada. Machuca responder à pergunta?

Machuca? Apenas sua dignidade.

— Nada disso, Marshall Seo — disse Juliette. Ela secou o olho rapidamente. — Eu não precisava ter salvo você. Eu poderia ter dado um tiro no meio da sua cabeça.

— Mas me salvou — disse Marshall. — Porque o ama.

Juliette emitiu um ruído de frustração com o fundo da garganta.

— Não fale dessa forma. Não tão alto.

Marshall gesticulou em volta, como se perguntasse: *Quem está escutando?* Ninguém. Ninguém estava escutando. Ninguém ouviria a confissão de Juliette exceto um morto ambulante que não podia levá-la a lugar algum.

— E você o ama o suficiente para deixar que ele te odeie.

— Ele *devia* me odiar — retrucou Juliette, cansada. — Eu matei a mãe dele.

— Com as próprias mãos? — perguntou Marshall, sabendo a resposta.

— Não — Juliette olhou para suas mãos. Havia um arranhão na lateral do pulso. Ela não fazia ideia de como acontecera. — Mas eu entreguei o paradeiro dela com maldade. Poderia muito bem ter sido eu quem brandiu a faca.

Marshall a encarou, sem dizer nada por um longo período. Havia pena em seu olhar, mas Juliette percebeu que não se importava. A pena que vinha de Marshall Seo não era um incômodo. Transmitia uma sensação um pouco cálida, um pouco gentil.

— Antes de me deixar aqui sozinho de novo — disse Marshall, depois da pausa —, saindo com a mesma pressa de quando eu ainda estava empapando as ataduras de sangue, tenho um pedido.

Pode ter sido sua imaginação, mas ela achou que a voz de Marshall deu uma ligeira fraquejada. Juliette franziu o cenho.

— Prossiga.

Marshall desviou o olhar.

— Benedikt.

— Você não pode — Juliette respondeu imediatamente, sabendo qual era o pedido sem precisar que ele elaborasse. Não fora sua imaginação, então. — Uma pessoa a mais que saiba do segredo torna isso cem vezes mais perigoso.

Juliette imaginou Tyler descobrindo que Marshall estava vivo. Imaginou Tyler entrando em uma cruzada para descobrir onde Marshall estava, ferindo todos que poderiam saber de seu paradeiro. Ela achava que Benedikt não gostava muito dela, mas não deixaria Tyler machucá-lo.

— Talvez eu precise ficar escondido por meses — disse Marshall, abraçando seu tórax. — Ele terá de acreditar que eu estou morto por *meses*.

Juliette sentiu o coração apertar.

— Sinto muito — sussurrou ela. — Mas, como um favor para mim, peço encarecidamente: deixe Benedikt Montagov acreditar nisso. Ele precisa.

O piso grunhiu. As paredes e os blocos da laje rangeram, movendo-se com o uivar do vento lá fora. Uma pequena eternidade se passou na respiração presa de Juliette antes que Marshall finalmente assentisse, com lábios contraídos.

— Não levará muito tempo — assegurou Juliette, empurrando para frente a cesta de comida. — Eu prometo.

Marshall assentiu novamente, desta vez para mostrar que aceitara a promessa. Quando ela o deixou, fechando a porta com um *clique* baixo, Marshall olhava pensativo pela janela, estreitando os olhos diante de uma rachadura no vidro fechado por tábuas.

Juliette retornou às ruas, ao movimento intenso e à desordem ruidosa, muito ruidosa. O céu estava escuro e o dia havia sido longo, mas o centro da cidade já havia voltado às atividades de costume, aos vendedores com seus produtos e aos comerciantes gritando seus preços, como se um monstro não tivesse aberto uma trilha de guerra por ele há algumas horas.

E aos gangsteres. Gangsteres, espreitando a cada esquina, com os olhos pregados em Juliette enquanto ela passava.

— Senhorita Cai! Senhorita Cai!

Franzindo o cenho, Juliette parou e se virou, vendo um mensageiro correndo em sua direção. Ele parecia vagamente familiar enquanto se aproximava, mas foi somente quando lhe estendeu um bilhete com a caligrafia de Kathleen que ela o reconheceu como um dos homens que havia enviado ao Bund.

— Encontraram o que eu pedi? — indagou Juliette.

— Não havia nenhum inseto gigante — relatou o mensageiro —, mas a Senhorita Kathleen disse para lhe entregar isso o mais rápido possível.

Com o cenho ainda franzido, Juliette pegou o bilhete e o abriu. Não era um bilhete *de* Kathleen, mas o que parecia a cópia de uma carta, enviada por Paul Dexter e endereçada a um lugar que Juliette não reconheceu de imediato, identificando-o apenas como localizado na Concessão Francesa.

Juliette leu o garrancho de uma linha, estreitando os olhos para decifrar a letra fina e comprida, perfeitamente adequada a Paul Dexter.

Ela quase desejou não ter lido.

Na ocorrência de minha morte, libere todos eles.

O suor frio que varreu seu corpo foi imediato. Da ponta de seus dedos até a espinha dorsal, ela foi possuída por um pavor que penetrou seus ossos, deixando-a em completo torpor.

— O que é isso? — questionou Juliette. — O que *diabos* é isso?

O mensageiro ficou parado olhando para ela, atordoado.

— A Senhorita Kathleen apenas disse para dar isso à senhorita...

Juliette jogou o bilhete nele. O mensageiro não reagiu rápido o bastante para pegar o papelzinho antes que fosse planando até o chão, caindo sobre o cascalho como uma borboleta em um pouso suave. Juliette o esmagou de uma vez só, dando um passo à frente enquanto inspirava ruidosamente e olhava o entorno desesperadamente, tentando pensar, pensar, pensar...

— Não — sussurrou ela, com aspereza. — Não, ele não pode ter feito isso.

Os sinos ao longo das ruas começaram a badalar, sete vezes. Ao longe, um coro de gritos atravessou a cidade.

Continua...

Agradecimentos

Quando eu era adolescente, quase nunca lia a seção de agradecimentos, a menos que fosse para procurar pelo nome de uma pessoa famosa, e sei que há muitos de vocês que fazem exatamente a mesma coisa. Então, antes de começar, quero apenas declarar que Eu Não Sou Como Outros Agradecimentos, o que quer dizer que sou *exatamente* como outros agradecimentos, só que mais insuportável, então você que está prestes a fechar o livro provavelmente deveria me ler.

Agradeço à Laura Crockett por acreditar neste livro e em mim. Espero que você saiba que, depois de cada troca de e-mails, por mais corriqueira que seja, eu preciso ficar encarando o vazio alegremente por alguns minutos para conseguir lidar com minha admiração por você. Você viu minha concepção louca de Romeu e Julieta matando um monstro na Xangai de 1920 dominada por mafiosos, tirou-a de sua pilha de lama e defendeu-a com tanto brilhantismo que me senti segura em cada passo da jornada. Eu sou muito, muito sortuda por ter seu apoio. Agradeço também a Uwe Stender por fundar a magia que é a Triada US, e agradeço a Brent Taylor e a toda a equipe na agência por seu trabalho maravilhoso.

Agradeço à Tricia Lin por sua genialidade editorial que me deixa absolutamente sem fôlego. Desde o momento em que falamos pela primeira vez ao telefone, sabia que você viu exatamente o que eu queria que este livro fosse, e sua visão e orientação o transformaram de um lindo botãozinho a uma roseira em plenitude. Eu não poderia ser mais grata. Agradeço também à Sarah McCabe por me acolher com tanto cuidado e entusiasmo. Agradeço à Mara Anastas e a todos na Simon Pulse por sua paixão e trabalho duro: Chriscynethia Floyd, Sarah Creech, Katherine Devendorf, Elizabeth Mims, Sara Berko, Lauren Hoffman, Caitlin Sweeny, Alissa Nigro, Anna Jarzab, Emily Ritter, Annika Voss, Savannah Breckenridge, Christina Pecorale e o resto da equipe comercial da Simon & Schuster, Michele Leo e sua equipe de educação/biblioteca, Nicole Russo, Cassie Malmo, Jenny Lu e Ian Reilly. Agradeço à Billelis por uma arte de capa tão linda que me fez literalmente precisar deitar depois de vê-la pela primeira vez. E o maior agradecimento à Deborah Oliveira e à Tessera Editorial pela leitura e notas atenciosas.

Agradeço a *Māma* e *Bàba* por me apoiarem incondicionalmente. Em cada passo da vida, vocês dois sempre me motivaram a ser a melhor possível e me ofereceram o melhor possível. Foram suas histórias à mesa de jantar, suas anedotas aleatórias em longas viagens de carro, e a própria maneira como me criaram que semeou meu amor pela cidade sobre o mar. Sou feliz por ser uma mistura de seus genes. E, sim, eu *me arrependo* de ter desistido das aulas de chinês dez anos atrás. Obrigada por não jogarem isso na minha cara *tanto assim*, e obrigada por traduzirem os documentos históricos que eu mando, por pesquisarem coisas que eu não consigo achar em sites em inglês e por assegurarem que meu *pinyin* não está completamente fora do tom. Também agradeço aos meus queridos parceiros de genes, Eugene e Oriana, que precisam dar conta dos meus pedidos estranhos no grupo da família no WeChat.

Agradeço à Hawa Lee, minha melhor amiga. Desde nossos dias como irritantes alunas do Ano Sete[1] cantando Selena Gomez no fundo da sala até hoje, você sempre foi minha *hypewoman* número um e eu te adoro para

---

[1] N.T.: Ano letivo do sistema de educação da Nova Zelândia, equivale ao 7º Ano do Ensino Fundamental brasileiro.

sempre. Você leu a primeiríssima versão deste livro e disse que minhas palavras passaram em sua cabeça como um filme: isso deixou meu coração quentinho na época e deixa agora. Agradeço à Aniket Chawla, também meu melhor amigo. Enquanto estou escrevendo isto, você finalmente está lendo este livro depois de enviar meus manuscritos anteriores para a caixa de spam, mas eu vou te perdoar porque você é uma alma gentil que tentou me ensinar Matemática no Ano Onze[2] e eu também te adoro para sempre. Agradeço à Sherry Zhang, a quem eu carinhosamente chamo de Sherry Berry, por me dar os conselhos mais sábios nos momentos de maior pânico. Você foi uma santa de verdade enquanto eu andava de um lado para o outro em nosso pequeno quarto de hotel em Wellington tentando pensar em toda a minha carreira. Estarei sempre torcendo por você também. Agradeço à Emily Ting, um raio de sol, por ficar animada com minha escrita desde o início (também conhecido como aula de Ciências do Ano Nove[3]), mesmo quando eu era uma esquisita pretensiosa.

Agradeço ao Sr. Randal por ser um professor de inglês tão incrível e ter tanta paixão por lecionar Shakespeare. Eu devo meu amor ao idioma inteiramente àquelas aulas nos Anos Doze[4] e Treze[5] em que analisávamos metáforas, simbolismo e imagética, e espero que todos os seus alunos futuros percebam o quão sortudos são por tê-lo como professor. Agradeço também à Srta. Black e à Srta. Parkinson por terem encorajado tanto meu clubinho do NaNoWriMo[6], e por serem maravilhosas no Departamento de Inglês.

Agradeço ao professor Chi-ming Yang por concordar em orientar meu projeto de pesquisa paralelo a este livro, ouvindo minhas opiniões intermináveis sobre a categoria Young Adult, e me ajudando a concentrar isso tudo em um estudo produtivo. Agradeço também à professora Josephine Park

---

[2] N.T.: Equivale ao 2º Ano do Ensino Médio brasileiro.
[3] N.T.: Equivale ao 9º Ano do Ensino Fundamental brasileiro.
[4] N.T.: Equivale ao 3º Ano do Ensino Médio.
[5] N.T.: Sem equivalência no Brasil.
[6] N.T.: Acrônimo de National Novel Writing Month – Mês Nacional de Escrita de Romance, um desafio ao qual pessoas precisam dedicar 30 dias para escrever um romance de 50000 palavras.

por ser a melhor pessoa quando todas as minhas dificuldades de estudante começaram a surgir, e por me guiar por tudo isso tão pacientemente.

Agradeço a João Campos por ler o bagunçado manuscrito inicial deste livro com entusiasmo, e por suas notas e incríveis sugestões que melhoraram muito esses personagens. Também por ter o melhor abraço. Agradeço a Ryan Foo por sempre enaltecer este livro e me dar alegria. Agradeço por prometer ser meu advogado se algum dia eu matar um homem. Eu vou cobrar. Agradeço a Andrew Noh por me fornecer chá metafórico e me entreter enquanto eu estava morrendo de editar este livro e por checar meu francês. Agradeço a Kushal Modi também por checar meu francês para garantir que eu não soasse como uma aluna da quinta série e por me fazer companhia sempre que eu me tranco no quarto para escrever. E, claro, agradeço à Jackie Sussman por sempre ouvir minhas ideias sobre tramas e me aturar colocando notas adesivas em nosso quarto para formar redes de personagens, e não pular de susto toda vez que eu exclamo em voz alta quando resolvo alguma coisa. Agradeço à Rebecca Jiang e Ennie Gantulga por serem amigas e colegas de quarto incríveis, e por fazer de nosso apartamento um lugar de risos. Agradeço à Anastasia Shabalov por suas notas maravilhosas no manuscrito inicial deste livro, por nossas longas conversas sobre o mercado editorial, e também por checar meu russo para garantir que ninguém fosse chamado de ratinho.

Agradeço aos meus primeiros leitores, também chamados de amigos que fiz na internet. À Rachel Kellis — uma das minhas pessoas favoritas. Nossos papos variam de comentários tão-engraçados-que-literalmente-não--consigo-respirar ao feedback sério sobre nossa escrita à revisão dos e-mails uma da outra para verificar o tom e a quantidade adequada de pontos de exclamação, e eu prezo por eles — e por você — até os confins da Terra. À Daisy Hsu — você foi minha primeira amiga na internet, o que é louco, porque nós temos de fato amigos em comum na vida real. Foi por causa de suas sugestões geniais que eu parei de conter minhas palavras neste livro e me inclinei à angústia. À Tori Bovalino — a rainha das histórias sombrias, e minha pessoa favorita para reclamar de livros ruins. Eu aprecio muito nossa acidez, e sempre posso contar com você para ficar tão boquiaberta quando eu acerca das mais... peculiares decisões tomadas na internet. À Eunice Kim — a pessoa mais legal do mundo e uma feiticeira em me ajudar a resumir as coisas. Você sabe que eu sou a maior fã de seu acervo de GIFs. Sinto muito por ferir toda essa sua sensibilidade... ou será que não? À Miranda Sun — minha companheira de pavio curto da Geração Z. Eu não sei como constantemente temos tantas opiniões sobre tudo, mas nesse ritmo nós definitivamente já escrevemos o equivalente a pelo menos dez romances em nossas DMs com opiniões controversas. Um brinde a mais um milhão de romances em DM repletos de opiniões controversas. À Tashie Bhuiyan — com quem estou sempre berrando. Não posso crer que nos tornamos amigas porque eu vi alguém parecido com Gansey e comecei a enviar atualizações em tempo real para você, mas isso nos representa muito. Não sei o que faria se não tivesse você para mandar todos os meus prints de coisas absurdas. À Alina Khawaja — fico maravilhada com o poder de seus memes e a robustez de sua coleção. A página online de memes deste livro funciona simplesmente por causa de sua determinação. E quando a determinação acaba, sempre haverá a paixão. À Molly Chang — minha chuva de hype de uma mulher só e aquela que sempre me encorajou a canalizar minha Juliette interior (e com isso eu espero que entendam que eu devo ser mais durona com o mundo, não que eu devo sair no soco por aí). À Grace Li — por dizer coisas tão boas sobre este livro e por me inspirar com suas palavras lindamente dolorosas. À Zoulfa Katouh — rainha das imagens de reação mais engraçadas que eu já vi, rainha em fazer as pessoas chorarem e rainha de tudo, na verdade. À Meryn Lobb — você poderia literalmente me dar um tapa na cara (e metaforicamente, com seu feedback) e eu agradeceria por isso.

 Agradeço às pessoas adoráveis no mercado editorial que são gentis comigo por motivo nenhum exceto serem gentis. Agradeço à Tasha Suri por responder às muitas, muitas perguntas nos meus e-mails. Agradeço a Morgan Al-Moor por ler este livro e criar para mim a estética mais legal que já vi em toda minha vida. Agradeço a Faridah Àbíké-Íyímídé por ser uma pessoa maravilhosa como um todo, e por reunir os Vingadores do programa de mentoria para autores não brancos, o que me encheu de alegria. Agradeço a todos no grupo Roaring Twenties Debut, a comunidade mais maravilhosa. Um brinde a nós por superamos um dos anos de estreia mais difíceis, galera.

Agradeço aos blogueiros que estavam me hypando antes mesmo de haver qualquer coisa disponível ao público sobre este livro além de um pitch online. Agradeço às pessoas que eu adoro no Twitter, que me mandam emojis de olhinhos animados. Agradeço àqueles que fazem de tudo para me incluir. Agradeço à CW e a todos os amigos no The Quiet Pond, Shealea, Danielle Cueco, Lily (@Sprinkles of Dreams), Noémie (@Tempest of Books), Karina (@Afire Pages), Tiffany (@Read by Tiffany), Laura (@ Green Tea and Paperbacks), Kate (@ Your Tita Kate), Fadwa (@ Word Wonders), e tantos, tantos mais que eu sei que devo estar esquecendo. E, porque eu posso, agradeço ao álbum *Hopeless Fountain Kingdom*, da Halsey, que tocou no repeat enquanto eu escrevia este livro.

Agradeço aos meus leitores mais antigos, mais antigos *mesmo*, que leram este livro (e, tecnicamente, sua continuação!) quando era tudo um grande manuscrito postado online em partes. Hoje ele está quase irreconhecível, exceto pelos nomes dos personagens, mas seu feedback foi crucial para moldá-lo no que é agora. À Kelly Ge — você foi a primeiríssima pessoa a ouvir sobre a concepção deste livro como uma ideia, e me encorajou a ir em frente. À Paige Kubenka — seus comentários regulares me fizeram prosseguir e significaram o mundo para mim. À Gabrielle, Kamilia, Clairene, Hala, Aubry, Ejay, Tanvi — eu não sei os sobrenomes de vocês e não sei se vocês sabem que a história que leram foi publicada, mas se vocês estão por aí, e por acaso pegarem este livro de novo, obrigada. A razão pela qual eu continuei escrevendo por todos esses anos foi saber que havia alguém lá fora que valorizava minhas palavras. Enquanto eu crescia, não importava o quão capenga minha arte fosse quando comecei, nunca duvidei do valor de minhas histórias porque eu tinha leitores que falavam sobre coisas de que gostavam nelas. Enquanto eu tiver meus leitores, jamais vou deixar de escrever. Sem meus leitores, não sou, de forma alguma, uma escritora.

Então agradeço a *você*, leitor. Obrigada por escolherem este livro.

Nota da autora

Em 1920, Xangai era um lugar vibrante e dividido. Embora muitas coisas em *Prazeres Violentos* tenham sido inventadas, a atmosfera é tão fiel à História quanto eu pude capturar. Aquela era uma época de turbulência política e partidarismo, Nacionalistas contra Comunistas, e a cidade inteira estava sobre um fio esticado prestes a arrebentar. Embora não houvesse uma disputa de sangue, Xangai realmente estava dividida: entre estrangeiros, que obtiveram controle através de termos injustos em tratados depois da derrota da China nas Guerras do Ópio; os franceses controlavam a Concessão Francesa; os britânicos, japoneses e norte-americanos, a Concessão Internacional; e todas as injustiças que Juliette menciona foram retiradas diretamente de livros de História. Os estrangeiros construíram parques e proibiram os chineses de entrar neles. Eles derramaram verbas na cidade e, embora a China nunca tenha sido formalmente uma colônia, era precisamente isso que ocorria em Xangai: setores eram colonizados um após o outro.

Portanto, Xangai tornou-se uma terra sem lei nesse contexto, e sim — de fato foi dominada por mafiosos! Como cada território estrangeiro era controlado por um país distinto, havia leis variadas em vigor nas diversas partes de Xangai. Adicione a isso as normas de extraterritorialidade para cidadãos não chineses — o que significava que cidadãos estrangeiros não podiam ser processados pela lei chinesa, apenas pela lei de seu país de origem — e ficava quase impossível governar Xangai como cidade una. Apesar de a Sociedade Escarlate não existir, os Escarlates foram baseados na realíssima Gangue Verde (青帮; *Qīng Bāng*), e dizia-se que eles tinham envolvimento com todos os crimes que aconteciam na cidade. Eles eram uma força governante não oficial, e um dos maiores mafiosos — pense em alguém da estatura de Lorde Cai — também trabalhava como detetive na polícia da Concessão Francesa. Os Rosas Brancas também não existiram, mas, naquela década, a população russa em Xangai havia crescido o bastante para constituir uma grande parte dos civis. Xangai era uma zona franca, então, quem fugia da Guerra Civil Russa podia entrar com facilidade na cidade, sem necessidade de visto ou licença de trabalho. Eles eram muito maltratados pelos europeus ocidentais, e trabalhavam em empregos mais básicos, como lixeiros, ou em empregos muito mal remunerados, como dançarinas de boate. Em minha releitura, há um motivo pelo qual a Sociedade Escarlate e os Rosas Brancas estão no mesmo nível, lutando pelo que restou da cidade enquanto os estrangeiros a devoravam com grandes e indiferentes mordidas.

Nem é preciso dizer que os personagens que aparecem em *Prazeres Violentos* são fruto da minha imaginação. Nacionalistas e mafiosos reais foram referências frequentes, de fato, mas todos os nomes específicos e suas personalidades foram inventadas. Havia realmente um Secretário-Geral do Partido Comunista, mas Zhang Gutai não era uma pessoa real. Dito isso, por causa da guerra civil que se sucedeu, há grandes buracos nos registros acerca de quem assumiu o cargo de Secretário-Geral e outros, então quem sabe o que *realmente* aconteceu naquela época? Mesmo a História real às vezes não pode dar certeza sobre tudo: memórias se perdem, evidências são destruídas, registros são apagados propositalmente.

O que sabemos com *certeza* é que não havia monstro espalhando uma epidemia altamente contagiosa que dilacerava gargantas por Xangai. No entanto, houve fome, depreciação salarial e péssimas condições de trabalho, e na História real isso foi o bastante para incitar centenas de greves envolvendo centenas de milhares de trabalhadores, isso só em 1926. Se eu tivesse aderido a uma linha do tempo histórica de verdade e incluísse todas elas em vez de somente a que se descortina ao final deste livro, haveria conflitos em todos os capítulos. No mundo de *Prazeres Violentos*, a morte das pessoas devido aos surtos foi o que intensificou a revolta e incitou o levante. Na vida real, mesmo que não houvesse um monstro à solta, a crise foi tão forte que os sindicatos dos trabalhadores se revoltaram contra estrangeiros e mafiosos em uma tentativa de mudar o estilo de vida dos trabalhadores. Quanto ao desenrolar disso tudo, deixarei para a nota da autora no final da continuação...

CHLOE GONG é uma estudante da Universidade da Pensilvânia, cursando Inglês e Relações Internacionais. Durante os recessos, ela está em casa, na Nova Zelândia, ou visitando seus muitos parentes em Xangai. Chloe é conhecida por aparecer misteriosamente quando alguém diz "*Romeu e Julieta* é uma das melhores peças de Shakespeare e não merece ser difamada na cultura pop" três vezes na frente de um espelho. Você pode encontrá-la no Twitter @thechloegong ou visitar seu site: thechloegong.com.

Os conflitos continuam em...

OUR VIOLENT ENDS

CONHEÇA OUTROS LIVROS DA

/altanoveleditora /altanovel

ROTAPLAN
GRÁFICA E EDITORA LTDA
Rua Álvaro Seixas, 165
Engenho Novo - Rio de Janeiro
Tels.: (21) 2201-2089 / 8898
E-mail: rotaplanrio@gmail.com